H. P. Albrecht

DIE STADT
EINE ATLANTIS TRILOGIE

Nach dem plötzlichen Untergang des durch göttliche Hilfe rasch aufgeblühten Staates Atlantis, entsteht DIE STDT als eine Zufluchtsstätte der wenigen Atlanter, welche die grausame Katastrophe auf Schiffen und in weltweit verstreuten Kolonien überleben.

Die Hochkultur des alten Atlantis konzentriert sich nun hier, in einem abgeschlossenen, nur vom Meer zu erreichenden Felsental auf engstem Raum. Der übrigen Welt weit voraus, bewahrt diese Stadt als geistiges Zentrum über Jahrtausende ihren Bestand.

Es ist eine isolierte kleine Welt von Gelehrten und Künstlern, Wissenschaftlern und Technikern, welche zu einer realen Einschätzung ihrer Kräfte durchaus in der Lage sind: für die Übernahme der Weltregierung ist diese Kraft zu gering - die gewaltige, pulsierende Natur dieses Planeten, die Spontanität und Aggressivität der primitiven Völker würde diese kleine Bastion des Geistes auflösen und hinwegspülen.

So vermeidet DIE STADT jeden intensiven Kontakt mit der Welt. Wichtigste Aufgabe und Ziel aller Bemühungen wird neben der Erhaltung und Verfeinerung des Geistes die über Jahrtausende anhaltende stille und unauffällige Beobachtung unseres Planeten. Es ist sozusagen eine heilige Mission ihrer auf Wissen und Gelehrsamkeit gegründeten Religion. Informationen werden gesammelt, geordnet und ausgewertet und gestalten sich durch ihre Menge und chronologische Vollständigkeit zu unsagbaren Schätzen - eine Masse an Wissen entsteht, welches ihre Besitzer damit fast in den Rang von Göttern erhebt.

So begibt man sich - in entsprechender Tarnung und abgesichert durch überlegene Technik - direkt zwischen die übrigen Bewohner der Erde, um ihr alltägliches Leben zu erkunden. Ähnlich wie sich nach der Sage im alten Atlantis einmal Götter in menschlichen Körpern auf der Erde bewegten, wollen auch sie, die Beobachter der Stadt, durch den unmittelbar erlebten Kontakt der Wahrheit des Lebens möglichst nahe kommen. Doch einzelne Beobachter scheitern auch an dieser hautnah erfahrenen Wahrheit. Ein gewaltiger Widerspruch zwischen dem schmerzvollen Entstehen und Vergehen, der erbarmungslosen Hetze und Qual in der Welt und ihrer sterilen, geistig verklärten Existenz in den sicheren Mauern der Stadt tut sich ihnen auf.

H. P. Albrecht

DIE STADT

EINE ATLANTIS TRILOGIE

Erstes Buch:
DIE GRÜNDUNG

Zweites Buch:
DIE GESCHICHTE

Drittes Buch:
DIE BEOBACHTER

Albrecht, Hans-Peter:
Die Stadt – Eine Atlantis Trilogie
1999

Umschlaggestaltung: Hans-Peter Albrecht,
Abbildungen: Hans-Peter Albrecht, 1986

Herstellung und Druck: Libri Books on Demand

ISBN 3-89811-269-1

INHALT

Atlantis,
von Göttern wahrhaft gegründet,
reckten sich stolz bald empor
die Türme und Mauern
des herrlichsten aller Staaten.

Pheleo, reh. La Atlantida, V. 1086

PROLOG

PROLOG

Versetzen wir uns gemeinsam in die Welt vor zehntausend Jahren: die gewaltigen Meere des Planeten sind leer - kein Schiff bewegt sich darauf. Einsam toben sich Stürme aus, ohne jemandem zu schaden. Einsam schlagen Wellen an Tausende Kilometer Strand. Die Horizonte bleiben leer. Tag für Tag, Jahr für Jahr.

In den riesigen, noch namenlosen Festlandgebieten dehnen sich Wald- und Steppenflächen ohne Grenzen und Wege. Reißende Ströme durchschneiden das Land - doch nirgends verbindet eine Brücke ihre Ufer. Es ist eine unendliche, urwüchsige, zufällige Landschaft; wo Bäume aufwachsen, groß und mächtig werden, um schließlich niederzusinken und Platz zu machen für junge Bäume - im ewigen Kreislauf der Natur. Es ist eine unschuldige, unbezwungene Welt in freier Natürlichkeit, die für unseren heutigen Verstand kaum mehr faßbar ist. Eine Welt, deren wichtigste und bedrückendste Eigenschaft (aus unserer heutigen Sicht) ihre Leere ist. Eine stille, große, erhabene Leere - angefüllt mit nie geschauter, nie erlebter Schönheit, Wildheit und Vielfalt. Eine Welt, die sich darstellt, wie die herrlichste Theateraufführung - jedoch vor vollkommen leeren Rängen. Eine überall und immer wieder perfekt ablaufende Inszenierung - nur zum Selbstzweck. Schwer können wir uns vorstellen, tagelang durch eine Landschaft zu wandern, ohne auf einen Weg, eine Stromleitung, eine Siedlung oder ein bebautes Feld zu treffen.

Und doch gab es schon Menschen. In vollkommener Harmonie mit der Natur waren sie ihrer Umgebung auf das Beste angepaßt; lebten sie unaufdringlich in den tiefen Wäldern, den weiten Steppen, an den Flußläufen, Seen und Meeresbuchten. Die Natur gab ihnen Nahrung, Kleidung und Wohnung - gleich allen anderen Lebewesen dieser Welt.

Ungemessene Zeit, ungezählte Jahre vergehen, ohne daß sich an all dem etwas ändert. Doch eines Tages - unerwartet und entgegen aller Vernunft - erscheinen plötzlich Segel am Horizont des Meeres. Für uns ein gewohntes Bild - für die damaligen Bewohner dieser Küste jedoch ein unfaßbares Ereignis. Mit einer Mischung aus Neugier, Ehrfurcht und etwas Angst sehen sie nun von den Dünen auf das bleigraue, unheimlich weite Meer hinunter. Und dort draußen, gut zu erkennen, bewegen sich fünf schlanke, schnittige Segler mit jeweils drei Masten, sandfarbenen Segeln und hölzernen Aufbauten. Langsam kommen sie näher, werden größer, und man erkennt schon einzelne Ruder, Tauwerk und geheimnisvolle goldene Verzierungen. Auf dem erhöhten Achterdeck, zwischen schwungvoll nach oben auslaufenden Bordwänden, stehen Menschen mit hohen, in der Sonne schimmernden Helmen und blanken Rüstungen. Ruhig und fest sehen sie zum Land hinüber, geben Anweisungen mit sparsamen, hoheitsvollen Gebärden. In angemessenem Abstand zum Ufer gehen die Schiffe jetzt vor Anker, die Segel werden eingeholt und kleine Boote zu Wasser gelassen - ein von den Ureinwohnern in ihren Verstecken staunend beobachtetes Schauspiel.

Woher kamen aber nun diese Schiffe? Eine gewisse Ähnlichkeit mit griechischen Trieren wäre vielleicht denkbar, aber auf jene, dem Delphin nachempfundenen Schiffe, müssen wir noch etwa fünfunddreißig Jahrhunderte warten, denn diese Szene spielte sich so oder ähnlich bereits Anfang des vierten Jahrtausends vor unserer Zeitrechnung ab.

Wer sind also diese Menschen, die bereits in dieser Zeit solch phantastische Schiffe bauen und selbstsicher die Meere mit ihnen befahren? Eines wissen sie genau: jedes andere Schiff, daß ihnen auf hoher See oder in irgendeinem Winkel der Küstenlabyrinthe der Welt begegnet, kann nur ihrer eigenen Flotte angehören - denn es gibt keine andere.

Ihre Heimat ist Atlantis, die große Insel im Atlantik mit einer Nord-Süd-Ausdehnung von etwa tausend Kilometern und einer Breite von sechshundert Kilometern. Im Norden dieser Insel erhebt sich ein gewaltiges Gebirge mit zerklüfteten, schneebedeckten Gipfeln und rauchenden Vulkanen - während sich im Süden eine, vom feuchtwarmen Seeklima verwöhnte, große Ebene voller üppiger, tropischer Vegetation erstreckt.

Noch drei Jahrhunderte zuvor gab es den Namen Atlantis nicht, lebten die Menschen auf dieser Insel wie in allen anderen Gegenden der Welt. Sie gingen auf die Jagd, sammelten wild wachsende Früchte, kleideten sich - wenn überhaupt - mit den Fellen erlegter Tiere und schliefen in Laubhütten oder Höhlen. Lediglich die Besiedlungsdichte war, bedingt durch die natürlichen Vorteile, schon damals bedeutend größer als auf den übrigen Kontinenten.

Aber Atlantis entwickelte sich dann ganz unvermittelt mit unglaublicher Schnelligkeit. Seine prächtige Hauptstadt unweit der Ostküste wurde bereits aus festen Steinen errichtet. Die wichtigen Tore und die öffentlichen Gebäude bestanden aus Marmor, auf dessen weithin leuchtendem Weiß goldene Ornamente erstrahlten. Die Straßen waren kunstvoll gepflastert, es gab schattige Parks, Bäder, Tempel, eine Universität, Bibliotheken und eine mächtige Regierungsburg.

An der Küste, unweit der Hauptstadt, befand sich der Haupthafen der Insel, und in seiner unmittelbaren Umgebung Werften, Marktplätze, wohl gefüllte Speicher, Gasthäuser - alles überragt von einem großen Kastell hoch auf dem Felsen am Hafeneingang. Dort residierte die atlantische Admiralität und 'verwaltete' die Meere der Welt. Vom Hafen führte ein künstlich angelegter Kanal mit beiderseits parallel verlaufenden Straßen direkt ins Zentrum der Hauptstadt.

In einer relativ kurzen Zeitspanne war eine überaus herrliche Kultur entstanden, welche die Ergebnisse aller später entstandenen Hochkulturen dieser Welt erreichte und zumeist noch übertraf. Medizin, Mathematik, Rechtswesen, Literatur, Architektur, Musik - all die vielen Gebiete menschlichen Schaffens waren hier aufgeblüht und gaben Zeugnis von der Kunstfertigkeit, dem Wissen und dem Fleiß des atlantischen Volkes.

Nun, da sie sich auf der ersten Höhe ihrer Macht sahen, schickten die atlantischen Könige Schiffe mit kühnen Kundschaftern in alle Welt. Doch diese Welt, wie man sie damals vorfand, war noch nicht reif, die Botschaft der Atlanter zu vernehmen. Ängstliche, scheue Menschen waren es, die vor den Fremden entsetzt in die Wälder flohen - oder kampfeswütige Wilde, die sich auf keine Verständigung einlassen wollten und alles Unbekannte und Fremde zu vernichten suchten. Wie bösartige Kinder gingen sie mit Steinen und Stöcken gegen die Metallschilde und bronzebeschlagenen Schiffe an - und richteten doch nichts aus.

Nun, so werde man eben warten müssen, bis auch die übrige Welt ihrer Kindheit entwachsen sein würde. Man glaubte viel Zeit zu haben damals in Atlantis, aber die Tage seines Bestehens waren bereits gezählt. Die entsetzlichste aller Katastrophen sollte dieser wundervollen ersten Blüte menschlicher Kultur ein unerwartetes und grausames Ende bereiten.

Wie ist es jedoch zu erklären, daß zwei-, dreitausend Jahre später in Babylon, Ägypten, Griechenland, in Indien, im Reich der Maya und Inka charakteristische Bauformen, aber auch andere Merkmale und Eigenheiten atlantischer Kultur, in mehr oder weniger deutlicher Ausprägung, immer wieder auftreten (und bis heute zu abenteuerlichen Spekulationen - oder doch immerhin zum Nachdenken - Anlaß geben).

Sollte sich ein winziger Keim dieses uralten Wissens der Atlanter erhalten haben?

Doch viel zu kurz war sein Weg;
das heilige Land,
in den kühlen Fluten des Meeres
mußte schon bald es versinken

Wenige nur entkamen
dem todbringenden Chaos;
treu aber bewahren sie
den göttlichen Geist von Atlantis.

Pheleo, reh. La Atantida, VI. 1087 - 88

ERSTES BUCH

DIE GRÜNDUNG

ERSTES KAPITEL

Der Himmel verfinsterte sich plötzlich und das Meer schien zu kochen. Stetig hatte sich die von allen vernommene ungewisse Macht verstärkt und früher als erwartete, bricht nun ein seltsamer Sturm los, den auch der Unerfahrenste sogleich als etwa Unvergleichliches begreift. Kein normaler Sturm konnte so beginnen. Erschreckend schnell verbreitet sich das Gefühl, daß niemand an Bord der sieben Schiffe diese unheimliche Situation überleben werde. Man vernimmt eigenartig heulende Geräusche aus der Luft. Schwaden gelben, undurchdringlichen Nebels ziehen durch die Takelage. Die Windrichtungen wechseln unfaßbar schnell.

Die Verstärkung des Wellengangs, die nach unheimlich langem Zögern endlich eintritt, bringt die Mannschaften jedoch wieder zu sich und eine gewisse Beruhigung kommt auf. Der Kampf mit Wind und Wellen, Wassereinbrüchen und gerissenem Tauwerk - so gefährlich er auch sein mochte - ist den Seeleuten bekannt, und man kämpft lieber gegen ein bekannten Gegner, selbst wenn er eine erdrückende Übermacht besitzt.

Viel schneller als sonst wird es Nacht. Die Lichter an Deck hatte der Sturm gelöscht, die Sichtverbindung zu den übrigen Schiffen war verloren. Während die Mannschaft draußen auf Deck den Kampf mit dem *normalen* Sturm aufgenommen hatte, berät man in der Kabine im Achterschiff noch über den unheimlichen Beginn des plötzlichen Unwetters und seine seltsamen Begleiterscheinungen. Die Gelehrten und Priester der zweiten atlantischen Almaaris-Expedition sitzen dabei in völligem Dunkel; es ist nicht nötig sich zu sehen - den Ernst der Lage muß man sich nicht gegenseitig von den Gesichtern ablesen.

"Wie, wenn der mächtige Sturm mit seiner Kraft, die wir alle gut kennen und fürchten, die für uns neuen und unheimlichen Kräfte neutralisiert..." läßt einer aus dem Dunkel vernehmen.

"...und dabei einen Teil seiner uns unbekannten Kraft verliert?" ergänzt fragend ein Anderer.

Trotz des betäubenden Lärms von draußen ist die Unterhaltung still und bedrückt. Die erfahrenen Männer ahnen, daß es weltbewegende Kräfte sind, über die sie hier mit einfachen Worten sprechen. Und sie wissen auch, daß sie nichts weiter tun können, als *darüber sprechen*. Sie sind mit ihren Schiffen in einen grausamen, unerbittlichen Kampf zweier Naturgewalten geraten, der nicht nach den Gesetzen von Sieg und Niederlage um Macht und Gewinn geführt wurde, sondern nach allgemeinen Naturgesetzen abläuft: indem aufgespeicherte Energiemengen sich berühren, sich vervielfachen oder neutralisieren - ohne Mitleid dabei alles vernichtend, was sich im Kampfgebiet befindet. Übrig bleibt am Ende kein Sieger oder Besiegter - sondern lediglich der Rest an Energie, der auf einer Seite am Anfang zuviel war.

Den Atlantern im Dunkel ihrer Schiffskabine ist dies klar, nur ihr Wissen nutzt ihnen im Moment nichts. Sie sind winzig im Chaos der tobenden Elemente und sie sind ihnen ausgeliefert. Doch dieses Wissen stellt sie auch über die Dinge, deren Funktion sie durchschauen - selbst wenn sie dieses Mal möglicherweise daran zugrunde gehen sollten.

Am nächsten Morgen hat der Sturm abgenommen, aber es will nicht Tag werden. Düstere Wolken hängen bedrohlich tief über der See und versperren die Sicht zum Horizont. In den Vormittagsstunden finden sich die stark beschädigten Schiffe wieder zusammen. Keines von ihnen ist gesunken, aber vier Seeleute hat die Flotte verloren und nicht wenige wurden schwer verletzt. Ohne richtigen Schlaf gefunden zu haben, machen sich die Besatzungen sogleich an das Ausbessern ihrer Schiffe. Mit der behelfsmäßig zusammengeflickten Flotte wird die nächstliegende Küste angesteuert. Es dauert unter diesen Umständen immerhin zwei Tage, bis man mit letzter Kraft den rettenden Strand Katheras erreicht. Selbst die Landung wird noch schwierig, denn der Seegang ist immer noch erheblich, ja er hat fast noch zugenommen. An eine sofortige vollständige Ausbesserung der Schiffe ist unter diesen Bedingungen noch nicht zu denken. Erst nach weiteren vier Tagen wird die See etwas ruhiger und die Arbeiten können nun beginnen. Auch die Mannschaften sind inzwischen wieder etwas zu Kräften gekommen. Gleich nach der Ankunft hatte man am Strand Zelte für die übermüdeten Männer aufgeschlagen und an Bord nur die notwendigen Wachen zurückgelassen.

In gewohnter Routine beginnen die atlantischen Seeleute nun die Takelage und die Aufbauten ihrer Schiffe instandzusetzen; Segel werden geflickt und Ersatzsegel angebracht. Nach wie vor bleibt der

Himmel tagsüber unnatürlich finster, aber man ignoriert die fehlende Sonne - als sei alles in Ordnung, geht man mit Eifer den notwendigen Arbeiten nach. Eines Morgens ist der Strand, der Bauplatz und die Zelte mit einer feinen Ascheschicht bedeckt, und schon am dritten Tag ihrer erzwungenen Rast hatten sie bemerkt, daß sich das Wasser immer mehr vom Strand zurückzog. Dieses Absinken des Meeresspiegels geht dann immer schneller vor sich. Man stellt aber mit Beruhigung fest, daß die nun freigegebenen Strandflächen erst vor kurzem überspült worden waren - der Wasserspiegel näherte sich nun wieder seinem normalen Pegel. Eine gewaltige, langsam ansteigende Flutwelle mußte es hier also gegeben haben, und man war gerade in dem Augenblick hier gelandet, als diese ihren Höchststand erreicht hatte.

Als alle notwendigen Ausbesserungsarbeiten abgeschlossen sind, verlassen die sieben Expeditionsschiffe unverzüglich diesen trostlosen Platz. Das ursprüngliche Ziel der Flotte, die östliche Almaaris*, wird nun aufgegeben. Angesichts der unerklärlichen Geschehnisse wollen die Priester und Gelehrten zurück zu ihrer Heimatinsel, zurück nach Atlantis, um sich über die möglichen Auswirkungen dieses Unwetters dort Klarheit zu verschaffen. Ihr Auftrag, mit den sich langsam entwikkelnden Kulturen im östlichen Almaaris-Raum Verbindung aufzunehmen, wird von ihnen auf ungewisse Zeit verschoben.

Aber die Reise zurück in den Atlantik ist gespenstisch. Die Flotte hält sich auf ihrem Westkurs immer nahe der Küste, einer Küste, an der die Verwüstung stetig zunimmt. An manchen Stellen hat sich sogar ihr Verlauf geändert oder der Strand ist kilometerweit von dicken Ascheschichten bedeckt. Auch die Verschmutzung des Wassers durch aufgewühlten Schlamm, durch Asche, Pflanzenreste und unzählige tote Fische nimmt ständig zu.

Als die Meerenge zum Atlantik erreicht ist, welche die Atlanter das 'Tor zur kleinen Welt' nannten, da aus ihrer Sicht, also vom Atlantik aus, die Almaaris mit ihren Inseln und angrenzenden Festlandgebieten eine abgeschlossene, kleine Welt darstellte - als sie also nach vielen düsteren Tagen endlich dort ankommen, ist ein weiteres Vorwärtskommen nicht mehr möglich. Die Strömung vom offenen Ozean brachte derartig viel Schlamm und Schmutz mit sich heran, daß die Wasseroberfläche kaum noch als solche zu erkennen ist. Die Felsenküste an der Meerenge mußte vor kurzem eine gigantische Flutwelle

* Bedeutung der geographischen Namen im Anhang

erlebt haben. Die Spuren davon lassen sich an abgeknickten Bäumen und schmutzigen Ablagerungen in großer Höhe am Berg ablesen. Die dem Atlantik abgewandten Küstenregionen findet man jedoch von den Zerstörungen weniger betroffen. Die sieben Schiffe gehen in solch einer Bucht also nochmals vor Anker und man vertreibt sich notgedrungen die Zeit mit dem Reinigen der Bordwände und Decks von Schlamm und Asche.

Ein neues, bedrückendes Gefühl hatte sich bei den Mannschaften und den Mitgliedern der Expeditionsleitung eingestellt. Die in Richtung Westen immer stärker werdenden Verwüstungen und vor allem das durch Schlamm und Treibholz unpassierbare 'Tor zur kleinen Welt' waren Anzeichen, die untrüglich dafür sprachen, daß es auch ihre Heimatinsel hart getroffen haben mußte.

So sehen die Männer auch kaum auf, als zwischen den schwarzgrauen Wolken jetzt manchmal kurz die Sonne hindurch blickt und die trostlose, tote Landschaft gespenstisch beleuchtet.

Vorräte an Lebensmitteln, Werkzeugen und anderen notwendigen Dingen hatte die Flotte noch sehr reichlich, die Expedition war bei ihrer Abfahrt schließlich für mehrere Monate ausgerüstet worden. Auch wollte man nicht unbedingt auf die Gastfreundschaft der Almaaris-Völker angewiesen sein. Vier Wochen müssen sie an diesem Platz jedoch noch ausharren, bis es, nach mehreren vergeblichen Anläufen, schließlich gelingt, die Almaaris durch das 'Tor zur kleinen Welt' zu verlassen und die freien Gewässer des Atlantik zu erreichen. Aber auch dieses Meer hatte sich sehr verändert. Überall treiben abgeknickte Baumstämme und Pflanzenreste im seltsam getrübten Wasser. Die Flotte steuert unverzüglich die Koordinaten des Haupthafens von Atlantis an. Von dort war man vor gut drei Monaten abgesegelt.

Nach zwölf Tagen Seereise auf dem Atlantik läßt der Kommandeur der Flotte zum dritten Mal die Position feststellen und begibt sich dann selbst an die nautischen Geräte. Zwar vertraut er seinen Leuten, aber alles in ihm wehrt sich gegen diese ungeheure Erkenntnis: sie ankern unmittelbar *über* ihrer größten Hafenstadt. Mit ihren weißen Gebäuden war sie üblicherweise schon von See aus gut zu erkennen gewesen - und nordwestlich davon begannen die Ausläufer des mächtigen Gebirgsmassivs von Atlantis, die dem Seefahrer schon von weitem als erstes Zeichen ihres Hafens galten... ...jetzt erstreckt sich ringsum bis zum Horizont nur rauhe See. Eine Wasserwüste ohne die Spur einer

Insel. Das Tiefenlot zeigt 29 Meter. Unter düsterem Himmel segeln die sieben Schiffe weiter *landeinwärts*. Machtlos, hilflos, ziellos.

Grausame Wochen kreuzen sie auf dem Gebiet ihrer versunkenen Heimat. Sie finden einen tätigen Unterwasservulkan, der in seiner Umgebung das Meer zum Kochen bringt und sie von dieser Stelle schnell wieder vertreibt. An anderer Position wird eine winzige Inselgruppe aus heißem Lavagestein gesichtet und von den Gelehrten mit beängstigender Kaltblütigkeit vermessen. Keiner möchte beim Anblick der unwirklich dampfenden Felsen daran denken, daß ihre Felder und Gärten, Dörfer und Städte mit Tempeln und Märkten und schließlich ihre Frauen und Kinder auf dem Grund dieses Meeres von Schlamm und Lava begraben sind. Die Vernichtung ist so groß und allumfassend, so unbegreiflich und doch so wirklich und unveränderbar, daß sie sich wie eine Lähmung auf die Besatzung auswirkt. Gelehrte und Priester sind ebenso davon betroffen wie die Mannschaften. Man reißt sich um ablenkende Arbeiten, die dann aber doch nur mechanisch erledigt werden.

Gleich einer Flotte von Geisterschiffen, von Verzweiflung und Unrast getrieben, durchkreuzt der Verband der ehemaligen Almaaris-Expedition ziellos den Atlantik - bis unvermutet ein junger Priester namens Pheleos das Kommando übernimmt. Keiner der bisherigen Expeditionsleiter macht es ihm streitig, keiner hält ihn auf. Die älteren Priester sehen es mit stummer Verwunderung, aber im Bewußtsein ihrer eigenen Handlungsunfähigkeit lassen sie ihn gewähren.

Die Besatzungen brauchen eine sinnvolle Aufgabe, so schwierig das in dieser Situation auch sein mochte - sonst verwandeln sich die sieben atlantischen Segler wirklich noch in Geisterschiffe. Ihr alter Expeditionsauftrag ist angesichts der Katastrophe endgültig gegenstandslos geworden, das wissen alle. Pheleos dachte jedoch weiter, löste sich von der allgemeinen Lähmung und versuchte mit der grausamen Niederlage fertig zu werden ohne zu resignieren. Nacheinander besucht er alle sieben Schiffe und spricht mit seinen Landsleuten. Der Kerngedanke seines Planes ist seine feste Überzeugung, daß es noch anderen atlantischen Menschen gelungen sein mußte, zu überleben. Atlantis hatte zum Zeitpunkt der Katastrophe Niederlassungen und kleine Stützpunkte in allen Ecken des atlantischen Ozeans: in Westkathera, Lankor und Niphera, auch im Almaarisraum mußte es solche Niederlassungen geben und vielleicht auch noch in entfernteren Gebieten der Welt. Die Priester wußten, daß ein paar Monate vor ihnen eine große

Südsee-Expedition ausgelaufen war - mit nicht weniger als 56 gut ausgerüsteten Schiffen und vielen berühmten Gelehrten an Bord. Und auch sonst konnten sich noch Schiffe auf dem Meer befinden, welche die Flut auf hoher See oder in fernen sicheren Häfen überstanden hatten. Pheleos fordert alle auf, diese Überlebenden zu suchen und zusammenzuführen. Daß sie selbst noch am Leben waren und über funktionstüchtige Fahrzeuge und große Vorräte verfügten, schien der beste - wenn auch vorerst der einzige - Beweis für die Richtigkeit seiner Gedanken.

Man hört auf hin und beschließt, zunächst alle bekannten Stützpunkte entlang der umliegenden Atlantikküsten abzusuchen. Zunächst mit südlichem Kurs die Westküste Katheras hinab - dann hinüber nach Lankhor und dort in nördlicher Richtung die Ostküste dieses Doppelkontinentes wieder hinauf. Verpflegung und Trinkwasservorräte konnte man unterwegs bei den notwendigen Landerkundungen entsprechend ergänzen. Pheleos wird in einer knappen Zeremonie vom ranghöchsten Priester zum neuen Kommandeur für dieses Vorhaben ernannt und damit gleichzeitig von seinen bisherigen Pflichten befreit. Auch bei den Mannschaften hatte er sich mit seiner entschlossenen und zugleich sinnvollen Initiative allgemeine Anerkennung erworben.

Der Verband hat nun wieder ein Ziel und segelt in straffer Formation südostwärts. Er erreicht kurz darauf Kathera am Punkt AD 5273 des atlantischen Koordinatensystems, dessen Nullpunkt die nicht mehr existierende Hauptstadt bildete. Tag für Tag und Woche für Woche schleicht man nun in weit auseinandergezogener Formation an der zerstörten Küste entlang. Um die Chance für Entdeckungen zu erhöhen, wird der Abstand zwischen den Schiffen möglichst groß gehalten. Die Beobachtungsposten müssen sich nun ununterbrochen die entsetzlichen Verwüstungen an diesen Stränden ansehen. Es ist für sie kaum vorstellbar, hier noch Überlebende anzutreffen.

Mit unguten Ahnungen nähert man sich den gut bekannten Koordinaten eines großen atlantischen Stützpunktes. Doch dieser Ort wird für die Männer der Suchflotte zu einer traurigen Enttäuschung. Alles ist hier zerstört und kaum noch als Basis zu erkennen. Vereinzelt ragen noch Trümmerreste atlantischer Bauwerke und Hafenanlagen aus dem Schlamm. Tote findet man nicht. Das Gebiet hatte nach den Vermutungen der Gelehrten wahrscheinlich erst ein Erdbeben und anschließend den Aufprall einer gewaltigen Flutwelle erlebt.

Nach nur kurzem Aufenthalt geht die Fahrt weiter. Sehr viel weiter südlich wird, nach mehreren langen Wochen vergeblicher Suche, endlich die erste wirklich erfreuliche Entdeckung gemacht. Man findet eine vollkommen intakte Siedlung, die von der atlantischen Flotte vor etwa dreißig Jahren als Ausgangsbasis für weiterführende Reisen in den sylonischen Ozean angelegt wurde. Damals verfolgten die Atlanter das Ziel, die ganze Weltkugel mit einem Netz von Seeverkehrslinien zu umspannen. Zwischen den einzelnen befestigten Flottenstützpunkten sollte ein regelmäßiger Linienverkehr eingerichtet werden, so daß die Reisenden jeweils nur eine verhältnismäßig kurze Strecke zurückzulegen hatten. Außerdem konnten die Schiffe in diesen Häfen ausgebessert werden, ihre Fracht umladen und sich mit Proviant und Trinkwasser versorgen.

Der Haltepunkt im Süden Katheras, den die sieben Schiffe unter Pheleos nun erreicht hatten, war eine der ersten Anlagen dieser Art und bereits vollständig ausgerüstet. Auf einer Anhöhe und im Umkreis des Hafens hatten die atlantischen Siedler den Urwald gerodet und einige kleine Felder angelegt. Mit den Eingeborenen des Landes gab es hier noch keine Kontakte, so berichtet Sartos, der Kommandeur des Stützpunktes. Sie lebten landeinwärts im Busch und sind kaum interessiert ihr Siedlungs- und Jagdgebiet zu verlassen. Ein- bis zweimal im Jahr machten sich ein paar Atlanter auf, um im Hinterland zu jagen und die Stimmung in den Eingeborenendörfern zu erkunden.

Von der großen Katastrophe hat man hier nur wenig bemerkt. Die einzige beängstigende Auswirkung war jene, daß nach der, hier schon verhältnismäßig schwachen, Flutwelle keine Schiffe mehr aus nördlicher Richtung eintrafen. Lediglich ein kleiner Schiffsverband kam vor kurzem von Süden aus dem sylonischen Ozean zurück, wo die atlantische Flotte dabei war, zwei weitere Stützpunkte für sich anzulegen. Hier warteten sie jedoch vergebens auf die angekündigten Materialschiffe aus Atlantis.

Als die Kolonisten die grausame Wahrheit erfahren, können sie es zunächst nicht glauben. Ihre gesamte Insel im Meer versunken - es war unvorstellbar. Zwar haben sie nicht den Verlust von Familienmitgliedern zu beklagen, da alle Angehörigen hier zusammen wohnen - trotzdem ergreift die Menschen eine ähnliche Lähmung wie vor kurzem die Besatzungen der sieben Schiffe. Und langsam begreifen sie auch, daß ihr Hafen hier, mit all seinen neuen Anlagen, ihre Magazine, ihr stolzes Kastell, die mühsam gerodeten Felder - daß dies alles nun mit einem Schlage überflüssig geworden ist. Es würde keinen Welthandel mit anderen Kontinenten geben, da es kein Atlantis mehr gab.

Sartos, ihr Kommandeur und einer der erfahrensten Seemänner der atlantischen Flotte, gibt kurz entschlossen den Befehl, seinen gut ausgebauten Stützpunkt aufzulösen und sich der Suchflotte des Pheleos anzuschließen. Da die jetzt insgesamt zur Verfügung stehenden zwölf Schiffe jedoch nicht ausreichen, um alle Bewohner aufzunehmen und da man auch damit rechnen mußte, daß möglicherweise noch weitere Atlanter aus den sylonischen Gewässern hier eintreffen würden, bleibt eine kleine Besatzung vorerst noch hier. Alle übrigen schließen sich der Suchfahrt an. Mit frischem Proviant versehen überquert die Flotte den südlichen Atlantik in Richtung Lankhor.

Wenn man bedenkt, daß noch vor kurzer Zeit weite Seereisen etwas relativ Seltenes und Heldenhaftes waren - solche Reisen wurden mit viel Aufwand vorbereitet und von allen erdenklichen Sicherheitsvorkehrungen begleitet - dann hatte die Seefahrt nach der Katastrophe einen gewaltigen Aufschwung genommen. Einen Aufschwung allerdings, der allein von der Suchflotte repräsentiert wurde. Die neue Situation erforderte notgedrungen diese größeren Dimensionen und es zeigte sich, daß die Männer und ihre Schiffe diesen Anforderungen gewachsen waren. Andererseits blieb ihnen auch keine andere Wahl und keinem wäre es jetzt noch in den Sinn gekommen, sich für eine Atlantiküberquerung feiern zu lassen.

Und es schien, als hätte auch das Meer ein Einsehen mit dem tapferen kleinen Rest des in ihm versunkenen Volkes. Mit gutem Wind und ohne von einem Sturm aufgehalten zu werden, erreicht die Flotte unbeschadet die Küste Lankhors. Man findet bald eine günstige Landungsstelle und schickt Männer aus um Trinkwasser zu holen. Einen ganzen Tag streifen sie durch die unzugänglichen Wälder, ohne einen Bach oder See zu finden. Als es Abend wird, erreichen sie schließlich einen Hügel, der vom Meer aus gut zu erkennen ist und auf dem sie verabredungsgemäß ein weithin sichtbares Feuer entzünden und ihr Lager aufschlagen. Von hier sehen sie auch die Lichter ihrer vor Anker liegenden Flotte. Am nächsten Tag wird landeinwärts endlich Wasser gefunden und der Suchtrupp markiert den Weg zurück bis zur Küste. Am darauffolgenden Tag können die Besatzungen aller Schiffe ihre Wasservorräte ergänzen.

Die Suchfahrt geht unverzüglich in nördlicher Richtung weiter. Wie schon an der katheranischen Küste, segelt man auch hier in lang auseinandergezogener Formation. Auf jedem Schiff sind ständig Beobachter im Einsatz, die das Land im Auge behalten und nach Zeichen menschlicher Ansiedlungen suchen. Nach Wochen macht man endlich die erste bedeutsame Entdeckung. Die besonders eifrigen Beobachter des ersten Fahrzeuges - die Reihenfolge wurde täglich gewechselt - sichten einen offensichtlich noch im Bau befindlichen atlantischen Hafen. Der vorbereitete Erkundungstrupp geht sofort an Land: zwölf bewaffnete Männer, die auch im Kampf nicht unerfahren sind, falls es Angriffe von wilden Tieren oder aggressiven Eingeborenen geben sollte.

Unmittelbar neben den begonnenen Fundamenten für den neuen Hafen ziehen sie ihr Boot ans Ufer. Werkzeuge und Teile von Gerüsten liegen verlassen herum und werden von den Wellen umspült. Der Ort wirkt verlassen aber nicht von Zerstörungen heimgesucht. Vorsichtig gehen die Männer weiter. Außer dem gewaltigen Rauschen der Brandung ist kein Laut zu vernehmen. Gleich hinter dem Strand steigt das Gelände steil an. Dort oben, zwischen runden Felsblöcken werden einfache Gebäude sichtbar. Langsam steigen die Männer hinauf - aber auch hier ist kein Mensch zu sehen. Man sieht sich um. Die Siedlungshäuser sind zwar noch nicht ganz fertiggestellt, aber bereits auf eigenartig provisorische Weise bewohnbar gemacht worden. Beim Betreten eines der Häuser stellt man mit Erstaunen fest, daß erst vor kurzem jemand hier gewesen sein muß. In einer kühlen Ecke stehen saubere Trinkwasservorräte in großen irdenen Krügen und auf einer Matte liegen frische, unverdorbene Früchte, die den Männern aus Atlantis allerdings unbekannt sind. Sie verlassen das Haus und begeben sich ins Zentrum der kleinen Siedlung. Acht Häuschen gruppieren sich hier locker um einen Platz, dessen Rund zum Meer hin offen ist und damit eine ungehinderte Sicht von diesem Dorfplatz auf den kleinen, tiefer gelegenen Hafen ermöglicht. Alles scheint leer und ausgestorben. Das nahe Meer mit seinem gewaltigen, eintönigen Rauschen unterstreicht noch dieses Gefühl der Leere und Verlassenheit. Fragend sehen sich die Männer vom Suchtrupp an. Gerade will einer die Hände zum Mund führen, um laut zu rufen und die bedrückende Stille zu durchbrechen, als ein anderer seinen Arm wieder herunterdrückt. Alle sehen sich nun um - und bleiben einen Moment wie erstarrt stehen: mitten auf dem Platz, im hellen Sonnenschein, steht seelenruhig ein kleines Mädchen von drei bis vier Jahren. An ihrem einfachen, weißen Leinengewand erkennen die Männer sofort, daß es das Kind einer atlantischen Familie sein muß. Schon nach wenigen Worten versteht das Mädchen, daß es sich bei den fremden Besuchern offenbar um Freunde handeln muß, und auf einen Wink kommen nach und nach aus allen möglichen Winkeln und Verstecken weitere kleine Kinder, von denen keines älter sein mochte als sie selbst.

Die verdutzten Seeleute bekommen schließlich die Auskunft, daß die Mütter auf den Feldern und die Väter vor langer Zeit aufs Meer gefahren sind. Tatsächlich findet man dann landeinwärts viele junge Frauen, die in großer gemeinsamer Anstrengung versuchen, dem Wald weiteren Boden abzuringen und die bereits gerodeten Flächen zu bewirtschaften. Die Männer werden stürmisch begrüßt - niemand hat hier damit gerechnet, daß die atlantische Flotte nach ihnen suchen würde. Die Frauen lassen ihre Arbeitsgeräte fallen wo sie gerade stehen und laufen den Ankommenden entgegen. Auf dem Rückweg zur Siedlung berichten sie in knappen Sätzen, was ihnen hier geschehen war.

"Vor drei Monaten sind unsere Männer mit den einzigen beiden kleinen Seglern, die wir hier sonst zum Fischfang benutzen, ausgelaufen, um der nächsten, zwölf Tagereisen nördlich gelegenen Kolonie beim Bau ihres Hafens zu helfen - sowie deren Männer zuvor uns geholfen hatten. Spätestens in vier Wochen wollten sie wieder zurück sein. Nur wenige Tage nach ihrer Abfahrt kam jedoch eine große Flutwelle von Norden über das Meer - und wir haben nie wieder etwas von ihnen gehört. Bis hier oben zur Siedlung stieg das Wasser in diesen Tagen. Unser neuer Hafen wurde dabei vollständig zerstört."

Die Frau versucht sich zu beruhigen. Durch die Erzählung wurden diese schon halb verdrängten traurigen Erlebnisse wieder in ihr wach. Schließlich faßt sie sich und berichtet weiter: "Sämtliches Gerät für den Fischfang war mit den Booten und unseren Männern auf See verschwunden, so gab es für uns Frauen nur eine Möglichkeit, um mit unseren Kindern zu überleben: das kleine Feld, welches wir vorher nur zur Ergänzung unserer Versorgung angelegt hatten, mußte erweitert werden. Da wir weder fischen noch jagen konnten, blieb uns nur der Ackerbau. Einige versuchten es zwar eine Zeitlang mit Fallenstellen, hatten damit aber wenig Erfolg. Die Kinder sind natürlich noch viel zu klein, um mitzuarbeiten. Unsere Siedlung hier wurde erst vor fünf Jahren gegründet und keines der Kinder ist älter als vier Jahre."

Die Nachricht vom Untergang der Heimatinsel nehmen die Frauen sehr gefaßt auf. Dieser Untergang hatte durch seine weit ausstrahlende Wirkung auch ihre Männer umgebracht - und mit diesem sehr viel näher liegenden Unglück hatten sie sich bereits abfinden müssen.

Die Suchfahrt der Flotte soll möglichst schnell fortgesetzt werden und so begeben sich die Frauen mit ihren Kindern noch am gleichen Tag an Bord. Gleichzeitig begannen Bergungstrupps mit dem Verladen aller brauchbaren Gegenstände. Die von den Frauen nicht weiter beachteten, da in ihrer Situation wertlos gewordenen Werkzeuge und Baugeräte füllen nun die leeren Frachträume der großen Segler. Im feinen Sand des Strandes findet man auch einige vollständige Kisten mit eisernen Beschlägen, Nägeln und Seilen - alles wertvolle Schätze für den Bau einer späteren neuen Siedlung der Atlanter.

Nach drei Tagen ist die Kolonie restlos geräumt und die Flotte lichtet die Anker. Die in mühevoller Arbeit gerodeten Flächen werden bald vom tropischen Wald verschlungen sein, ebenso der Dorfplatz mit den Resten der einfachen Holzhütten. Jetzt sind die Bewohner dieser Kolonie Bestandteil der immer größer werdenden Gemeinschaft der Überlebenden von Atlantis. Pheleos, das Oberhaupt dieser Gemeinschaft, hat mit seiner Idee recht behalten und das Vertrauen der Menschen gewonnen. Jedem ist nun klar, wie wichtig es ist, die atlantischen Stützpunkte an den umliegenden Küsten aufzusuchen und ihnen zu Hilfe zu kommen. Es war durchaus vorstellbar, daß irgendwo überlebende Kolonisten gerade in diesem Moment von aggressiven Eingeborenen bedroht wurden. Da man davon auszugehen hatte, daß in den betroffenen Gebieten als erstes die Schiffe und Hafenanlagen von der Flutwelle zerstört wurden, gab es für diese Menschen keine Fluchtmöglichkeit auf die See. Ihr Überleben konnte, wenn sie vom Hinterland ständig bedroht wurden, eine Frage von Tagen oder Wochen sein. Einige von Pheleos Beratern mahnen daher zur Eile, sie wollen die Suchflotte sogar teilen und einige Schiffe in schneller Fahrt vorausschicken. Pheleos geht jedoch nicht darauf ein. Er will die mühsam zusammengeführten Kräfte nicht wieder teilen. Bei einer Zusammenkunft aller Schiffsführer und Priester gelingt es ihm nach langen Diskussionen, alle von seiner Auffassung zu überzeugen. Man einigt sich jedoch darauf, die Suche zügiger als bisher fortzusetzen. Bei der Entdeckung von atlantischen Stützpunkten sollte das Gros der Flotte mit der üblichen, langsameren Suchgeschwindigkeit zunächst unvermindert weiterfahren, während ein oder zwei Schiffe, mit der Evakuierung und Bergung der Kolonie befaßt, kurzzeitig zurückbleiben würden. In schneller Fahrt konnten sie die Übrigen danach wieder einholen. Irgendwo im Nordosten des Atlantiks, auch dies wird nun erstmals festgelegt, soll nach Beendigung dieser großen Suchfahrt eine neue, dauerhafte Basis für die zusammengeschlossenen Überlebenden geschaffen werden. Frauen und Kinder würden wieder eine neue, sichere Heimat haben und man konnte neue Kräfte sammeln, um von dieser Basis aus weitere gezielte Suchexpeditionen zu starten.

In Sartos, dem Kommandeur des ehemaligen katheranischen Flottenstützpunktes, hatte der junge Priester Pheleos einen wertvollen Freund gefunden. Sartos war älter und erfahrener und hatte vor seinem Dienst auf dem Stützpunkt schon viele gefährliche Situationen auf den Weltmeeren erlebt. Aufgewachsen im Hafenviertel der alten Hauptstadt, machte er mit fünfzehn Jahren seine erste größere Seereise. Danach war er nur noch selten an Land. Sartos erwarb sich Verdienste in der Flotte, wurde schließlich Mitglied der Admiralität, leitete den Bau von außeratlantischen Flottenstützpunkten, suchte geeignete Plätze an unbekannten Küsten und organisierte die umfangreichen Materialtransporte dorthin.

Als die atlantische Regierung damals den gigantischen Beschluß faßte, die gesamte Welt mit einem Netz von Schiffahrtslinien zu umspannen, begann bei den Atlantern eine regelrechte Auswanderungswelle. Das Volk hatte sich in den vergangenen Jahrhunderten so gewaltig entwickelt, daß der Wunsch, sich über die ganze Welt auszudehnen, stärker und stärker wurde. Atlantis selbst war zu dieser Zeit bereits ein weitgehend kontrolliertes Land. Alles war vermessen und aufgeteilt, besonders in und um den Städten. Alle Lebensbereiche der Bewohner waren gesetzlich geregelt - ob Hausbau, Landaufteilung, Familienrecht, örtliche Verwaltung - für alles gab es Vorschriften und eine Vielzahl kontrollierender Beamter. Vielleicht wollten die Auswanderer, in Erinnerung an ihre frühere, ungebundene Lebensweise, auch nur diesen neuen Zwängen entfliehen indem sie zu Siedlern an fernen, unbewohnten Küsten wurden. Ein freies, dafür aber hartes, gefährliches und entbehrungsreiches Leben war ihnen dort jedenfalls gewiß.

Sartos wußte, daß es damals Bestrebungen in der Admiralität gab, alle neuen außeratlantischen Stützpunkte, gleich in welchen Teilen der Welt sie sich befanden, einheitlich auszustatten. Seine Basis in Südkathera war das erste Musterbeispiel dafür. Dieser einheitliche Ausbau bedeutete jedoch einen gigantischen Aufwand und hätte nach den Berechnungen der Fachgelehrten mindestens zwei Jahrhunderte in Anspruch genommen. So duldete man zunächst die spontan entstehenden kleinen Kolonien der Auswanderer und förderte sie sogar, indem ihnen Schutz und Hilfe der atlantischen Flotte zuteil wurde. Nach und nach aber sollten diese *wilden Kolonien* mit dem Ausbau der einheitlichen Basen wieder verschwinden und die heilige atlantische Ordnung würde sich - so die damalige Vorstellung der Verantwortlichen - auch in diesen fernen Punkten der Welt durchsetzen.

Davon ausgehend war es also durchaus möglich, daß auch an Stellen, die nicht in den Seekarten bezeichnet waren, atlantische Siedler überlebt hatten. Weitere Suchexpeditionen würden also unbedingt erforderlich werden. Sartos selbst wollte sie unter seinem Kommando durchführen. Immer mehr wurde hier auch eine Arbeitsteilung zwischen den Freunden Pheleos und Sartos sichtbar: durch die Entlastung bei der praktischen Führung der Flotte hatte Pheleos nun mehr Zeit, sich mit den geistigen Belangen des kleinen Volkes und den zukünftigen Möglichkeiten der Erhaltung seiner großartigen Kultur zu befassen.

Wenn auch die Verwüstungen an der Küste immer mehr zunehmen, je weiter man nach Norden vorstößt, so kommt es doch auch zu zahlreichen glücklichen Begegnungen mit hilfsbedürftigen Siedlern, die sich ihren Landsleuten auf den Schiffen dankbar anschließen. Einigen hatte die Flutwelle sämtliche Boote, Unterkünfte, Werkzeuge und Waffen geraubt. Sie waren gezwungen - wie ihr Volk vor Jahrhunderten - wieder in Höhlen und Laubhütten zu leben.

Nachdem auch die Erkundung der Inselwelt mit mittleren Teil Lankhors abgeschlossen ist, ankert die Flotte vor der nördlichsten dieser herrlichen Inseln. Man entschließt sich nun doch, die Kräfte zu teilen. Sartos hat dazu einen Plan ausgearbeitet, dessen Logik sich auch Pheleos nicht widersetzen kann. Drei der schnellsten Schiffe sollen unter Sartos Führung, nur mit den notwendigsten Reisevorräten und einer kleinen aber ausgesuchten Besatzung, weiter die zahlreichen kleinen Inseln dieser Gewässer absuchen. Die übrige Flotte würde inzwischen mit allen Frauen und Kindern und sämtlichen bisher geborgenen Materialien und Geräten nach Niphera segeln. Auf einer der senturischen Küste vorgelagerten kleinen Insel befand sich ein, in allen Seekarten verzeichneter großer atlantischer Stützpunkt. Die Gelehrten gingen in ihren Berechnungen davon aus, daß es dort keine nennenswerten Zerstörungen gegeben haben dürfte und wollten an dieser Stelle, wo man auch auf eine weitere große Anzahl Landsleute zu treffen hoffte, die neue, große Basis aller Atlanter errichten. Nach Abschluß seiner Mission hier in Lankhor würde Sartos mit seinen drei Schiffen dann ebenfalls diese Basis ansteuern, um sich dort wieder mit dem Hauptteil der Flotte zu vereinen.

Schon am frühen Morgen des nächsten Tages lichtet man die Anker. In schneller Fahrt verlassen drei leichte Schiffe die Flotte und sind bald am Horizont verschwunden. Etwas schwerfälliger beginnt der Aufbruch der übrigen vollbeladenen Fahrzeuge. Für viele Männer,

Frauen und Kinder ist die langsame und zermürbende Suchfahrt entlang der zerstörten Küsten vorerst beendet. Quer über das weite, leere Meer segelt man nun einer neuen, noch unbekannten Heimat entgegen.

Bei leicht unruhiger See, aber mit günstigem Wind erreicht die Flotte den Kontinent Niphera nahe des Nordwestkaps des Landes Cethy. Hier hatten atlantische Seefahrer vor mehr als einem Jahrhundert erstmals einen fremden Kontinent betreten und seitdem hatte es immer wieder Begegnungen mit den Ureinwohnern dieses dünn besiedelten Landes gegeben. Bevor man das endgültige Ziel der Reise ansteuert, will man auch hier, sozusagen auf dem Weg, noch einige ausgesuchte Küstenabschnitte nach möglichen Überlebenden absuchen. Die Zerstörung ist wie erwartet an vielen Stellen unvorstellbar stark, aber es gibt auch größere Buchten, deren südlicher Teil nahezu unversehrt geblieben ist. Als ein Erkundungstrupp an Land geschickt wird, um frisches Trinkwasser zu holen, kommt es unerwartet zu einem ernsten Zwischenfall. Die Männer hatten ihre Boote soeben verlassen und sind gerade auf halben Wege zu einer bewaldeten Dünung, als plötzlich eine größere Menge Eingeborener aus dem Dickicht hervor stürmt und die Atlanter mit unvermuteter Wucht angreift. Zwei Männer werden sofort getötet, den anderen gelingt es nur mit Mühe, die schützenden Boote am Strand zu erreichen. Unter einem Hagel von Steinen und primitiven Speeren versuchen sie, auch die Toten und Verwundeten zurückzubringen. Das zunächst liegende Schiff bemerkt die Unruhe am Strand und manövriert sofort, um in eine bessere Position zu kommen. Durch einige Salven brennender Pfeile können die Angreifer schließlich gestoppt werden. Der stark angeschlagene Suchtrupp kann die Boote abstoßen und aufs Meer zurückrudern.

Pheleos nimmt sich vor, die Ursachen der offensichtlich stark gesteigerten, ja unnatürlichen Aggressionslust dieser früher sehr friedfertigen Eingeborenen noch untersuchen zu lassen. Er hat das unbestimmte Gefühl, daß dieses Phänomen mit der Katastrophe in Zusammenhang stehen könnte. Es blieb nur zu hoffen, daß ihnen nicht an allen Küsten dieses Kontinents ein solch ungastlicher Empfang bereitet würde.

Langsam setzt die Flotte den Weg nach Norden fort. Tag für Tag gleiten die großen Schiffe lautlos an den düsteren, nebligen Küsten Nipheras vorüber. Wie es dahinter aussah wußte niemand, die weiten Inlandsgebiete sind noch weiße Flecken auf den Karten der Atlanter - unheimliche weiße Flecken.

Nach dem Zwischenfall mit den Einwohnern von Cethy konnte

man hier wohl nicht mehr auf überlebende Landsleute hoffen, und es werden schließlich auch keine mehr gefunden. Nur eine aufgegebene kleine Siedlung wird gesichtet und untersucht. Sie wurde vor vielen Wochen offensichtlich planmäßig verlassen, denn sie wies keine Zerstörungen auf und alles bewegliche Inventar war mitgenommen worden. Aggressive Eingeborene schien es hier, rund tausend Kilometer von der ersten Landungsstelle entfernt, also nicht mehr zu geben.

Die Flotte entfernt sich damit aus den küstennahen Gewässern und steuert nun endlich des eigentliche Ziel der Reise an. Die Spannung unter den Besatzungen, den ehemaligen Siedlern, den Frauen und Kindern wächst von Tag zu Tag. Wie wird die zukünftige Heimat aussehen? Wird der Stützpunkt, den sie ansteuern, noch intakt sein? Wird man atlantische Menschen dort treffen? Oder werden wieder Kämpfe mit Eingeborenen bevorstehen...? Die Flottenkommandeure scheinen diese Möglichkeit jedenfalls nicht auszuschließen. Vorsorglich werden Waffen ausgegeben und die Männer in Angriffs- und Verteidigunggruppen eingeteilt. Falls es sein mußte, würde man kämpfen. Die Menschen brauchten endlich eine Ruhepause, ihre Irrfahrt durch den Ozean mußte ein Ende finden. Alle waren des Reisens müde und die überfüllten Schiffe befanden sich in einem so traurigen Zustand, daß auch ihnen eine Weiterfahrt nicht mehr zuzumuten war.

Die relativ vielfältige Inselwelt an der Südküste Senturas beruhigt die atlantischen Kommandeure - falls das angesteuerte Ziel inzwischen von der Urbevölkerung besetzt sein sollte, konnte man sicherlich auf einen anderen Ort ausweichen. Vielleicht ließ sich ein Kampf dadurch vermeiden.

An einem nebligen Spätsommermorgen des Jahres 424 atlantischer Zeitrechnung erreicht die Flotte endlich die in den Seekarten angegebenen Basiskoordinaten. Der Stützpunkt bestand aus zwei größeren und einer kleineren Insel, die auf Sichtweite im Dreieck beieinander lagen und nach den vorhandenen Aufzeichnungen alle von Atlantern besiedelt sein sollten. Als die Schiffe langsam in die Mitte dieser Inselgruppe einlaufen, werden an den Ufern nach und nach Feuer entzündet. Bald darauf hört man in der Stille das gleichförmige Eintauchen von Rudern. Durch die flach über dem Wasser liegenden Nebelschwaden kommen Boote an die Schiffe heran und werden schließlich sichtbar. Immer wieder werden jetzt die erlösenden atlantischen Begrüßungsworte gerufen, wodurch sich die Freude und Begeisterung auf beiden Seiten immer mehr steigert.

Einige tausend Atlanter, meist ganze Familien mit ihren Kindern und Alten, leben hier auf den drei Inseln. Sie verfügen lediglich über kleine Fischerboote, mit denen sie zum Fischfang ausfahren oder hin und wieder zum Festland übersetzen. Dort war es allerdings inzwischen zu gefährlich für das geschwächte kleine Volk geworden. Seit aus Atlantis kein Nachschub und keine großen Schiffe mehr kamen, hatten die Kolonisten ihre Festlandaktivitäten vorsichtshalber aufgegeben und sich vollständig auf ihre sicheren Inseln zurückgezogen.

Die Ankunft der Suchflotte, mit der auch hier niemand gerechnet hat, bringt den Ausweg aus einer verzweifelten Situation. Ungewißheit und zermürbende Isolation sind nun überwunden.

Für die neu hinzugekommenen Landsleute ist noch genug Platz auf den Inseln, es müssen nur neue Wohnunterkünfte, Werkstätten und Speicher gebaut werden. Zunächst aber wird ein Fest vorbereitet, ein spontanes Freudenfest, daß niemand vorausgeplant hat, daß aber plötzlich das selbstverständlichste Anliegen aller zu sein scheint. Die Trauer um ihre versunkene Heimat hatte die Menschen monatelang gequält; aber nun hat sich dieser kleine, mutige Rest des einst so stolzen und großen Volkes wie zum Trotz gegen das Schicksal behauptet: sich wieder gesucht, organisiert und zusammengefunden. Eine erste Etappe auf dem Weg zum Weiterleben ist geschafft, ein erster Erfolg ist errungen. Es ist ein Grund zum feiern.

Die wochenlange Enge auf den Schiffen scheint vergessen, Musikinstrumente werden aus den Lagerräumen herausgesucht oder in aller Eile zusammengebaut. Auch etliche Weinfässer kommen zum Vorschein. Die ausgelassenen Menschen musizieren und singen, tanzen und küssen sich. Vier Tage und vier Nächte dauert das Fest. Es ist nach den Monaten der Enge und Ungewißheit eine lang ersehnte und verdiente Abwechslung.

Etwas abseits der Feuerplätze stehen die Priester und Würdenträger und sehen dem ausgelassenen Treiben zu. Eine tief empfundene Freude und Zufriedenheit ist deutlich an den sonst so ernsten Gesichtern abzulesen.

Als das Fest vorüber ist und schließlich auch die letzten ihren Rausch ausgeschlafen haben, geht es daran, die Schiffe vollständig zu entladen, neue Quartiere zu bauen und Werkstätten einzurichten. Starke bewaffnete Abteilungen fahren zum Festland, um zusätzliches Bauholz zu holen. Auch größere Jagden können dort unter dem Schutz von Sartos ehemaliger Kastellbesatzung nun wieder durchgeführt werden. Die Speisekammern sind für den bevorstehenden Winter zu füllen. Ein wenig Ackerbau auf den Inseln selbst und vor allem der Fischfang ergänzen die Versorgung. Die Atlanter zeigen sich bei all diesen Unternehmungen sehr ideenreich. Durch die zwingenden Umstände macht die Entwicklung ihrer handwerklichen Fertigkeiten weit größere Sprünge, als vor der Katastrophe in Atlantis. Man ersinnt neue Werkzeuge und neue Verfahren, nutzt andere Materialien und konstruiert auch bessere Wohnhäuser. Neben den Siedlungsbauten wird auch ein großer Reparaturplatz für die Hochseeschiffe eingerichtet, da alle Fahrzeuge der Flotte mehr oder weniger stark ausbesserungsbedürftig sind. Diese Aufgabe übersteigt zwar fast die Möglichkeiten des kleinen Volkes, aber sie ist lebensnotwendig und muß unter allen Umständen bewältigt werden. Da die Gewässer in Ufernähe nicht die erforderliche Tiefe für die großen Schiffe haben, wird ein breiter Steg ins Meer gebaut, an dem die Flotte ankert. An seinem Ende entsteht, etwa in der Mitte der drei Inseln, ein schwimmendes Trockendock.

Im Laufe des nächsten Sommers erhält die Basis ihre endgültige Form. Auf den zwei größeren Inseln befinden sich nun die aus vielen, kleinen Holzhäuschen bestehenden Wohnsiedlungen. Auf der dritten, kleineren Insel werden Bauholz, Seile, Segelzeug und viele andere zum Ausbessern der Schiffe gebrauchte Materialien gelagert. Dort sind auch die großen Werkstätten und Speicher eingerichtet. Diese Insel wird von den Bewohnern allgemein als 'Arsenal' bezeichnet.

Der Platz, auf dem das große Begrüßungsfest stattfand - auf einer der beiden Wohninseln gelegen - ist inzwischen von drei Seiten mit Häusern und Werkstätten umgeben und wird als zentraler Markt- und Versammlungplatz genutzt. Eine alte atlantische Marmorstatue, eine Jagdgöttin darstellend, schmückt diesen Platz. Die Gründer dieser Basis hatten sie einst - lange vor der großen Katastrophe - hierher gebracht. Den Abschluß des Platzes auf der vierten Seite bildet das flache Ufer mit seinen vielen Bootsstegen. Hier befindet sich sozusagen der Fischereihafen. Auch die anderen beiden Inseln und die ankernde Flotte sind von hier, wenn nicht grade dichter Nebel über dem Wasser liegt, gut zu sehen.

Im Frühjahr trifft Sartos mit sechs Schiffen ein. Nach langer, gefahrvoller Reise war es ihm gelungen, alle seine Besatzungsmitglieder, sowie drei neue, unversehrte atlantische Schiffe, die in einer geschützten Bucht die Flutwelle überstanden hatten, mit den dazugehörigen Kolonisten gesund und ohne Verluste hierher zu bringen. Oft mußte er Stürmen ausweichen und unbekannte Gewässer befahren, und man sieht den eintreffenden Schiffen diese harte Bewährungsprobe auch deutlich an.

Die Ankunft der neuen Siedler wird natürlich wieder gefeiert. Es ist ein erster erfreulicher Höhepunkt nach diesen naßkalten Wintertagen. Sartos kann stolz berichten, daß er noch weit mehr Landsleute in Lankhor gefunden hatte, die alle bereit waren, in nächster Zeit hierher umzusiedeln. Allein auf den vorhandenen sechs Schiffen ließen sich bei dieser Fahrt nicht mehr Menschen unterbringen. Sartos hatte jedoch bereits eine neue Fahrt geplant und mit den zurückgebliebenen Atlantern feste Vereinbarungen getroffen. Er ist nach den bisherigen Erfolgen wie besessen von seiner Idee, alle noch lebenden Landsleute hier zu vereinen. In langen Gesprächen mit Pheleos kommen auch seine Überlegungen zum Ausdruck, daß man sich später mit dem gesamten Restvolk durchaus auch auf einem anderen Kontinent endgültig niederlassen könne, wo die natürlichen und klimatischen Voraussetzung günstiger waren als hier im Norden. Pheleos widerspricht dem nicht grundsätzlich, meint aber, daß das Volk fürs erste eine Phase der Ruhe und Sammlung dringend nötig habe. Und er gibt auch zu bedenken, daß solch eine gewaltige Anstrengung, wie die nochmalige Umsiedlung vieler tausend Menschen, sehr gut vorbereitet werden müßte. Um einen wirklich optimalen Platz für eine neue Heimat zu finden, darin stimmen schließlich beide Männer überein, werden mit Sicherheit noch sehr viele aufwendige und gefährliche Erkundungen an fernen Küsten notwendig werden.

Sartos will nun, so schnell es nur geht, wieder auf See. Er fühlt sich nur dann richtig wohl, wenn er Schiffsplanken unter den Füßen hat. Die große Katastrophe hatte aus diesem guten Seemann einen wahren Fanatiker des Meeres gemacht. Kein Risiko schreckte ihn - und bisher waren ihm auch all seine Unternehmungen geglückt. Das Begrüßungsfest und die Aussprachen mit Pheleos und den Ältesten sind also kaum vorbei, da besichtigt er bereits die inzwischen schon ausgebesserten Schiffe, die startklar vor Anker liegen. Er inspiziert die Arbeiten auf den noch unfertigen Seglern sowie die soeben begonnenen Schiffsneubauten in der ebenfalls gerade erst entstandenen neuen Werft auf der Arsenalsinsel. Und sogleich gibt er den arbeitenden Handwerkern auf den Baustellen neue Anweisungen, läßt selbst erdachte Veränderungen auf den Schiffen anbringen und treibt alle zur Eile an.

Sartos Ziel ist eine kleine, bescheidene Flotte von fünf Schiffen: klein genug, um mit dem Verband schnell und wendig zu sein, groß genug, um die wartenden Kolonisten aufzunehmen. Die Reise soll zunächst wieder nach Lankhor gehen. Dort will er die Suche innerhalb dieser vielfältigen Inselwelt zum Abschluß bringen und schließlich die umzusiedelnden Atlanter mit drei Schiffen zur Basis zurückschicken - während er selbst mit seinen besten Seeleuten und mit nur zwei schnellen Seglern die inzwischen schon legendäre große atlantische Südsee-Expedition suchen will. Sartos weiß sehr gut: dies ist ein äußerst schwieriges und fast aussichtsloses Unternehmen. Bis auf eben diese große Expedition hat noch kein atlantisches Schiff je diese fernen Gewässer befahren - und niemand hatte eine Vorstellung, in welcher Ecke dieses unbekannten, riesigen Ozeans sich die Flotte des Kamares, so hieß der Kommandeur jener Expedition, inzwischen aufhielt. Die heiligen atlantischen Seekarten, von denen Sartos eine vollständige Ausgabe besaß, gaben eine Vorstellung von der Größe des Meeres und damit von der Schwierigkeit seines Vorhabens. Trotzdem glaubt er es sich zutrauen zu dürfen, mit zwei guten Schiffen und einer erprobten Besatzung, im Notfall die ganze Welt zu umsegeln.

Sartos hatte die Mitte seines Lebens bereits überschritten, und wenn es ihm nun noch gelänge, die große Südsee-Expedition mit all ihren Gelehrten und Priestern, ihren herrlichen Schiffen und ihrer umfangreichen Ausrüstung zu finden, sie über die Katastrophe und den Aufenthaltsort der letzten Überlebenden zu unterrichten, ja sie schließlich mit diesen überlebenden Atlantern hier zu vereinen, dann hatte er alle überhaupt denkbaren Voraussetzungen für eine weitere Entwicklung des atlantischen Volkes geschaffen - ein großes Lebensziel wäre erreicht.

Pheleos versteht den Freund gut. Sein Plan ist gewagt, sehr gewagt, mit großer Wahrscheinlichkeit sogar aussichtslos. Aber er ist auch, das muß er zugeben, durch den relativ geringen Einsatz an Menschen und Schiffen, dieser besonderen Situation angemessen. Und Pheleos weiß auch: in nächster Zeit wird das Volk keinen besseren Seemann hervorbringen, und *dann erst* - ohne Sartos - die Südsee-Expedition suchen zu wollen, wäre für die Besatzungen wohl glatter Selbstmord. Also wird sein Plan in der Kürze der Zeit beschlossen und die Vorbereitungen laufen dank seiner Ungeduld sofort an.

Schon acht Wochen nach seiner Ankunft mit sechs schwer beschädigten Schiffen kann Sartos mit fünf anderen, frisch ausgebesserten und vollständig neu ausgerüsteten Fahrzeugen wieder starten. An Bord hat er die besten Seeleute, die sich in der Basis finden ließen. Voller Zuversicht und sicher auch mit etwas Abenteuerlust segeln sie ohne

Zwischenfälle nach Lankhor, wo sie bald darauf eintreffen. Alle dortigen Siedler werden vereinbarungsgemäß evakuiert und drei der Schiffe machen sich nun wieder, schwer beladen mit Menschen und Material, auf den Weg zurück zur Basis. Alles verläuft also planmäßig. Erleichtert sieht Sartos ihre Segel am Horizont verschwinden. Er hat jetzt das größte Abenteuer seines Lebens vor sich - und er fiebert, es endlich zu beginnen. Nun ist er nicht mehr gezwungen, in langsamer Fahrt die ewig gleich aussehenden Küsten abzusuchen, überall anzuhalten, um Menschen und Vorräte aufzunehmen. Seine zwei Schiffe sind leicht und wendig und auf seine Mannschaft kann er sich verlassen.

Unter vollen Segeln nimmt er Kurs auf die offene See. Die Küste hält ihn nicht mehr fest und dies gestattet ihm großzügige Abkürzungen um die Kontinente herum: mit erstaunlicher Präzision trifft man bald an diesem, bald an jenem Kap ein - genau zum vorausberechneten Tag. Die Schiffe scheinen Riesensprünge über den Ozean zu machen. Selbst einem Sturm will Sartos nun nicht mehr ausweichen, es würde Tage oder Wochen kosten, ihn zu umfahren. Mannschaften und Schiffe müssen hart kämpfen, bis sie ihn endlich hinter sich gelassen haben. Die Atlanter haben sich selbstbewußt mit den Naturgewalten gemessen – aber es war nicht mehr als ein Unentschieden erreicht worden. Der Zeitplan wurde zwar eingehalten - aber man hat einen Seemann verloren, dazu einen Mast und einen Teil der Decksaufbauten.

Sartos ist keineswegs niedergeschlagen. Er weiß, daß man auch zu zahlen hat, wenn man gewinnen will. Ohne Zeitverzug in die Südsee ist sein einziges Ziel - und dafür fordert das Meer seinen Tribut. Ein Reservemast wird gesetzt und die Fahrt geht ohne Aufenthalt weiter - sie sollte noch fünf lange Jahre dauern.

Das Leben in der Basis verläuft inzwischen ruhig und ohne Höhepunkte. Für die im Herbst glücklich und unbeschadet ankommenden drei Schiffe aus Lankhor wird das nun schon übliche Begrüßungsfest gegeben, sonst gibt es keine größeren Ereignisse.

Pheleos sieht etwas besorgt in die Zukunft. Wird eine so kleine Gruppe von Menschen in der Lage sein, das hohe Kulturniveau des ehemaligen Atlantis wieder zu erreichen? Es lag in der Natur der Sache, daß die ersten Anstrengungen darauf gerichtet waren, Nahrung, Kleidung und Wohnung zu sichern, sich vor der rauhen Witterung und wilden Barbarenstämmen zu schützen. Dieses Ziel war erreicht und darüber hinaus war es gelungen, die Expeditionsflotte für Sartos auszurüsten und mit Proviant für viele Monate zu versorgen. Also eine

Leistung, die bereits über das bloße Überleben hinausging.

Peinlich genau prüft Pheleos nun auch die Vorräte des gesamten Lagers und berechnet die Möglichkeiten der arbeitsfähigen Menschen. Dabei zieht er auch in Betracht, wieviele von ihnen spezialisierte handwerkliche Tätigkeiten verrichten konnten, wieviele seemännische Erfahrungen hatten und vieles andere mehr. Es ist eine große Bestandsaufnahme der Möglichkeiten, die er, um absolut sicher zu sein, ausschließlich selbst erarbeitet und von seinen Beratern lediglich überprüfen läßt.

Auf Sartos Rückkehr und die dann möglicherweise aufgefundene Südsee-Expedition will Pheleos sein Zukunftspläne nicht aufbauen. Es wäre viel zu unsicher, alle Hoffnungen auf ein derart waghalsiges Unternehmen zu setzen und selbst derweil die Hände in den Schoß zu legen. Falls die Mission mißglückte, durfte das auf die hier versammelten Atlanter keinerlei Auswirkungen haben.

Die große Bestandsaufnahme ergibt nun, daß durchaus noch Reserven vorhanden sind, die über das bloße Überleben hinausgehen. Der Bau eines Tempels konnte also in Betracht gezogen werden und dann später vielleicht noch der Bau eines festen Versammlungshauses für den Großen Rat. Steinblöcke mußten dafür von weit her geholt werden, denn auf den Inseln gab es kein geeignetes Baumaterial.

Auch die Möglichkeit, die ganze Bevölkerung noch einmal umzusiedeln, beschäftigt Pheleos nun wieder, denn sie ist mit dem neuen Bauprogramm eigentlich nicht zu vereinen. Aus Gründen, die er sich selbst nicht richtig erklären kann, will er sobald aber noch keinen neuen Siedlungsort suchen lassen. Auch im Rat wurde dieses Vorhaben zunächst noch aufgeschoben. Eine solche Umsiedlung könnte, unter Berücksichtigung aller Umstände und nach Abschluß von Sartos Suchfahrt, vielleicht in zehn oder zwanzig Jahren stattfinden. Davon ausgehend war es also durchaus vertretbar und auch notwendig, jetzt - hier in der Basis - einen festen Tempel zu errichten. Ein Tempel, so hofft Pheleos, würde helfen, den Menschen ihre alte Identität zurückzugeben und die geistige Verbindung zu ihrer großen Vergangenheit wieder herzustellen.

Da sein Plan bei den Ratsmitgliedern breite Unterstützung findet, wird bald ein Schiff bestimmt, welches an den umliegenden Festlandküsten nach geeignetem Baumaterial suchen soll. Zwei weitere Schiffe werden zugleich als Transporter für Steinblöcke umgerüstet und mit entsprechendem Verladegeräten versehen. Bereits vor Antritt dieser Erkundungsfahrt hatten die Priester auf einem flachen Hügel am südlichen, unbewohnten Ufer einer der Wohninseln den Bauplatz für den neuen Tempel abgesteckt und das umliegende Gelände nach atlantischer Tradition feierlich als heiligen Hain geweiht.

Pheleos geht schließlich selbst mit auf diese Erkundungsfahrt, er will durch seine Anwesenheit an Bord vor allem verhindern, daß sich die junge, tatendurstige Besatzung bei ihrer Mission möglicherweise auf gefährliche Abenteuer einläßt. Der Bau eines neuen Tempels sollte auf keinen Fall von Anfang an mit Opfern an Menschenleben belastet sein.

Zwei Wochen sind sie nun unterwegs und eigentlich hätte man jetzt umkehren müssen, um zur verabredeten Zeit wieder im Hafen zu sein - aber noch immer ist kein geeigneter Steinbruch in der Nähe einer möglichen Landungsstelle gefunden. Pheleos will noch drei Tage weitersuchen lassen und dann endgültig die Rückfahrt antreten. Es ärgert ihn, daß die Realisierung seines Planes mit derartigen Schwierigkeiten beginnt. Aber an dieses Küsten scheint wirklich kein geeignetes Gestein vorhanden zu sein; sicherlich wird man weiter in südlicher Richtung suchen müssen. Der Tempelbau durfte deshalb jedoch keineswegs aufgegeben werden - jetzt erst recht nicht. Am Nachmittag des nächsten Tages ist der letzte Landungspunkt zu besichtigen - und es ist wieder das gleiche negative Ergebnis wie bei allen vorausgegangenen Landgängen auch. In weitem Bogen nimmt man nun enttäuscht Kurs aufs offene Meer. Der Steuermann bekommt die Zielkoordinaten: zurück zu Basis.

Pheleos will sich darauf gerade in seine Kajüte begeben, als auf dem Vorschiff plötzlich die Alarmglocke tönt. Im Schein der tief stehenden Sonne hat der Beobachtungsposten offensichtlich etwas entdeckt. Weit draußen auf dem offenen Meer scheint bewegungslos ein Schiff zu liegen. Alle Besatzungsmitglieder kommen aufgeregt an Deck und konzentrieren sich auf diesen kleinen, schwarzen Punkt am Horizont. Es ist eigentlich unmöglich: Sartos ist mit seinen zwei Schiffen irgendwo in der Südsee, also auf der gegenüberliegenden Seite der Weltkugel; alle ehemaligen Stützpunkte der Atlanter in diesem Teil der Welt sind evakuiert oder von der Katastrophe zerstört. Seine eigenen Leute in der Basis hatten keinen Grund, während der kurzen Abwesenheit ihres Oberhauptes ein Schiff auszusenden, außerdem war zur Zeit auch keines der vorhandenen Fahrzeuge in der Lage auszulaufen. Sollte vielleicht ein Schiff der Großen atlantischen Südsee-Expedition allein hierher zurückgekehrt sein? Das schien sehr phantastisch und eher unwahrscheinlich. Sartos hatte damals auch viel davon gesprochen, daß vor der großen Katastrophe bereits Schiffe in den sylonischen Ozean eingedrungen sind - sollte das hier gesichtete Fahrzeug vielleicht dieser wenig bekannten Flotte angehören?

Die Sache wird immer rätselhafter, als man schließlich bemerkt, daß sich das fremde Schiff offensichtlich auf sie zu bewegt, obwohl keine Segel auszumachen sind. Nach Ablauf von wenigen Minuten erkennen die Männer immer deutlicher eine mächtig schäumende Bugwelle. Das geheimnisvolle Gefährt ohne Segel kommt in aufregend schneller Fahrt direkt auf sie zu.

Die Besatzung greift entschlossen zu den Waffen, zusätzliche Segel werden gesetzt; das Schiff liegt jetzt vor dem Wind und ist zu jedem schnellen Manöver bereit. Alle warten erregt, was nun geschehen würde. Nur Pheleos bleibt ruhig und gelassen: auf dem Meer gab es niemand, den ein Atlanter fürchten müßte. Es gab kein anderes seefahrendes Volk auf dieser Welt - und das dort konnten demnach nur Atlanter sein.

Seine Überlegungen werden bald bestätigt. In erstaunlich kurzer Zeit hat das fremde Schiff die beachtliche Entfernung überwunden und dicht neben dem Segler gestoppt. Es besitzt wirklich keine Segel und auch keine Ruder. Staunend sehen die Männer von der hohen Reling auf das unförmige, offenbar notdürftig zusammengeflickte Seefahrzeug hinunter, dessen seltsames Aussehen ganz und gar nicht zu seiner großen Geschwindigkeit passen mochte. Der Schiffskörper ist nicht schlank und geschwungen, wie bei atlantischen Schiffen üblich, sondern eher kastenförmig mit einer relativ großen, langen Hütte als Decksaufbau. An einem kurzen, wohl mehr symbolischen Mast prangt, groß und golden, das allen bekannte Zeichen der atlantischen Priesterschaft. Auf Deck stehen Priesterschüler in ihrer blau-weißen Tracht, wie man sie früher überall in den Straßen der ehemaligen Hauptstadt sehen konnte.

Pheleos steigt in ein Boot und läßt sich übersetzen. Sein hoher Priesterrang würde es ihm erlauben, von den Schülern Auskunft zu fordern. Wie erstaunt und verwirrt ist Pheleos jedoch, als ihn an Bord des eigentümlichen Schiffes ein sehr alter Oberpriester von weit höherem Rang begrüßt. Pheleos hatte diese hohen Würdenträger, da sie sich ständig in ihrem heiligen Bezirk in der Hauptstadt aufhielten, alle für tot gehalten. Jetzt erinnert er sich auch an den Namen dieses weisen alten Mannes: es ist der Oberpriester Olot, der hier vor ihm steht, damals zuständig für die Verwaltung der südlichen Welthalbkugel....

"Ein schweres Schicksal hat unser Volk getroffen - aber in allem Unglück haben uns die Götter geholfen, Wichtiges zu erhalten und einige Tausend überleben zu lassen."

Olots kurze Rede drückt Würde und Verantwortung aus, aber mehr erfährt Pheleos vorläufig nicht; nur die Koordinaten vom Heimathafen nennt ihm Olot noch, da er das verwunderte, fragende Gesicht seines jüngeren Kollegen sieht - die Basiskoordinaten: AD 1106. Pheleos erschrickt. Das war unmöglich. Dieser Ort lag dort, wo er ihn am wenigsten vermutet hatte, an der Westküste Katheras - direkt gegenüber ihrer alten Hauptstadt. Dort waren die Verwüstungen am stärksten, der Abstand zur versunkenen Insel am geringsten. Es war unvorstellbar.

Pheleos versucht sich zu erinnern: als er bei Beginn seiner Suchfahrt die Leitung der Flotte übernommen hatte, befand er sich unter einem gewissen Erfolgszwang. Die Männer mußten aus ihrer Verzweiflung herausgerissen werden, die Suche mußte also möglichst schnell ein positives Ergebnis bringen. Nachdem man wochenlang auf dem Gebiet der ehemaligen Heimat gekreuzt war, ließ er die katheranische Küste ansteuern. Alle Beobachtungen ließen den Schluß zu, daß in einem Radius von zweitausend Kilometern um das Katastrophengebiet die Suche mit Sicherheit erfolglos bleiben würde. Die katheranische Küste vom 'Tor zu kleinen Welt' bis zu einem Punkt etwa zweitausend Kilometer südlich wurde daher bei der Suche ausgelassen. Sie erreichten die Küste damals am Punkt AD 5273 und fuhren dort dann immer weiter südwärts. Pheleos konnte sich noch genau erinnern, wie sie den ersten total zerstörten Stützpunkt mit den Koordinaten AD 5693 passierten - nicht ein Stein war dort auf dem anderen geblieben. Die Flutwelle hatte alles dem Erdboden gleichgemacht. Wie war es also möglich, daß diese Priester noch viel weiter nördlich, viel näher am Zentrum der Zerstörung, überlebt hatten? Was war dieses geheimnisvolle 'AD 1106'?

Pheleos muß sich wohl gedulden, Olot würde ihm alles berichten, aber er weiß, der vornehme, alte Priester würde sich damit nicht beeilen. Da man ohnehin zur Basis zurück will, werden die Priester eingeladen, sie zu begleiten. Pheleos tut nun ein Gleiches und nennt *auch* nur seine Basiskoordinaten sowie - nicht ohne Stolz - die Anzahl der Menschen, die jetzt dort lebten. Die aufwendigen Suchfahrten durch den ganzen Atlantik verschweigt er zunächst.

In kurzem Abstand fahren die beiden ungleichen Schiffe nebeneinander her. Das kastenförmige Priesterschiff hat dabei offenbar keine Mühe, dem viel größeren, schnittigen Segler zu folgen. Ein Antrieb selbst ist nicht zu erkennen, aber dieser bereitet der Besatzung offenbar die wenigsten Probleme. Dafür haben die Priesterschüler an Bord, wie man deutlich beobachten kann, alle Hände voll zu tun, um eingedrungenes Wasser abzupumpen und auszuschöpfen.

Das Ausmaß der Bedeutung dieser ganz zufälligen Begegnung auf hoher See wird Pheleos erst nach und nach richtig bewußt: wenn die wichtigsten Mitglieder der Priesterschaft überlebt hatten, war das für das weitere Leben der Gemeinschaft von weit größerem Gewicht als der mögliche Zusammenschluß mit der legendären Südsee-Expedition. Es ist dabei für ihn ganz selbstverständlich, sich mit dem kleinen Restvolk, welchem er vorstand, der Autorität der alten Priester zu unterstellen. Nach wie vor ist Pheleos der festen Überzeugung, daß die Atlanter zukünftig nur eine Chance haben werden, wenn sie sich zusammenschließen und ihre wenigen, verbliebenen Kräfte konzentrieren. Was er heute erlebt hatte, stellte wohl das wichtigste Ereignis seit der Katastrophe dar: die beiden großen, bisher in Unkenntnis voneinander lebenden Gruppen hatten sich durch einen unvorstellbaren Zufall auf dem weiten Meer getroffen. Unter Umständen hätte es auch Jahrhunderte dauern können, bis ein solcher Zufall eingetreten wäre. Was aber dann inzwischen aus der einen oder anderen Gruppe geworden wäre, wohin die Eigengesetzlichkeit einer isolierten Entwicklung sie in solch langer Zeit geführt hätte - es wäre nicht auszudenken.

Als die Basis endlich in Sicht kommt, wird es Pheleos auch bewußt, daß die Probleme mit der Baumaterialbeschaffung nun mit Hilfe der Priester sicher auf andere Weise gelöst werden konnten. Mit einem großen, alles bisherige übertreffenden Freudenfest wird die wichtige Begegnung auf den Inseln gefeiert. Das Jahr 427 der atlantischen Zeitrechnung geht damit hoffnungsvoll zu Ende.

ZWEITES KAPITEL

Man nannte es später das Jahr Null und begründete damit die atlantische Zeitrechnung, als zum erstenmal die 'Strahlenden' auf der großen Atlantikinsel erschienen. 'Strahlende' wurden sie von den Ureinwohnern der Insel genannt. Ihre Haut besaß einen makellosen, blassen Schimmer, ihr helles, fast weißes Haar schien zu glänzen. Körperbau, Gesichtszüge, Haltung und die Bewegungen dieser Fremden waren von sichtbarer Vollkommenheit. Niemand hat je erfahren wo sie herkamen und auf welche Weise sie auf die Insel gelangten. Die ersten Menschen, die sie zu Gesicht bekamen, waren Jäger eines Bergstammes vom südlichen Rand des großen Gebirges. Am Fuß der Berge, wo die Vegetation nach Süden immer vielfältiger wurde - aber noch über der tropischen Tiefebene - hatten sie ihr Dorf errichtet. Einige hundert Menschen lebten hier in friedlicher Genügsamkeit in kleinen Hütten und einer geräumigen Höhle, die ihnen vor allem als Vorratskammer diente. Hin und wieder machte sich eine Gruppe von ihnen auf den Weg, um mit den Bewohnern der Küstenregion etwas Tauschhandel zu treiben. Dort wurde Fischfang betrieben und man konnte im Tausch für Felle gute Steinäxte, Pfeilspitzen oder Messer aus Muschelschalen erhalten. Das Jagdgebiet des Stammes lag jedoch in den nördlichen Bergen. Hier waren sie die Einzigen; das Gebirge war ihr angestammtes Revier.

Eine Gruppe junger Männer war nun zu dieser Zeit auf dem Weg zurück ins Dorf. Ihre Jagd hatte sie diesmal weit hinauf in die Wildnis geführt. Noch hatten sie eine halbe Tagesreise vor sich - die Rauchfahnen ihrer Feuer im Tal waren noch nicht zu erkennen. Aber die Sonne stand schon weit nach Mittag und obwohl alle sehr erschöpft waren, mußten sie eilen, um ihr Ziel noch vor Anbruch der Dunkelheit zu erreichen.

Plötzlich hielten die erfahrenen Jäger im Lauf inne. Eine Reflexbewegung trat ein, bei der die jähe Reaktion eines Einzelnen instinktiv die ganze Gruppe erfaßte und vorsichtig hinter niedrigen Büschen in

Deckung gehen ließ. Keinen Steinwurf von ihnen entfernt liefen mehrere fremd aussehende Menschen den Berg hinab. In ihren merkwürdigen, weil noch nie gesehenen, weißen Gewändern waren sie gut zu erkennen. Die Jäger überlegten angestrengt. Die Bekleidung, die Körperhaltung, die Haarfarbe schienen ihnen so fremd, daß die Leute dort keinem der ihnen bekannten Stämme zuzuordnen waren. Daß es außerhalb ihrer Insel, von der sie zumindest eine vage Vorstellung haben mochten, noch riesige Kontinente gab, die auch mit Menschen bewohnt waren, wußten sie ohnehin nicht. Allerdings bemerkten die erfahrenen Jäger sofort, daß die Fremden keine Waffen trugen und so fühlten sie sich bald wieder sicher und selbstbewußt.

Bei näherem Betrachten benahmen sich diese Leute auch recht eigenartig, fast wie kleine Kinder. Sie betrachteten und bestaunten ihre Umgebung und, was nach längerer Beobachtung noch seltsamer erschien, sie betrachteten und bestaunten offensichtlich auch sich selbst. Als wollten sie ihre Fähigkeiten und ihre Körperlichkeit ausprobieren, betasteten sie sich, hüpften hin und her und lachten.

Der älteste Jäger und Anführer der kleinen Gruppe entschied schließlich, daß diese Fremden ungefährlich seien und der Marsch ins Lager, angesichts der fortgeschrittenen Zeit, unverzüglich fortgesetzt werden sollte. Man nahm die Tragestangen mit dem erlegten Wild wieder auf und ging in gewohnt gemessenen Schritten weiter. Bald wurden sie daraufhin von den seltsamen Menschen entdeckt, die ihrerseits überrascht stehenblieben und sie ganz offensichtlich und sehr eingehend betrachteten. Schließlich stand man sich direkt gegenüber. Die Fremden zeigten keinerlei Angst oder Zurückhaltung. Interessiert gingen sie um den Trupp Jäger herum, der nun nochmals verdutzt stehengeblieben war - die Stangen dabei jedoch auf den Schultern behaltend. Einer der Fremden sagte dann in der Sprache ihres Stammes, ganz so, als wäre er einer von ihnen, daß man gern beim Tragen der Lasten behilflich wäre, da die jungen Jäger bereits müde und erschöpft seien.

Es geschah so, und die verwunderten Männer liefen nun, von ihren Tragestangen befreit, leichtfüßig neben den Fremden her. Diese schienen ausgeruht zu sein, obwohl sie nicht sehr kräftig aussahen, machte ihnen die schwere Jagdbeute offensichtlich keine Mühe.

Im Lager angekommen, wurden sie von den Menschen schnell akzeptiert. Sie hatten sich friedlich und hilfsbereit verhalten und beherrschten vor allem die Sprache des Stammes mit all ihren typischen Besonderheiten. Denn in Atlantis vor dem Jahre Null gab es noch keine einheitliche Sprache. Von Stamm zu Stamm traten, zunehmend mit der räumlichen Entfernung, starke Unterschiede auf. Es ließ sich also von der Sprache eindeutig auf die Zugehörigkeit zu einem bestimmten Stamm schließen. Einige Zweifler, die sich wohl ihre Gedanken machten, woher diese seltsamen, fremden *Stammesangehörigen* so plötzlich kämen, erhielten von ihnen die Antwort, sie hätten seit ein paar Generationen in den Bergen gelebt und seien nun eben wieder zu ihrem Volk zurückgekehrt. Ansonsten fürchteten die Ureinwohner der Insel nichts Böses. In ihrer einfachen Art waren sie von Natur ohne Argwohn und Mißtrauen. Und auf äußere Unterschiede gaben sie nicht viel. Weitaus wichtiger war, daß es sich bei den Ankömmlingen um kräftige, junge Männer handelte, die sehr gut zum Leben und Überleben ihrer Gemeinschaft beitragen konnten.

Die Jagden, die bald darauf mit den Strahlenden gemeinsam veranstaltet wurden, verliefen nun auch immer erfolgreicher. Die Neuen erwiesen sich als überaus geschickt und hatten fast unbemerkt die Bewaffnung und die Jagdorganisation verbessert. Es gab für alle reichlicher zu essen und man hatte nun mehr Zeit an den Feuern zu sitzen, Erfahrungen auszutauschen und Geschichten zu erzählen.

Ganz ähnliche Dinge geschahen in diesen Wochen noch an mehreren anderen Orten der Insel. Überall erschienen die Fremden in kleinen Gruppen und redeten genau in der Sprache der dortigen Ureinwohner. Und wie bei den Bergbewohnern im Nordosten der Insel nahmen sie auch bei den anderen Stämmen nach und nach eine zentrale, führende Stellung unter den Menschen ein. Durch ihre Geschicklichkeit bei der Jagd, durch neue Ideen, Organisationstalent und andere hervorragenden Eigenschaften stiegen sie langsam in die geachteten, traditionellen Führungspositionen auf. Keiner der Ureinwohner bemerkte, daß all diesen Aktivitäten von Anfang an ein offenbar sehr präziser und gut durchdachter Plan zugrunde lag.

Schon nach wenigen Jahren waren bedeutende Fortschritte bei der Entwicklung der atlantischen Menschen zu verzeichnen. In jedem größeren Stamm hatte man einigen jungen Leuten eine neue Sprache beigebracht - eine Sprache, die nun in allen Teilen der großen Insel vollkommen identisch war - das eigentliche Atlantisch. Der Grundstein für eine Verständigung und einen späteren Zusammenschluß aller Stämme war damit gelegt. Wenn auch vorerst die wenigen Sprachkundigen noch als Dolmetscher auftreten mußten - ihre zweite wichtige Funktion war bereits die von Lehrern für die nachfolgende Generation.

Auch die Jagdmethoden hatten sich überall im Land geändert. Die Atlanter besaßen nun bessere Waffen und eiserne Werkzeuge für die Haus- und Feldarbeit. Sie begannen einen Teil der Wälder zu roden und die ersten Felder auf Atlantis anzulegen. Unter Anleitung der Strahlenden wurden Speicher und Lagerräume gebaut und Lebensmittelvorräte eingelagert.

Die Bevölkerung wuchs in den nächsten Jahrzehnten sehr rasch. Die sichere Versorgung und der überall spürbare Aufschwung sorgten dafür, daß mehr Kinder geboren wurden - und auch am Leben bleiben - als in früherer Zeit. Kriegerische Auseinandersetzungen, die es bisher ab und zu zwischen den Stämmen gegeben hatte, wurden nun nicht mehr zugelassen. In solchen Fällen zeigten die Strahlenden eine unnachgiebige Härte und demonstrierten ihre Macht. Ein angriffslustiger Stamm wurde durch eine plötzliche, unbekannte Ursache in einen seltsamen Schlaf versetzt. Die Krieger torkelten, fielen um und schliefen auf der Stelle ein - sobald sie erwachten, befanden sie sich bereits an einem fernen, unbekannten Ort der Insel, den sie vorher nie gesehen hatten. Unter großen Mühen durften sie dort beginnen, ein neues Dorf zu bauen und neue Felder anzulegen. Diese Art der Verhinderung von Gewalttaten und Raubzügen hatte nebenbei auch den Vorteil, die zunehmende Bevölkerungsdichte zu streuen und auch bislang unbewohnte Teile der Insel zu besiedeln.

Die nächste Phase der Entwicklung beinhaltete dann schon der Bau fester Städte im ganzen Land, sowie die Gründung einer Hauptstadt. Inzwischen war eine Generation herangewachsen, die bereit war, ihre Stämme zu verlassen, um sich von den Strahlenden ausbilden zu lassen und dann in anderen Gegenden beim Bau der Städte zu helfen. Wichtige Voraussetzung dazu war auch die neue atlantische Sprache, die nun fast alle Bewohner sicher beherrschten.

In dieser Zeit mußten natürlich viele Dinge gleichzeitig geschehen. Die von ihren Angehörigen getrennten jungen Männer übernahmen Aufgaben, die es in der Vergangenheit nicht gab. Ihr ursprünglicher Platz war der des Jägers. Um sie nun Städte bauen zu lassen, mußten Jagd, Viehzucht und Ackerbau in den Dörfern ergiebig genug sein, um die Ernährung aller trotzdem zu ermöglichen. Oft halfen die Strahlenden hier beim Transport. Offenbar wußten sie genau, in welchen Teilen von Atlantis zur Zeit genügend Lebensmittel vorhanden waren und wo sie andererseits knapp wurden. Auf unerklärliche Weise erschienen dann die Vorräte dort, wo sie gebraucht wurden, auch wenn dazwischen einige Tagesreisen durch dichte, immer noch undurchdringliche Wälder lagen. Die Menschen gewöhnten sich schnell an diese Sicherheit - wurden damit aber auch unmerklich von der dauernden Hilfe und Fürsorge der Strahlenden abhängig.

Viele Jahrzehnte dauerte der Bau von Städten und Straßen. Mehrere Generationen wechselten sich dabei ab - von den Strahlenden unbeirrt und unermüdlich auf einem vorgeschriebenen Weg weitergeführt. Und dann war schließlich auch die Zeit überwunden, da man auf die unnatürliche Hilfe der großen Lehrer angewiesen war. In allen Teilen des Landes konnten sich die Atlanter jetzt ausreichend selbst versorgen. Die Städte produzierten handwerkliche Erzeugnisse für die umliegenden Dörfer - deren Landwirtschaft inzwischen so ertragreich geworden war, daß die Bauern einen beachtlichen Teil ihrer Ernte in die Städte bringen konnten.

So um das Jahr 200 war bereits ein Stand erreicht, der es erlaubte, einen einheitlichen Staat zu gründen. Die atlantische Sprache hatte sich bis in den letzten Winkel der Insel durchgesetzt und in jedem Dorf gab es darüber hinaus ein oder zwei Schriftkundige - von den großen Städten mit ihren Verwaltungen und Ämtern ganz abgesehen. Als Grenze des Staates wurde die Küste der Insel festgelegt. Eine Regierung wurde gebildet, dessen "Hoher Rat" sich aus einer größeren Zahl erfahrener und gebildeter Männer zusammensetzte. Die absolute Männerherrschaft war dabei offensichtlich von den Strahlenden abgeleitet worden, unter denen sich keine weiblichen Wesen befanden. Im früheren, ursprünglichen Atlantis hatte es traditionell noch viele wichtige Funktionen gegeben, die seit Generationen stets nur von Frauen ausgeübt wurden. Im Zuge der rasanten Entwicklung haben diese Funktionen dann allerdings sehr schnell an Bedeutung verloren und waren fast schon in Vergessenheit geraten.

Der Hohe Rat wählte aus seiner Mitte schließlich einen königlichen Herrscher, welcher mit weitergehenden Vollmachten ausgestattet war und die Regierung vor dem Volk repräsentierte. Die Staatsgründung selbst vollzog sich ohne großes Aufsehen, denn als eigentliche Geburtsstunde des Staates Atlantis sah die junge Geschichtsschreibung das Jahr Null an, das Ereignis also, auf dem auch die Zeitrechnung begründet war. Inzwischen war das Volk sozusagen dem Entwicklungsstadium entwachsen und *volljährig* geworden. Sichtbar wurde das auch daran, daß sich die Strahlenden jetzt mehr und mehr zurückzogen und sich immer seltener bei den Menschen zeigten. Als Hauptaufenthaltsort hatten sie sich einen schattigen Hain am Fuße des Gebirges, unweit der

Hauptstadt gewählt. Kein Atlanter wagte sich unaufgefordert in die Nähe dieses Gebietes, es galt weithin als besonderes Heiligtum - als Wohnort der Götter.

Am Rande dieses Hains, inmitten von weitläufigen gepflegten Garten- und Teichanlagen, hatten die Strahlenden während des Baus der Hauptstadt auch ein aufwendiges Gebäude errichten lassen, die sogenannte 'Audienzhalle'. Von dort führte eine gerade, schattige Alle direkt ins Zentrum der atlantischen Metropole. In diesem Gebäude am heiligen Hain wurden von nun an die Kontakte zwischen den Stahlenden, den *Göttern*, und den Menschen, vornehmlich repräsentiert durch die neu entstandene Priesterschaft, aufrechterhalten und gepflegt. Es gab Priester, die ständig ihren Dienst in diesem Bauwerk versahen und dadurch in einem engen Verhältnis zu den Förderern ihres Volkes standen. Die Fragesteller oder Hilfesuchenden waren meist Mitglieder der Regierung, aber auch jeder andere Mensch hatte das traditionelle Recht, den Rat der großen Lehrer einzuholen. Die Anliegen wurden bei der nächsten Audienz vom diensthabenden Priester vorgetragen oder konnten in besonderen Fällen auch direkt von dem betreffenden Atlanter dargestellt werden.

Bereits in den ersten Jahren ihres Erdendaseins hatten sich die Strahlenden junge Mädchen aus Atlantis zu Frauen genommen, und so waren im Laufe der Zeit viele hübsche und hochintelligente Kinder zur Welt gekommen. Vom übrigen Volk besonders geachtet, bildeten diese Nachkommen dann auch zunehmend den größten Teil der Priesterschaft und des Hohen Rates. Seit Mitte des ersten Jahrhunderts wohnten die Gefährtinnen der Strahlenden zusammen mit ihren Kindern zumeist im heiligen Hain - und damit waren sie die einzigen Sterblichen, die sich in ihm aufhalten durften. Selbst hohe Priester hatten nur in ganz seltenen Ausnahmefällen dieses Vorrecht. Die hier geborenen Kinder wurden bis zu einem Alter von etwa zwölf Jahren von ihren Eltern im heiligen Hain aufgezogen und dabei in den wichtigsten Grundlagen des Lebens unterrichtet. Danach verließen sie diesen Ort der Geborgenheit und besuchten in der Regel die nahegelegene Priesterschule der Hauptstadt, wo sie für ihre Eltern weiterhin erreichbar blieben. Manche wurden natürlich auch die persönlichen Schüler eines bedeutenden Gelehrten und zogen dann mit diesem auch in andere atlantische Städte.

Der heilige Hain selbst war schon immer eine der lieblichsten Landschaften der Insel. Im Norden das schützende Gebirge, im Südwesten der freie Blick in die fruchtbaren Tiefebenen und südöstlich, bei klarer Sicht gut zu erkennen, das Meer. Begünstigt durch diese Lage war das Klima warm und ausgeglichen. Unbekümmert konnte man hier die meiste Zeit des Jahres im Freien schlafen - was die heiligen Männer und ihre Familien auch taten. Einzelne Baumgruppen und kleine Büsche, dazwischen weiches Gras und große, wie verstreut herumliegende Felsblöcke bestimmten das urtümliche, paradiesisch anmutende Bild dieser Landschaft.

An diesen schönen Ort hatten sich die Strahlenden also offensichtlich für immer zurückgezogen, nachdem die Entwicklung des Volkes soweit vorangetrieben war, daß ein weiteres Eingreifen nun kaum noch notwendig schien. Ruhig und etwas abseits wohnten sie hier und genossen zufrieden die Früchte ihrer Arbeit. Das Land war aufgeblüht; verschiedene, wohlüberlegte Anstöße und Hilfen hatten ausgereicht, um aus vielen primitiven Stämmen einen gut funktionierenden Staat mit gesunden, zufriedenen Menschen zu machen. Es war vorwiegend die Menschen selbst, die dies mit ihren Fähigkeiten zustande gebracht hatten – nur eine richtige, wohldurchdachte Anleitung war nötig, um diese Fähigkeiten freizusetzen. Die wirkliche Entwicklung zu einer eigenständigen und unverwechselbaren atlantischen Kultur konnte - darauf aufbauend - jetzt beginnen. Die entsprechenden Bedürfnisse waren vorhanden und die allgemeine Aufbruchsstimmung schuf eine fruchtbare Grundlage für künstlerische Betätigungen und neue Ideen.

Im Lande profilierten sich selbstbewußt die Provinzverwaltungen. In den größeren Städten entstanden Versammlungshallen, in denen mit großem Eifer Beratungen und Abstimmungen durchgeführt wurden. Abgestimmt wurde dabei über alles mögliche: von der Arbeitsteilung bei der Ernte und den, nun immer seltener werdenden Jagden; über den Bau von Bewässerungskanälen, neuen Straßen und Brücken - alles wurde vorher ausgiebig diskutiert. Regelmäßig schickte man Mitglieder dieser Versammlungen in die Hauptstadt, um dort über die Provinz zu berichten und gleichzeitig neue Informationen zu erhalten. Alles funktionierte - einmal angestoßen - wie von selbst. Die Menschen in Atlantis hatten die neuen Bedingungen ihres Daseins angenommen und führten sie eigenständig weiter. Die Strahlenden mußten die Veranlagungen dieser Menschen von Anfang an sehr sehr gut gekannt haben. Ihr Vorgehen hatte in allen Details diese zahlreichen Besonderheiten und Bedürfnisse, Wünsche und Neigungen berücksichtigt und sie sinnvoll in die neue Lebenswelt eingebaut. Es gab wohl Stämme, die sich etwas langsamer in die neuen Bedingungen einlebten, aber kein Stamm hatte sich ausgeschlossen oder war in seine alte Daseinsform zurückgefallen.

Der neue Staat war in seiner jetzigen Form voll lebensfähig, weil er den wahren vielleicht bislang sogar verborgenen Bedürfnissen dieser Menschen entsprach. Auch ein mögliches Verschwinden der Strahlenden hätte nun nichts mehr an der Existenz von Atlantis geändert.

Bereits seit Einführung der neuen Sprache und Schrift befaßten sich einige Atlanter mit der Aufzeichnung der Geschichte der Stämme und des ganzen Volkes. Erste Anfänge einer umfangreichen Literatur waren damit entstanden. Und sie wurde besonders von den Strahlenden mit Interesse gelesen und gefördert. Die Inhalte befruchteten in den folgenden Jahrhunderten zunehmend weitere Kunstrichtungen, wie Bildhauerei, Malerei, Goldschmiedekunst und viele andere, soweit diese für ihre Darstellungen, über das rein Ornamentale hinaus, eines Inhalts bedurften. Die Themen waren vor allem den vielfältigen Geschehnissen entnommen, die sich aus dem allgemeinen Aufbau des Staates ergaben, es war das zentrale Thema der atlantischen Kunst überhaupt. Daneben gab es von Anfang an auch noch einen weiteren Schwerpunkt, ein Themenkomplex, der jedoch nur mit wenigen, dafür aber sehr bedeutenden Namen in Verbindung gebracht werden konnte. Es handelte sich um fast traumhafte Gedankengänge ohne reale Grundlage, Gedanken, die zeitlos und mystisch das Menschsein an sich als besondere Form des Dasein zu interpretieren suchten.

Themen aus der fast schon in Vergessenheit geratenen Stammesgeschichte vor dem Jahre Null wurden im vierten Jahrhundert besonders beliebt. Es schien, als habe man die Aufbauphase inzwischen gefühlsmäßig verarbeitet und könne sich nun mit neuer Freude wieder den alten Traditionen zuwenden. Viele dieser fast vergessenen Mythen mit ihren urzeitlichen Helden und Heldinnen wurden durch die qualitativ hochwertige literarische Aufarbeitung wieder sehr populär - wobei die sagenhaften Abenteuer vielfach ausgeschmückt und erweitert wurden. Dies war möglich, da die alten Quellen in ihrer bisherigen mündlichen Überlieferung sehr ungenau und oft widersprüchlich waren.

Mit dem Ausbau der Provinzhauptstädte wurden dort, als eine der ersten Maßnahmen neben dem Bau von Tempeln und Versammlungshallen, auch eigene Bibliotheken gebaut. Diese Zweigstellen der großen atlantischen Bibliothek in der Hauptstadt besaßen gleichlautende Abschriften aller bisher entstandenen Werke. Die Inhalte der Bildung blieben dadurch im ganzen Lande einheitlich. Küstenbewohner im Süden kannten nun die Geschichten der nördlichen Bergstämme und diese waren auch mit den Problemen der Hauptstädter vertraut. Die

Literatur trug damit wesentlich dazu bei, daß sich die Atlanter relativ schnell als ein sehr großes, aber noch überschaubares, einheitliches Volk identifizierten.

Die direkten Eingriffe der Strahlenden in das Leben der Atlanter hatten, wie gesagt, mit zunehmender Stabilisierung des Staates immer weiter abgenommen. Auch die Verantwortung für den inneren Frieden ihres Staates wurde schließlich ganz den Menschen übertragen. Streitigkeiten zwischen den Stämmen, die auch jetzt noch hier und da zu kleinen, lokalen Kriegen führten, mußten unterbunden werden. Die schnelle Entwicklung der Metallwerkzeuge hatte als Nebenwirkung auch bessere Waffen hervorgebracht. Kriegszüge verliefen jetzt wesentlich anders, als noch vor 300 Jahren. Die grausame Logik des Krieges nutzte alle vorhandenen Neuerungen, wenn sie nur irgendeinen strategischen Vorteil versprachen.

Um unter diesen Bedingungen Auseinandersetzungen zu verhindern, wurde zunächst ein oberstes Gericht gebildet, vor dem die Streitigkeiten auf friedlichem Wege ausgetragen werden konnten. Es gab aber immer wieder Fälle, in denen die schuldige Seite uneinsichtig bleibt und sich dem Spruch des Gerichtes widersetzte. Auch gab es streitende Parteien, die sich beide von Anfang an nicht um das Gericht kümmerten und in maßloser Selbstüberschätzung die Zentralautorität in der Hauptstadt ignorierten. Bezeichnend dafür war, daß derartige Vorkommnisse fast ausschließlich auf die weit von der Hauptstadt entfernte Westküste beschränkt waren. Begünstigt durch das in dieser Region herrschende tropische Klima, welches eine üppige Vegetation und Nahrung im Überfluß hervorbrachte, war dort eine andere Mentalität entstanden, als im kühleren, bergigen Norden. Die Bewohner des Südwestens fühlten sich zwar auch als stolze Atlanter, es kam aber immer wieder zu Zwischenfällen, wenn kleine Stammesoberhäupter sich zu Fürsten ernannten und ihre persönliche Macht durch Raubzüge zu erweitern suchten. Zu Zeiten der erfolgreichen Raubzüge des Fürsten Bacor-Mar, der kurz nacheinander zwei der wichtigsten westlichen Provinzstädte eingenommen hatte und laut verkündete, er wolle nun auch die Zentralregierung stürzen, sahen die Mitglieder des Hohen Rates die Zeit für gekommen, mit Gegengewalt zu antworten. Sie verhandelten zunächst mit den Strahlenden, die ihnen helfen sollten, einige Legionen für den Kampf aufzustellen und zu bewaffnen. Nach langem Zögern stimmten die Strahlenden zu. Es wurden in aller Eile Legionen gebildet und einheitlich mit neuartigen Waffen und Gerätschaften ausgerüstet. Diese hochwirksamen Kampfmittel sollten durch ihre Anwendung vor allem ein größeres Blutvergießen verhindern, welches bei einer Schlacht mit den üblichen Speeren, Schwertern und Streitäxten wohl unvermeidlich gewesen wäre.

Der erste offizielle Kriegszug der Atlanter begann damit. Eine Legion ließ man zum Schutz der Hauptstadt im großen Kastell am Hafen, während zwei weitere auf den neuen, gut ausgebauten Straßen zur Westküste marschierten. Darüber hinaus hatte man noch drei Schiffe umgerüstet, die das Zielgebiet auf dem Seewege erreichen sollten. Sie segelten um das Südkap der Insel und konnten zur festgesetzten Zeit mit den Legionen zusammentreffen.

Die Aktion gelang. Der unvorbereitete Bacor-Mar konnte in seinem Hauptquartier gefangengenommen werden. Seine Krieger wurden entwaffnet und in ihre Dörfer zurückgeschickt. Dem atlantischen Feldherrn war es in dieser ersten militärischen Operation gelungen, direkte Kämpfe zu vermeiden. Das plötzliche Erschienen der neu aufgestellten Legionen, mit dem der Gegner nicht gerechnet hatte, war der einmalige Vorteil, der hier aber auch nur einmal ausgespielt werden konnte.

Vier Jahre später kam es dann jedoch zur ersten blutigen Schlacht in Atlantis. Neue Gegner der Regierung hatten sich formiert und die Überwindung der Legionen von Anfang an in ihre Pläne einbezogen. Danach wollten sie sich selbst an die Spitze des Staates stellen. Die Lage verschärfte sich und die Legionen wurden gezwungen, die Hauptstadt zu verlassen. In der großen Ebene von Loon, der einzigen wüstenartigen Landschaft in Zentral-Atlantis, kam es dann zu dieser legendären Schlacht. Dank der besseren Kampftechnik konnten die Legionen der Staatsmacht jedoch ihre Überlegenheit beweisen. Und um dies noch zu unterstreichen, nahm von ihrer Seite nur ein Drittel der anwesenden Legionäre am direkten Geschehen teil, während die Übrigen demonstrativ am Rande der Ebene lagerten. Sie wollten damit dem ganzen Lande klarmachen, daß es sinnlos sei, gegen die Legionen des Staates anzutreten. So gab es in der Folgezeit auch keine kriegerischen Auseinandersetzungen mehr auf der Insel. Nur einige Male mußte eingegriffen werden, wenn es unter den Fürsten zu blutigen Fehden oder kleinen Raubzügen kam.

Im Hohen Rat von Atlantis fand sich schließlich eine Mehrheit, welche die Macht des Staates und nicht zuletzt auch die Kampfes- und Abenteuerlust vieler Atlanter dazu nutzen wollte, außerhalb der Heimatinsel neue Gebiete zu besetzen und zu kultivieren. Die Beschaffenheit der übrigen Welt kannte man bislang nur aus den Berichten der Strahlenden. Der Schiffbau, als eine Grundvoraussetzung für derartige Unternehmungen, hatte erste Fortschritte gemacht - eine erste vollständige Inselumsegelung war vor kurzem geglückt.

Die konkreten Vorschläge sahen vor, eine große Invasionsarmee aus mehreren Legionen aufzustellen und eine entsprechend starke Flotte zu bauen. Es gelang nach und nach immer mehr Ratsmitglieder für dieses gigantische Vorhaben zu begeistern. Dabei war es keine materielle Not, die zu derartigen Überlegungen führte, auch Neid konnte nicht im Spiel sein, denn niemand hatte je davon gehört, daß in anderen Gebieten der Welt große Reichtümer vorhanden wären, deren die Atlanter bedurft hätten. Es war wohl mehr ein angeborenes Streben nach stetiger weiterer Ausbreitung. Ihr eigenes Land war besiedelt, vermessen, verteilt - also wollten sie weiter.

Entsprechend einer vorgeschriebenen Zeremonie mußte jeder größere Ratsbeschluß im Audienzsaal vorgetragen werden. Ganz unerwartet erhielten die hohen Ratsmitglieder diesmal jedoch eine Ablehnung. Der geplante Eroberungsfeldzug wurde von Strahlenden direkt verboten. So selten, wie sie sich sonst dazu herabließen, ihre Befehle zu begründen - diesmal taten sie es sehr ausführlich: 'Ein derartiges Unternehmen' so lauteten sinngemäß ihre Ausführungen, 'würde mit großer Wahrscheinlichkeit auch Krieg bedeuten, und dieser Krieg würde das Volk wieder in die Barbarei zurückwerfen. Dies war jedoch nicht das Ziel der bisherigen Entwicklung. Die Atlanter sollten sich auf ihre Heimatinsel besinnen, sie kulturvoll einrichten, ihren inneren Frieden sichern und bereit sein, im Falle eines möglichen Angriffs von außen, den Staat erfolgreich zu verteidigen. Ein derartiger Angriff sei jedoch in den nächsten Jahrhunderten mit Sicherheit noch nicht zu erwarten. Ein Eroberungskrieg jedoch wertet das kulturelle Niveau eines Volkes ab und ist daher verwerflich'. So lautete der Spruch der Strahlenden, der später zum allgemeinen Gesetz der Atlanter wurde.

Die Mitglieder des Hohen Rates beugten sich dem Willen ihrer Meister. Einige unter ihnen fühlten sich wie Kinder, die zwar über eine gewisse Macht verfügten, aber nicht weise genug waren, richtig damit umzugehen. Vorausschauend sorgte man im heiligen Hain nun dafür, daß der natürliche Expansionsdrang der Atlanter in friedliche Aktionen gelenkt wurde. Von hier kamen die nötigen Anstöße und Mittel zu einer gewaltlosen Erkundung der Welt. Die Aufgabe sah vor, sich aus rein wissenschaftlichen Gründen über alle wesentliche Vorgänge und

Gegebenheiten in der Welt Kenntnis zu verschaffen. Sei es bei der Entwicklung fremder Völker mit all ihren Unterschieden und Besonderheiten. Sei es die Tier- und Pflanzenwelt oder die Beschaffenheit der Landschaft und des Klimas ferner Gebiete. Diese große Aufgabe sollte zwar erst viel später ihre eigentliche Bedeutung erlangen - ihre ersten Anfänge gehen jedoch auf eine direkte Anregung der Strahlenden im vierten Jahrhundert zurück.

In allen Hafenstädten von Atlantis begannen bald darauf umfangreiche Vorbereitungen für planmäßige aber auch spontane Entdekkungsreisen. Auf der Grundlage genauer Seekarten, einfacher nautischer Geräte und Anweisungen für den Schiffbau - alles Geschenke göttlicher Herkunft, die wohl dazu dienen sollten, möglichen neuen Kriegsplänen der Menschen entgegenzuwirken - wurden bald die Meere befahren. Stolze, seetüchtige, atlantische Schiffe besuchten die nächstliegenden Küsten. Seeleute sammelten Erfahrungen beim Umgang mit Segel und Ruder und lernten schnell die Besonderheiten der Winde und Strömungen. Man besuchte zunächst den nordöstlichen Atlantik, die Almaaris und nach und nach auch die übrigen umliegenden Kontinente. An vielen Orten wurden Stützpunkte für die atlantische Flotte angelegt und kleinere Umschlaghäfen errichtet. Zu einer Zeit, da die atlantischen Seefahrer gerade dabei waren, den Sprung in den sylonischen Ozean und schließlich auch in die Südsee zu wagen, unterbrach die große Katastrophe alle Unternehmungen. Mit ihr ging alles zugrunde, was in vier Jahrhunderten des Aufbau geleistet wurde.

Eine harmonische, von Göttern konstruierte und von Menschen erschaffene Welt war aufgeblüht - unbemerkt von der übrigen Welt, denn zu groß war der Abstand zur Entwicklung der übrigen Völker. Atlantis wuchs allein und starb allein. Nur die Auswirkung der gewaltigen Flutwelle - der grausamen Botschaft seines Untergangs - wurde in vielen Teilen der Welt wahrgenommen und lebte noch lange in den Mythologien und Geschichten der alten Völker weiter.

Etwa zwei Monate vor dem Untergang geschieht jedoch noch etwas sehr Bemerkenswertes und für die weitere Entwicklung sehr sehr Wesentliches. In der Audienzhalle am heiligen Hain erhalten drei Priester geheime Anweisungen von den Strahlenden mit der strengen Auflage, diese nur an wirklich vertrauenswürdige Kollegen weiterzugeben. Etwas verwirrt treten die Priester daraufhin den Weg zur Hauptstadt an. Auf der breiten, schattigen Allee vom heiligen Hain hinunter zum Stadttor sprechen die drei kaum ein Wort. Erst auf der letzten

Treppenanlage vor der Stadt einigt man sich kurz über die Aufgabenverteilung. Dann trennen sich vorerst ihre Wege.

Seit über zwei Jahrzehnten verfügte die Priesterschaft über eine nur ihnen verständliche Geheimsprache, die ihr jetzt von großem Nutzen sein sollte. Nach und nach wird der Personenkreis der Geheimnisträger vergrößert und in relativ kurzer Zeit beginnen in der Hauptstadt vielerlei unauffällige Aktivitäten. Archivmaterial, Werkzeuge und Waffen werden in streng bewachte Depots am Haupthafen eingelagert. Die Wachposten sind Priester, niemand sonst erfährt, was sich in den verschlossenen Kisten und Behältern befindet. Ebenso geheimnisvoll werden schließlich die Schiffe mit diesen Gütern beladen und bei Nacht leise aus dem Hafen gezogen.

Die Priesterschaft war im letzten Jahrhundert zur mächtigsten Kraft im Staat geworden. Von den Strahlenden besonders angeleitet, gebrauchte sie ihre Macht aber sehr unauffällig, weise und zurückhaltend. Der offiziellen Regierung wurden größte Freiheiten gelassen. Niemand sollte spüren, wer in Wahrheit den Staat lenkte. Dabei verstand sich die Priesterschaft als Hüter des Gesetzes, daß den Atlantern gegeben worden war. Der eigentliche Angelpunkt ihrer Macht war ihre einzigartige Funktion als Bindeglied zwischen Menschen und Göttern. Im Falle eines dringenden Auftrages wie diesem, war die gut organisierte Priesterschaft in der Lage, schnell und präzise zu handeln. Ihre Autorität war nirgends in Frage gestellt und ihre Befehle wurden von jedermann bedingungslos erfüllt. Schwierig war an diesem Unternehmen nur, daß es vor der Öffentlichkeit geheim bleiben mußte.

Die geheime Mitteilung der Strahlenden an die drei Priester besagte nun, daß mit der Insel und mit ihnen, den Strahlenden selbst, in nächster Zeit etwas Unbestimmtes geschehen werde. Da sie nicht wünschten, daß alle bisherigen Bemühungen der Menschen umsonst gewesen sein sollten, befahlen sie der Priesterschaft, die Archive mit den wissenschaftlichen und künstlerischen Arbeiten, Karten, literarischen Werken sowie eine Vielzahl verschiedener Geräte, Werkzeuge, Waffen und Materialien aller Art zur Sicherheit auszulagern. Dazu eine genügend große Anzahl junger Menschen, welche diese Schätze eine Zeitlang bewahren und beschützen sollten, um sie später dem Volk wieder zurückzugeben. Man rechnete wohl damit, daß auf der Insel vieles, vielleicht auch alles, vernichtet werden könnte. Für den Fall, daß 'das gesamte Volk ausgelöscht werden sollte', so die beängstigend sachliche Formulierung der Strahlenden, würden diese evakuierten jungen Menschen dann den Ausgangspunkt für eine neue Zivilisation bilden - mit der großen Aufgabe, die atlantische Kultur aus eigener Kraft fortzusetzen und weiterzuentwickeln. Denn die Strahlenden würde es bald nicht mehr auf der Erde geben...

Schnell hatten sich die eingeweihten Priester geeinigt und einen geeigneten Flottenstützpunkt außerhalb von Atlantis ausgewählt, zu welchem die notwendigen Schätze zu bringen waren. Dieser Ort an der gegenüberliegenden katheranischen Küste war vom atlantischen Haupthafen schnell zu erreichen und erschien aufgrund seiner natürlichen Lage auch sicher genug für einen derartigen Zweck. Er lag in einer tief eingeschnittenen Bucht und war durch hohe, fast senkrechte Felswände sowohl vom Meer wie auch vom hinteren Festland total abgeschnitten. Ein Zugang bestand lediglich von See durch eine schmale Felsöffnung. Diese Basis hatte die Koordinaten AD 1106.

Mit den ersten Schiffen, die diesen Stützpunkt nun erreichten, reisten auch einige hohe Priester an, die alle bereits hier lebenden Zivilisten sowie das militärische Personal der atlantischen Flotte für ihre geheime Aufgabe verpflichteten. In der Folgezeit trafen nun fast täglich neue Schiffe ein. Die mit ihnen ankommenden Handwerker, Legionäre, Priesterschüler, aber auch junge Frauen mit Kindern, die alle über den Zweck ihrer Reise nichts Konkretes wußten, halfen, der Not des Augenblicks gehorchend, bei den Entladearbeiten und vor allem auch beim Ordnen und der sicheren Unterbringen der vielfältigen Fracht.

Zu dieser Zeit gab es nur wenige kleine Gebäude in der Basis. Weitere großzügige Hafenanlagen mit Lagerhäusern und Wohnsiedlungen waren hier erst geplant. Die ankommenden Behälter wurden also notgedrungen im Freien gelagert. Für wenige, provisorische Regendächer war das vorhandene Material bald verbraucht. Dieser provisorische Lagerplatz erstreckte sich bald über das halbe Tal - doch immer noch trafen neue Schiffsladungen ein. Auch die täglich steigende Zahl der Menschen brachte zunehmend Probleme. Sie übernachteten zunächst zwischen den großen Kisten oder in einfachen Zelten aus Segeltuch. Auf Befehl der Priester segelten die ankommenden Schiffe, sobald sie entladen waren, unverzüglich wieder ab - um umgehend neue Fracht und noch mehr Menschen aus Atlantis zu holen. Auf hoher See angetroffene Segler mit anderem Ziel wurden von den Priestern gestoppt und kraft ihrer Autorität zum Stützpunkt umgeleitet. So war es nicht verwunderlich, daß auch Ladungen ankamen, die im Evakuierungsplan nicht vorgesehen waren, sich später jedoch als sehr nützlich erweisen sollten.

Die sprichwörtliche Ruhe und Gelassenheit der Priesterschaft ließ angesichts dieser Ereignisse bald mehr und mehr nach. All die vielen Fahrten waren kaum noch geheim zu halten. Auch die großen Mengen an Werkzeugen, Nahrungsmitteln und Waren aller Art, die von den Priestern zusammengekauft, umgeleitet oder beschlagnahmt wurden, waren in der Hauptstadt inzwischen natürlich aufgefallen. Dazu wurden die Zustände auf dem, mit Menschen und Material sich von Tag zu Tag immer stärker füllenden Stützpunkt in Westkathera immer beängstigender. Bei ihren regelmäßigen Zusammenkünften mit den Strahlenden berichteten die Priester in allen Einzelheiten von diesen besorgniserregenden Auswirkungen der ihnen befohlenen Handlungen - diese aber schwiegen dazu nur. Ein Befehl zur Einstellung der Evakuierung wurde nicht gegeben - alles sollte ohne Einschränkungen fortgesetzt werden. Die Strahlenden schienen nur den Fortgang der Dinge zur Kenntnis zu nehmen - an den vielen Problemen, die sich daraus jetzt ergaben, zeigten sie keinerlei Interesse.

Also lief die Aktion weiter. Die Geheimhaltung wurde nun faktisch aufgegeben, da sie inzwischen sinnlos geworden war. Auf die Regierung, den Hohen Rat und einen, anfangs nicht eingeweihten und sich nun widersetzenden Teil der Priesterschaft wurde keine Rücksicht mehr genommen. In einer von der Not diktierten Aktion mußten einige dieser Leute sogar überwältigt werden, da sie weiteren Ablauf sonst erheblich gestört hätten. Es gab Tote und Verletzte in der Hauptstadt. Die Regierungsburg wurde schließlich von bewaffneten Priesterschülern besetzt, denen sich niemand zu widersetzen und entgegenzustellen wagte. Unter größtem persönlichen Einsatz brachten die Beauftragten Priester in letzter Minute sogar noch wichtige Regierungsämter an sich und begannen nun mit der Evakuierung im großen Stil - eine Maßnahme, die in der Folge jedoch unweigerlich eine Panik unter der Bevölkerung der Hauptstadt auslösten mußte. Eine sehr gefährliche Situation war damit entstanden, eine Situation, wie sie die Strahlenden in weiser Voraussicht mit ihrer Geheimhaltungsvorschrift solange wie möglich erfolgreich verzögert hatten.

Alle im Hafen liegenden Schiffe wurden nun in wenigen Stunden besetzt. Man bevorzugte zwar junge Menschen, konnte aber keine wirksame Kontrolle mehr ausüben. Männer, Frauen und Kinder stiegen auf die bereits überfüllten Fahrzeuge, ohne zu wissen, wovor sie eigentlich Angst hatten. Es gab lediglich Gerüchte, die der Phantasie des Volkes selbst entstammten - aber die waren schon schrecklich genug. Fast gleichzeitig liefen dann alle vorhandenen Schiffe aus: große, hochseetüchtige Dreimaster, kleine, schnittige Küstensegler und schwerfällige Handelsschiffe, dazu die unübersehbare Begleitflotte der kleinen Ruder- und Fischerboote, die jedoch bald hinter den Großen zurückblieb, auf dem offenen Meer rasch zerstreut wurde und die rettende Basis auf dem gegenüberliegenden Kontinent nie erreichen sollte.

Der Hafen von Atlantis war nun plötzlich beängstigend leer, doch noch immer befanden sich zehntausende Menschen in der Stadt. Was nach dem Auslaufen der Flotte in den letzten Stunden in Atlantis geschah, weiß natürlich niemand, aber unwirklich muten schon die authentischen Berichte der zuletzt noch von dort abgereisten Priester an. Möglich, daß im Volk noch eine gewaltige Panik ausbrach. Möglich, daß einige der verantwortlichen Priester, die absichtlich zurückgeblieben waren, vor dem aufgebrachten Volk fliehen mußten - es gab bei allem nur Vermutungen.

Die letzten gesicherten Berichte besagten, daß kein Strahlender mehr in der Audienzhalle erschien. Ratlos standen die Priester am Rande des heiligen Hains und warteten Stunde um Stunde vergeblich auf ihre mächtigen Lehrer. In das heilige Gebiet einzudringen wagten sie natürlich nicht. Es war von außen nicht einzusehen, aber man vermutete, daß sich die Strahlenden bei einem pavillionartigem Gebäude im Zentrum aufhielten.

Am späten Nachmittag dann, die Priester warteten in dem von gepflegten Hecken umgebenen Eingangsbereich immer noch, erschienen - einzeln nacheinander - die zur Zeit im heiligen Hain lebenden Mädchen. Sie kamen aus der Richtung des Zentralpavillions. Verwirrt, verängstigt und mit verweinten Gesichtern liefen sie, ohne auf die fragenden Priester zu achten, apathisch an ihnen vorbei in die große Audienzhalle, durch dessen Hauptsaal der kürzeste Weg hinaus und dann zur Stadt hinunter führte. Unbemerkt nahm sich in der weiten Halle des menschenleeren Gebäudes das erste der Mädchen das Leben. Die anderen, die in kurzen Abständen einzeln nachfolgten, wurden durch dieses Beispiel sicherlich darin bestärkt, ein Gleiches zu tun. Als die Priester schließlich durch einen leisen Aufschrei aufmerksam wurden und in die Halle eilten, sahen sie bereits sechs tote Mädchenkörper auf dem spiegelnden Marmor liegen. Scharf hoben sich die dunkelroten Blutflecken von ihren weißen Gewändern ab. Ein Schauer erfaßte die heiligen Männer. Was muß geschehen sein, daß diese jungen, zarten Geschöpfe derartig reagierten... Vermutlich waren sie weggeschickt worden - aber deshalb gleich den Tod wählen?

Man verschloß zunächst den Eingang zur Halle, um weiteren

nachfolgenden Mädchen den Anblick ihrer toten Gefährtinnen zu ersparen und sie dadurch vor einem Freitod zu bewahren. Als die nächste Auserwählte aus dem Innern des heiligen Haines kam, wurde sie im Rondell vor dem Audienzgebäude festgehalten. Man versuchte sie zur Besinnung zu bringen und stellte ihr eindringliche Fragen. Sie aber gab den Priestern keinerlei Antwort, war wie abwesend und weinte leise in sich hinein. Man mußte sie schließlich gehenlassen, es war zwecklos. Als das teilnahmslose Mädchen merkte, daß ihr der gewohnte Weg durch den Audienzsaal versperrt war, nahm sie ohne zu Zögern den Umweg durch die Gärten, die seitlich der Halle lagen. Unbemerkt von den zurückgebliebenen Priestern suchte auch sie kurz darauf den Tod - in einem Wasserbecken irgendwo in den weitläufigen Anlagen.

Ein einziges Mal gelang es den Priestern an diesem Abend dann doch noch, etwas zu erfahren. Es war nicht sehr viel, aber es war für Jahrtausende der einzige mysteriöse Hinweise auf den Verbleib der Strahlenden. Auf die eindringlichen Fragen der Priester, die sich der Bedeutung dieser Information wohl instinktiv bewußt waren, brachte eines der aufgehaltenen Mädchen endlich stockend und verstört hervor:

"Sie weinen... um uns... sie müssen alle sterben... nein, zurück...? wieder zurück...? Wir sind ihre Opfer... sie lieben uns..."

Den vollen Sinn dieser Worte schien das junge Geschöpf selbst nicht zu verstehen. Die Priester sahen sich an und verließen daraufhin den Eingang der heiligen Stätte. Noch in gleicher Stunde erreichten sie im Hafen eines der zuletzt auslaufenden Schiffe und konnten durch einen glücklichen Umstand, trotz der chaotischen Zustände, noch an Bord genommen werden. In letzter Minute gelangte ihre Nachricht somit nach Kathera in den sicheren Stützpunkt. Dort überlebten alle Evakuierten die gewaltige Flutwelle, die, von der Insel ausgehend, unaufhaltsam zu allen umliegenden Küsten rollte und dort zerschellte. Die grausame Nachricht von der Zerstörung ihrer Heimat war angekommen.

Die vor dem Tal aufragende Felswand schützte die Menschen und die gelagerten Materialien zwar vor der gewaltigen, zerstörerischen Wucht der Welle, jedoch liefen die durch die schmale Einfahrt eingedrungenen Wassermassen nur langsam wieder ab und machten den Menschen viel Arbeit. Überall auf den hügeligen Wiesen im hinteren Teil des Tales lagen bald durchnäßte Schriftrollen und anderes, wasserempfindliches Inventar zum Trocknen ausgebreitet. Über Schiffe verfügte man überhaupt nicht, denn da niemand wußte, *was* passieren würde - und *wann* es passieren würde - waren die zuletzt entladenen Schiffe sofort wieder ausgelaufen, um weitere Menschen aus Atlantis zu holen. Sie fuhren geradewegs der Flutwelle entgegen in den Tod. Es war den Evakuierten damit nach der Katastrophe unmöglich, Verbindung mit der Außenwelt aufzunehmen und sich Gewißheit über das entsetzliche Geschehen zu verschaffen.

Die folgenden Tage und Wochen waren düster und kalt. Dunkle, schwere Wolken zogen, von Stürmen getrieben, tief über das Tal. Die notdürftigen Unterkünfte der Menschen, ihre Kleidung, die Kisten mit den Lebensmitteln, alles war von salzigem Meerwasser durchnäßt. Der mittlere, tiefer liegende Teil des Tales, in dem die meisten Güter lagerten, war zu einer einzigen Sumpffläche geworden, in der man bis zu den Knien im Schlamm watete. Kein wärmender und trocknender Sonnenstrahl drang vorerst durch den aufgewühlten, düsteren Himmel.

Die Priester organisierten, nachdem ihr Evakuierungsauftrag nun erfüllt war, von Anfang an das Leben in diesem Stützpunkt. Und sie taten es mit der ihnen eigenen Routine und Präzision. Gruppen wurden gebildet und für die verschiedenen Arbeiten eingeteilt. Nachdem die Wassermassen wieder abgelaufen waren, wurden als erstes die Materialien auf die höher gelegenen Talränder umgelagert. Die Verteilung der Verpflegung wurde organisiert und eine Baugruppe begann provisorische Unterkünfte auf den trockenen Hügeln am Rande des Tales zu errichten. Nach und nach erstreckte sich diese neue Bebauung zu beiden Seiten des Tales und wurde schließlich im hinteren Teil zusammengeführt, so das insgesamt eine hufeisenförmige Siedlungsform entstand. Die Mitte dieser ersten, ursprünglichen Siedlung blieb noch über Monate eine unbebaubare, von großen Wasserflächen bedeckte Sumpfwiese. Später zog man hier Entwässerungskanäle und konnte das Gelände nach und nach trockenlegen. Vor allem in der Nähe des Hafens brauchte man die Flächen für ordentliche Lagerhäuser.

Die Arbeiten an den Hafenbecken, die für diesen Flottenstützpunkt ursprünglich einmal geplant und bereits begonnen waren, wurden nun in etwas erweiterter Form zum Abschluß gebracht. Ein großer Stapel fertig behauener Steinblöcke, der schon lange vor den priesterlichen Evakuierungsmaßnahmen als Materialvorrat für Befestigungsbauten im südwestlichen Teil des Tales stand, sollte - etwas umgestaltet - als erster Tempel dieses Zufluchtsortes dienen. Einige Blöcke wurden herausgenommen, so daß an der Schmalseite eine breite Treppe entstand. Eine umlaufende Steinbrüstung und ein Opferstein vervollständigten zunächst diese Kultstätte. Später sollte sie noch einen Säulenaufbau erhalten, wie er bei atlantischen Tempeln üblich war. Das erste steinerne Bauwerk der Atlanter nach der Katastrophe war damit errichtet.

Das Leben verlief hier im Tal ganz anders, als bei den zusammengeschlossenen Siedlern und ehemaligen Kolonisten an der senturischen Küste. Der große Mangel war das Fehlen von hochseetüchtigen Schiffen. Monatelang wußte man nicht,. was in der Heimat überhaupt geschehen war. Von Vorteil war dafür die gute Versorgung mit Lebensmitteln, technischem Gerät, Werkzeugen und Waffen. Dies alles war, bezogen auf die versammelte Anzahl von Überlebenden, im Überfluß vorhanden. Auch waren mit den wichtigsten Vertretern der Priesterschaft und des Hohen Rates - alles direkte Nachkommen der Strahlenden - fähige Führungspersönlichkeiten unter den Flüchtlingen, die von Anfang an für eine perfekte Organisation sorgten.

In der ersten Zeit waren die Menschen mit den lebensnotwendigen Arbeiten so stark beschäftigt, daß sie keine Zeit zur Trauer hatten - als dann nach mehreren Wochen die ersten Sonnenstrahlen in das Tal fielen, die Haut wärmten und die Kleidung und die Zelte wirklich trockneten, wurde ihnen in den nun auch öfter eingelegten Ruhepausen bewußt, überlebt zu haben. Und sie wußten auch, daß es ihnen, den Umständen entsprechend, hier sehr gut ging. Zunächst war man noch der Überzeugung, daß es in der Heimat auch Überlebende geben würde. Die endgültige Vernichtung der gesamten Insel konnte sich ohnehin niemand vorstellen. Da jedoch keine Schiffe vorhanden waren, konnte man auch keine Hilfe bringen - und darunter hatten die hier Versammelten wohl am stärksten zu leiden.

Viele Monate mußten vergehen, bevor es schließlich gelang, ein provisorisches, aber hochseetüchtiges Schiff zu bauen. Geeignetes Material für den Schiffbau war, trotz allen Überflusses, nicht vorhanden und so hatten sich die Handwerker vieles einfallen lassen müssen, um dieses Vorhaben zu realisieren. Das fertige Schiff sah dann auch sehr seltsam aus, es hatte weder Masten noch Segel, auch Ruder gab es keine. Die Priester hatten nach einigem Zögern einen unscheinbar wirkenden schwarzen Quader als Antrieb zur Verfügung gestellt. Er wurde im hinteren Teil der großzügigen Kajüte mit starken Balken befestigt, die wiederum fest mit dem Rahmen des Schiffes verbunden waren. Ein in dieses Geheimnis eingeweihter Priester konnte den Block mittels einer Tastatur in Bewegung bringen - und dadurch das ganze

Schiff bewegen - auf dem Wasser, oder, soweit die Konstruktion dies aushielt, auch auf dem flachen Strand. Die beteiligten Schiffsbauer wußten, daß dieser geheimnisvolle Quader mit seinen gleichmäßigen, ebenen Flächen und stumpfer, schwarzer Färbung ein Geschenk der Strahlenden sein mußte. Und sie wußten auch, daß in den Kisten, die aus Atlantis hierher gebracht worden waren, noch eine Vielzahl weiterer Blöcke dieser Art lagerten.

Mit Hilfe des provisorischen Schiffes konnten sich die Bewohner des Tales nun erstmalig Gewißheit über das Schicksal ihrer Heimat verschaffen. Fast ein Jahr nach der Katastrophe, zu einer Zeit, da die Suchflotte des Pheleos langsam an der südlichen Küste Lankhors entlang nach Norden segelte, suchte nun das priesterliche Schiff ohne Mast und Segel die neu entstandene Wasserwüste über der ehemaligen Heimatinsel ab. Die Erkenntnisse dieser Fahrt waren derart niederschmetternd und übertrafen die schlimmsten Erwartungen der Gelehrten. Im Stillen hatten alle gehofft, große Teile des Landes - zwar verwüstet und vielleicht unbewohnt - wiederzufinden. Man ging bisher davon aus, das Tal mit seinen provisorischen Lebensbedingungen bald wieder verlassen zu können, um die Heimat neu aufzubauen. Deshalb hatte man den vorhandenen Vorräten bisher auch nur das Notwendigste zum eigenen Überleben entnommen. Nun sahen sich die Bewohner von AD 1106 einer gänzlich neuen und andersartigen Situation gegenüber. Unwiederbringlich waren ihre Hoffnungen für immer im Meer versunken. Auch die Strahlenden schien es nicht mehr zu geben - für die Priester ein besonders schmerzlicher Verlust, da sie deren Bedeutung für die Menschheit annähernd geahnt hatten.

Die führenden Männer, die hier auf See kreuzten und gerade den für sie größten vorstellbaren Verlust zur Kenntnis nehmen mußten, waren es gewohnt, sachlich und schnell zu entscheiden. Es half nichts, der Heimat lange und untätig nachzutrauern. Noch während der schnellen Rückfahrt des unförmigen Schiffes wurden Ideen ausgetauscht und Möglichkeiten erörtert. Wieder im Tal angekommen, beschloß man in einer sofort einberufenen Versammlung, nun für immer hier zu bleiben. Das durch seine natürliche Lage gut geschützte Tal sollte noch zusätzlich befestigt und schließlich im Innern zu einer bequemen und wohnlichen Stadt ausgebaut werden. Der Befestigung mit hohen Türmen und inneren Quermauern sollte dabei besonderes Gewicht gegeben werden, denn seit die Atlanter Schiffahrt betrieben, wußten sie von der Existenz barbarischer Völker auf den Nachbarkontinenten, die zwar dem ehemaligen großen Atlantis nicht gefährlich werden konnten - für den kleinen, überlebenden Rest aber eine sehr ernste Gefahr darstellten. Die besondere Auswahl der nun hier lebenden gebildeten Atlanter haßte nichts so sehr wie blutige Schlachten, und sie wollten sich lieber hinter unbezwingbaren Mauern vor der Welt verbergen, als gezwungen zu sein, ihre überlegenen Waffen gegen raubgierige und unbelehrbare Menschenmassen einsetzen zu müssen.

In der Folgezeit befaßten sich Priester, Gelehrte und Fachleute der verschiedensten Disziplinen mit Einzelproblemen der zukünftigen Baumaßnahmen. Es ging zunächst darum, grundsätzliche Fragen zur Einwohnerzahl, zum Straßennetz, zur Wasserversorgung und dergleichen mehr zu klären. Später sollten diese Untersuchungen in ein Gesamtprojekt einfließen. Eine natürlich entstandene Volksgruppe hätte in einer vergleichbaren Situation sicherlich unverzüglich mit dem Bau begonnen und die Stadt wäre nach und nach, entsprechend den Bedürfnissen und der vorhandenen Möglichkeiten, spontan um einen ersten Kern herum gewachsen. Nicht so bei den hier versammelten Atlantern. Die Zusammensetzung ihrer Einwohnerschaft war durch die weitgehend willkürliche Auswahl bei der Evakuierung eher als unnatürlich zu bezeichnen. Der Anteil wissenschaftlich ausgebildeter Fachleute, hochgelehrter Priester, erfahrener Handwerker und Spezialisten war überdurchschnittlich hoch. Und diesen Menschen war es einfach unmöglich, spontan mit dem Bau zu beginnen. Ihre wissenschaftliche Gelehrsamkeit und ihr Vollkommenheitsbedürfnis verlangte einen bis ins Letzte präzisen Plan, der all ihren hohen Erwartungen in Bezug auf Schönheit und Funktionalität gerecht wurde. Vorher sollte kein Stein gesetzt, keine Straße abgesteckt werden. Eine provisorische Siedlung aus festen Holzhütten war für erste vorhanden - nun konnte man sich Zeit lassen, um alles auf das Beste vorzubereiten.

Eigenartigerweise kam lange Zeit niemand auf die Idee, an den Küsten der umliegenden Kontinente nach überlebenden atlantischen Kolonisten zu suchen, wie Pheleos es sofort getan hatte. Das zwar schnelle, aber doch sehr anfällige und nur höchstens zwanzig Menschen Platz bietende Priesterschiff wäre für eine derartige Operation auch denkbar ungeeignet gewesen. Schließlich beschlossen die Priester aber doch, eine zweite Expedition in den Atlantik zu schicken. Die Suche nach Überlebenden war allerdings mehr eine Nebenaufgabe, da niemand ernsthaft damit rechnete, im näheren Umkreis auf Landsleute oder überhaupt auf Menschen zu treffen. Die Gelehrten wollten sich in erster Linie ein genaueres Bild vom Ausmaß der Verwüstungen an den

Küsten machen und die Siedlungsräume der ehemals dort ansässigen Ureinwohner überprüfen. Außerdem versuchten sie verzweifelt die Katastrophe zu rekonstruieren und ihre Ursache zu enträtseln - allerdings ohne Ergebnis.

Viele Wochen kreuzte das priesterliche Schiff nun entlang der Küste Richtung Norden, nach Niphera zu. Dabei machte man zufällig auch Bekanntschaft mit den immer noch sehr aggressiven Bewohnern am Nordkap des Landes Cethy. Wie zwei Jahre zuvor schon Pheleos und seine Männer, wurden jetzt auch die hier landenden Priester von wilden Kriegern mit Stöcken und Steinen angegriffen. Seit langem mit schweren Sorgen belastet, schenkten die höchsten atlantischen Würdenträger dem jedoch keine Aufmerksamkeit. Mit äußerst wirkungsvollen Waffen hielten sie die Angreifer auf Distanz, bis sie ihre notwendigen geologischen Untersuchungen mit aller gebotenen Sorgfalt abgeschlossen hatten. Würdevoll und ohne Hast bestiegen sie darauf ihr Schiff, daß sich dank seines besonderen Antriebs weit auf den flachen Strand geschoben hatte, und manövrierten es schließlich souverän durch die starke Brandung aufs offene Meer, wo sie in schneller Fahrt bald aus dem Blickfeld der erstaunten Barbaren entschwanden.

Bereits zwei Tage später sichtete man weiter nördlich ein unverkennbar atlantisches Schiff in voller Besegelung. Mit größter Geschwindigkeit, so daß der provisorische Schiffskörper ächzte und stöhnte, fuhr man ihm entgegen. In gespannter Erwartung standen die Priester an Deck und genossen den vertrauten Anblick des Seglers - wie lange hatten sie so etwas schon nicht mehr gesehen.

DRITTES KAPITEL

Die Festlichkeiten anläßlich der ersten Begegnung mit den Priestern des Stützpunktes im AD 1106 gehen in der senturischen Basis ihrem Ende entgegen. Olot, der älteste und ranghöchste Besucher, und Pheleos, das gewählte Oberhaupt der überlebenden Kolonisten, haben nun Gelegenheit, ihre Erlebnisse und Gedanken auszutauschen. Voll gegenseitiger Achtung für ihre Taten sind sie sich der Bedeutung bewußt, die dieses Zusammentreffen für die zukünftige atlantische Kultur haben wird. Die Zahl der noch lebenden Atlanter ist damit auf ein Vielfaches angewachsen, der Zuwachs an Wissen und Macht durch die geretteten Schätze und Archive des alten Atlantis wiegt jedoch weit schwerer. Und natürlich kommen die beiden Männer auch bald darauf zu sprechen, wo nun der zukünftige, gemeinsame Siedlungsplatz der Atlanter einmal liegen sollte. Pheleos will durch gezielte Expeditionen einen optimalen Standort in der Welt suchen und hat dafür großzügig einige Jahrzehnte eingeplant. Olot hingegen vertritt den von der Priesterschaft gefaßten Beschluß, am Punkt AD 1106 an der katheranischen Küste zu bleiben und dort eine feste Stadt zu errichten. Vieles spricht dafür, so zum Beispiel die sichere Lage in diesem unzugänglichen Felsental, so auch der Umstand, daß die Küsten dieser Region besonders stark zerstört sind und damit noch auf lange Zeit unbewohnt bleiben werden. Vor aggressiven Eingeborenen, die den Aufbau der atlantischen Stadt behindern könnten, hätte man dort in den nächsten Jahrhunderten Ruhe. Pheleos hat im Prinzip auch nichts gegen diesen Ort einzuwenden - will sich aber trotzdem erst noch in der Welt umsehen. Dies hatte wiederum zur Folge, daß bis zur endgültigen Entscheidung keine Baumaßnahmen im AD 1106 begonnen werden konnten. Olot drängt jedoch entschieden darauf, noch mit dieser jetzt lebenden Generation den Bau zu beginnen, um, wie er sich ausdrückt, das kleine Volk nicht *verwildern* zu lassen. Eine zweite oder dritte Generation könne sich womöglich an die primitiven, provisorischen Hütten gewöhnen und keinen Ehrgeiz mehr entwickeln, aufwendige Steinbauten zu errichten. Er gibt dabei auch zu bedenken, daß die Strahlenden, ihre großen Lehrer, nun nicht mehr da seien, um die Entwicklung voranzutreiben und zu kontrollieren. Nach seiner Auffassung hatte die Priesterschaft nun diese verantwortungsvolle Aufgabe zu übernehmen. Eine Aufgabe mit so schwerwiegenden Konsequenzen, daß Pheleos sich nur langsam an diesen Gedanken gewöhnen kann.

Innerhalb der Priesterschaft war man der Meinung, ja der festen Überzeugung, daß die Katastrophe mit ihren verheerenden Auswirkungen von den Strahlenden nicht gewollt war - von ihnen aber seltsamerweise auch nicht verhindert werden konnte. Denn erstens paßte sie nicht in den historischen Ablauf, der bisher allein von diesen göttlichen Wesen reguliert und vorangetrieben worden war, und zweitens hatte man kurzfristig noch eine Warnung von ihnen erhalten und konnte dadurch einiges, vielleicht sehr Wesentliches, vor dem Untergang retten. Und drittens gingen die Strahlenden offensichtlich - und wahrscheinlich sogar gegen ihren Willen - selbst bei der Katastrophe zugrunde.

Es wurden daraufhin in ihrer Bedeutung weitreichende Hypothesen aufgestellt, wonach die Strahlenden *nur* Halbgötter waren, voll von guten Absichten den Menschen gegenüber, daß aber *über* ihnen noch ein oder mehrere Obergötter standen, die sich um das Schicksal der Sterblichen nicht besonders kümmerten. Man glaubte das daran zu erkennen, daß, ohne Rücksicht und mit unvorstellbarer Gewalt, die ganze blühende Insel vernichtet wurde - andererseits diese offensichtlich sehr gezielte Vernichtung doch auch wieder unvollkommen war, da mehrere tausend Menschen und wertvolles Material gerettet werden konnten. Da es für die Priester nicht vorstellbar war, daß eine Obergottheit, ein noch über den Strahlenden stehender kosmischer Intellekt, etwas übersehen konnte oder unvollkommen handelte, kam man zu der Auffassung, daß es offenbar nicht im Interesse dieses allgewaltigen Gottes lag, die atlantische Kultur endgültig auszulöschen. Man leitete also aus der geglückten Evakuierung und dem bisherigen Überleben nach der Katastrophe das Wohlwollen - oder die Gleichgültigkeit - der Obergottheit für ein Weiterbestehen des einst großen Volkes ab.

Es gab allerdings in der Priesterschaft auch sehr ernstzunehmende Gruppen, die diese Spekulationen - denn nichts weiter waren sie - sehr bezweifelten. Sie erinnerten vor allem daran, daß in Atlantis auch 422 Jahre lang alles gut ging und scheinbar *wohlwollend* geduldet wurde. Aber eine *zeitweise* Duldung muß nicht gleichzeitig auch ein dauerndes

Wohlwollen bedeuten. Die Katastrophe, die dem jungen Staat mit all seiner Pracht und Größe ein jähes, schmerzhaftes Ende bereitet hatte, bewies dies nur zu deutlich.

In den Jahren nach dem Untergang der Insel spaltete sich die Priesterschaft langsam in zwei, theoretisch unterschiedlich begründete Lager. Ein Teil verehrte die Strahlenden, die großen Lehrer, denen Atlantis seinen Aufstieg und seine Kultur verdankte; sie sahen in ihnen zumindest Halbgötter, Wesen, die sie selbst noch mit eigenen Augen gesehen hatten und von denen sie in vielen Fällen sogar selbst väterlicherseits abstammten. Kein Atlanter würde je einen Zweifel an ihrer Existenz haben. Und teilweise glaubte man in diesen Kreisen auch fest an ihre Wiederkehr, obwohl es allerdings keinen einzigen Hinweis dafür gab.

Der zweite, kleinere und geistig vielleicht etwas höher stehende Teil der Priesterschaft ging mehr von der Ohnmacht der Strahlenden angesichts der Katastrophe aus. Man respektierte zwar die große Menschenliebe und die Leistungen beim Aufbau des Staates, aber es waren in ihren Augen nun doch *nur* sterbliche Wesen, die letztlich einem höheren, absoluten Willen unterworfen waren und denen es daher auch nicht möglich war, ihr geliebtes Volk und sich selbst ausreichend zu schützen. Diese Priester beteten deshalb nicht die Strahlenden, sondern die ihnen unbekannte höhere Macht an. Sie glaubten damit auf einer höheren Stufe der religiösen Erkenntnis zu stehen. Ihre Forschungen, die in Ermangelung realer Fakten ausweglos und daher zumeist nur komplizierte Spekulation waren, befaßten sich über lange Zeit mit der Erkenntnis dieser Obergottheit.

Das streng hierarchische System der Priesterschaft ließ natürlich keine offene Spaltung aufgrund dieser Meinungsunterschiede zu. Ohne Konflikte zu erzeugen, beschränkten sich zumeist die einfachen Priester der unteren Dienstränge auf den Glauben an die Strahlenden, während die Kaste der Oberpriester an ihrer höheren Erkenntnis festhielt und diese pflegte.

Die Entscheidung über eine Umsiedlung der Kolonisten nach Kathera wird nun zunächst aufgeschoben. Man einigt sich darauf, zunächst Sartos Rückkehr aus der Südsee abzuwarten. Pheleos möchte dieses wichtige Problem unbedingt mit seinem erfahrenen Freund gemeinsam entscheiden. Vor allem aber will er dessen Meinung zum neuen Siedlungsplatz im AD 1106 hören, da der weitgereiste und erfahrene Seefahrer die geographischen und strategischen Bedingungen dieses Ortes wohl am besten beurteilen konnte.

Mehrere Wochen halten sich die Priester noch in der Basis auf. Unter Einsatz aller zur Verfügung stehenden Kräfte haben die Schiffshandwerker ihnen in dieser Zeit ein neues, seetüchtigeres Schiff für die Rückreise gebaut. Den geheimnisvollen Antrieb hatte man in dieses neue Schiff umgesetzt und damit besitzt es nun die gleichen ungewöhnlichen Fahreigenschaften wie das alte, nun abgewrackte Seefahrzeug. Alle übrigen Merkmale sind durch den Neubau natürlich wesentlich verbessert worden, wobei die Schiffsbauer versuchten, dieser neuen Antriebsform insgesamt besser gerecht zu werden. Das Schiff hatte die schnittige, langgestreckte Form der atlantischen Segler, verfügte aber über einen flachen, besonders stabilen Rumpf, der es ermöglichte, Landungen direkt auf dem Strand vorzunehmen. Ruder und Masten, sowie Notsegel waren - vielleicht mehr der Schönheit wegen - auch vorhanden und die traditionelle Brücke erhielt eine direkte Verbindung mit dem neuen Steuer- und Antriebsraum unter Deck.

Als die Priester mit ihrem neuen, gut ausgerüsteten Schiff abreisen, ist es kein Abschied für lange. Beladen mit wichtigen Werkzeugen, Waffen und Materialien, über die die Kolonisten hier nicht verfügten, treffen sie nach wenigen Wochen wieder in der Basis ein. Um sich zunächst gegenseitig zu helfen, wo es nur geht, und natürlich auch, um den Kontakt zwischen den beiden atlantischen Basen zu vertiefen, wird in der Folge ein regelrechter Pendelverkehr eingerichtet. Abgesehen davon kehrt nun jedoch wieder Ruhe und Alltag bei den atlantischen Überlebenden ein. Etwa drei Jahre währt diese ereignislose aber zufriedene Zeit. Viele wertvolle Kleinigkeiten, welche die Priester in den letzten Wochen vor der Katastrophe aus Atlantis retten konnten, sind inzwischen auch hier in der Basis eingetroffen und machen das Leben der Bewohner angenehmer und sicherer.

Im zweiten Sommer wird der geplante Tempel gebaut, und fast könnte man meinen, das Leben, das wirkliche, das normale Leben habe nun begonnen. Regelmäßig fahren Fischerboote vom kleinen Hafen zum Fang aus. Ab und zu setzt man mit einem größeren Schiff zum Festland über, um dort unter dem Schutz von Bewaffneten auf die Jagd zu gehen. In ruhiger Geschäftigkeit werden auch die notwendigen Ausbesserungsarbeiten an den vorhandenen großen Schiffen fortgesetzt. Bis in die späten Abendstunden hallen gewöhnlich die Axtschläge von der Werft und vom Dock her über das Wasser. Denn noch ist das Ziel nicht erreicht, alle vorhandenen Segler wieder voll einsatzfähig zu machen. Auch wenn im Moment kein unmittelbarer Bedarf für eine derart große Flotte besteht, so sollen doch alle Schiffe für einen eventuellen Notfall bereitstehen.

Und daneben wird auf der Arsenalsinsel inzwischen sogar begonnen, eine ganz neuartige Flotte zu bauen. Die Priester vom AD 1106 haben dafür eine entsprechende Anzahl von Antriebsblöcken zur Verfügung gestellt. Dieser spezielle neue Schiffstyp, dessen erster Vorläufer sich ja bereits bewährte, unterschied sich in so vielen, entscheidenden Konstruktionsmerkmalen von den Seglern des alten Typs, daß ein Umrüsten dieser Fahrzeuge auf den neuen Antrieb nicht sinnvoll gewesen wäre.

Es ist im Spätsommer des Jahres 430, als auf See befindliche Fischer plötzlich ein sich näherndes Schiff südlich der Basisinseln entdecken. Seine langsame Fahrt läßt darauf schließen, daß es sich nicht um das neue Priesterschiff handelt, auch kommt dieses bei seinen regelmäßigen Besuchen gewöhnlich aus einer anderen Richtung. Zwei der Fischerboote unterbrechen sofort den Fang und steuern dem Segler entgegen. Eine plötzliche Ahnung hat sie erfaßt: Sartos ist zurückgekehrt.

Nach fünf langen Jahre hat sich diese stille Hoffnung aller Kolonisten und vor allem der vielen Seefahrer unter ihnen doch noch erfüllt. Sartos hat das scheinbar Unmögliche vollbracht. Eines seiner beiden Schiffe hat er allerdings in der Südsee zurücklassen müssen, es hatte einem Sturm nicht mehr standgehalten und ist schließlich gesunken. Auch seine Mannschaft, mit der er nun heimkommt, ist auf acht Seeleute zusammengeschmolzen. Das Meer hat seinen grausamen Tribut gefordert. Die Leute sind von dieser unwahrscheinlichen Reise sehr geschwächt. Einige liegen seit Wochen fiebernd in ihren Kojen. Mit letzter Kraft hatten sie nach dem Verlassen der Südsee den Atlantik vom südlichsten Ende an durchquert, waren der Hitze der Äquatorregion ausgesetzt und versuchten schließlich mit Hilfssegeln, zerbrochenem Ruder und gerissenem Tauwerk, mehr treibend als segelnd, die rettenden Basiskoordinaten zu erreichen. Hätte Sartos bei seinen Berechnungen der Strömungen und Windrichtungen auch nur einen winzigen Fehler gemacht und auf dem nordwestlichen Kurs die senturischen Inseln verfehlt, wäre er sicher verloren gewesen. Für Kurskorrekturen und komplizierte Segelmanöver reichten die Kräfte seiner Leute und die Ausstattung des Schiffes bei weitem nicht mehr aus.

In der Südsee war bis zum Verlust des zweiten Schiffes zunächst noch alles relativ gut gegangen. Schon bald erreichte man in den

Weiten des Ozeans eine bewohnte Inselgruppe. Aus dem Verhalten der Eingeborenen, die sehr friedlich und verständig waren, konnte Sartos entnehmen, daß die legendäre Expeditionsflotte vor Jahren hier vorbeigekommen sein mußte. Er hatte schon lange vorher seine eigenen Vermutungen über deren wahrscheinlichen Kurs aufgestellt und in seine Karten eingetragen. Diese Vermutungen gründeten sich allein auf seemännische Logik und Intuition. Sartos kannte Kamares und einige weitere Kommandeure der Expedition noch persönlich - sie waren damals die berühmtesten und fähigsten Seefahrer. Sicherlich, so dachte Sartos, würden sie ebenso entschieden haben, wie er es jetzt versucht hatte nachzuvollziehen. Und nach und nach bestätigten sich seine Überlegungen: auf weiteren Inseln wurden neue Anhaltspunkte gefunden. In einem Fall waren es sogar einwandfrei identifizierbare atlantische Ausrüstungsteile, die offensichtlich nicht mehr gebraucht und auf einer unbewohnten Insel zurückgelassen worden waren. Ureinwohner anderer Inseln konnten sich an die atlantische Sprache erinnern und einer dieser Häuptlinge konnte Sartos sogar einen Stammesangehörigen vorführen, einen jungen Mann, der in Lage war, ein paar atlantische Worte zu sprechen - ohne allerdings zu verstehen, was sie bedeuteten, aber sichtlich stolz, seine Fähigkeit noch einmal vorzeigen zu können.

Also verfolgt Sartos diesen unsichtbaren Weg durch die endlosen Weiten der Südsee weiter - rastlos dem nächsten, vielleicht winzigen Anhaltspunkt entgegen. Zeitweise sieht es so aus, als habe er die Spur verloren - dann geht es mühsam zurück zur letzten Zwischenstation und nach eingehendem Studium der Seekarte wird die Fahrt in etwas anderer Richtung wieder aufgenommen, bis die Spur wiedergefunden ist.

Und unvermutet, als sich alle sicher sind, einen wirklichen, greifbaren Hinweis zu haben, bricht der Weg urplötzlich ab - die gesuchte Flotte scheint sich an dieser Stelle in Nichts aufgelöst zu haben. Und von dieser Zeit an beginnen auch die Schwierigkeiten - als wolle jemand mit allen Mitteln verhindern, daß Sartos sein Vorhaben zu Ende bringt.

Bei unerwarteten Kämpfen mit kriegerischen Eingeborenen verliert man acht Männer. Kurz darauf drei weitere bei einem ungewöhnlich heftigen Sturm, in den die beiden Schiffe geraten. Die ohnehin schwach besetzten Fahrzeuge müssen nun von den wenigen, verbleibenden Seeleuten gesteuert werden. Es gibt für alle weniger Schlaf und Ruhepausen. Schwer angeschlagen und unzufrieden mit sich selbst, sieht sich Sartos schließlich gezwungen, den Rückzug zu befehlen. Der Zustand seiner Mannschaft und der Schiffe läßt eine weitere Suche nicht zu - und außerdem weiß er zu diesem Zeitpunkt nicht einmal, wo er diese Suche noch hätte fortsetzen sollen.

Auf dem Rückweg steuert man zunächst auf direktem Wege Lankhor an. Es ist ein Gebot der Not, so schnell wie möglich Land zu erreichen. Die Vorräte an Nahrungsmitteln und Trinkwasser sind erschöpft und an den Schiffen müssen dringende Ausbesserungen vorgenommen werden. Nach einem für diese Fahrt ungewohnt langen Zwischenaufenthalt segelt man nun etwas gestärkt, aber mutlos und niedergeschlagen dem Südkap des Kontinents entgegen. Stundenlang steht Sartos auf der Brücke und sieht immer wieder wie gebannt nach Westen auf das weite, unheimliche Meer, das ihm sein Geheimnis nicht preisgeben wollte. Es schmerzt ihn, nun ergebnislos zurückkehren zu müssen, da er dem Ziel doch schon so nahe war - und die Wahrscheinlichkeit, noch einmal mit frischen Kräften hierher zurückzukehren, wohl gleich Null ist. Manchmal ist er in diesen Momenten nahe daran, sich wieder von dieser verdammten Küste loszureißen und noch einmal nach Westen vorzustoßen - aber er weiß, dies wäre der sichere Tod für sich und seine Leute.

Während Sartos also in diesen Tagen meist wie abwesend auf das westliche Meer schaut und seinen unruhigen Gedanken nachhängt, sehen seine erfahrenen Seeleute - von den früheren Suchfahrten noch daran gewöhnt - auch öfter nach der nahen Küste und sie entdecken dabei eines Tages wirklich einen kleinen Küstensegler hinter sich, der sie mit vollen Segeln verfolgt. Hätte man ihn nicht noch in letzter Minute gesichtet, so wäre er bald hinter Sartos schnelleren Schiffen zurückgeblieben. So aber kommt eine unverhoffte Begegnung mit atlantischen Menschen zustande: der einzige Erfolg dieser mißglückten Reise.

Der Küstensegler stammt von einem kleinen Kolonistenstützpunkt, dessen Bewohner damals mit der großen Expedition in die Südsee kamen und diese gleich am ersten Rastplatz verlassen hatten. Sie errichteten ihre Hütten hier an der unbewohnten Westküste Lankhors, während die große Flotte ihren Weg bald fortsetzte - versorgt mit Trinkwasser und Proviant für viele Wochen.

Von diesen Kolonisten erfährt Sartos nun, daß es damals in der Flottenführung große Meinungsverschiedenheiten gab, die in regelrechte Machtkämpfe ausarteten. Dies war auch der entscheidende Grund für die Siedler, sich schon so frühzeitig von der Flotte zu trennen und hier niederzulassen. Eine spätere Spaltung der Südsee-Expedition, vielleicht sogar Meuterei und offenen Kampf innerhalb der Flotte hielten sie nicht für ausgeschlossen.

Eine sofortige Umsiedlung dieser kleinen Kolonie mit ihren fast zweihundert Menschen ist mit den beiden angeschlagenen Schiffen natürlich nicht möglich. Sartos verspricht aber, sie innerhalb der nächsten zwei, drei Jahre hier abzuholen. Kurz darauf verliert er bei der Umsegelung des gefährlichen Südkaps sein zweites Schiff mit der gesamten Besatzung, dazu zwei Männer seines Schiffes, ein dritter stirbt bald darauf an seinen schweren Verletzungen - ein umstürzender Mast hatte ihn getroffen.

Die Ereignisse dieser Reise sind nun alles andere als erfreulich, trotzdem ist Pheleos erleichtert, seinen Freund lebend wiederzusehen. Daß dieses gewagte Unternehmen Opfer kosten würde, war ihm von Anfang an klar gewesen.

In den folgenden Wochen werden die Rückkehrer von den Bewohnern der Basis liebevoll umsorgt. Obwohl ihm die Mediziner noch strenge Ruhe verordnet haben, beginnt Sartos sogleich seine Aufzeichnungen und Schiffstagebücher durchzusehen und zu ergänzen. Da fast alles Papier an Bord aufgeweicht war und nun teilweise unleserlich wurde, schreibt er die Eintragungen noch einmal ab, kommentiert sie und ergänzt die fehlenden Stellen aus dem Gedächtnis. In Vorbereitung für eine weitere Südseereise, die er selbst wohl sicherlich nicht mehr würde begleiten können, fügt er auch viele Randbemerkungen an, die den späteren Kapitänen helfen sollen, sich zurechtzufinden.

Beim Einzeichnen seines Kurses in einen neuen, sauberen Satz Seekarten kommt er oft ins Grübeln: es gibt keine andere Möglichkeit - entweder die ganze Flotte ist auf einen Schlag versunken, oder in einem scharfen Bogen, der logisch nicht zu begründen ist, nach Norden oder Süden in leere, vollkommen uninteressante Gewässer abgebogen. Ein vollständiges Verschwinden aller 56 Schiffe, etwa durch ein Unwetter oder einen kriegerischen Akt, war jedoch unwahrscheinlich, denn in beiden Fällen hätten sich Wrackteile an den umliegenden Inselstränden finden lassen müssen. Trotzdem geht Sartos nun die Möglichkeit eines Kampfes *innerhalb* der Flotte, wie sie die Kolonisten von Südlankhor angedeutet hatten, nicht mehr aus dem Kopf.

Als Pheleos ihn eines Abends in seinem kleinen Holzhaus besucht, ist er wiedermal in seine Seekarten vertieft. Papiere und Aufzeichnungen liegen verstreut auf Tisch, Bett und Boden. Einige flakkernde Öllampen erhellen das Zimmer. Draußen heult der naßkalte Nordwind über den flachen Dächern der Siedlung und erzeugt dadurch im geschützten Innern eine gewisse Behaglichkeit. Lange sprechen die beiden Männer an diesem Abend miteinander. Sartos erläutert seine verschiedenen Varianten des möglichen Verbleibs der Südsee-Flotte. Ein Großteil der Fakten war ihm bekannt, aber es gab noch mehr Unbekannte in dieser Aufzählung. Es mußte etwas gewesen sein, daß... sich der Expedition *in den Weg stellte...* so daß sie plötzlich - für eine gewisse Zeit - ... einen ganz unlogischen Kurs nahm. Leider kamen dafür mehrere Richtungen in Frage. Sartos hoffte, daß ab einer bestimmten Stelle die Logik wieder einsetzte. Und wenn man diesen Punkt gefunden hatte, dürfte es auch nicht mehr all zu schwierig sein, auch die Flotte zu finden. Er war bereits dabei, auf dieser Grundlage auszuarbeiten, welche Planquadrate in der Reihenfolge der größten Wahrscheinlichkeit abzusuchen seien.

Um seinem Freund etwas Zeit zur Erholung zu lassen, hatte ihm Pheleos die wichtigsten Neuigkeiten bislang vorenthalten. Als Sartos nun bei dieser abendlichen Unterredung erstmalig von den neuartigen Schiffsantrieben hört, und Pheleos ihm auch noch mitteilen kann, daß eine neue Flotte mit eben diesen Antrieben auf der Arsenals-Insel kurz vor der Fertigstellung steht, lebt der Freund plötzlich spürbar auf. Kaum zu Ende gehört, beginnt er bereits auszurechnen, um wieviel sich die Reisezeit bis ins Zielgebiet verkürzen lassen würde - und wie sich dadurch die Vorräte an Bord verringern ließen - oder auch, wie man bei einer gleichen Menge an Vorräten weitere wertvolle Zeit durch den Wegfall notwendiger Zwischenlandungen einsparen konnte. Sogar Stürmen konnte man im Notfall besser ausweichen, die Geschwindigkeit der neuen Antriebe war ja beliebig zu steigern und nach oben nur durch die Festigkeit der Schiffskonstruktion begrenzt.

Gleich am nächsten Morgen fahren Sartos und Pheleos sowie einige Mitgliedern des Hohen Rates auf die Arsenals-Insel und besichtigen die Schiffsneubauten. Der große Seefahrer ist begeistert. Nach dieser eingehenden Besichtigung hält er eine nochmalige Reise in die Südsee nun für durchaus möglich und wahrscheinlich. In einem, spätestens in zwei Jahren könnte ein Teil dieser neuen Flotte dafür zur Verfügung stehen. Die Reise würde sich auf eine Gesamtdauer von zwei Jahren verkürzen lassen - wenn es bei der Suche keine unvorhergesehenen Schwierigkeiten gab.

Vorerst behält Sartos diese Pläne allerdings für sich. Die schmerzhaften Verluste seiner letzten Reise sind allen noch in frischer Erinnerung und es wäre zu früh, im Rat schon wieder über neue Unternehmungen zu diskutieren.

Drei Monate später reisen Pheleos, Sartos und wichtige Mitglieder des Rates mit dem Priesterschiff nach Kathera, zum AD 1106. Endgültig soll nun darüber entschieden werden, ob das sichere Felsental zum zukünftigen Siedlungsplatz aller Atlanter ausgebaut werden soll. Die Fachleute hatten in den vergangenen Jahren nicht geruht. Obwohl die Entscheidung des Hohen Rates noch nicht gefallen war, haben sie in Vorbereitung einer möglichen Stadtgründung die Vermessungsarbeiten abgeschlossen und bereits mehrere Konzepte für die Bebauung des Tales erarbeitet. Viele grundsätzliche Probleme, wie die Materialentnahme und die Transportwege waren theoretisch bereits gelöst.

Für Sartos verläuft diese Reise nun ganz anders als seine letzte abenteuerliche Suchfahrt. An Bord stehen den hohen Abgesandten der senturischen Basis alle Bequemlichkeiten zur Verfügung. Bei gutem Wetter und ruhiger See sitzt man auf dem Achterdeck vor reichlich gedecktem Tisch und sieht den Delphinen zu, die das Schiff schon ein ganzes Stück begleiten. Ohne auf Wind und Wellen achten zu müssen, macht man gute Fahrt und erreicht bald die Zielkoordinaten AD 1106.

Schon von weitem ist die über 900 Meter hohe Steilküste am Horizont zu erkennen und bald darauf nähert man sich bereits der unvergleichlichen Bucht mit ihren steil aufragenden Felswänden zu beiden Seiten. Wie die breite Mündung eines Trichters öffnete sie sich zum Meer hin. Mitten in ihrem vorderen Teil ragt eine kleinere, flache Felskuppe von nur etwas über hundert Metern Höhe aus dem Wasser, die sich wohl recht gut für eine Befestigung mit einen Leuchtfeuer eignen würde, rechts dahinter erstrecken sich flache Sandbänke und ein schmaler Streifen wüsten Landes, an dem noch sehr deutlich die zerstörerischen Spuren der Flutwelle zu erkennen sind. Vor der fast senkrecht aus dem Wasser aufsteigenden riesigen Felswand auf der linken Seite, wo sich auch die Fahrrinne befindet, wirkt das stolze Dreimastschiff der Atlanter wie ein winziges Spielzeug. Sartos ist sehr beeindruckt. Vielleicht durch Zufall war er früher noch nie hier gewesen und bei all seinen Reisen hatte er noch nichts Vergleichbares gesehen.

Am Ende des immerhin fast drei Kilometer langen Trichters erreichen sie nun die schmale Durchfahrt zum eigentlichen Tal. Auf etwa sechzig Meter schätzt Sartos hier den Abstand der beiden gewaltigen Felsenmauern, die sich an dieser Stelle wie Torpfosten gegenüberstehen. Unmittelbar dahinter breitet sich vor den Augen der Besucher das Tal in seiner gesamten Größe aus. Gleich vorn, unmittelbar hinter dem *Eingang* war genug Wasserfläche für einen ausreichenden, großzügig bemessenen Hafen; hier mündete auch der Fluß, der im hintersten Winkel des Tales als großartiger Wasserfall von den Felsen herabstürzte und die Bewohner mit bestem Trinkwasser im Überfluß versorgte. Pheleos bemerkt sofort die aufgelockerte, aber trotz ihrer Weiträumigkeit noch gut überschaubare Besiedelung rings auf den erhöhten Talrändern.

Zur Begrüßung haben sich bereits alle Bewohner auf dem großen Platz direkt am Hafen versammelt. Als Sartos nun das Schiff verläßt und nach vielen Jahren wieder katheranischen Boden betritt, wollen die Begeisterungsrufe seiner Landsleute kein Ende nehmen. In gleicher Weise wird auch Pheleos willkommen geheißen. Die Kunde ihrer Heldentaten ist beiden Männern bereits vorausgeeilt und allen Menschen im AD 1106 bestens vertraut. Die Kämpfer einer neu aufgestellten Legion, die an der gegenüberliegenden Seite des Platzes angetreten ist, schlagen zur Begrüßung ihre blanken Schwerter gegen die metallenen Schilde. Durch die freibleibende Mitte kommen dann, in feierlicher Gelassenheit, die obersten Priester mit ihrem Gefolge.

Nach der Begrüßungszeremonie besichtigen die Gäste den vorderen Teil des Tales beziehungsweise das Gelände des zukünftigen Hafen- und Marktviertels. Architekten erläutern ihnen in groben Zügen die Vorstellung über die spätere Bebauung. Nach atlantischer Tradition endet der Tag auch hier schließlich mit einem großen gemeinsamen Festessen.

Schon bald sollen nun die Verhandlungen um den Siedlungsplatz beginnen. Sartos hatte schon zuvor seine Meinung nicht geheimgehalten, daß ihm die Lage des Ortes mit seinen besonderen, einmaligen Bedingungen, wie er sie hier vorfindet, vortrefflich gefällt. Und Pheleos, als offizielles Oberhaupt der senturischen Gesandtschaft, verläßt sich in diesem Fall ganz auf die Einschätzung seines Freundes - wenn Sartos keinen besseren Ort auf der Welt kannte, würden sicherlich auch langwierige und aufwendige Expeditionen nichts Anderes erbringen.

Die Beratungen selbst finden auf einer Wiese zu Füßen des steinernen Tempels statt. Als Tempelhain ist dieses Gelände großzügig mit Hecken abgegrenzt und macht bereits einen sehr gepflegten Eindruck. Außer dem steinernen Tempel selbst befinden sich hier die noch provisorischen Wohnhäuser der Priester und Gästehäuser für die Gesandtschaft. Zwanglos lassen sich die hohen Würdenträger auf ihren Sitzmatten nieder. Einige der Priester saßen, in Meditation versunken, schon seit den frühen Morgenstunden im Schatten der Tempelterrasse.

Etwas abseits hatten ihre Gehilfen alle notwendigen Pläne, Zeichnungen und Berechnungen der zukünftigen Stadt auf Tischen ausgebreitet. Als Pheleos gleich zu Beginn seinen festen Entschluß, hierher umzusiedeln, bekanntgibt, ist der entscheidende Punkt der Versammlung eigentlich erledigt. Man verständigt sich nun lediglich noch über technische Fragen der Aktion, berechnet die neue Anzahl der Bewohner, die für die Übersiedlung notwendigen Schiffe und die Zeit bis zum Abschluß all dieser Maßnahmen. Schon im nächsten Herbst sollen nach diesem Plan alle Bewohner und sämtliches Material von der senturischen Basis abtransportiert sein.

Sechs Tage dauerten die Verhandlungen noch, dann waren auch die letzten Details im gegenseitigen Einvernehmen geklärt. Gespannt wartet nun das Volk auf die angekündigte Wahl eines neuen Königs. Die Priesterschaft, welche bisher hier im AD 1106 stellvertretend die Regierungsaufgaben übernommen hatte, will nach dem Zusammenschluß aller Atlanter und der endgültigen Festlegung des neuen, einheitlichen Siedlungsplatzes nun auch wieder eine neue Regierung nach alter Tradition bilden. Die Leidenschaft atlantischer Bürger, sich mit Politik zu beschäftigen, war mit dieser Ankündigung wieder geweckt worden. Alles sollte nach altem atlantischen Brauch durchgeführt werden: am Tag vor der Wahl wird daher von einem Mitglied des Hohen Rates feierlich die Liste der wahlberechtigten Ratsmitglieder verlesen. Dieser, bereits kurz nach der Katastrophe gebildete, provisorische Rat war damit kaum verändert worden. Bemerkenswert war lediglich der Umstand, daß einige der wichtigsten Oberpriester nun ausgeschieden waren und daß diese damit auch nicht als Kandidaten für den Königstitel aufgestellt werden konnten.

Während bereits die Vorbereitungen für das anschließende Krönungsfest getroffen werden, besichtigen Pheleos und Sartos noch einmal gemeinsam das Tal in seiner gesamten Ausdehnung. Dabei führt sie ihr Weg zunächst entlang einer geraden Linie, die durch einzelne Steinquader markiert ist. Sie bezeichnete die Ost-West-Achse des atlantischen Koordinatensystems, die rein zufällig durch dieses Tal führt. Da für das System die ehemalige Hauptstadt als Nullpunkt gewählt worden war, lag dieses Tal also auf genau der gleichen geographischen Breite, nur entsprechend weiter östlich. Die markierte Linie, von den Priestern wegen ihrer doppelten Bedeutung nun 'Heilige Linie' genannt, wies also direkt auf die versunkene Hauptstadt des alten Atlantis. Den Vorstellungen der Architekten zufolge sollte entlang dieser

Linie eine oben befahrbare Stadtmauer entstehen - als sichtbares Symbol der bedeutsamen Ost-West-Achse und gleichzeitig auch als Bezugsbasis für das rechtwinklige Straßennetz der zukünftigen Stadt.

Der bereits provisorisch hergerichtete Steintempel, in dessen Schatten die Verhandlungen stattgefunden hatten und der unter Verwendung eines zufällig hier vorgefundenen Stapels von Granitblöcken entstanden war, stand mit einer Winkelverschiebung von 17 Grad zum Bezugssystem dieser 'Heiligen Linie'. Er sollte aber trotzdem - als Erinnerung an die Zeit der Evakuierung - so erhalten bleiben.

Pheleos und Sartos sind bei ihrem Spaziergang schließlich im hintersten Teil des Tales angekommen. Ehrfürchtig stehen sie nun direkt vor dem gewaltigem Wasserfall. Das ohrenbetäubende Getöse der aus etwa neunzig Metern Höhe herabstürzenden Wassermassen macht jede Verständigung an diesem Ort unmöglich. Beeindruckend ist hier auch die enorme Höhe der sehr nahe beieinander stehenden Talwände, in die sich der Fluß schon in seinem Oberlauf mehrere hundert Meter tief eingeschnitten hatte. Hier unten, auf dem Boden des Tales, kam man sich dadurch noch winziger vor. Diese besondere landschaftliche Situation vermittelte jedoch vor allem auch ein Gefühl der absoluten Sicherheit, der das kleine Volk so sehr bedurfte. Sartos registriert mit Beruhigung, daß dieses *hintere Tor* des Tales vollkommen unpassierbar ist. Selbst Befestigungen zum Schutz des Tales sind hier nicht notwendig. Es gibt also wirklich nur den *einen einzigen* Zugang vom Meer, und dieser wird sich, von der ersten und derzeit noch einzigen Seemacht der Welt, sicher recht gut verteidigen lassen.

Als die Freunde die unmittelbare Nähe des Wasserfalles wieder verlassen und eine Verständigung wieder möglich wird, kommen sie auf den Vorschlag der Priester zu sprechen, hier, unmittelbar in der Nähe des herabstürzenden Flusses, einige pavillionartige, kleine Tempel zu errichten und das ganze umgebende Gelände - zur Erinnerung an die Strahlenden - als heiligen Hain zu weihen. Das ständig rauschende Wasser würde mit seiner Kraft und Lebendigkeit ihre symbolische Anwesenheit in jedem Augenblick deutlich machen.

Langsam, jeder in seine Gedanken versunken, gehen sie nun wieder zurück zu den Siedlungen im vorderen Tal. Die Sonne steht schon tief und läßt dabei - bereits geraume Zeit vor dem eigentlichen Sonnenuntergang - große Teile des Tales in ungewohnte, dämmrige Schatten eintauchen: eine seltsame Eigenheit dieses Ortes, die durch die hohen, umgebenden Felswände bedingt ist, an die man sich aber schnell gewöhnen konnte.

Bald würde im Schein von Fackeln und Feuern die Königswahl beginnen. Die Männer haben nun schon die ausgetretenen Fußwege der Siedlung erreicht und bald darauf auch den breiten Hauptweg, der in gerader Linie - parallel zur Achse des Koordinatensystems - direkt auf den großen Platz am Hafen führt. Seitlich davon, vor dem steinernen Tempel, hat sich eine festliche Menschenmenge, die Legion und die Mitglieder des Hohen Rates bereits versammelt. Einige Redner melden sich zu Wort, vor allem, um die Besonderheit und Bedeutung dieser ersten Königswahl nach der Katastrophe zu würdigen und bewußt zu machen.

Etwas überraschend wird Sartos vom Hohen Rat der Priester und Gelehrten zum neuen König aller Atlanter gewählt - und gleichzeitig Pheleos zu seinem ersten Stellvertreter. Obwohl die hohen Priester im Rat noch immer die Mehrheit besitzen, wählen sie an diesem Tage keinen aus ihrer Mitte, was sicherlich naheliegend gewesen wäre. Es zeichnet sich bereits ab, daß sich die Priesterschaft aus den vordergründigen Regierungsgeschäften, zu denen sie durch die Umstände der Katastrophe gezwungen wurde, wieder zurückziehen will. Zwar bleiben noch einige der heiligen Männer Mitglieder des Hohen Rates, aber auch dies sollte sich in den folgenden Jahrzehnten ändern.

Sartos ist vor allem aufgrund seiner großen Popularität beim Volk und seiner außer Frage stehenden Handlungsfähigkeit gewählt worden - und Handlungsfähigkeit hält man im Hohen Rat, besonders in dieser einmaligen historischen Situation, für die wichtigste und notwendigste Eigenschaft eines Königs. Seine heldenhaften Seereisen und Unternehmungen zur Rettung und Zusammenführung aller noch lebenden Atlanter haben ihm Bewunderung und Verehrung eingebracht. Selbstbewußt nimmt Sartos die Wahl an; er kennt seine Möglichkeiten und fühlt sich dieser Aufgabe durchaus gewachsen.

Es gehört zu den ersten Amtshandlungen des neuen Königs von Atlantis, die Befehle zur vereinbarten Umsiedlung der senturischen Basis zu geben. Sartos braucht sich dabei nicht auf den Rat von Gelehrten und Fachleuten zu stützen - dies ist sein Fach, das er perfekt beherrscht. Zunächst kehrt er selbst zurück zu den drei kleinen Inseln im Norden, die zuletzt auch seine Heimat geworden waren. Alle notwendigen Maßnahmen werden hier veranlaßt; begonnene Bauarbeiten werden eingestellt, laufende Ausbesserungen an Häfen, Dämmen und Wohnhäusern abgebrochen. Nach einigem Für und Wider soll schließlich auch der kleine, steinerne Tempel, der den Kolonisten anfangs so viel Mühe gemacht hatte, auf dessen Bau aber letztlich auch die Begegnung mit den Leuten vom AD 1106 beruhte, demontiert und später im Tal wieder aufgebaut werden. Gegenüber einigen Befürwortern einer hier verbleibenden Wallfahrtsstätte, vertritt Sartos - nicht nur in diesem Fall - kompromißlos den Grundsatz, keinerlei Spuren atlantischer Zivilisation in der Welt zurückzulassen.

Schon wenige Wochen später beginnen die planmäßigen Fahrten, die vorerst nur Materialien zum AD 1106 transportieren. Für das kleine Volk bedeutet die nochmalige Umsiedlung eine nicht zu unterschätzende Anstrengung. Die soeben mit großer Mühe ausgebesserten Schiffe werden damit schon wieder einer harten Belastungsprobe ausgesetzt. Die Begleitmannschaften müssen mit Lebensmitteln und Kleidung versorgt werden, da sie selbst als Produzenten erstmal ausfallen. All diese Belastungen wurden jedoch vorher genau bedacht und auf eine verhältnismäßig lange Zeit aufgeteilt, um die Auswirkungen auf die beteiligten Menschen so erträglich wie möglich zu halten.

Die Aktion ist bereits in vollem Gange, als der König befielt, vier der soeben fertiggestellten neuartigen Schiffe von der Transportflotte abzuziehen und für eine neue Reise in die Südsee auszurüsten. Seit er die großartige Antriebsmöglichkleit kennt, hat ihn der Gedanke an die Verwirklichung seines Lebenszieles nicht mehr losgelassen. Auch ist von seiner körperlichen Schwäche nach der letzten Reise nun nichts mehr zu spüren. Sartos fühlt sich stark wie nie zuvor und von unbändiger Lebenskraft. Souverän regiert er das kleine, mutige Volk der Atlanter in dieser schwierigen, historisch einmaligen Situation. Um nun auch die letzten vorhandenen - und nicht unwichtigen - Reste seines Volkes zu suchen und mit den Übrigen zu vereinen, will er selbst noch einmal in die Südsee. Obwohl es eigentlich ungewöhnlich ist, daß sich ein atlantischer König auf ein so langes und gefahrvolles Abenteuer einläßt, gibt es im Hohen Rat kaum Einwände. Während seiner Abwesenheit wird der ruhige Theoretiker Pheleos ihn hier vertreten und die Umsiedlung mit der oft bewiesenen Umsicht und Gründlichkeit zu Ende führen.

Die nun für die Dauer von zwei Jahren geplante Reise wird in eiliger Betriebsamkeit vorbereitet. Unter unzähligen Freiwilligen wählt sich der König seine Mannschaften aus und bald darauf starten die vier schnellen Schiffe; dieses Mal ausgestattet mit allen denkbaren technischen Mittel und Waffen, welche die Atlanter vor dem Untergang hatten retten können.

Die Fahrt über den Atlantik und um das Südkap Lankhors herum verläuft nun, im Unterschied zur letzten Reise, sehr sicher, schnell und bequem. Erste Station wird dann die kleine Kolonie an der Westküste, die sie beim damaligen Rückzug aus der Südsee gerade noch durch Zufall entdecken konnten. Von hier aus will Sartos dann erneut in die geheimnisvollen Weiten des großen Ozeans aufbrechen.

Währenddessen werden die drei Inseln der nördlichen Basis endgültig geräumt. Die aufgeschütteten Dämme rings um die ehemaligen Wohnsiedlungen sind bereits zerstört. Den steinernen Tempel hat man samt Fundament abgetragen. Die letzten, für die Transportmannschaften noch verbliebenen, Unterkünfte werden schließlich in Brand gesetzt. Nichts erinnert mehr an das bunte, geschäftige Leben dieses Ortes als die ausgetretenen Wege zwischen den nicht mehr vorhandenen Wohnhäusern. Das Dock und der lange Steg waren größtenteils demontiert, der verbleibende, unbrauchbaren Rest wird schließlich mit Waffengewalt zerstört und im Meer versenkt.

Nun wartet die etwa hundertfünfzig Mann starke Evakuierungs-Mannschaft, von Pheleos selbst begleitet, daß ihre letzten provisorischen Unterkünfte restlos niederbrennen. Es ist ein grauer, regnerischer Herbsttag, als die Atlanter schließlich schweigend ihre Schiffe besteigen und stumm Abschied nehmen von einem Ort, der eine Zeitlang ihr Zuhause war und an dem sie nun ihre Aufgabe erfüllt haben. Es gibt von nun an keine atlantische Basis mehr vor den senturischen Inseln.

Für die nahezu verdoppelte Bevölkerung sind im Tal inzwischen weitere Holzhäuser entstanden. Die lockere Siedlung, die sich immer noch beiderseits an den erhöhten Talrändern entlangzieht, ist aber nur unmerklich etwas dichter geworden. Im hinteren Teil wachsen ihre beiden Hälften jetzt jedoch kräftiger zusammen. Hier errichten die Bewohner vor allem ihre Werkstätten und Handwerksbetriebe. Der mittlere, tiefer liegende Teil des Tales ist inzwischen trockengelegt. Man trifft sich hier zu Markttagen oder auf politischen Versammlungen. Ratsmitglieder erläutern den interessierten Bürgern die Baupläne ihrer zukünftigen Stadt. Und bald ist man auch schon soweit, erste Bezirke für die Bebauung zu markieren. Die dort vorhandenen provisorischen Gebäude, Speicher und Lager müssen dann in andere, meist hintere Teile des Tales verlegt werden. An verschiedenen Stellen werden nun auch bereits großzügige Lagerplätze für Granit, Marmor und andere wertvolle Gesteine angelegt - der Bau der Stadt konnte beginnen.

VIERTES KAPITEL

Die zweite Suchexpedition unter Sartos Führung hat die verlorengegangene Spur der großen atlantischen Flotte wiedergefunden. Mit 56 großen Schiffen war diese von der damals noch intakten Heimatinsel Atlantis aufgebrochen, um die vielfältige Inselwelt der Südsee zu erkunden und dort Stützpunkte für weitere Reisen einzurichten.

Sartos, der König aller überlebenden Atlanter, hatte mit dem Hohen Rat den Beschluß gefaßt, alle Angehörigen seines Volkes, die noch irgendwo auf der Welt verstreut lebten, zu einem lebensfähigen Bund zusammenzuschließen. Nach all seinen bisherigen Erfolgen ist es sein größtes Ziel, auch noch die legendäre große Südsee-Expedition zu finden, um sie mit dem kleinen Volk zu vereinen. Ausgestattet mit vier neuen Schiffen, die den neuesten Stand des atlantischen Schiffsbaus repräsentieren und zudem mit einem geheimnisvollen Gravitationsantrieb ausgestattet sind, hat er, nach der ergebnislosen und verlustreichen ersten Reise, nun zum zweiten Mal die Suche aufgenommen. Nach einem exakt vorbereiteten Plan wurde zunächst viele Wochen lang Planquadrat für Planquadrat dieses Ozeans abgesucht, bis auf einer kleinen, gänzlich abgelegenen und unscheinbaren Insel die Spur dann endlich wiedergefunden wurde.

Staunend beobachten nun die scheuen Ureinwohner aus ihren Verstecken, wie die fremden Seefahrer jetzt ein Festessen am Palmenstrand vorbereiten. Trotz ihrer beachtlichen Größe hatten sich die atlantischen Schiffe ganz von selbst auf das flache Ufer geschoben und derart deutliche Spuren im feinen Sand hinterlassen. Mit Hilfe ihres starken Antriebs würden sie später mühelos wieder ins Meer gleiten.

In fröhlicher Ausgelassenheit entladen die Männer nun Kisten und kleine Fässer und tragen sie auf einen erhöhten Platz am Ufer, wo sie unter Palmen ein einfaches Lager aufgeschlagen haben. Bis in die späte Nacht erklingt ihre Musik. Von den lauschenden Inselbewohnern wird sie mit immer größerer Bewunderung aufgenommen. Der Klang der atlantischen Instrumente sowie die Melodien sind ihnen vollkommen fremd, üben jedoch einen unwiderstehlichen Reiz aus. Als sich zu später Stunde der Rhythmus immer mehr steigert, überwinden einige von ihnen ihre Scheu um kommen etwas näher zum großen Feuer der Fremden. Noch etwas im Schutze der Dunkelheit und einen Fluchtweg für alle Fälle offen haltend, tanzen sie nach der unbekannten, nie gehörten Musik, die jedoch so unwahrscheinlich mitreißend ist und alles andere im Moment vergessen läßt. Die Atlanter haben die tanzenden, schwarzen Körper zwischen den Bäumen bald entdeckt - und dadurch weiter angespornt, steigern sie ihre Musik zu einem ekstatischen Höhepunkt.

Schon am nächsten Morgen muß jedoch wieder aufbrechen. Jede Kleinigkeit, die man gestern ausgeladen und am Strand benutzt hatte wird mit übertriebener Gründlichkeit wieder eingesammelt und verladen. Sartos selbst hat dies angeordnet und er achtet persönlich darauf, daß seine Männer so verfahren. Er will vermeiden, daß zuviel Zeugnisse atlantischer Kultur durch Nachlässigkeit in die Welt gelangen. Schließlich klettern die Männer selbst auf ihre Fahrzeuge, die sich sogleich kraftvoll, aber zunächst noch mit vorsichtig verhaltener Geschwindigkeit vom Strand lösen. Doch kaum sind sie weit genug vom Ufer entfernt, da bevölkert sich plötzlich der eben noch so leere Strand mit den Eingeborenen dieses Ortes, die staunend und vielleicht auch etwas sehnsuchtsvoll den auslaufenden fremden Schiffen nachsehen. Nun würde ihre Insel wieder - vielleicht für Jahrhunderte - sich selbst überlassen bleiben.

Weiter geht nun die Fahrt ins endgültige Zielgebiet, dorthin, wo Sartos die lang gesuchte Flotte jetzt vermutet. Es handelte sich um eine eher abgelegene Inselgruppe weit im Süden, groß genug, um die zahlreichen Mitglieder der Expedition auf Jahre zu ernähren. Sartos selbst hätte, da er sich auf die gleichen Seekarten stützen konnte, in einer möglichen Notsituation diesen Punkt gewählt - und er ist sich sicher, daß die Gesuchten, was immer sie auch veranlaßt haben sollte, ihre Route so radikal zu ändern, eben dorthin gelangt sein mußten.

Schnell ziehen die Schiffe ihre geradlinige Bahn durch die ruhige, glatte See - von Sartos ständig zur Eile getrieben. Jetzt, da er sein Ziel wieder so nahe vor sich glaubt, duldet er keine Verzögerung. Unbarmherzig jagt er die Fahrzeuge bis an die Grenze ihrer Leistungsfähigkeit über den Ozean. Die Mannschaften, die wohl wissen, was in ihrem König vorgeht, opfern sich für diese Fahrt auf, als gelte es, eine Schlacht zu schlagen oder zumindest einen Geschwindigkeitsrekord aufzustellen. Nach etwa zehn Tagen ist man bereits im Zielgebiet. Gewaltige Inseln tauchten im Morgendunst auf und verschwinden wieder am Horizont. Sartos läßt sie unbeachtet, er hat es auf eine ganz bestimmte Insel abgesehen, die nach weiteren zwei Tagen erreicht ist.

Langsam und abwartend, wie erschöpft von der schnellen Jagd über den Ozean, umkreisen sie nun das relativ kleine, langgestreckte Eiland. Dem ersten Anschein nach bietet es nichts Besonderes. Unablässig wird die Küste beobachtet. Einmal scheint es, als würde Sartos, der das dicht bewachsene Ufer keinen Moment aus den Augen läßt, plötzlich erleichtert und verständnisvoll aufatmen. Hat er etwas gesehen? Die übrigen Beobachter haben nichts bemerkt und Sartos gibt keinen Befehl zum Stoppen. Die Suche geht weiter. Aber dann kommt unvermutet der Befehl, die Insel mit höchster Geschwindigkeit einmal zu umkreisen. Die Beobachter sollen ihre Tätigkeit dabei fortsetzen, obwohl das unter diesen Umständen nur noch wenig Sinn macht.

Auf einen Schlag heben sich die Schiffe mit ihrem kräftigen, eisenbeschlagenen Bug aus dem Wasser und drängen, wie von einer gewaltigen Hand geschoben, durch die Wellen. In dicht gestaffelter Keilformation, Sartos Schiff an der Spitze, wird die Insel in wenigen Minuten umrundet. Kurz vor dem Ausgangspunkt des schnellen Umkreisungsmanövers läßt Sartos wieder stoppen - und im gleichen Moment sehen die Männer drei fremde atlantische Großsegler, die gerade ein gut getarnten Hafen verlassen haben mußten und nun dabei sind, ihre restlichen Segel zu setzen. Sie steuern den gleichen Kurs parallel zum Ufer, den sie selbst eben gewählt hatten - vermutlich, um die, aus ihrem Hafenversteck gesichteten vier Schiffe zu verfolgen und zu stellen.

Die Südsee-Expedition ist nun endlich gefunden. Sartos ist zufrieden. Bei der ersten langsamen Umkreisung war ihm der hinter dichten tropischen Pflanzen gut getarnte Hafen nicht entgangen. Er hatte seine Landsleute aus ihrem Versteck gelockt, sich aber gleichzeitig durch die schnelle Umrundung ihren Blicken und ihrem Zugriff entzogen und sie nun von hinten überrascht. Einem unbestimmten Gefühl folgend, wollte Sartos die erste Begegnung auf die offene See verlegen, wo er der Überlegene war. Dies ist nun gelungen. Schnell schieben sich seine Schiffe an die Großsegler heran, die aus dieser Richtung niemanden erwartet hatten und angesichts der schnellen Manöver nun nicht mehr dazu kommen, Maßnahmen der Abwehr oder der Flucht einzuleiten.

Man verständigt sich schnell und problemlos. Mitten auf dem riesigen Ozean begrüßen sich die Angehörigen einer hochentwickelten

Zivilisation mit ihrer knappen aber hoheitsvollen Zeremonie. Es zeigt sich, daß die Vorsichtsmaßnahmen der Inselleute anderen galt, als König Sartos und seinem Gefolge. Aber auch über sein Auftauchen scheint man hier nicht so erfreut, wie man es eigentlich hätte erwarten dürfen.

Alle Fahrzeuge waren inzwischen in den gut getarnten Hafen eingelaufen. Dazu hatten sie zunächst einen stark bewachten Kanal zu passieren, der an beiden Seiten mit sehr wirkungsvollen Verteidigungsanlagen verschiedenster Art versehen war. Im eigentlichen Hafenbekken ankerten etwa dreißig schöne Schiffe alter atlantischer Bauart. Und alle befanden sich, wie man auf den ersten Blick unschwer erkennen konnte, in einem ausgezeichneten und gepflegten Zustand. Rings um das Hafengelände hatten die Expeditionsmitglieder viele kleine, quadratische Häuschen - vorwiegend aus den hier vorgefundenen natürlichen Materialien - errichtet. Im wesentlichen lebten sie jedoch nach wie vor in den bequemen Kajüten ihrer Schiffe.

Sartos Freude ist zunächst groß, die Expedition endlich gefunden zu haben. In Gesprächen mit den sehr viel älteren Schiffsführern, Priestern und Gelehrten erfährt er bald den Grund für die herrschenden seltsamen Umstände. Bereits bei der Vorbereitung dieses großen Unternehmens in Atlantis, soll es unter den Verantwortlichen Meinungsverschiedenheiten gegeben haben. Damals starb unerwartet einer der maßgeblich mit der Organisation betrauten Oberpriester - und so wurde der Streit bis zur endgültigen Abfahrt der Flotte nicht mehr entschieden. Die gefährlichen Probleme gingen notgedrungen mit auf die Reise. Keiner der nun an Bord befindlichen Würdenträger hatte genug Autorität, sie unterwegs, auf hoher See, beizulegen. So spaltete sich die Expedition bald in zwei verschiedene Lager. Die mitreisenden Kolonisten - alles einfache Leute, die diese Gelegenheit nutzten, einen neuen Siedlungsort in einem anderen Teil der Welt zu finden - spürten diese latente Gefahr und setzten sich gleich bei der ersten, sich bietenden Gelegenheit ab. Sie fürchteten, zwischen den beiden rivalisierenden Parteien aufgerieben zu werden, falls es zu einem offenen Kampf auf hoher See kommen sollte. So siedelten sie sich bereits an der Westküste Lankhors an und verzichteten auf fernere Ziele.

Der kleinere, militantere Teil begann bald darauf Mäßigung zu zeigen und suchte durch Gespräche seine zweifelhafte Position zu sichern. Erste erfolgreiche Forschungsergebnisse und die Hoffnung der übrigen Expedition, den gefährlichen Streit doch noch friedlich beilegen zu können, ließen sie auf einzelne Forderungen der Gegenpartei eingehen. In den dazu erforderlichen Verhandlungen gaben die Meuterer sogar einige ihrer bisherigen Ziele wieder auf - was aber, wie sich später zeigen sollte, nur ein übles Täuschungsmanöver war. Diese scheinbare Annäherung an ein friedliches Miteinander sollte bei der Expeditionsleitung Vertrauen erwecken. Ein Vertrauen, daß sie schließlich dazu mißbrauchten, wenige Tage darauf die gesamte militärische Ausrüstung der Flotte und einen großen Teil der Vorräte in ihre alleinige Gewalt zu bringen. Von nun an spielten sie mit offenen Karten. Noch am gleichen Tage wurden Kamaris und mit ihm weitere Mitglieder der Expeditionsleitung umgebracht. Auch aus ihren eigenen Reihen töteten sie schwankende, unentschlossene Männer, sogenannte Verräter. Insgesamt siebzehn Hauptleute fielen an diesem Tag, dazu zweiundzwanzig Mitglieder der Besatzung, die im Verlauf der heftigen Kämpfe niedergemetzelt wurden.

Die übrige Expedition war von diesem unerwarteten Schlag wie gelähmt. Es gehörten ihr, außer dem überwiegenden Teil der Schiffsbesatzungen, vor allem die älteren Priester und Gelehrten an. Geeignete Führungskräfte mit seemännischer und militärischer Erfahrung fanden sich in diesem Lager jedoch kaum. Die Meuterer hatten 24 Schiffe unter ihrer Kontrolle - für die Übrigen verblieben damit 32 Segler, auf denen es allerdings sehr eng wurde, da die Mannschaften vielfach den friedlichen Teil der Expedition vorgezogen hatten und auch die Gelehrten mit ihrem Hilfspersonal dorthin wechselte, wenn dies noch irgendwie möglich war. Die Fahrzeuge der Meuterer waren dafür überstark beladen mit militärischem Gerät sowie einem Großteil der Ausrüstung und des Proviants. Mit unguten Gefühlen segelte man also langsam auf altem Kurs weiter. Welcher Schritt würde als nächster folgen?

Die Kommunikation war so gut wie zusammengebrochen. Als eine der ersten Maßnahmen hatten die Meuterer ein neues Signalsystem in ihrem Teil der Flotte eingeführt und konnten daher unabhängig operieren. Es war, als führen zwei fremde Verbände nebeneinander her, bis nach einigen Tagen die Meuterer unvermutet sämtliche Segel setzten und aus dem, sich träge bewegenden, Flottenverband ausbrachen. Unfähig, etwas dagegen zu unternehmen, ließ man es geschehen. Bald darauf hatten sich die Schiffe vor den übrigen in Kampfformation aufgebaut, als wollten sie den weiteren Weg in den Ozean versperren. Ein entlassener Gefangener in einem kleinen Boot überbrachte ultimative Anweisungen, während die Flotte durch massives Sperrfeuer jäh zum Stoppen gebracht wurde. In ihrem Ultimatum drohten sie, jedes Schiff sofort zu versenken, daß ihnen weiter folgen würde. Eine Rückkehr nach Atlantis wurde ebenso verboten. Um dieses durchzusetzen, kündigten sie an, die südliche Durchfahrt in den Atlantik für alle Zeiten militärisch zu besetzen und unpassierbar zu machen. Den bestürzten Führern der Restexpedition schienen diese Drohungen unter den gegebenen Umständen durchaus glaubhaft. Den Meuterern mußte in allererster Linie daran gelegen sein, ihnen die Rückkehr in die Heimat abzuschneiden, um zu verhindern, daß sie später von dort für ihre Taten zur Rechenschaft gezogen wurden.

Man konnte also froh sein, daß man am Leben gelassen wurde und fügte sich; bog hart vom bisherigen Kurs ab und suchte - außer Sichtweite des Gegners - eine weit abgelegen, einsame Inselgruppe, in der Hoffnung, nie wieder mit diesen verbrecherischen Landsleuten zusammenzutreffen. Soweit man sich erinnern konnte, waren die Meuterer bei der Trennung der Verbände in westlicher Richtung abgezogen; gehört hatte man jedenfalls seitdem nie wieder etwas von ihnen.

Die Expeditionsteilnehmer, die nun schon seit Jahren in diesem zurückgezogenen Versteck lebten, sind durch König Sartos Erscheinen natürlich ziemlich überrascht. Vor allem auch darüber, daß er bisher keinem einzigen Schiff dieser Meuterer im gesamten östlichen Teil der Südsee - die Durchfahrt am Südkap Lankhors eingeschlossen - begegnet war. Langsam erkennen sie jetzt die offensichtliche Täuschung, der sie in ihrer übergroßen Sorge um ihr Leben erlegen sind. So hatten die Meuterer also ihr Ziel erreicht, durch Verbreitung von Angst und Unsicherheit die Restexpedition an der Rückkehr in die Heimat zu hindern und sie für immer in ein entlegenes Versteck zu verbannen.

Verständlicherweise ist man nun etwas beschämt. Der den Atlantern eigene Stolz verhindert jedoch, dies offen zuzugeben oder sich zu rechtfertigen. Allerdings kommt nun bei den folgenden Verhandlungen mit Sartos eine kühle und etwas zurückhaltende Grundstimmung auf. Die Mitteilungen über den Untergang ihrer Heimat und die gegenwärtige Situation der Überlebenden werden zwar zur Kenntnis genommen - aber offensichtlich nicht recht geglaubt. Die alten Expeditionsführer wollen sich erst selbst von diesen ungeheuerlichen Neuigkeiten überzeugen, ehe sie Sartos Königstitel anerkennen und Befehle von ihm entgegennahmen. Sartos berücksichtigt ihre besondere Situation und behandelt die alten Expeditionsführer mit aller Vorsicht und allem gebotenen Respekt. Er will sie schließlich einmal zurück in die Stadt holen und mit den anderen Überlebenden vereinigen, sonst hätte sich der ganze Aufwand seiner jahrelange Suche mit all ihren Opfern letztlich doch nicht gelohnt. In langen, schwierigen Verhandlungen können schließlich einige Übereinkünfte getroffen werden, die beide Parteien zunächst zufriedenstellen.

Sartos hat während der Gespräche auch seine eigenen Überlegungen über weitere notwendige Unternehmungen abgeschlossen. Seine Mission war demnach noch nicht abgeschlossen: auch der zweite Teil der Südsee-Expedition mußte noch gefunden werden, wenn auch aus einem ganz anderen, allerdings nicht weniger wichtigem Grunde. Die hier ankernden, zwar sehr schönen, aber viel zu langsamen Schiffe, würde er für eine Strafexpedition gegen die Meuterer nicht bekommen, aber sie hätten ihm dazu ohnehin nicht viel nützen können. Sartos kann bei den nun bevorstehenden Aufgaben nicht auf die Hilfe dieser Leute bauen und er akzeptiert auch, daß man sich seiner Befehlsgewalt noch widersetzt. Handeln konnte er also mit seinen eigenen Mannschaften und seinen vier schnellen Schiffen.

Nach all dem, was hier über die Meuterer zu erfahren war, konnte man vermuten, daß diese weiter in den westlichen Teil des Ozeans eingedrungen waren, um sich dort letztlich irgendwo festzusetzen. Auf diesem Kurs, den die Flotte vor ihrer Trennung ursprünglich auch für ihre Erkundungen gewählt hatte, gab es unzählige kleine, verstreute Inselgruppen und dann ein Labyrinth zusammenhängender Inseln mit gewaltigen Ausmaßen. Für eine expandierende, seefahrende Macht - für die sich die Meuterer ihrem Selbstverständnis nach wohl hielten - der ideale Ansiedlungsort. Unter diesen Umständen ist nur mit sehr schnellen Schiffen etwas zu erreichen, denn Sartos ist fest entschlossen, auch diesen äußerst gefährlichen, kleinen Rest des atlantischen Volkes noch aufzustöbern - und sollte es im letzten Winkel der Welt sein. Normalerweise hätten sie für ihre begangenen Verbrechen vor ein Gericht gestellt werden müssen; sie wußten dies natürlich und würden ihre Freiheit keinesfalls freiwillig aufgeben. Sartos ist sich also der Tatsache bewußt, daß es einen Kampf geben wird - daß er sie nur suchen wird, um sie zu vernichten und ihre zweifellos vorhandenen und sicherlich schon begonnenen Großmachtpläne zu vereiteln.

Unter den inzwischen herrschenden Bedingungen - nach dem Untergang der mächtigen Heimat - stellte die Existenz dieser abtrünnigen Atlanter eine sehr ernste Gefahr dar: denn *nur sie* konnten seinem kleinen Volk und der neugegründeten Stadt wirklich ernsthaft gefährlich werden. Aus Gesprächen mit den entmachteten Expeditionsführern war zu entnehmen, daß die Meuterer anscheinend das ferne Ziel verfolgten, ihre Macht zunächst durch Unterwerfung von ansässigen Naturvölkern zu vergrößern, um sie zu gegebener Zeit über die ganze Welt auszudehnen. Eine Idee, die man in Atlantis auf Drängen der Strahlenden verworfen und geächtet hatte, die aber dennoch immer wieder neue Anhänger unter den Menschen fand. Hier in der Südsee, weitab vom Einfluß der Strahlenden, glaubte man diese Idee nun in Ruhe verwirklichen zu können. Und die Entsendung einer sehr großzügig ausgestatteten Expedition war eine willkommene Möglichkeit, zunächst Waffen und Gerät in großer Menge aus Atlantis herauszubringen ohne Verdacht zu erregen.

Um letztlich eine Weltherrschaft zu errichten, mußte letztlich der stärkste Staat - Atlantis - überwunden werden. In Unkenntnis, daß es inzwischen nicht mehr existierte, würden also in ein, zwei oder drei Jahrhunderten gewaltige Invasionsflotten aus der Südsee kommend in den Atlantik eindringen. Und nach der verblüfften Feststellung, daß es keine blühende Insel mehr gab, die es in hartem Kampf zu erobern galt, würde sich die Wut der um ihre Beute betrogenen Angreifer gegen die neugegründete Stadt und die in ihr erhaltene und gepflegte atlantische Kultur richten.

Im Moment war der Kräfteunterschied noch nicht so groß - wenn man zu Sartos vier Schiffen den Überraschungseffekt hinzu addierte, den er zweifellos auf seiner Seite hatte. Aber die Abtrünnigen würden ohne Zweifel, mit jedem Tag der verging, ihre Macht weiter vergrößern. Und wenn dieser militärische Koloß dann reif genug ist, die Welt unter seine Herrschaft zu zwingen, wird außer der hochentwickelten Waffentechnik kein wesentlicher Einfluß der atlantischen Zivilisation mehr spürbar sein. Nein, Sartos hatte nicht die Absicht, sein Volk zu jahrhundertelangen wahnsinnigen militärischen Anstrengungen zu zwingen, um dieser möglichen Invasion dann gewachsen zu sein. Den Hohen Rat und die Priester konnte er hier in der Südsee nicht befragen, aber er besaß selbst Erfahrung genug, um einzuschätzen, daß diese Gefahr sofort im Keim erstickt werden mußte. Jedes Zögern würde die Aufgabe nur schwieriger machen. Auch durften sich die übrigen Völker der Welt nicht an den Umgang mit atlantischen Waffen gewöhnen, zu groß war die Gefahr einer leichtfertigen und sinnlosen Anwendung.

Sartos spricht wenig darüber mit seinen Leuten. Es ist nicht einfach, diese Art von Gefahr, die vielleicht erst in ein paar Jahrhunderten wirksam werden konnte, überhaupt deutlich zu machen. Der König hatte sich, nach den für ihn etwas enttäuschenden Verhandlungen mit den Expeditionsführern, angewöhnt, nur noch Befehle zu erteilen - die Begründungen behielt er für sich. Zu ernst und zu wichtig waren die Dinge, die sich jetzt in dieser zusammengedrängten Zeit ereigneten. In seinem Kopf gab es bereits seit langem undeutliche Vorstellungen über die zukünftige Entwicklung der Atlanter und ihr Verhältnis zur übrigen Welt. Dabei war der geistige Vorsprung die sicherste Überlebensgarantie für ein so winziges Volk. Zusammen mit der geschützten Lage der Stadt waren die wichtigsten Voraussetzungen gegeben, um gegen das unerbittlich herrschende Gesetz des Stärkeren auf diesem Planeten längere Zeit bestehen zu können. Die Stadt würde in ihrer räumlichen Ausdehnung - bedingt durch die eingezwängte Lage im Felsental - für immer konstant bleiben. Die Bevölkerungszahl würde sich diesen Gegebenheiten weitgehend anpassen. Eine von der Stadt ausgehende Errichtung eines Flächenstaates oder gar eines Großreiches wäre unmöglich und der angestrebten Kontinuität zuwider, es fehlte dazu allein schon die personelle Grundlage. Die Stadt würde nur Bestand haben, wenn sie sich, so gut es eben ging, von der Welt abschirmte und als Stadtstaat allein existierte. In vielen Gesprächen hatten Priester und Mitglieder des Hohen Rates bereits ähnliche Vorstellungen geäußert.

Nach einem insgesamt dreiwöchigen Aufenthalt im gut ausgebauten, bequemen Inselstützpunkt der ehemaligen Expedition läßt der König seine vier Schiffe für eine neue, gefahrvolle Unternehmung auslaufen. Gleichzeitig bereiten sich auch drei große Segler der ehemaligen Südsee-Flotte auf eine lange Reise in entgegengesetzter Richtung vor. Sie wollen die Angaben über den Untergang ihrer Heimat überprüfen und den neuen Siedlungsplatz im AD 1106 aufsuchen, um mit den dortigen Autoritäten über ihre Umsiedlung zu verhandeln.

Gleichzeitig verlassen alle sieben Schiffe den sicheren Hafen. Nachdem sie den schmalen Kanal passiert haben, trennen sich auf dem Meer sogleich ihre Wege. Nachdenklich und mit leiser Bewunderung sehen die alten Expeditionsteilnehmer wie Sartos Schiffe abschwenken und sich in unglaublich schneller Fahrt von ihrer kleinen Insel entfernen. Zehn Jahre sind nun schon seit der Meuterei vergangen, in denen man nichts mehr von jenen gefährlichen Landsleuten gehört hat, denen er nun nachspürt. So weiß man natürlich auch nichts über den Ort, an dem sie sich möglicherweise niedergelassen haben. An Hand der mitgeführten Waffen und Ausrüstungen, sowie der Fähigkeiten ihrer Anführer kann man jedoch vermuten, daß es ihnen sicherlich gelungen sein wird, einen festen Stützpunkt zu errichten - und daß sie auch schon damit begonnen haben, ihre weitergehenden Ziele zu verwirklichen. Was wird Sartos am Ziel seiner Suche also vorfinden und wie wird der unausbleibliche Kampf dann ausgehen? Wird dieser mutige Seemann, der sich König der Atlanter nennt, jemals zurückkehren?

Zunächst muß Sartos jedoch riesige Entfernungen überwinden. Er hat die gesamte Aktion deshalb in drei Abschnitte aufgeteilt. Im ersten Abschnitt werden zwei Drittel der Gesamtentfernung in fast ununterbrochener Fahrt zurückgelegt. Im zweiten Teil plant er die Erkundungen auf einzelnen Inseln, um eventuelle Spuren zu finden, die auf den eigentlichen Standort der Gesuchten hinwiesen. Dem dritten Abschnitt würde das Auffinden und die Vernichtung ihrer Basis vorbehalten bleiben.

Seit mehreren Wochen kreuzt man nun schon zwischen unheimlichen tropischen Inseln mit gewaltigen Ausmaßen, ohne eine weiterführende Spur der Meuterer zu entdecken. Es gab hier, wie Sartos besorgt feststellen mußte, tausende mögliche Verstecke und es konnte unter Umständen Jahre dauern, bis er diese Küsten mit seinen vier Schiffen abgesucht hatte. Man befindet sich eigentlich schon im dritten Abschnitt des Unternehmens, doch der scheint - wie auch zuvor der zweite - nicht viel an Ergebnissen zu bringen. Fast ein Jahr ist seit der Abreise von der Expeditionsbasis vergangen und die Besatzungen fühlen sich, ungewohnt weit von der Heimat entfernt, zunehmend unwohl. Auf eine derartig lange Reise in die entlegensten Winkel der Welt war niemand so recht vorbereitet gewesen. Allein die Ruhe und Entschlossenheit ihres Königs, der sie immer sicher durch alle Gefahren geführt hatte, gibt ihnen die nötige Zuversicht und den Mut, die Suche fortzusetzen.

Die wenigen Menschen, die man an diesen Küsten zu Gesicht bekommt, leben auf sehr niedrigem Niveau. Sie kennen weder die Verwendung von Booten, noch den Gebrauch von Werkzeugen und verhalten sich in der Regel sehr scheu - so daß man sie auch selten an ihren Lagerplätzen antrifft. Dann finden Sartos Leute jedoch eine Ansiedlung dicht am Strand, dessen sämtliche Bewohner vor ein, zwei Jahren offensichtlich an einer Krankheit oder Seuche gestorben sein mußten. Eine äußerst seltene Erscheinung bei diesen Naturvölkern. Ihre Knochen und verwesten Reste lagen noch überall herum. Hier gibt es auch, zur großen Überraschung der Suchtrupps, ordentliche Feuerstellen, Teile von Hütten und eine Vielzahl von primitiven Waffen und Werkzeugen. Konkrete Anhaltspunkte, daß diese Dinge mit den gesuchten Landsleuten in Verbindung zu bringen waren, findet man allerdings nicht. Sartos glaubt jedenfalls, nun an der Grenze eines Gebietes angelangt zu sein, in dem auch höherentwickelte Stämme lebten - Menschen also, deren mögliche Unterwerfung für die Meuterer eher nutzbringend sein konnten - und er dringt weiter in dieser Richtung vor.

Seine Vermutung erweist sich als richtig. Bereits wenige Wochen später wird dicht vor der Küste einer hoch aufragenden, gewaltigen Insel ein Schiff gesichtet. Nach Lage der Dinge konnte es wohl nur von Atlantern gelenkt sein. Langsam kommt es voran - ohne Segel. Aber schon sehen die Beobachter die gewaltigen Ruderreihen auf beiden Seiten und bei weiterer vorsichtiger Annäherung glaubt man schließlich deutliche Eigenheiten atlantischer Bauweise erkennen zu können. Derartige Ruderschiffe gehörten mit Sicherheit nicht zur ehemaligen Expeditonsflotte. Für Sartos ist damit klar, daß die Gesuchten hier irgendwo Fuß gefaßt hatten, und es nicht leicht sein würde, sie zu besiegen. Sie besitzen offensichtlich Werften, Häfen, Werkstätten und verfügen auch über genug Menschen zur Fortbewegung der Ruderschiffe, die in dieser Größe und in hochseetüchtiger Ausführung bei den Atlantern bisher nicht gebräuchlich waren. Aus der Bauart war, wie sich später noch herausstellten sollte, weiterhin zu schließen, daß diese Schiffe in größerer Zahl hergestellt wurden.

Sogleich befiehlt der König den übrigen drei Schiffen seiner Flotte zum letzten versteckten Ankerplatz zurückzukehren und dort zu abzuwarten, da er den Gegner von Anfang an - im Falle eines möglichen Scheiterns des Angriffes oder der Flucht eines einzelnen Gegners - über seine tatsächliche Stärke im Unklaren lassen will. Dies ist unter den hier waltenden Umständen einer der wenigen Trümpfe, die er in der Hand hat. Mit nur einem Schiff wird die schwerfällige Galeere kurz entschlossen angegriffen. Durch den Überraschungseffekt ist der Kampf in wenigen Minuten entschieden. Niemand auf dem fremden Schiff war auf einen Angriff durch ein anderes Schiff gefaßt.

An Bord findet man auch tatsächlich vier Atlanter, allerdings in sehr fremdartig wirkenden, phantasievollen Uniformen, sowie zwölf ähnlich gekleidete Männer eines einheimischen Volkes. Die etwa sechzig Ruderer sind nackt und unbewaffnet; wie Gefangene sind diese bedauernswerten Kreaturen an ihre Ruderbänke gekettet. Als sich die sechzehn Hauptleute in sicherem Gewahrsam auf Sartos Schiff befinden, wird die Galeere in Schlepp genommen und der letzte Ankerplatz angesteuert, wo man wieder mit dem Rest der Flotte zusammentrifft.

Hier befreit man sogleich die Ruderer von ihren Fesseln - und sie verschwinden darauf sogleich mit überraschender Schnelligkeit im Innern des scheinbar undurchdringlichen tropischen Waldes. Sartos hatte dergleichen wohl erwartet.

Durch die Zusammensetzung der Mannschaft und die Bauart des Schiffes, die er jetzt im Einzelnen untersucht, kann sich der König wesentliche Fragen über seinen Gegner bereits selbst beantworten. All diese Beobachtungen zeichnet er, exakt getrennt von den persönlichen Schlußfolgerungen, sorgfältig auf. Abschriften dieses Tagebuches werden stets auf allen vier Schiffen aufbewahrt. Im Unglücksfall sollte mindestes ein Exemplar davon die Stadt erreichen.

Das Verhör der Atlanter bringt wie erwartet keine Ergebnisse. Sie schweigen beharrlich. Die Sprache der Übrigen versteht man nicht, aber es sieht so aus, als ob sie vielleicht reden würden und nur irgendeine Angst sie davon abhält. Am Abend dieses sehr ereignisreichen Tages sitzt Sartos noch lange am Strand zwischen den Schiffen und vervollständigte seine Aufzeichnungen. Immer wieder kommt er dabei ins Nachdenken. Ja, wenn er hier bestehen will - sein Ziel erreichen und seine Männer wieder gesund nach Hause bringen - dann ging dies *nur* mit Nachdenken. Möglich also, daß die hierher verschlagenen Atlanter ihre Sprache nicht weitervermitteln wollten, um sich von ihren einheimischen Bundesgenossen noch abzustufen. Weiterhin möglich, daß durch den langen und intensiven Kontakt einige Vertreter dieses offenbar sehr intelligenten einheimischen Volkes die atlantische Sprache teilweise doch beherrschten, obwohl es ihnen offiziell sicherlich verboten war.

Sartos läßt also einen der fremden Gefangen holen, sieht ihn sich lange an und beginnt dann mit einem seiner Schiffsführer ein fingiertes Gespräch, bei dem er bald auf eine angebliche Hinrichtung der Gefangenen zu sprechen kommt. In diesem Zusammenhang benutzt Sartos an wichtigen Stellen seiner Rede einige Phantasiewörter, die es in der atlantischen Sprache nicht gibt. Unauffällig beobachtet er den Gefangenen dabei. Dieser, bisher sichtlich gleichgültig und unbeteiligt, scheint etwas unsicher zu werden. Vor allem scheint er krampfhaft zu überlegen und den Sinn der erfundenen Wörter enträtseln zu wollen. Sartos weiß jetzt, daß der Fremde jedes seiner Worte verstanden hat. Eine Verständigung ist daraufhin bald hergestellt und der König erfährt nun viele wichtige Einzelheiten über die ehemaligen Meuterer und ihre derzeitigen Aktivitäten.

Die Fremden gehörten zum Heer, waren also nur einfache Krieger, die in größere Zusammenhänge nicht eingeweiht wurden. Vieles muß sich Sartos also selbst zusammenreimen und ergänzen. Konkrete Zahlen oder gar Koordinaten von Häfen, Stützpunkten, Truppen- und Flottenstärke sind von diesen Menschen nicht zu erhalten, und was sie zu wissen glauben, klingt sehr unglaubhaft. So gibt der Einheimische eine Flottenstärke von etwa fünfhundert Galeeren an, während Sartos nach seinen Berechnungen auf maximal einhundertdreißig kommt. Die wichtigste Information ist allerdings, daß die Stärke des Gegners ausschließlich auf dem Meer liegt und deshalb auch nur die Küsten der umliegenden Inselwelt von ihm beansprucht und terrorisiert werden können. Im Inland hatten die Atlanter in den ersten Jahren ihres Hierseins - und daran konnten sich die Einheimischen noch besonders gut erinnern - schwere Verluste einstecken müssen. Schließlich haben sie dann ganz auf derartige Unternehmen verzichtet. Ihr Hauptaufenthaltsort - auch das erfährt Sartos noch bei dieser Vernehmung - soll sich auf einer kleinen, vollkommen unbewaldeten Insel in unmittelbarer Nähe zweier sehr großer Landmassen befinden. Auf dieser Insel, die ständig von patrouillierenden Wachschiffen umgeben sein soll, würde sich eine Festung befinden, in der die gefährlichsten Waffen, die man sich nur denken kann, aufgebaut sind. '...Die widerrechtlich angeeignete militärische Ausrüstung der großen atlantischen Südsee-Expedition...' ergänzt Sartos still für sich.

In den darauf folgenden Monaten kommt es in diesen entlegenen Gewässern zu einem langwierigen und verbissenen Seekrieg. Sartos Schiffe machen Jagd auf Galeeren. Dabei operieren sie grundsätzlich einzeln, um den Gegner weiterhin über das ungleiche Kräfteverhältnis im Unklaren zu lassen. Ab und zu trifft sich die kleine Flotte im Schutze der Nacht an vereinbarten Punkten, um gegenseitig Berichte auszutauschen. Durch viele einzelne Aktionen will Sartos die Seemacht der Abtrünnigen soweit schwächen, daß er schließlich ohne Bedenken ihren Hauptstützpunkt angreifen kann. Nach über einem halben Jahr hält er diese Zeit schließlich für gekommen. Es ist inzwischen gelungen, über hundert der schwerfälligen Galeeren zu vernichten und einige kleine Außenstützpunkte zu zerstören. Es bleibt natürlich unklar, über wieviel Schiffe der Gegner noch verfügt, aber angesichts der laufenden Verluste hatte er mit Sicherheit bereits begonnen, diese durch verstärkte Neubauten auszugleichen. So wäre es letztlich sinnlos gewesen, weiterhin Schiffe zu versenken, wenn dafür täglich neue auf Kiel gelegt wurden.

Die Koordinaten der gegnerischen Basis waren nach den vielen Streifzügen durch diese Gewässer und den danach verfertigten Aufzeichnungen über die feindlichen Bewegungen unschwer zu ermitteln. Mit zwei Schiffen geht Sartos nun unvermittelt zum Angriff über.

Als er in schneller Fahrt die dichten Reihen der hier patrouillierenden Galeeren durchbricht, beginnt zufällig einer der häufigen, tropischen Regenfälle über dem Gebiet niederzugehen. Der Himmel hatte sich stark verfinstert, und so wirkt die große Festung - die lang gesuchte feindliche Basis - die Sartos Männer jetzt am Horizont auftauchen sehen, noch gespenstischer. Alle sind zutiefst erschrocken. Was dort auf einer kahlen, von Bäumen und Pflanzen völlig entblößten Insel zu sehen ist, hatte nichts von der klaren, hellen und geradlinigen Bauweise der Atlanter. Nein, was dort steht, ist ein entsetzlich bizarres Gebilde aus spitzen Türmchen, üppig übersät mit bemaltem und vergoldeten Zierrat, der in seiner verwirrenden Vielfalt und grotesken Überspitzung jede klare Proportion vermissen läßt. In einem der größten mittleren Türme befinden sich auffällige, dunkle Öffnungen, in denen es jetzt manchmal hell aufblitzt. Kurz darauf sieht man auch schon die kraftvollen Einschläge der Energieladungen auf der vom Regen durchwühlten Wasserfläche. Sartos hat keine stärkeren Waffen an Bord seiner Schiffe, kann seine Geschütze jedoch gegen das große, unbewegliche Ziel viel besser einsetzen. Seinen Gegnern gelingt es dagegen nicht, die unvermutet mit Höchstgeschwindigkeit heranrasenden Schiffe, die zudem ein sehr kleines Ziel darstellen, zu treffen.

In entsprechender Entfernung von der Insel wird die Fahrt gestoppt und beide Fahrzeuge feuern ihren gesamten Energievorrat auf die Basis ab - ein Vorrat, der sicher ausgereicht hätte, noch einige hundert Schiffe und mehrere Festungen dieser Art zu zerstören. Das Begleitschiff hat zusätzlich den Auftrag, die inzwischen langsam näherkommenden Wachgaleeren abzuwehren. Viele von ihnen ergreifen allerdings auch die Flucht, da sie gewahr werden, wie schnell sich ihre Festung in einen rauchenden Trümmerhaufen verwandelt.

Sartos geht nun mit der Mannschaft seines Schiffes an Land, um durch gezielte Sprengungen die eventuell noch in den Trümmern vorhandenen Geschütze des Gegners vollständig zu vernichten. Niemand soll sie später ausgraben und möglicherweise nachbauen können. Zwischen den Bergen von Schutt und geborstenen Mauern finden die Männer jedoch nicht gleich, was sie suchen - und da Eile geboten ist, wird die nicht ungefährliche Sprengung des gesamten feindlichen

Energievorrates im Zentrum des Trümmerfeldes vorbereitet. Bald würde sich die gesamte Basisinsel in eine wüste Kraterlandschaft verwandeln. Der König und seine Leute laufen eilig zu ihrem Schiff zurück, um dann auf See möglichst viel Abstand von der Insel gewinnen zu können.

Das zweite Schiff ist - in ausreichend sicherer Entfernung von der zu erwartenden Explosion - unterdessen noch immer damit beschäftigt, vereinzelt angreifende Galeeren abzuwehren und zu versenken. Dann jedoch muß die Besatzung, die mit Fernsichtgeräten die Landungsgruppe ihres Königs ständig im Auge behält, tatenlos mit ansehen, wie sich am Strand der zerstörten Basisinsel eine etwa zweihundert Mann starke Abteilung der phantasievoll uniformierten Krieger wild und ungeordnet zwischen Sartos Männer und deren wartendes Schiff schiebt. Ganz unvermutet sind diese Krieger zwischen den rauchenden Trümmern aufgetaucht und machen nun die Flucht vor der vorbereiteten Explosion unmöglich. Kurz vor dem Schiff kommt es zu einem kurzem, ungleichen Kampf, in dem Sartos und alle anderen, mit ihm an Land befindlichen Männer erschlagen werden. Eine Flucht zurück ins Innere der Insel ist angesichts der unmittelbar bevorstehenden gewaltigen Zerstörung ohnehin aussichtslos. Rettung hätte nur das am Ufer liegende Schiff bringen können. Die auf ihm zurückgelassenen Wachen wehren sich tapfer, werden von der Übermacht jedoch ebenso überwältigt. Sie hatten die grausame Szene aus wenigen Metern Entfernung mitansehen müssen und es nicht fertig gebracht, ohne ihren König abzulegen, um sich selbst damit in Sicherheit zu bringen.

Das furchtbare Gemetzel am Strand ist kaum beendet, als eine gewaltige Explosion das ganze grausame Bild in einem einzigen Augenblick hinwegfegt. Die Insel wird an ihrer Oberfläche sternförmig auseinandergerissen und verschwindet danach in einer sich stetig ausbreitenden, düsteren Staubwolke, die weit über das umliegende Gewässer reicht und für einige Stunden jede Sicht nimmt. Sartos Begleitschiff steuert im Schutz dieser Wolke zögernd auf die Insel zu. Noch ist nichts zu erkennen - doch da ist man plötzlich schon am Strand. So weit man das Gelände übersehen kann, und das sind nur einige Schritte, ist von dem gesuchten Schiff nichts auszumachen. Die zu allem entschlossenen Männer gehen an Land und bewegen sich zunächst in der Richtung am Strand entlang, wo sie Sartos Schiff vermuten. Trümmerstücke mit fremdartigen, bizarren Ornamenten versperren ihnen immer wieder den Weg. Jemand findet ein schweres Stück pures Gold, das von einer Verzierung der Festung abgebrochen sein mußte. Schließlich taucht das gesuchte Fahrzeug im Nebel vor ihnen auf - das heißt, die Reste, die von ihm noch übrig sind. Die Aufbauten sind vollständig verschwunden, am noch erhaltenen Rumpf züngeln kleinere Flammen. Der Platz vor dem Wrack ist mit unzähligen toten Kriegern übersät. Wer nicht im Kampf gefallen war, den hatte schließlich die Wucht der Explosion niedergestreckt.

Als sollte die Unwirklichkeit dieses Geschehens noch unterstrichen werden, lag über all dem nun eine gespenstische Stille. Der braungelbe feine Staub, der noch immer in der Luft hing und sich nicht legen wollte, dämpfte und verfremdete das Licht und er dämpfte auch jeden Laut den man von sich gab und jedes Geräusch, das man erzeugte. Trotzdem beginnen die Atlanter sofort damit, ihre eigenen Toten heraus zu tragen - als aus dem Nebel vereinzelt torkelnde Krieger in schweren, klirrenden Panzerhemden und unförmigen Helmen auftauchen. Als man sie bemerkt, laufen zwei Männer sofort zum Schiff zurück, das sich daraufhin unverzüglich vom Strand löst, um in Sichtweite abzuwarten. Die Übrigen bringen den toten König und seine mit ihm gefallene Mannschaft auf das ausgebrannte Schiffswrack - ohne dabei auf die feindlichen Krieger zu achten, die offensichtlich selbst viel zu angeschlagen sind, um schnell zu reagieren. Nach und nach haben sich jedoch immer mehr von ihnen in der Nähe gesammelt. Langsam, schwankend kommen sie dem ausgebrannten Schiff von allen Seiten näher und versuchen zu begreifen, was dort vor sich geht und wer sich dort um welche Opfer kümmert.

Aus der Nähe betrachtet, wirken ihre Rüstungen wie die schuppigen Panzer urzeitlicher Tiere. Sicherlich sind viele dieser Krieger auf die eine oder andere Art verwundet, zumindest stehen sie alle noch unter dem Schock der fürchterlichen Explosion. In sicherer Erwartung einer letztlich nutzlosen Rache umringen sie das zerstörte Schiff, auf dem sich inzwischen alle lebenden und toten Atlanter befinden. Einer der Krieger beginnt plötzlich laut und gespenstisch zu lachen, andere fallen schließlich ein. Lachen sie nun darüber, daß die Atlanter vor ihnen in ein ausgebranntes Schiff ohne Ruder, Segel und Steuer geflüchtet sind - oder ist dieses Lachen eher eine bittere Hysterie angesichts der eigenen Niederlage?

Plötzlich bewegt sich das vermeintliche Wrack und zieht sich knirschend und splitternd ins Wasser zurück. Entsetzt weichen die Krieger zurück. Nur wenige werfen instinktiv mit Streitäxten und Speeren nach dem entfliehenden Schiffskörper. Sartos Leute können so die eigene Rettung mit der Bergung des wertvollen Gravitationsantriebes verbinden, der sich nach wie vor fest verankert im hinteren Teil des Rumpfes befindet.

Draußen auf See sind die feindlichen Galeeren inzwischen ganz verschwunden - so, als wären sie zusammen mit ihrer Festung, gleich einem bösen Spuk, untergegangen. Auch der Regen hatte aufgehört und der Himmel klarte bereits wieder auf. Es wurde jetzt höchste Zeit, daß sie die Toten auf das intakte Begleitschiff umladen konnten, denn das eingedrungene Wasser füllte den zerstörten Schiffskörper schon zu einem großen Teil. Nachdem als letztes auch noch der Antriebsblock ausgebaut ist, versinken die Reste es einst so stolzen Schiffes.

Sartos ist tot. Jetzt, nachdem man schon Tage vom Kampfplatz entfernt ist, wird es allen erst richtig bewußt. Noch am Abend des entscheidenden Kampftages hatte sich die kleine, nun nur noch aus drei Schiffen bestehende Flotte am verabredeten Punkt zusammengefunden. Unverzüglich war man dann aufgebrochen, um diese Gewässer so schnell wie möglich zu verlassen. Sartos hatte keine weitergehenden Pläne gehabt - sein Lebensziel war erfüllt. Alle wissen das. Und er starb, als auch er schon diese beruhigende Gewißheit hatte. Ihre Aufgabe bestand jetzt nur noch darin, die toten Helden, die drei verbliebenen Schiffe und Sartos umfangreiche Aufzeichnungen sicher zum AD 1106 zurückzubringen.

Trotz der dauernden hohen Geschwindigkeit, geht es an Bord eher ruhig und gedämpft zu. Die herrschende Kameradschaft ist beispielhaft, ja fast übertrieben. Niemand möchte im entferntesten den Anschein erwecken, möglicherweise die Nachfolgerrolle des großen Königs anzustreben. Alle Entscheidungen werden daher gemeinschaftlich getroffen, keiner hebt sich hervor; man tut vor allem das, was notwendig und vernünftig ist, ohne auf einen Befehl zu warten. So wirkt Sartos auch noch nach seinem Tod auf seine Mannschaft und wird im gewissen Sinne schon jetzt zur Legende.

Die erste Station ihrer eiligen Rückkehr ist der versteckt angelegte Inselhafen der alten Expedition. Die damals gleichzeitig mit ihnen ausgelaufenen Segler waren bereits seit einiger Zeit aus dem Atlantik zurückgekehrt und hatten ihren Leuten die Bestätigung gebracht, daß König Sartos die Wahrheit gesprochen hatte. Die alte Heimat existierte nicht mehr und sie alle waren aufgefordert, zu den Resten des atlantischen Volkes umzusiedeln und beim Bau der neuen Stadt an der katheranischen Küste mitzuhelfen.

Die Nachricht von Sartos Tod bringt jedoch zunächst Verwirrung in die Basis. Einige glauben, daß sich nun möglicherweise alles wieder ändern könne - denn auch hier hat man inzwischen begriffen, daß dieser Mann eine Schlüsselfigur bei der gesamten Entwicklung nach dem Untergang von Atlantis darstellte. Nachdem sie von Sartos Leuten jedoch über alle Einzelheiten der Kämpfe und den letztendlichen Erfolg seiner Mission informiert sind, zerstreuen sich ihre Zweifel. Die ehemaligen Expeditionsteilnehmer verstehen nun, daß der König sein Lebensziel unter größten Anstrengungen erreicht hat und dabei die zukünftige Sicherheit seines Volkes schließlich noch in letzter Minute mit dem Leben bezahlen mußte.

Die Umsiedlung, der man bereits vorher zugestimmt hatte, wird sofort in Angriff genommen - Schiffe sind in diesem Fall ausreichend vorhanden. Auch für die Kolonisten in Südlankhor, die ebenfalls mitzunehmen sind, findet sich wieder ein Platz auf den alten Fahrzeugen der Expeditionsflotte auf denen sie vor vielen Jahren hierher gereist waren. Alle entbehrlichen Gegenstände in dem abgelegenen Südseeversteck werden vernichtet; Häuser und Hafenanlagen dem Erdboden gleichgemacht. Wieder ziehen sich Atlanter aus der Welt zurück, ohne auch nur den geringsten Anhaltspunkt ihrer Existenz zu hinterlassen.

Unabhängig von diesen Umsiedlungsaktivitäten halten sich die drei schnellen Schiffe von Sartos Verband nicht länger als nötig in der Basis auf. Ihr Ziel ist das Felsental im AD 1106, wo des Königs Leichnam feierlich bestattet werden soll.

Die Trauerfeier im tiefer gelegenen Zentrum des Tales wird gleichzeitig auch zu einem Tag des Triumphes für das kleine Volk der Atlanter. Sie haben zwar ihren größten Helden verloren - dafür aber alles eingelöst bekommen, was unter den bestehenden Umständen nur zu wünschen war. Die letzte Umsiedlung von eben noch weit entfernt und versteckt lebenden Atlantern ist angelaufen. Und eine sehr gefährliche, zukünftige Bedrohung war - mit nur sehr geringen Kräften - aufgespürt, erkundet und eliminiert worden.

Bei den gewaltigen Flammen von König Sartos Scheiterhaufen nimmt man nun auch gleichzeitig Abschied von einem abenteuerlichen, gefährlichen und entbehrungsreichen Zeitabschnitt. Vielen wird das bewußt als sie, Fackeln tragend, spät in der Nacht zurück auf die umliegenden Hügel zu ihren Wohnungen gehen, um dort - ohne jede vorherige Absprache - noch Stunden zu verweilen und hinunter zu sehen auf die große, rotglühende, nur sehr langsam verlöschende Feuerstätte.

Bis der Morgen die erste Dämmerung ins Tal schickt, leuchten die Fackeln als unzählige winzige Lichtpunkte von den Wohnsiedlungen ringsum; mischt sich bei den Atlantern die Trauer um den verlorenen Helden mit der neuen Hoffnung auf eine sichere Zukunft.

Oft nur als schmaler Pfad
führt der Weg der Weisheit
durch die gefährlichen Zonen
des Verderbens.
Voll Vertrauen folgt ihm.

Loan, nat. Atl. cap. 92 V. 4

ZWEITES BUCH

DIE GESCHICHTE

ERSTES KAPITEL

Die übrige Welt ringsum schien noch immer nicht erwacht. Kleinere Stämme, noch nicht zu richtigen Völkern zusammengeschlossen, lebten verstreut in den großen Wäldern oder in den unendlichen Steppen dieser Welt - ohne sich gegenseitig zu kennen, zu behindern, miteinander zu verkehren oder zu handeln. Die Schiffahrt auf den Weltmeeren war seit dem Untergang von Atlantis und den sich unmittelbar daran anschließenden Suchaktionen wieder vollständig zum Erliegen gekommen. An den Küsten nördlich und südlich der neugegründeten Stadt der Atlanter gab es nirgendwo menschliche Siedlungen. Die große Flut hatte hier alles zerstört und die Menschen für Jahrhunderte aus diesen Gebieten vertrieben.

So waren die Atlanter in ihrem Felsental allein und abgeschlossen von der Welt, und hatten viel Zeit, ihre Zufluchtsstätte für spätere Stürme der Weltgeschichte in aller Ruhe fest auszubauen. Es war ein urtümlicher, paradiesischer Zeitabschnitt, diese Phase des stillen, ungestörten Aufbaus, in etwa zu vergleichen mit der ersten Zeit nach dem Eintreffen der Strahlenden in Atlantis. Etwa ein Viertel der arbeitsfähigen Männer war mit dem Bau der Befestigungsanlagen beschäftigt, die Übrigen sorgten für Nahrung und Wohnung, reparierten Werkzeuge, sortierten und vervielfältigten Schriftrollen, spielten Theater. Viel Zeit und Sorgfalt verwendete man auf die Ausbildung der Jugend, denn sie sollte das gigantische Werk einmal fortsetzen. Etwas abseits vom geschäftigen Leben der Siedlung, in den hinteren stillen Schluchten des Tales, hatten sich die Priester niedergelassen und bildeten die fähigsten jungen Männer für dieses schwierige Amt aus.

Der Hohe Rat hatte sich in dieser Zeit, der Notwendigkeit folgend, eher zu einer großen Bauleitung entwickelt. Denn der Bau der Stadt war zum wichtigsten, beherrschenden Thema der Zeit geworden. Es mangelte zunächst an wirklich guten Architekten, weshalb der Rat beschloß, eine besondere Schule einzurichten, um Begabungen festzustellen und zu fördern. Dennoch dauerte es fast zwei Jahrhunderte, bis aus dieser Schule die beiden ersten großen und bedeutenden Architekten hervorgingen. Sie waren von Jugend an befreundet gewesen und blieben es ihr ganzes Leben hindurch. Ihre Arbeit brachte durch die gegenseitige fachliche Ergänzung hervorragende Ergebnisse und bestimmte schließlich weitgehend die Grundzüge der Stadtanlage, vor allem die Aufteilung und den Charakter der Bezirke sowie auch viele notwendige Detaillösungen.

Aufbauend auf den schon zu Anfang der Besiedlung vorgenommen Messungen, teilten sie das Stadtgebiet in drei Hauptbereiche, die nicht nur charakteristisch für das Stadtbild, sondern auch für die spätere gesellschaftliche Struktur der Einwohnerschaft wurden. Der *geschlossene Bereich* befand sich unmittelbar hinter dem Felsentor - dem einzigen Zugang zum Tal - und umfaßte die vorderen Hafenbecken, die Flußmündung sowie die dazwischen liegenden Flächen. Noch gab es hier Hafenplätze, Werften, Magazine, die Versammlungshalle des Rates und weitere provisorische Verwaltungsbauten, sowie im südlichen Teil den Tempelbezirk mit den Wohnungen des Königs und der Oberpriester. In Zukunft sollte der geschlossene Bereich im Grunde die gleichen Dinge beinhalten; er war also einerseits eine Fortsetzung der bereits traditionell vorhandenen, spontan entstandenen Situation. Andererseits ging diese Aufteilung - von den Architekten lediglich ins Räumliche übertragen - von allgemeinen Lehren der atlantischen Philosophie und damit letztlich von den Vorstellungen der Priesterschaft aus. Es entstand hier eine grundsätzliche Stadtstruktur, deren eigentlicher Sinn erst in späteren Jahrhunderten deutlich werden sollte.

Im mittleren und hinteren Teil zogen sich noch immer hufeisenförmig die provisorischen Wohnsiedlungen an den Talrändern entlang. Dort sollten auch die zukünftigen *Wohnbereiche* liegen - streng getrennt von den kulturellen und repräsentativen Einrichtungen, die im zentralen, tiefer gelegenen Teil des Tales, im *öffentlichen Bereich* ihren Platz fanden. Von den ringsum erhöht liegenden Wohnquartieren schnell zu erreichen, sollten hier Marktplätze, Tempel, Theater, wissenschaftliche Einrichtungen, Bibliotheken, Sportarenen, Foren und vieles andere mehr erbaut werden.

Dabei beschäftigten sich die beiden großen Architekten weniger mit Einzelprojekten; es kam ihnen zunächst darauf an, einen allgemeinen Rahmen abzustecken, um folgenden Generationen - und zukünftigen Fachkollegen - klar definierte Aufgaben stellen zu können.

Wichtigstes Ergebnis ihrer Bemühungen war das charakteristische, die ganze Stadt wie ein Netz überspannende, Mauersystem. Die einzelnen Bezirke wurden damit klar voneinander getrennt und teilweise nochmals in mehrere Sektionen untergliedert. Die großen, hallenartigen Torbögen fungierten dabei aber auch ganz gezielt als verbindendes Element. Auf der Krone dieser dreißig Meter hohen Mauern führte eine etwa acht Meter breite Fahrbahn entlang - seitlich durch mannshohe Zinnen abgeschlossen. Die Mauern bildeten somit zugleich ein unabhängiges System von Hochstraßen, welches, wie das ebenerdige Straßennetz, gleichfalls die gesamte Stadt erschloß. Ausgedehnte Tunnelanlagen in den angrenzenden Felswänden wurden mit diesen Hochstraßen verbunden und ergaben zusammen die obere Verkehrsebene der Stadt.

Der Bau dieser Tunnel und des Mauersystems begann noch zu Lebzeiten der Architekten. Ebenfalls sofort begonnen wurde mit dem Bau der von ihnen konstruierten, genialen Eingangsbefestigung, später auch Einfahrtsbecken genannt. Die Anlage lag unmittelbar hinter der engen Durchfahrt und funktionierte etwa nach Art einer Schleuse. Ein in die Stadt einlaufendes Schiff gelangte durch die Felsenöffnung zunächst in ein, von breiten, wehrhaften Mauern umgebenes Achteck. Hier konnte es von allen Seiten gleichzeitig beobachtet, identifiziert und, wenn notwendig, auch vernichtet werden. Die eigentlichen Hafenbecken mit flachen Kaimauern zum bequemen Anlegen, waren durch zwei gegenüberliegende schmale Ausgänge zu erreichen. Später sollte in der südöstlichen Ecke dieser Eingangsbefestigung auch ein hoher Leuchtturm entstehen. Vorerst arbeitete man aber zügig an den fünfzig Meter breiten Mauern des großen Achtecks, denn alle Bewohner waren bestrebt, als erstes ihr Tal sicher zu verschließen. Danach konnte man sich dann in aller Ruhe und Gelassenheit dem Ausbau der inneren Stadt widmen.

Normalerweise hätten die Kräfte des kleinen Volkes für derartig monumentale Bauwerke nicht ausgereicht, wenn nicht aus dem Nachlaß der Strahlenden wirksame Hilfsmittel zur Verfügung gestanden hätten. Die von der Priesterschaft damals in Mengen ausgelagerten Sprengstoffe, Transportgeräte und Werkzeuge waren ursprünglich einmal für den Wiederaufbau von Atlantis bestimmt gewesen. Auch die schon zum Schiffsantrieb verwandten Gravitationsblöcke ließen sich beim Bau sehr gut einsetzen. Mit ihrer Hilfe wurden räumlich begrenzte Kraftfelder erzeugt, auf denen selbst schwerste Steinblöcke mühelos und sicher zu bewegen waren. Höhere Bauwerke, wie Mauern oder die unzähligen vierzig bis fünfzig Meter hohen Türme, entstanden nach anfänglichen

Experimenten größtenteils ohne Baugerüst.

Schon nach einigen Jahrzehnten waren erste Grundzüge der Stadtanlage zu erkennen. Das Gelände zwischen den neu erstandenen Mauern blieb allerdings noch leer, wenn man von den provisorischen Unterkünften einmal absieht. In diese alten Holzhaus-Siedlungen wurden mit der Zeit jedoch immer mehr Schneisen für weitere Mauertrassen oder neue Straßen geschlagen. Der Hohe Rat hatte darüber zu entscheiden, in welcher Reihenfolge die Bauvorhaben angegangen wurden. Trotzdem kam es darüber oft zu Streitigkeiten in der Bevölkerung, die auch nie ganz aufhören wollten, bis die Stadt fertiggestellt war. Verschiedene Gruppen waren verständlicherweise daran interessiert, daß ihnen besonders wichtige Bauten eher als andere - also vor allem noch zu ihren Lebzeiten - fertiggestellt wurden. Häufig steigerten sich diese Auseinandersetzungen bis zu weitreichenden politischen Konflikten im Hohen Rat. Es kam dort zu hitzigen Diskussionen und turbulenten Abstimmungen. Schien keine Einigung in Sicht, sahen sich auch manches Mal die Priester veranlaßt einzugreifen. Sie ließen die öffentlichen Bauvorhaben stoppen und konzentrierten alle vorhanden Kräfte auf die Fertigstellung eines großen Tempels. Das Volk wurde nun still und besann sich.

Die letzten bedeutenden Werke der beiden großen Architekten waren das Bouleuterion und der Palastbezirk, sowie die Entwicklung von verschiedenen Wohnhausvarianten. Das Bouleuterion stellte einen Baukomplex dar, der sich auf 180.000 Quadratmetern im geometrischen Zentrum der Stadt erhob. Er lag im öffentlichen Bereich und umfaßte die Universität, den Amtssitz des Obersten Priesters, einen der sieben Haupttempel der Stadt, das Gericht, einen kleinen, festungsähnlichen Teil, der das Stadtgefängnis beherbergte - sowie das eigentliche Bouleuterion: den Versammlungsort des Stadtparlamentes mit den dazugehörenden Verwaltungsräumen.

Kennzeichnend für den großflächigen Bau ist vor allem, daß er voll in das bestehende Mauersystem integriert wurde. Seine Fassaden bestehen größtenteils aus Mauern und Türmen von gleicher Art und Aussehen wie in der übrigen Stadt; auch die oben entlang führenden Straßen fehlten hier nicht. Ein davor stehender Betrachter konnte nur an den teilweise überragenden Gebäudeteilen erkennen, daß er es hier mit einem besonderen Bauwerk zu tun hatte. Es war übrigens das erklärte Ziel der Architekten, diese Einheitlichkeit so hervorzuheben, da abzusehen war, daß spätere Generationen noch genug Vielfalt in die Stadt bringen würden. Im Gegensatz dazu waren ihre Wohnhäuser nicht so sehr von Einheitlichkeit gekennzeichnet - wenn man von dem unbedingt einzuhaltenden Grundrißmaß von exakt vierzig mal vierzig Metern einmal absieht. Der mit dem gesamten Stadtbild abgestimmte äußere Rahmen erlaubte der Wohnhausgestaltung vielfältige, individuelle Möglichkeiten. Einige der von ihnen entworfenen Grundmodelle, später auch als klassische Varianten bezeichnet, hatten ein, zwei oder drei Innenhöfe, kombiniert mit einer jeweils unterschiedlichen Etagenzahl und variabel angelegten Dachterrassen, die übrigens bei keinem atlantischen Wohnhaus fehlten. Auch Lösungen für Häuser an steilen Abhängen befanden sich darunter, da die Wohnsiedlungen zum größten Teil auf abfallendem Gelände errichtet werden mußten. Jedes Haus war in der Regel an seinen vier Seiten von schmalen Gassen umgeben, in Ausnahmen an einer oder zwei Seiten auch von Gärten und Grünanlagen. In den Wohnbezirken entstand dadurch ein sehr dichtes, rechtwinkliges Straßenraster, daß nicht nur den Verkehr verteilte und dadurch beruhigte, sondern durch seine strenge Geometrie die Siedlungen auch sehr übersichtlich machte und die Orientierung vereinfachte.

Die Krönung des Werkes dieser Klassiker der atlantischen Baukunst war aber sicherlich die Anlage des 'Alten Gartens' im *Palastbezirk,* wozu man auch die Lösung des repräsentativen Eingangsbereiches und den großen Palastkomplex selbst zählen muß, obwohl dieser erst einige Jahrhunderte später vollständig fertiggestellt wurde. Die Aufgabe bestand darin, auf dem Gebiet des früheren Tempelhains, der bislang die provisorischen Wohnungen für König und Oberpriester aufnahm, eine palastartige Wohnanlage inmitten eines gepflegten Parks zu schaffen. Das gesamte Terrain gehörte zum geschlossenen Bereich und war zunächst als Wohnort für die Königsfamilie, die Oberpriester und die Mitglieder des Hohen Rates gedacht. Dies änderte sich aber bald. So verzichteten die Priester auf diesen Wohnsitz und ließen sich im Tempelbezirk des Bouleuterions nieder. Später entstand dort übrigens eine palastähnliche Residenz des Oberpriesters, deren Front der des Königspalastes gegenüberlag. Zwischen ihnen erstreckte sich ein unbebauter Park, der die Achse, auf der sich beide Eingangsportale gegenüber lagen, zusätzlich betonte.

Auch die Mitglieder des Hohen Rates wohnten in späteren Zeiten, als sich aus dem Rat längst der zahlenmäßig stärkere Senat gebildet hatte, in ihren Privathäusern in den Wohnbezirken. So blieb der Palast in den meisten Jahrhunderten die alleinige Wohnung der Königsfamilie und ihrer zahlreichen Gäste.

Zur Zeit der Entstehung des Palastbezirkes waren die ihn umschließenden Mauern bereits fertiggestellt. Die sogenannte heilige Mauer, die in ihrer gedachten Verlängerung auf die ehemalige Hauptstadt wies, bildete die nördliche Begrenzung. In diesem Abschnitt trennte sie den Palastbezirk von dem - noch unbebauten - Gebiet des großen Forums. Hinter der östlichen Umfassungsmauer befand sich der Bezirk der Wissenschaften. Steil aufragende Felswände schlossen den nahezu rechteckigen Bezirk nach Süden und Westen ab. Der Palast selbst, mit einer Ausdehnung von etwa zweihundert mal dreihundert Metern, wurde im Zentrum des Bezirkes errichtet. Seine architektonische Besonderheit lag in den unterschiedlichen Funktionen seiner vier Seitenfronten, aus denen die Gestaltung des Palastes selbst, wie auch der Charakter der jeweils davor befindlichen Gartenpartien abgeleitet wurde. Die Nordseite wies zur heiligen Mauer mit dem dahinter befindlichen Forum und seinen Regierungsgebäuden; damit war diese Front für die Aufnahme des offiziellen Hauptportales bestens geeignet. Zwei kurze seitliche Mauern verbanden den Baukörper mit der heiligen Mauer und schufen so einen geschlossenen Empfangshof, der überdies noch zwei flache Badehäuser für ankommende Gäste aufnahm. Der dadurch noch verkleinerte Hof wurde von der gewaltigen, dreihundert Meter breiten Palastfront souverän beherrscht. Die Notwendigkeit des möglichst direkten Zuganges vom Forum her, schloß ein tieferes Hineinverlegen des Gebäudes in den Park aus. Das Beherrschende, fast Erdrückende dieser Lösung schien jedoch dem Zweck eines monumental wirkenden, repräsentativen Empfangshofes für offizielle Besuche angemessen.

Als Gegenstück zu dieser nicht ganz kompromißfreien Lösung, stellte sich die Ostseite des Palastes - die Gartenseite - als ein gelungenes Kunstwerk von vollendeten Proportionen dar. Trotz der Größe des Baukörpers wurde hier eine optimale Anpassung an den davor liegenden Park erreicht. Beide Teile - Park und Bauwerk - waren zusammen konzipiert worden; das heißt, sie entstanden in Abhängigkeit voneinander und sie profitierten ohne Zweifel davon. Allerdings war die nach ihrer Fertigstellung so überzeugend wirkende Lösung nicht einfach zu finden gewesen - eine Fülle von Besonderheiten, inhaltlichen, teils mythologischen, teils historischen Beziehungen, waren in einen so wichtigen Komplex, wie ihn der Palastbezirk darstellte, mit *einzubauen*. Beispielsweise hatte jedes einzelne Gartenportal und die von ihm ausgehende Allee seine ganz spezielle Bedeutung – und dieser Bedeutung dieser waren dann wiederum auch kleine Nebengebäude, Pavillons, Brunnen, Gartenplastiken und dergleichen mehr untergeordnet.

Eine Vielzahl von Inhaltsvorgaben mußte also berücksichtigt werden, welche untereinander durch ein gut durchdachtes symmetrisches System von Entsprechungen verbunden waren.

Durch die im rechten Winkel zueinander stehenden Umfassungsmauern im Süden und Osten, ergab sich im Innern des Parks ein rechtwinklig sich kreuzendes Alleensystem, das seine Ausgangspunkte jeweils an den Portalen der Tortürme hatte. Dadurch erhielt der 'Alte Garten' seine strenge, formale Gestalt, welche sich für die Aufnahme traditioneller und mythologischer Inhalte so großartig eignete. Zu nennen wäre der 'Prinzeneingang'; seine Alle führt direkt vor das Hauptportal des Palastes, weshalb er vorzugsweise von den jüngeren Bewohnern benutzt wurde, wenn diese mit ihren einachsigen Gespannen ausfuhren. Darauf folgte der 'Philosopheneingang', so benannt nach der unmittelbar dahinter stehenden kleinen Rundhalle, in der sich Philosophen und Lehrer mit Vorliebe aufhielten, sowie die in dieser Allee befindliche 'Schule', einem schlichten tempelartigen Bau, der als Unterrichtsraum für die Kinder des Palastbezirkes diente.

Der folgende Eingang trug die traditionelle Bezeichnung 'Hochzeitsportal'. Die von ihm ausgehende Alle bildete gleichzeitig die Mittelachse des Alten Gartens. Betont wurde diese Bedeutung durch ein anmutiges, mit Wasserspielen und Statuen reich geschmücktes Eingangsgebäude. Auf der gegenüberliegenden Seite bildete ein - später entstandenes - kleines Wasserpalais am Rande eines künstlich angelegten Sees, den Abschluß der Allee. Die Bezeichnung 'Hochzeitsportal' stammte daher, daß der König, der den neu errichteten Palast als erster bewohnte, seine Braut unmittelbar vor der Hochzeit an eben diesem Portal empfing. Andere folgten später diesem Beispiel, so daß dieses Tor zu einem festen Bestandteil der traditionellen Hochzeitszeremonie der atlantischen Könige wurde.

Weitere Portale hatten ebenfalls bestimmte Bedeutungen, die manchmal erst nach Jahrhunderten in Erscheinung traten, sich dann aber im traditionsbewußten Volk hartnäckig hielten. Ebenso verhielt es sich übrigens auch mit Brücken, Plätzen und Brunnen, die man gerne mit ganz konkreten historischen Ereignissen in Zusammenhang brachte und sie fortan nach ihnen benannte. Doch zurück zum Palast. Gegenüber der steil aufragenden Felswand befand sich - als Rückseite sozusagen - die Südfront des riesigen Gebäudes; sie wies auf einen recht zurückgezogenen und abgeschlossen Parkteil und dieser eignete sich dadurch bestens für die Gestaltung eines überschaubaren, privaten Bereiches innerhalb der weitläufigen Gartenanlage. Die Rasenrabatten waren hier also nicht weiträumig und großzügig; kleine, geometrisch angelegte Kanäle und Fischteiche und ein dichtes System schmaler Wege überlagerten sich wie die Ornamente eines kunstvollen Teppichs; viele zierliche Brücken waren daher in diesem Bereich notwendig. Die erdrückende Wirkung der Gebäudefront wurde durch hohe, schattenspendende Laubbäume gemildert. Der nach Süden, zur Felswand hin, ansteigende Hügel mit seinen baumlosen, sonnigen Wiesen, war schon nicht mehr diesem kleinen, stillen Refugium zugehörig. Ein flügelartiger Anbau an den Palast, der die Kunstsammlungen der Könige aufnahm, schloß den kleinen Privatbereich nach Westen ab.

Die vierte Seite des Palastgebäudes, die Westseite also, wurde erst später von anderen Architekten vervollständigt. Wie viele meinten, weit unter dem Niveau der übrigen Fronten. Aber auch die beiden großen Klassiker hatten, wie aus ihren Aufzeichnungen zu ersehen ist, nur sehr unvollkommene, ja widersprüchliche Vorstellungen für diese Westfront gehabt. Hindernis, aber zugleich auch Möglichkeit, war die notwendige Einbeziehung des schon vorhandenen steinernen Tempels aus der Zeit unmittelbar nach der großen Katastrophe. Er sollte als Denkmal im neuen Atlantis erhalten bleiben. Seine, zum jetzt verwendeten Achsensystem, schräg verlaufende Mittelachse erleichterte diese Aufgabe, denn sie hob die Besonderheit dieses kleinen, alten Gebäudes inmitten der weitläufigen, neuen Bauten optisch hervor. Um den kleinen Tempel trotz der unmittelbaren Nähe des riesigen Palastes gut zur Geltung kommen zu lassen, wurde diese westliche Front einfach weggelassen: das Gebäude öffnete sich mit seinen zwei großen Innenhöfen zu dieser Seite und damit auch gleichzeitig zur schmalen Bucht, die den westlichen Abschluß des Palastbezirkes bildete.

Es gelang nie so ganz, dieser Palastfront eine eindeutige Bestimmung zuzuordnen - wie es bei den übrigen Seiten der Fall war - obwohl es an Versuchen dazu sicher nicht gefehlt hatte. Am überzeugendsten wirkte sicher noch die Charakterisierung als Seite der Bildung und Wissenschaft - abgeleitet aus dem Standort der Palastbibliothek, mit ihrem ernsten, an drei Seiten von zweigeschossigen Säulenhallen umgebenen Hof. Wenige Stufen führten von hier auf die Terrasse des alten Tempels und dort hatte man einen herrlichen Blick über die Bucht. Die sich anschließenden Gartenanlagen zeigten allerdings kaum Beziehung zum Bauwerk und konnten mangels einer festen Bestimmung kein Eigenleben entwickeln.

Mit der Entstehung der ersten festen Bauten hatte sich nach einigen Generationen das Provisorische der Anfangsjahre mehr und mehr aufgelöst. Auch die inzwischen erlassenen Gesetze trugen dazu bei, normale und geordnete Verhältnisse einzuführen. Der Hohe Rat hatte sich umorganisiert und nannte sich nun Senat. Er konnte im Bedarfsfalle auch eigenständig - ohne einen König - regieren und war nicht mehr nur eine Gruppe von Beratern und Fachgelehrten. Es war vor allem von der Persönlichkeit des jeweiligen Herrschers abhängig, wie weit es ihm gelang, sich des Senats zu bedienen. Viele Könige waren allerdings von der komplizierten Machtpolitik dieser hochintelligenten Körperschaft einfach überfordert.

Wirklich herausragende Persönlichkeiten unter den atlantischen Königen gab es nach Sartos und Pheleos in den folgenden Jahrhunderten nur wenige. Ihre Leistungen waren auch nicht so konkret sichtbar, denn sie beschränkten sich zumeist auf theoretische, verwaltungstechnische Dinge, wie die Organisation des Staates, die Formulierung von Gesetzestexten und ähnliches. Die bedeutendsten Aufgaben dieser Art wurden unter König Arat im sechsten Jahrhundert atlantischer Zeitrechnung gelöst. Auf ihn gehen viele grundlegende Organisationsformen zurück, die er oft gegen den zähen Widerstand des Senats durchzusetzen verstand. Arat war dabei ein stiller, in sich gekehrter Mann. Oft saß er tagelang in seinem Arbeitszimmer und ließ sich in keiner der regelmäßigen Senatssitzungen sehen. Es konnte vorkommen, daß bereits in dieser Zeit eine nervöse Unruhe über die Senatoren kam. Wenn der König dann schließlich wieder vor der hohen Versammlung erschien, konnte er eine allseits abgesicherte Vorlage einbringen, die allen Argumenten seiner politischen Gegner standhielt. Durch diese brillanten Arbeiten erwarb er sich schon bald die Achtung und auch die persönliche Freundschaft eines Teils der Senatoren, was ihm später die Durchsetzung weitergehender Ziele sehr erleichtern sollte. So organisierte er die Verteidigung der Stadt von Grund auf neu. Sie gliederte sich fortan in drei Abteilungen: die Stadtgarde, die mobilen Reservelegionen und die Seeverbände. Vor allem aber wurden unter seiner Herrschaft die Archive und Bibliotheken neu geordnet und auf den zu erwartenden Zuwachs der nächsten Jahrhunderte eingerichtet. Auch der Kalender wurde berichtigt und eine Vielzahl von Reformen auf dem Gebiet der Verwaltung durchgeführt.

Als wichtigste und vor allem historisch bedeutsame Neuerung seiner Regierungszeit sind allerdings die regelmäßigen Beobachtungsmissionen anzusehen, mit denen nun begonnen wurde. Bis auf vereinzelte, unbedingt notwendige Schiffsreisen hatten sich die Atlanter in den

Jahrhunderten des Aufbaus der Stadt wieder ganz von den Meeren der Welt zurückgezogen - das sollte nun anders werden. König Arat erinnerte an den fast schon in Vergessenheit geratenen Auftrag der Strahlenden - und entwickelte daraus die wohl wichtigsten Staatsaufgabe für die Zukunft. In der ersten Phase dieser wissenschaftlichen Weltbeobachtung wurde vor allem Grundlagenforschung betrieben. Die Atlanter verschafften sich quasi einen Überblick über den gegenwärtigen Zustand der Welt. Später sammelten dann die regelmäßig ausgesandten Beobachter Information über mögliche Veränderungen und Entwicklungen, um die Gelehrten der Stadt - und ihre Archive - stets auf dem aktuellsten Stand zu halten. Parallel dazu liefen auch Untersuchungen, die sich auf die Vergangenheit der Erde bezogen, sei es die Entwicklung der Tier- und Pflanzenwelt, die Geologie oder die Entwicklungsgeschichte der Menschen. Ganz besondere Aufmerksamkeit schenkten die Atlanter jedoch der Beobachtung aller vorkommenden Naturkatastrophen - denn noch immer hofften sie auf eine Erklärung für den einstigen Untergang ihrer Insel. So gab es kaum eine Sturmflut, kein größeres Erbeben, keinen Vulkanausbruch auf dieser Welt, bei dem nicht atlantische Gelehrte mit ihren Meßgeräten in der Nähe waren und alles gewissenhaft aufzeichneten.

Im Laufe der Zeit spezialisierten sich diese Beobachter immer mehr zu einem eigenständigen, sehr angesehenen Berufsstand. Die Gefahren, die derartige Reisen in ferne Katastrophengebiete mit sich brachten, verlangten ein sehr hohen Ausbildungsstand. In speziellen Schulen wurden geeignete junge Frauen und Männer intensiv auf diese Einsätze vorbereitet. Während in der Anfangszeit der Beobachtereinsätze die Gelehrten - mit einigen, meist militärischen Begleitpersonen – noch selbst auf die Reise gingen, wurden später fast ausschließlich die gut geschulten und optimal vorbereiteten jungen Leute in die Welt geschickt. Ihre wissenschaftliche Fachkenntnisse waren dabei zwar nicht so umfassend und mehr allgemeiner Art, um es ihnen zumindest zu ermöglichen, die Dinge vor Ort richtig einzuschätzen und auch unerwartete Erscheinungen beurteilen zu können. Der Schwerpunkt ihrer harten Ausbildung betraf aber vor allem den Kampf ums Überleben, mit allem was dazugehörte. Die in der Welt zusammengetragenen Informationen mußten schließlich sicher in der Stadt ankommen, auch wollte man bei diesen Missionen die Verluste an Menschen so gering wie möglich halten. Die Beobachter waren daher perfekt im Nahkampf, sie beherrschten die Orientierung ohne Navigationsinstrumente, hatten Kenntnis über eßbare und heilende Wildpflanzen in ihrem Einsatzgebiet und natürlich auch über die Menschen, die sie dort antrafen, ihre Sprache, Kultur und Religion - zumindest soweit sie der Stadt jeweils schon bekannt waren.

All dieses so gesammelte Wissen wurde nicht nur in den Archiven gespeichert, sondern auch in anschaulicher und übersichtlicher Form der übrigen Stadtbevölkerung zur Kenntnis gebracht. Auf dem Forum befand sich dafür ein besonderes Gebäude, in dessen großzügigen Hallen auf Sichttafeln, Karten und Lesetischen ständig aktuelle Information über alle relevanten Vorgänge in der Welt einzusehen waren. Dies war, neben der eigentlichen wissenschaftlichen Auswertung der Beobachtertätigkeit, ein sehr sinnvoller Nebeneffekt, welcher den negativen Seiten der allgemeinen Isolation der Stadtbevölkerung entgegenwirkte und auch ihre Neugier befriedigte.

Die große Bedeutung König Arats wurde - und das blieb ein seltenes Phänomen in der Geschichte der Stadt – nach ihm durch seinen Sohn Aratos in gewisser Weise fortgesetzt. Der ehrgeizige, aber ebenfalls stille und mehr künstlerisch als politische veranlagte junge Mann hätte es sicher schwer gehabt, die große Bedeutung seines Vaters auf dem Feld der Politik zu erreichen. Schon frühzeitig befaßte er sich daher mit Architektur - ein Gebiet, auf dem nicht so harte, unerbittliche Gesetze herrschten, wie er meinte. Als knapp Dreißigjähriger legte er dann, ebenso ruhig und unvermittelt wie sein Vater, dem Senat geniale Entwürfe für das 'Capitol' vor. Entwürfe, die alles, was bisher in der Stadt gebaut und geplant war, in den Schatten stellten. Ausgangspunkt war der schon seit langer Zeit bestehende Gedanke, in der Mitte des vorderen Teiles der Stadt, gleich neben der Flußmündung und gegenüber des Einfahrtbeckens, eine dominierende und beherrschende Festung zu errichten. Im Laufe der Zeit hatte man diesem Projekt immer mehr Funktionen zugedacht, so daß die Aufgabe für die Architekten, diese Vielfalt zu einem sinnvollen Ganzen zu vereinen, ständig schwieriger wurde. Unzählige abgelehnte Entwürfe füllten bereits die Archive und es schien, daß diese Schwierigkeiten den Baubeginn in immer fernere Zukunft hinausschieben würden.

Aratos hatte als Architekt eigentlich noch keine praktischen Erfahrungen. Meist war er in den Archiven zu finden - stundenlang über alte Unterlagen gebeugt -, oder man sah ihn mit ein paar Skizzenblättern irgendwo in den bereits fertiggestellten, stillen Parkanlagen des späteren wissenschaftlichen Bezirkes. Ab und zu ging er auch zu den leitenden Bauleuten, denen er knappe, gezielte Fragen stellte. Ab einem bestimmten Zeitpunkt beteiligte sich Aratos auch an den öffentlichen Diskussionen, die zu architektonischen Fragen in der Nähe des Marktes abgehalten wurden. Viele seiner Freunde hatten ihm gerade dies am wenigsten zugetraut - doch der stille, gewissenhafte, junge Architekt gewann schnell die Sympathie und bald sogar eine gewisse Anhängerschaft unter dem Publikum. Man hatte seine Freude daran, wie er seine Widersacher immer wieder durch fundierte und weit überlegene Argumentation aus dem Felde schlug. Später bekannte Aratos, aus diesen Diskussionen viele nützliche Anregungen für sein großes Projekt erhalten zu haben - und nur so ist seine Teilnahme dort auch zu verstehen: er wollte alle vorhandenen Möglichkeiten für die Vervollkommnung seiner Arbeit nutzen.

Das Capitol wurde dann zu *dem* Kunstwerk und Wahrzeichen der Stadt überhaupt; es war sowohl in sich, als auch in Beziehung zu seiner Umgebung vollkommen. Die durch das bisherige Baugeschehen in der Stadt vorgegebenen Maße und Formen - und damit in gewisser Weise der herrschende Stil - wurden von Aratos nicht nur vollständig eingehalten, sondern weiter entwickelt und zu einem Höhepunkt geführt. Ein zeitgenössischer Chronist schreibt begeistert: "...die schlichte Einfachheit, klassische Monumentalität und verwirrende Vielfalt der symmetrischen und asymmetrischen Bauausführungen im Zusammenspiel mit vereinheitlichten Baumustern ... finden und vereinigen sich in diesem wunderbaren Bauwerk zu komplexer Funktionalität und vollendeter Schönheit..."

Die Baumasse des Capitols öffnet - beziehungsweise verschließt - sich sehr variiert und situationsbezogen nach den verschiedenen Himmelsrichtungen. Es vereinigt in sich die Funktion der Hafenfestung, der Regierungsburg, der Amtsresidenz, des Staatsarchivs und eines Haupttempels, um nur die wichtigsten zu nennen. In seinem Innern befinden sich Werkstätten, Magazine, Forschungslabors, Bäder, Sportstätten und Theater. All das war in einem stufenförmigen, fast pyramidenähnlichem Gebäude von 650 mal 520 Metern Grundfläche untergebracht. Seine höchste Stelle, die Kuppel des zentralen Befehlstandes, erhebt sich 170 Meter über das umgebende Straßenniveau. Jede der insgesamt fünf Stufen des Gebäudes besteht aus weitläufigen Terrassen - gleich Plätzen und breiten Straßen.

Es ist verständlich, daß Aratos den größten Teil seines Lebens damit verbrachte, diese Konstruktion zu vollenden. Nachdem der Entwurf vom Senat angenommen war, begann er sofort mit den unendlich mühseligen Detailplänen und er überließ dabei nur selten etwas seinen Mitarbeitern. Aus diesen Gründen blieb das Schaffen Aratos auch auf das Capitol und die spätere - nicht minder geniale - Bebauung des großen Forums beschränkt.

Deutlichen Festungscharakter durch klare Stufengliederung zeigte das Capitol auf der, den Häfen zugewandten, Nord- und Westseite. Dominierend ist dabei das an der Westseite gelegene, aus einem Bündel von vier massigen Türmen bestehende Eingangsportal. Von ihm ausgehend verlaufen drei parallel nebeneinander angelegte Mauern - also Hochstraßen - direkt zur Eingangsbefestigung. Ebenfalls an der Westseite führt eine relativ steile Treppenanlage vom Staatshafen bis auf die oberste Stufe des Capitols - als Gegenstück zu der auf der Ostseite zur Stadt hinabführenden Freitreppe, die dort mit einem monumentalem Pfeilerportal abschließt.

Im Unterschied zum abweisenden Charakter dieser Festungsmauern sind die Süd- und Ostseite zur Stadt hin geöffnet. Um den nötigen Abstand für den Betrachter zu schaffen, wurden dem Bauwerk von diesen Seiten große Plätze vorgelagert. Vorsprünge und tief in die Pyramidenform eingeschnittene Höfe bieten hier ein abwechslungsreiches Bild. Teilweise rücken dabei zwei, in wenigen Ausnahmen sogar drei Stufen, ohne einen Absätze zu bilden, senkrecht übereinander - zu der dann schon imposanten Höhe von etwa 75 Metern!

Die Gestaltung der Wandflächen ist sehr unterschiedlich und weitgehend der jeweiligen Situation angepaßt. Im festungsartigen Nord- und Westteil sind die Terrassenwände leicht geböscht. Mit ihren winzigen Spaltfenstern und ohne jegliche Verzierungen wirken sie daher sehr wuchtig und geschlossen. Im Süd- und Ostteil dominiert die vorgelagerte Säulenhalle, beziehungsweise die gegliederte Fensterfront. Auf der obersten Stufe befinden sich, beide Achsenschnittpunkte betonend und durch den langgestreckten Capitolspalast miteinander verbunden, die Befehlszentrale und der Haupttempel. Die darunterliegende vierte Stufe nimmt viele Eingänge in die unteren Geschosse der Befehlszentrale sowie in den Palast auf. Sie bildet damit die Ebene, auf der sich das eigentliche Hofleben abspielt.

Als gelungenste Detaillösung des Capitols ist wohl die Gestaltung des unteren Eingangs zur Befehlszentrale zu nennen. Hinter diesem zentralen Bauteil befindet sich ein nach Osten geöffneter Hof, der durch seine Verlagerung auf die nächst tiefere Stufe die Rückfront des Gebäudes zweistufig erscheinen läßt. Dabei vermittelt der Hof in diesem ganzen Zusammenhang Würde und Ernst, aber auch Sicherheit, ja Geborgenheit.

Ein gewaltiger, nach Osten zur Stadt weisender Palasthof mit ungewöhnlichen Ausmaßen befindet sich auf der zweiten Stufe. Er mochte wohl mehr repräsentativen als wohnlichen Zwecken dienen. Die Südostecke des Capitols paßt sich dann schon der hier angrenzenden Innenstadt weitgehend an: die Ecke erreicht innerhalb der Umfassungsmauern des Capitols das allgemeine Straßenniveau. Die sich hier an den zwei Innenseiten erhebenden Gebäudeteile wurden übrigens dem etwas größeren Vorbild des inzwischen von Aratos fertiggestellten großen Forums nachempfunden. In seinen Bemühungen um Vollkommenheit hatte er sich nicht gescheut, eine bereits an anderer Stelle gelungene Lösung im Capitol, also nur etwa sechshundert Meter entfernt, noch einmal in verkleinerter Form zu wiederholen. Es war dies ohne Zweifel einer der Hauptansatzpunkte für seine Kritiker, die jedoch nicht umhin konnten zuzugeben, daß eine Harmonie in beiden Fällen erreicht worden ist. In diesem Zusammenhang sollten aber vor allem jene Stimmen gehört werden - und ihre Zahl ist unvergleichlich größer - die das Capitol als das großzügige Geschenk eines Genies ansahen, es bewunderten und verteidigten, es analysierten und immer wieder neu und anders interpretierten. So wurden im Laufe der Jahrhunderte Beziehungen erkannt und geheimnisvolle, verborgene Inhalte herausgelesen, von denen Aratos, der Nichtmystiker, selbst nichts ahnte.

Nach Aratos Tod wurde das Capitol weitergebaut ohne irgendetwas an diesen genialen Plänen zu verändern. Als es nach langer Bauzeit schließlich vollendet war, begann in der gesamten, damals noch zur Hälfte provisorischen Stadt eine spürbare Umzugsbewegung. Ehemalige Unterkünfte, Holzbauten zumeist, konnten verlassen und abgerissen werden. Zweckentfremdet genutzte Räume in den bereits fertigen Befestigungsanlagen wurden endlich ihrer eigentlichen Bestimmung übergeben - das riesige Raumlabyrinth des Capitols nahm alles in sich auf. Und was vorher beengt erschien, so die vielen Archive, Ämter und Forschungsstätten, verlor sich nun förmlich in den endlosen Granit- und Marmorgängen, den weiten, spiegelnden, leeren Hallen und Treppenschächten. Jede Institution und Einrichtung, jedes Regierungsamt und jeder Senator hatte nun mit einem Schlag Räume im Überfluß - sinnvoll angeordnet entsprechend der atlantischen Regierungsform.

Aratos hatte dieses wichtigste Gebäude in genauer Übereinstimmung mit der Gesamtheit der Stadt so konzipiert, daß es selbst bei einer maximalen Erhöhung der Einwohnerzahl nie zu eng darin werden konnte. Würde und Ernst der atlantischen Bauweise wurden hier, durch diese auffallende Großzügigkeit, ja scheinbare Überdimensionierung, bestens zum Ausdruck gebracht. Es war eine Größe, die jedoch sehr genau berechnet war; ein Maßstab, in dem der Mensch zwar klein und winzig, deshalb aber keinesfalls unbedeutend wirkte, im Gegenteil: es war ein Maßstab, welcher ihn eigentlich erst wirklich emporhob und seine wahre Bedeutung auf diesem Planeten, also vor allem seine geistige Bedeutung, unterstrich und voll zur Geltung brachte wie kaum ein anderes Mittel.

Aratos dachte beim Bau des Capitols vor allem an die Zukunft - ebenso wie zuvor sein Vater, der die entscheidenden organisatorischen Grundlagen geschaffen hatte. Beide waren sie ihrer Zeit weit voraus, da sie vor allem die wichtigen Beziehungen der Stadt zur übrigen Welt in ihre Überlegungen einbezogen. Zwei Dinge waren dafür ausschlaggebend: mit Beginn der Beobachtungsmissionen hatte man Kunde von ersten primitiven Staatsgebilden in einigen Teilen der Welt. Als es nach gründlichen Untersuchungen für ausgeschlossen galt, daß dort, wie vor etwa tausend Jahren in Atlantis, die Strahlenden diese Entwicklung angeregt hatten, wurde das Problem von den führenden Gelehrten sehr ernst genommen. Die Stadt würde zukünftig nicht mehr einer Welt von naiven Wilden gegenüberstehen, sondern einer Anzahl sicherlich aggressiver und machtgieriger Zivilisationen.

Zum Zweiten wußten beide wie die, letztlich von der Priesterschaft bestimmte, Zukunft der Stadt aussehen würde. Aus langen Gespräche kannten sie die Rolle der Stadt als allgegenwärtiger, geistig überlegener, stiller und unbeteiligter Beobachter der Welt. Ein Eingreifen in die natürlichen und geschichtlichen Vorgänge sollte ihr, ebenso wie ein Sichzuerkennengeben, nur in absoluten Ausnahmefällen gestattet sein.

Ebenfalls eng mit dieser grundsätzlichen Perspektive verbunden war der Bau beispielhafter Hafenanlagen. Alle Häfen zusammengenommen besaß die Stadt nach ihrer Fertigstellung etwa zwölf Kilometer Anlegmauern. Dabei war den verschiedenen Häfen ein immer gleichartiger Grundaufbau eigen: hinter dem etwa zwanzig Meter breiten Kai befand sich in der Regel eine der typischen Stadtmauern, auf der die übliche Hochstraße verlief. Diese Mauer sollte die Stadt von den Häfen abschirmen und diente gleichzeitig auch der Aufnahme von verschiedener Verlade- und Transporttechnik.

Am großzügigsten konzipiert war der Staatshafen. An repräsentativer Stelle, direkt vor der Front des Capitols gelegen, war für diesen

Hafen kein einziger ständiger Liegeplatz vorgesehen - obwohl etwa siebzig Schiffe hier Platz gefunden hätten. Die Anlage diente einzig dem Empfang von Besuchern, sowie dem kurzzeitigen Anlegen wichtiger Staatsschiffe vor dem Capitol. Die Liegeplätze für die eigentliche atlantische Beobachtungsflotte befanden sich in einem nahezu kreisrunden Hafenbecken mit etwa fünfhundert Metern Durchmesser.

Problematisch war die Einordnung des Handelshafens. Da er der Versorgung diente und damit zweifellos öffentlichen Charakter trug, sollte er natürlich möglichst nahe der Wohnbereiche liegen. Andererseits wollte man nicht zu tief in die Stadt hineingehen, da dies wiederum sehr hohe, verkehrshemmende Brückenkonstruktionen notwendig gemacht hätte. Als Kompromiß entstand der Hafen dann direkt vor der Flußmündung nördlich des Capitols, das ihn gleichzeitig mit seiner gesamten Längsseite beherrschte. Östlich grenzte das Hafenbecken direkt an den hier beginnenden ersten Wohnbezirk - wodurch dieser natürlich in mancher Beziehung aufgewertet wurde. Es braucht nicht erwähnt zu werden, daß es harte Auseinandersetzungen um den endgültigen Standort gab. Mit diesem Streit um den Handelshafen begannen sich übrigens auch erste politische Richtungen und Unterschiede zwischen den fünf Wohnbezirken abzuzeichnen.

Für den Bau des Handelshafens mußten mit gewaltige Sprengungen Korrekturen in der nördliche Felswand vorgenommen werden, auch das Straßenniveau wurde hier - am eigentlich erhöhten Talrand - dem tiefer gelegenem Stadtzentrum angeglichen. Es ist dabei nicht zu übersehen, daß sich die an der Nordseite des Hafens anschließenden Marktplätze auf dem gewonnenen schmalen Landstreifen stark zusammendrängen müssen. Der Vortrieb in die Felswand hatte natürlich seine Grenzen. Andererseits wurde die entstandene Enge hier gern in Kauf genommen und bald von allen geschätzt - der Hafenbereich gewann dadurch jene geschäftige, vielfarbige Betriebsamkeit auf engem Raum, die bei der sonst üblichen atlantischen Großzügigkeit und Überdimensionierung sicher verloren gegangen wäre. Eine ins Detail gehende, raffinierte technische Ausstattung ermöglichte es trotzdem, alle notwendigen Hafenarbeiten ungehindert auszuführen. Die hier angesiedelten Verkaufshallen, Handelsbüros und Warenlager befaßten sich übrigens vornehmlich mit dem Rohstoffbereich, während Nahrungsmittel und handwerkliche Erzeugnisse von den Handelsschiffen direkt auf kleinere Flußkähne umgeladen wurden und so auf den zentralen Marktplatz am Bouleuterion gelangten.

Südlich des Einfahrtbeckens lag der älteste, kleinste und traditionsreichste Schiffsanlegeplatz der Stadt. Sein separater Zugang wertete ihn entsprechend auf. An der stadtabgewandten Seite befanden sich die Werftanlagen, die zum Teil in die angrenzende Felswand hineingebaut waren. Der eigentliche Anlegeplatz dieses Hafenbeckens wurde für verschiedene Zwecke, zumeist aber zur Ausrüstung größerer Expeditionen, genutzt. Ein besonderer, halbkreisförmiger Kai bildete den Ausgangspunkt der Triumphstraße, die von hieraus - am Palastbezirk vorbei - immer der 'Heiligen Mauer' folgend - zum großen Stadttempel am Bouleuterion führte.

Die folgenden Generationen kamen der endgültigen Fertigstellung der Stadt immer näher. Bald war der Zeitpunkt erreicht, da das gesamte Tal durch Straßen, Mauern, öffentliche Bauten, Kanäle und begradigte Flußufer erschlossen war. Die noch dazwischen befindlichen Grundstücke waren für den Bau von Wohnhäusern weitgehend vorbereitet und standen der langsam ansteigenden Bevölkerungszahl nach Bedarf zur Verfügung. So wuchsen die Wohnbezirke eher zögernd, entsprechend der natürlichen Entwicklung, während alle Befestigungsbauten, Häfen, Theater, Märkte und dergleichen inzwischen weitgehende Vollkommenheit erreicht hatten.

Das gesamte Tal (und viel später auch die vorgelagerte Halbinsel) wurde der Länge nach von einer breiten Hauptstraße geteilt. Sie verlief damit parallel zu der etwas weiter südlich gelegenen 'Heiligen Mauer'. Die Hauptstraße wurde damit zur Hauptlebensader der Stadt. Besonders im mittleren Abschnitt, in der Innenstadt, wurde dies deutlich. Auf einer Länge von 1,4 Kilometern war sie hier von regelmäßigen, zweigeschossigen Säulenhallen flankiert, in denen luxuriöse Geschäfte, Büros, Vergnügungsstätten und öffentliche Speisehäuser untergebracht waren. Die Südseite dieser Geschäftsstraße wurde auch noch durch Gebäude anderer Zweckbestimmung geprägt: so das große Theater, eine repräsentative Ausstellungshalle und ein offenes Mehrzweckamphitheater in der klassischen, quadratischen Form, die schon im alten Atlantis weite Verbreitung gefunden hatte. Etwa in der Mitte der Innenstadt öffnete sich seitlich der Straße - ohne dabei in deren Verlauf selbst einzugreifen - ein von Kolonnaden ringförmig abgeschlossener Platz mit dem dahinter stehenden beherrschenden Kuppelbau der öffentlichen Bäder. Seitlich schloß sich eine große Versammlungshalle an, welche mit ihren edlen Proportionen dem repräsentativen Mittelbau durchaus Konkurrenz machte. Die Bäder waren mit Festsälen, riesigen Wandelhallen, Treppenanlagen, Springbrunnen und vielem mehr ausgestattet. An großen Feiertagen wurden sie zum Mittelpunkt der Stadt, aber auch sonst standen sie jedermann offen.

Parallel zur mittleren Hauptstraße gab es je eine nördliche und südliche Straße zur Erschließung der Wohnbezirke. Zum Straßennetz gehörten schließlich noch sieben Querstraßen in regelmäßigen Abständen, welche die gegenüberliegenden Seiten des Tales miteinander verbanden und die Verkehrsströme von den Wohngebieten zur mittleren Hauptstraße leiteten. Sie mündeten beiderseits in kleine Tempelanlagen oder in die Vorplätze der Verwaltungsgebäude des jeweiligen Wohnbezirkes.

In ihrem vorderen Abschnitt wird die Hauptstraße auf einer Länge von 900 Meter zum Bestandteil des großen Forums. Diese herrliche Abfolge von größeren und kleineren Plätzen, die man fast schon als eigenständigen Bezirk bezeichnen kann, zeichnet sich durch ihre exponierte und gleichzeitig auch - im inhaltlichen Sinne - zentrale Lage aus. So ziemlich alle wichtigen Elemente der Stadt liegen hier dicht beieinander: zwischen Capitol, Staatshafen, Einfahrtsbecken und Palastbezirk gelegen, grenzt die Ostseite an den Innenstadtbezirk, welcher mit dem Forum durch die Hauptstraße und die Triumphstraße verbunden ist. Ein großer, zusammenhängender Gebäudekomplex beherrscht die Mitte des Forums und gliedert dabei die Plätze um sich herum. Dabei ist die nordwestliche Ecke dem wichtigsten und bedeutendsten Platz der Stadt vorbehalten. Von der Hauptstraße tangiert, wird er vor allem durch die ihn umgebenden Gebäude zum Zentrum des politischen und kulturellen Lebens. Der Sitz der Regierung, der Versammlungssaal des Senats, das Gebäude der Weltinformation, die Börse und die Bank geben dem Platz einen weltoffenen, aktiven Charakter. Man *sieht* hier, wenn etwas Wichtiges geschieht, sei es ein Staatsbesuch, ein Wechsel der Regierung, die Rückkehr einer wichtigen Expedition oder eine spannende Abstimmung im Senat. Man erkennt die schnellen Regierungswagen, die über die Hochstraße vom Palastbezirk ins Capitol hinüber fahren, oder wartet mit anderen Zuschauern auf das Ende einer Senatsversammlung, an die sich meist öffentliche Reden von der marmornen Tribüne des Platzes anschließen. Auch an ruhigen Tagen ist der Platz nie leer, obwohl es hier keine Marktstände oder Vergnügungen gibt. Viele kommen nur hierher, um sich einmal im Mittelpunkt aufzuhalten und zwischen den würdigen, weiß und bläulich schimmernden Marmorgebäuden die hier herrschende einzigartige Atmosphäre zu erleben.

Über eine breite Treppenanlage an der Westseite des Platzes gelangt man überdies auf eine Aussichtsplattform, die einen Blick über die Hafenanlagen und vor allem auch über das Einfahrtsbecken erlaubt. Einlaufende Schiffe können hier erwartet und begrüßt werden.

Doch zurück ins Innere. Südlich der Triumphstraße hatten sich die Atlanter großzügig ihren wissenschaftlichen Bezirk eingerichtet. Fast konnte man ihn als eine heilige Stätte bezeichnen. Verkehr und Geschäftigkeit waren aus diesem Teil der Stadt verbannt; betrat man die parkähnlichen Anlagen, war man sofort von Ruhe umgeben. Auf dem Gelände zwischen der großen Bibliothek zur einen und der Universität zur anderen Seite wohnten und arbeiteten hier die Gelehrten aller Fachgebiete. Der langgestreckte Bezirk bestand dabei zur Hälfte aus einer durchgehenden Parkanlage, welche ein Motiv des Palastbezirkes aufnimmt und dieses, ausgehend von der Gartenfront des Palastes, bis zum 2,4 Kilometer entfernten Residenzpalast des Oberpriesters weitergibt. Zwei parallel angeordnete Kanäle zu beiden Seiten des Grünstreifens betonen diese verbindende Funktion. Die wissenschaftlichen Gebäude erheben sich seitlich dieses lichten Parkstreifens in loser Abfolge. Die Universität - noch als Teil des Bouleuterions - im strengen, alt-atlantischen Stil, welcher schon auf der Heimatinsel ohne wesentliches Zutun der Strahlenden entwickelt worden war: gekennzeichnet vor allem durch schmucklose, die Vertikale stark betonende Fassaden mit starken Mauern und lichtarmen, hallenartigen Innenräumen. Auch die Universitätsklinik wurde, um die Verbindung beider Gebäude zu betonen, in diesem Stil erbaut. Darauf folgte, in die Parkanlage eingebettet, eine kleine Siedlung aus winzigen, pavillonartigen Einzelwohnungen der Gelehrten, sowie ein etwas größeres Gebäude mit weiteren, um einen würdigen Innenhof gruppierten, Wohnzellen. Die Labors der physikalischen, chemischen und biologischen Fakultät hatten von den Architekten eine unauffällige, flache Form bekommen. Allerdings reichten diese Bauwerke viele Stockwerke tief in die Erde. Ihnen angeschlossen war das Gebäude des wissenschaftlichen Rates, das auch mit einem größeren Vortragssaal ausgestattet war.

Den Abschluß dieser wohl durchdachten Gebäudereihe bildete die schon an den Palastbezirk grenzende 'Große Atlantische Bibliothek'. In ihr wurden die inzwischen weitgehend definierten Architekturtheorien des neuen Atlantis noch einmal beispielhaft verwirklicht. Dabei ist die Bibliothek nicht das Werk eines der großen und vielbeschäftigten Architekten der Stadt, sondern der erste und einzige Bau eines auf vielen anderen Gebieten universell tätigen Gelehrten. Im hohen Alter entschloß er sich, anstelle des für bedeutende Männer üblichen philosophischen Werkes, der Stadt als Andenken das Gebäude der Bibliothek zu hinterlassen. Ebenso, wie er dabei die komplizierten und vielfältigen Erfahrungen und Gesetzmäßigkeiten der bisherigen Architektur am realen Bau in einer klassisch-einfachen Weise verwirklichte - ohne dabei auch nur einen Aspekt zu kurz kommen zu lassen - war es weiterhin sein Verdienst, gleichsam als ein Nebenprodukt seiner Arbeit, die Grundlagen der atlantischen Architektur für die interessierte Allgemeinheit in nur wenigen, verständlichen Sätzen zusammenzufassen. Auf einer Inschriftentafel im großen Innenhof der Bibliothek konnte man dazu folgende Leitsätze lesen:

‚Es gibt keine absolute Architektur, aber es gibt als Ziel die Annäherung an das Absolute.

Als Maßstab gilt der Mensch - mit all seinen widersprüchlichen Bedürfnissen, von denen Schönheit und Funktionalität wohl die wichtigsten sind. Alle anderen Bedürfnisse ordnen sich ihnen unter.

Der Widerspruch zwischen beiden Bedürfnissen jedoch wird zum Grundwiderspruch der Architektur, wobei die optimale Lösung dieses Widerspruches in jeder Bauaufgabe das oberste Ziel sein muß.

Schönheit ist in diesem Sinne gleichzusetzen mit Symmetrie, Losgelöstheit von jeder funktionell bedingten Form, Großzügigkeit, Unabhängigkeit von technischen Problemen.

Einziger Maßstab ist der Mensch und seine (geistige) Bedeutung im Universum; durch ihn sind Ausmaße und Proportionen festgelegt.

Funktionalität ist in diesem Sinne gleichzusetzen mit Notwendigkeit, perfekt durchdachter Organisation, genaue Beachtung aller technischen und funktionellen Details, Eliminierung aller überflüssigen Zutaten.

Maßstab ist auch hier der Mensch und die aus seiner körperlichen Existenz abgeleiteten Bedürfnisse.

Schönheit und Funktionalität können, jedes für sich, theoretisch bis zum Absoluten entwickelt werden - in der organischen Verbindung beider ist das jedoch nicht mehr möglich.

Es entsteht aber mit der Synthese von Funktionalität und Schönheit eine neue Dimension in der Architektur - und diese allein ist in der Lage, dem Maßstab Mensch in seiner Gesamtheit wirklich gerecht zu werden.‘

In der etwas früher entstandenen theoretischen Grundkonzeption für den Bau der Großen Atlantischen Bibliothek findet man bereits einen ähnlichen Ansatzpunkt:

Grundprinzip [...] ist die Einhaltung der Symmetrie, als Ausdruck der künstlerischen Bemühung, den Bauten einen übergeordneten, alles durchdringenden Geist zu geben, sowie gleichzeitig die Berücksichtigung der Funktionalität, die - aus der ihr eigenen unbedingten Notwendigkeit heraus - die Symmetrie in Teilbereichen aufhebt, und damit zur Belebung und Anpassung der Bauwerke an die menschlichen Bedürfnisse und Maßstäbe beiträgt.

Die Bibliothek, wie übrigens auch das Capitol und die Mehrzahl der übrigen öffentlichen Gebäude der Stadt, ging in ihrem Stil letztlich auf das Audienzhallengebäude der Strahlenden am heiligen Hain von Atlantis zurück. Seine entscheidenden Merkmale waren vor allem eine klare horizontale Fassadengliederung und die immer wieder in verschiedensten Varianten auftretende Säulenhalle, welche den Bauten Licht und Öffnung nach außen gab. Die legendäre Audienzhalle - Kontaktstelle zwischen Menschen und Göttern - war das erste Gebäude dieses Stils, und es ist nichts davon überliefert, daß damals Menschen bei der Planung beteiligt gewesen wären...(!). Dafür studierte man in der neuen Stadt umso eifriger dieses Bauwerk, über das man glücklicherweise umfassende Unterlagen besaß und das als Modell in jedem Architektenatelier stand.

Die gewachsene Stadt hatte die ehemals vorhandenen Felder und Weideflächen des Tales mehr und mehr verdrängt. Die neu entstandenen Gärten in den Wohnbezirken wogen diese Verluste natürlich bei weitem nicht auf. Notwendigerweise mußten neue Ernährungsquellen erschlossen werden. Auch die ständig zunehmende Bevölkerung machte diese generelle Veränderung der Versorgung erforderlich. Die inhaltlich von den Priestern bestimmte Stadtplanung mit ihren Häfen, Speichern und Transportsystemen deutete den grundsätzlichen Weg dazu bereits an: die Stadt mußte sich ihre Nahrung und sonstige Rohstoffe von außerhalb heranschaffen.

Jetzt zeigten sich die sehr profanen Vorteile der aufwendigen Expeditionen und Beobachtungsfahrten - die Atlanter kannten sich wieder bestens aus auf den Weltmeeren und an allen Küsten. Es fiel ihnen nicht schwer, schnell geeignete Standorte für Versorgungskolonien zu finden. Es waren in der Regel Gebiete fernab menschlicher Siedlungen, um Konflikte mit kriegerischen Stämmen zu vermeiden. Ungehindert sollten die notwendigen Lebensmittel produziert und verladen werden können.

Die Gründung dieser ersten Kolonien fiel dabei etwa in die Zeit der endgültigen Fertigstellung der Stadt. Es war ein Zeit, die auf Aufbau und Expansion ausgerichtet war, und daher ist es vielleicht auch verständlich, daß es so schnell - und etwas unüberlegt - zur Gründung dieser Außenstellen kam. Erst viel später stellte sich dieser Schritt als grundsätzlicher Fehler dar, der nur unter großen Opfern korrigiert werden konnte.

Ebenfalls nicht zufällig ist die Vielzahl der wissenschaftlichen Erkenntnisse und technischen Errungenschaften jener Zeit. Selbst ein so unabhängiger, vom Treiben auf Märkten, in Häfen und Kolonien vordergründig wenig beeinflußbarer Zweig wie die Philosophie brachte in dieser Periode reife und großartige Leistungen hervor. Schillernde, verführerische Gedankengebäude wurden vor den staunenden Augen der Allgemeinheit aufgebaut - und wenn den Philosophen der Stadt ein besonderer historischer Verdienst gebührt, dann dieser, daß sie speziell in diesem Jahrhundert ihren verführerischen Ideen stets auch die unvermeidliche Kehrseite: den meist tragischen Verlust aller wahren Werte gegenüberstellte - und durch diese doppelseitige Überspitzung mögliches Unheil vorerst abwenden konnten. Die Denker sahen deutlicher als alle anderen die Gefahr, die von derartig viel Aufschwungstimmung ausging und bremsten die allzu fortschrittsbesessenen Gemüter.

Außer den Befürwortern der Kolonien gab es im Senat auch eine entgegengesetzte Richtung, die nach dem altbewährten Prinzip alle atlantischen Menschen in der Stadt konzentrieren wollte. Um weit in der Welt verstreute Siedlungen zu vermeiden, sollte die Versorgung durch vorsichtigen Handel mit fremden Völkern abgesichert werden. Seit sich in Nekumidien, in Sylon und im östlichen Almaarisraum einige primitive Staaten etabliert und gefestigt hatten, fand diese Idee immer mehr Anhänger. Die Atlanter versuchten es, aber die neuen Handelspartner erwiesen sich als sehr unzuverlässig. Auch waren derartige Unternehmungen wegen der notwendigen militärischen Absicherung, die möglichst unauffällig bleiben mußte, sehr aufwendig. Es war dies ein Umstand mehr, der in der unmittelbaren Folgezeit den selbstverwalteten atlantischen Kolonien zunächst noch eine zusätzliche Daseinsberechtigung verschaffte.

Allerdings - interessant war die Verbindungsaufnahme mit den neu entstandenen Staatsgebilden schon. Aber die Atlanter hatten noch zu wenig Erfahrung auf diesem Gebiet und so ließ es sich auch nicht vermeiden, daß es immer wieder zu Auseinandersetzungen bis hin zu kleineren Kampfhandlungen kam. In vollkommener Selbstüberschätzung versuchten die despotischen Herrscher dieser Staaten immer wieder, den angereisten atlantischen Kaufleuten ihren Willen aufzuzwingen und sie im Extremfall sogar als ihre Sklaven zu betrachten. Einerseits war dieses Verhalten durchaus verständlich, denn aus ihrer vertrauten Umgebung kannten sie nichts anderes. Die vernichtenden Niederlagen, welche die Beherrscher dieser Sklavenstaaten nach derartigen Übergriffen einzustecken hatten, dämpften ihren Größenwahn leider nur für kurze Zeit. Alles in allem blieb dieser Handel für die Atlanter ein sehr aufwendiges und unsicheres Geschäft, besonders in Nekumidien. Etwas mehr Erfolg war den Händlern dagegen in Sylon beschieden. Die Verhältnisse schienen hier stabiler und die Mächtigen besaßen auch etwas mehr Klugheit und Weitsicht, um die positiven Auswirkungen dieses Handels für sich selbst richtig einzuschätzen. Zeitweise deckte diese Quelle die Hälfte des Rohstoff- und Lebensmittelbedarfes der Stadt, während die restlichen Mengen weiterhin aus den streng durchorganisierten Anbaukolonien der Atlanter kamen.

Die verhängnisvolle Wirkung, die von diesen fragwürdigen, aber in dieser Epoche offensichtlich unvermeidlichen Aktivitäten ausgehen sollte, zeigte sich bereits schon in einem bedeutenden geschichtlichen Ereignis in den Jahren 991 bis 996 atlantischer Zeitrechnung. Indirekt ausgelöst durch die umstrittenen Handelsbeziehungen mit Nekumidien, kam es zu einem ernstzunehmenden Angriff auf die Stadt. Nach späteren genauen Ermittlungen der Priesterschaft war eine Gruppe atlantischer Händler, die auf eigenes Risiko abseits der bekannten Handelswege reisten, in die Gewalt machtgieriger Herrscher gekommen. Auf der Suche nach seltenen, originellen Waren waren die Atlanter tief in das Land eingedrungen, dann verlor sich schließlich ihre Spur. Wiedergefunden wurde sie erst inmitten eines neu aufgestellten riesigen Heerhaufens, der sich aus dem fruchtbaren Gebiet der zwei Ströme Nekumidiens von der Stadt Mari nach Westen bewegte. Die dort seßhafte Bevölkerung wurde überfallen, ihre Siedlungen dem Erdboden gleichgemacht. Wer überlebte, ging schließlich im unüberschaubaren Völkergemisch des Heerlagers unter.

Als die Küste der Almaaris erreicht war, wurden die als Gefangene mitgeführten atlantischen Händler offensichtlich gezwungen, beim

Bau von Schiffen zu helfen. Das jedenfalls ließ sich später an einigen typischen Details der Konstruktion nachweisen. Danach fehlte von ihnen endgültig jede Spur - offensichtlich hatte man sie, vielleicht auf Grund einer Weigerung, umgebracht. Das Heer jedoch bewegte sich unaufhaltsam entlang der nordkatheranischen Küste Richtung Westen. Troß und Fußvolk hatte man größtenteils auf die eilig zusammengezimmerten Schiffe verladen; so konnten sie mit der Reiterei am Strand mithalten. Fast immer behielten beide Teile des Heereszuges Sichtverbindung miteinander. In größeren Etappen, meist im Anschluß an eine kleinere auf dem Weg liegende Eroberungen, schlug man ein Lager auf, um Menschen und Tieren eine Rast zu gönnen. Die auf dem Weg überfallenen Ansiedlungen wurden in jedem Falle erbarmungslos geplündert und zerstört.

Ziel dieses Feldzuges war die Stadt - und seitdem man im Capitol davon wußte, wurden dessen weitere Bewegungen genau überwacht. Es gelang auch, einige Männer in die dortige Führungsschicht einzuschleusen, die ihre Informationen dann unbemerkt an die schnellen Kurierschiffe weitergeben konnten, die sich ständig in der Nähe - natürlich jedoch außer Sichtweite - aufhielten.

Für die Stadt gab es zunächst keinen Grund zur Besorgnis. Der Senat war der Meinung, daß es dem ungeordneten Heerhaufen nicht gelingen würde, die große Entfernung bis zur Stadt zurückzulegen - eine Entfernung, von der die Barbaren nicht die geringste Vorstellung hatten. Sie glaubten hinter jedem Hügel, hinter jeder Landzunge die gesuchte 'Goldstadt' zu finden - obwohl sie in Wahrheit noch tausende Kilometer davon entfernt waren. Aber - auch wenn niemand im Senat daran glauben mochte - sie schafften es schließlich dennoch: getrieben von Gier und Verzweiflung, durch Zwang oder mit Aussicht auf eine mögliche Befreiung aus der Sklaverei zogen sie immer weiter und weiter.

Auf den letzten Kilometern würde es für die Reiterei keinen Weg mehr am Strand entlang geben, da die steil aufragende Küste die Stadt von jedem Landzugang abschnitt. Ein Versuch, über das Gebirge von hinten in die Stadt einzudringen, mußte in jedem Falle scheitern: es war in dieser ganzen Region für Mensch und Tier absolut unpassierbar. Aber im Moment wußten die fremden Heerführer noch nichts von der unpassierbaren Steilküste - sowenig wie sie eine Vorstellung von der ungefähren Lage der Stadt in einem ringsum abgeschlossenen Tal hatten.

Nach über zwei Jahren konnten sie aber immerhin den Atlantik erreichen. Eine bewunderungswürdige Leistung. Es darf aber auch nicht übersehen werden, welche Verluste sie dafür mehr oder weniger freiwillig in Kauf genommen hatten. Von den etwa zwanzigtausend Kriegern, die einst am östlichen Rand der Almaaris aufbrachen, erreichten nicht einmal zehntausend dieses Lager am Atlantik. Zuläufe von mehreren Tausend Menschen, die sich unterwegs dem Heer anschlossen, sind dabei auch noch zu berücksichtigen, so daß die echten Verluste dieses gewaltigen Marsches die ungeheure Höhe von mindestens fünfzehntausend Menschen erreicht haben dürfte. Es war vor allem die Gier nach Gold und Reichtum, die diese armen Menschen so unermüdlich vorwärts trieb. Und jeder, der vor Hunger und Entkräftung in ihrer Mitte starb, jedes sinkende Schiff, jeder zurückbleibende Kranke steigerte nicht ihre Zweifel am Erfolg der Aktion - sondern gab ihnen weiteren Antrieb, da der zu erwartende eigene Anteil an der Beute dadurch nur größer werden konnte.

Dieses nun entstandene feindliche Lager - etwa 100 Kilometer von der Stadt entfernt - machte die Lage entschieden ernster. In der Zentrale des Capitols versammelten sich täglich die Befehlshaber von Stadtgarde, Reservelegionen und der Seeverbände; ein Stockwerk unter ihnen saßen dann die bedeutendsten Senatoren, um wichtige Entscheidungen kurzfristig treffen zu können. Eine direkte Gefahr für die Stadt bestand nicht, man kannte die Bewaffnung und die Kampfweise der Gegenseite genau und wußte sich hinter den gewaltigen Befestigungsmauern ausreichend davor geschützt. Es lag sogar eine zahlenmäßige Überlegenheit der Kämpfer der mobilen Reservelegionen vor - gleichwohl wäre es niemandem eingefallen, diese in eine offene Feldschlacht außerhalb der Stadt zu führen. Im Grunde fürchteten die Atlanter folgendes: der zu erwartende Angriff würde zwangsläufig nur ein perfektes Abschlachten dieser wilden, kriegswütigen Menschenmassen vor den Mauern der Stadt auslösen. Die Senatoren hatten dabei unweigerlich ein gut bekanntes Motiv aus der atlantischen Literatur vor Augen, eine alte, frei erfundene Geschichte, in der sich barbarische Krieger in großen, unübersehbaren Massen auf die Mauern einer kleinen atlantischen Grenzstadt zuwälzten. Die relativ wenigen Verteidiger waren gezwungen mit ihren wirkungsvollen Waffen zu töten. Bald türmten sich Berge von Leichen vor der Stadt, deren Mauern sauber und unbezwungen blieben - aber dessen ungeachtet strömten immer neue Scharen dem Ort der Vernichtung entgegen, als wollten sie mit ihren Leibern das todbringende Feuer der Atlanter ersticken und diese kleine, ihnen so fremdartige und unheimliche Bastion des Geistes mit ihrem tausendfachen Tod bedecken. Den atlantischen Verteidigern wurde das Fragwürdige ihrer Handlungsweise durch die ungeheuren Verluste der Angreifer immer bewußter - ein Massenopfer in einer so extremen Relation, daß es die Barbaren selbst mangels Zahlenkenntnis und fehlender Vergleichsmöglichkeiten gar nicht abschätzen konnten. Schon fiel das Bedienungspersonal an den Gravitationsgeschützen teilweise aus, da die Männer dem psychologischen Druck dieser Szenen nicht mehr gewachsen waren.

Schon damals wurde also in dieser stark überzeichneten literarischen Darstellung die Frage nach dem Sinn absoluter Überlegenheit gestellt - in einer Welt, die noch zu primitiv war, um deren tödliche Macht zu begreifen, andererseits aber auch zu aggressiv und zu kampfeswütig, um aus Respekt vor ihr Frieden zu halten. Sinnloses Morden war den hochkultivierten Atlantern zuwider, und wenn sie, wie in diesem Fall, dazu gezwungen waren, trat diese Abneigung klar zutage. Die Helden des alten Dramas gaben ihre kleine Grenzstadt auf, da sie sich schließlich zu weiterem Morden unfähig fühlten. Sie überließen sie den Wilden, sicherten mit ihren überlegenen Kräften einen geordneten Rückzug und siedelten sich an anderer Stelle neu an. Soweit die Literatur.

Im konkreten Fall lagen die Dinge doch etwas anders. Die Zahl der Angreifer war überschaubar und es konnte nicht die Rede davon sein, ihretwegen die Stadt aufzugeben. Im äußersten Fall sei das Opfer von einigen tausend feindlichen Kriegern zu bringen, soweit war man sich im Senat einig. Aber dies wäre die letzte Möglichkeit, falls es nicht gelingen sollte, den Barbaren die Ausweglosigkeit ihres Kampfes klarzumachen.

Lange Nächte hindurch wurde in den weiten, dunklen Hallen des Capitols diskutiert und nach einem akzeptablen Ausweg gesucht. Es gab schließlich einen konkreten Versuch, das Heer zum Rückzug zu bewegen, der sein Ziel aber nicht erreichte. Ein Angriff auf ihr Lager sollte die Barbaren einschüchtern. Er konnte aber nur bedingt geführt werden, da man sorgfältig darauf zu achten hatte, keines ihrer am Strand liegenden Schiffe zu beschädigen, da unter diesen Umständen der gewollte Rückzug des feindlichen Heerhaufens unmöglich geworden wäre.

Ungeachtet dieser halbherzigen Warnung erreichten bald darauf die ersten Krieger die der Stadt unmittelbar vorgelagerte Halbinsel. Von hier aus wollten sie ihre Belagerung beginnen. Daß eine solche nur zu

Schiff möglich war, hatten sie inzwischen begriffen. Ihr weiteres Übersetzen vom Hauptlager zur Halbinsel wurde jedoch zunächst durch anhaltend schweren Seegang behindert. Von Ungeduld getrieben und in der Angst nicht zu den ersten zu gehören, die sich die Beute teilen würden, starteten trotzdem immer neue Schiffe - hoffnungslos überladen mit Menschen, Pferden und Waffen. Viele Fahrzeuge zerschellten unweit der Stadt an den tückischen Klippen. Wie gewohnt hatten sich diese Menschen, aus Angst vor dem offenen Meer, nicht weit genug von der Küste entfernt - was ihnen hier allerdings zum tödlichen Verhängnis wurde.

Als sich das Wetter wieder beruhigte, wollten die Atlanter die gedrückte Stimmung unter den Angreifern für eine letzte List ausnutzen. Ein erbeutetes Schiff, von atlantischen Seeleuten in entsprechender Verkleidung gesteuert, erschien im Hauptlager der Barbaren. Freigiebig wurden große Mengen mitgebrachten Goldes unter den Kriegern verteilt und gleichzeitig, die betörende Wirkung des gelben Metalls nutzend, eine Menge Gerüchte im Lager verbreitet.

Es gelang dadurch auch innerhalb weniger Stunden eine Meuterei im Lager zu provozieren, in deren Verlauf über die Hälfte der kräftigsten Krieger mit den besten hier noch vorhandenen Schiffen zum nahen Lande Cety übersetzte - um dort die ihnen verheißenen vermeintlichen großen Goldmengen, die dort angeblich überall herumlagen, einzusammeln. Dies war das Ziel der Aktion. Sobald die Schiffe den Strand des gegenüberliegenden Kontinents erreicht hatten und all ihre Insassen sofort auf Goldsuche auszogen, tauchte die atlantische Flotte auf und verbrannte die verlassenen und unbewacht daliegenden Schiffe. Dem Gegner, der zum Schiffbau selbst nicht fähig war, war der Weg zur Stadt damit für immer abgeschnitten. Mochten diese Leute nun für immer in diesem fruchtbaren und menschenarmen Lande Cety bleiben - man war nun nicht mehr gezwungen, sie als Angreifer vor den Mauern niederzumachen.

Die nach der Meuterei im Lager verbliebene Leibgarde des Herrschers, sowie der gesamt Troß mit Frauen und Kindern, stellte keine Gefahr mehr dar. Der Größenwahn der Barbaren schien auch gebrochen, Verzweiflung machte sich unter ihnen breit. Es kam zu einem überstürzten Angriff, der jeder militärischen Logik entbehrte. Sechs schwerfällige Schiffe der Leibgarde drangen in das Einfahrtsbecken ein, stießen aneinander und gerieten angesichts der hohen Befestigungen, die sie rings umgaben, in zunehmende Panik. Ihre in

Richtung der Mauerkronen abgeschossenen Pfeile erreichten nur selten die Höhe der Zinnen, keine einziger Atlanter wurde dadurch verwundet. Die Unmöglichkeit, ihren Gegner oben auf den Mauern zu erkennen, machte die Krieger unsicher und nervös. Die anschließende Zerstörung ihrer Schiffe dauerte dann nur wenige Minuten. Sie kam einer traurigen Hinrichtung gleich; der Hinrichtung eines Verurteilten, der sich in dummer Überheblichkeit die Wege zu seiner Begnadigung selbst verbaut hatte.

Kurz darauf wurde der Rest der noch auf der Halbinsel lagernden Krieger nach kurzen, heftigen Kämpfen überwältigt und gefangengenommen. Am Morgen darauf landeten die Atlanter in der Nähe des Hauptlagers. Ohne Verluste wurde auch dieses genommen. Der erste Krieg, den die Welt gegen die Stadt geführt hatte, war entschieden. Jetzt hatte der atlantische Senat die Verantwortung für hunderte kranke, unterernährte und verzweifelte Menschen.

ZWEITES KAPITEL

Die Menschen sind ein geringer Teil der belebten Materie;
die belebte Materie wiederum ist aber nur ein winziger Teil
der toten Materie, welche die gesamte Welt erfüllt
und gewaltige Ausmaße annimmt.

Der atlantische Kalender spiegelt diesen bedeutenden Satz eines alten Philosophen in erstaunlicher Weise wieder. Denn die Aufteilung der Zeit symbolisiert in Atlantis diese Relation innerhalb der Materie und überträgt sie so ins tägliche Leben der Menschen. 360 Tage des Jahres wurden von den Atlantern in 12 Monate zu je 30 Tagen eingeteilt. Diese vielen *normalen* Arbeitstage verkörpern somit den *toten* Teil der Materie, welcher in der Natur den größten Anteil ausmacht. Die restlichen fünf Tage nach Ablauf der 12 Monate gelten als Feiertage und symbolisieren die *lebende Materie*. Einen sechsten Feiertag schließlich, der entsprechend der Kalenderberechnung nur alle vier Jahre begangen werden konnte, setzte man mit der *bewußten Materie* gleich - also dem geistig entwickelten Menschen.

Diese Feierlichkeiten standen wiedereinmal kurz bevor. Überall in der Stadt begannen schon Wochen vorher die Vorbereitungen. Für die meisten Bewohner war es allerdings von geringerer Bedeutung, daß der „Sechste Feiertag" in diesem Jahr mit dabei war - er brachte keine stimmungsvollen Freudenfeste, sondern *nur* ernsthafte Rückbesinnung, anspruchsvolle philosophische Vorträge und Meditationen. Von einigen Menschen wurde dieser Tag jedoch als der Höhepunkt eines jeden Vierjahres-Zyklus angesehen: der würdig-erhabene Abschluß einer überschaubaren Lebensphase.

Die übrigen Atlanter fieberten ungeduldig den ersten fünf Festtagen entgegen, die zu ihrem Glück auch jährlich stattfanden. Es waren Tage, an denen das Leben selbst gefeiert wurde; Tage ursprünglicher Lebensfreude und Ausgelassenheit. In der Tradition symbolisierten sie die Entwicklung eines beliebigen, universalen Lebewesens, sei es nun

Pflanze, Tier oder Mensch. Fünf Tage standen dafür zur Verfügung, und sie ließen sich ganz hervorragend mit den fünf universalen Lebensstufen: Geburt; Kindheit; Reife (und Fortpflanzung); Alter und schließlich dem Tod, als letzter notwendiger Stufe, gleichsetzen. Es boten sich damit genug Möglichkeiten, die Festtage mit Inhalten zu füllen. Der erste Tag leitete die Feierlichkeiten ein: das „Fest des Lebens" war damit *geboren*. Die Kinder und die alten Menschen wurden am zweiten beziehungsweise vierten Tag beschenkt und gefeiert; der letzte Tag blieb eigentliche dem Gedenken der verstorbenen Vorfahren vorbehalten, oft war es aber eher die Traurigkeit über das Ende der jährlichen Festtage, welches nun erreicht war.

Eigentlicher Höhepunkt war jedoch der dritte, der mittelste Tag: die herrliche Kraft des Lebendigen auf dem Gipfel seiner Entwicklung, seine Schönheit, sein Sieg über die tote Natur, sowie der uralte, geheimnisvolle Mythos der Zeugung waren Attribute dieses Festes. Die Atlanter besaßen eine unbändige Lebensfreude und sie verstanden es, sie auszudrücken. Die Nachtstunden zwischen den ausgelassenen Feiertagen blieben der Liebe vorbehalten, die untrennbar mit den verschiedenen Kulthandlungen zur Feier des Lebendigen verbunden war.

In den frühen Morgenstunden des ersten Festtages waren schon viele Einwohner unterwegs, um die Küste der vorgelagerten Halbinsel zu erreichen. Von verschiedenen Anlegeplätzen kamen große und kleine Boote, die gemeinsam der Hafenausfahrt zustrebten. Alle Arbeiten waren niedergelegt; Werkstätten und Märkte geschlossen; der Handelshafen war fast menschenleer. Trotzdem machte die Innenstadt keinen verlassenen Eindruck, im Gegenteil: grüne Girlanden schmückten die schneeweißen Gebäude, an Balkonen waren wertvolle Teppiche befestigt und hoch über den Straßen hingen gefärbte Bänder, die sich leise im Wind bewegten. Feuerschalen auf mannshohen eisernen Dreifüßen würden in den Nachtstunden für eine festliche Beleuchtung sorgen. Die wichtigsten öffentlichen Plätze hatten ihren Charakter durch eine Unmenge aufgestellter Pflanzen gänzlich verändert; neue Räume und kleine Alleen waren dadurch entstanden.

Die Hauptattraktionen ereigneten sich aber nicht auf den geschmückten, marmorspiegelnden Plätzen - das Fest des Lebens wurde vor allem draußen auf der Halbinsel vor der Stadt, direkt an der Atlantikküste und in den dahinter liegenden, ursprünglichen Waldstücken, gefeiert. An allen fünf Tagen vollzog sich hier mit Beginn der Mittagsstunde ein in vielen Varianten immer wieder abgewandeltes herrliches Schauspiel. Es war eine zum Teil einstudierte gigantische Zeremonie, bei der auch die Zuschauer, soweit sie Lust dazu verspürten, als Mitwirkende einbezogen wurden. Da das Fest sozusagen überall gleichzeitig stattfand, war es jedem einzelnen selbst überlassen, an welchen Vorführungen er in den fünf Tagen teilnahm.

Um die Mittagszeit war die gesamte Länge des Palmenstrandes voller Menschen. Im weit ausladenden Bogen der Bucht warteten Tausende ungeduldig, fröhlich und ausgelassen auf den Beginn der diesjährigen Spiele. Nur das Rauschen der schweren Atlantikwellen übertönte noch das allgemeine Stimmengewirr. Die Sonne meinte es gut, und viele, die sich nicht im Schatten der Palmen aufhielten, hatten sich bereits ihrer Kleidung entledigt und tummelten sich übermütig in der schäumenden blauen See.

Das Fest des Lebens begann. Überall - ohne daß man ihren Ursprung erkennen konnte - erklang eine neuartige Musik. Die kräftigen, aber nicht überstarken Klänge verschmolzen mit der Landschaft, schienen sie darzustellen und gleichzeitig aus ihr geboren zu sein. Man *hörte* das glitzernde Spiel der Sonne in den Wellen, das Flimmern ihrer Strahlen im Blätterdach der Palmen, das sanfte Wiegen der schlanken Stämme im leichten Seewind. Man *hörte* auch die Weite des Meeres bis zum Horizont und die Ahnungen von weit dahinter liegenden fremden Gestaden - und wurde schon im nächsten Moment wieder erinnert an die spielerisch zurückflutenden Schaumkronen das kleinen Stückchens Strand, das man übersehen konnte.

Die Musik steigerte sich noch etwas, wurde dann aber wieder stiller, verträumter und sanfter. Der Höhepunkt stand wohl bevor, und mit großer Kunstfertigkeit machten die Klänge dies deutlich. Einige Minuten wurde er noch hinausgezögert, vielerlei Anspielungen waren da zu hören, die auf Themen früherer Feste zurückgriffen, kurz nur, aber deutlich genug, um von den Zuhörern verstanden und freudig aufgenommen zu werden. An verschiedenen Stellen hatten sich schon größere Gruppen zusammengefunden, die gemeinsam große Kreise bildend, tanzend, sitzend oder im ufernahen Wasser stehend, den Rhythmus der Musik in ihre Körper aufnahmen. Da ertönte endlich - von vielen schon vorausempfunden und sehnsüchtig erwartet - das erlösende Motiv. Die ruhige, spannungsgeladene Stille war vorüber, die Musik an ihrem eigentlichen Höhepunkt angelangt. Völlig unerwartet steigerte sich das Motiv noch in mehreren Stufen; neue Instrumente setzten ein, die einander an klanggewordenem Lust- und Glücksempfinden übertrafen. Gleichzeitig erhob sich weit draußen auf dem Meer, etwa im Mittelpunkt der halbkreisförmigen Bucht, eine gewaltige Wasserfontäne von mehr als hundert Metern Höhe. Und ein paar Augenblicke nur - vielleicht solange, wie das hochgerissene Wasser brauchte, um in einem dichten Regen kleiner und kleinster Tröpfchen wieder in den Ozean zu fallen - sah man eine überdimensional große, optische Vision auf dem Meer: einen Menschen! Niemand konnte später genau sagen, ob Mann oder Frau, bekleidet oder unbekleidet, alt oder jung. Es war ein idealisiertes, verallgemeinertes Bild des Menschen, welches da für einige Sekunden im Tropfenregen der Fontäne aufblitzte.

Noch einige Male stiegen die Wassermassen empor, vermischte sich deren donnerndes Rauschen mit den tief empfundenen Klängen der Musik, die sich bemühte, bekannte menschliche Gefühle ohne die sonst übliche Abstraktion direkt in Klang umzusetzen. Die Wasserschleier aus silbrigen Tropfen schienen dabei dem Ufer immer näher zu kommen. Für einige Gruppen, die sich auf weiter entfernte Sandbänke hinausgewagt hatten, um dort zu tanzen, löste sich die sichtbare Welt für Minuten in Regenbogenfarben auf - die Wasseroberfläche in ihrer Umgebung brodelte - dann sah man plötzlich wieder das menschenbunte Ufer im hellen Sonnenlicht mit seinen tanzenden Körpern und wiegenden Palmen; gleichzeitig verklang auch das ohrenbetäubende Rauschen der fallenden Tropfen und die Musik wurde wieder hörbar.

Ganz plötzlich und unerwartet kamen dann die Mädchen. Sie stiegen scheinbar aus dem Meer empor, als sei es ihnen möglich, schwerelos über den Wellen zu gehen. Es waren alles Mädchen eines Jahrgangs, die mit Erreichen ihres fünfzehnten Lebensjahres besonders gefeiert wurden. In manchen Jahren kamen sie aus den Wäldern oder kühlen Grotten, aus einem stillen Waldsee oder den Hallen eines Tempels hervor - um zu tanzen und die übrigen Menschen mit ihrer Schönheit zu erfreuen. Dieses Jahr erschienen sie nun, bereits schon auf dem Höhepunkt des Festes, auf dem Ozean, und dieser Einfall wurde begeistert aufgenommen. Kaum jemand der jubelnden Zuschauer und selbstvergessenen Tänzer dachte an die aufwendigen technischen Arbeiten, die dies möglich machten - zu sehr war man von dieser treffend gelungenen, gleichnishaften Darstellung menschlicher Schönheit, Jugend und Lebensfreude beeindruckt.

Von traumhaften Melodien begleitet, betraten die Mädchen den Strand, fanden sich dort scheinbar zufällig zu kleinen Gruppen zusammen und führten zwischen den lagernden Zuschauern ihre seit Wochen eingeübten kultischen Tänze auf. Ihre fast nackten, vom Wasser glänzenden Körper wurden dabei von den Umstehenden mit üppigen Blumenkränzen geschmückt.

Das Fest dauerte noch bis lange nach Sonnenuntergang. Viele waren vor Müdigkeit am Strand eingeschlafen oder in die Stadt zurückgekehrt, um dort weiter zu feiern. Die gesamt Innenstadt, ausgenommen vielleicht der wissenschaftliche Bezirk, war zu einem einzigen Festplatz geworden. Überall brannten helle Feuer, standen reich gedeckte Tische, wurde Musik gemacht und getanzt. An verschiedenen Stellen sah man Gruppen von Tänzerinnen auf den Stufen eines Tempel oder eines anderen Gebäudes ihre kunstvollen aber zuweilen auch ekstatisch-spontanen Bewegungen vorführen. Ruhig war es während dieser Tage vor allem in den Wohnbezirken - hierher kam man jetzt lediglich, um sich auszuschlafen, soweit nicht auch das einfach in einer der innerstädtischen Parkanlagen oder am Strand geschah.

Schon nach dem ersten dieser Feiertage zogen sich die Gelehrten, Philosophen, Priester und Wissenschaftler von dem fröhlichen Treiben zurück. Von einer Anhöhe am Meer hatten sie ihrem Volk zugeschaut und einen Augenblick an seinem vergänglichen Glück teilgehabt. Nun aber wurde es Zeit für sie, sich auf *ihren* Tag, den nur alle vier Jahre stattfindenden „Sechsten Feiertag“, vorzubereiten. Im hintersten Teil des Stadtgebietes, unweit der gewaltigen Wasserfälle, zwischen senkrecht aufsteigenden Felswänden, sollte dieser Tag zu Ehren des menschlichen Geistes, ja des Geistes überhaupt, gefeiert werden. In dem parkähnlich angelegten Hain standen zwischen vereinzelten Bäumen, Büschen und Hecken einige kleine Tempel und eine schlichte, offene Rundhalle. Auch eine Vielzahl von Weihgeschenken, Statuen, steinernen Vasen und Säulen schmückte den ausgedehnten Hain. Hier nun ließ sich die geistige Obrigkeit vier Tage lang zu ihrer vorbereitenden Meditation nieder (dabei war jeder Vorbereitungstag auch der Rückschau auf eines der vergangenen vier Jahre gewidmet).

Einige wenige Helfer, junge Priesterschüler zumeist, bereiteten währenddessen ohne Hast alles Notwendige für die feierliche Zeremonie vor. Die Tempel sowie die zentral gelegene, offene Halle wurden mit Blumen und traditionellen Kultgegenständen ausgeschmückt. Unter der mittleren Dachöffnung entstand ein großes Podium, auf welchem die obersten Würdenträger während der Feier Platz nehmen würden. Der eigentliche Inhalt der Kulthandlung bestand aus einer eher symbolischen Geistesübung. Mit einfachen Worten gesagt ging es darum, durch die Analyse und den Vergleich zweier beliebig gewählter Axiome aus dem Kanon der atlantischen Weisheiten möglichst eindeutig und ohne überflüssige Umwege ihre Mitte zu bestimmen und eine Ganzheit zu definieren. Und es standen reichlich Axiome zur Verfügung, um das Fest für die nächsten Jahrhunderte mit Inhalten zu versorgen.

Die Zeremonie, die nach uralten, noch aus dem alten Atlantis überlieferten Regeln durchgeführt wurde, verlangte von den Beteiligten absolute Konzentration und geistige Souveränität. Später wurden die einzelnen Schritte - deren saubere Struktur wichtiger war, als das Endergebnis selbst - von den unteren Rängen der Hierarchie als Studienaufgabe Stück für Stück nachvollzogen und analysiert.

In den frühesten Morgenstunden des diesjährigen sechsten Feiertages hatten die Priesterschüler ihre letzten Vorbereitungen getroffen. Gegen die neunte Stunde trafen die ersten prominenten Zuschauer ein. Die Masse der Stadtbewohner nahm nur geringen Anteil an diesem mystischen Fest. Möglich, daß sie der stillen, scheinbar gefühllosen Kommunikation der Gelehrten, die immer wieder durch lange Phasen der Meditation unterbrochen wurde, nichts Konkretes entnehmen konnten - möglich aber auch, daß sie nach fünf turbulenten und anstrengenden Feiertagen einfach nur der Ruhe und des Schlafes bedurften. Die anwesenden Zuschauer jedoch, die nur wenige Hundert zählten, waren auf ihre Art begeistert. Lautlos und voller Spannung verfolgten sie die, nur äußerlich undramatisch wirkende, fachliche Auseinandersetzung und fühlten Stolz und Freude ob dieser kultivierten, niveauvollen Geistigkeit der Atlanter. Vor allem aber war es der Stolz auf das Menschsein ansich, der Stolz auf die große geistige Leistungsfähigkeit dieses einzigartigen Erdenbewohners.

Im feierlichen weißen Ornat hatten sich die auserwählten Gelehrten nun zum Podium begeben, welches in angemessenem Abstand von den Zuschauern umringt war. Es erfolgte die Eröffnung nach althergebrachter Weise, danach verlasen Privatpersonen besondere, für diesen Tag speziell verfaßte Weihschriften. Endlich war es dann soweit: die bislang streng geheim gehaltene Aufgabe wurde bekanntgegeben - die Axiome dieses Festes. Darauf trat zunächst Stille ein, die Gelehrten ließen sich zu ihrer ersten Meditation nieder. Stufe um Stufe wurde das Thema nun behandelt, bis in den späten Abendstunden der zusammengefaßte Schlußgedanke verkündet werden konnte - sauber und exakt formuliert, durch viele Meditationen gleichsam gefiltert und gereinigt - ein wertvolles, wenn auch nur symbolisches Ergebnis einer über Jahrhunderte gepflegten Geistigkeit.

Die Stadt war also aufgebaut und sie funktionierte. Die späteren Geschichtsschreiber faßten die Jahrhunderte nach der Fertigstellung zu einer ersten Phase des wirklich ungestörten Lebens in fast paradiesischen Zuständen zusammen. Man konnte sich kein schöneres Bild vorstellen: es war ein buntes, lautes, fröhliches und selbstbewußtes Leben in einem fest gefügten und perfekt funktionierenden Stadtorganismus. Überall war man umgeben von der edlen, unaufdringlichen Schönheit der Bauwerke, der festen, steinernen Schwere der Plätze und Straßen. Alles erstrahlte im frischen Weiß des Marmors oder in den bunten und grauen Schattierungen anderer wertvoller Gesteinsarten; ab und zu blinkte ein goldenes Ornament. Im wohltuenden Kontrast dazu standen die unzähligen Parkanlagen, welche die gesamte Stadt durchzogen und mit ihrem satten Grün die hellen Bauwerke anmutig zur Geltung brachten. Brunnen und Teiche hatte man in großer Zahl angelegt, und oft bildeten sie mit ihren Wasserspielen den allgemeinen Anziehungspunkt für die Jugend.

Wie selbstverständlich benutzten die Bürger die schattenspendenden, weitläufigen Säulenhallen, die großzügigen Bäder und die Anlagen für sportliche Wettkämpfe. Kaum schien ihnen dabei bewußt zu sein, daß der überwiegende Teil der Menschen dieses Planeten noch in Höhlen lebte und sich in Tierfelle kleidete.

Aus architektonischen Gründen waren in den Wohnbezirken inzwischen alle Häuser fertiggestellt, obwohl die Bevölkerungszahl noch nicht die vorgesehene Höhe erreicht hatte und viele Wohnungen vorerst unbenutzt blieben. Die auf dem ansteigenden Talrand erbauten, von weitem relativ gleichförmigen Häuschen mit ihren schmalen, rechtwinkligen Straßen dazwischen, ja die ganze Wohnsiedlung mit ihren Gärten, Grünanlagen und kleinen, intimen Plätzen, die sowohl Zurückgezogenheit, Sicherheit und vor allem Ruhe ausstrahlten, bildeten einen herrlichen Kontrast zu den architektonisch interessanten und abwechslungsreichen, großartigen Bauten der Innenstadt. Dabei schien die schlichte, überschaubare und nur im Innern individuelle Gestaltung der Wohnhäuser vor allem die natürlich-körperlichen Seite des Menschen zu repräsentieren - während die komplizierten, eindrucksvollen Bauwerke im Zentrum wohl eher seiner geistig-kulturellen Bedeutung entsprachen.

Die fünf Wohnbezirke hatten sich im Laufe der Zeit in ihrem Charakter, das heißt: nach der Art ihrer Bewohner, immer mehr differenziert. So fanden sich im ersten Bezirk, welcher direkt an den Handelshafen grenzte, vor allem Seefahrer, Kaufleute, kleine Händler, Hafenarbeiter und Schiffsbauer. Seltsamerweise ließen sich auch viele Künstler der Stadt hier nieder. Sie lebten vorwiegend auf dem - bald als Künstlerviertel bekannten - kleinen Landstück zwischen dem Fluß und der nördlichen Innenstadtbegrenzung. Sicherlich schätzten sie die abwechslungsreiche, weltoffene und liberale Atmosphäre dieses Bezirkes, der, wie alle anderen Wohnbezirke auch, seine eigene demokratische Verwaltung besaß.

Alle fünf Verwaltungen schickten aus ihren Reihen sogenannte *redeberechtigte* Vertreter ins Stadtparlament. Die Anzahl der Vertreter richtete sich dabei nach der Einwohnerzahl des jeweiligen Bezirkes. Dieses Stadtparlament nun, das seinen Sitz im Bouleuterion nahe des Marktes hatte, begann im politischen Leben der Stadt immer wichtiger zu werden. In die eigene Zuständigkeit der Verwaltungen fielen nur relativ wenige Dinge, so daß sich jeder Bezirk bemühen mußte, seine Interessen gegen die der anderen durchzusetzen. Um dabei geschlossener aufzutreten, bildeten sich bald fünf Parteien, die mit den fünf Wohnbezirken identisch waren. Im Parlament gab es Koalitionen von zwei oder drei Parteien - was natürlich im Vorfeld der eigentlichen Abstimmungen umfangreiche und spannende Verhandlungen notwendig werden ließ.

Jedenfalls sorgte die bunte und vielfältige Stadtpolitik, die sich recht schnell aus dieser gegebenen Konstellation der Bezirke ergab, immer wieder für willkommene Neuigkeiten und Abwechslungen im Tagesgeschehen; betraf sie doch schließlich in fast all ihren Inhalten die unmittelbarsten Lebensbereiche des Volkes.

Den sich schnell entwickelnden lokalpolitischen Aktivitäten standen die kulturellen Leistungen des kleinen Volkes in dieser Epoche kaum nach. Bereits unter den öffentlichen Bauten der Innenstadt befanden sich allein sechs ständige Theaterbühnen. Weitere Theater verteilten sich auf die Wohnbezirke und die nichtöffentlichen Bereiche, wie Palast und Capitol. Es gab vor allem unzählige Uraufführungen, da sich ein großer Teil der Atlanter zumindest einmal im Leben mit einem eigenen Stück an die Öffentlichkeit wandte. Wirkliche künstlerische Meisterleistungen waren sehr wenige darunter, was jedoch auch nicht unbedingt beabsichtigt war. Die Autoren verstanden ihre Stücke lediglich als persönliche Interpretation des offiziellen - oder individuellen - Geschehens und vor allem des menschlichen Alltags in all seinen

Variationen. Vielfach waren es künstlerische Umsetzungen und Verallgemeinerungen eigener Lebenserfahrungen. Aber auch Mißstände wurden mit den Mitteln des Theaters kritisiert und stadtbekannte Persönlichkeiten angeprangert; man spielte Senats- oder Parlamentssitzungen nach, und nicht selten wurde auch das Volk selbst von seinen Künstlern verspottet, wobei sich auf die Dauer ein wirksamer, nicht zu unterschätzender Erziehungseffekt einstellte. War eine derart angebrachte öffentliche Kritik unberechtigt oder maßlos übertrieben, so galt es als eleganteste Art der Verteidigung, mit einem niveauvollen Gegen-Theaterstück zu antworten. Die Entscheidung zugunsten des einen oder anderen Widersachers blieb dann ausschließlich dem Publikum vorbehalten.

Es ist überhaupt sehr bezeichnend für diese frühe Zeit, daß sich die kulturell-geistige Kommunikation nicht so sehr auf der Ebene der Literatur, sondern vielmehr – ganz lebendig - auf den Bühnen abspielte. Die allgemeine Wahrnehmung eines Gedankens, einer neuen Idee, einer gelungenen künstlerischen Form, war damit im wirklichen Sinne noch *kollektiv*. Und dieses körperlich-gemeinsame Erleben ermöglichte auch gleich an Ort und Stelle einen interessanten Austausch der Eindrücke - denn nicht selten ergab sich im Anschluß an eine Uraufführung eine hitzige Diskussion. Wer später das Stück als Buch für seine persönliche Sammlung erwerben wollte, konnte dies natürlich tun - den einmaligen Abend im Theater, mit all seinen spontanen Reaktionen, konnte es ihm jedoch kaum ersetzen.

Ein besonderes Theaterstück aus dieser Zeit hat sich jedoch noch über viele Jahrhunderte erhalten - oder, besser gesagt, das Thema dieses Stückes wurde in der Stadt immer wieder und wieder aufgegriffen, neu interpretiert und in den verschiedensten Varianten inszeniert. Zurückzuführen ist es auf eine wahre Begebenheit im 13. Jahrhundert atlantischer Zeitrechnung: ein Kreis hochstehender Persönlichkeiten, vornehmlich aus bekannten Philosophen und Gelehrten bestehend - bezeichnenderweise war kein Priester darunter - hatte vor dem höchsten Gericht der Stadt ein Verfahren gegen den höchsten universellen Geist im Kosmos - um dem allgemeinen Sprachgebrauch zu folgen, also gegen Gott - angestrengt. Sicher war vorher dazu einiges in diesem Kreis abgesprochen worden. Über die wahren Gründe dieser makaberen Inszenierung stritt man sich damals wie in späterer Zeit und richtig geklärt wurden die Umstände des Zustandekommens dieser seltsamen Anklage nie. Sei es, daß die Philosophen ihre neuesten Gedanken und Spekulation populär zu machen suchten; sei es, daß die Theoretiker der

Rechtswissenschaften verschiedene neue Varianten und Möglichkeiten einer praktischen Prüfung unterziehen wollten; sei es auch, daß diese beiden Gruppen, Philosophen und Rechtsgelehrte, durch zufällige private Gespräche in den Bädern in ihren jeweiligen Zielen aufeinander zukamen und beiderseits davon zu profitieren suchten - wir wissen all dies nicht genau. Genau dokumentiert ist dagegen, wie die mit großem Ernst geführte, sehr, sehr langsam vorankommende Verhandlung geführt wurde - und wie spektakulär, ja fast skandalös und unrühmlich sie schließlich endete.

Nach der umständlichen Anklageschrift der Philosophen - die seltsamerweise von den Menschen *stellvertretend* für die *lebende Materie* vorgetragen wurde (Hauptkläger war also eigentlich die - zu jeder Aussage unfähige - gesamte lebende Materie) - wurde Gott vorgeworfen, mit der willkürlichen Erschaffung des Lebens, oder auch nur der wissentlichen Duldung einer spontanen und eigengesetzlichen Entwicklung desselben, unendliches Leid hervorgerufen zu haben. Die als Nebenkläger auftretende Menschheit, vertreten durch atlantische Philosophen, klagte das Allbewußtsein an, daß es einen erkennenden und bewußten Geist auf der Grundlage rasch vergänglicher, lebender Materie zulasse. Und sie bezeichneten dabei diesen ungeheuerlichen Vorgang als den Gipfel von Grausamkeit und Tragik - womit sie natürlich zweifellos recht hatten. Es wurde der Antrag gestellt, das Gericht möge die Schuld des „Angeklagten“ feststellen und ihm den Spruch des Gerichtes „auf geeignete“ Weise übermitteln. An eine Bestrafung war also nicht gedacht - man wollte sich natürlich nicht der Lächerlichkeit preisgeben. Dafür diskutierte man in den Gremien seltsamerweise lange darüber, ob die Verhandlung formal in Abwesenheit des Angeklagten geführt werden solle oder nicht. Dies war vielleicht mehr als eine Formfrage, denn eine Minderheit der Atlanter vertrat schon seit jeher die Auffassung, daß die höchste geistige Macht ständig überall sei, alles durchdringe und daher auch zu jeder Zeit an jedem Ort als anwesend zu betrachten sei. Das Gericht folgte erstaunlicherweise dieser unbewiesenen Auffassung und kam auch zu dem logischen Schluß, keinen Verteidiger einzusetzen. Offenbar wollten oder konnten sie es keinem menschlichen Geist zumuten, göttliche Gedanken und Ziele nachzuvollziehen - was letztlich notwendig gewesen wäre, um sie vor Gericht zu verteidigen.

Die eigentliche Verhandlung bestand vor allem aus einer Unzahl von Vorträgen, Gutachten und teilweise sehr abwegigen, mit scheinbaren Banalitäten befaßten Diskussionen zwischen Vertretern des Gerichtes und der Anklage. Die Zuschauer hatten zeitweise ihre Freude daran, zogen sich aber nach und nach zurück, da es gar zu gelehrt zum Beispiel um die Frage ging, ob das Vorhandensein einer bestimmten Bakterienart auf einem Planeten Sinn für die Galaxis mache oder nicht.

Eine gewisse, unter dem Mantel der Gelehrsamkeit auf die Spitze getriebene, Gotteslästerlichkeit konnte dem Prozeß natürlich nicht abgesprochen werden. Pikant war der Vorgang schon allein dadurch, daß der ehrwürdige Gerichtshof hinter dem Ostgiebel des Stadttempels, in dem all diese Reden gehalten wurden, auch unmittelbar an den priesterlichen Tempelbezirk grenzte. Und so kam schließlich auch das Unvermeidliche: kurz vor Ende des Prozesses schaltete sich die Priesterschaft, die sich vorher bemerkenswert zurückgehalten hatte, auf eine ganz und gar unvorhergesehene Weise in das Geschehen ein. Ein Priester trat im Prozess auf und verlangte die Rolle der Verteidigung zu übernehmen. Innerhalb weniger Stunden hatte sich diese Neuigkeit in der Stadt verbreitet und wieder für volle Zuschauertribünen bei den nächsten Terminen gesorgt. Die Ankläger schienen zunächst verblüfft, denn es gelang dem heiligen Mann, der ihnen geistig übrigens in nichts nachstand, entscheidende Teile ihrer Anklage zu entkräften. Es zeigte sich, daß die stille und nur scheinbar uninteressierte Priesterschaft mit allen bisherigen Prozeßdetails bestens vertraut war und sich offensichtlich - in der Abgeschiedenheit des Unbeteiligten - gut auf diesen Auftritt vorbereitet hatte. Das Besondere und Ungewöhnliche daran war, daß eigentlich niemand dieser altehrwürdigen und ernsthaften Organisation so recht zugetraut hatte, daß sie sich in dieses Spektakel einschalten und es damit quasi aufwerten würde.

Als fast peinlich ist es aber dann schon zu bezeichnen, daß es der Anklage - da sie nun einen *menschlichen* Gegner hatte - mühelos gelang, den verloren Boden wieder zurückzuerobern und den weiteren Verlauf des Prozesses wieder selbst zu bestimmen. Sicher wußte der Priester nicht wie ihm geschah, als er sich plötzlich in der Rolle des Verteidigers ganz banaler, urnatürlicher aber letztlich doch unsinniger Lebensäußerungen gedrängt sah. Eine Rolle, die ihm nicht zukam und die er auch nicht angestrebt hatte. Es war unwürdig, aber er spielte diese Rolle bis zum bitteren Ende mit.

Als Konsequenz der vorhandenen, gerichtlich festgestellten Tatsachen verblieb schließlich nur die Möglichkeit, der Anklage zu entsprechen und den höchsten existierenden Intellekt in den wichtigsten Punkten schuldig zu sprechen - obwohl dies nun, in Anwesenheit des verzweifelt kämpfenden Priesters, eigentlich keiner mehr so richtig wollte. Das aufwendige Spiel der geistigen Größen hatte der Priesterschaft die erste und einzige Niederlage ihrer Geschichte beigebracht. Eine Entwicklung, die niemand angestrebt hatte und die jetzt jeder bedauerte, die sich aber nun nicht rückgängig machen ließ.

Nun, zumindest hatten die Theaterleute genug Stoff für ihre Werke, und die Geschichte wollte es so, daß sich dieser, für die Priesterschaft so unrühmliche Prozeß auf den Bühnen der Stadt noch über viele Jahrhunderte wiederholte.

Handel und Wirtschaft bildeten nach Politik und Kultur die dritte Seite des aufblühenden Lebens der Stadt. Davon zeugte nicht zuletzt das vielfältige, bunte Treiben im Hafen und auf den Märkten. Obwohl mit Fertigstellung der Bauten eine relative Beruhigung der Wirtschaft eingetreten war, bemerkte man doch überall den Fleiß und den Eifer der Menschen, die ihre einmalige, überlegene Situation in der Welt offenbar immer perfekter ausbauen wollten. Gut ausgerüstete Baukolonnen waren laufend damit beschäftigt, kleinste Beschädigungen an Straßen und Bauwerken auszubessern; wobei diese Bemühungen schon fast etwas übertrieben wirkten.

Stolz waren die Bürger vor allem auch darauf, auf dem großen Markt unter den wuchtigen, hallenartigen Torbögen des Bouleuterions, Früchte und Waren aus allen Teilen der Welt kaufen zu können. Der Wunschtraum der alten Atlanter, durch weltumspannende Handelsrouten Zugang zu allen erdenklichen Gütern zu bekommen, hatte sich für dieses zahlenmäßig kleine Volk relativ einfach verwirklichen lassen. Der Bedarf der Stadt war überschaubar: zwei bis drei Schiffsladungen pro Woche reichten aus, um die Märkte reichlich zu füllen. Der Bedarf an Hausrat, Stoffen, Schmuck, Werkzeugen und vielem anderen wurde von den zahlreichen eigenen Handwerksbetrieben gedeckt, die sich vorzugsweise im zweiten, dritten und vierten Wohnbezirk niedergelassen hatten. Meist waren es kleinere, überschaubare Familienbetriebe, die mit den eigentlichen Wohnungen organisch verbunden waren. Man brachte seinen Erzeugnisse auf einen gemieteten Stand des Marktes oder verkaufte die Ware gleich von der Werkstatt aus an einen der vielen Zwischenhändler.

Auch von der Stadtverwaltung und dem Senat lagen große Aufträge vor, die sich meist über mehrere Jahrzehnte erstreckten und so den Bestand der Handwerksbetriebe dauerhaft sicherten. So wurden in größeren Abständen die technischen Einrichtungen und Möbel in den öffentlichen Gebäuden erneuert und vor allem füllten sich die weiten

Lagerhallen des Capitols auf Anordnung des Senats mit Werkzeugen, Waffen, Stoffen, Bekleidung, vorgefertigten Baumaterialien und vielem mehr. Diese Vorräte wurden nach und nach für mögliche Notzeiten oder Katastrophen eingelagert und in geeigneten Zeitabständen gegen neue ausgetauscht. In dieser Beziehung hatte sich die schwierige Zeit nach der Katastrophe mit ihren primitiven Lebensbedingungen den Atlantern tief eingeprägt und eine deutlich überdimensionierte Vorsorge entstehen lassen. Die Herstellung der umfangreichen Reserven hatte allerdings auch den nützlichen Nebeneffekt, die freie Kapazität der Handwerksbetriebe abzuschöpfen und die gesamte Wirtschaft in einem gesunden Gleichgewicht zu halten. Der eigentliche Bedarf der Bevölkerung begann sich nach der Aufbauphase und der notwendigen Erstausstattung aller Wohnhäuser auf einem normalen, sehr viel niedrigeren Stand einzupegeln.

Bezeichnend ist, daß sich in diesen ersten Jahrhunderten, sowie auch in bestimmten Phasen späterer Epochen die kommunale Politik zum wichtigsten Interessengebiet der Stadtbewohner entwickelte. In dieser Anfangszeit mußte sich jedoch zunächst einmal ein gültiges und brauchbares System durchsetzen, welches allen möglichen Anforderungen der Praxis gerecht wurde. Unter den einmaligen, isolierten Bedingungen der Stadt, war auch die scheinbar nebensächlichste Aufgabe der Politik, die Bürger mit interessanten und ablenkenden Neuigkeiten zu versorgen, nicht zu unterschätzen. So waren die zahlreichen Zuschauerplätze bei Parlamentssitzungen und Gerichtsverhandlungen - welche sich in ihrem geschäftsmäßigen Ablauf übrigens sehr ähnelten - immer bis auf den letzten Platz besetzt. Nicht selten kam es vor, daß bei spannenden Abstimmungen über ein bestimmtes Gesetz oder bei einem wichtigen Urteilsspruch, Tausende erwartungsvoll und neugierig vor dem voll besetzten Gebäude standen. Von speziell dafür eingerichteten Balkonen konnte man sie ständig über den Verlauf der Verhandlungen im Innern des Parlaments unterrichten.

Das Gebäude selbst bestand aus einem Halbrund mit ansteigenden Sitzreihen unter offenem Himmel - ganz wie bei einem der üblichen Amphitheater. Anstelle der Bühne befanden sich aber auf dieser Seite ebenfalls ansteigende Sitzreihen. In diesem Präsidium saßen die redeberechtigten Delegierten der Wohnbezirke, während im Halbrund gegenüber - streng getrennt nach ihren Bezirken - die übrigen Abgeordneten und, in den oberen Rängen, die Zuschauer ihren Platz hatten. Im geometrischen Zentrum der Anlage befand sich das Podium der Redner.

Angeblich soll der Architekt des Obersten Gerichtes, welches in der ersten Zeit auch die Funktion des Stadtparlamentes mit übernommen hatte, sein Bauwerk der territorialen Aufteilung der Stadt nachempfunden haben. Befindet man sich darin, fällt einem der Zusammenhang sogleich auf: die im Halbkreis nach Osten ansteigenden Sitzreihen symbolisieren die erhöhten Talränder rings um die Stadt mit ihren segmentförmig gelegenen Wohnbezirken. Die Aufteilung der Kreissegmente der Tribüne entspricht dabei genau ihrer Reihenfolge. Analog der Innenstadt als Ort der Begegnung und Kommunikation befindet sich hier im Zentrum des Parlaments die Rednertribüne. Das breit vorgelagerte Präsidium steht schließlich für die Vorderstadt, dem nichtöffentlichen Bereich mit seinen Regierungsgebäuden und repräsentativen Einrichtungen.

Der Charakter der fünf Parteien der Stadt ließ sich eindeutig aus den örtlichen Gegebenheiten und der Einwohnerstruktur des jeweiligen Wohnbezirkes herleiten. Die im ersten Bezirk nahe dem Handelshafen lebenden Seeleute, Händler und Künstler gaben ihrer Partei einen weltoffenen, expansiven, aber von nüchterner, kühler Überlegung geprägten Geist - Eigenschaften, wie sie vor allem erfolgreichen Großkaufleuten eigen sind. So gelang es dieser Partei auch in der Mehrzahl der Wahlperioden die wichtigsten Regierungsämter zu besetzen.

Die für die Regierungsbildung unbedingt notwendige Verbindung mit einer oder zwei anderen Parteien ergaben die eigentlich spannenden Koalitionsverhandlungen, welche jedoch vom Bürger nicht mehr zu beeinflussen waren. Darin zeigte sich auch der entscheidende Nachteil dieser Methode: die Zahl der Redeberechtigten im Parlament - und damit auch letztlich die politische Macht einer Partei - richtete sich *nur* nach der Bevölkerungszahl des jeweiligen Wohnbezirkes. Der Bürger war damit durch seine Adresse quasi auf seine politische Meinung und seine Parteizugehörigkeit festgelegt. Nur durch den Umzug in einen anderen Bezirk konnte er indirekt Einfluß auf die Zusammensetzung des Parlaments nehmen. Es sei an dieser Stelle kurz angemerkt, daß es solche Umzüge - so seltsam dies klingen mag - zu gewissen Zeiten auch in größerer Zahl gegeben hat.

Natürlich gab es schon frühzeitig Stimmen, die ein solches System kritisierten und durch Einführung eines direkten Wahlrechtes ändern wollten. Es bedurfte jedoch erst eines baulichen Ereignisses - wie so oft in der Stadt - um hier eine Änderung herbeizuführen und das Mitspracherecht der Stadtbevölkerung zu reformieren. Die Einwohnerzahl hatte sich nämlich inzwischen soweit erhöht, daß nach der vollen Auslastung der traditionellen Wohnbezirke nun auch die hinteren Reserveflächen mit lockeren, weiträumigen Siedlungen bebaut wurden. Faktisch hatten die dort lebenden Bewohner nun überhaupt keine Vertretung im Parlament, in dem ja nur die fünf Innenstadtbezirke zugelassen waren. So stand der Hohe Rat, wie sich die Stadtverwaltung im Unterschied zum Senat nun wieder nannte, vor der Alternative, entweder eine sechste und siebte Partei zuzulassen - was zu einem unheimlichen Durcheinander bei der Regierungsbildung geführt hätte - oder eine offene, direkte Abstimmung der Bürger einzuführen, bei der jeder, unabhängig von seinem Wohnsitz, einer der fünf etablierten Parteien wählen konnte. Es soll an diesem Punkt festgehalten werden, daß nach dieser Reform die Bewohner zum überwiegende Teil trotzdem ihren jeweiligen Wohnbezirken treu blieben und sich die Parteien auch weiterhin mit ihren Bezirken identifizieren konnten.

Der dem ersten Bezirk auf der südlichen Talseite gegenüberliegende fünfte - und kleinste - Bezirk, hatte vor allem konservativen Charakter. Seine Bewohner waren zum großen Teil mit dem angrenzenden Palast und mit dem wissenschaftlichen Bezirk verbunden. Ein Umstand, der ihnen bald ein aristokratisch-elitäres Ansehen verlieh. Koalitionen ging er meist mit seinem Gegenüber, dem ersten Bezirk ein. Mit ihm fühlte man sich nicht nur durch die mittlere Lage in der Stadt und zwei repräsentative Querstraßen verbunden, obwohl diese Äußerlichkeiten sicherlich die Grundlage dafür bildeten.

Die übrigen drei Wohnbezirke, die ebenfalls eine sehr interessante Charakteristik aufwiesen, füllten das hintere Drittel des Stadtgebietes. Im nördlichen zweiten Bezirk wohnten überwiegend Handwerker. Dort gab es viele größere Werkstätten, von denen sich die wichtigsten am Ufer des Flusses angesiedelt hatten. Man fand hier fast alle Getreidemühlen, Bäckereien, Fischräuchereien, Färbereien und Webereien der Stadt. Interessenverbindungen bestanden vor allem zu den Kaufleuten und Seefahrern des angrenzenden ersten Bezirkes - aber andererseits auch zu dem, auf dem gegenüberliegenden Flußufer befindlichen, dritten - und größten - Bezirk mit seinen Bootswerften, Werkstätten und Schmieden. Unter allen fünf Wohngebieten stellte dieser dritte in der Tat etwas Besonderes dar. Flächen- und Bevölkerungsmäßig wie gesagt am größten, war er jedoch so gut wie nie an der Regierung beteiligt. Da waren zunächst seine Besonderheiten der Lage, welche in der Stadt sehr ernst genommen wurden. Alle anderen Wohngebiete lagen nämlich auf den sanft ansteigenden Talrändern; dort standen auch - etwas erhöht und die Stadt überschauend - ihre Verwaltungsgebäude, Schulen und Tempel. Allein der dadurch bestrafte dritte Bezirk hatte keinen erhöhten Punkt, von dem aus das Treiben in den Straßen genüßlich zu überschauen gewesen wäre. Er erstreckte sich dagegen langweilig und dicht bebaut über die flache, hintere Mitte des Tales. Das Bezirksrathaus, die Schule und den Tempel konnte man nicht analog der üblichen Regel anordnen, denn es gab hier keinen bevorzugten, landschaftlich herausragenden Bauplatz, welcher dafür geeignet gewesen wäre.

Eine weitere, sehr prägende Besonderheit war das direkte Angrenzen an die hintere Mauer des Marktplatzes - also nicht gerade die vornehmste und ruhigste Gegend. Das dort bestehende Wohnviertel (jeder Bezirk war durch die Hauptstraßen nochmals in etwa vier bis sechs Viertel unterteilt), auch Marktviertel genannt, entwickelte sich bald zum Ort des *lebendigsten Lebens* der Stadt, wie es ein Zeitgenosse einmal treffend ausdrückte. Die Verwaltung hatte es sichtlich schwer, die allgemeine Ordnung hier durchzusetzen. Nicht genug, daß fragwürdige Händler und Kleinstbetriebe die Straßen mit Waren aller Art versperrten und notwendige Ausbesserungen an Häusern und Wegen behindert wurden - es war vor allem die recht unbekümmerte Lebensweise vieler Einwohner dieser Straßen, welche den leicht verwahrlosten Eindruck verstärkte. Gesetze wurden umgangen und gebrochen; Schmuggel, Handel mit verbotenen Waren und Prostitution entwickelten sich und konnten nur schwer unter Kontrolle gehalten werden.

Die Partei dieses Bezirkes war bald von Vertretern dieser zwielichtigen Gesellschaft unterwandert und verhinderte im Parlament immer wieder eine wirksame Bekämpfung dieser Übel. Ihren Versuchen, auch in der übrigen Stadt Fuß zu fassen, konnte man jedoch durch die Mehrheitsverhältnisse wirksam entgegentreten. In den engen Gassen des Marktviertels pulsierte das Leben währenddessen Tag und Nacht mit ungebrochener Kraft, und einige Stimmen meinten tatsächlich, nur dies sei des echte, eigentliche und wahre Leben. Zuweilen schien es sogar, als wäre dieses verrufene Viertel eine notwendige, unverzichtbare Attraktion der Stadt. Um die Mitte des zwölften Jahrhunderts wurde es dann auch recht hübsch restauriert, wobei der besondere, einmalige Charakter absichtlich durch zwei parallele, betont enge Geschäftsgassen - die sonst in keinem anderen Wohngebiet erlaubt waren - noch hervorgehoben wurde. Viele der vormals verbotenen, heimlich betriebenen Läden arbeiteten jetzt legal, aber an der Gesamtsituation änderte das wenig.

Die übrigen Wohnquartiere dieses berühmt-berüchtigten dritten

Bezirkes wirkten dagegen übertrieben anständig und unauffällig, ja langweilig korrekt, als wollten die hier lebenden Menschen den schlechten Eindruck ihrer unmittelbaren Nachbarn auf diese Weise wieder gut machen.

Der südlich davon gelegene vierte Bezirk schließlich spielte im politischen Leben der Stadt kaum eine Rolle. Er strebte weder nach der Regierung, noch profilierte er sich in der Opposition. Die Charakterisierung war hier durch den angrenzenden Tempelbezirk gegeben, der den Bezirk indirekt zu beherrschen schien. Man sprach davon, daß sich mit Hilfe dieses Bezirkes die Priesterschaft selbst ein heimliches Mitspracherecht im Stadtparlament verschafft hatte, aber zu beweisen war diese Vermutung nicht. Eine sorgfältige Analyse des Abstimmungsverhaltens der vierten Partei, die von interessierten Politikern natürlich immer wieder vorgenommen wurde, deutete vor allem darauf hin, daß sie offensichtlich das Ziel verfolgte, langfristig Frieden zu stiften und überflüssige Streitigkeiten zu vermeiden. Eine eigennützige Politik wurde seltsamerweise jedoch nicht festgestellt.

Insgesamt war also ein stabiles, demokratisches System entstanden, welches die nächsten Jahrhunderte ohne größere Probleme überdauerte. Das indirekte Mitspracherecht der Priesterschaft war eine zusätzliche Sicherheit in vielerlei Hinsicht: schien das Koalitionsgefüge allzu stabil und gefestigt, konnte es auch schon vorkommen, daß die sonst so zurückhaltende „Tempel-Partei“ zu spektakulären Maßnahmen griff, um die Politik wieder in Gang zu bringen und eine neue Ausgewogenheit zu erreichen. Es wäre natürlich *auch* denkbar - und einiges spricht dafür - , daß die Priesterschaft all den Lärm um die im Grunde doch banale Kommunalpolitik nur entstehen ließ, und des öfteren noch anfachte, um das Volk auf diese Weise zu unterhalten, zu beschäftigen und vor gefährlicher Leere und Inhaltslosigkeit zu bewahren, wie sie in der isolierten, ganz auf sich allein gestellten Stadt nur allzu leicht hätte entstehen können.

Der Senat wurde von all diesen Dingen nicht berührt, er stand über dem Stadtparlament, dem neuen Hohen Rat, und entschied über Angelegenheiten der gesamten Stadt und ihrer Beziehung zur Welt. Innerhalb der vom Senat vorgegebenen Grenzen war dieses kleine atlantische Volk allein lebensfähig. Es hatte seine Werkstätten und Märkte, seine Schulen und Theater, es raufte sich in den Wahlkämpfen und führte wahre Rednerschlachten um die Regierung über diese schöne, saubere, kleine Welt ihrer Wohnbezirke.

Die Senatoren dagegen lebten in einer anderen, ruhigeren und abgeschiedenen Welt. Um ihre Macht brauchten sie nicht zu bangen, Kompromisse für eine Wiederwahl nicht einzugehen, denn ihr Mandat bestand auf Lebenszeit. Entsprechend war auch die Art der Reden in den nichtöffentlichen Senatsversammlungen von denen im Stadtparlament grundlegend verschieden. Dies soll nun aber nicht heißen, daß es im Senat keine Machtkämpfe gab - im Gegenteil. Die Versammlung der intelligentesten Männer der Stadt war geradezu prädestiniert für vorausschauende, komplizierte und perfekt durchdachte Aktionen und Intrigen. Es ging dabei nicht um persönliche Bereicherung oder charakterlich bedingte Machtbesessenheit, dazu war das geistige Niveau viel zu hoch. Vielmehr glaubte jeder Senator, sich selbst und seinen Kollegen zumindest einmal (besser aber mehrmals) einen Beweis seiner geistigen Fähigkeiten geben zu müssen. Auch die Priesterschaft konnte gegen diese Unsitte wenig tun. Abgesehen von der Herabwürdigung, wäre es auch praktisch sehr schwierig gewesen, den Senat mit Scheinproblemen zu *beschäftigen*. So richtete sich also die vorhandene geistige Kraft vornehmlich gegeneinander, übte und schärfte sich im ständigen Wettstreit *jeder gegen alle*. Wer als Senator in diesem Kreise anerkannt sein wollte und vielleicht sogar die Absicht hatte, in die Geschichte einzugehen, dem mußte es wohl gelungen sein, wenigstens ein paar seiner erfahrenen und hochgebildeten Kollegen einmal an der Nase herumgeführt zu haben.

Das Ergebnis war im Grunde viel Streit um Nichts, denn die echten Probleme, welche ohnehin nur noch sehr selten auftraten, erledigte man nebenbei oder benutzte sie lediglich, um in den internen Machtkämpfen Position zu beziehen. Interessant wurde die Tätigkeit des Senats, als im vierzehnten Jahrhundert der Stadtgeschichte plötzlich wieder Probleme ernstzunehmender Art auftraten. Der paradiesisch anmutende Zeitabschnitt war damit vorüber. Ein paar Jahrhunderte hatte man zufrieden, sicher und sorglos hinter den gewaltigen Mauern der Stadt gelebt und sich um die Welt draußen, die man beobachtete und die noch immer zu schlafen schien, nicht weiter kümmern brauchen. Nun kam ein erster Mißklang in dieses harmonische Leben: ein Teil der atlantischen Kolonien, welche die Stadt mit Lebensmitteln und anderen Rohstoffen versorgte, hatte sich unerwartet von ihr losgesagt. Die Schwierigkeiten, die dies mit sich brachte, hatten nun nichts mit der Sicherung der Versorgung zu tun - die fehlenden Güter konnten ohne Umstände auch aus anderen Teilen der Welt beschafft werden. Sämtliche Küsten aller Kontinente stellten ein riesiges, unerschöpfliches

Reservoir für das kleine atlantische Volk dar.

Sorgen hatte der Senat vor allem damit, daß es möglicherweise zur Bildung einer zweiten hochentwickelten Zivilisation auf dem Planeten kommen könnte, da die große Gefahr bestand, daß sich die meuternden Kolonisten (wie schon einmal die legendäre Südsee-Expedition) mit den Ureinwohnern in der weiteren Umgebung ihrer Kolonie verbinden könnten. Natürlich produzierten die Kolonien sehr viel mehr, als sie selbst verbrauchten, so waren sie nun einmal angelegt und darin bestand ja schließlich auch ihre eigentliche Aufgabe. Eine naheliegende Überlegung der meuternden Kolonisten war es nun, diese Überproduktion nicht mehr an die Stadt zu liefern, sondern sie dazu zu verwenden, die ansässige Urbevölkerung in ihre Abhängigkeit zu bringen.

Die Stadt war seit ihrer Gründung von dem Grundsatz ausgegangen, sich nie unter andere Völker zu mischen - unter welchem Vorzeichen eine solche Verbindung auch stehen mochte. Eine mögliche Durchdringung auch der höchsten Regierungsämter wäre auf die Dauer nicht auszuschließen und damit auch nicht ein Mißbrauch des atlantischen Wissens, seiner Technik und seiner gefährlichen Waffen. Diese hochwirksamen Mittel in den Händen von ungebildeten, machtlüsternen Primitiven - und weltumspannende, irrsinnige Kriege wären die Folge. Gigantische, kurzlebige Riesenreiche ohne innere Stabilität würden entstehen und sich alle paar Jahrzehnte in blutigen Schlachten neu formieren. So jedenfalls schilderte es sehr drastisch eine vom Senat in Auftrag gegebene Studie über diese Problematik.

Nun war diese theoretische Gefahr plötzlich da, denn die Kolonisten besaßen im beschränktem Maße Wissen und Ausrüstung und es war nur zu wahrscheinlich, daß sie in Vorbereitung ihrer Revolte bereits zusätzliches Material auf unauffällige Weise aus der Stadt geschafft hatten. Die Senatoren besannen sich jetzt darauf, in der jüngsten Vergangenheit eigenartige und unverständliche Anträge von den Kolonisten auf mehr Eigenständigkeit erhalten - und natürlich abgelehnt zu haben. Für die kleinen, überseeischen Ansiedlungen, in denen nie mehr als fünfzig bis hundert Atlanter lebten, gab es von Anfang an strenge Vorschriften. So durften nur die wirklich notwendigen Wirtschaftsgebäude in vorgeschriebener Bauweise errichtet werden und es war streng verboten, Tempel, Paläste oder Festungen zu bauen. Vor allem waren Kontakte mit der einheimischen Bevölkerung untersagt. Ließen sich solche auf die Dauer nicht vermeiden, mußte die Kolonie aufgegeben und geräumt werden. Da man von vornherein nur menschenleere Küsten und vor allem abgelegene, unbewohnte Inseln für die Anlage von derartigen Siedlungen benutzte, war es zu solchen Kontakten bisher auch nie gekommen.

Nachdem die Senatoren den Reformwünschen der Kolonisten nicht nachgekommen waren, hatte offensichtlich der militantere Teil unter ihnen die Oberhand gewonnen und die Lossagung von der Stadt durchgesetzt. Wie man später erfuhr, wollten sie eine zweite Metropole erbauen und ein Reich gründen, welches mit der Stadt in guten Beziehungen stehen sollte. Jeder Senator wußte aber nur zu gut, daß dieses harmlos klingende Ziel in einer Gesellschaft ohne starke Priesterschaft - also ohne dauerhafte innere Stabilität und Kontrolle - in zwei, drei Generationen vergessen sein würde. Innere Kämpfe würden nur zu bald eine brutale, gewissenlose Schicht an die Hebel der Macht bringen - und das waren vor allem die hochentwickelten atlantischen Waffen...

Der Senat vergaß also seine inneren Zwistigkeiten und reagierte mit kaum noch für möglich gehaltener Schnelligkeit und Präzision. Gesetze wurden erarbeitet und in kürzester Zeit auch angenommen - eine Prozedur, welche vormals Jahrzehnte dauern konnte. Die betroffenen Kolonien waren damit per Gesetz aufgelöst, die dortigen Atlanter in die Stadt zurückbefohlen. Weiterhin wurde bereits festgelegt, welche weiteren Beschränkungen und Auflagen in Zukunft für die Kolonien gelten sollten. Natürlich war man auch realistisch und ging davon aus, daß sich in der konkreten Situation keiner der Kolonisten den Befehlen der Stadt freiwillig beugen werde. Vorsorglich wurde deshalb eine Flotte ausgerüstet, welche die Kolonie gewaltsam aufzulösen hatte.

Zwei Tage, nachdem der Senat seine Handlungsweise festgelegt hatte, traf das erwartete Kurierschiff mit den neuesten Nachrichten aus Übersee ein: die "Verwaltung aller unabhängigen Kolonien in Lankhor, Minora und Lyra" forderte ihre volle Eigenständigkeit und Loslösung von der Stadt. Alle weiteren Warenlieferungen - die also beibehalten werden sollten - wollte man von nun an bezahlt bekommen. Das Geld sollte dazu dienen, auf einer der Inseln von Minora eine neue Stadt zu errichten, welche als kulturelles Zentrum der Region bezeichnet wurde. Die Unabhängigkeit bedeutete für die Kolonisten außerdem die Möglichkeit, ungestraft einheimische Bewohner auf ihren Plantagen zu beschäftigen und zu beherbergen.

Ein Teil des Senats wollte nun verhandeln und dabei vor allem versuchen, die gewaltsame Auflösung der Kolonie durch die Flotte zu verhindern. Es war ihnen eine Unmöglichkeit, daß sich Mitglieder eines so hoch entwickelten Volkes gegenseitig mit Waffen gegenüberstehen sollten. Man fand viele Befürworter und so wurde die Entscheidung über die Abfahrt der Flotte immer wieder verzögert. Die Aufständischen kamen schließlich der Stadt zuvor: sie setzten die zu Verhandlungen angereisten Senatoren fest und drohten, sie zu töten, falls ihre Forderungen nicht umgehend erfüllt würden.

Die Stadt war erneut aufgeschreckt. Jetzt, da solche Drohungen zwischen den Kontrahenten standen, konnte niemand mehr an die Worte von späterer guter Zusammenarbeit glauben. Der Senat fühlte sich durch die Geiselnahme so stark getroffen, daß er alle Bedenken und Illusionen sofort beiseite schob. Noch am gleichen Abend berief man eine Sondersitzung ein, welche bis in die späten Nachtstunden dauerte. Ein Feldzug wurde beschlossen und noch bevor die Sonne aufging, machten etwa zweihundert der umgerüsteten schnellen Beobachterschiffe los, verließen in langer Reihe die gewaltigen Hafentor, um sich dann auf dem Atlantik zu einer breit auseinandergezogenen Formation zu entfalten.

Die eigentliche Auflösung der Kolonien machte den weit überlegenen Kräften keine Schwierigkeiten. Alle Handlungen waren derart sicher, bestimmt und unerbittlich, daß sie nicht den geringste Ansatzpunkt für einen Widerstand erlaubten. Die Geiseln hatte man inzwischen in Lyra umgebracht - die Flotte kam in diesem Fall zu spät. Vier Monate später wurden die Männer, welche den Abfall von der Stadt und die Morde zu verantworten hatten, vor dem Capitol bestraft.

Sie waren nun tot, ausgelöscht, nicht aber ihre teuflische Idee, die noch lange Zeit weiter wirkte. Überall, wo Atlanter weitab ihrer Stadt lebten und den mannigfaltigen Einflüssen der Welt ausgesetzt waren, entstand diese Idee von neuem - denn zu den konkreten Eindrücken aus der Umgebung kam dieses Wissen um die einmalige Größe der eigenen Macht. Diese leere, unbebaute Welt in ihrer chaotischen Wildheit und Spontanität mit all ihren naiven und gutmeinenden Völkerschaften schien doch nur darauf zu warten, sich der ordnenden Macht des Wissens zu unterwerfen. Dazu brauchte es im übrigen gar keiner kriegerischen Mittel. Wenn, wie alle paar Jahrzehnte, in einem dieser Landstriche eine Hungersnot auszubrechen drohte, war es für die leistungsstarken Plantagen der atlantischen Kolonien ein Leichtes, genügend Nahrungsmittel bereitzustellen. Auf diese einfache Weise konnte man sich ihr Vertrauen erwerben und sie vor allem unbemerkt in eine wirtschaftliche Abhängigkeit bringen; man konnte diese wilden Völkerschaften - über die Nahrungsverteilung - disziplinieren und ein Reich, ein gigantisches Großreich, errichten; man konnte expandieren und schließlich den Verlauf der künftigen Menschheitsgeschichte selbst bestimmen...

Dies war, in groben Zügen, die verführerische Idee, die in ähnlicher Form allen späteren Kolonistenaufständen zugrunde lag und der zuweilen sogar sehr intelligente Atlanter erlagen. Nach dem ersten Vorfall dieser Art war man in der Stadt allerdings noch von seiner Einmaligkeit überzeugt - und deshalb blieben auch mögliche Vorsorgen zur Verhinderung zukünftiger Aufstände bescheiden und unvollständig. Ja, es wurden für dieses Mal sogar noch eine Reihe neuer und jeweils kleinerer Kolonien gegründet, um den Verlust der aufgelösten wieder auszugleichen.

Wenige Jahrzehnte später war die Stadt jedoch schon wieder zu neuen Kriegszügen gezwungen, dieses Mal in den Weiten des sylonischen Ozeans. Die Kämpfe wurden sehr intensiv geführt und dauerten jeweils nur wenige Tage oder Stunden. Aber obwohl der militärische Erfolg so leicht und selbstverständlich wirkte, waren doch gewaltige Anstrengungen zu vollbringen, um in den entlegensten Gebieten der Welt derart absolute Siege zu erringen. Die Stadt wollte und durfte sich in dieser Beziehung nicht die geringste Blöße geben - denn jede militärische Schwäche würde zukünftigen Abtrünnigen letztlich als Hoffnung und Ansporn für ihre eigenen Ziele dienen. Die Aktionen mußten daher in allen Einzelheiten schnell, präzise und vernichtend sein, sie mußten *absolut* sein. Dazu war es notwendig, alle denkbaren Sicherungen einzubauen. Der Aufwand an Schiffen und Kriegsmaterial war auch jedesmal entsprechend überdimensioniert, zum tatsächlichen Einsatz kam aber jeweils nur ein kleiner Teil der in Marsch gesetzten Kräfte - die gesamte Menge hätte auf den kleinen Schlachtfeldern ohnehin keinen Platz gefunden.

Insgesamt erstreckten sich die atlantischen und sylonischen Kriege über einen Zeitraum von etwa einhundertfünfzig Jahren. Viele Bücher wurden später darüber geschrieben - einerseits über den Verlauf der Kämpfe selbst, aber auch über die Ursachen, die eigentlich zu dieser Entwicklung geführt hatten. Man glaubte sie in letzter Konsequenz in ganz allgemeinen menschlichen Schwächen und Unzulänglichkeiten zu erkennen - Ursachen also, die sich durch Vorsorgemaßnahmen, gleich welcher Art, nicht beseitigen ließen. Ein endgültiger Friede würde erst eintreten, so meinten viele Kenner der Thematik, wenn sich der Senat entschließen würde, ausnahmslos alle atlantischen Außenstellen aufzugeben und keine neuen mehr zuzulassen. Nun, es fand sich dafür keine Mehrheit und so wurden vielerlei andere Maßnahmen ergriffen, welche eine Fortsetzung dieser Gefahren verhindern sollten. Eine Zeit lang gab es Versorgungsstützpunkte, die direkt dem Militär unterstanden und deren Personal mehrmals im Jahr ausgewechselt wurde. Auch erfahrene und bewährte Senatoren wurden abwechselnd mit der Leitung der überseeischen Plantagen betraut. Aber daß man sogar diese Form letztendlich für zu unsicher hielt, um sie auf Dauer bestehen zu lassen, spricht letztlich für sich selbst.

DRITTES KAPITEL

Die Periode der kriegerischen Auseinandersetzungen mit den abtrünnigen Kolonisten erzeugte in den nachfolgenden Jahrzehnten eine neue und ganz eigenartige Stimmung in der Stadt. Wenn auch die eigentlichen Kampfhandlungen, dank der Fähigkeiten der Militärs und der Legionen, immer von absolutem Erfolg gekrönt waren, so hatte doch die Tatsache ihrer bloßen Notwendigkeit eine gewisse Verwirrung und Besorgnis ausgelöst. Sollte die Stadt etwa nicht in der Lage sein, ihre Probleme auf Dauer auch ohne Schlachtschiffe und Gravitationsgeschütze zu lösen?

Diese Sorgen waren eine Seite des neuen Zeitgeistes um das Jahr 1530 atlantischer Zeitrechnung - andererseits aber verband sich mit den vielen, so schnell und so selbstverständlich erreichten Siegen, besonders in den breiten Schichten des einfachen Volkes, auch eine Stärkung des Selbstbewußtseins und des Stolzes. Sie, die seit Jahrhunderten in ihrem weltabgeschiedenen Tal lebten, wußten zwar um ihre Macht - aber es sind zwei verschiedene Dinge, etwas theoretisch zu begreifen oder es in der Praxis wiederholt bestätigt zu finden. So fehlte es im Gefolge der atlantischen und sylonischen Kriege auch nicht an weiterreichenden Projekten und Ideen, deren Grundlage jedoch, das muß man gerechterweise hinzufügen, in den wenigsten Fällen die militärische Überlegenheit der Atlanter war. Die Menschen waren sich durch diese Entwicklungen ganz allgemein ihrer Kraft und ihrer Macht bewußt geworden, und es drängte sie, diese auch anzuwenden - sich also mit der Natur im weitesten Sinne zu messen.

Nun entsprach diese neue Zielrichtung natürlich nicht der des Senats und der Priesterschaft, deren wichtigster Grundsatz zur Erhaltung der Stadt lautete, sich nie in die Weltgeschichte einzumischen. Diese Einstellung legte sich wie ein Verbot vor die Verwirklichung jeder neuen, expandierenden Idee. Dabei sollten ihnen die scheußlichen Kriege gegen die abtrünnigen Kolonisten noch zusätzlich Recht geben, denn sie waren notwendig geworden, weil Atlanter es gewagt hatten, über die vorgegebenen heiligen Tabus und Gesetze hinaus zu *handeln*.

Als weitere unheilvolle Folge der Kriege war der Senat innerhalb eines Jahrhunderts zu einer inzwischen übermächtigen Institution geworden. Die frühere Autorität der Könige wurde mehr und mehr untergraben und sollte, das war vorauszusehen, demnächst wohl ganz verschwinden. Da der König nach alter Tradition vom Senat gewählt wurde, war es einer Mehrheit durchaus möglich, einen gänzlich unbedeutenden, ihnen ergebenen oder politisch unwirksamen Menschen für dieses höchste Amt zu benennen - ein in früherer Zeit undenkbarer Vorgang. Die wahre Regierung bestünde dann - für den Außenstehenden undurchschaubar - aus einer kleineren oder größeren, namentlich nicht feststellbaren Gruppe von Senatoren; einem Machtblock also, der jedoch trotzdem nur mit kompromißbeladenen Mehrheitsbeschlüssen regieren konnte. Es war damit auch abzusehen, daß sich die Politik noch mehr als bisher aus der ehrwürdigen Versammlungshalle hinaus in die Bäder, Privatwohnungen und öffentlichen Gärten verlagern würde - dorthin nämlich, wo die Senatsfraktionen ihre geheimen Absprachen tätigten. Während die eigentlichen, offiziellen Versammlungen immer mehr zur inhaltslosen Zeremonie verkamen.

Größter Nachteil dieser nicht mehr aufzuhaltenden Entwicklung war vor allem die mangelnde Entschlußkraft einer solchen Regierung, ihre typische Schwerfälligkeit, die, so vermuteten außenstehende Persönlichkeiten, letztendlich auch die Ursache für das mehrmalige Aufflackern der atlantischen und Sylonischen Kriege war. Nicht des ersten und zweiten Krieges - aber gewiß aller darauf folgenden. Ein entscheidungsgewaltiger König von starker Persönlichkeit hätte, ohne sich von den endlosen Debatten und juristischen Spitzfindigkeiten des Senats ablenken zu lassen, sogleich handeln können und damit weiteren Kriegen die Ursache genommen.

Dieser Vorwurf von Seiten der atlantischen Geistigkeit lastete unausgesprochen auf der Regierung. Doch dieses höchste Organ, daß im Grunde nur noch sich selbst verpflichtet war, brauchte sich darum nicht zu kümmern. Und was hätte man dem Senat auch konkret vorwerfen sollen? Fehlende geistige Kompetenz etwa, oder Nachlässigkeit? Nichts davon war zutreffend, eher das Gegenteil war der Fall. Die übertriebene Gründlichkeit und Kompliziertheit waren schuld und es hätte schon einer sehr überragenden Persönlichkeit bedurft, einen derartigen Vorwurf überhaupt öffentlich zu formulieren, ohne sich dabei der Lächerlichkeit preiszugeben. So hatte es bisher auch noch niemand versucht -

aber alle Möglichkeiten schienen offen, denn die Zeit war reich, ja überreich, an interessanten, herausragenden Persönlichkeiten. Sei es, daß ihr Genie sich gegenseitig befruchtete, sei es, daß der anstachelnde, widersprüchliche Zeitgeist sie hervorbrachte - auf allen Gebieten wurde gleichermaßen Außergewöhnliches geleistet.

Die Wissenschaft kam zu einer Vielzahl neuer, grundlegender Erkenntnisse, die Künstler verblüfften das verwöhnte, atlantische Publikum mit neuartigen Ausdrucksmöglichkeiten, die in einigen Bereichen fast als Revolution angesehen werden konnten. An der Universitätsklinik, deren Niveau zu dieser Zeit dem der medizinischen Einrichtung des Capitols überlegen war, wurden mit spektakulärem Erfolg neue Operationen gewagt. Klugen Konstrukteuren der physikalischen Fakultät gelang es, wesentliche Teilfunktionen des menschlichen Geistes auf der Basis toter Materie nachzuvollziehen: der Prototyp einer denkenden Maschine wurde geschaffen. Andere Fachleute der gleichen Fakultät hatten als Forschungsobjekt ein Fahrzeug der Superlative gebaut und testeten es drei Jahre in ununterbrochenem Einsatz. Dieses etwa hundert Menschen Platz bietende Gefährt, welches ähnlich einem großen Forschungsschiff über Labors, Sitzungssäle, Werkstätten, Lagerräume und Wohnkabinen verfügte, konnte sowohl bis in die obersten, fast luftleeren Schichten der Atmosphäre, als auch in die dunklen, geheimnisvollen Tiefen der Ozeane vordringen.

Noch weitere Besonderheiten ließen sich aufzählen: spektakuläre Theorien und Hypothesen, welche eigentlich über das Fassungsvermögen ihrer Zeit gingen und erst Jahrzehnte oder Jahrhunderte später zur vollen Geltung gelangten. Die Zeit übertraf sich selbst, gleichsam als wäre sie ein Ausgleich für die Eintönigkeit vergangener und - was noch niemand wissen konnte - zukünftiger Jahrhunderte.

Es sollte daher auch nicht verwundern, daß sich der geistige Mittelpunkt der Stadt von den westlichen Regierungs- und Palastbezirken mehr in den Innenstadtbereich verlagerte und sich derart erstmals einen ernstzunehmenden Gegenpol zur offiziellen Elite ausbildete. Auf den unterschiedlichen Schauplätzen, oder, im wahrsten Sinne des Wortes: -bühnen, pulsierte hier ein neues, äußerst interessantes geistiges Leben von bisher nicht gekannter Vielfalt. Die berühmtesten Veranstaltungen dieser Art wurden schließlich die regelmäßig stattfindenden Diskussionsrunden des Aramatos, die er aufgrund des großes Interesses schon bald öffentlich abhielt. Der legendäre "Weiße Saal", in dem die anfangs noch unbedeutenden Männer zu ihren Gesprächen zusammenkamen, wurde bald zum Sinnbild dieser Bewegung.

Der Saal selbst befand sich unter der östlichen Zuschauertribüne des quadratischen Amphitheaters im Stadtzentrum. Man hatte ihn in Proberäumen neben ebenfalls dort befindlichen öffentlichen Hallen provisorisch eingerichtet. Die fensterlosen, im Innern des Gebäudes liegenden Räumlichkeiten glichen eher einem Nachrichtenstudio, denn die eigentliche Gesprächsrunde war, zumindest zu Beginn der Veranstaltungen, von allen Seiten von eifrigen Technikern und Gerätschaften umgeben, mit denen Bild und Ton aus dem schneeweißen, schmucklosen Saal direkt auf die Sichtschirme in die weitläufigen Hallen und Galerien dieses Gebäudeflügels, und später dann auch in andere Teile der Stadt, übertragen wurde.

Dabei konnte nun eigenartiger- oder vielleicht bezeichnenderweise der Eindruck des Provisorischen aufkommen, der sonst allen Einrichtungen und Unternehmungen der Stadt so völlig fremd war. Aber Aramatos, dem mehr als einmal angetragen wurde, durch bauliche Veränderungen oder Umzug seine Gesprächsrunde perfekt zu institutionalisieren, lehnte ab, als fürchtete er, die sterilen, weiten Räume eines neuen Studios, welche auch die vollständige Trennung von Technikern und Gesprächsteilnehmern bedeuten würde, könnte die unmittelbare Atmosphäre und lebendige Frische der Veranstaltungen zunichte machen.

Dazu muß man sagen, daß die bestehenden Räume durchaus ausreichend bemessen waren. Der Weiße Saal selbst hatte sogar etwas von Monumentalität, welche auch für die Zuschauer der Bildübertragungen nicht verloren ging. Herbeigeführt wurde dieser Eindruck vor allem durch die weiße Farbgebung, die sich, außer auf Wänden, Boden und Decke, auch auf allen Einrichtungsgegenständen im Saal wiederholte. Aramatos wollte mit dieser bewußt gestalteten Äußerlichkeit eine gedankliche Verbindung zur Versammlung des Senats, die im Volksmund manchmal 'Rat der Götter' genannt wurde, schaffen. Nun gab es aber aus dem Sitzungssaal des Senats unter keinen Umständen eine Direktübertragung - diesem neuen 'Rat der Götter' konnte aber jedermann nach Belieben zuhören und zuschauen. Von den Senatoren zunächst ignoriert und bespöttelt, gewann die Gesprächsrunde aber bald auch in ihren Augen an Profil, was schließlich darin gipfeln sollte, daß einzelne Mitglieder der Regierung selbst einen Auftritt in diesem kultivierten Rahmen wagten.

In der geistigen Atmosphäre dieser schillernden Zeit und, räumlich gesehen, im Weißen Saal des Aramatos sollten also die Grundlagen für ein großes, wenn nicht des größten historischen Ereignisses der Atlanter heranreifen. Angesichts der herrschenden Widersprüche in der Regierung, der soeben überstandenen Kolonialkriege und der gleichzeitigen Fortschritte auf allen denkbaren Gebieten, bildete sich eine überquellende, monströse Kultur heraus, die durch die überlieferten Werte und Normen kaum mehr in Grenzen gehalten werden konnte. Private und öffentliche Feierlichkeiten sprengten nun jeden bis dahin bekannten Rahmen. Besonders im Palastbezirk kamen zu solche Anlässen, neben etwa ein- bis zweitausend Gästen, fünf- bis sechstausend Hilfskräfte, Techniker, Schauspieler, Musiker und Tänzerinnen zusammen. Aufwendigste Technik sorgte für immer neue Attraktionen und verblüffende Effekte. So ließ man Dutzende von jungen Tänzerinnen auf künstlichen Wolken durch den Park schweben, veränderte das Sonnenlicht für dieses Bezirk in den unterschiedlichsten Farben - natürlich passend zur allgegenwärtigen Musik. Auch errichtete man gläserne Gänge und Pavillons auf dem Grunde der Bucht innerhalb des Palastbezirkes, durch welche die Gäste trockenen Fußes herumspazieren konnten - umgeben von bizarren Fischen, Wasserpflanzen und speziell im Schwimmen und Tauchen ausgebildeten anmutigen Mädchen und gut gewachsenen jungen Männern.

Die Aufzählung dieser ausgefallenen, sich ständig überbietenden Gebräuche und Genüsse ließe sich unschwer fortsetzen, und es verwundert daher nicht, daß einige große Denker der Zeit Verfallserscheinungen darin zu erkennen glaubten. So sagte der große Muntius, Begründer der Wissenschaft über den Menschen, im Weißen Saal:

"...der menschliche Maßstab sei im neuen Atlantis nun überschritten."

Auf die Frage, wo er denn die Grenzen dieses Maßstabes sehe, antwortete er leise und nachdenklich, sich der Bedeutung seiner Worte wohl bewußt:

"Es wird die vornehmste Aufgabe unserer Zeit sein, diese Grenzen zu erkennen, sie ausreichend zu markieren und Wege zu finden, sie zukünftig einzuhalten."

Er sollte mit diesem visionärem Ausspruch recht behalten, denn die Diskussionen im Weißen Saal, von denen viele schon geglaubt hatten, ihr Höhepunkt sei bereits überschritten, wurden nun plötzlich in noch stärkerem Maße zum geistigen Brennpunkt der Stadt.

"Es scheint, als wollten wir Atlanter nicht wahrhaben, daß *auch wir* normale Menschen sind: biologische, also sterbliche Lebewesen." setzte Muntius seine denkwürdige Rede fort; "Aber sehen wir uns unser tägliches Leben an: alles Lebendige und Natürliche haben wir aus ihm verdrängt. Und wenn es uns doch einmal unversehens vor die Nase kommt, wenden wir uns entsetzt und angewidert ab. In unseren viel gerühmten, hochkünstlerischen Theaterstücken sehen wir so urnatürliche Vorgänge wie Zeugung, Geburt und Tod grundsätzlich in abstrakten Allegorien dargestellt - und wir sind voll des Lobes über die kultivierte Geistigkeit, die sich darin auszudrücken scheint. Während eines Besuches der Universitätsklinik aber wurde ich vor kurzem Zeuge einer wirklichen Geburt eines Menschen und erlebte, wie sich die, erstmals einem derartigen Vorgang beiwohnenden Studenten entsetzt und schockiert abwandten. So weit sind wir also schon in eine fremde, verlockende, geistige Welt eingedrungen, daß wir glauben, uns unserer natürlichen, animalischen Herkunft schämen zu müssen."

"Wir glaubten bisher immer," übernahm ein noch wenig bekannter Mitarbeiter des großen Muntius das Thema, "daß unsere Grenzen nur nach *unten* - also in Bezug auf unsere Mindestbedürfnisse, oder auch Lebensnotwendigkeiten, wenn sie so wollen, festgeschrieben seien. Nach *oben* aber, also in der Höherentwicklung von Kultur, Technik, Geistesbildung, Bequemlichkeit und Luxus vermuteten wir nie eine Grenze. Und so, wie Menschen aufgrund tragischer Umstände gegebenenfalls dazu gezwungen werden, die notwendigen Lebensvoraussetzungen zu *unter*schreiten, um dann daran zugrunde gehen zu müssen; so ist - erst jetzt - auch die Situation vorstellbar, daß sie auch *über*schritten werden können - mit dem gleichen tödlichen Ergebnis."

"Ich verstehe es so:" ergänzte ein weiterer Teilnehmer der Gesprächsrunde: "dem Lebendigen - also, ich sehe die Sache aus der Sicht meines Faches, der Botanik, werde mich aber bemühen, allgemein zu bleiben. Dem Lebendigen also steht innerhalb der möglichen, natürlichen Umweltbedingungen jeweils nur ein schmales Spektrum zur Verfügung. Erhält eine Pflanze zuwenig Nährstoffe, Licht, Feuchtigkeit und so weiter, geht sie bald an Mangelerscheinungen ein. Erhält sie von einer dieser Voraussetzungen aber zuviel, wird sie ebenfalls zerstört. Allein die Temperatur ist schon das anschaulichste Beispiel für den *engen Bereich*, in dem Leben überhaupt existieren kann - wir können ihn quasi auf der Skala des Thermometers ablesen. Außerhalb dieses kleinen Bereiches erfriert oder verbrennt die organische Substanz ... wird Leben also unmöglich..."

"Aber wir Menschen können diese Grenzen doch überwinden - um bei ihrem Beispiel zu bleiben: wir können uns gegen Hitze und Kälte schützen und weiterleben..."

"Irrtum. Wir überleben nicht in Hitze oder Kälte - sondern nur innerhalb unserer Schutzbekleidung oder unserer Häuser, wo wir genau die angenehmen, lebenserhaltenden Temperaturen erzeugen, die wir brauchen und in denen wir uns allein wohl fühlen. Die Eigenart des lebenden Organismus, im Feuer zu verbrennen, haben wir mit der Erfindung feuerfester Anzüge in keiner Weise verändert. Ganz ähnlich verhält es sich nun mit den, speziell bei unserem Volk zu beobachtenden, kulturellen Anmaßungen: hinter den schützenden meterdicken Granitwänden unserer Stadtmauern glauben wir uns einem gänzlich anderem Leben hingeben zu dürfen, als es uns von der Natur eigentlich vorgegeben ist. Wir gehen in Universitäten, hören Vorträge, besuchen Ausstellungen, Theateraufführungen - als wäre *dies* unsere natürliche Bestimmung. Niemandem von uns..." er sah sich bedächtig in der Runde der gelehrten Persönlichkeiten um, "würde es einfallen, sich auch nur einmal im Leben mit einem Tier oder einem anderen Menschen in einen Kampf - ich meine einen rein körperlichen Kampf auf Leben und Tod - einzulassen. Niemand würde unkontrolliert seinen natürlichen Trieben nachgehen, um, sagen wir, mitten auf dem Forum eine Frau zu schwängern."

Einige lachten. Da meldete sich ein anwesendes Mitglied des Senats überraschend zu Wort:

"Die großartigen Gedankengebäude der atlantischen Weisheit sind doch über solch einseitige Kritik erhaben. Im Laufe der Jahrhunderte haben wir diese Weisheit von anthropozentrischen Ansichten und ethischen Werten befreit." So sprach er belehrend zu den Anwesenden. "Doch in der dünnen Luft solcher Höhen" fügte er überlegen und zurechtweisend hinzu "können sie nur mit dem weltenthobenen Geist der wirklich Wissenden verstanden werden."

"Ein Geist, welcher eine Inkarnation der Allwissenheit darstellt." antwortete Muntius, die elitäre Redeweise des Senators nachahmend: "Eine Weltvernunft, die längst die Vergeblichkeit aller Worte begriffen hat und deshalb schweigt."

Der Senator verläßt daraufhin entrüstet die Versammlung.

"Und so ist es nicht verwunderlich," wendet sich Muntius nach dieser kurzen Unterbrechung wieder den übrigen Gästen zu, "daß einige unserer führenden Köpfe glauben, das Ziel des Menschen liege nur im Geistigen allein. Ich betone: *allein*. Denn von Jugend an tun sie nichts anderes, als sich darauf zu trainieren, ihre körperlichen Bedürfnisse mehr und mehr auszuschalten."

Die Teilnehmer horchten auf. Muntius sprach offensichtlich über eine geheimnisumwobene, kleine Gruppe, die man im allgemeinen wohl der Priesterschaft zurechnen durfte, und die in Philosophenkreisen für ein gewisses Aufsehen gesorgt hatte. Es war diesen Leuten anscheinend gelungen, ihre Bedürfnisse an Nahrung, Schlaf und Bequemlichkeit auf ein nie gekanntes Mindestmaß zu reduzieren. Stundenlang konnten sie schweigend in einer bestimmten Körperhaltung verharren und behaupteten später, daß sich ihnen in dieser Versenkung neue, ganz andersartige, geistige Zusammenhänge offenbart hätten. Zusammenhänge eben, die man nur durch diese Loslösung von der Körperlichkeit begriff.

"Wenn sie mich fragen, was ich davon halte, so sage ich ihnen: es ist ein interessantes Experiment - aber auch nicht mehr. Denn es bringt den Ausführenden seinem erwünschten Ziel, der Loslösung vom unreinen und sterblichen Körper, und der dadurch möglichen absoluten Vergeistigung, objektiv kein Stück näher. Subjektiv mag man sich vielleicht für eine gewisse Zeit befreit und unabhängig fühlen - ab das ist nur Trug, und auch auf verschiedene andere Arten, zum Beispiel durch Anwendung bestimmter Chemikalien und Rauschmittel zu erreichen, mit denen sich unser biochemisch funktionierender Geist ebenso täuschen läßt."

Gespannt warteten die zahlreichen Zuhörer aus allen Wohnbezirken der Stadt auf die folgende Diskussionsrunde. Aufgrund des großen allgemeinen Interesses sollte sie - mit den gleichen Gesprächsteilnehmern - diesmal schon in zwei Tagen wieder zusammenkommen. Wobei es natürlich nicht unerhebliche Schwierigkeiten gab, denn die Gelehrten hatten daneben auch ihrer eigentlichen Arbeit nachzugehen.

Da war zunächst Iosa, der ranghöchste Arzt der Universitätsklinik, der sich auch auf dem Gebiet der Chemie und der Molekularbiologie einen Namen gemacht hatte. Dann der Meister der theoretischen Physik Lasne-Santos, Begründer der Theorie über die Struktur des Kosmos - mit ihm kamen zwei seiner hervorragendsten Schüler, die selbst schon bedeutende Arbeiten zur Raum-Zeit-Relativierung vorweisen konnten.

Ferner wirkte der Botaniker und Philosoph Rhamasis mit, der neue Lehrsätze zur Evolution organisierter Materie aufgestellt hatte und damit erstmals dieses Gebiet sinnvoll mit anderen Erkenntnissen verknüpfte. An seinem großen Ziel, eine allgemeingültige Formel für alle Entwicklungen der organisierten Materie zu finden, arbeitete er zur Zeit mit größter Intensität - wobei seine vorerst aufgestellte Hypothese, das Leben sei lediglich eine nur zufällig und zweitrangig entstandene Unterform der eigentlich bedeutsamen unbelebten organisierten Materie, viel Aufsehen erregt hatte.

Als weiteres wichtiges Mitglied der historischen Runde wäre noch der Mathematiker und Philosoph Karavad zu nennen. Er war außeratlantischer, nämlich sylonischer Abstammung, hatte jedoch von Geburt an in einer ehemaligen atlantischen Kolonie gelebt und kam mit etwa zwölf Jahren an die Universität der Stadt. Ihm hatte die neue Bewegung, soweit man sie schon als solche bezeichnen konnte, die meisten und kompromißlosesten Impulse zu verdanken. Karavad war offensichtlich in mathematische Bereiche eingedrungen, die zwar theoretisch noch zu beweisen waren - sich aber in den bekannten praktischen Wissenschaften nicht mehr nachvollziehen oder überprüfen ließen und die das menschliche Vorstellungsvermögen weit überschritten. In einem Teil seiner Formeln hatten die Kollegen aus den anderen Fakultäten noch Übereinstimmungen finden können; weitere Vorstöße Karavads verhalfen ihnen zu neuen, unverhofften Erkenntnissen - aber schließlich konnten sie dieser, scheinbar mühelos voranschreitenden, Mathematik nicht mehr folgen. Die Lösungswege und Abstraktionen verließen die bekannten, abgesteckten Bereiche und verloren sich scheinbar im Unendlichen.

Nun hatte diese unheimliche Erfahrung des Wissens und der Erkenntnis eine bewußte Hinwendung des Mathematikgenies zur Philosophie und zu natürlichen Lebensäußerungen zur Folge - eine Hinwendung, die von seiner Umgebung nur schwer verstanden wurde. Vor allem von jenen nicht, die allein im Geistigen das Ziel menschlicher Bestrebungen sahen; natürliche Lebensäußerungen waren in ihren Augen ein trauriger, bemitleidenswerter Rückfall in Kulturlosigkeit und Barbarei.

"Zunächst sehe ich mich veranlaßt, kurz eine meiner Äußerungen während unseres letzten Gespräches zu präzisieren, um eventuellen Mißverständnissen entgegenzuwirken." begann der nachdenkliche Muntius die neue Diskussionsveranstaltung im Weißen Saal.

"Meine Kritik an den, von wenigen Priestern praktizierten, Formen der Askese, betraf in keiner Weise die aus unserer atlantischen Kultur nicht mehr wegzudenkenden Meditationsübungen. Denn diese zielen nicht darauf, den Geist vom Körper zu trennen, sondern im Gegenteil: die Harmonie zwischen beiden gegensätzlichen Teilen immer wieder neu herzustellen. Die Harmonie nämlich, die für unser geistiges wie körperliches Wohlbefinden so notwendig ist, und die durch die unterschiedlichsten Einwirkungen des Alltags immer wieder gestört wird.

So suchen wir - und ich bin mir dabei der Zustimmung aller hier anwesenden Persönlichkeiten gewiß - nicht ein an der Peripherie gelegenes Extrem, ein absolutes Oben oder Unten - sondern unsere Suche gilt stets dem Ausgleich, dem Gleichgewicht, der Mitte. Die Askese jedoch, die einem bewußten Verzicht objektiv notwendiger Bedürfnisse gleichkommt, verschiebt damit das Ziel von der Mitte weg - und wird zum Extrem. Deshalb lehne ich diese Form ab."

Nun leitete Iosa das eigentliche Gespräch ein, indem er eine vorbereitete, ausführliche Schrift zum gespannt erwarteten Thema dieses Tages verlas, in der es unter anderem hieß:

"In vielen unserer Gespräche der letzten Monate und in einer großen Zahl unterschiedlichster Veröffentlichungen, bis hin zu dem ein oder anderen Theaterstück, tauchte immer wieder ein und derselbe Aspekt auf: die zunehmende Vergeistigung unseres Lebens und die gleichzeitige, immer größer werdende Entfremdung vom echten, natürlichen Leben.

Und es scheint mir dies ein so wesentliches Problem zu sein, da es sehr schnell ein Problem des allgemeinen Überlebens werden könnte. *Extreme* Entwicklungen, gleich in welche Richtung sie auch zielen, sind bei Überschreitung einer gewissen Toleranz für biologische Lebewesen nun mal tödlich.

Wir wissen noch nicht, wo die Grenzwerte für die hier zu beobachtenden Vernachlässigungen unserer natürlichen Lebensäußerungen liegen. Auch, ob nun der Exitus von Individuen den der Gesellschaft verursachen wird, oder ob die Gesellschaft zerbricht und damit die Einzelwesen vernichtet, ist nicht klar. Allerdings bin ich persönlich der Meinung, daß es noch Zeit ist, dem Verhängnis auszuweichen. Wir müssen uns dieser latenten Gefahr, in der wir uns befinden, nur bewußt werden. Wir müssen also ihre Ursachen aufdecken und schließlich Möglichkeiten ersinnen, dieser Gefahr auszuweichen. Ob es gelingt, ein eindeutiges Ziel für die atlantische Kultur zu formulieren, wird sich dann zeigen."

Nach Beendigung der vollständigen Einleitung zogen sich die Gelehrten für eine halbe Stunde zur Meditation zurück - ein für die Gesprächsrunden im Weißen Saal gänzlich unüblicher Vorgang. Kurz eingeschobene Meditationsphasen, wie sie in fast allen Bereichen des atlantischen Geisteslebens seit Jahrhunderten zum festen Bestandteil geworden waren, schienen hier bisher nicht notwendig, da der mehr informative, populärwissenschaftliche Charakter der Gespräche und die bislang gewählten Themen einer derartigen Verinnerlichung im Grunde nicht bedurften. Die Tragweite der heute angekündigten Problematik übertraf jedoch alles, was bisher in diesem Rahmen stattfand. Selbst der Senat hatte sich, solange man denken konnte, nicht mehr mit derartig relevanten Fragestellungen befaßt.

Die kurze Unterbrechung, welche die Gelehrten schweigend und in sich gekehrt im halbverdunkelten Saal verbrachten, nutzten die Menschen in den weitläufigen Zuschauerhallen unterhalb der Tribüne, um sich, zum Teil in hitzigen Debatten, Klarheit über den Inhalt des heutigen Gespräches zu verschaffen. Die wandgroßen Bildübertragungsringe waren während der Meditationsphase erloschen, und man hatte Zeit sich zu besinnen und sich mit seinem Nachbarn auszutauschen. Bald flammten die Bilder jedoch wieder auf. Die Gelehrten hatten sich aus ihrer Versenkung gelöst und saßen sich am niedrigen, ovalen Tisch konzentriert gegenüber. Rhamasis begann das Gespräch, indem er zunächst seine Meinung zum Thema darlegte:

"Die mit der steten Steigerung unserer Erkenntnis in Zusammenhang stehenden negativen Auswirkungen möchte ich einmal in drei Phasen zusammenfassen. Erstens: Eignung unserer Erkenntnisse bei der Bewältigung des Lebens und positives Weiterkommen. Zweitens: kleine, lokal begrenzte Schwierigkeiten und bereits größere Katastrophen, die aber letztlich immer noch als Ansporn zur weiteren Erhöhung der Erkenntnisse dienen. Drittens: die totale Katastrophe - ausgelöst durch Entfremdung und Loslösung vom Menschlichen.

Bedenken wir doch: die Qualität und Quantität unseres biologischen Denkapparates wurde über Jahrtausende nicht ausgeschöpft - und so schien es immer, als lägen seine Grenzen im Unendlichen. Schon heute sehen wir bedeutende Störungen und Schädigungen, die auf diesen Fehler zurückzuführen sind - wir sind also in Teilbereichen schon an unsere Grenzen gestoßen. Doch diese Grenzen sind weich, sie lassen sich - noch - korrigieren und ein wenig nach außen verschieben. In all der Unvernunft gleichen wir damit einem Baumeister, der, ohne die Berechnung der notwendigen Fundamentstärke, einen übergroßen Turm errichtet und sich dann maßlos wundert, wenn dieser schließlich ins Schwanken gerät.

Das, was wir allgemein als Vernunft bezeichnen, ist nur eine biologische Anpassung innerhalb unserer evolutionären Entwicklung, ein günstiger Zufall der Natur bestenfalls. Daraus eine Weltvernunft ableiten zu wollen, wäre unsinnige Anmaßung."

Karavad ging sofort darauf ein:

"Die abstrakten mathematischen Erkenntnisse in ihrer scheinbaren theoretischen Erhabenheit sind, genau besehen, alle auf einfache, sinnliche Wahrnehmungen unserer primitiven, halb tierischen Vorfahren zurückzuführen. So wird man, wenn man nur gründlich genug sucht, in allen wissenschaftlichen Theorien die Spuren des Körperlich-Natürlichen finden, da alles, was wir Menschen 'gefunden' haben, nur durch unsere speziell menschlich-physiologische Wahrnehmung zu uns dringen konnte - und von diesem Filter gleichsam einseitig polarisiert wurde..."

Muntius unterbrach ihn:

"Es mag ja richtig sein, daß in all unseren abstrakten Modellen der Urgeist der Körperlichkeit steckt; daß wir *so* denken und sehen, weil wir nicht anders denken und sehen *können*, aber das scheint mir jetzt nicht das Wesentliche zu sein. Es geht doch vor allem darum, die Ursache zu finden, die uns diesen Weg - so sehr abseitig von dem, *uns durch die Natur vorgezeichneten Weg* - einschlagen ließ. Ich denke mir diese Ursache als eine Art zufälliges Nebenprodukt: die in der Evolution hervorgebrachte Vernunft verschaffte dem Menschen nicht nur Vorteile im Überlebenskampf - sondern gestattete uns, eben als Nebenprodukt, eine gewisse Freiheit. Die Freiheit nämlich, einen anderen, einen falschen Weg einzuschlagen. Und dies, ohne dabei *sogleich* von der Natur mit dem Untergang bestraft zu werden. Eine Freiheit also, die keine andere Gattung besitzt.

Wir kennen evolutionäre Entwicklungen vergleichbarer, oder zumindest ähnlicher Art, welche die Gattung zunächst über viele Generationen zu fördern scheinen - die aber von Anfang an bereits den Keim des erst später einsetzenden Verfalls in sich tragen. Entwicklungen also, wie wir sagen, mit zeitverschobener Mehrfachwirkung unterschiedlicher Qualität.

In unserem konkreten Fall sind wir glücklicherweise in der Lage, die gefährlichen Nachwirkungen unserer gelobten Vernunft rechtzeitig zu erkennen und entsprechend gegenzuwirken. Und wenn ich anfangs von Freiheit sprach, so meinte ich damit, daß es uns *auch* möglich sein sollte, nun den *richtigen* Weg zu wählen - also uns den Naturgesetzen wieder unterzuordnen. Denn was wir als Abwehrreaktionen auf zu erwartende Gefahren jetzt anzustreben haben, ist eine allgemeine

Rückkehr zur Ursprünglichkeit, zur Einheit mit der Natur. Ich bin mir wohl bewußt, daß diese Forderung angesichts unserer kulturvollen, hochtechnisierten und durchgeistigten atlantischen Lebensart nicht sehr populär ist - aber fest steht, daß eine ehemals perfekte Ordnung durch menschliche Unzulänglichkeit in Verwirrung geraten ist und wir alles versuchen müssen, dies rückgängig zu machen. Ich stelle hier deshalb die konkrete Forderung, zunächst die Wissenschaft über den Menschen zur Hauptwissenschaft zu machen und alle anderen Gebiete - auch die Philosophie - ihr unterzuordnen." Ein deutlich hörbares Raunen ging durch die Menge der Zuschauer.

"Ich würde meinen, es reichte aus, sie als Maßstab den anderen Disziplinen anzulegen." antwortete Karavad gelassen. "Hätte ich meiner Mathematik derart drastische Beschränkungen auferlegt, wie sie sie offensichtlich im Auge haben, so wären mir - und uns allen - wohl kaum jene Abgründe bekannt geworden, an denen wir unser gefährliches Unvermögen nun ermessen, oder ich sage besser: erahnen können. Ich glaube nicht," sprach er betont langsam und konzentriert, mehr zu sich selbst, als zu den Gesprächspartnern und den Hunderten Zuschauern in den Hallen, "daß eine Rückkehr zur Ursprünglichkeit die ... optimale Reaktion auf die derzeitige ..., offensichtlich schon eskalierende, Entwicklung ist. Ich könnte mir vorstellen, daß wir Atlanter schon zu einer ... weniger radikalen ... dafür aber effizienteren Lösung dieses Problems in der Lage sind."

"Lassen sie hören Karavad, ich nehme doch an, sie haben da bereits einen konkreten Gedanken?"

"Nichts Konkretes, verehrter Muntius, aber vielleicht eine Ahnung, wie es in etwa funktionieren könnte. Um meinen Gedanken zu erläutern, gestatten sie mir, etwas weiter auszuholen." Befriedigt sah Karavad in die gespannten, fragenden Gesichter seiner wissenschaftlichen Kollegen und lehnte sich bequem zurück.

"In einem alten atlantischen Text aus der Zeit vor der Katastrophe, ich glaube im Jahr 212 verfaßt - also nur wenige Jahre nach der Entstehung unserer Schrift -, las ich eine Zeile, die mir zunächst nicht so recht in den sehr tiefgründigen, dabei aber exakt verständlich abgefaßten, Text passen wollte. Wie einige unter ihnen vielleicht wissen, befasse ich mich - als Ausgleich sozusagen - sehr gern mit diesen alten Schriften und bemühte mich also, diesen Satz, der meine Aufmerksamkeit erregt hatte, nun besser zu verstehen. Und nun erschien mir diese eine Zeile plötzlich als die interessanteste Aussage dieser uralten Schrift überhaupt. Um sie nicht länger warten zu lassen, möchte ich schon einmal die Worte nennen, die mich so beschäftigten, sie lauten:

'Gemeinsamkeit unter den Menschen
und Hervorhebung der Weisheit'

Die Zeile ist übrigens Bestandteil einer Reihe von Anweisungen für die Priesterschaft bei der Führung und Erhaltung des Volkes. Ich kam also nach eingehenden Untersuchungen, über deren Methoden ich mich hier nicht weiter auslassen möchte, zu dem Schluß, daß diese Empfehlung eigentlich aus *zwei*, bewußt durch ein 'und' getrennten, Empfehlungen besteht. Zwei Anweisungen also, die aber zusammen wiederum eine Einheit bilden: nämlich eine, in genialer Einfachheit ausgedrückte, ideale Gesellschaftsstruktur.

Um auf unserer heutiges Problem zurückzukommen, so glaube ich eine entsprechende Lösung in einer derartigen Gesellschaftsstruktur zu erkennen. 'Gemeinsamkeit unter den Menschen' bedeutet hier soviel wie Unterschiedslosigkeit, Natürlichkeit, das Fehlen von Hierarchie und Abstufung. Wir hätten uns also eine weitgehend homogene, ursprüngliche Gesellschaft zu denken, welche mit - und das ist das Entscheidende - der 'hervorgehobenen Weisheit' gleichzeitig, *aber nicht mit ihr vermischt*, existiert. Die Weisheit ist abgetrennt und 'hervorgehoben', also über die Masse des in Gemeinsamkeit lebenden Volkes gestellt.

Der alte Atlanter des dritten Jahrhunderts tat hier nicht weniger, als das alltäglich zu beobachtende Phänomen der Teilung von körperlichen und geistigen Belangen mit bewunderungswürdiger Konsequenz auf die gesamte Gesellschaft zu übertragen. In späteren Kommentaren zu dieser Schrift, die ich - neugierig geworden - nun in mühevoller Arbeit durchsah, traf ich unter anderem auch auf die sehr treffende, dabei aber sehr freie Interpretation der bewußten Zeile, die dann lautete:

'Vom Gesetz behütete
und Hüter des Gesetzes'

Die Wertung der Kommentatoren war allerdings weitgehend negativ. Sie taten die Schrift als naiv und unausgereift ab. Die ständigen Erfolge unserer Zivilisation schienen ihnen das Recht dazu zu geben. Ich glaube, es könnte von großem Nutzen für uns sein, dieses Modell heute noch einmal zu durchdenken und es einer ausführlichen Prüfung zu unterziehen."

"Wenn ich unseren verehrten Karavad recht verstanden habe," begann darauf Lasne-Santos, "so möchte er das natürliche und geistige Prinzip, als allgemeingültige, überall wiederkehrende Gegensätze in ihrer, fast möchte ich sagen, ewigen Dualität, auch auf die Struktur der Gesellschaft übertragen. In diesem Moment, so muß ich gestehen, erscheint mir unsere, hier in der Stadt angewandte Struktur als das Einzige, was sich dieser allgemeinen Dualität - und damit der kosmischen Ordnung - bisher zu entziehen versuchte..."

Alle Gesprächspartner hatte eine gewisse Erregung ergriffen. Muntius forderte eine Unterbrechung der Diskussion und die Gelehrten zogen sich zum zweiten Mal an diesem Nachmittag in die Meditation zurück - die Sichtschirme in den Hallen erloschen abermals. Etwas sehr Ungewöhnliches schien sich heute hier abzuspielen. Auch die überwiegende Mehrzahl der Zuschauer blieb jetzt still und in sich gekehrt. Gedanklich versuchten sie nachzuvollziehen, was sie soeben vernommen hatten. Es war, als suchte jeder Zuhörer selbst eine Lösung dieses Problems. Das Ziel war - wenn auch verschwommen und unklar - bereits formuliert, und in vielen Köpfen entstanden phantastische Ideen, wie dieses Ziel möglicherweise zu erreichen sei. Die Atlanter liebten diese Art von Spannung, und die heutige Diskussion war so recht nach ihrem Geschmack. Selbst die nichtöffentlichen Senatssitzungen, die man letztlich nur aus nachgestellten Theateraufführungen kannte, konnten nicht interessanter sein. Und hier ging es nicht nur um geistvolle Unterhaltung: es waren offensichtlich ganz existentielle Probleme, die an diesem Tage im Weißen Saal diskutiert wurden.

Innerlich gestärkt und erfrischt setzte der Physiker Lasne-Santos nach der Meditation seine unterbrochene Rede fort. Er spricht bedächtig und langsam, aber mit großer Sicherheit und Bestimmtheit:

"Wir haben, wie ich schon sagte, das Geistige und das Natürliche als Gegensätze begriffen - wir sollten nun den nächsten Schritt tun, und beides als die gegensätzlichen Pole einer Einheit erkennen. Sind einer solchen Einheit - zum Beispiel der Gesellschaft - also beide Prinzipien immanent, so haben auch *beide* ihre Daseinsberechtigung in dieser Einheit. Zu klären wäre nur die Relation der Wertigkeit beider Pole. Die Relation, die bei uns durch die Überbetonung des Geistigen offensichtlich gestört ist."

Die übrigen Gesprächsteilnehmer schwiegen und deuteten damit ihre Zustimmung zu diesen Gedanken an; auch ihre Überlegungen hatten etwa das gleiche Ergebnis gebracht und so war bis zu diesem Punkt eine gewisse Einigkeit der Meinungen erreicht.

"Die Daseinsberechtigung auch für das geistige Prinzip, schließt die anfangs geforderte absolute Rückkehr zur Ursprünglichkeit, zum primitiven Leben unserer Vorfahren also, aus. Wir dürfen uns Kunst, Philosophie, Technik und Luxus also weiterhin leisten - nur über das Maß dieser Dinge, über sein Verhältnis zum Anteil des natürlichen Lebens, muß noch gesprochen werden.

Unsere atlantische Kultur, das ist schließlich unser aller erklärtes Ziel, soll noch über weitere Jahrtausende Bestand haben. Extrapolieren wir aber die erreichten Ergebnisse unserer bisherigen Geschichte, so werden wir feststellen müssen, daß uns in ein bis zwei Jahrhunderten der sichere Untergang beschieden ist. Wir würden sozusagen an unserer eigenen kulturellen Größe zugrunde gehen. Die Korrektur der Relation muß also jetzt mit größter Sorgfalt erfolgen; ja es sollte, wenn ich es so einfach ausdrücken darf, auch eine Art Nachstellmechanismus mit eingebaut werden, um mögliche geringe Abweichungen in späteren Zeiten noch ausgleichen zu können."

Es folgte eine seltsame Stille, die Muntius schließlich dazu nutzte, etwas unvermittelt das Schlußwort zu sprechen.

"Gut, ich denke, damit wäre das Ziel also formuliert - und da die Zeit des heutigen Gespräches bereits weit überschritten ist, können wir es an dieser Stelle beruhigt beenden."

Ein eigenartiges Gefühl ergriff die Zuschauer, die sich so unvermittelt wieder sich selbst überlassen fühlten und wie benommen auf die sonnenlichtüberfluteten Plätze hinaustraten. Nichts in ihrem Leben oder im Leben der Stadt hatte sich verändert - alle großen und kleinen Probleme waren nach wie vor vorhanden - und trotzdem hatte man das Gefühl, eben Zeuge einer sehr bedeutsamen historischen Veränderung geworden zu sein. Es war fast unheimlich, wie es den Gelehrten gelungen war, sich innerhalb von nur wenigen Stunden ein Problem von den Dimensionen einer Naturgewalt bewußt zu machen - um es wie eine simple Denkaufgabe schließlich zu lösen, so glatt und komplikationslos, als sei das Ganze eine Übung für die Anfängerseminare.

Andererseits hatte das Gespräch natürlich keine sofortige, automatische Auswirkung auf das Leben der Stadt und auf die aktuelle Tagespolitik. Die Diskussionsrunden im Weißen Saal waren lediglich eine Privatinitiative von bedeutenden, aber außerhalb der Priesterschaft und der Regierung stehenden Gelehrten - und sie hatten daher auch keinen direkten Einfluß auf das offizielle Geschehen. Auch wurde bisher von Seiten des Senats die vielbesprochene Überbetonung des Geistigen keineswegs als Gefahr angesehen. Und so war es nicht verwunderlich, daß die Regierenden dieses bedeutsame Gespräch nicht weiter zur Kenntnis nahmen.

Nun ergab es sich, daß ebenfalls in dieser ereignisreichen Zeit ein neuer König zu wählen war. Dazu mußten sich nach alter Tradition mindestens zwei Drittel des in viele Splittergruppen zerfallenen Senats auf eine bedeutende und würdige Person aus ihren eigenen Reihen oder aus den Mitgliedern des Hofes einigen. Der inzwischen aus Altersgründen vom Amt zurückgetretene Vorgänger des neu zu wählenden Königs war selbst nicht ganz unschuldig an der schon seit Jahren stärker und stärker werdenden Senatsherrschaft. Von Krankheit, schwachem Willen und fehlendem Ehrgeiz gekennzeichnet, hatte er es nicht vermocht, sich gegen die intellektuellen Giganten in der Regierung durchzusetzen. Mit Leichtigkeit verstanden sie es, ihn wie eine Marionette für ihre geistreich-komplizierten Intrigen und internen Machtkämpfe auszunutzen und von den eigentlichen Entscheidungen auszuschließen.

Die Wahl eines neuen Königs hätte nun die Chance geboten, diesem unwürdigen Zuständen endlich ein Ende zu machen - aber niemand im Senat hatte verständlicherweise ein wirkliches Interesse daran. Und so geschah das Unglaubliche, daß sich dieser hochsensible Kreis einmal erstaunlich schnell auf ein gemeinsames Ziel einigte. Die vorgeschriebene feierliche Benennung von diesmal nur zwei Kandidaten für die Königswahl, die traditionell drei Monate vor der eigentlichen Ernennung stattfand, zeigte mit brutaler Offenheit die wahren Absichten des Senats. Mit großer Mehrheit hatten sich die gebildetsten Männer der Stadt für zwei kaum durchschnittlich begabte, körperlich und charakterlich noch unausgereifte Prinzen aus der vielköpfigen königlichen Familie entschieden. Es war jedem sofort klar, daß keiner dieser jungen Männer je in der Lage sein würde, die Stadt angemessen zu regieren und dem Senat vorzustehen. Manche verantwortungsbewußte Persönlichkeit des öffentlichen Lebens sprach offen von einer Beleidigung aller großen Könige der atlantischen Geschichte und von einer Nichtachtung dieses heiligen Amtes. Aber formal waren die Senatoren im Recht und niemand konnte ihnen direkte Unkorrektheit vorwerfen.

Es war also zu erwarten, daß die politische Macht nun absolut und auf unabsehbare Dauer in den Händen dieser elitären Versammlung verbleiben würde - und daß damit notwendige Entscheidungen in noch größerem Maße zerredet und hinausgezögert würden. Für eine kleine Splittergruppe des Senats jedoch schien diese Art, die großartige Folge der atlantischen Könige fortzusetzen, untragbar. Sie wehrten sich gegen den unvermeidlichen Wahlgang, indem sie überraschend zu illegalen Mitteln griffen. Die Prinzen wurden in einer perfekt inszenierten Aktion aus dem Palast entführt und an einem unbekannten Ort versteckt gehalten. Im Bewußtsein das Richtige zu tun und die Öffentlichkeit auf ihrer Seite zu haben, wurden außerdem einzelne Senatoren der Mehrheitsfraktion, zum Beispiel durch vorgetäuschte Straßensperrungen, an der Teilnahme wichtiger Sitzungen gehindert. Aufgebrachte Gruppen der Bevölkerung, besonders aus dem dritten Wohnbezirk, beschimpften die Senatoren vor ihren Privathäusern und auf den Plätzen und Foren rund um die Regierungsgebäude. Die allgemeine Situation in der Stadt wurde durch offizielle Drohungen der Regierung und lautstarke Gegenproteste des Volkes immer dramatischer. Auch konnte die in etwa zwei Monaten stattfindende Königswahl schlecht ohne die nominierten Kandidaten durchgeführt werden. Es war an sich schon beschämend genug, daß die Prinzen nicht an den rituellen Vorbereitungen und Einweisungen, die traditionell für diese Wochen vorgesehen waren, teilnehmen konnten.

Unter dem Eindruck all dieser Ereignisse beschloß die Mehrheit des Senats nun ebenfalls zu außergewöhnlichen Mitteln zu greifen: zur Herstellung ihrer erwünschten Ordnung sollten die Legionen innerhalb der Stadt eingesetzt werden. Ein Vorgang, der in der Geschichte der Stadt bisher ohne Beispiel war. Eine lange Folge von spektakulären Ereignissen war damit endgültig ins Rollen gebracht. Noch am selben Abend ergeht eine Senatsorder an die Reserve-Legionen, die Flotte und die Stadtgarde, sich auf militärische Aktionen gegen die vermeintlichen politischen Gegner vorzubereiten.

Obwohl das aufgrund dieses eindeutigen Befehls nicht notwendig gewesen wäre, beraten die atlantischen Heerführer und Flottenkommandeure bis in den frühen Morgen hinein - denn es geht in dieser nächtlichen Versammlung um wesentlich mehr als die fragwürdige Senatsorder. Hauptthema ist die Entwicklung innerhalb des Militärs, zu dessen besserem Verständnis man einige Jahre zurückblicken muß. Die Reserve-Legionen und die Flotte hatten in diesen Zeiten die volle Last und Verantwortung der überseeischen Kriege zu tragen. Es war ihnen zwar in rein militärischer Hinsicht gelungen, alle diese Feldzüge mit einem souveränen Sieg zu beenden, aber die Notwendigkeit dieser Gewaltanwendung als solche, der, wenn auch äußerst geringe, Verlust an Menschenleben, die Schmerzen der Verwundeten - all das lastete die militärische Führung mit Recht der viel zu schwerfälligen und widersprüchlichen Senatspolitik an. Ihre ganze Hoffnung setzten sie seit Jahren auf die Abdankung des unfähigen, kranken Königs und auf die Wahl eines neuen ersten Mannes. Nur dieses Amt konnte den Senat zügeln.

Nun hatten sich jedoch ihre Hoffnungen mit der Kandidatur der jungen Prinzen gründlich zerschlagen, und auch für die kommenden Generationen schienen sich keine Veränderungen dieses Zustandes mehr abzuzeichnen. Der Unwillen unter den Feldherren und Kommandeuren wuchs von Tag zu Tag, so daß jetzt, beim Eintreffen der besagten Order, die Wahl eines unfähigen Prinzen ausgerechnet mit der Gewalt ihrer Legionen durchzusetzen, die Stimmung gegen den Senat ihren bisherigen Höhepunkt erreichte. Auf dem üblichen Dienstweg kommt ganz zufällig noch in gleicher Nacht die scheinbar nebensächliche Information, daß neue Kolonien in Lankhor genehmigt wurden und vier Senatoren mit deren Einrichtung und Leitung betraut wurden. Zwar hatten diese Männer vor ihrer Abreise vielerlei Eide abzulegen und niemand hatte das Recht, in diesen verdienten atlantischen Bürgern potentielle zukünftige Abtrünnige zu sehen. Die traurige Erfahrung hatte den Militärs jedoch gelehrt, daß es statistisch mit mindestens einem von ihnen spätere Schwierigkeiten geben würde. Und sie beurteilten diese, offenbar vor dem Hintergrund undurchschaubarer Intrigen zustande gekommenen, neuerlichen Gründungen atlantischer Außenstellen, als eine im höchsten Maße verantwortungslose und gefährliche Politik.

Ein Teilnehmer dieser nächtlichen Sitzung im Hauptquartier der Reservelegionen war auch der hochbegabte junge Legionskommandeur Certus, dessen Name bald in aller Munde sein sollte. Am letzten sylonischen Krieg hatte er bereits als Absolvent teilgenommen und einige wichtige Nebenmissionen entlang der ostkatheranischen Küste geleitet. Schon während der Ausbildung bemerkten seine Vorgesetzten die außergewöhnliche Fähigkeiten dieses jungen Mannes. Seine Intelligenz und schnelle Beurteilungskraft ließen schon damals einen der zukünftigen Feldherren der Stadt erkennen. Dazu verschaffte ihm vor allem eine auffällige äußere Ruhe und Gelassenheit in allen Situationen, sowohl bei Gleichaltrigen als auch bei Vorgesetzten, Respekt und Beachtung.

Die Stufen der militärischen Hierarchie hatte Certus sehr rasch und ohne erkennbare Anstrengung genommen - und dies erzeugte natürlich auch den Neid einiger Kameraden. Die Zahl seiner Freunde und Bewunderer war jedoch stets überwiegend. Sie sahen in ihm vor allem einen Menschen, der anders war als sie selbst; einen, der schneller und weiter dachte und dem man sich in großer Gefahr blind anvertrauen konnte; einen Menschen, von dem man lernen und auf den man hören konnte. So hatte Certus bald den höchsten, in diesem Alter für ihn erreichbaren Platz im atlantischen Militärapparat erreicht: er tat seinen Dienst im Beraterstab des Feldherrn der Reserve-Legionen und befehligte selbst schon zwei dieser Einheiten. Seine persönliche Teilnahme an der Versammlung, an der alle drei Feldherren der Stadt mit ihren insgesamt sechsundzwanzig Beratern teilnahmen, war damit selbstverständlich. Keiner, der ihn hier reden hörte, wunderte sich über das bestimmte, energische Auftreten dieses jüngsten Mitgliedes der militärischen Führung. Man kannte ihn. Und Certus zeigte seine Mißbilligung für die verkrampfte Senatspolitik sehr deutlich. Als erster erhob er die logische Forderung, nicht um Gespräche zu bitten, sondern sofort zu handeln und feststehende Tatsachen zu schaffen.

Die Lage war ernst genug, und keinem der erfahrenen, älteren Militärs wäre es in den Sinn gekommen, diese Meinung, die auch ihrer eigenen entsprach, zu verwerfen - nur weil sie von einem jüngeren ausgesprochen wurde. Sie wußten nur zu gut, daß Certus aus militärischer Sicht das einzig Richtige empfahl. Jetzt um Gespräche bitten hieße, es dem Senat gleichzutun und ihm die Möglichkeit des Handelns zuzuspielen. So konnte dieser unter Umständen die gesamte Heeresführung absetzen und anderen die Befehlsgewalt übertragen.

Im Grunde bewunderten sie den jungen Certus auf dieser denkwürdigen Versammlung, da er offenbar genau wußte, was er wollte, und vor allem auch, wie er es zu erreichen gedachte. Es war deshalb auch nicht verwunderlich, daß die Feldherren die Verwendung der Legionen für einen Einsatz innerhalb der Stadt ablehnten und Certus, entsprechend seines eigenen Vorschlages, mit allen aus dieser Ablehnung erwachsenen Aufgaben betrauten. Es war dies eine wirklich historische Entscheidung, denn die Feldherrn von Stadtgarde, Flotte und der mobilen Reservelegionen stellten ihre Einheiten damit praktisch unter den gemeinsamen Befehl eines jungen, vielleicht noch etwas unerfahrenen aber hochintelligenten und charakterstarken Kommandeurs.

Certus erste Amtshandlung - wobei sein spezieller Auftrag zunächst das bestgehütetste Geheimnis der Militärs bleibt - ist die Übersendung eines höflichen, aber bestimmten Schreibens an den Senat, daß die Ablehnung von deren Order und gleichzeitig eine Reihe von Forderungen enthält; Forderungen, die für die Mehrheit des Senats natürlich unannehmbar sind. Damit hat Certus natürlich auch von Anfang an gerechnet und gleichlaufend seine wohlüberlegten Vorbereitungen treffen lassen.

Ein kurzer, an Ereignissen und Entwicklungen überreicher Zeitabschnitt der Stadtgeschichte war damit angebrochen, ein Abschnitt, der mit seinen schnellen, gewaltigen und dramatischen Aktionen so gar nicht in die vor allem geistig-kontemplative und ruhige Lebensart der vergangenen Jahrzehnte und Jahrhunderte passen mochte; ein Abschnitt auch, den man seinem Charakter nach als Bürgerkrieg bezeichnen muß, dessen militärischen Schlachten jedoch - zum Glück für die Stadt - außerhalb ihrer Mauern, in fernen Kolonien oder in den Weiten der Ozeane stattfinden sollten.

Schnell hat der Senat von der Ungeheuerlichkeit erfahren, daß die Legionen den Einsatz innerhalb der Stadt verweigerten und ebenso schnell erkennt er auch die Aussichtslosigkeit, die unwilligen Heerführer in dieser Sache umzustimmen. In allen übrigen Belangen, so hatte Certus in seinem Schreiben versichert, unterstehe man nach wie vor den Befehlen des Senats.

Nach zwei Wochen ungewissen Abwartens reagiert der Senat endlich. In aller Stille, und seinerseits unter strengster Geheimhaltung, waren bislang unbekannte Staatsbeamte zu militärischen Befehlshabern ernannt worden. Man hatte sie beauftragt, neue Reservelegionen auszuheben, zu bewaffnen und auszurüsten. Letzteres ist das geringste Problem, da Waffen und Ausrüstungen im Überfluß eingelagert waren. Sofort nach ihrer Aufstellung in den leeren Reserve-Kasernen der hinteren Stadt werden die vier neuen Senatslegionen in Marsch gesetzt, um wichtige Plätze und Gebäude - vor allem das Capitol - zu besetzen. Ziel ist es, die alte militärische Führung zu säubern und dem Senat wieder hörig zu machen.

Certus seinerseits hat seit der Übergabe seiner schriftlichen Forderungen mit der Bildung dieser Senatslegionen gerechnet. Es war ein Schachzug, zu der die Gegenseite einfach gezwungen ist, um das Spiel überhaupt fortsetzen zu können. Nun, da die vier Legionen gebildet waren - Certus hatte eigentlich mit sieben gerechnet - kann der Schlagabtausch fortgesetzt werden; er wartet nur darauf. Die Geheimhaltung gibt ihm dabei, solange er sie halten kann, noch einen gewaltigen Vorteil. Unbemerkt hatte er so seine Vorbereitungen treffen können, um jegliche Kampfhandlungen in der Stadt unmöglich zu machen und gleichzeitig die volle Handlungsfähigkeit für seine Legionen zu behalten. Das voll unter seiner Kontrolle stehende Hochstraßen- und Tunnelsystem ist dabei der entscheidende Faktor: wer es besitzt, hatte die Stadt praktisch in seiner Hand.

Nichtsahnend kommt eine Abteilung der soeben eingekleideten ersten Senatslegion in das Capitol. Sie kann sich ordnungsgemäß mit frisch ausgestellten Vollmachten ausweisen und ... wird wie selbstverständlich eingelassen. Auch führt man sie ohne zu zögern zum Hauptquartier des Certus, das dieser erstmals im zentralen Befehlsstand der Capitols aufgeschlagen hat - in jenem bedeutenden Saal unter der westlichen Kuppel des gigantischen Gebäudes.

In eiligem Schritt führt der etwas unsicher gewordene Senatsbeauftragte seine hundertsechzig schwerbewaffneten Männer durch die breiten Gänge, über Treppen und weite Terrassen bis in das Allerheiligste auf der fünften Stufe. Überall begegnet er hier den Männern von Certus Legionen, die seine Eskorte, Gassen bildend, stumm passieren lassen. Mit fünfzig Leuten dringt er entschlossen in das Gebäude ein und betritt atemlos den Saal, den er noch nie zuvor von innen gesehen hatte. Während sich seine Begleiter in einer hilflos anmutenden Aktion kreisförmig im Saal verteilen, sucht er unter den vier Militärs, die er hier vorfindet, etwas ratlos einen geeigneten Ansprechpartner. Doch Certus kommt ihm zuvor. Gelassen begrüßt er den Eindringling mit den Worten:

"Da sind sie ja endlich, wir haben sie bereits seit langem erwartet. Allerdings kommen sie etwas zu spät, meine Herren, die Aktion läuft bereits und nichts kann sie mehr aufhalten."

Nach diesem kühlen Empfang verläßt er ruhig und bestimmt den Raum, ohne den Bewaffneten noch irgendeine Beachtung zu schenken.

"...ich verhafte sie im Namen des atlantischen Senats..."

Die unsicheren Worte des Beauftragten verhallen ungehört vor der geschlossen Tür.

In den folgenden Abend- und Nachtstunden wird den Senatoren ihre Ohnmacht mehr und mehr bewußt. Überall treffen ihre neuen Legionäre auf bestens verschlossene und bewachte Tore. Außer einigen unwichtigen öffentlichen Gebäuden finden sie nirgendwo Einlaß. Alle

Mauern, Brücken, Türme und Durchgänge sind besetzt. Selbst der Platz um das Capitol, das gesamte Forum, der Circus, der Palastbezirk und der Fluß befinden sich, abgeriegelt von neun mobilen Reserve-Legionen, unter Kontrolle des Certus. Die zwei ohnehin unter seinem Befehl stehenden Einheiten sind als Einsatzreserve und als eine Art Leibgarde auf der ersten, zweiten und dritten Stufe des Capitols verteilt.

Mit Erstaunen und großem Interesse verfolgen die Bewohner der Stadt diese unvorstellbaren Geschehnisse. Die Spannung wächst, als gegen Mitternacht das Senatsheer in voller Stärke gegen das Capitol marschiert und sich die Spitzen beider Blöcke schließlich auf dem weiten, mondbeschienenen Platz vor dem Gebäude gegenüberstehen. Auf einen ungewöhnlichen Befehl hin, legen die hier in großen Karrees angetretenen sechs Legionen des Certus plötzlich ihre Waffen vor sich auf den Boden - weichen aber keinen Schritt zurück. Von der Terrasse des Capitols ertönt im gleichen Moment eine allen bekannte Formel, welche auch zu großen Tempelfesten immer wieder benutzt wurde: ein feierlicher Ausspruch, der den Frieden in den Mauern der Stadt als eine der wichtigsten Voraussetzungen ihres Fortbestehens und ihrer Dauer beschwört.

Die Verantwortlichen des Senatsheeres verstehen - und ziehen ihre Einheiten zurück. Ein Schlag gegen diese schweigende Mauer unbewaffneter, atlantischer Legionäre direkt vor dem Capitol wäre ein Vorgang, der sie in den Augen aller jetzt und später lebenden Atlanter disqualifiziert hätte. Man mußte Certus diesen ersten Erfolg überlassen und zurückweichen. Und die Senatoren, bei denen glasklare Vernunft immer noch weit höher als hochmütiger Stolz bewertet wurde, zögern keine Minute, sich diese Niederlage einzugestehen; was natürlich nicht bedeutete, daß sie sich nun insgesamt im Unrecht fühlten. Sie sehen wohl, daß sich hier ein Kampf entwickelt hat, in dem durchaus der Klügere - und nicht der militärisch Stärkere - gewinnen konnte. Und solch einem Kampf, Geist gegen Geist, glaubten sie sich natürlich gewachsen. Gewiß, diese erste Runde hatte dieser unbekannte junge Kommandeur, dieser Certus, für sich entschieden; nicht durch seine vielfache militärische Überlegenheit, die er zwar als Mittel geschickt einzusetzen wußte, sondern durch gewagtes und entschlossenes Handeln. Es blieb jedoch abzuwarten, meinten die Senatoren, ob dieser sicherlich größenwahnsinnige Kommandeur auch auf seine überlegenen Waffen verzichten würde, wenn die Dinge einmal andersherum standen.

Am frühen Morgen, nach durchwachter Nacht, besteigt Certus den Feldherrenstreitwagen - ein besonderes Machtsymbol der Militärs, daß ihm die eigentlichen Feldherren der Stadt zur Erleichterung seiner schwierigen Mission bewilligt haben. In langsamer, fast bedächtiger Fahrt lenkt er das von fünf prächtigen Pferden gezogene Gefährt allein durch die leeren, morgendlichen Straßen. Das Zentrum ist wie ausgestorben um diese Zeit - nur oben, hinter den Zinnen der allgegenwärtigen Türme und Mauern, erkennt man undeutlich die außergewöhnlich starken Besatzungen. Certus weiß, daß diese Stille in den Straßen täuscht. In Wirklichkeit ist die Stadt hellwach, angespannt, lauernd, jede kleinste Bewegung registrierend und wertend, jede Möglichkeit zum Handeln abwägend - doch er hält sie im Griff, im festen Griff von insgesamt sechzehn kampferprobten Legionen und eines perfekten und bewährten Systems von Mauern, Türmen, Hochstraßen, Tunnels, Nachrichtenverbindungen und Transportmitteln. Dazu kommt die vorhandene Organisationsstruktur im Capitol und in den Hauptquartieren der Flotte, die, bezogen auf das kleine, in allen Details bekannte Territorium der Stadt geradezu optimal funktioniert.

Doch trotz dieser Machtfülle ist Certus auf dieser Fahrt voller Sorgen und Zweifel. Der schwierigste Teil seines Unternehmens war nicht der militärische Überraschungseffekt, die richtige Voraussicht der Ereignisse und die genaue Einschätzung seines Gegners - der schwierigste Teil folgte jetzt, dort, wohin er sein Gespann nun lenkte: in die Residenz des obersten Priesters.

Schon vor Beginn des gesamten Unternehmens war ihm klar, daß eine derartige Begegnung unvermeidlich sein würde, aber er hatte im Stillen gehofft, daß ihm wenigstens diese Aufgabe von einem der älteren, verdienten Feldherren abgenommen würde. Nun, da man sie ihm überlassen hatte, zögerte er nicht und machte sich auf den Weg. Certus weiß, daß bei den Priestern nicht das Alter oder die Anzahl der siegreichen Schlachten, sondern lediglich Art und Inhalt des Anliegens von Bedeutung sein würde. Und dieses Anliegen glaubt er so gut wie jeder andere vortragen zu können.

Als der Wagen in die langgestreckten Parkanlagen südlich des wissenschaftlichen Bezirkes einbiegt, erhöht Certus unwillkürlich das Tempo. In schneller Fahrt nähert er sich auf dem Mittelweg nun dem Hauptportal des Tempelbezirkes. Es ist fest geschlossen. Kraftvoll bringt er die Tiere zum stehen, wartet eine geraume Weile, bindet die Zügel fest, steigt ab und begibt sich an das Tor, welches sich nach einigen Schlägen wirklich einen Spalt breit öffnet. Der Besucher wird wortlos eingelassen und von einem unscheinbaren Priester über den Hof in die Residenz geführt. Das Wahrzeichen seiner Macht, der Streitwagen, bleibt verlassen vor dem Tor stehen.

Certus, mit dem weiterhin kein Wort gesprochen wird, wartet nun über sechs Stunden in einem der leeren, schmucklosen Empfangssäle des priesterlichen Palastes. Ein Uneingeweihter hätte denken mögen, daß der zu sehr sehr früher Stunde gekommene Gast warten müsse, bis alle wichtigen Personen dieser Institution erwacht und angekleidet wären - aber Certus wußte nur zu gut, daß dem nicht so war. Diese Wartezeit hatte, wie alles hier, natürlich ihre besondere Bedeutung; wenn ihm auch noch nicht ganz klar ist, welche, und ob es sich - bezogen auf sein Anliegen - dabei um ein gutes oder schlechtes Vorzeichen handelte. Immerhin besitzt er genug Selbstvertrauen, um gelassen darauf einzugehen. Draußen in der Stadt, das ist beruhigend zu wissen, wird auch nicht das Geringste geschehen, solange sein Streitwagen allein vor dem Tor des Tempelbezirkes steht. Die Zeit scheint den Atem anzuhalten.

Als der Besucher endlich mit einem Priester sprechen kann, werden ihm so gut wie keine Fragen gestellt. Man läßt ihn in aller Ausführlichkeit reden, während sein Gegenüber, ein älterer, kahlköpfiger Mann, still und geduldig zuhört - seinem Gesichtsausdruck ist dabei weder Zustimmung noch Ablehnung anzusehen. Nach diesem Gespräch bleibt Certus erneut allein. Bis plötzlich ein würdiger, sehr alter Herr den Raum betritt. Sein langes, weißes Haar reicht im fast bis auf die Schultern. Er trägt ein weites Gewand mit den blutroten Insignien der Priesterschaft. Certus glaubt, dem obersten Priester der Stadt gegenüberzustehen, dem Mann also, den man sonst nur aus großer Entfernung bei den jährlichen Tempelfeiern zu sehen bekommt. Ernst und durchdringend blickt er den jungen Besucher lange Zeit an; doch Certus ist in der Lage, diesen Blick mit gleichem Ernst zu erwidern.

"Ich möchte eure Zustimmung und euer Mitwirken..." beginnt er.

"Wirst du deine Legionen zurückziehen, wenn ich es dir jetzt gebiete?"

"Wenn ihr mir verständlich machen könnt, *warum* sie zurückgezogen werden müssen und *warum* ich im Unrecht bin, werden sie noch in gleicher Stunde das Capitol verlassen." antwortet ihm Certus sofort und entschieden. Eine geraume Zeit herrscht daraufhin Schweigen, daß der nachdenkliche Priester schließlich bricht.

"Es handelt sich hier um eine wirklich sehr seltene Situation. Ich kann weder dir einen historischen Fehler - noch dem Senat einen rechtlichen nachweisen. Umgekehrt muß ich aber sehr wohl beim Senat ein schwerwiegendes historisches und bei dir ein ebenso schwerwiegendes rechtliches Vergehen feststellen. Wir Priester jedoch haben Ewigkeit und Augenblick zugleich zu sehen - und auf Dauer in Einklang zu bringen. Das bedeutet, daß unser heute angewandtes Recht historische Fehler eigentlich verhindern sollte. Für die gegenwärtige Situation scheint das jedoch leider nicht zuzutreffen. Ich kann dir also meine Zustimmung nicht versagen - aber gleichzeitig auch auf den Senat keinerlei Einfluß nehmen."

Certus ist enttäuscht. Offensichtlich bedeutet dies, daß die Priesterschaft zwar nichts gegen seine Aktionen unternehmen wird, sich aber auch nicht offiziell gegen den Senat stellen will. Er spürt in diesem Moment plötzlich mit aller Deutlichkeit, daß er diesen schweren Kampf ganz allein auszufechten haben wird. Noch einmal versucht er, den weisen Mann umzustimmen und für sein Vorhaben zu gewinnen.

"Wenn ihr erkannt habt, daß mein Weg weitere historische Fehler verhindert, dann müßt ihr mir helfen, ganz gleich, ob damit im Moment geltendes Recht verletzt wird..."

Der Alte sieht Certus nachsichtig an und lächelt zum ersten Mal.

"Wer selbstgeschaffenes Recht verletzt, zerstört seine eigene Glaubwürdigkeit, wer sich aber zum Handeln zwingen läßt, verliert seine Souveränität. Unsere Zeit zählt nicht nach Jahren oder Jahrzehnten. Bedenke, Certus, daß wir warten können. Zwei, fünf, zehn oder hundert Jahren - was spielt das für eine Rolle. Es werden weitere Versuche folgen, aus anderen Lagern, mit anderen Motiven und anderen theoretischen Grundlagen. Wenn wir merken, daß sie zufällig die richtigen Ziele verfolgen, werden wir sie tun lassen. Gehen sie aber mit ihren Bemühungen unter, warten wir auf den Nächsten, der im unruhigen Wasser der Geschichte irgendwann zufällig in die gleiche Richtung schwimmt.

Sieh dir die Welt an, sie gleicht einem Chaos. Alles strebt verschiedenen Zielen zu und alles behindert und befördert sich dabei wechselseitig - gewollt und ungewollt. Auch die atlantische Staatspolitik ist davon wohl nicht ausgenommen. Wenn wir Priester aber ein Ziel erreichen, oder einen Zustand erhalten wollen, so versuchen wir nicht, uns mit Gewalt in diesem ungestümen Strudel durchzusetzen. Das kostet unnötige Kraft und ist eines Wissenden unwürdig. Von den wirren Bewegungen der Masse machen wir uns jene zunutze, die per Zufall mit den von uns gewünschten übereinstimmen. Alle anderen Strömungen werden lediglich beobachtet und man läßt ihnen großmütig

Gewährung, solange sie keinen all zu großen Schaden anrichten."

"Also werdet ihr meinen Zielen nicht im Wege stehen?" Certus stellt diese Frage mit der gebotenen Vorsicht aber auch mit der ihm eigenen Bestimmtheit.

"Nein, aber wir werden dich stets beobachten." Der Alte ruft nun einen Befehl in einer unbekannten Sprache - und ein unscheinbarer, sehr schmächtiger, fast kränklich aussehender Mann tritt sogleich ein. Um seine knochigen Schultern trägt er ein einfaches, kurzes Gewand aus graubraunem Leinen.

"Das ist Delos." stellt der Oberpriester ihn vor. "Er wird mit dir gehen, wohin dein Weg dich auch führen sollte. Er wird dein zweiter Schatten werden, der dich nie verläßt, solange du im unruhigen Strom der Geschehnisse in die richtige, von uns gewollte Richtung schwimmst."

Darauf verläßt der hohe Würdenträger die beiden und Delos bedeutete seinem neuen Herrn, noch eine halbe Stunde in der Residenz zu verweilen und sich der stillen Meditation hinzugeben. Eine Angewohnheit, deren Wert Certus noch nicht so recht schätzen gelernt hat. Er ist bisher weitgehend ohne sie ausgekommen, denn ein Legionskommandeur oder gar Feldherr, der vor jeder Entscheidung eine Stunde meditieren sollte, war aus rein sachlichen Gründen schon unvorstellbar. Aber er fügt sich in dieser Stunde und nimmt sich vor, auch weiterhin die Lehren dieses uralten Priestertums zu achten und zu beachten.

Die einmal begonnenen Geschehnisse setzen sich nun mit der ihnen innewohnenden Eigengesetzlichkeit fort. Dieses Mal ist es das Lager des Senats, welches seinen Vorteil ausspielen kann. Unter Ausnutzung der höchsten Regierungsgewalt gelingt es ihnen, bestimmte Tempel und bauliche Anlagen wieder in ihre Gewalt zu bringen. Dies hat letztlich jedoch nur den Zweck, Certus zum Einsatz seiner Waffen zu bewegen - ihn also zu zwingen, den heiligen Frieden der Stadt zu stören. Damit wäre er in den Augen aller diskreditiert und es bliebe lediglich eine Frage der Zeit, bis er dann irgendwann gänzlich beseitigt werden konnte.

Nun, Certus weiß dies ebenso, und auch er ist nicht zu stolz, die Leistung seines Gegners anzuerkennen. Er verzichtet sogar auf die theatralische Gegenüberstellung der Legionen, was dieses Mal mit Sicherheit das Niederlegen der Waffen der Senatsverbände vor einem Tempeleingang zur Folge gehabt hätte - und verläßt mit sechs mobilen Legionen und entsprechenden Flotteneinheiten unerwartet die Stadt.

Auf einem der Schiffe wird überdies das gesamte militärische Archiv der Stadt mitgeführt. Die Senatoren freuen sich nicht lange über ihren schnellen Sieg. Zwar sind für sie nun alle Mauern und Tore der Stadt wieder frei, aber die verbleibenden Legionen verhalten sich keineswegs kooperativ und verweigern nach wie vor bestimmte Befehle des Senats.

Das entführte Archiv zwingt die Senatoren schließlich zum Handeln - nach Certus Vorstellungen zu handeln. Sie gehen sehr ungern in diese offensichtliche Falle; allein die Tatsache, daß sie außerhalb der Stadt keine Rücksichten zu nehmen brauchen und die Legionen notfalls mit Gewalt zwingen können, macht ihnen die Entscheidung leichter. So werden alle vier Legionen eingeschifft und verlassen ebenfalls die Stadt - nicht ohne vorher in feierlicher Zeremonie die vergangenen Siege der Atlanter zu beschwören. Daß keiner dieser frisch eingesetzten Legionäre und Kommandeure an den besagten Feldzügen teilgenommen hat und man nun eigentlich jene zu bekämpfen trachtete, die diese Siege einst erfochten hatten, scheint die Senatoren bei ihren feierlichen Reden nicht zu stören.

Certus hat auf diesen Schritt seines Gegners nur gewartet. Hier, außerhalb der Stadt, wo es allein auf logische, militärische Entscheidungen ankommt, ist er den neuen Befehlshabern der Senatsmacht weit überlegen. Und es kommt dann auch zu einer ganzen Reihe peinlicher Irrtümer und Niederlagen auf Seiten der Verfolger, wobei es Certus gelingt, bei der ganzen Aktion keinen einzigen Atlanter zu töten oder ernsthaft zu verwunden. Der talentierte junge Feldherr - zu dem ihn die Militärs nach seinem Besuch bei den Priestern offiziell ernannt haben - liefert hier auf dem Atlantik eine erste, bewunderungswürdige Probe seines Könnens. Er spielt mit dem Gegner, täuscht und überrascht ihn. Zwei Schiffe werden versenkt, so daß deren Besatzungen notgedrungen umsteigen müssen und die übrigen Fahrzeuge überfüllten. In einem kühnen Handstreich stiehlt er einmal das Tauwerk, ein anderes Mal gar die Segel eines Senatsschiffes und kehrt schließlich mit vier eingenommenen Fahrzeugen und fast einer halben Legion an Gefangenen in die Stadt zurück.

Die Besatzung der Eingangsbefestigung, die mit etwas Bangen den Ausgang dieses seltsamen Feldzuges abgewartet hat, bereitet den einlaufenden Schiffen einen jubelnden Empfang. Das irregeführte Gros der ehemaligen Verfolgerflotte kreuzt währenddessen noch im eisigen Wind des Nordmeeres, wohin Certus sie durch eine falsche Spur gelockt hatte. Großzügig erlaubt er nun dem Senat, ein Schiff in das Operationsgebiet zu entsenden, um sie zurückzuholen. Dabei bewahrheitet sich seine scherzhaft gemeinte Ankündigung, die Senatsflotte wird das eigene Kurierschiff samt der übermittelten Nachricht für eine weitere Falle halten und nicht darauf reagieren. So dauert es - zur Schadenfreude der ganzen Stadt - noch zwölf Wochen, bis die geschlagene Flotte endlich vor den Hafenmauern der Stadt auftaucht. Natürlich wird sie nicht eingelassen, und da sie nicht weitere Monate untätig und der Lächerlichkeit preisgegeben vor den absolut sicheren und unpassierbaren Schleusentoren vor Anker liegen möchte, segelt sie bald darauf mit unbekanntem Ziel wieder ab.

Der Senat grollt und tobt, kann aber mit Worten allein nichts ändern. Seine militärische Macht in der Stadt hat er verspielt. Die theoretisch noch vorhandene Möglichkeit, weitere zwei bis drei Legionen aufzustellen, ist praktisch undurchführbar geworden, da inzwischen alle Kasernen und Waffenlager gut bewacht werden. Schließlich läßt Certus in eigener Verantwortung - ohne den dazu notwendigen Senatsbeschluß - diese Legionen für sich ausheben. Er will damit möglichen Intrigen und Unternehmungen des Senats zuvorkommen. Alle kampferfahrenen Männer der Stadt stehen damit unter Waffen und sind, zu ihrer eigenen Sicherheit und Zufriedenheit, in *einem* Lager vereint.

Der Wahltermin des neuen Königs ist während diese Geschehnisse bereits lange verstrichen und die Senatoren haben dieses Vorhaben anscheinend schon aufgegeben. Aufgrund neuer, schwer durchschaubarer Notgesetze regieren sie nun selbst. Und da sie niemand letztlich dazu zwingen kann, einen König zu wählen, bleibt es zunächst auch dabei.

Die wochenlange Ruhe, in der Certus jetzt ungestört im Capitol residiert, ist ihm selbst etwas unheimlich. Was hat der Gegner vor? Denkt er vielleicht in ähnlichen Dimensionen wie die Priesterschaft - und wartet einfach auf seinen natürlichen Tod....? Nun, die kommenden Ereignisse sollten diesen Zweifeln vorerst ein Ende machen. Mit dem einzig zur Verfügung stehenden Machtpotential, den dreieinhalb ausgesperrten Legionen, beginnt der Senat erneut zu handeln. Die Falle ist diesmal gründlich und gewissenhaft vorbereitet - Certus kann hineinlaufen.

Sein verläßlicher Beobachtungsdienst meldet ihm eines Morgens die Gefangennahme einer ganzen Senatslegion durch aggressive Eingeborene an der fernen Küste Südlankhors. Eine weitere Legion sei angeblich in großer Gefahr, während der Rest offensichtlich in Panik geflohen war. Und wirklich erreicht wenige Tage später eine Legion der Senatsmacht mit siebzehn Schiffen die Hafenmauern, lieferte ihre Waffen aus und bittet um Einlaß. Certus ahnt wohl, daß nicht alles der Wahrheit entspricht - daß der Senat jedoch offensichtlich eine ganze Legion preisgibt, um seine Lüge glaubhaft zu machen, amüsierte ihn. Trotzdem muß er in See stechen: die Schwierigkeiten seiner Landsleute, die ja nie Feinde im eigentlichen Sinne waren, konnten gestellt sein, um ihn in die Falle zu locken, aber seine erfahrenen militärischen Berater wissen, wie schnell aus einem derart gefährlichem Spiel mit unberechenbaren Eingeborenen tödlicher Ernst werden kann. Mit seinen sechs im ersten Feldzug erprobten Legionen verläßt Certus abermals die Stadt - der Senat trifft sich darauf sofort zu einer außerordentlichen Versammlung.

Die Sorge um die atlantischen Legionen erweist sich zum Glück als unbegründet. Das Täuschungsmanöver, bei dem unschuldige Eingeboren nur eine nebensächliche Statistenrolle spielen, ist ohne Komplikationen abgelaufen. Als Certus Flotte an der besagten Küste landet, ist kein Landsmann mehr anwesend. Alles deutet auf einen planmäßigen Rückzug ohne Verluste hin und von einer Gefangennahme kann keine Rede sein. Verschüchtert und unsicher stehen Gruppen von Eingeborenen mit primitiven Waffen herum, die selbst in vielfacher Übermacht keiner atlantischen Legion hätten gefährlich werden können.

An diesem fernen Strand gibt es aber noch am gleichen Tag die ersten Todesopfer dieses Bürgerkrieges. Eine Handvoll ausgesuchter Kämpfer der Senatslegionen hatte sich am Ort versteckt gehalten, um die gelandete Flotte des Certus zu versenken oder zumindest stark zu beschädigen, sie also vor allem an der Rückkehr in die Stadt zu hindern. Fünf Schiffe werden zerstört und über vierzig Seeleute finden den Tod, bevor es gelingt, die überraschend zäh kämpfenden Angreifer zu vernichten.

Nun ist Certus noch am gleichen Abend gezwungen, die erste Totenfeier dieses unseligen Krieges zu veranlassen, und er wird das Gefühl der eigenen Schuld daran nicht los. Sein ständiger, sonst meist stummer priesterlicher Begleiter versucht ihm in einem längeren Gespräch seine Zweifeln zu nehmen - trotzdem bleiben diese Toten ein Eingeständnis von Fehlbarkeit und Unvollkommenheit der atlantischen Zivilisation; und das ist es vor allem, was den Feldherrn stört und was ihn schmerzt.

Am nächsten Tag schon beginnt er voller Entschlossenheit die Suche nach der restlichen Senatsflotte, die er aufbringen und auflösen will - um dann, so nimmt er es sich vor, unverzüglich in die Stadt zurückzukehren und die Befugnisse des Senats drastisch einzuschränken. Delos, für ihn hier draußen die Verkörperung des offiziellen priesterlichen Willens, hat nichts einzuwenden, und die Krise, so glaubt er, wäre dann hoffentlich beendet. Aber es sollte noch einmal anders kommen.

Die Suche auf dem Atlantik bleibt zunächst erfolglos. Trotz taktischer Klugheit gelingt es nicht, eine brauchbare Spur zu finden. Zwei Monate schon kreuzt er in allen in Frage kommenden Gewässern, teilt seine Flotte, vereinigt sie wieder ... nichts; das gewaltige, endlose Meer scheint leer und verödet. An der katheranischen Küste, nur drei Tagereisen vom Heimathafen entfernt, geht die Flotte schließlich nochmals vor Anker. Der Feldherr erwartet hier eines seiner regelmäßigen Kurierschiffe aus der Stadt, welches mit einer merkwürdigen Verspätung schließlich eintrifft. Es bringt katastrophale Nachricht: die überall gesuchte Senatsflotte liegt seit Tagen vor der Hafeneinfahrt und drängt nachhaltig auf Einlaß. Die drei dienstältesten Feldherren der Stadt, sowie drei Legionskommandeure wurden von Unbekannten ermordet und weitere sechzig hochrangige Militärs von einer relativ kleinen, neu aufgestellten Garde des Senats verhaftet. Certus selbst hatte man in Abwesenheit als Verräter angeklagt und bereits verurteilt.

Der Senat hatte ihn also vor allem auf diesen Feldzug gelockt, um währenddessen diese Reihe von Maßnahmen auflaufen zu lassen und vor allem seinen Stab zu überrumpeln und zu dezimieren. Wie das im Einzelnen geschah, war im Moment unwichtig, Certus mußte versuchen zu retten, was noch zu retten war. Denn noch schien nicht alles verloren: die Tatsache, daß die Senatsflotte offenbar nicht in die Stadt einlaufen konnte, zeigte, daß zumindest die Hafenbesatzung noch standhielt - aber wie lange noch? Drei Tage war das Kurierschiff unterwegs - und wieder drei Tage würden seine Schiffe brauchen, um die Stadt zu erreichen. Inzwischen konnte viel geschehen. Niemand im Senatslager kennt jedoch seinen derzeitigen Ankerplatz und weiß daher, wie nah er der Stadt ist und wann mit der Rückkehr seiner sechs Legionen zu rechnen sein würde. Dies ist sein einziger Vorteil; und Certus kann nur hoffen, daß seine Feinde ihn zur Zeit viel weiter von der Stadt entfernt vermuteten.

Während die Schiffe in eiliger Fahrt nach Norden, dem Heimathafen und einem ungewissen Schicksal entgegen ziehen, denkt der Feldherr, auf dem Deck seines Flaggschiffes stehend, noch einmal an die letzten Tage, da sie untätig an diesem letzten Ankerplatz weilten.

Zusammen mit Delos ging er einmal ein Stück ins Landesinnere, in den fast undurchdringlichen Busch, wo ihm seine Wachen in fast scheuer Ehrfurcht ein stilles Eingeborenendorf gezeigt hatten. Lange standen die beiden Atlanter auf einem kleinen Höhenzug und sahen aus einiger Entfernung unbemerkt dem natürlichen Treiben dieser urtümlichen Siedlung zu. Eine Senke mit einem breiten, lehmig-gelben Bach trennte sie von den Grashütten der Eingeborenen. Die Menschen liefen nackt herum. Kinder balgten sich in Schlammlöchern nahe des Wasserlaufes. Von einer anderen Stelle holten Frauen immer wieder Wasser in kleinen, ausgehöhlten Fruchtschalen heran. Das ganze Dorf wirkte trocken und staubig. Um die einzige, schwach rauchende Feuerstelle herum saßen Männer, die weltvergessen mit der Reparatur ihrer einfachen Holzspeere beschäftigt schienen.

"Sieh doch nur Delos, sieh es dir an! Überall gibt es solche Dörfer, solche und ähnliche - im Grunde sind sie alle gleich. Sie verteilen sich an fast allen Küsten, die wir kennen und auch überall auf dem weiten Land. Es ist unheimlich, wenn man bedenkt, wie viele es sind."

Delos sieht den Feldherrn fragend an, der aber spricht leise, mehr zu sich selbst, weiter: "Überall diese einfachen, primitiven Menschen; ausgeliefert jeder Krankheit, jeder Dürrezeit, jedem einfallenden wilden Tier, jeder Flut oder was es sonst gibt. Sie leben, sie vermehren sich - aber sie wissen doch nichts: nichts von sich, nichts von der Welt, nichts vom Himmel - und scheinen doch zu zufrieden dabei. Sie kommen zur Welt, leben dahin und sterben eines Tages. Nicht einmal gezählt werden die vergehenden Generationen. Von wem auch, da sie ..." Certus verstummt plötzlich betroffen.

"Da sie leben wie Pflanzen und Tiere, wolltet ihr sagen?!"

"Ja vielleicht, Delos, wie die Pflanzen und Tiere - welch treffender Vergleich - nur, die machen mich nicht so nachdenklich."

"Und worüber denkt ihr nach, Herr?"

"Delos, du sollst mich nicht ‚Herr‘ nennen."

"Verzeiht, H..."

"Ich dachte darüber nach, wie winzig unsere Stadt ist - verglichen mit der Weite dieser grausam-schönen Welt. Wir schlagen uns hier mit hochkomplizierten Problemen herum, von denen sonst niemand etwas ahnt und die auch niemand in der Welt begreifen könnte. Wir durchqueren Ozeane, als wären es kleine Tümpel; transportieren tausende von Legionären hierhin und dorthin..., nur um eines winzigen strategischen Vorteils willen. Wenn ich mir diese einfachen Menschen dort ansehe, frage ich mich: wozu das alles? Wozu, Delos? Ich frage mich: sind wir damit wirklich auf dem richtigen Weg? Oder ist diese herrliche Geborgenheit in der Unwissenheit, die wir hier sehen, am Ende etwa *sicherer und besser*, als unsere mathematisch berechneten Befestigungsmauern und die Kampfkraft unserer Legionen?"

"Auch diese Menschen" Delos wies zum Dorf hinüber, "werden sich weiterentwickeln und schließlich - in einigen Jahrtausenden - die gleichen Dinge tun, wie wir heute. Und sie werden sicher auch die gleichen traurigen Fehler machen. Was aber wirklich wichtig ist, scheint mir nicht die augenblicklich erreichte Höhe der Kultur zu sein, sondern die Frage, ob *in ihr* eine Ausgewogenheit der Gegensätze erreicht ist. Dort drüben ist, wie zur Zeit überall auf diesem Planeten, diese Ausgewogenheit gegeben. Allein in der atlantischen Kultur wurde diese Harmonie mehr und mehr gestört. Ich meine die Harmonie zwischen den drei Erscheinungsformen der Materie," fügt Delos noch hinzu, als Certus ihn staunend ansieht. Selten hatte er seinen stillen Begleiter so viel reden hören und will ihn daher jetzt nicht unterbrechen.

"... also der toten, belebten und bewußten Materie. Jeder einzelnen Erscheinungsform kommt ein bestimmtes Maß zu, im einzelnen Individuum wie in der Welt - und diese Maße bilden untereinander ein festes Verhältnis. Hält man es ein, so wird die Harmonie gewahrt. Wird aber eine der Erscheinungsformen überbewertet, wie wir Atlanter es mit der bewußten Materie taten, so ist die Harmonie gestört und es droht diesem Bereich das Verderben. Wir sollten uns daher sehr schnell auf die Grenzen der geistigen Vervollkommnung besinnen, und in der Stadt wieder einen Zustand herstellen, der dem wirklichen, natürlichen Menschen entspricht - und nicht den Idealvorstellungen unserer geistigen Elite."

Und noch an ein weiteres Vorkommnis denkt Certus, während seine Flotte sich in schneller Fahrt der Stadt nähert. An einem anderen, unscheinbaren Ankerplatz war er mit zwei Begleitern an Land gegangen, um selbst eine Trinkwasserstelle auf mögliche Spuren seiner Gegner zu überprüfen. Unerwartet wurden die Männer plötzlich von mehreren aufgestörten Raubkatzen angegriffen. Einige konnte man geistesgegenwärtig abwehren, als sie sich im Sprung näherten, aber es waren ihrer zu viele. Für kurze Zeit bewegungsunfähig unter dem massigen Körper eines getöteten Tieres liegend, mußte Certus notgedrungen aus nächster Nähe mit ansehen, wie einer seiner Männer - nur auf seine natürlichen Körperkräfte angewiesen - mit der Bestie um sein

Leben kämpfte. Seine Handwaffe lag abseits im Gras und er hatte keine Gelegenheit mehr, sich suchend nach ihr umzudrehen. Nach wenigen Augenblicken unterlag er der mächtigen Raubkatze, die nun den Menschen, ebenso wie jede andere Beute, zerriß und als Nahrung zu verwerten gedachte. Jetzt, auf dem Achterdeck seines Flaggschiffes stehend, läßt Certus diese schreckliche Szene nochmals in der Erinnerung ablaufen. Das Tier hatte, so rekapituliert er, lediglich über das Vielfache an Muskelkraft verfügt - und nur *dies* hatte im Kampf letztlich den Ausschlag gegeben. Daß der Mensch dem Tier geistig um das Vielfache überlegen war, blieb dabei vollkommen ohne Belang - wenn seine Waffe nur einen halben Meter zu weit entfernt lag.

Als die Flotte am späten Abend des dritten Tages vor der Stadt eintrifft, sieht man als erstes die Schiffe der Senatsmacht noch immer - wie ausgesperrt - vor der Hafeneinfahrt ankern. Dies konnte nun zweierlei bedeuten: einmal, daß Certus' Legionen in der Stadt die Mauern nach wie vor besetzt hielten - oder aber, daß dieser Zustand nur vorgetäuscht wurde, um ihn in Sicherheit zu wiegen und in die Gefangenschaft zu locken.

Certus hat keine Wahl. Sein Schicksal muß sich nun entscheiden. Bereits auf hoher See haben seine Schiffsführer die notwendigen Befehle erhalten, um ohne Verzug auf alle denkbaren Situationen reagieren zu können. Ohne vor Anker zu gehen, ja selbst ohne jede Verminderung der schnellen Reisegeschwindigkeit, die bei den atlantischen Kriegsschiffen sehr hoch ist, steuern die Fahrzeuge auf die Bucht und auf die an ihrem Ende gelegene, einem Nadelöhr gleichende, Hafeneinfahrt zu. In einem schnell und sauber durchführten Manöver löst die Flotte dabei ihre Keilformation auf, um in dem nur knapp fünfhundert Meter breiten Fahrwasser der Bucht einen versetzten Konvoi zu bilden.

Schon ist die Höhe des ersten, hier vor Anker liegenden Senatsschiffes erreicht - bange Minuten verstreichen - aber es wird ohne Schußwechsel passiert. Wohl ihrer noch jungen Schuld an den ersten Toten dieses Krieges gedenkend, verlassen die Besatzungen von anderen, quer vor der Hafeneinfahrt ankernden Schiffen eilig ihre Decks, springen übereilt in die Boote oder einfach ins Wasser. Ihre als Hindernis wirkenden Fahrzeuge noch aus der Fahrrinne zu manövrieren, hätten sie in einem derartig kurzen Zeitraum nicht mehr vermocht. Certus ist in dieser Situation zu allem entschlossen, das spüren sie genau. Schon ist die Spitze seines Konvois in unmittelbarer Nähe. Und schon prasselt ein Trommelfeuer aus seinen Geschützen auf zwei der inzwischen besatzungslosen Hindernisse. Die brennenden, auseinanderberstenden Wracks werden sofort von den beiden ersten Schiffen beiseite geschoben - und ohne Verzögerung passieren die Nachfolger bereits die durchbrochene Blockade. Sie erreichen das Einfahrtsbecken und werden - zu Certus großer Erleichterung - von den treu standhaltenden Besatzungen auf den Mauern jubelnd begrüßt. Hätten die Senatsschiffe einen Versuch gewagt, die ankommende, zahlenmäßig weit überlegene Flotte des Certus auszusperren, wären sie, das wird jetzt klar, zwischen ihr und der Hafenbefestigung aufgerieben worden. In diesem Bewußtsein hatten sie sich still verhalten - drängten aber nun, waffenstarrend, die Hände nervös an den Auslösern ihrer Geschütze, wie geduckt in entgegengesetzter Richtung am einlaufenden Konvoi vorbei: dem offenen Meer entgegen.

Es ist ein stilles, unheimliches Schauspiel. Die Legionäre auf den Kriegsschiffen, wohl wissend, daß sie einander den sicheren Tod bringen können, verhalten sich betont ruhig. Ängstlich vermeiden sie jede hastige Bewegung auf ihren, in nur wenigen Metern Entfernung, lautlos aneinander vorübergleitenden Fahrzeugen. Certus läßt seinen lang gesuchten Feind nun, da er ihn endlich gefunden hat, sogleich wieder laufen; ein sinnloses Töten vor den Mauern der Stadt ist ihm unmöglich. Die verfeinerte atlantische Kultur, von der beide Parteien durchdrungen sind, läßt - bei allem momentanen Haß - dergleichen nicht zu. Nicht, daß Mut und Entschlossenheit dazu gefehlt hätten, aber solange noch eine Chance bestand, diese Entscheidung ohne gegenseitigen Nachteil zu vertagen, tat man dies in unausgesprochenem Einverständnis. Vielleicht, so dachte man wohl auf beiden Seiten, ergibt sich später ein rein taktischer Sieg, welcher den Verlust von Menschen überflüssig macht und von der Nachwelt darum weit höher geschätzt würde.

Die Senatsflotte verläßt also unbehelligt die Bucht, um ausgesperrt und getrennt von ihrer Basis und Heimat eine lange ziellose Reise anzutreten. Niemand ahnt in dieser Stunde, daß sich an Bord der bald am Horizont verschwundenen Schiffe ein beachtlicher Teil der Certus feindlich gesinnten Senatoren befinden. Ihr geistiges Potential war im Moment der Abfahrt Garant für die unblutige Trennung beider Flottenformationen - aber sie sind auch der Keim für die spätere, unheilvolle Fortsetzung dieses Bürgerkrieges.

Im Staatshafen, direkt vor dem Capitol, verläßt Certus sein Schiff und eilt sofort hinauf in die Befehlszentrale, wo er bald darauf den winzigen, in den letzten Wochen versteckt lebenden und daher noch auf freiem Fuß befindlichen, Teil seiner Anhängerschaft empfängt. Eilig verlassen auch seine zwei Legionen ihre Schiffe und verteilen sich in wenigen Minuten wieder auf den Terrassen des Gebäudes. Eine kleine Gardeabteilung des Senats, welche Certus verhaften sollte, wird sogleich am Haupteingang entwaffnet und verhört.

Noch in der Nacht beginnen die Fahndungen nach den Mördern der Feldherren, und die vom Senat inhaftierten Militärs werden befreit. Certus arbeitet bis in die frühen Morgenstunden: gibt Befehle aus, bespricht Situationen, sieht Protokolle durch, läßt Informationen einholen und einzelne Senatoren - die trotz der späten Stunde und ihres lautstarken Protestes aus ihren Privathäusern geholt werden - vorführen und vernehmen. Als die ersten Sonnenstrahlen die Kuppel des Capitols beleuchten und Certus sich nun ein paar Stunden Ruhe gönnt, ist die Stadt bereits wieder fest in seiner Hand. Eine Woche später sind auch die Mörder seiner Freunde gefaßt und dem Gericht übergeben.

"Wenn es der Priesterschaft auch gleichgültig sein mag," sagt er nicht ohne Stolz zu Delos, "so bin ich doch fest entschlossen, meine Ziele noch in meinem Leben durchzusetzen, um sie eines möglichst nicht all zu fernen Tages auch verwirklicht zu sehen."

Die mehr oder weniger unfreiwillige Flucht etwa eines Viertels der atlantischen Senatoren konnte nicht lange verborgen bleiben. Die in der Stadt zurückgebliebenen Mitglieder diskutierten nun etwas hilflos in kleinen Gruppen über die künftige Regierung der Stadt. Certus kontrollierte alle wichtigen Einrichtungen, selbst Senatsversammlungen durften vorerst nicht mehr stattfinden. Eine Abteilung seiner ersten Reservelegion hielt die altehrwürdigen Zugänge zur Versammlungshalle ständig besetzt.

Nach einigen Tagen erfährt Certus schließlich auch, daß in den Wochen seiner Abwesenheit die seit langem überfällige Königswahl nun doch vollzogen wurde - übereilt und unter Ausschluß der Öffentlichkeit. Wie erwartet, hatte der Senat einen der jungen Prinzen, deren Versteck inzwischen bekannt geworden war, in dieses höchste Amt des Staates eingesetzt. Unverzüglich läßt Certus den verschüchterten jungen Mann samt den dazugehörigen Ernennungsurkunden vorführen. Gewissenhaft prüft er vor allem die Siegel und läßt sie zusätzlich noch von einem seiner Sachverständigen und von Delos besehen. Und da sie von allen gleichermaßen für gültig befunden werden, begibt sich Certus unverzüglich in den großen Saal der Befehlszentrale, wo der frisch gewählte König, mit Mühe Stolz und Gleichgültigkeit zur Schau stellend, noch immer wartet. Certus tritt dem Jüngling würdevoll entgegen, deutet eine Verbeugung an und - erklärt mit wenigen schlichten Worten seine Absicht, ihn in diesem Amt voll anzuerkennen. Die anwesenden militärischen Berater sowie auch einige Begleiter des Hofes waren darauf nicht gefaßt und sind aufs Äußerste verblüfft - hatte nicht der ganze Konflikt der letzten Monate nur darauf beruht, daß dieser Mann *nicht* König werden sollte? Nur Delos, der sich, unscheinbar wie immer, im Hintergrund aufhält, schien genau dies erwartet zu haben. Wohlwollend und wie selbstverständlich nimmt er die Entscheidung des Feldherren zur Kenntnis.

Es war, so mußten auch seine Freunde später anerkennen, ein durchaus kluger, politischer Schachzug: eine Anerkennung der priesterlichen Autorität zum einen und eine Stärkung seiner eigenen, neu geschaffenen - und noch weitgehend undefinierten - Position zum anderen. Das Senatslager würde aus diesem unfähigen König keinen zusätzlichen Vorteil ziehen können. Dafür aber war der Weg für Certus frei, als außerordentlicher Befehlshaber und siegreicher Feldherr, die Stadt anstelle dieses Königs *praktisch* zu regieren. Dieser feine Prinz konnte an den Staatsfeiern, an Empfängen und Banketten teilnehmen, er konnte den Tempelfesten mit ihren vorgeschriebenen, heiligen Zeremonien beiwohnen und sich in der übrigen Zeit im riesigen Palast der Königsfamilie ein schönes Leben machen. Der Senat, der es ja wissen mußte, so sagte sich Certus zufrieden, hat mit voller Absicht eine Marionette gewählt - also werde ich ihn auch als eine solche behandeln.

Der junge König gibt schnell auf, jetzt hier den Entrüsteten zu spielen; im Grunde ist er heilfroh über den Ausgang dieses Gespräches, denn er hatte in dieser heiklen Situation wohl Schlimmeres für sich befürchtet. Daß er nicht aktiv in die Politik eingreifen würde, da seine Fähigkeiten dazu nicht ausreichten, war ihm ohnehin klar - und so hat Certus im Grunde nur ausgesprochen und zur offiziellen Anordnung erhoben, was allen bereits bekannt ist.

Die Tage gehen dahin; man zählt bereits die dritte Woche nach dem Eintreffen von Certus' Flotte und seiner Herrschaft im Capitol. Doch je weiter die Zeit voranschreitet, desto mehr drängen die undurchschaubaren und schwierigen Machtverhältnisse innerhalb der Stadt auf eine Klärung und Entscheidung. Die militärische Überlegenheit sowie die Kontrolle aller öffentlichen und staatlichen Einrichtungen liegt klar und eindeutig in Certus' Händen - aber die eigentliche, vom Gesetz festgeschriebene Regierungsgewalt gehört nach wie vor dem Senat. Damit ist eine Situation entstanden, wie man sie sich komplizierter nicht vorstellen kann. Certus selbst liegt es denkbar fern, den Senat quasi abzusetzen und sich gegen dessen Willen zum Alleinherrscher auszurufen. Er respektiert den unausgesprochenen Willen der Priesterschaft, die keinerlei Andeutungen macht, daß ihr eine derart drastische Entmachtung des Senats wünschenswert sei. Anders sieht es aus der Sicht der Senatoren aus: sie möchten sehr wohl den alten Zustand *ihrer* Alleinherrschaft wieder herstellen - sind aber praktisch handlungsunfähig.

Nun trifft es sich in diesen ungewissen Tagen, daß eine der jährlichen, traditionell festgelegten Senatsversammlungen ansteht. Alte Traditionen werden in der Stadt immer sehr ernst genommen und Certus gedenkt diese Gelegenheit zu benutzen, um die Versammlungshalle auf dem Forum für ihren eigentlichen Zweck wieder freizugeben. Wie ein Lauffeuer geht diese überraschende Nachricht durch die Stadt und verbreitete sich nicht nur unter den verblüfften Senatoren, sondern vor allem auch im Volk, daß diesen Gigantenkampf in den letzten Monaten mit wachsendem Interesse verfolgt hat. Ein Interesse, bei dem die Mehrheit ihre Sympathien für Certus unverhohlen zum Ausdruck bringt. Schnell verbreitet sich auch das Gerücht, daß der Feldherr selbst auf dieser denkwürdigen Versammlung sprechen werde. Und einige glauben sogar zu wissen, daß er dies vor allem tun würde, um königliche Vollmachten für sich zu fordern. Die Bewohner der Stadt sehen offensichtlich keinen Widerspruch darin, zwei Könige an der Spitze ihres Staates zu haben; wenn der eine mit der Repräsentation und der andere mit der praktischen Regierung beauftragt sein würde.

Nun, so einfach ist die Angelegenheit jedoch wahrlich nicht. Certus denkt in der Tat nicht daran, sich zum zweiten König wählen zu lassen. Ihn beschäftigen weitergehende Vorstellungen, die aber im Moment noch zu unklar und unausgereift sind. Was er jetzt vor allem will, ist zunächst eine Phase der inneren Ruhe und eine möglichst weitgehende Normalisierung der Verhältnisse. Er und auch die Stadt brauchen diese Ruhe, um die neuen Ideen gründlich auszuarbeiten und ihnen den Boden zu bereiten.

Die Nacht vor dieser entscheidenden Senatsversammlung verbringt Certus schlaflos in seiner Amtswohnung auf dem Capitol. Er bewohnt diese Räume, die ursprünglich für den kommandierenden

Feldherrn in Belagerungszeiten gedacht waren und die sich daher unmittelbar an die Befehlszentrale auf der fünften Stufe anschlossen, seit der Rückkehr von seinem ersten Feldzug - und er gedenkt sie auch weiterhin als seine Amtswohnung zu betrachten.

Als am späten Abend die letzten Aufgaben erledigt sind, bleibt nur Delos, sein unaufdringlicher, unscheinbarer Begleiter, noch bei ihm. Das letzte schwache Licht des verlöschenden Tages, welches durch die breiten, glaslosen Fensteröffnungen eindringt, läßt die Umrisse in dem unbeleuchteten Raum nur schemenhaft erkennen. Der Feldherr selbst hat sich auf einer Ruhebank ausgestreckt, während Delos, im verschwommenen Dämmerlicht einer hinteren Ecke des fast kahlen Raumes kaum wahrzunehmen, auf dem Boden kauerte und seine ganz individuelle Art von Meditation pflegte. Eine Versenkung, die allem äußeren Anschein nach von großer Intensität war, es ihm aber gleichzeitig erlaubte, jedem beliebigen Geschehen in seiner Umgebung wachen Geistes zu folgen, ja sich unter Umständen sogar an Gesprächen zu beteiligen. Mit einem Wort, Delos betrieb eine Meditation, die seiner speziellen priesterlichen Mission auf das Beste angepaßt war.

So erscheint er auch in dieser ruhigen Stunde völlig mit sich beschäftigt und der eigenen inneren Sammlung hingegeben - jedoch verfolgt er ebenso konzentriert jeden der, anfangs unruhigen dann aber langsam gleichmäßiger werdenden, Atemzüge seines Herrn. Es bereitet ihm keine große Mühe zu erspüren, daß heute kein richtiger Schlaf über den ihn kommen wollte. Aber erst als die Nacht endgültig hereinbricht, erhebt sich Certus und geht langsam zur breiten Fensteröffnung hinüber, wo er an der Brüstung stehenbleibt und gedankenversunken auf die, in dunkler Tiefe kaum erkennbaren, Häfen hinunter sieht. Winzige, ab und zu aufleuchtende Lichtpunkte lassen sich dort ausmachen - man ahnt die unzähligen Türme, Mauern und Wachschiffe der stark befestigten Stadt mehr als man sie sieht.

Von irgendwo her dringt leise Musik durch die Nacht hinauf zu dieser höchsten Stufe des Capitols. Certus nimmt diese zufälligen, kaum zu deutenden, fernen Klänge andächtig in sich auf, bis sie nach einer Weile leider wieder verstummten. Leise, aber im selbstverständlichen Bewußtsein, daß Delos ihm jetzt zuhört, spricht er, sich umwendend, in das Dunkel des Raumes hinein:

"Wir suchen doch alle nur - ohne richtig zu wissen, was wir überhaupt finden wollen. Beim Musikhören scheint sich ein Finden anzudeuten - als müßte man in dieser Richtung weitersuchen. Aber was nur? Was?"

Er bekommt keine Antwort und erwartet auch keine, da es sich so ergeben sollte, daß Delos ihm in dieser Nacht nur durch geöffnetes Zuhören und aufmunterndes Schweigen antworten würde. In stundenlangem Monolog, immer wieder unterbrochen von Phasen des stillen Nachdenkens, äußert sich der Feldherr zu den Zuständen in der Stadt und zu den Aufgaben, die er daraus in überraschend klarer Weise für sich ableitet. Unter anderem spricht er vom Geist und den Wissenschaften als einem "... durchaus interessanten Spiel für geniale Denker, welches jedoch nie ein Ersatz für echtes, natürliches Leben sein könne." Die Stadt bezeichnet er als "...eine nach außen, zur wahren Realität hin abgeschlossene, ins Groteske verfeinerte Kulturoase, in der zwar die reinsten Gedanken und die anspruchsvollsten Ideen möglich, ja alltäglich waren - die letztlich aber keine andere Aufgabe mehr kannte als dieses seltsame, blutleere Dasein mit allen Mitteln zu schützen und vor der Welt zu verbergen."

"Nun," so spricht er weiter in die schwarze, schwülwarme Nach hinein: "kein äußerer Feind kann uns noch etwas anhaben, auch jeder denkbaren Naturkatastrophe wären wir wohl durchaus gewachsen - doch der Keim der Vernichtung steckt in uns selbst. Von Innen droht die Gefahr. Die Harmonie, die unser Zusammenleben mit der Natur allein garantieren kann, wurde von uns selbst verändert. Und diese Änderung wird sich schließlich gefährlich auswirken. Anzeichen von Krankheit und Schwäche, wie man sie jetzt schon sieht, werden bald gefolgt von Verfall und Sterilität - schließlich vom traurigen Untergang der atlantischen Kultur."

Und nach einer längeren Pause fügt er noch hinzu: "Andererseits aber liebe ich diese Stadt; diese Idee einer, in gesicherten Verhältnissen sich vollziehenden, Vervollkommnung des Geistes. Einer Höherentwicklung also, die nicht erzwungen wird durch einen täglichen, unerbittlichen Existenzkampf. Wieviel Erfahrungen und Erkenntnisse gehen dabei sinnlos unter, sterben zusammen mit ihren Besitzern auf den unzähligen Kampfplätzen und Schlachtfeldern dieser Welt. Und wieviel geistige Anstrengung wird überall an widersinnige, gewalttätige Unternehmungen verschwendet. Die Stadt dagegen hatte bewiesen, daß nicht allein die gewöhnliche, evolutionäre Konkurrenz der natürlichen Lebewesen untereinander, ihr nackter Überlebenswille und ihre Todesangst imstande sind, geistige Leistungen hervorzubringen. Nein, unsere, in sicherer Abgeschiedenheit arbeitenden und denkenden Menschen hatten die übrige Welt bereits weit überflügelt. Not und Angst mögen ein guter Grund sein, sich weiterzuentwickeln - aber unser Prinzip, es in überlegener Abgeschiedenheit zu beginnen, zeigte sich als das stärkere und erfolgreichere. Ich verehre daher dieses Prinzip, ja ich liebe es und ich bin gewillt, es zu erhalten. Jetzt, da ich mit ansehen muß, wie eine Übertreibung dieses Prinzips, eine zu starke Abspaltung vom Leben und von der Natürlichkeit einen traurig-glänzenden Untergang der Stadt einleitet, sehe ich mich zum Handeln gezwungen..."

"... die Szene, die ich gestern im Palast mit ansehen mußte, bestätigt mich nur in diesen Vorstellungen. Gegen den Willen des Empfangspersonals drang ich in die neuen, unterirdischen, saalartigen Wohngemächer ein, die gewöhnlich nie ein Gast betritt und von denen auch ich zuvor nichts Genaues wußte. Die Größe und Weiträumigkeit, ihre düstere Pracht, ihre extravaganten Raffinessen und technischen Einrichtungen überraschten mich. Ganze Wandflächen bestanden zunächst aus Glas, hinter dem sich in einem übergroßen Wasserbecken - oder war es schon ein Teil der Meeresbucht? - die verschiedensten Fische bewegten. Ein grünlich-blaues Licht, welches von diesem Riesenaquarium ausging, beleuchtete die bizarre Landschaft des unterirdischen Raumes, der sich schließlich weit hinten im Dunkel verlor, ohne daß man eine Begrenzung erkennen mochte. Breite Treppen führten da und dort hinab, während sich die Decke mal nach oben erweiterte, mal auf normale Zimmerhöhe herabsenkte. Es gab kleine Inseln mit Pflanzengruppen, einzelne Statuen von unbeschreiblicher Schönheit, leise plätschernde Brunnen, Nischen und Säulengänge. Weiter unten sah ich schließlich, nach längerem Umherirren, den jungen König auf einem der vielen, flachen Sitzpolster liegend. Eine überaus komplizierte, schwermütig-melancholische Musik durchströmte hier den gespenstischen Raum. Ein größeres Orchester mochte dazu irgendwo in einer Versenkung versteckt sein - zu sehen waren lediglich einige Tänzerinnen, die einen höchst kunstvollen Tanz aufführten. Dies geschah in einer Seitennische, die sich beim Näherkommen als tiefer Saal erwies und für einen Augenblick meine Neugier erweckte. Der Grund des Saales bestand aus einer Vielzahl stufenförmig übereinander liegender Wasserbecken. Über deren marmorne Ränder strömte einem das Wasser, gleich einem stilisierten, rauschenden Gebirgsbach, entgegen und verschwand dann irgendwie unter dem Fußboden. Die Mädchen, nur mit seidigen, schleierartigen Gewändern bekleidet, vollführten ihre graziösen Schritte offenbar auf verborgenen, schmalen Stegen zwischen den Becken - als schwebten sie, anmutigen Nymphen gleich, über diesen Wasserfällen und Kaskaden.

Der König selbst schien nicht hinzusehen. Abgewandt und unlustig verfolgte er auf einem tellergroßen Bildring, den er in der Hand hielt, die abstrakten und asymmetrischen Konstellationen eines Lamat-Spieles. Ich sah ihm eine Weile zu und verzichtete schließlich darauf, ihn anzusprechen. Die Tänzerinnen auf dem Wasser hatten sich inzwischen in weiße Nebelschwaden aufgelöst und waren nicht mehr zu sehen... So verließ ich diese bedrückende Stätte auf dem gleichen Weg den ich gekommen war."

"...und sah ich also in der erbärmlichen Handlungsunfähigkeit unseres Senats zunächst das Hauptübel, so ist dies jetzt für mich lediglich *nur ein Aspekt* unseres beginnenden Verfalls; so wie die übersteigerte, dekadente Lebensweise unseres Hofes - die leider von vielen Atlantern nachgeahmt wird - auch nur *einen* Aspekt darstellt. So gibt es aber dieser Anzeichen schon viele; deutliche und weniger deutliche; ausgeprägte und noch verborgene. Das Ziel meiner Aufgabe kann daher nicht nur lauten, den Senat zu regulieren und die Handlungsfähigkeit der Regierung wieder herzustellen ... mein Ziel ist doch eigentlich von weit größerer, hellerer und umfassenderer Art. Aber leider weiß ich es heute noch nicht exakt zu formulieren ... ich muß jedenfalls ein Mittel finden, um *allen* Aspekten des Verfalls gleichzeitig Einhalt zu gebieten; ein Mittel, welches die Harmonie des atlantischen Menschen mit der übrigen Natur, daß heißt: mit den ganzen verdrängten und vergessenen ursprünglichen Bedingungen unseres Daseins, wieder herstellt."

Certus' mit Spannung erwarteter Auftritt vor dem versammelten Senat dauert am nächsten Morgen nur wenige Minuten. Auf seinem Streitwagen stehend kommt der junge Feldherr zunächst vom Capitol herunter, überquert im hellen Sonnenschein die Brücke zum Gebäude der Weltinformation und hält schließlich vor den Stufen der großen Freitreppe, die zum Forum hinab führt. Legionäre seiner ersten Reservelegion haben hier, über die Treppe und weiter bis zum Portal der Senatshalle, eine ausreichend breite Gasse gebildet. Zum Platz hin müssen sie das schaulustige Volk zurückzuhalten, da sich tausende Menschen, die auf eine Sensation gleich welcher Art zu hoffen scheinen, seit den frühen Morgenstunden auf dem Platz angesammelt haben.

In der kühlen, hellen Halle mit ihren marmornen Bänken tritt sogleich Stille ein, als der Feldherr mit vier Begleitern im Raum erscheint. Erwartungsvoll, aber mit verschlossenen, teils spöttischen Gesichtern, blickt ihn die ehrwürdige Versammlung an. Ohne sich mit einer Vorrede aufzuhalten, nennt Certus seine Bedingungen, die er zum vorübergehenden Gesetz erklärt - und die der Senat akzeptieren muß, wenn er weiterbestehen will. In seinen klar ausgesprochenen und präzise formulierten Sätzen findet sich kein formaler Widerspruch, keine Möglichkeit sich zu entziehen. Certus ist nicht gekommen, um zu diskutieren, sondern um Tatsachen festzustellen, anzuordnen und zu befehlen. Diese Sprache ist den disputierfreudigen, doch handlungsscheuen Senatoren fremd, und obwohl es kein einziger von ihnen zugegeben hätte, beugt man sich seinem Willen nicht nur aus Einsicht in die momentane Notwendigkeit, sondern zum Teil auch aufgrund einer schwer verständlichen geheimen Bewunderung, welche die gelehrten Männer diesem souverän und selbstbewußt auftretenden Feldherrn nicht versagen können.

Die offizielle Regierungsgewalt ist damit auch auf Certus übergegangen. Dem Senat bleibt es lediglich gestattet, über bereits gefällte Entscheidungen zu diskutieren, was in den normalen, nun wieder regelmäßig stattfindenden, Versammlungen geschehen durfte. Sollte Certus jedoch den Rat der Senatoren benötigen, so würde er sie zu sich ins Capitol rufen. Wie jedermann wußte, befand sich dort, direkt unter dem Saal der Befehlszentrale, ein eigentlich für Belagerungszeiten gedachter entsprechender Versammlungsraum, welcher auf der vierten Stufe des Capitols je einen repräsentativen Zugang von östlicher und südlicher Seite besaß und dessen würdevolle und großzügige Gestaltung durchaus angemessen schien. Dorthin müßten sich die Senatoren im Bedarfsfalle also begeben, und dort, nur dort, würden sie von nun an Gelegenheit haben, sich aktiv an der Regierung zu beteiligen.

Certus kommt auch auf die mit dem Senatsheer geflohenen Mitglieder der Versammlung zu sprechen. Er bringt zum Ausdruck, daß er eine grundsätzliche Ächtung dieses Verhaltens vom Senat verlangt, formuliert seine Forderung aber so, daß sich eine sofortige Stellungnahme zu diesem Thema noch nicht notwendig macht. Schließlich kündigt er als letztes weiterreichende Reformen an, bleibt in diesem Punkt aber sehr unklar und mehrdeutig. So kommt es, nachdem die Senatoren wieder sich selbst überlassen sind und der neue Diktator schon wieder auf dem Rückweg ins Capitol ist, zu erregten Wortgefechten über diese bevorstehenden Veränderungen. Certus, der bald davon erfahren sollte, entschließt sich, nun auch in diesem Punkt Klarheit zu schaffen und zitiert den Senat schon nach drei Tagen erstmalig ins Capitol. Das Thema ist bekannt: es geht um die umstrittenen weiterreichenden Reformen. Und das gibt schließlich auch den Ausschlag, einen zunächst beschlossenen Boykott dieses neuartigen Versammlungsortes sogleich wieder aufzugeben.

Bis auf wenige Ausnahmen kommt man also ins Capitol, um erstmals in dem, von ungewohnt großzügigen Foyers umgebenen, neuen Raum zu tagen. Über ihnen, in der etwa gleich großen Befehlszentrale, dem selbstbestimmten Amtssitz des Feldherrn, werden also nun die Entscheidungen getroffen, die sie hier unten, in der geschützten Tiefe des Bauwerkes, ungestört vorzubereiten oder zu beraten haben. Durch diese räumliche Gegebenheit entsteht ein ganz neues Arbeitsklima, daß sich - entgegen aller Erwartung - offenbar positiv auf die Entscheidungsbereitschaft der Senatoren auswirkt und von den meisten auch als angenehm empfunden wird. Außer einer fast wandgroßen Bildverbindung sind beide Etagen auch durch eine separate Treppenanlage und natürlich mit einem Lift verbunden. Alles in allem perfekte Voraussetzungen für ein im Moment noch gar nicht perfekt funktionierendes Regierungsmodell. Aber ein Anfang ist gemacht und es ist Certus leichter gefallen, bis hier hin zu gelangen, als es am Anfangs seiner Mission aussah. Das Leben in der Stadt normalisiert sich nun zusehends. Mit einer kleinen, starrköpfigen Opposition im Senat kann man sich abfinden.

Natürlich ist noch manche schwere und bedeutende Aufgabe durchzustehen, so die formale Absetzung der geflohenen Senatoren und die Auffüllung dieser Lücken mit Anhängern des Certus; so auch die Einbringung vieler Gesetze, welche die derzeitigen Verhältnisse auch für die Zukunft festschreiben sollen. Certus selbst zeigt sich bei all diesen politischen Auseinandersetzungen zurückhaltend und gelassen; ja es scheint, als betrachtet er diesen zähen Kampf als einen lang sich hinziehenden Feldzug, den er nur durch Geduld und ständige konzentrierte Aufmerksamkeit gewinnen kann. Und obwohl er einen politischen Machtkampf nie dagewesenen Ausmaßes durchsteht, sieht die Öffentlichkeit in ihm nie den trockenen Politiker, sondern eher den entschlossenen, tatenfreudigen Feldherrn.

Neben diesen täglichen Aufgaben zur Festigung seiner Macht arbeitet Certus unablässig an seinem neuen Regierungsmodell. Es soll schließlich noch zu seinen Lebzeiten verwirklicht werden - nein, es *muß*! Denn eine Weiterführung der jetzt praktizierten fast unumschränkten Einzelherrschaft durch einen - nach ihm vielleicht weniger fähigen und verantwortungsvollen - Nachfolger, barg mit Sicherheit noch größere Risiken in sich, als die unselige Alleinherrschaft des Senats.

Durch Delos bekommt Certus schließlich Kontakt zu einigen Gelehrten des Weißen Saals. Diese vertreten schon seit langem die Auffassung, daß die atlantischen Gesellschaft eine grundlegende Veränderung ihrer Struktur anstreben müsse. In diesem Punkt treffen sich nun die Ziele von Macht und Weisheit. Certus hat inzwischen selbst erkannt, daß es wenig Sinn hat, nur die Regierung zu verändern und lediglich in diesem Bereich Ordnung zu schaffen. Nein, diese Reform mußte das Volk betreffen, das ganze Volk; denn alle waren sie vom natürlichen Weg abgewichen und in ein gefährliches Abseits geraten.

Dank der überraschend vielfältigen Vorarbeit der Gelehrten sind die Grundgedanken dazu in gemeinsamen Gesprächen bald formuliert - aber damit ist die eigentliche Aufgabe noch nicht gelöst. Ausgehend von dieser neu geschaffenen theoretischen Basis müssen nun die Details aller gesellschaftlichen Zusammenhänge und Funktionen betrachtet, gewertet und im Sinn dieser neuen Idee zu Ende gedacht werden. Der Botaniker und Philosoph Rhamasis formuliert es bei einem dieser Gespräche, die jetzt unter Ausschluß der Öffentlichkeit hoch oben im Capitolspalast stattfinden, einmal so:

"Die Welt, die wir erkennen wollen, umgibt uns. Wir sind ein Teil von ihr. Wollen wir sie in ihrer Gesamtheit erfassen, müssen wir zunächst Abstand gewinnen. Körperlich ist uns das nicht möglich - aber unser Denken ermöglicht es uns. Wir sehen: zwei gegensätzliche Pole beherrschend die Welt der Erscheinungen; sie bilden einen Dualismus, der sich auf allen Ebenen, bis in die kleinste Einheit hin, fortsetzt. Ich meine den Gegensatz zwischen Himmel und Erde, trocken und feucht, männlich und weiblich, hell und dunkel, geistig und natürlich. Jeder Suchende, der sich mit dem Wesen der Dinge beschäftigt, wird also diesen Grundwiderspruch entdecken und ihm weiter nachgehen. Welche Aspekte er bei seiner Suche und Betrachtung besonders betont, welchen Ursprung und welches Ziel er daraus ableitet, hängt von vielen äußeren Bedingungen ab, auf die ich hier nicht weiter eingehen möchte. Uns geht es im Besonderen um das Erkennen und Denken als solches - weil wir letztlich *hier* das Maß festlegen müssen, wie weit wir es in Anspruch nehmen dürfen, ohne uns selbst Schaden zuzufügen.

Materielle Zwänge beeinflussen dieses Denken und können es trüben. So ist es nur verständlich, daß sich der suchende Mensch zuweilen in eine relative Bedürfnislosigkeit zurückzieht, um dort, frei materiellen - sprich: natürlich-körperlichen - Zwängen, ein harmonisches System für die Vielzahl der Gegensätze zu finden und schließlich ihre bewegungslose, stille Mitte zu schauen.

Vergleichen wir nun dieses Verhalten eines einzelnen Menschen mit dem Weg unserer atlantischen Kultur, so finden wir viele Gemeinsamkeiten. Aber nicht ein einzelnes Individuum hat sich hier von den normalen Zwängen seiner materiellen Existenz getrennt, um in höhere Ebenen vorzudringen - nein, ein ganzes Volk sagte sich in anmaßender Selbstüberschätzung von der großen Gemeinschaft der Natur, der wir doch alle angehören, los und betrat diesen gefahrvollen Seitenpfad.

Es geschah was geschehen mußte: die Ausgewogenheit seines Dualismus wurde gestört. Wollen wir es wieder auf den rechten Weg bringen, müssen wir vor allem diese Ausgewogenheit wieder herstellen. Es gilt also die Relationen, welche im einzelnen Menschen ebenso wie im Himmel und in jeder anderen, uns bekannten Erscheinung gelten - und die ich daher als kosmische Relationen bezeichnen möchte - auch wieder auf unser verirrtes, atlantisches Volk zu übertragen. Welches Recht hätten wir denn auch, als Einzige diese kosmische Harmonie zu verletzen?"

Certus, dessen eher nüchterne, von einfachen Beispielen geprägten Formulierungen von den Gelehrten durchaus akzeptiert wurden, kam schnell auf den eigentlichen Kern der Reform zu sprechen:

"Laßt es mich so ausdrücken: es existiert keine exakte Trennungslinie zwischen einer rein geistigen und einer normal menschlichen Lebensweise. Die Gegensätze verschieben und vermischen sich immer mehr, wobei sich die geistige Seite Anteile erobert hat, die ihr naturgemäß nicht zustehen. Es wäre jetzt - bildlich gesprochen - unbedingt notwendig, den *wirklichen* Verlauf der Trennungslinie, entsprechend unseres menschlichen Maßstabes, zu bestimmen und *exakt an dieser Linie die Grenze deutlich nachzuziehen - und für immer festzuschreiben*. Das Volk wird sich, sobald ihm von der Elite keine unnatürliche Lebensweise mehr aufgezwungen wird, aller Voraussicht nach von selbst regulieren. Unsere hochgebildete Minderheit hingegen muß, um die nun richtig gezogene Grenze auch wirklich zu betonen, vom natürlichen Volk getrennt werden - räumlich sogar, wo das notwendig ist - aber vor allem muß sie strukturell und organisatorisch von ihm getrennt werden. Die Verflechtungen von Handel, Gewerbe, Kommunalpolitik, Wohnungsbau und so weiter mit Staatspolitik, Philosophie und vor allem mit den Wissenschaften, sind aufzulösen und für immer zu unterbinden. Der Staat selbst ist so umzugestalten, daß zukünftig keine unkontrollierten Vermischungen mehr auftreten können. So bleiben die Gelehrten, Wissenschaftler, Philosophen und Staatslenker unter sich und frei von den niederen, materiellen Zwängen und Verlockungen des einfachen Lebens - das Volk hingegen ist befreit von überdimensionalem Fortschrittszauber, den es von seiner Natur her nicht verkraften kann und der ihm bisher von ehrgeizigen, machtbesessenen Persönlichkeiten, direkt oder indirekt, injiziert wurde."

In diesem und ähnlichen Gesprächen mit den Gelehrten des Weißen Saals werden schließlich Veränderungen der atlantischen Gesellschaft in allen Details festgelegt. Certus glaubt endlich gefunden zu haben, wonach er immer gesucht hat. Ein eindeutiges Ziel ist nun endlich entstanden, ein Ziel, daß in seinem Unterbewußtsein jedoch bereits schon seit langem vorhanden gewesen sein mußte - denn all seine bisherigen Schritte deckten sich in ihrer Wirkung letztlich mit diesen, jetzt entstandenen Formulierungen. Die nach und nach dazu entstehenden Gesetzestexte sammelt er zunächst, denn er beabsichtigt nicht, diese Ideen einzeln in jahrelangem Ringen, vielleicht unter Hinnahme von Kompromissen, gegen mögliche Gegner durchzusetzen. An einem einzigen Tag sollen alle diesbezüglichen Gesetze in Kraft gesetzt werden. Und an der südlichen Mauer des Capitols wird dann eine große Steintafel mit ihrem Text enthüllt werden, an der die Steinmetzwerkstätten bereits jetzt arbeiteten.

Karavad, Rhamasis, Lasne-Santos und viele andere Gelehrte schaffen in den nachfolgenden Jahren gemeinsam mit Certus und Delos die theoretischen Grundlagen für den weitaus kompliziertesten Teil des zukünftigen atlantischen Staates: als Gegensatz zur großen Masse des Volkes - die vom Gesetz behüteten - sollen auf der anderen Seite der *Grenze* die Angehörigen der geistigen Elite - die Hüter des Gesetzes - in einer streng hierarchisch aufgebauten Organisation, ähnlich einem Orden, zusammengefaßt werden. "Hochgeistige Körperschaft über dem heiligen Staate Atlantis" nennt er sich später, wird aber bald von allen nur der 'Elite-Orden' oder einfach 'der Orden' genannt. Seine Gründung ist im Moment noch nicht möglich, da die Priesterschaft, von Delos in allen Einzelheiten informiert, ihre Zusage zu diesem gewaltigen Projekt noch zurückhält. Eine Verzögerung, für die Certus volles Verständnis hat. Die Priesterschaft als 'Diener der Ewigkeit', wie sie sich selbst nannte, glaubt letztlich die Verantwortung für das dauerhafte Bestehen des Staates zu tragen. Strukturelle Veränderungen, die, wie Certus es mit dem Elite-Orden beabsichtigt, weit in zukünftige Jahrhunderte hineinwirken sollen, bedürfen daher weit mehr als nur einer sehr gründlichen Überprüfung. In vier bis acht Jahren, so lautet schließlich die lang erwartete Antwort der Priester, werde man eine Entscheidung bekanntgeben - und dann könne der Orden gegebenenfalls gegründet werden.

Das ist zunächst eine Enttäuschung, aber eine, mit der es sich leben läßt, denn auch diese Jahre werden vergehen. Doch noch einmal scheint sich das Glück von Certus abwenden zu wollen, denn ein neuer, schwieriger Feldzug steht plötzlich und etwas unerwartet bevor. Eine Unternehmung, welche in ihrem Ausgang so ungewiß ist, daß sie unter Umständen die Realisierung aller geplanten Reformen ernsthaft gefährden konnte.

Nachdem seit der Flucht der Senatslegionen sieben Jahre vergangen sind, scheint deren Versteck nun endlich aufgespürt zu sein: zwei der regelmäßig ausgesandten Suchschiffe sind überfällig und es ist nach dem Stand der Dinge auch nicht mehr mit ihrer Rückkehr zu rechnen. Da ihr Zielgebiet bekannt war, und als einzige Ursache ihres Ausbleibens nur eine Gefangennahme oder gar eine Vernichtung durch die Senatsverbände in Betracht kommt, kann Certus daraus mit ziemlicher Sicherheit auf deren derzeitigen Aufenthaltsort schließen.

Bereits eine Woche später verläßt der Feldherr an der Spitze einer gewaltigen Flotte die Stadt. Alle denkbaren Sicherheitsvorkehrungen sind diesmal getroffen: die Stadt selbst ist in zuverlässiger Hand, außerhalb ihrer Mauern befinden sich seit Jahren versteckte, treue Resevelegionen, von denen selbst in der Stadt niemand etwas weiß.

Wieder umfängt ihn also die herbe Weite des Meeres; wieder kämpft er mit stürmischer See, mit widrigen Winden und mit der Zeit. Hatte der legendäre Heldenkönig Sartos, dem die Gründung der Stadt im fünften Jahrhundert zu verdanken war, bei seinen Seereisen vielleicht ähnlich gefühlt? - so sinnt der Feldherr auf der Brücke seines Flaggschiffes. Nun, Sartos hatte damals entschieden weniger Schiffe zu befehligen, während Certus jetzt einen Konvoi von mehr als zweihundert Fahrzeugen über den Ozean führt - aber das Meer, dieses endlose, immerfort wogende, bleigraue Meer mit seinen aufgewühlten weißen Schaumkämmen ist seit elf Jahrhunderten dasselbe geblieben. Und: es waren seither auch ausschließlich atlantische Schiffe, die es weltweit befuhren, sich verfolgten und bekämpften, als gehöre es nur ihnen und diene ausschließlich nur diesem einen scheußlichen Zweck - leider auch darin hatte sich nichts geändert.

Und noch weiter gehen seine Gedanken in dieser Stunde zurück: zu Sartos legendären Suchfahrten und zuvor zur ersten *Über*segelung der gerade versunkenen Insel Atlantis durch Pheleos. Welch tapferer Mann, der angesichts der entsetzlichen Katastrophe seine Entschlossenheit wiederfand und so zum eigentlichen Urheber des neuen Atlantis wurde. Und wie von selbst kommen Certus nun die Worte des alten Pheleos-Liedes in den Sinn. Leise, nur für sich, formen seine Lippen den dramatischen Höhepunkt des Liedes, vom dem er schon als Kind so fasziniert war. Die Stelle beginnt mit dem sehr einprägsamen 'Vers der drei Leerzeilen', eine betroffen machende, bewußte Lücke, da - angesichts des in diesem Moment wirklich sichtbar werdenden Ausmaßes der Katastrophe - des Dichters Worte jäh verstummen.

Und suchte die Gipfel, die vertrauten Gestade -
...
...
...

Nur Wüste des Meeres, wild tobende Wellen;
Stumpf schäumendes Chaos überall.
Welch Schauer erfaßte das Herz, welch Trauer die Seele.
Alles dahin, alles versunken, verdorben; genommen auf immer.

Die Schiffe nicht haltend, mit schwindender Kraft,
war kein Hafen, keine Hoffnung für uns.
So trieben wir ziellos den Winden voran:
Soll doch das Meer nun uns auch verschlingen!

Doch sind der Opfer genug schon gebracht,
sprach einer zu uns mit verzweifeltem Mut.
Und Pheleos wies aus dieser Irrfahrt sinnlosem Tun
entschlossen den Weg.

Befehle erschallen, Kommandos erklingen,
Segel blähen sich knatternd im Wind.
Die Flotte erwacht nun aus tödlicher Dumpfheit,
erweckt zum Leben entkommt sie dem Bann.

Vielleicht entkommen wir Atlanter nun zum zweiten Mal diesem Bann, denkt er, und vielleicht wird man auch diese letzten Kriegszüge und die Geburt des Ordens einst besingen...

Das Zielgebiet an der Küste des südlichen Lankhor ist erreicht, das Land als grauer Streifen am Horizont bereits gesichtet, als die

Vorausabteilung plötzlich die Annäherung eines beschädigten, kleinen Küstenseglers meldet. Bald liegt das armselige Boot mit seinen notdürftig geflickten Segeln längsseits am Flaggschiff, und Certus beobachtet von der Brücke, wie eine aus Eingeborenen bestehende, vollkommen entkräftete Besatzung an Bord gebracht wird. Sogleich erhält er einen ersten Bericht:

"Wir haben es hier mit Flüchtlingen zu tun, Feldherr. Sie gehörten zum illegal angeworbenen Personal dieser Kolonie, die von den gesuchten Senatslegionen vor einigen Jahren besetzt wurde. Offenbar wurden alle in der Umgegend lebenden Menschen für die Zwecke der abtrünnigen Senatoren eingespannt - fügten sich den neuen Herren jedoch nur unter Zwang. Nachdem vor kurzem unsere beiden Suchschiffe hier auftauchten - und vernichtet wurden - verstärkte sich unter den Senatoren die Befürchtung, daß bald mit einer Strafexpedition der Stadt zu rechnen sei. Aber auch die unterdrückten Kolonisten erfuhren davon, flohen aus dem besetzten Stützpunkt und segelten uns auf gut Glück entgegen. Unter den Flüchtlingen befindet sich übrigens die Tochter des bekannten Würdenträger Kemenos. Er bekleidete einmal - wenn ich mich recht erinnere - das Amt des obersten Richters der Stadt, bis er vor etwa zwanzig Jahren den Vorsitz dieser Kolonie übernahm. Seine Tochter Kamai-Loa erscheint recht energisch - sie ist allem Anschein nach auch die Initiatorin dieser waghalsigen Flucht und eine Art Anführerin für dieses Häuflein, daß wir hier an Bord genommen haben. Und - sie möchte euch sofort persönlich sprechen, Certus."

Bald darauf steht das junge Mädchen selbstbewußt und etwas neugierig vor dem Feldherrn. Der alte Richter hatte wohl recht daran getan, denkt Certus, sich hier eine Eingeborene zur Frau zu nehmen, denn in dieser Tochter vereinigte sich die zurückhaltende Vornehmheit und Kühle der Atlanter mit fremdartiger, wildgewachsener Schönheit in bewunderungswürdiger Weise. Eine Entkräftung durch die zweiwöchige gefährliche Seereise auf dem überfüllten Boot sieht man ihr kaum an. Ohne Scheu aber auch nicht ohne die seiner Stellung zukommende Achtung erklärt sie dem Befehlshaber der riesigen, atlantischen Streitmacht die Lage ihres Volkes und die Umstände ihrer Flucht. Certus erfährt, daß ihr Vater Kemenos und andere ehemalige Bewohner dieser Kolonie von der Senatsmacht als Geiseln festgehalten werden. Sie hatten sich von Anfang an gegen die Pläne dieser Eindringlinge gestellt und ihr Tun als illegal bezeichnet. Gegen ihre militärische Übermacht konnten sie jedoch letztlich nichts ausrichten. Kamai-Loa übermittelt, nicht ohne innere Überwindung, den ausdrücklichen Willen ihres

Vaters, daß Certus bei seinen militärischen Operationen das Schicksal dieser Geiseln nicht berücksichtigen möge. Alles Notwendige müsse getan werden, um die Senatsmacht niederzuwerfen.

"Sie wünschen nur eines," sagt sie mit mühsam unterdrückter Erregung, "zerschlagt diese Abtrünnigen, die unsere Kolonie zerstört und das hier lebende Volk, dem auch meine Mutter angehört, grausam unterworfen haben. Kemenos, mein Vater, hat die Eindringlinge nach atlantischem Recht für schuldig befunden - wenn auch ihre Anführer, die Senatoren, noch so gelehrt sein mögen... Er hofft nur eines: daß sie ihrer gerechten Bestrafung nicht entgehen werden."

Sicher liebte das Mädchen ihren Vater sehr - trotzdem hält sie sich genau an seine Anweisungen, die doch möglicherweise seinen Tod bedeuten könnten. Certus zieht sich nach diesem Gespräch nachdenklich zurück. Es wird ein schwieriger Feldzug, denkt er, schwieriger sicher, als er es sich anfangs vorgestellt hatte. Schon wenige Stunden später ruft er seinen Stab zur Beratung zusammen.

Offenbar hatte der Gegner Kamai-Loa absichtlich entfliehen lassen, damit sie von der Lage in der Kolonie berichten konnte. Ihr, als Betroffene, würde Certus sicherlich am ehesten Glauben schenken. Und der Hauptinhalt dieser 'Botschaft' wäre dann ohne Zweifel die Drohung, das gesamte ehemalige Personal der Kolonie umzubringen, sobald seine Legionen in das Geschehen eingreifen würden. Der Feldzug wird sich dadurch natürlich gewaltig in die Länge ziehen, das scheint nun jedenfalls sicher zu sein.

Certus läßt als erstes alle Örtlichkeiten genauestens überprüfen. Über die Stellungen und die Stärke des Gegners, die sich einer direkten Beobachtung entzogen, kann Kamai-Loa erstaunlich präzise Auskünfte geben. Die Flotte ankert zu dieser Zeit bei einer kleinen Insel, die der Küste vorgelagert ist. Sie ist bergig aber überschaubar und verfügt vor allem über ausreichende Mengen an Trinkwasser für Certus Legionen. Ein Lager wird also eingerichtet und durch eine Geschützstellung am höchsten Punkt der Insel gesichert.

Dem jungen Mädchen gefallen diese umständlichen Vorbereitungen gar nicht. Ginge es nach ihr, würde die Streitmacht der Stadt sofort in die Kolonie einfallen, um die Feinde ihres Vaters zu zerschlagen. Fast täglich bedrängt sie Certus, dem dieser jugendlich-übermütige Eifer im Grunde gefällt - obwohl er dergleichen Eigenschaften bei einem anderen Menschen wohl eher geringschätzig betrachtet hätte. Verwundert sinnt er darüber nach.

Einmal muß er sie und ihre kleine, aus einheimischen jungen

Kriegern bestehende Gefolgschaft zurückholen lassen, als sie bereits dabei sind, zum Festland zu segeln und selbst den Angriff zu beginnen. Erst allmählich gelingt es, den Übermut der jungen Schönen zu dämpfen, indem Certus ihre zweifellos ebenso vorhandene Vernunft anspricht. Sie lenkt auch schließlich ein - weicht nun aber noch seltener von der Seite des Feldherrn. Gemeinsam durchstreifen sie nun des öfteren die kleine, unbewohnte Insel. Trotz des Lagers und der Geschützstellungen gibt es hier immer noch genügend ruhige, ungestörte Plätze, Strände und stille Buchten. Auffällig ist, daß selbst Delos sich bei diesen Spaziergängen zurückhält und seinen Herrn über Stunden mit dem Mädchen allein läßt. So entsinnt sich Certus plötzlich der Worte des obersten Priesters, daß Delos ihn verlassen werde, sobald er den rechten Weg verläßt...? Zur Rede gestellt, kann ihm sein priesterlicher Begleiter diese Zweifel jedoch nehmen: seine Abwesenheit während dieser harmlosen, glücklichen Stunden bedeuten keine Kritik - im Gegenteil, Delos befürwortet diese unerwartete Hinwendung seines sonst so stark beschäftigten Herrn zu den heiteren, angenehmen und natürlichen Seiten des Lebens. Der Feldzug ist durch die vorgefundenen Umstände ohnehin ins Stocken geraten, es gilt also zu warten und Geduld zu beweisen - warum also nicht die freien Stunden, die der Tag zwischen der morgendlichen Befehlsausgabe und der Abendbesprechung läßt, zur Besinnung und zur Ruhe nutzen.

Und wirklich gelingt es Certus und Kamai-Loa, wenn auch nur für Augenblicke, für kurze, selige Momente, die eigentlichen Umstände ihres Zusammentreffens und Hierseins zu vergessen. Die kleine, waffenstarrende Insel wird zur tropischen Kulisse, zum ursprünglichen Paradies für zwei sich liebende, ja die Liebe erstmals entdeckende, junge Menschen. Wieder und wieder durchwandern sie das kleine Eiland, tauchen unter in einer märchenhaften Landschaft voll üppiger, wohlriechender Blumen, bunter Vögel und seltsamer Insekten. Aber auch eine Landschaft, die leider sehr begrenzt ist, und die immer wieder den Blick freigibt auf das Meer und die unzähligen, ringsum ankernden Kampfschiffe. Es ist wohl diese ständige, lauernde Konfrontation mit der nüchternen Realität, die Certus daran hindert, ganz und gar in dieser unvermutet entstehenden jungen Liebe aufzugehen - obwohl er das starke Verlangen danach sehr deutlich in sich spürt. Er beschließt, diesem Gefühl unbedingt nachzugeben, sobald dieser unselige Feldzug hier vorüber ist. Kamai-Loa soll ihn dann in die Stadt begleiten und mit ihm auf dem Capitol wohnen. Immer wieder sprechen die beiden über diesen Plan, von dem das Mädchen ganz besonders begeistert ist, denn seit ihrer Kindheit träumte sie von der Stadt, von der ihr Vater so ehrfurchtsvoll sprach. Und stärker als zuvor drängt sie nun auch wieder auf den Angriff, der letztlich die Beendigung des Feldzuges beschleunigen soll.

Man arbeitet schließlich einen Plan aus und erst im letzten Moment entschließt sich Certus, dem Drängen Kamai-Loas nachzugeben und sie an dieser nicht ungefährlichen Aktion teilnehmen zu lassen. Mit einer kleinen Gruppe ausgesuchter Männer will er einen unbemerkten Landungsversuch wagen und die gefangenen Kolonisten in einem kühnen Handstreich befreien. Da nicht damit zu rechnen ist, nach einer solch spektakulären Aktion auf gleichem Wege zur Flotte zurückkehren zu können, soll sogleich nach der gelungenen Befreiung von Land aus das Signal für den allgemeinen Angriff der Flotte gegeben werden. Während des eigentlichen Kampfes müßte sich - so der Plan - die kleine Gruppe mit den befreiten Kolonisten im bergigen Hinterland, also im Rücken des Feindes, versteckt halten. Kamai-Loa kannte das Land und ist gewiß, dort genügend geeignete Plätze zu finden.

Das Unternehmen beginnt und es mißlingt. Die Gefangenen können nicht befreit werden und es gibt daher auch kein Signal für das Eingreifen der Hauptverbände. Zu allem Unglück gerät Kamai-Loa, als sie sich ihrem Vater schon so nahe wähnt und alle Vorsicht dabei außer Acht läßt, in die Gewalt des Gegners - während sich Certus und seine wenigen Begleiter nur mit Mühe in die Berge des Hinterlandes zurückziehen können. Über viele Umwege gelangen sie nach zwölf Tagen, in denen sie ihren Verfolgern immer wieder nur knapp entkommen können, endlich zur Flotte zurück, wo der Feldherr ein bereits vor Tagen eingetroffenes Ultimatum seiner Feinde vorfindet. Mit Hinweis auf das gefangene Mädchen, und die übrigen in ihrer Gewalt befindlichen Kolonisten, verlangen sie den sofortigen Abzug seiner Legionen von dieser Küste sowie die Auslieferung einer großen Menge Waffen, die Certus auf der von ihm genutzten Basis-Insel zurücklassen soll.

Wie schon so oft, bewirkt auch dieses Mal die Vergrößerung der Schwierigkeiten eine entsprechende Steigerung von Certus Reaktionsvermögen. Er handelt sofort, da das Ultimatum inzwischen auch fast abgelaufen ist. Zum großen Erstaunen seiner Offiziere geht er ohne Zögern auf diese unverschämten Forderungen ein - und noch am gleichen Nachmittag lichtete die gesamte Flotte die Anker und verschwindet schließlich am östlichen Horizont. Die bestimmende Kraft der Gegenseite, also vor allem die geflohenen Senatoren - so kombiniert Certus richtig - wird sich niemals damit zufriedengeben, hier in dieser Wildnis eine neue Existenz aufzubauen. Alles, was er bei seinem Vorstoß auf das Gebiet der ehemaligen Kolonie hatte sehen und beurteilen können, sprach dafür, daß hier nur Vorbereitungen getroffen wurden - Vorbereitungen, die einzig dem Zweck dienten, eines Tages wieder als Machthaber in die Stadt zurückzukehren zu können. Sie würden also auch ihren Geiseln nichts tun, da diese für ihr Hauptziel absolut unerläßlich waren. Es erübrigte sich damit für Certus, sofort zu riskanten Gegenmaßnahmen zu greifen, welche jetzt nur Leben und Gesundheit der Gefangenen gefährdet hätten.

Nach fast einjähriger Abwesenheit trifft Certus wieder in der Stadt ein, die er während des Feldzuges nur durch ständig pendelnde Kurierschiffe regiert hatte - und er findet dieses Mal alles in bester Ordnung. Sein Lebenswerk, der Elite-Orden, ist bereits provisorisch zusammengestellt und in Teilen funktionstüchtig. Bis zur offiziellen Gründung ist es zwar noch Zeit, was ihn aber nicht daran hindert, die dieser Idee bereits beipflichtenden Personen und Institutionen bereits jetzt in der gewollten Form zusammenzuschließen und arbeiten zu lassen. Die derzeit noch bevorstehenden Aufgaben verlangen ja auch geradezu nach dieser neuartigen, perfekten Konzentration aller geistigen und aktionsfähigen Kräfte.

Und Certus will nun auch endlich ein Projekt angehen, das fast seit vier Jahrhunderten vom Senat diskutiert - dessen Realisierung aber ständig hinausgeschoben wurde. Es ging um die Erbauung einer Vorstadt auf dem, einer Halbinsel ähnlichen, zum Meer hin offenen Gebietes außerhalb des eigentlichen Tales. Ein Gelände also, auf dem sich die Senatslegionen bei ihrem demnächst zu erwartenden Angriff auf die Stadt mit Sicherheit festsetzen würden, und von dem aus sie den freien Zugang zum Meer über lange Zeit sehr gut stören konnten. Man mußte dieser Absicht unbedingt zuvorkommen und durch Befestigungen - zumindest provisorischer Art - eine Landung auf diesem Gebiet verhindern. Dem Feind bliebe dann nur eine Belagerung von See, die für ihn ungleich schwieriger wäre und den Verteidigern der Stadt bessere Möglichkeiten bot.

Seit langem bestanden detaillierte Pläne für dieses große Vorhaben, die außer den Befestigungswerken auch zivile und kultische Belange berücksichtigten: so wollten die Priester eine Verlängerung der heiligen Mauer bis an den westlichsten Punkt kurz vor der Küste, sowie auch eine Weiterführung der parallel dazu verlaufenden Hauptstraße mit einem Tempel an ihrem Abschluß. Die Fischer erhofften sich eine feste Wohnsiedlung auf diesem, für sie besonders günstigem Standort. Die täglichen, mühsamen Durchfahrten durch die vielen Hafenbecken und Schleusentore würden damit für ihre aus- und einlaufenden Boote entfallen. Große Handelshäuser sahen in der Vorstadt die Möglichkeit für einen zweiten Handelshafen mit umliegenden großzügigen Lagerhallen, einem großen Markt und einer Vielzahl von Gästehäusern. Auch erhofften sie eine Entlastung des bestehenden, ihrer Meinung nach viel zu kleinen, inneren Handelshafens.

Certus studiert eingehend die Bebauungspläne, die vor langer Zeit erstellt und über mehrere Generationen hinweg immer wieder verbessert worden waren. Er befindet sie von der gleichen, wenn nicht sogar von besserer Qualität, als die realisierten Bauten der inneren Stadt. Und diese Pläne, so muß er schließlich mit größter Verwunderung feststellen, waren vom Senat bereits vor neunzig Jahren bestätigt worden - nur die Genehmigung zum eigentlichen Baubeginn wurde aus unerklärlichen Gründen, welche mit dem Gegenstand selbst sicher in keinerlei Beziehung standen, immer wieder verzögert und aufgeschoben. Eine noch erstaunlichere Entdeckung macht Certus jedoch, als er wenig später, auf einen seltsamen Hinweis seiner Berater hin, die städtischen Baubetriebe und Steinbrüche inspiziert. Diese, in letzter Zeit offensichtlich unterforderten Einrichtungen hatten in den vergangenen Jahrzehnten unbemerkt eine gewaltige Vorarbeit geleistet. Da mit der Genehmigung des Bauplanes die Art der Gebäude bis ins Detail feststand, gingen die Betriebe automatisch daran, entsprechende Steine zu brechen, zu bearbeiten und in der Reihenfolge ihrer späteren Verwendung zu lagern. Aufgrund des vorliegenden Senatsbeschlusses konnte dies alles ganz legal geschehen - nur auf dem Bauplatz selbst durfte noch nichts verändert werden.

Certus ist natürlich hocherfreut, als ihm die verantwortlichen Architekten das Ausmaß dieser unerwarteten Vorarbeiten verständlich machen. Selbst die, für die palastartige Ausstattung der Küstenfestung notwendigen, unzähligen Säulen, Boden-, Wand- und Deckenplatten aus seltenen, erlesenen Marmorarten, sind bereits vorhanden und werden stolz vorgezeigt - einschließlich entsprechender Reservestücke, falls die eine oder andere Platte bei der Montage zu Bruch gehen sollte. Die ganze zukünftige Vorstadt ist also - auf den überquellenden Lagerflächen im hinteren Teil der Stadt und auf zusätzlichen provisorischen Plätzen in alten Stollen und Steinbrüchen - schon fertig und brauchte, wie ein gigantischer Baukasten, nur noch zusammengesetzt werden.

Die Tatsache, daß außer einigen Fachleuten und Steinmetzen niemand vom Umfang dieser Vorbereitungen wußte, da diese stille, sich über Generationen hinziehende Arbeit in keiner Weise wichtig und der Rede wert gewesen wäre, stellt überdies eine einmalige Chance dar, die Certus sogleich begreift und für seine Ziele einzusetzen gedenkt. Er kann damit seinem, in den nächsten zwei, drei Jahren angreifenden, Gegner wirkungsvoll zuvorkommen. Dieser würde keine provisorische Befestigungsmauern vorfinden, die es zu belagern lohnte - sondern eine, aus härtestem Granit bestehende, praktisch uneinnehmbare Vorstadt. Würde es dann noch gelingen, so kombiniert der Feldherr sofort in Gedanken weiter, durch ein geschickt durchgeführtes Manöver auch den Rückzug aufs offene Meer abzuschneiden, wäre das Senatsheer zur endgültigen Aufgabe gezwungen. Es bliebe lediglich zu hoffen, daß sein Gegner die Fähigkeit zur Einsicht und zur Vernunft in der Zwischenzeit nicht verloren hatte und diese taktische Niederlage dann auch eingestehen würde....

Während der gigantische Transport der unzähligen vorbereiteten Steinblöcke noch organisiert wird, beginnen gleichzeitig bereits die notwendigen Erdarbeiten auf dem dreieinhalb Kilometer langen und knapp zwei Kilometer breiten Baugelände. Bisher glich dieses Gebiet einem mäßig gepflegten Park und war in Friedenszeiten natürlich jedermann frei zugänglich. Im ganzen südlichen Teil sollte diese Parkgestaltung, mit Ausnahme von drei notwendigen Quermauern, auch in Zukunft erhalten bleiben. Die neue Fischersiedlung mit quadratischem Grundriß würde etwa in der Mitte entstehen; zur Stadt hin gefolgt von einem öffentlichen Bezirk mit Markthallen, Gästehäusern und einem Theater. Schon fast vor dem Hafen-Tor zur Stadt sollte sich der neue Handelshafen anschließen.

An der entgegengesetzten Seite jedoch, dem Atlantik zugewandt, entsteht direkt an der Küste eine gewaltige Festungsanlage, welche die gesamte Vorstadt vom Meer abschirmt. Sie beherrscht gleichermaßen die an ihrer Nordseite vorbei führende Schiffszufahrt zur Stadt, den südlich sich anschließenden, im weiten Halbrund sich hinstreckenden, Strand, sowie das gesamte westliche Seegebiet vor sich. In seinen Ausmaßen und seiner Baumasse gleicht die Festung etwa dem Capitol, doch hat dieser neue Gebäudekomplex einen grundlegend anderen Charakter, der sich vor allem aus seinem exponierten Standort und den damit verbundenen stärkeren Verteidigungsaufgaben ableitet. Trotzdem bekommt auch diese Festung einen großzügigen Palast, der seine besondere Qualität vor allem durch seine Nähe zum Meer erhält. Weiterhin besitzt auch dieses *zweite Capitol* einen großen Tempel, ein Theater und einen beherrschenden Verwaltungsbau.

An der Südseite, der eigentlichen Festung vorgelagert, dominiert eine festlich-offene Treppenanlage. Sie führt vom Niveau der Hauptstraße hinunter zu den Palmenhainen am Strand, die vor allem den traditionellen Jahresfesten vorbehalten bleiben würden. Die Bewohner der Stadt konnten zukünftig zu diesen Anlässen auf ihrer Hauptstraße bis direkt an die Küste gelangen. Die imposante Seeseite des Bauwerkes mit dem beherrschenden, weithin sichtbaren, asymmetrisch angeordnetem Kontrollturm wird vor allem ankommende Seefahrer beeindrucken. Genaugenommen besteht der über zwei Terrassen-Stufen aufragende Kontrollturm aus einem Bündel von vier normalen Standardtürmen, deren Zwischenräume ebenfalls ausgebaut sind. In seinen obersten Etagen befinden sich die Beobachtungsräume und die Stellungen für die gefährlichen, weitreichenden Geschütze. Hinter diesem gewaltigen Turm, seine obere Plattform praktisch als vorgelagerte Terrasse nutzend, schließt sich die schlichte, rechteckige Befehlszentrale an, die, ähnlich wie ihr Pendant auf dem Capitol, den höchsten Punkt der Festung darstellt. Gleich der herausgehobenen Fahrerkanzel eines Expeditionsfahrzeuges ragt sie über allen Dächern, Innenhöfen und Terrassen des Gesamtkomplexes empor.

Certus ist mit diesen Anlagen sehr zufrieden; auch gehen die Bauarbeiten aufgrund der ungewöhnlich umfangreichen Vorbereitungen so schnell voran, daß fast täglich neue Mauerabschnitte oder Türme fertiggestellt werden können. Am meisten jedoch scheint die Stadtbevölkerung das unverhoffte Baugeschehen zu begrüßen. Veränderungen dieser Größenordnung bedeuteten in der stillen, konstanten Welt ihrer Stadt etwas absolut Einmaliges und Seltenes; nun schätzt sich jeder glücklich, selbst einmal dergleichen miterleben zu dürfen.

Allein der Straßentunnel, welcher einmal die geradlinige Verlängerung der Hauptstraße bis in die Vorstadt ermöglichen würde, soll zur Sicherheit der inneren Stadt erst nach Beendigung des Bürgerkrieges gegraben werden. Die Menschen müssen also, wie eh und je, mit dem Fährboot durch alle Hafensperren, wenn sie in auf die riesige Baustelle gelangen wollen.

Jeder fertiggestellte Teilbezirk der Vorstadt wird seiner Nutzung entsprechend sogleich eingeweiht und bezogen, aber auf die letzten dieser Feiern, besonders auf die der Fischer, fällt schon der Schatten einer beginnenden Sorge. Der militärische Beobachtungs- und Kurierdienst bringt unheimliche Nachrichten aus Südlankhor: die Stärke der ehemaligen Senatslegionen hat sich inzwischen mehr als verzehnfacht; eine riesige Menge an Schiffen ist offensichtlich im Bau - selbst Certus hat dergleichen nie für möglich gehalten und vorausgesehen. Es scheint, als sprenge der Konflikt nun alle üblichen Dimensionen und wachse ins Gigantische. Ziel und Ursache dieser fast übermenschlichen Anstrengungen ist natürlich die Stadt - die den, in geistiger, wirtschaftlicher und militärischer Sicht, bedeutendsten Punkt auf diesem Planeten darstellt. Und um diesen einmaligen Preis scheint keine Anstrengung zu hoch.

Auch Certus läßt nun in aller Eile neue Kriegsschiffe auf Kiel legen und weitere sechzehn Legionen ausbilden. Er besitzt zwar den Vorteil der schützenden Mauern, aber seine Erfahrung sagt ihm, daß es in einem derartigen Konflikt notwendig ist, auf alle nur denkbaren Möglichkeiten vorbereitet zu sein - theoretisch also auch darauf, notfalls die eigene Festung erobern zu müssen.

Eine Sorge ist ihm in dieser schweren Zeit jedoch genommen: sein Kurierdienst hat ihm auch gemeldet, daß es Kamai-Loa, seinem geliebten Mädchen, offenbar gut ging. In der jetzigen Situation brauchten die Gegner dringend ihre und ihres Vaters Hilfe, um die ringsum ansässigen Stämme für ihre gewaltige Aufrüstung zu gewinnen. Daß Kamai-Loa dabei so tatkräftig mitwirkt, verwundert Certus natürlich, da er ihre starke Abneigung gegen die abtrünnigen Senatoren kennt. Sicherlich wird sie mit dieser Handlungsweise irgendeinen verborgenen Zweck zu deren Nachteil verfolgen, denkt er. So sehr er aber auch darüber nachsinnt, was sie möglicherweise plant, er findet keine vernünftige Antwort. Nun, wenn er ihr Geheimnis nicht entdeckt, wird es ihr sicher sehr mißtrauischer Gegner auch nicht können. Trotzdem beunruhigt ihn dieses gefährliche Spiel des intelligenten Mädchens. Wenn sie jetzt nur keinen Fehler macht - da schon die kleinste Unvorsichtigkeit, bei den derzeit sich gegenüberstehenden gigantischen Kräften, sofort das Leben kosten kann.

Des Feldherrn ganzes Bestreben geht nun dahin, eine endgültige, alles entscheidende Schlacht, die angesichts der auf beiden Seiten angesammelten Kräfte einer Katastrophe gleichkommen würde, zu vermeiden. Er will versuchen, den Gegner durch geschicktes Taktieren in eine ausweglose Situation zu locken, um ihn dann zur friedlichen Kapitulation zu zwingen. In der Hauptsache baut sein Plan also auf die sprichwörtliche, atlantische Rationalität, die er auch bei seinen Gegnern in ausgeprägter Form voraussetzen darf. Ob sie sich letztlich stärker erweisen wird, als die irrationale Gier nach Macht, ist allerdings die offene, bange Frage dieser Zeit.

In den letzten Wochen vor dem Auslaufen der gewaltigen Flotte wächst die Spannung ins Unerträgliche. Das Capitol gleicht einem aufgestörten Ameisenhaufen. Meldungen über die Einsatzbereitschaft der verschiedenen Flottenverbände, über Vorbereitungen der Verpflegung und Ausrüstung, über Tests neuartiger Waffen und täglich neue Kurierbotschaften über den Stand der feindlichen Vorbereitungen überschneiden sich mit Informationen und Problemen des Vorstadtausbaus.

Doch endlich ist der festgesetzte Tag gekommen, an dem die Flotte die Stadt verlassen wird. Das heißt, genaugenommen dauert es mehrere Tage, bis sich alle neuen Schiffe aus dem Gedränge der hoffnungslos überfüllten Häfen befreit haben und sich auf See formieren können. Nach ihrer, in südlicher Richtung erfolgenden, Atlantiküberquerung werden sie irgendwo an der lankhorischen Küste, vermutlich in der Nähe des Äquators, auf die vermutlich gleichstarke Senatsflotte stoßen....

So wälzen sich also zwei riesige Schiffsmassen langsam aufeinander zu - von Nord nach Süd und von Süd nach Nord - während keiner der primitiven, noch immer auf steinzeitlicher Stufe lebenden Weltbewohner etwas von diesen gigantischen, unvorstellbaren Kräften ahnt, die innerhalb weniger Jahre aus der Stadt hervorgingen und die sich nun bald in den endlosen, leeren Weiten des Ozeans waffenstarrend gegenüberstehen werden.

Certus ist auch während dieser Überfahrt unverändert. Er gibt die notwendigen Befehle in seiner üblichen, knappen, präzisen Art; bleibt wie sonst jedem notwendigen, scheinbar unwichtigen Detail gegenüber aufgeschlossen und weist auch wie sonst Zerstreuungen und Belanglosigkeiten kühl und unnahbar zurück. Auf den Rat seines Begleiters Delos pflegt er die regelmäßigen Meditationsübungen genauestens einzuhalten - auch hier an Bord seines großzügig ausgestatteten Kommandeurschiffes.

Die allgemeine Unruhe verstärkt sich, als nach der unproblematischen Überfahrt schließlich die Küste des gegenüberliegenden Kontinents am vorausberechneten Punkt erreicht ist. Certus läßt Anker werfen; die riesige Flotte wartet ab. Nach fünf Tagen und fünf langen, ungewissen Nächten erscheinen dann auch - gleich einem Schwarm gelber Seevögel - die unzähligen Segel des Gegners am südlichen Horizont. Beide Machtblöcke haben sich, geleitet von der gleichartigen Logik ihrer Führer, auf dem weiten Globus getroffen und liegen sich nun still und lauernd gegenüber.

Und bald, fast zu bald, beginnt die Senatsseite mit ihrem ersten Zug: ein Beiboot mit vier freigelassenen Gefangenen rudert auf die Sperrlinie von Certus Flotte zu und überbringt eine Botschaft der Senatoren. Kamai-Loa, ihr Vater und hundertzwanzig weitere Gefangene seien als Dankopfer einem, ihnen sehr hilfsbereiten, aber äußerst aggressiven, Eingeborenenstamm übergeben worden - und man sollte wohl früher oder später mit ihrer rituellen Tötung rechnen. Die Freigelassenen sprechen aus voller Überzeugung, sie selbst waren Augenzeugen dieses Geschehens. Certus will es nicht glauben. Sollte er sich in der Beurteilung seines Gegners so vertan haben? Doch nein, das hier ist wohl schon die erwartete Falle - nur etwas eher ins Spiel gebracht, als es eigentlich zu vermuten gewesen wäre. Die Senatoren benutzten das Leben der Gefangenen, um Certus nach Süden, in die sicherlich leere, ehemalige Kolonie zu locken - während sie selbst inzwischen ungehindert die restliche Hälfte des Weges zur Stadt zurücklegen konnten. Sie spielten also offenbar all ihre Trümpfe mit einem Mal aus und gingen aufs Ganze.

Eine Teilung seiner Kräfte kommt für den Feldherrn natürlich nicht in Frage; die verbleibende Hälfte wäre sofort ein Opfer der feindlichen Übermacht geworden. Er muß also, wenn er zum Schein auf die Falle eingeht, mit seiner gesamten Seemacht abziehen - und er tut es mit der inneren Befriedigung, daß er dadurch gleichzeitig seine eigene Strategie langsam und unbemerkt aufbauen kann. In der sicheren Überzeugung, daß es dem Beobachtungsdienst des Gegners nicht verborgen bleiben würde, schickt Certus seine Verbände, sobald sie außer Sichtweite sind, sogleich wieder nach Norden, wo sie - etwa auf dem halben Wege zur Stadt - eine Sperre auf dem Ozean errichten sollen. Jeder atlantische Schiffsführer konnte sich jedoch ausrechnen, daß diese Sperre nicht breiter als vier- bis sechshundert Kilometer sein würde. Das Senatsheer, daß einer Seeschlacht möglichst ausweichen wollte, um seine Kräfte für die Belagerung der Stadt aufzusparen, hatte also ausreichend Gelegenheit, sich über einen geschickt gewählten Umweg dennoch zur Stadt durchzuschlagen - und Certus Falle konnte vor den Mauern der neuen Vorstadt zuschnappen....

Wieder kommt es jedoch anders. Ein plötzlich aufkommender Sturm wirft die vorauseilenden, für die Sperrlinie bestimmten Schiffe zurück und der Zufall will es, daß sie sich dabei den gegnerischen Verbänden noch einmal bis auf Sichtweite nähern. Nun hat Certus für diesen Fall Order gegeben, ein Wettsegeln vorzutäuschen, um die Senatoren in dem Glauben zu lassen, daß sie, sollten sie als erste die Stadt erreichen, dort eine ungeschützte, wehrlose Beute vorfinden würden. Ohne dabei Verdacht zu erregen, muß Certus Flottenverband dieses Rennen also absichtlich verlieren - was jedoch keine leichte Aufgabe ist, wie sich bald herausstellt. Die Schiffe der Senatsmacht sind sehr primitiv gebaut; ihre, aus unerfahrenen Eingeborenen rekrutierten Seeleute hantieren unsicher mit den für sie fremdartigen Fahrzeugen. Oft kommt es zu gefährlichen Annäherungen innerhalb der Flotte, manchmal sogar zu folgenschweren Zusammenstößen. Notgedrungen muß also ihr Verband mehr und mehr auseinandergezogen werden - was ihn jedoch nur noch träger und langsamer macht.

Eine erneute Verschlechterung des Wetters ist schließlich die Rettung für Certus‘ Plan. Während die Senatsflotte abdreht, um den Sturm weiträumig auszuweichen, nehmen die erfahrenen Besatzungen der Verfolger den ungewissen Kampf mit den Elementen auf und behalten den direkten Kurs bei. Nun wieder außer Sichtweite können sie die Fahrt beliebig verzögern und dies letztlich durch die Einwirkung des Unwetters später auch glaubhaft machen.

Für die Senatoren auf der Gegenseite sind es allerdings bange Tage, da sie nicht wissen, ob sie das Rennen trotz ihres Umweges noch gewinnen werden. Allein ihnen bleibt keine andere Wahl, wenn sie ihre historisch einmalige Heeresmacht auf dem Ozean sicher zusammenhalten wollen. Eine derart große Flotte, überwiegend von unerfahrenem Personal gelenkt, durch ein stürmisches Seegebiet zu führen, ist undenkbar; schon jetzt hat man tägliche Verluste von zwei bis drei Schiffen, was bei der gigantischen Größe der Flotte allerdings kaum ins Gewicht fällt. Bei einem Sturm wären die Verluste jedoch ungleich höher und so ist man aus Existenzgründen auf ruhiges Wetter und glatte See angewiesen.

Certus hatte indessen mit einer kleinen Einheit von nur wenigen Schiffen die vollkommen verlassene Ausgangsbasis seines Gegners mit ihren weitläufigen, provisorischen Werftanlagen erreicht. Erstaunt besichtigen die Militärs riesige, aus dem Urwald geschnittenen Übungsplätze, die tatsächlich dem Grundriß der Stadt nachempfunden waren - einschließlich gespenstisch wirkender Attrappen von Mauern und Gebäuden, die jedoch nicht aus Stein, sondern aus Balken, Stangen und Palmblättern bestanden. Innerhalb von nur zwei Tagen sind die notwendigen militärischen Operationen hier abgeschlossen - danach ist jede Spur atlantischer Technik und Zivilisation von diesem Boden getilgt. Der größte Teil seiner Leute verbleibt aber noch an diesem Ort, um das bergige Hinterland nach möglichen Verstecken und Depots der Senatsmacht abzusuchen, während der Feldherr mit seinem gravitationsgetriebenen Kommandeurschiff in rasender Fahrt zum eigentlichen Geschehen zurück eilt. Kamai-Loa hat er in der verlassenen Basis natürlich nicht gefunden, und auch keinen aggressiven Eingeborenenstamm, der Menschenopfer darbrachte - aber er hatte dergleichen auch nicht erwartet. Die Freigelassenen, die ihm diese Botschaft ehrlich und nach bestem Wissen übermittelt hatten, waren offensichtlich einer gut inszenierten Täuschung erlegen. Certus kannte diese aufwendige Praxis, mit der man der Gegenseite möglichst glaubhaft falsche Informationen zuspielen konnte. Es war allerdings auch kaum denkbar, daß die klugen Senatoren einen derart wichtigen Unterpfand so leichtfertig herausgaben. Überdies weiß er inzwischen von seinen Beobachtern, daß seine Geliebte noch immer eine sehr wichtige Führungsposition für die angeworbenen Hilfstruppen innehatte - und es war wohl nach wie vor mit einer, von ihr ausgehenden, unberechenbaren Revolte oder Meuterei innerhalb des Senatsheeres zu rechnen.

Unmittelbar nachdem die absichtlich langsam segelnden Verfolger das stürmische Seegebiet wieder hinter sich gelassen haben, trifft das Kommandeurschiff mit Certus bei der Flotte ein. Wo aber wird der Feind in diesem Moment stehen? Das ist jetzt die unbeantwortete Frage, von der alles abhängt. Niemand weiß genau, wie weit er auf seinem Umweg nach Westen vom richtigen Kurs abgewichen war. Auch mit Berechnungen kommt man nicht viel weiter, sie ergeben Unterschiede bei der Festlegung des Ankunftstages von mehreren Wochen. Es ist nun an der Zeit für Certus, einen seiner geheimen Trümpfe auszuspielen. Mit einer gewissen inneren Freude und betont äußerlichen Gelassenheit gibt er über ein Sprechgerät einen unscheinbaren Befehl auf einem rein wissenschaftlich genutzten Kanal - und bald darauf taucht aus den Wellen des Atlantik, direkt neben dem Kommandeurschiff, ein gewaltiges, etwa doppelte Schiffslänge messendes, metallisches Gefährt auf. Die erstaunten Besatzungen erkennen schließlich das berühmte atlantische Forschungsschiff, welches durch seinen Aufstieg in die Stratosphäre und Tauchfahrten in die Tiefen der Ozeane vor einigen Jahren großes Aufsehen erregt hat. In aller Stille hatte es Certus für eine neue Fahrt ausrüsten lassen und unbemerkt ist es bis zu diesem Augenblick - von der bewährten, alten Mannschaft gesteuert - seiner Flotte unterhalb der Wasseroberfläche gefolgt.

"Jetzt wird uns dieses Schiff bald die genaue Position des Gegners melden und dafür sorgen, daß wir exakt zwei Stunden *nach ihnen* die Mauern der Stadt erreichen. Wenn sie dann angesichts der neuen Vorstadtbefestigungen unsicher werden, können wir im gleichen Moment hinter ihnen sein und ihren Rückzug aufs Meer für immer abriegeln. Geben sie also ihre Befehle, meine Herren."

Und es geschieht, wie er es in dieser Stunde voraussagt: seine eigene Flotte auf größtmöglicher Distanz und damit vor dem Gegner verborgen haltend, erhält Certus erst zweimal, dann dreimal täglich dessen genaue Position - obwohl schon eine einzige verläßliche Meldung ausgereicht hätte, um in Zusammenhang mit der Wetterlage und den Strömungen den Tag beziehungsweise die Stunde X zu bestimmen. So vergehen diese Tage in monotoner Gleichförmigkeit, bis Certus seinen gefährlichen Feind an die einzige Stelle dieser Welt gelockt hat, an der sich seine eigenen Kräfte praktisch verdoppeln. Wenn das unbewegliche, gigantische Festungswerk der Vorstadt nicht zum Feind getragen werden konnte, bemerkt er lächelnd, so muß dieser sich eben bewegen und selbst vor ihren Mauern erscheinen. Es ist die Logik einer genialen Strategie, so wie alles Geniale im Grunde auf der Einfachheit beruht.

Nun, zunächst scheinen die Senatoren nichts von dieser List zu bemerken. Im Bewußtsein, den riskanten Wettlauf über den Ozean doch noch gewonnen - und als erste die vermeintlich ungeschützte Stadt erreicht zu haben, fühlen sie sich fast schon als die Sieger dieses Krieges. Die neuen, weißen Bauwerke auf dem beherrschenden Felsen des Vorlandes sehen sie wohl, deuten sie jedoch nur als geschickt arrangierte Kulisse, welche sie nur vom siegreichen Einzug in die völlig ungeschützte Stadt abschrecken soll. Man ist der festen Überzeugung, daß Certus sämtliche Kräfte hier hatte abziehen müssen, um auf den fernen, überseeischen Kampfplätzen überhaupt eine Chance zu haben. Sein wagemutiger Stil, in gefährlichen Situation alles auf eine Karte zu setzen, sowie die eigene gigantische Aufrüstung, die eine entsprechende Reaktion auch auf der Gegenseite notwendig machte, sprechen ihrer Meinung nach für diese Theorie.

Es vergeht fast eine Stunde, bis sie nach eingehenden Beobachtungen langsam begreifen, daß diese Festung möglicherweise keine Holzattrappe ist - und daß ihre Mauern außerdem noch gut besetzt sind. Aber wie ist das nur möglich? Ihre Unsicherheit wird schließlich so groß, daß der Kommandeur der Senatsflotte selbst nachsehen möchte und in seinem prächtig ausgestatteten Landungsboot auf die Küste unterhalb der Festung zusteuert. An der Mündung eines kleinen Wasserlaufes, wo sich die Brandung etwas schwächer zeigt und eine Landung gut möglich erscheint, stehen einige Militärs am Ufer. Der Kommandeur befiehlt, auf diese Stelle zuzuhalten - vielleicht warten dort die derzeitigen Stadtkommandeure und wollen angesichts dieser ungeheuren Belagerungsflotte vor ihren Toren die Kapitulation anbieten. Wie groß ist jedoch seine Überraschung, die er nur mit Mühe unter gespielter Gleichgültigkeit verbergen kann, als er unter den schweigend am Ufer wartenden Militärs Certus selbst und sieben Legionskommandeure seiner berühmten Reservelegionen erkennt. Was hat das nun wieder zu bedeuten? Kämpft Certus nicht einige Tagereisen entfernt gegen den Sturm? Wie war er so schnell vor ihnen hier angekommen? Und wie konnte er sieben Legionen an Land halten - denn die Kommandeure entfernten sich in einer derartigen Situation nie von ihrer Truppe - und gleichzeitig mit anderthalbtausend Schiffen auf den Weltmeeren operieren?.

Während sich der Kommandeur besorgt und mit unguten Ahnungen diese und ähnliche Fragen stellt, ist sein Boot bis auf wenige Meter an den Strand herangekommen; und während es seine prächtig uniformierten Ruderer gegen die leichten Wellen in Position halten, richtet sich der Ex-Senator auf und ruft zu Certus und seinen Begleitern hinüber:

"Höre, Certus! Hinter mir steht die größte und mächtigste Flotte der Zeitgeschichte - bereit und willens, so oder so, in die Stadt einzulaufen. Solltet ihr mich etwa daran hindern wollen, so wißt, daß ich jeden Widerstand als Verbrechen gegen die Stadt ansehen werde. Ich bin vom Senat bevollmächtigt - und dazu in der Lage - ihn ohne Zögern zu brech..."

"Ich zweifle nicht an eurer Bereitschaft, den heiligen Frieden der Stadt diesmal wirklich zu stören," unterbricht ihn Certus hart "denn ihr habt jetzt auch keine andere Wahl mehr, als euch mit einer solch wahnwitzigen Verzweiflungstat zu retten. Hört mich jedoch an, bevor ihr tausende atlantischer Männer und zehntausende eurer unschuldigen Hilfstruppen in den sinnlosen Tod schickt. Hört mich an - und entscheidet dann nach den Regeln von Logik und Vernunft, wie es eines zivilisierten Atlanters würdig ist."

"Ihr sprecht von Würde und Zivilisation und habt sie doch selbst zerstört, als ihr euch gegen die Befehle des atlantischen Se...."

"Streiten sie hier nicht über Grundsatzfragen, Kommandant, wir führen hier keine Senatsdebatte. Sagen sie mir lieber, ob sie sich noch an die längst bestätigten Pläne für diese Festung hier erinnern. Wenn ja, was ich stark vermuten muß, da sie oft genug als Hintergrund für eure Intrigen herhalten mußten, so ersparen sie mir, diese Pläne noch einmal eingehend zu erläutern."

Da der ehemalige Senator schweigt, spricht Certus ruhig weiter:

"Diese Pläne geben dem Fachkundigen anschaulich Auskunft über die militärischen Qualitäten dieser Festung - und damit über ihre Chancen bei dem von ihnen erwähnten Einfall in die Stadt. Und ich denke, sie können diese Fakten selbst ausreichend beurteilen und ihre Schlüsse ziehen."

"Soweit diese Festung vollständig hergestellt wäre...."

"Sie *ist* vollständig hergestellt. Ich gebe zu, in einer erstaunlich kurzen Zeit - aber ich versichere ihnen, daß meine Baumeister kein Detail vergessen haben."

"Sie lügen, Certus. Niemand kann in drei Jahren ein derartiges Bauwerk errichten. Worauf wollen sie eigentlich hinaus?"

"Ich möchte ein sinnloses Abschlachten ihrer Legionen vor diesen, noch jungfräulichen, Mauern vermeiden. Es wäre ein schlechter Beginn ihrer Geschichte, wenn ausgerechnet atlantisches Blut an ihnen kleben würde - das ist alles. Und da ich annehme, daß sie sich in Zeitdruck befinden..." Certus macht eine vielsagende Pause, die den Kommandeur an die irgendwann aus dem Süden eintreffenden Flottenverbände erinnern soll, "...würde ich vorschlagen, sie schicken sofort eine kompetente Delegation, die sich von der Übereinstimmung meiner Festung mit den ursprünglichen, vom Senat vor neunzig Jahren genehmigten Plänen überzeugt. Danach erwarte ich dann die Mitglieder ihres Führungsstabes unverzüglich zu Friedensverhandlungen."

"Sie glauben doch nicht im Ernst, daß ich - selbst wenn ihre Festung wirklich mehr sein sollte, als ein schwankendes Holzgerüst - mit siebenundzwanzig Legionen vor ihren sieben - vielleicht nicht einmal wirklich vorhandenen - kapitulieren würde." Dabei deutet er geringschätzig auf die hinter Certus stehenden Kommandeure.

"Was ich glaube, interessiert hier wenig. Warten sie ab, was ihnen ihre Delegation über die Befestigungen berichten wird und entscheiden sie dann aufgrund von Tatsachen."

Das Gespräch ist kaum beendet, da kommt das Landungsboot direkt ans Ufer, und zu Certus' großer Verwunderung steigt der Kommandeur und drei seiner Begleiter selbst an Land.

"Kommen sie schon, Certus. Lassen sie uns gehen." knurrt er ihn an, "Und wiegen sie sich nicht in der Illusion, daß sie durch die Vernichtung meiner Person etwas gewinnen könnten. Sollte ich nach Ablauf einer festgesetzten Zeit nicht lebendig zurück auf meinem Flaggschiff sein, wird der Angriff auch ohne mich beginnen. Unwiderruflich. Merken sie sich das."

Certus erwidert nichts. Wortlos steigt man die unzähligen Marmorstufen der sonnenüberfluteten Freitreppe hinauf, erreicht die hochgelegene Terrasse der Hauptstraße, von der aus man über die Blätterkronen der Palmen hinweg den Strand weithin überschauen konnte. Doch dafür hat jetzt natürlich niemand Zeit. Ohne Verzögerung betreten die Atlanter die neue Festung - voran der Hausherr Certus mit verschlossenem, nichtssagendem Ausdruck, etwas hinter ihm der finster um sich blickende Senatskommandeur mit seinen verwirrt und ängstlich wirkenden Begleitern, schließlich folgen Delos und die Legionskommandeure.

Der Feldherr führt seine Gäste durch lange, steinerne Korridore und großzügige Treppenanlagen zunächst auf den großen, repräsentativen Mittelhof mit seinen rundum stehenden, rot schimmernden Pfeilern, die hier die Fassaden gliedern. Von dort steigt man ohne Aufenthalt weiter hinauf zur Befehlszentrale - wendet sich aber nach links auf eine, dem Kontrollturm nebengelagerte, gleich hohe Terrasse. Ein unerwartet herrlicher Ausblick über das Meer bietet sich den Männern bereits, nachdem sie die obersten Stufen der Treppe erreicht haben; nun stehen sie direkt am Rand der Terrasse, sehen unter sich die gut ausgebauten Mauern, die aufgefahrenen Geschütze und die Vielzahl der Mannschaften. Es besteht jetzt kein Zweifel mehr an der Echtheit dieser Festung und auch nicht am Vorhandensein der sieben Legionen; der Senatskommandeur hatte es im Stillen bereits geahnt - und obwohl es kein unbedingt heißer Tag ist, beginnt er erheblich zu schwitzen.

Certus selbst sieht man die Konzentration dieser Stunde nicht an. Mit stummer, sparsamer Gebärde deutet er noch auf den Kontrollturm zur Rechten und gibt darauf einem seiner Begleiter ein Handzeichen. Draußen auf dem Meer wimmelt es von unzähligen Schiffen, die ganz offensichtlich immer noch vergeblich dabei sind, sich in Reihen und Gruppen zu formieren. Lediglich ein schmaler Streifen zwischen diesem einmaligen Flottenaufmarsch und der Küste wird respektvoll von ihnen freigehalten. Plötzlich zucken scharf gebündelte Blitze aus dem mittleren Teil des Kontrollturmes und kurz vor der ersten Reihe der Belagerungsschiffe steigen im gleichen Moment riesige Fontänen auf. Vierzig, fünfzig oder mehr Fontänen gleichzeitig und jede, wie man am aufgeschäumten Wasser noch einige Zeit unschwer erkennen kann, unmittelbar vor dem Bug eines ankernden Kriegsschiffes.

Der sich zunehmend unwohl fühlende Kommandeur schweigt angesichts dieser Demonstration noch immer. Er hat sich inzwischen mit der Tatsache abgefunden, eine gut ausgebaute Festung vor sich zu haben, und scheint nun in Gedanken abzuwägen, mit welchen Verlusten sie sich dennoch erobern ließe.

"Bedenken sie bei ihren Überlegungen auch ihre Rückendeckung." bemerkt Certus leise, als habe er die Gedanken seines Gegners erraten, und unterbricht damit das dumpfe Schweigen. Soeben hatte der Feldherr durch ein vereinbartes Zeichen erfahren, daß der äußere Umfassungsring auf dem Atlantik soeben geschlossen wurde - die Senatsflotte ist also gefangen. Und wenn man ganz genau hinsah, konnte man die eingetroffenen eigenen Schiffe als winzige Punkte am Horizont bereits mit bloßem Auge erkennen.

Während der Kommandeur auf der Festungsterrasse noch versucht, auch diese einfache Tatsache zu begreifen, haben einige seiner Kapitäne auf ihren Schiffen weit draußen die neue Situation ebenfalls erkannt und beginnen unkoordinierte, hektische Gegenmaßnahmen zu ergreifen. Ein Teil wendet sich dem neuen Feind auf See zu, ein anderer Teil segelt plötzlich der Festung entgegen, um auf eigene Faust unverzüglich mit dem Angriff zu beginnen, bevor es dazu endgültig zu spät ist. Ein dritter Teil, wohl über die Hälfte der Fahrzeuge, verbleibt jedoch wie gelähmt am Ort und behindert so die Manöver der schnell entschlossenen Kampfeinheiten. Nur mit Mühe kann dabei eine Panik innerhalb der riesigen Senatsflotte vermieden werden. Certus sieht seinen Gast nun eindringlich fragend an.

"Wenn ich auf mein Flaggschiff zurückgekehrt bin," antwortete dieser tonlos, "werde ich mich persönlich für die sofortige Aufnahme von Verhandlungen einsetzen - mehr kann ich nicht tun."

"Sie meinen also, es gibt in ihrem Führungsstab Kräfte, die sich einer vernünftigen Lösung widersetzten würden?" Certus ist plötzlich ernsthaft besorgt und betrachtet den, durch unerbittliche Tatsachen wohl endlich überzeugten Ex-Senator schon fast als einen Verbündeten seiner Strategie.

"Erstens:" wendet sich dieser mit ungewohnt ernster, fast trauriger Stimme direkt an Certus, "wir befehligen die größte Flotte der Weltgeschichte. Zweitens: wir sind mit ihr an unserem geographischem Ziel angelangt - was nicht einfach war. Drittens: wir haben mit unseren - zugegeben unerfahrenen - Mannschaften keine Möglichkeit, großangelegte Seemanöver auf den Weltmeeren durchzuführen. Uns bleibt also nur diese eine Chance, das wissen sie so gut wie ich - und auch unser Stab weiß es nur zu gut. Es sind Tatsachen, ganz einfach Tatsachen, die uns zu entsprechenden Entscheidungen zwingen werden - zu *einer* entsprechenden Entscheidung, um genau zu sein...."

Sie sind schon auf der Treppe hinunter zum Innenhof, als einer von Certus' Offizieren der Gruppe plötzlich schnellen Schrittes nacheilt. Nach kurzem Wortwechsel mit dem Feldherrn gehen beide sofort noch einmal zurück auf die Terrasse. Etwas, auch für Certus Unvorhergesehenes, muß offensichtlich geschehen sein - die Gäste spüren es. Nach einigen Augenblicken erscheint der Feldherr wieder auf der Treppe und bittet nun auch den Kommandeur der Senatsflotte noch einmal nach oben, der dieser Aufforderung zwar unwillig, aber doch in gewissen Maße interessiert an neuen Entwicklungen, nachkommt.

"Ich glaube, wir haben inzwischen ein Argument mehr, ihren Stab zu Friedensverhandlungen zu bewegen." meint Certus nur und schaut ohne weitere Erklärung zu den feindlichen Schiffen hinunter, die fast bis zum Horizont auf dem weiten Meer verteilt sind. Und überall, besonders aber in der Mitte des Geschwaders, dort also, wohin kein Geschützfeuer der Festung oder der weit draußen liegenden Blockadeflotte reichen konnte, steigen dunkle Rauchwolken von den Schiffen auf. Es ist unglaublich, aber innerhalb kürzester Zeit steht ein Viertel oder schon ein Drittel der größten Flotte der Welt in Flammen. Das ist es also, was Certus die ganze Zeit schon unruhig erwartet hatte, ja das mußte es sein: eine Revolte seiner jungen Geliebten Kamai-Loa. Mit fast übermenschlicher Selbstbeherrschung hatte sie Monate und Jahre gewartet und schließlich im richtigen Augenblick zu handeln gewußt - unterstützt von unzähligen, entschlossenen Helfern aus den Reihen ihrer einheimischen Hilfstruppen, die die Senatoren wohl ebenso haßten, wie sie. Und Certus muß nun voll Bewunderung anerkennen, daß sie keinen besseren Zeitpunkt für ihre Aktion hätte finden können. Seine und ihre Pläne - seit langem unabhängig voneinander vorbereitet - haben sich unversehens zu einem einheitlichen Ganzen verbunden: zu einem unblutigen Sieg über ihren gemeinsamen Gegner.

Angesichts dieser neuen Situation gibt es für die Senatsseite nun keine ernstzunehmende militärische Chance mehr. Schweigend, aber mit sehr unterschiedlichen Gefühlen sehen die beiden Männer von der Festungsterrasse mit an, wie hunderte und tausende der ursprünglich feindlichen Seeleute fast nackt und ohne Waffen von ihren brennenden Schiffen ins Meer springen, um schwimmend den rettenden, nahen Strand zu erreichen. An Löscharbeiten auf den Schiffen scheint keiner zu denken. Auch von einigen noch nicht brennenden Fahrzeugen fliehen die Mannschaften mit den Beibooten - während ein gutes Dutzend schneller Kurierschiffe in panikartiger Fahrt durch das ankernde Geschwader jagt und offensichtlich versucht, die entstandenen Schäden festzustellen.

Der Senatskommandeur begibt sich also zurück zum Flaggschiff, um, wie er versichert, mit seinem Stab die Kapitulation vorzubereiten. Sein am Strand wartendes Boot kann er allerdings nur mit Hilfe von Certus Legionären erreichen, die ihm zwischen den unzähligen, jetzt hier an Land kommenden geflohenen Seeleuten eine Gasse freihalten müssen. Certus hat sich nun um die Aufnahme und Unterbringung dieser Menschenmassen zu kümmern, die sich zur Zeit noch vor dem äußersten Mauerring befanden, aber dieses begrenzte Territorium bald gänzlich mit ihren Körpern ausfüllen würden.

All das bringt im Moment vielerlei neue Probleme mit sich, als ihn plötzlich eine andere Meldung aufhorchen läßt: ein prächtig ausgestattetes Schiff sei aus dem gegnerischen Geschwader ausgebrochen und steuert nun – direkt durch die brennenden Wracks hindurch - auf den ersten Kontrollturm der Bucht zu. Es ist mit Sicherheit nicht das Flaggschiff, mit welchem die Ex-Senatoren gegen Abend zu den Verhandlungen erwartet werden - es ist, wie sich bald herausstellt, das Schiff Kamai-Loas, die nun endlich zu Certus zurückkehren kann.

Voller plötzlicher Erwartung und erlösender Freude läuft er ihr entgegen. Einen langen Weg innerhalb der nördlichen Befestigung hat er zurückzulegen, so daß das stolze Schiff bereits im Begriff ist, am Kai des Kontrollpunktes festzumachen, als Certus den tunnelartigen Gang an seinem unteren Ende verläßt und ins Freie tritt. Sofort erkennt er das geliebte, so lange erwartete Mädchen - und im selben Moment scheinen auch all die herrlichen Stunden auf dem winzigen, paradiesischem Eiland wieder gegenwärtig. Auch kommt es ihm vor, als habe er all die unendlichen Mühen, Gefahren und Belastungen der letzten Jahre nur für diesen einen, lang ersehnten Augenblick auf sich genommen.

Kamai-Loa hat sich für dieses Wiedersehen festlich geschmückt.

Im Haar und an ihrem weiten Gewand trägt sie wundervolle, tropische Blumen. Sie erscheint ihm schöner denn je - obwohl sich gerade auch bei ihr die vergangene schwere Zeit deutlich hätte bemerkbar machen müssen. Mit übermütigem, fast kindlichen Eifer, welcher zu ihrer hohen Stellung und ihrem festlichen Schmuck nicht recht passen will, läuft sie - nachdem sich beide für einen nicht meßbaren Moment nur angesehen haben - hinunter aufs Mitteldeck, verschwindet in einer der Kajüten und kommt sogleich wieder hervor. Langsam und feierlich, diesen Moment bewußt als ihren persönlichen Triumph über ihre Feinde betonend und auskostend, schreitet sie das inzwischen festgemachte Fallreep hinunter - direkt auf Certus zu - und ein kleines Kind wie eine Siegestrophäe im Arm haltend...

Jener wußte nun bis zu diesem Augenblick absolut nichts davon, daß Kamai-Loa ihm inzwischen ein Kind geboren hatte. Um es vor dem Zugriff ihrer Gegner zu schützen, wurde es gleich nach seiner Geburt bei einfachen Leuten aus dem Volk ihrer Mutter versteckt, und auch sie selbst gönnte sich nur selten die Freude, es heimlich zu sehen. So hatten auch Certus Beobachter nichts darüber erfahren und ihm vermelden können.

Kamai-Loa hat ihr fast aussichtslos erscheinendes Ziel erreicht: durch alle Wirrnisse und Gefahren dieses gigantischen Machtkampfes hindurch das Kind und sich selbst wohlbehalten zu Certus zu bringen. Auch dazu, daß sie ihr künftiges, gemeinsames Leben schließlich in Freiheit werden verbringen können, hat sie mit ihrer sehr erfolgreich und präzise ablaufenden Revolte entschieden beigetragen. Zweifellos gebührt ihr der Triumph des heutigen Tages, und Certus, stolz und in seiner plötzlichen Vaterrolle noch etwas unsicher, tut alles, um dies immer wieder hervorzuheben.

Geleitet von den inzwischen eilig nachgekommenen Offizieren seines Stabes und seiner Leibgarde geht das Paar die Treppe zur Festung hinauf. Und dieser Weg wird ganz schnell und von selbst zu einem spontaner Siegeszug, den niemand organisiert hat, an dem nun aber immer mehr und mehr Menschen teilnehmen. Auf der Hauptterrasse unterhalb der Befehlszentrale erklingt bereits Musik. Das dienstfreie Personal und die Reservemannschaften haben sich hier zusammengefunden um die junge Frau des Feldherrn zu begrüßen. Wenn auch in den zurückliegenden Jahren niemand laut darüber sprach, so kannte doch jeder diese schicksalhafte Geschichte ihrer gewaltsamen Trennung. Um so freudiger und jubelnder wird dafür jetzt das lang erwartete und befreiende Zusammentreffen des Paares gefeiert. Selbst das Bewußtsein des soeben *auch* erreichten endgültigen Sieges über die Senatsmacht scheint dadurch in den Hintergrund zu treten. Und als sich die beiden, allen gut sichtbar, auf der Treppe zur Befehlszentrale befinden, nimmt Certus in einem Moment der größten Begeisterung seinen kleinen Sohn erstmals aus den Armen der Mutter, um ihn hochzuheben und ihn all den versammelten Menschen hier zu zeigen - deren Jubel daraufhin keine Ende mehr nehmen will.

In den kommenden Wochen nach diesem triumphalen und unblutigem Sieg widmet sich Certus entgegen seiner sonstigen Gewohnheit nur selten den Staatsgeschäften. Während er ausschließlich bei seiner Familie weilt, leiten erprobte Freunde die letzten Aktionen dieses nun endgültig beendeten Bürgerkrieges. Sie reorganisieren die atlantische Flotte, lösen die überzähligen Legionen auf, beseitigen die ausgebrannten Wracks vom Strand und lassen schließlich auch den Straßentunnel von der neuen vorderen Stadt zur Innenstadt graben.

Wie einst auf der kleinen Insel vor der südlankhorischen Küste, durchstreift das Paar nun auch hier die Palmenhaine, die sich südlich der weißen Festungsmauern am Strand entlang ziehen. Ihr Kind, auf dessen Nähe sie so lange hat verzichten müssen, läßt Kamai-Loa dabei nicht mehr von ihrer Seite - und auch von Certus will sie keine Stunde mehr getrennt sein. In der Nähe des Meeres wohnen die drei Menschen an manchen Tagen ganz ursprünglich und ganz für sich in einer einfachen, kleinen Hütte, die Certus den Eingeborenenhütten Lankhors nachempfunden hat. An anderen Tagen, besonders wenn es die Sonne gar zu gut meint, benutzen sie aber auch ihre großzügige Wohnung im Südwestflügel des neuen Festungspalastes - weite, helle Marmorhallen voll edler Möbel, kunstvoller Plastiken und klarer, kühler Wasserbekken. Auch an heißen Tagen kommt hier oben stets ein kühler Luftzug direkt vom Meer durch die offenen Säulenhallen und läßt die langen seidig-durchsichtigen Vorhänge sanft und weit durch die Räume wehen.

Erst nach und nach beginnt Certus sich wieder mit Politik zu befassen. In einigen Gesprächen mit Gelehrten und Amtsträgern, bei denen außer seiner Familie auch Delos wieder zugegen ist, geht es vor allem immer wieder um den Aufbau des Ordens. Kamai-Loa, die sich selbst bereits am Ziel ihrer Wünsche sieht, erkennt, daß Certus *sein* Lebenswerk, den Elite-Orden, noch nicht vollendet hat.

"Wir hatten uns gegen viele Widerstände durchzusetzen" erklärt er ihr, "und viele Schlachten zu gewinnen, um unsere Vorstellungen von

Harmonie und Gerechtigkeit durchzusetzen. Ich will es dabei nicht belassen, sondern ein Weiteres tun. Spätere Generationen nach uns sollen nicht immer wieder die gleichen Opfer für die gleichen Ziele bringen müssen. Ich will daher einer dauerhafte Organisationsform, die, einmal mit Macht versehen, das Werk bewahren wird. Machtgier, Gewissenlosigkeit, Ignoranz gegenüber den wahren menschlichen Bedürfnissen, Verletzung der natürlichen Harmonie - all das ist dann nicht mehr möglich und unsere Kinder und Enkel brauchen nicht wieder und wieder, bis in die Unendlichkeit, dagegen anzukämpfen."

Und wieder steht eine entscheidende Audienz bei der Priesterschaft bevor. Certus möchte sie benutzen, um sein Vorhaben, dem nun nichts Objektives mehr im Wege steht, zu beschleunigen. Alle gesetzlichen, organisatorischen und materiellen Grundlagen sind bereits geschaffen. Es besteht eine Liste aller dazugehörigen Gelehrten, hohen Militärs, Senatoren, technischen Spezialisten, Regierungsbeamten, dem notwendigen Hilfspersonal - also aller Menschen, die einmal dem Orden angehören sollen. Die Wohnungen dieser Mitglieder wurden in den letzten Monaten in den 'geschlossenen Bereich' der Stadt verlegt, wo sie nun, räumlich getrennt von der Masse der übrigen Stadtbevölkerung, ungestört leben können. So sind das Capitol, der Palastbezirk, sowie dafür geeignete Teile der Hafenfestungen jetzt teilweise zu Wohnstätten geworden - während die frei gewordenen Häuser in den Wohnbezirken zu großen Teilen von den hier verbliebenen Angehörigen der ehemaligen Senatslegionen bezogen werden konnten.

Auch das riesige, neue Gesetzeswerk liegt fertig vor und wartet auf seinen Erlaß. Certus hat die Steintafeln mit dem bedeutsamen Text bereits am Capitol anbringen lassen, wo sie jedoch bis zum Tage ihrer festlichen Inkraftsetzung von großen Tüchern bedeckt bleiben.

Um zur Audienz zu gelangen, nimmt der Feldherr den gleichen Weg vom Capitol zum Tempelbezirk wie vor Jahren. Und wie damals nutzt er die frühen Morgenstunden, da Straßen und Plätze noch leer sind. Und auch diesmal nimmt der sensible Stadtorganismus die Spannung und Bedeutung dieses historischen Augenblicks wahr. Wenn auch niemand zu sehen ist, so verfolgen doch tausende Augen den prächtigen Kampfwagen auf seinem Weg zum Tempelbezirk. Im dämmrigen Innern der Säulenhallen, hinter halb geöffneten Fenstern, im Dunkel der Torbögen und Arkadengänge stehen all jene, die diesen bedeutsamen Augenblick unbedingt selbst miterleben wollen.

Das Gespräch mit dem obersten Priester verläuft zunächst sehr zu

Certus Zufriedenheit. In aller Ausführlichkeit und Ruhe werden die Ergebnisse und ab und zu auch Details des Bürgerkrieges besprochen. In Abständen ordnen die Priester immer wieder Pausen an, man nimmt Erfrischungen zu sich oder bewegt sich ungezwungen in den kleinen, die Gebäude umgebenden, stillen Gärten.

Jetzt, auf der absoluten Höhe seiner Macht, nimmt Certus diese eigentümliche, priesterliche Welt besonders deutlich wahr. Und es kommt ihm vor, als würde hier, in diesem kleinen, quadratischen Tempelbezirk im Herzen der Stadt, die Zeit stillstehen oder zumindest in einem anderen, viel gleichmäßigerem und langsamerem Rhythmus ablaufen. Selbst die brisantesten Themen und Dinge von allergrößter Tragweite werden von den Priestern in völliger Ruhe und Gelassenheit besprochen - wobei ihnen die Einhaltung ihrer Pausen und Meditationsphasen das Wichtigste zu sein scheint. Wie von einer erhabenen, in den Wolken schwebenden Plattform sehen sie auf das chaotische, weltliche Geschehen hinab. Ihre spezielle, abgesonderte Lebensweise und die in der Meditation gefundene Ruhe und Harmonie stellen dabei wohl die Distanz her, die notwendig ist, um eine derart überlegene und ausgeglichene Betrachtungsweise zu erlangen.

Eine gewisse Zeit gelingt es Certus, auf diese Mentalität einzugehen - als es jedoch schon Abend wird und noch immer kein Wort über die Ordensgründung gesprochen ist, wird er doch etwas ungeduldig. In unverändert belanglosem Plauderton beginnt er schließlich von sich aus, dieses Thema anzuschneiden - wohl wissend, daß sein Gegenüber jedes seiner Worte, ganz unabhängig vom Tonfall, genauestens registriert.

"Die letzte Phase des Bürgerkrieges" beginnt Certus vorsichtig, "hatte derartige Dimensionen erreicht, daß sich die provisorische Zusammenstellung des Elite-Ordens bereits objektiv notwendig machte. Und ich kann hier ohne Einschränkung davon sprechen, daß sich diese neue, bis dahin unerprobte Organisationsform gerade in dieser extremen Zeit bestens bewährt hat. Nun sieht unser atlantischer Sicherheitskodex vor, immer, auch in den Zeiten tiefsten Friedens, auf Ausnahmesituation gleich welcher Art, zuverlässig vorbereitet zu sein. Ich habe mir daher sogleich nach dem endgültigen Abschluß des Bürgerkrieges vorgenommen..." - Certus bemüht sich, seine innere Spannung zu verbergen und seinen harmlosen Tonfall beizubehalten - "... alle mit dem Orden in Zusammenhang stehenden Gesetzesänderungen zum Ende des nächsten Jahres, aller Voraussicht am dritten Tage des Jahresfestes, in Kraft zu setzen."

Nun ist es also ausgesprochen - und die Priester müssen ihrerseits reagieren. Andeutend, daß er seine Rede damit beendet hat, lehnt sich der junge Feldherr bequem auf seinem Sitzpolster zurück.

"Dies wird sicher ein bedeutender und hervorragender Tag in der Geschichte unseres atlantischen Volkes." antwortet ihm darauf einer der Priester in einer fast nebensächlichen, gutmütigen Art und Weise, als gehe es hier lediglich um die Einweihung einer neuen Bildsäule. Certus ist von der Promptheit und Einfachheit dieser Reaktion so sehr überrascht, daß er Mühe hat, seine Gelassenheit zu bewahren. Alles Übrige, was noch an diesem Abend besprochen wird, nimmt er daher kaum noch wahr. Der Orden kann gegründet werden! Eine optimale Hierarchie des Geistes wird in der Stadt entstehen, welche die Herrschaft der Vernunft über Generationen zu erhalten vermochte. Nicht nur die Priesterschaft, als kleiner, abgesonderter Teil der Gesellschaft, nein, der Staat selbst wird nun zur erhaltenden Kraft, einer Kraft, die stark genug sein wird, die wahren Relationen von Geist und Natur auf Dauer zu erkennen, zu sichern und einer stets verändernden, zerstörenden Vergänglichkeit entgegenzuwirken. Der Staat wird damit selbst zum "Diener der Ewigkeit".

Das ist der Sieg, der wirkliche, der endgültige Sieg für Certus.

VIERTES KAPITEL

Die Unruhe des Bürgerkrieges und der vorausgegangenen atlantischen und sylonischen Kriege ist längst vorüber, ja man kann fast sagen, daß die mit der Gründung des Ordens eingetretene Sicherheit der Stadt nun einige eintönige und ereignislose Jahrhunderte beschert hat. Alles funktioniert ohne Komplikationen, tauchen dennoch einmal Schwierigkeiten auf, kann man dank der neuen Regierungsform schnell und präzise reagieren. Keine Verzögerungstaktik der Senatsversammlungen hält die Handelnden mehr auf.

Aber auch in dieser problemlosen Zeit soll sich schließlich noch etwas sehr Bedeutsames ereignen: ein historischer Augenblick für die Atlanter, der dem des Bürgerkrieges und der Ordensgründung durchaus nicht nachstehen wird. Alles begann eigentlich hundertfünfzig Jahr zuvor, im ersten Jahrzehnt des fünfundzwanzigsten Jahrhunderts: Orden und Priesterschaft hatten damals gemeinsam beschlossen, die nun seit zweitausend Jahren versunkene Heimatinsel Atlantis näher zu untersuchen. Die atlantische Wissenschaft, welche in ihren Kenntnissen über alle möglichen Naturerscheinungen dieser Welt schon sehr weit fortgeschritten war, forderte nun auch auf diesem Gebiet vollständige Klarheit. Eine inzwischen unüberschaubar gewordene Vielzahl von bislang vorliegenden Hypothesen über Ursache und Art der Katastrophe hatte als einzig gesicherte Erkenntnis bisher lediglich ergeben, daß sich der Untergang der Insel auf keine der bekannten Naturkräfte zurückführen ließ.

Die Vorbereitungen zu einem derartigen Forschungsunternehmen auf dem Meeresgrund dauerten - zumindest bei der Priesterschaft - nun also schon etwa einhundertfünfzig Jahre. Denn soviel Zeit brauchte sie, um die bestehenden Theorien auf eventuell mögliche Veränderungen durch neue Erkenntnisse vorzubereiten, und dies mußte offensichtlich sehr langsam und behutsam geschehen. Für die technisch-organisatorische und personelle Vorbereitung benötigt der Orden jetzt nicht einmal ein Jahr. Alle beteiligten Werkstätten, Dienststellen und wissenschaftlichen Institute sind begeistert, endlich etwas Bedeutsames und historisch Einmaliges leisten zu können. Entsprechend der überaus stabilen wirtschaftlichen Situation der Stadt, sind die Ausmaße dieser Expedition gigantisch. Außer mehreren kleinen Vorausgruppen soll die Hauptflotte aus hundertsechsundachtzig Schiffen und sechzehn Unterwasserfahrzeugen bestehen. Der größte Teil davon ist eigens zu diesem Zweck gebaut worden und mit speziellen Hebevorrichtungen sowie mit Bohr- und Grabegerät versehen. Auf weiteren Schiffen befinden sich komplette Werkstätten, große Laboratorien, Bibliotheken und Versammlungssäle. Neu entstanden sind auch die Wohnschiffe des Ordens mit ihren großzügigen Privaträumen für Wissenschaftler, Priester und Senatoren. Der militärische Geleitschutz, welcher die Expeditionen in großer Distanz begleiten wird und auch die notwendigen Kurierdienste übernehmen soll, ist dabei nichteinmal miteingerechnet.

Das eigentliche Ziel der Mission besteht darin, durch eine genaue Untersuchung des Meeresbodens und der darunter befindlichen Strukturen, Aufschlüsse über den Ablauf der unglaublichen Geschehnisse vor nunmehr zweitausend Jahren zu erhalten. Ein ganz besonderes Interesse gilt dabei dem Gebiet der ehemaligen Hauptstadt und des nahe dabei liegenden heiligen Hains - dem damaligen Wohnsitz der Strahlenden.

Begleitet vom Jubel tausender Bürger, welchen man anläßlich dieses Ereignisses den Zutritt zu den Hafenbefestigungen ermöglicht hat, läuft die gewaltige Flotte schließlich aus - dieses Mal jedoch nicht zu einem Feldzug, sondern auf der Suche nach der eigenen Vergangenheit. Die Stadt feiert diesen Tag wie ein bedeutendes Staatsfest, aber im Grunde glaubt keiner so recht daran, daß sich dadurch wirklich irgendetwas Wesentliches für die Atlanter ändern würde. Sicherlich hätten die Wissenschaftler für einige Jahre oder Jahrzehnte neuen Diskussionsstoff und ein paar Dutzend gelehrte Bücher würden geschrieben - aber welchen Einfluß hatte dies schon auf das alltägliche Leben der Einwohner.

Auch die erste Sensationsmeldung, die etwa drei Monate nach dem Auslaufen der Expeditionsflotte in der Stadt eintrifft, änderte diese - doch eher gleichgültige - Volksmeinung noch nicht. Die Untersuchungen der Vorausabteilungen hatten bereits ergeben, daß sich der gesamte Meeresgrund, welcher der ehemaligen Insel entsprach, derart verwüstet zeigte, daß an eine sinnvolle archäologische Ausgrabung hier nicht zu denken war. An allen vermuteten Plätzen wurde kein einziges Stück eines erhaltenen Gebäudes, ja nicht einmal eine Scherbe oder ein

Werkzeug gefunden. Die sicherlich noch gründlicheren Arbeiten der Hauptexpedition mußten dies jetzt bestätigen.

Sensationell ist aber nun der seltsame Umstand, daß lediglich der heilige Hain mit der berühmten Audienzhalle von dieser absoluten Zerstörung verschont geblieben war. Und dies erscheint nun umso rätselhafter, als gerade in seiner nächsten Umgebung die stärksten Verschiebungen der ursprünglichen unteren Gesteinsschichten festgestellt werden.

Bald konzentriert die Expedition also zwei Drittel ihrer Kräfte über dem ehemaligen Hain, der sich jetzt etwa fünfzig Meter unter dem Meeresspiegel befindet. Im großen Oval - den unterseeischen Ausmaßen des Gebietes folgend - ankern ringsum die prächtigen Schiffe des neuen Atlantis, während die Grabungsarbeiten am größten Heiligtum des alten Atlantis unter Wasser von mehreren Tauchbooten durchgeführt werden.

Die ganz präzise durchgeführten Untersuchungen ergeben, daß der heilige Hain selbst das eigentliche Zentrum der Katastrophe gewesen sein muß. Von diesem Mittelpunkt ausgehend, so die recht unwahrscheinlich klingende Hypothese, haben sich die unteren Erdschichten stoßartig nach allen Seiten verschoben - dabei wurde als Folge die Erdoberfläche der Insel, mit sämtlichen auf ihr befindlichen Bauwerken und Lebewesen, wie in einem Strudel zerrissen und zermahlen. In den verschiedenen Gegenden des alten Atlantis wurde diese gewaltige unvorstellbare Stoßkraft, entsprechend der vorhandenen geologischen Schichtung, mal nach oben oder nach unten abgeleitet. So stellte man im Bereich des ehemaligen Nordgebirges gewaltige Materialbewegungen fest - die Gesteinsmassen wurden damals über viele Kilometer weit in das nördliche Meer geschleudert.

Der wie durch ein Wunder in diesem Chaos erhalten gebliebene Hain wird nun mit übertriebener Gründlichkeit abgesucht. Die in Planquadrate eingeteilte Oberfläche des Meeresbodens kann dabei erst nach umständlichen Vorbereitungen und Aufzeichnungen für die eigentlichen Grabungen freigegeben werden. Schicht um Schicht wird der Boden dann bis auf eine Tiefe von acht bis zwölf Metern abgetragen. Dort stößt man unerwartet auf geschmolzenes und sogleich wieder abgekühltes Gestein. Ein kurzer thermischer Prozeß, wohl durch sehr hohen Druck entstanden, mußte hier abgelaufen sein. Und die Wissenschaftler können ihn ziemlich genau auf den Tag der Katastrophe datieren.

In den oberen Schichten finden die Archäologen dann mehrere gut erhaltene menschliche Skelette, die sofort in den Schiffslabors untersucht werden. Es handelt sich dabei um regelrechte Idealskelette, da die einzelnen Knochen keinerlei individuelle Abweichungen, Verwachsungen oder dergleichen aufweisen. Beim einem mathematischen Vergleich der genau vermessenen Funde wird eine ganz erstaunliche Gleichheit der Proportionen festgestellt: eine seltsame Übereinstimmung bis zur vierten, fünften Stelle hinter dem Komma, die auch in allen unwesentlichen Details wiederkehrt - und sich letztlich wohl nur durch den Alterungsprozeß etwas verwischt zeigt. Das ist umso bemerkenswerter, als normale menschliche Knochen in der Regel als unverwechselbare, individuelle Einzelstücke zu gelten haben. Man vermutet natürlich sogleich, daß es sich bei diesen Funden um Überreste der Strahlenden handeln könnte, und die Priesterschaft sorgt dann auch sofort nach Abschluß der Untersuchungen für eine erneute Bestattung dieser Gebeine an den ursprünglichen Fundorten.

Die langsam voranschreitenden Ausgrabungen sind mit der Zeit auch am ehemaligen Pavillon in der Mitte des Hains angelangt. Hier hofft die Expedition auf besondere Funde. Eine Hoffnung, die sich jedoch nicht erfüllt. Die ruinenartigen Reste der einzigen baulichen Anlage inmitten des parkähnlichen Geländes lassen deren ursprünglichen Zustand noch gut erkennen. Es handelte sich einst um einen sechseckigen Zentralbau mit breiten Granitpfeilern an den Ecken. Hinter diesen gewaltigen Pfeilerblöcken war ein umlaufender Gang angeordnet. Im Zentrum befand sich ein einziger Raum mit sechseckigem Grundriß, den einst - so die Überlieferung - eine gläsernen Kuppel bedeckte. Drei Zugänge, die im Wechsel mit drei geschlossenen Wandfeldern den Raum umgaben, sind jetzt noch zu erkennen. An diesen Wänden findet man nun unbekannte technische Einrichtungen der Strahlenden, deren rätselhafte Reste jetzt demontiert und auf den Laborschiffen untersucht werden können. Drei schmale Treppen führen außerdem vom umlaufenden Gang spiralförmig in die Tiefe - zunächst eine kleine Sensation, denn nirgends war dergleichen überliefert. Aber zur großen Enttäuschung der Wissenschaftler enden diese Gänge nach etwa fünf Metern in der schon bekannten Schicht zerschmolzenen Gesteins. Aus der Erfahrung weiß man schon, daß diese Schicht mehrere Hundert Meter stark ist. Trotzdem werden an dieser Stelle nochmals umfangreiche Bohrungen vorgenommen, die wie erwartet ohne Ergebnis bleiben. Alles weitere Suchen scheint umsonst, die früheren unterirdischen Räume des Pavillons sind für immer zu einer homogenen Masse zerschmolzen und kein Labor konnte sie jemals wieder rekonstruieren.

Die sehr schmalen und flach abfallenden Treppen lassen allerdings vermuten, daß es sich nicht um sehr viele Räume gehandelt haben dürfte; auch lagen sie sicher nicht sehr tief unter der Erde. Der Schluß liegt nahe, daß die übrigen Strahlenden, deren Skelette man auf dem gesamten Gelände nicht hatte finden können, sich zum Zeitpunkt der Katastrophe wahrscheinlich in diesen Räumen aufgehalten haben mußten. Auch die Untersuchungen der technischen Anlagen, die immerhin zweitausend Jahre dem Salzwasser ausgesetzt waren, bringen keine brauchbaren Ergebnisse. Auf dieses Minimum an undefinierbaren Metallteilchen, das noch geborgen werden konnte, kann sich keiner der anwesenden Experten einen Reim machen.

Aditus ist einer der wenigen Priester, die selbst mit den Arbeitsgruppen hinab auf den Hain tauchen. Er hat die praktischen Ausgrabungsarbeiten im Auftrage der Priesterschaft zu überwachen und zu beobachten. Dabei ist der junge Mann ruhig und in sich gekehrt; fast mochte man denken, daß er ständig nur mit irgendwelchen tiefgreifenden Problemen befaßt ist. Und in der Tat beschäftigt ihn die Untersuchung des Hains der Götter sehr. Bei seinen Streifzügen unter Wasser hat er genügend Zeit, zwischen Wasserpflanzen, Korallen und einer Vielzahl bizarrer Fische, einfach zu verweilen und nachzudenken. 'Irgendetwas muß diesen Platz geschützt haben', sinnt er immer wieder, 'denn wenn die ganze Insel in die Brüche geht, aber hier im Zentrum der Verwüstung zwei bis drei Quadratkilometer relativ unversehrt bleiben, muß es eine Kraft gegeben haben, die während der Katastrophe und auch noch *kurz danach* das Unheil von dieser Stelle abwenden konnte'.

Dieses 'kurz danach' gewinnt bei seinen Überlegungen langsam immer mehr an Bedeutung, während er zunächst nur im Unterbewußtsein fühlt, was er mit klaren Gedanken noch nicht recht fassen kann. Doch plötzlich nimmt es klare Konturen an: natürlich, diese Stelle mußte auch kurz nach Ausbruch des Chaos - vielleicht ein paar Stunden, oder einen Tag lang - beschützt worden sein. Gewaltige Erd- und Gesteinsmassen waren in Bewegung; es traten Flutwellen auf; Temperaturen entstanden, die Gestein schmelzen ließen. Wäre dieser mysteriöse Schutz also im Moment der Katastrophe sofort zusammengebrochen, so hätte das alles weit mehr Schaden angerichtet, als jetzt tatsächlich hier vorzufinden ist.

Aditus denkt dabei an die unsichtbare, weiche, aber vollkommen undurchdringliche Wand, die damals angeblich den Hain umgeben haben soll. Sollte sie etwa das Gelände geschützt haben? Die Skelette der Strahlenden sind noch da und auch sonst fehlt offenbar nichts im Hain der Götter - also müßte eigentlich diese Wand auch noch vorhanden sein, oder zumindest ein 'Etwas', das mit ihr in direktem Zusammenhang stand. Nun gab es seit Jahrhunderten Vermutungen bei den atlantischen Gelehrten, daß es sich bei dem unsichtbaren Schutzwall um ein Kraftfeld gehandelt haben könnte. Derartige Gedanken, die sich im Grunde jedoch nur auf eine zweitausend Jahre alte Überlieferung stützten, wurden allerdings sehr zurückhaltend ausgesprochen. Ein Kraftfeld jedoch - wenn es denn eines war - braucht eine Energiequelle und eine Steuerung; und wenn es dergleichen für den heiligen Hain einst gegeben hatte, wurde es sicherlich auch darin aufbewahrt und müßte - zumindest in Resten - heute noch zu finden sein. Aditus glaubt nicht, wie viele andere Mitglieder der Expedition, daß die zerschmolzenen Räume unter dem Zentralpavillon dafür vorgesehen waren, denn nach seiner Theorie blieb diese Energiequelle ja unzerstört, da sie noch für kurze Zeit weiter funktioniert haben mußte. In den unterirdischen Räumen vermutet er lediglich Wohn- und vor allem Schlafstätten, denn obwohl die Überlieferung berichtet, daß die Strahlenden im Freien zu übernachten pflegten, hält er es dennoch für möglich, daß sie an kalten Tagen auch geschlossene Räume benutzten. Und die Räume unter dem Pavillon waren erwiesenermaßen die einzigen im ganzen Hain.

Die weiteren Ausgrabungen geben Aditus' Überlegungen schließlich recht. Am nördlichsten Punkt des Geländes, dort wo der heilige Hain einst an die ansteigende Felswand des nahen - nun nicht mehr vorhandenen - Gebirges grenzte, findet man im Schlamm des Meeresbodens ein gewaltiges Metallobjekt. Es hat die Form eines komplizierten geometrischen Körpers - entfernt etwa mit einem tropfenförmig geschliffenen Diamanten vergleichbar. Die Oberfläche dieses merkwürdigen Gebildes besteht aus facettenförmigen Planflächen unterschiedlichster Abmessungen. Sie weisen in ihrer Anordnung jedoch eine Symmetrie auf, die ein Vorn und Hintern sowie ein Oben und Unten unterscheiden lassen. Im hinteren Teil findet man einige unverständliche Strukturen, welche man mit viel Phantasie vielleicht als Bedienungselemente einer Maschine interpretieren konnte.

Die Gelehrten und Priester der Expedition sind zunächst ratlos, lassen den Fund dann aber heben und an Bord eines Schiffes bringen. Es zeigt sich, daß das Objekt keinerlei Korrosionsschäden aufweist.

Nachdem es von Ablagerungen und Wasserpflanzen gesäubert ist, konnte man glauben, es gehöre selbst zu den blankglänzenden Tauch- und Bergungsgeräten der neuen Expeditionsflotte. Aber was soll man nun damit anfangen? In keinem der überlieferten Aufzeichnungen ist etwas Derartiges je erwähnt worden und so wird auch die anfängliche Vermutung, daß es sich hierbei möglicherweise um einen Kultgegenstand handeln könne, bald wieder fallengelassen. Der Fund bleibt zunächst ein Rätsel.

Als die Expedition nach zwölf Jahren endgültig beendet ist und die Schiffe wieder in die Stadt zurückkehren, nimmt man das seltsame Metallobjekt mit. Auf dem Meeresgrund, in der Nähe des heiligen Hains, verbleibt noch eine kleine, ständig besetzte Station der Atlanter. Von ihr wird der, auf unerklärliche Weise erhalten gebliebene, heilige Hain nun ständig gepflegt. Er wurde von den Atlantern zu einer Art Unterwasserdenkmal erklärt und interessierte Gelehrte, Studenten, aber auch Privatpersonen können ihn besuchen und sich in Taucheranzügen vom ständigen Personal der Station herumführen lassen.

Das dazugehörige große Audienzhallengebäude, dessen Beschädigungen, wie man feststellen konnte, nicht durch die Katastrophe, sondern erst durch die später einwirkenden Kräfte des Meeres entstanden, wurde von der Expedition unter Wasser bereits vollständig restauriert. Der interessierte Besucher konnte jetzt durch seine wiederhergestellten und wie neu wirkenden Marmorhallen und Säulengänge schwimmen... Einen früherer Vorschlag, das gesamte versunkene Gebäude weiträumig zu überkuppeln, um es dann trockenzulegen, wurde bald wieder verworfen, da der besondere Reiz des im Wasser befindlichen Bauwerkes die unumstößliche Tatsache des Unterganges der Heimat auf eine sehr eindringliche, direkte und angemessene Weise zum Ausdruck brachte.

Allein diese neue Attraktion, die eine wirklich echte und kaum zu überbietende Konfrontation mit einem der wichtigsten Symbole atlantischer Geschichte darstellt, erfüllt nun die Wünsche der Stadtbevölkerung nach Neuigkeit und Abwechslung für eine ganze Reihe von Jahren. Das Audienzhallengebäude und der dabeiliegende heilige Hain auf dem Grunde des Meeres werden zum beliebtesten Wallfahrtsort der Atlanter.

Der jetzt in den tiefen, unterirdischen Etagen des Capitols lagernde Metallkoloß jedoch, von dem man annimmt, daß er einst für die

Erzeugung eines schützendes Kraftfeldes verantwortlich gewesen sein könnte, wird zunächst nicht zum Gegenstand des allgemeinen Interesses. Obwohl seine vermutete Aufgabe von der Wissenschaft nicht bewiesen ist, nennt man das Fundstück allgemein den "Beschützer", und diese Bezeichnung wird auch in kommender Zeit beibehalten. Eine neue, auf sein Vorhandensein aufgebaute Theorie über den Ablauf der Katastrophe lautet nun derart, daß ein kosmisches Geschoß, vielleicht ein Meteorit oder ein Energiestoß, das Gebiet des zwei Quadratkilometer großen Hains direkt getroffen habe. Das ähnlich einem Dach über dem Hain liegende Kraftfeld muß derart undurchdringlich gewesen sein, daß es in seiner ganzen Ausdehnung - ohne sich dabei zu verformen oder die Oberfläche unter sich zu beschädigen - etwa fünfzig bis hundert Meter tief in die Erde gedrückt wurde. Dieser, die menschliche Vorstellungskraft übersteigende Vorgang erfolgte mit solcher Schnelligkeit und Wucht, daß die komprimierten Erd- und Gesteinsmassen darunter bis tief ins Erinnere schmolzen und sich gleichzeitig explosionsartig nach allen Seiten auseinander bewegten. Dadurch ist zu erklären, daß die gesamte Insel sozusagen von unten, wenige Meter unter ihrer Oberfläche, zerrissen wurde. In den letzten Sekunden muß sich die Landschaft mit ihren Feldern und Wiesen den Inselbewohnern wie ein wellengepeitschtes, stürmisches Meer gezeigt haben - dann wurde ihnen praktisch der Boden unter den Füßen weggerissen. Als die Druckwelle im Boden die Küsten der Insel erreicht hatte, setzte sie sich nun in Form einer Flutwelle fort.

Die präzisen Untersuchungen der relativ geringen Zerstörungen am Audienzhallengebäude hatten ergeben, daß das schützende Kraftfeld solange erhalten geblieben sein mußte, bis die Wassermassen wieder zurückkehrten und das zerrissene Land unter sich begruben. Erst nach Ablauf dieses entscheidenden Zeitraumes schaltete es der 'Beschützer' aus; und damit flutete das Meer - unverhältnismäßig sanft - nun auch diesen, bislang wohl noch weitgehend intakten Hohlraum in fünfzig Meter Tiefe unter dem Meeresspiegel. Die Strahlenden, deren körperliche Reste man ja zum Teil gefunden hatte, waren zu diesem Zeitpunkt sicherlich schon tot. Die gründliche Analyse der Knochen hatte übrigens die Vermutungen der Priesterschaft bestärkt, daß es sich bei den Strahlende um Wesen handelte, die sich ihre menschlichen Körper lediglich als materielle Hülle geschaffen hatten. Daß es unter ihnen keine Kinder und keine Alten gab, sowie erstaunlicherweise auch keine weiblichen Wesen, wußte man bereits im alten Atlantis - und es legt den Schluß nahe, daß sie weder auf natürliche Weise geboren wurden, noch sterben konnten.

Offenbar hatte Gott, den die Strahlenden selbst zuweilen ehrfürchtig das 'Allbewußtsein' nannten, Abspaltungen hervorgebracht; individualisierte Einzelformen also, welche auf unerklärliche Weise auf die Erde gelangten und sich hier, aus dem vorhandenen genetischen Material, welches sie allem Anschein nach noch einer allgemeinen Verbesserung unterzogen, ihre wohlproportionierten, unsterblichen Körper geschaffen haben. Unsterblich jedenfalls während der 422 Jahre ihres Erdendaseins: denn nie hatte man in dieser Zeit etwas vom Tod eines Strahlenden vernommen.

Andererseits ging ihre Vermenschlichung auch soweit, daß sie mit irdischen Frauen Kinder zeugen konnten - denen dann allerdings eine ganz normale Lebenserwartung und Sterblichkeit eigen war. Die Mitglieder der Expedition stellten die Hypothese auf, daß nicht der Geist, sondern lediglich die leeren, verlassenen Körperhüllen der Strahlenden bei der Katastrophe starben. Ihr Bewußtsein aber sei zurückgeflossen in seinen Ursprung - also zu Gott, wie auch immer man sich das vorstellen mochte. Und dann gab es da noch die überlieferte mündliche Aussage eines der bei den Strahlenden wohnenden atlantischen Mädchen, welche diese These sinnvoll ergänzte. Kurz vor der Katastrophe hatte man die Mädchen offenbar weggeschickt; sie befanden sich alle in größter Verzweiflung und suchten, kurz nachdem sie das heilige Gelände verlassen hatten, den Freitod. Lediglich eine von ihnen antwortete damals den Priestern auf deren eindringliche Frage, was im Hain geschehen sei: 'Sie müssen alle sterben ... nein, zurück ... wieder zurück...?'. Den Sinn dieser Worte verstand damals weder das Mädchen noch der Priester und nachdem zwei Jahrtausende lang die verschiedensten Spekulationen darüber angestellt wurden, glaubt man der Wahrheit nun etwas näher zu sein.

Die Bevölkerung nimmt von diesen Überlegungen relativ wenig Notiz, aber die gelehrte Fachwelt hat ihren neuen Diskussionsstoff und bringt darüber hinaus in den kommenden Jahren eine unübersehbare Fülle an neuer Literatur hervor - denn keiner der Expeditionsteilnehmer läßt es sich nehmen, die im Grunde weiterhin offenen Fragen aus seiner persönlichen Sicht darzustellen.

Trotz des riesigen Aufwandes, den die Stadt mit der Expedition betrieben hatte, bleibt vieles weiterhin ungeklärt - und es hat nun auch ganz den Anschein, als ob sich daran auch in Zukunft nichts mehr würde ändern lassen. Eines der Rätsel ist auf jeden Fall der 'Beschützer'. Obwohl die Wissenschaftler mit allen ihnen zu Gebote stehenden Mitteln auf ihn einwirken, bleibt er stumm und zeigt keinerlei Reaktion. Man spielt daher bereits mit dem Gedanken, das eigenartige Fundstück als Heiligtum in einem Tempel aufzustellen. Andere wollen ihn gar auf den Meeresgrund zurückbringen. Dort soll er - als Schaustück in einem Unterwassermuseum - seinen alten Standort am Nordrand des heiligen Hains wieder einnehmen.

Doch die Untersuchungen ziehen sich zunächst noch über Jahre hin und schieben mögliche Auslagerungspläne immer wieder hinaus. Ohne es beweisen zu können, teilen verschiedene Gelehrte die Ansicht, daß wertvolle Hinweise in diesem Beschützer stecken könnten - und sei es auch *nur* eine Anleitung zur technischen Erzeugung von undurchdringlichen Kraftfeldern. Der Zugang zu seinem Innern findet sich aber erst - oder man sollte besser sagen: schon - sechzig Jahre nach seinem Einzug ins Capitol. Und dies geschieht durch einen unglaublichen Zufall, denn das entsprechende Geschehen hätte genausogut tausend Jahre später oder - mit entsetzlich hoher Wahrscheinlichkeit - überhaupt nie einzutreten brauchen.

Wer sich an diesem bewußten Tag in den Mittagsstunden auf dem Forum befand, bemerkte sofort eine gewisse Unruhe. Eine plötzliche Versammlung der Ordensspitze ist einberufen worden, an der auch verschiedene Fachleute der unteren Hierachiestufen teilnehmen sollten. Dies ist für den zufälligen Beobachter umso verwunderlicher, als die turnusmäßige Zusammenkunft des Senats gerade vor einer Stunde ganz normal beendet wurde. Kurierwagen eilen über den Platz und halten vor den breiten Freitreppen, die den mächtigen Säulenportalen der Regierungsgebäude vorgelagert sind. Auch oben auf den Hochstraßen der Mauern ist eine verstärkte Bewegung wahrzunehmen. In weniger als dreißig Minuten haben sich sämtliche Senatoren und die bedeutendsten übrigen Vertreter des Ordens in der Versammlungshalle eingefunden. Die Spannung ist allgemein zu spüren, aber niemand weiß so richtig, worum es eigentlich geht; ein Beobachter, so hört man, sei zurückgekehrt und habe einen wichtigen Fund mitgebracht.

Die Türen des altehrwürdigen Saales werden geschlossen, Ruhe tritt ein und der dienstälteste Senator, welcher bei Versammlungen traditionsgemäß den Vorsitz führt, erteilt nach einer kurzen, förmlichen Einleitung dem Beauftragten für Weltbeobachtung das Wort. Die Rede des jungen Senators ist kurz und beschränkt sich auf das absolut Wesentliche. Trotz der ruhigen, fast geschäftsmäßigen Art seines Vortrags ist ihm jedoch eine innere Erregung über die Bedeutung des Geschehens deutlich anzumerken.

"Ich möchte der ehrenwerten Versammlung kurz erläutern, wie es dazu kam, daß wir seit heute in der Lage sind, mit dem Beschützer weitestgehend Kontakt aufzunehmen." Eine kurze, gedämpfte Unruhe unterbricht seine Rede, die er jedoch sogleich mit erhobener Stimme fortsetzt und dadurch die Aufmerksamkeit der Anwesenden wieder herstellt.

"Vor zwei ... vor zwei Tagen hielt sich einer unserer Beobachter an der Nordküste Katheras auf, die genauen Koordinaten dieses Ortes lauten ... AC 6031 ... , sind aber in diesem Zusammenhang eher unwesentlich. Im Heiligtum eines dort ansässigen Nomadenstammes entdeckte er einen vermeintlichen Kultgegenstand, der ihm merkwürdig bekannt vorkam. Es war die Bedienungstastatur eines Gravitationsblocks, wie wir sie vor allem in unseren Schiffen gebrauchen - nur war bei diesem Exemplar anstelle des schweren, schwarzen Würfels nur eine flache, aber ebenso schwarze Scheibe angebracht. Offensichtlich ließ sich damit also keine Kraft erzeugen, jedenfalls keine, mit der man Schiffe oder Steinquader hätte bewegen können. Das gefundene Gerät war, wie sich bald herausstellen sollte, nur zum Informationsaustausch geeignet - zur Kommunikation mit dem Beschützer!

Unser Beobachter sah erstaunt mit an, wie die Priester dieses Volkes mit Hilfe der Tastatur, die vielleicht vor Jahrzehnten zufällig in ihren Besitz gelangt war, kurzlebige, flackernde Raumbilder im Innern ihres bescheidenen Tempels erzeugten: Bilder, die vom heiligen Hain in Atlantis, Jahre vor der Katastrophe, stammen mußten. Da diese Informationen nicht in der Tastatur gespeichert sein konnten - denn deren grundlegender Aufbau war unserem Mann ja bekannt - gab es nur die Möglichkeit, daß die hier erscheinenden Raumbilder über die Distanz von fast dreitausend Kilometern direkt vom Beschützer abgerufen wurden.

Die einheimischen Würdenträger waren der festen Überzeugung, daß es sich um einen wundersamen, göttlichen Zauber handelte. Sicher war es ihnen durch Zufall einmal gelungen, diese zusammenhanglosen Bilder zu erzeugen und das Gerät auch zur Wiedergabe von Sprache zu veranlassen. Von diesem Zeitpunkt an wurde das abrufbare 'Wunder' zum festen Bestandteil dieses lokalen Kultes. Es ließ sich beliebig oft wiederholen und erfüllte damit eine wichtige Grundvoraussetzung für die Erhaltung einer stabilen Macht der Herrscherkaste.

Nur mit Mühe gelang es dem Beobachter, selbst an das Gerät zu kommen, er wollte den relativ friedlichen Menschen dieses kleinen Volkes keine unnötige Gewalt antun. Erst als er ihnen Sätze in atlantischer Sprache vorträgt, der Sprache also, die auch ihr Kultgegenstand auf Knopfdruck von sich geben konnte, gewinnt er schließlich ihr Vertrauen und man läßt ihn für kurze Zeit an das Gerät. Mit dem gleichen Befehlscode, mit dem auch unsere Antriebsblöcke bedient werden, spricht er nun die Tastatur an. Sofort entstehen feste, stehende Raumbilder, die nicht, wie bei den dilettantischen Versuchen der Einheimischen, sogleich wieder zusammenbrechen, Da die fremden Priester nun gewahr werden, mit welcher Sicherheit der Fremde das Heiligtum bedient, weichen sie vor ihm zurück und behandeln in von diesem Moment an mit scheuer, zurückhaltender Ehrfurcht.

In Kenntnis unserer großen Probleme bei der Kontaktaufnahme mit dem Beschützer, ruft er sogleich dessen Koordinaten ab, es sind - wie erwartet - die Koordinaten unserer Stadt. Die Genauigkeit ist allerdings verblüffend: unverständlichen Zahlenreihen hinter der sechsten Stelle - die wir noch nie benutzt haben - geben anscheinend den präzisen Standort der Halle im Innern des Capitols an. Der Beweis, daß es sich bei der Informationsquelle um den Beschützer handelt, ist damit also erbracht.

Die Zeitkoordinaten verwirren allerdings, denn sie geben das Jahr 422 atlantischer Zeitrechnung an, und den Tag der Katastrophe - so als wäre die Zeit seitdem stehengeblieben. Dieser Zeitpunkt hätte aber wiederum nur zusammen mit den Ortskoordinaten 'Null', dem heiligen Hain von Atlantis, einen Sinn ergeben. So aber ist offensichtlich ein Widerspruch entstanden, denn der Beschützer hatte zwar den erst kürzlich erfolgten Ortswechsel vom Meeresgrund in das tausendachthundert Kilometer entfernte Capitol genauestens registriert - eine Änderung der Zeit aber gibt es für ihn seit etwas über zweitausend Jahren nicht mehr....?

Der Beobachter war sich bewußt, daß alle weiteren Versuche der Kontaktaufnahme im Moment nur schaden konnten und auf jedem Fall den Spezialisten im Capitol vorbehalten bleiben mußten. In Anbetracht der besonderen Situation - er befand sich schließlich als geduldeter Gast im Tempel eines fremden Volkes - glaubte er es aber rechtfertigen zu können, noch zwei weitere Fragen mit Hilfe der Tastatur zu stellen. Auf die Frage also, wer in der Zeit vor der Katastrophe dieses Gerät benutzt habe, lautete die Antwort: 'Der Strahlende Atho bei seinen Streifzügen auf der Oberfläche dieses Planeten'. Die zweite Frage, ob es noch weitere Kommunikationsgeräte dieser Art irgendwo auf der Erde gäbe, verneinte der Beschützer. Dies gab schließlich den Ausschlag, daß sich unser Mann - entgegen unseren allgemeinen Grundsätzen - notgedrungen zu einem Tempeldiebstahl entschloß. Das Gerät befindet sich seit einer Stunde in der Stadt - und wir sind nunmehr in der Lage, ständig mit dem Beschützer Sprech- und Bildkontakt zu halten."

Die Versammelten werden unruhig. Sie spüren sofort, das diese zunächst noch relativ unscheinbaren Geschehnisse zum Bedeutendsten gehörten, was die Stadt in ihrer langen Geschichte erlebt hatte.

"Ich möchte noch hinzufügen," beginnt der Senator noch einmal, und versucht dabei vergeblich das immer stärker werdende Stimmengewirr im Saal zu übertönen, "daß ich die Techniker des Ordens beauftragt habe, für den Tempel des nordkatheranischen Wüstenvolkes ein neues, wunderkräftiges Heiligtum herzustellen. Es soll ihnen als Entschädigung für die nun fehlende Tastatur sofort überbracht werden." Seine letzten Worte werden jedoch kaum noch vernommen.

Zwölf Wochen nach Verkündung dieses bedeutsamen Fundes erwartet der ranghöchste Senator, der zur Zeit an der Spitze der Ordenshierarchie steht, den obersten Priester im Capitol. Gewöhnlich pflegten Begegnungen solcher Art im Tempelbezirk stattzufinden, und so ist es auch der erste Besuch eines obersten Priesters im Capitol seit über vierhundert Jahren.

Die Sonne brennt schon seit Tagen unvermindert auf das Tal herab und verwandelt die Marmorquader der Terrassen in gleißende, weiße Flächen. Die beiden mächtigsten Männer der Stadt begeben sich daher nach der Begrüßung sogleich in den Schatten der weitläufigen Säulenhallen. Unweit eines flachen Bassins mit leise plätschernden Wasserspielen stehen zwei Ruhebänke bereit, sowie einige niedrige Tische mit ausgesuchten Erfrischungen. Das gesamte Capitol scheint aufgrund dieser Begegnung heute wie ausgestorben. Nirgends zeigt sich ein Mensch. Die flimmernde Hitze, die die Umrisse ferner Gebäudeteile verschwimmen läßt, tut das ihrige zur fremdartig-bedeutsamen Atmosphäre dieses Tages.

Der Vorstand des Ordens und der oberste Priester verkörpern die wichtigsten Institutionen der Stadt: die Priesterschaft beobachtet und kontrolliert - Aufgabe des Ordens ist es, zu handeln. Nur sehr selten, wenn es notwendig erscheint, greift die ständig im Hintergrund präsente Priesterschaft korrigierend ein. So hat sie auch sofort die Kontaktaufnahme mit dem Beschützer in ihre alleinige Verantwortung übernommen. Ein Vorgehen, welches die Mitglieder des Ordens natürlich etwas enttäuschte. Es gab unter ihnen Stimmen, welche der Priesterschaft weder die technischen noch die personellen Voraussetzungen zubilligten, die für eine derart umfangreiche wissenschaftliche Aufgabe notwendig war. Mißmutig hatten sie ganze Etagen der unterirdischen Labors des Capitols geräumt und den Beschützer samt der aufgefundenen Tastatur den geistlichen Männern überlassen. Keine Information ist seitdem nach Außen gedrungen.

"Nun, die Besorgnis ihrer Wissenschaftler, die mir natürlich nicht verborgen geblieben ist, war unnötig." beginnt der oberste Priester, sichtlich zufrieden und freundlich lächelnd, das Gespräch. Auf eine sparsame, einladende Geste des Senators haben beide Männer auf den Ruhebänken Platz genommen.

"Die Priesterschaft hat in der Kürze der Zeit die Kernfragen des Problems gelöst und wir sind darüber hinaus auch in neue, ungeahnte Bereiche vorgestoßen - aber davon später. Zunächst: wir haben da ein Objekt in den Kellern unseres Capitols," so spricht er mit dem Ausdruck größter Zufriedenheit weiter, "das nicht nur ein Beschützer der Strahlenden im alten Atlantis war - sondern nun auch unser Beschützer sein wird. Ich übertreibe jetzt wahrscheinlich nicht, wenn ich ihnen sage, verehrter Senator, daß wir all unsere Legionen auflösen können; die Mauern und die Türme dort unten, die Flotte, die Hafenbefestigungen - all das ist von nun an überflüssig. Keine Granitmauer, kein hoher Gebirgskamm, auch nicht der abgelegenste Standort weitab aller besiedelten Gebiete könnte uns je zuverlässiger schützen als dieses Gottesgeschenk."

Der Senator sagt nichts, er hört nur zu. Und was hätte er auf eine derartig unwahrscheinliche Eröffnung auch entgegnen sollen.

"Ich möchte nun versuchen, ihnen zu erklären, was der Beschützer überhaupt ist. Versuchen deshalb, weil wir es ganz genau auch noch nicht wissen; die Sachlage ist wirklich kompliziert und für unseren menschlichen Verstand kaum faßbar. Die Strahlenden nutzten ihn zwar als Werkzeug oder Hilfsmittel, denn außer der Erstellung des Kraftfeldes hatte er noch viele andere Aufgaben - aber dieses Gerät hat auch ein Gedächtnis und einen überaus beachtlichen Denkapparat. Um ehrlich zu sein, wir konnten die Grenzen seines Leistungsvermögens und seiner Speicherkapazität bisher noch nicht bestimmen."

"Man kann also mit diesen unbeweglichen Metallbrocken reden und eine ganz normale Unterhaltung mit ihm führen - so wie wir es jetzt tun?"

"Ja, alles läuft dabei über die aufgefundene Tastatur, welche über sehr schwache aber auch sehr differenzierte Gravitationswellen mit dem Beschützer in Verbindung steht. Die Reichweite ist dabei anscheinend unbegrenzt. Seine Antworten entstehen auch durch die Gravitationskraft, die an einem gewünschten beliebigen Ort Schallwellen oder Raumbilder erzeugt.

Sehr verblüffend war es dann jedoch für uns, als wir feststellen mußten, daß keine Persönlichkeit mit eigenem Willen, Zielen und Wünschen dahinter steckt. Nicht einmal unbedeutende Eigenarten, Unarten, wenn sie so wollen, konnten wir bemerken. Es sieht so aus, als hätten sich die Strahlenden einen absolut treuen und perfekten Diener geschaffen: mit unwahrscheinlichen Fähigkeiten auf der einen Seite, dabei aber gefühl- und willenlos wie ein Brocken Gestein auf der anderen. Denken sie nur an die Tatsache, daß er zweitausend Jahre auf dem Meeresgrund lag; vergraben im Schlamm und scheinbar für alle Zeiten vergessen. Und doch war ER in dieser ganzen Zeit funktionstüchtig, um nicht zu sagen: lebendig... Ein fühlendes Wesen wäre angesichts dieser Einsamkeit und Zukunftslosigkeit zugrunde gegangen."

"Nun, was hätte ER aber dagegen tun sollen? Er ist doch unbeweglich, wie wir feststellten."

"Nein, ganz so ist es nicht. Er vermag Kraftfelder zu erzeugen und hätte sich theoretisch auf diesen Feldern selbst forttragen lassen können - vorausgesetzt, er hätte einen Willen und ein Ziel. Aber darauf kamen wir erst später. Im Anfangsstadium unserer Untersuchungen stellten wir zunächst fest, daß es ihm, hätte er wirklich unter Einsamkeit gelitten, ein Leichtes gewesen wäre, den gesamten Ozean über sich zu verdampfen und - wenn notwendig - auch die übrigen Weltmeere dazu. Ich muß gestehen, daß mich an diesem Tag zum ersten Mal ein kalter Schauer überlief und ich dieses 'Fundstück', daß wir so naiv in unseren sichersten Gewölben eingelagert haben, nun mit ganz anderen Augen ansah."

"Sie sind sich aber trotzdem ganz sicher, daß er uns - ich meine, nach den Strahlenden nun *auch uns* - dienen wird, ganz ohne Vorbehalte? Oder mit anderen Worten: würden sie es persönlich verantworten, die Mauern einzureißen, die Legionen aufzulösen und unsere ganze Stadt dem Schutz dieser göttlichen Maschine anzuvertrauen?"

Der oberste Priester zögert keine Sekunde, sein "Ja" kommt so beängstigend selbstverständlich, daß der Senator unwillkürlich zusammenzuckt.

"Ja, natürlich wird er *auch uns* dienen. Denn sehen sie nur, wenn dieser mächtige Dienstbote es darauf abgesehen hätte, uns zu vernichten, so hätte er dies mit einem Schlage tun können - irgendwann in den letzten Jahrtausenden - vom Meeresboden aus. Ich befürchte aber nichts dergleichen. Im übrigen bin ich selbstverständlich nicht dafür, jetzt wirklich die Mauern einzureißen; die sollen stehen bleiben - aus rein architektonischen Gründen allerdings."

Eine geraume Weile herrscht Schweigen. Das erfrischende Geplätscher des Brunnens ist nun überdeutlich zu vernehmen. Ansonsten herrscht Stille. Im schwach bewegten Wasser spiegelt sich in einer Ecke des Bassins das Sonnenlicht und zaubert phantastische Reflexe auf die umstehenden Säulen und das sparsam verzierte Gebälk der Halle. Offenbar hat der Priester den ersten Teil seiner Erläuterungen beendet und läßt seinem Gesprächspartner nun etwas Zeit, das Gehörte zu verarbeiten.

Der Senator erhebt sich nachdenklich und geht, ein Glas in der Hand haltend, gemessenen Schrittes um das Wasserbecken.

"Da haben uns also die Strahlenden, unsere gelobten Wohltäter und Schöpfer unserer atlantischen Zivilisation" - fast möchte man meinen, daß etwas Ironie in seinen Worten mitklingt - "einen universalen und absoluten Schutzschild hinterlassen ... meinen sie, das war Absicht?"

"Sehen sie Senator, gerade wollte ich darauf kommen. Grundsätzlich wird es nicht leicht sein, die *Gründe* der Strahlenden zu erforschen. Und letztendliche Klarheit darüber werden wir wohl nie erlangen. Aber lassen sie mich etwas weiter ausholen: alle Erscheinungen, die wir wahrnehmen, alle Dinge, die uns Menschen so passieren, sehen wir durch die Brille unserer Subjektivität, unserer rein menschlichen - und damit einseitigen und unvollständigen - Erfahrung. Bekommen wir Besuch von einer Anzahl Götter, Halbgötter oder Engel, oder wie auch immer sie die Strahlenden bezeichnen möchten, so ist dies die einzige, ich betone: die einzige Tatsache, von der wir ausgehen können. Alles andere ist Spekulation. Erdacht von Priestern oder Gelehrten, die ihre eigene Vorstellungswelt von störenden Kanten und Ecken befreien und zu einer schön gleichmäßigen Kugel formen wollten - um es einmal bildlich auszudrücken. Wo etwas nicht paßte oder fehlte, wurde es einfach weggelassen oder aus der Phantasie ergänzt.

Sehen sie sich nur einmal die Religionen der uns inzwischen bekannten Völker dieser Welt an: aufbauend auf ein winziges Detail reiner Wahrheit, welches für den späteren Betrachter kaum noch auszumachen ist, entsteht ein gigantisches Gebäude aus Spekulationen und

Phantasie - beziehungsweise, da diese Religionen ja stets ihren Anspruch auf Wahrheit behaupten, ein Gebäude aus Lügen. Die eigentliche Ursache dafür ist ganz einfach das menschliche Bedürfnis nach einer Erklärung auch des Unerklärbaren. Man geht mit der Wahrheit um - und wir Atlanter sind davon keineswegs ganz ausgenommen - wie ein biologischer Organismus mit seiner Nahrung umgeht: sie wird einverleibt, verdaut, umgewandelt in körpereigene Stoffe, der unbrauchbare Rest wird schließlich ausgeschieden - alles ganz entsprechend der Bedürfnisse des jeweiligen Organismus.

Offensichtlich sind wir Menschen gar nicht in der Lage, Wahrheit in reiner Form zu bewahren, denn dies würde uns nur zu deutlich zeigen, was wir alles *nicht wissen*. Und diese Erkenntnis des Nichtwissens würde mit jedem Erfolg unserer Wissenschaften umfangreicher werden. Wir beeilen uns deshalb, die aufgerissenen Lücken nach jedem gelungenen Vorstoß neu zu schließen, sprich: die Wahrheit wieder durch neue Ganzheitstheorien zu verfälschen.

Von Gott wissen wir so wenig, wie eine Blattlaus vom Wald weiß, glauben sie mir das. Und es wäre an der Zeit, endlich dazu überzugehen, nur noch von Fakten zu sprechen und - zumindest im theologischphilosophischen Bereich - die Spekulationen ein für allemal beiseite zu lassen."

"Ich sage das alles," setzt der Priester nach einer Weile noch hinzu, "weil wir seit wenigen Tagen über neue Erkenntnisse auf diesem Gebiet verfügen, und ich verhindern möchte, daß aus den wenigen Körnchen Wahrheit, die uns damit zufielen, wieder bändeweise neue Spekulationen entstehen. Hören sie also: unsere grundsätzliche Auffassung über Gott hat sich zunächst einmal bestätigt; das heißt, es gibt nur *ein* Allbewußtsein und daher keine Aufspaltung des höchsten Intellekts in Oben und Unten, Himmel und Hölle, Gut und Böse. Wie wir wissen, hatte diese Auffassung vor Zeiten viele Anhänger und ist auch bis in dieses Jahrhundert hinein immer noch nicht ganz verschwunden. Im Grunde ist es auch nur zu verständlich, denn diese von den Menschen erfundene Zweiteilung des Allmächtigen findet seine Entsprechung in der menschlichen Freiheit, Gutes wie Böses zu tun. In Gott erwarten wir etwas Absolutes zu sehen - also etwas absolut Gutes oder etwas absolut Böses. Da nun beide Pole real in unserer Welt existieren, wurde auch die göttliche Macht einfach auf sie aufgeteilt.

Wir brachten hier offensichtlich zwei Dinge in Zusammenhang, die wirklich nichts miteinander zu tun haben: nämlich unsere Idealvorstellungen von einem guten, richtigen, naturgemäßen Leben und die

Ahnung von der Existenz eines allmächtigen kosmischen Bewußtseins. Denn Gott hat natürlich nichts damit zu tun, wenn sich auf diesem Planeten in irgendeinem Jahrtausend irgendein Mensch für eine gute oder böse Handlungsweise entscheidet - es gibt im Kosmos, und also in den Augen Gottes, keine Eigenschaften wie gut und böse. Relevant ist lediglich der Hang des Geistes zur Rationalität, zur Ordnung - und dieser Hang kann sich, sobald Handlungen aus ihm hervorgehen, auf ein Objekt, einen Menschen, ein Volk oder auf was auch immer, gleichermaßen gut *oder* böse auswirken, je nach den zufällig herrschenden Umständen. Wobei es übrigens letztlich auch gleich ist, ob es sich bei dem Verursacher der Handlung um die absolute Rationalität Gottes oder nur um die unzulängliche Vernunft der Menschen handelt.

Was nun die Strahlenden angeht, so nennt sie der Beschützer 'gefallene Engel' und setzt diese seltsame Bezeichnung selbst in Anführungszeichen. In einem internen Gespräch soll dieser Terminus einmal selbst von den Strahlenden geprägt worden sein. Diese 'gefallenen Engel' stellen damit - vorsichtig ausgedrückt - eine, vom reinen Gottesbewußtsein unrechtmäßig abgespaltene, Bewußtseinsform dar. Eine sehr seltsame Erscheinung, deren Vorkommen im All jedoch relativ häufig sein soll: auf etwa fünfhundert Sternensysteme kommt, statistisch gesehen, etwa eine solche winzige, abgespaltene Form - die sich wiederum, wie im Fall der Strahlenden, in eine bestimmte Anzahl von Einzelpersönlichkeiten aufzuspalten vermag. Ein Phänomen, daß sich unserer menschlichen Vorstellungskraft schon wieder stark entzieht, wie sie mir zugeben müssen. Aber weiter: das zentrale Allbewußtsein, also der höchste existierende Intellekt, verfolgt diese Formen durch die Weiten der Galaxien, und wo immer er ihrer habhaft wird, vernichtet er sie oder integriert ihr geistiges Potential wieder in sich selbst. Dabei sollte man sich diesen Vorgang gleichnishaft etwa so vorstellen, als - Zitat des Beschützers: - gieße man einen Becher Wasser zurück ins Meer. Dieses ganze Geschehen ist übrigens anscheinend in sich ausgewogen, das heißt, die Zahl der neuen 'Deserteure' entspricht etwa der Zahl der Rückführungen. Es folgt daraus, daß die freie Menge der Unruhestifter seit unvorstellbaren Zeiten konstant ist - ein Faktum, der ihrer Existenz und ihrer Aktivität natürlich eine gewisse kosmische Relevanz verleiht..."

Nun kann der interessiert zuhörende Senator seine Unruhe kaum mehr verbergen. Ohne abzuwarten, ob sein Gegenüber weiter in seiner Rede fortfahren werde, spricht er besorgt seine Bedenken aus.

"Das alles würde doch aber bedeuten: es gibt - nach diesen neuen

Erkenntnissen - im Kosmos eine, egal wie wesentliche oder unwesentliche, Divergenz; einen trotz allem vorhandenen Störfaktor, der noch dazu aus dem Bewahrer der Ordnung selbst hervorgeht. Die absolute Harmonie des Himmels, von der wir bisher ausgingen, besteht also nicht. Dem All-Gott fehlt offenbar die zusammenhaltende Formel für die Teile seines Ganzen ... vielleicht hat seine Ausdehnung auch die für den Zusammenhalt notwendigen Dimensionen schon gesprengt ... und er ist über sich selbst hinausgewachsen...? Ich weiß nicht, ob es verfehlt ist, aber mit fallen dabei sofort unsere aufständischen Kolonien ein. Die einzige Gefahr für uns auf diesem Planeten ist *aus uns selbst* hervorgegangen - und sie mußte durch uns eliminiert werden. *Wir* haben sie allerdings inzwischen gebannt!"

Seinen letzten Satz spricht der Senator mit einer gewissen selbstzufriedenen Genugtuung aus, die aber schon bald in betroffenes Schweigen, ob seiner vermessenen Gedanken, übergeht. Der oberste Priester lächelt verständnisvoll.

"Ich sehe ihnen ihre nur zu menschlichen Gedankensprünge nach, verehrter Senator, im Übrigen wird ihnen sicher schon selbst aufgefallen sein, daß uns eine Krankheit, wie die der abtrünnigen Kolonien, mit veränderten Symptomen schon morgen wieder befallen könnte. Wollten wir sie ganz ausrotten, müßten wir auf alles verzichten, was das menschliche Leben überhaupt lebenswert macht. Unsere irdische Unzulänglichkeit aber auf den Kosmos übertragen zu wollen und sie mit den Vorgängen zwischen den Galaxien zu vergleichen, wäre falsch und vermessen zugleich - entschuldigen sie meine Direktheit."

"Ich nehme meinen, in der Tat abwegigen Vergleich zurück - aber wie steht es denn nun mit dem Vollkommenheitsanspruch Gottes, der durch diese neuen Erkenntnisse über sehr relevante, interstellare Störenfriede doch wohl ernsthaft in Frage gestellt ist?"

"Nein, er ist keineswegs in Frage gestellt - im Gegenteil, er bestätigt sich dadurch nur. Es ist zum Glück keine Spekulation, da es uns vom Beschützer so dargestellt wurde - und seine außermenschliche Herkunft verbietet wohl jeden Zweifel am Wahrheitsgehalt seiner Information. Er nennt das Phänomen der Abtrünnigen, oder wenn sie so wollen, der 'gefallenen Engel', eine Grundvoraussetzung für den Fortbestand des Gottesbewußtseins. Eine Tatsache, die uns zunächst auch verblüffte, sich dann aber logisch erklären ließ. Stellen sie sich eine komplizierte Maschinerie vor; nehmen wir zum Beispiel das Capitol hier, mit seinen vielen Etagen, unzähligen Aufzügen, Energieverteilungen, Belüftungsanlagen, seinen Wasserleitungen und Nachrichtennetzen. Würde das alles ewig und ohne Störungen funktionieren, so würden wir Menschen, die ja den Geist dieser Anlage darstellen, uns bald so sehr auf diese Vollkommenheit verlassen, daß uns ihr Wesen und ihre innere Mechanik fremd würde. Niemand wüßte mehr, was sich hinter den Schaltwänden der technischen Räume befindet; es kümmerte nicht, woher das Wasser kommt, wie die Aufzüge und die anderen Dinge funktionieren - wozu auch. Wir würden abstumpfen und letztendlich, nach einigen Generationen, dem Schwachsinn verfallen. Zu unserem Glück aber ist das System nicht absolut, gibt es hier und dort Abnutzungen, Ausfälle, Havarien und dergleichen - und wir sind ständig gefordert, das Ganze zu kontrollieren, nachzubessern und vor allem seine Struktur ständig zu überwachen.

Im übertragenen Sinne haben wir uns das kosmische Bewußtsein zu denken. Wäre es absolut, unangreifbar, also ein in sich fest geschlossenes, harmonisches System, so würde es bald an sich selbst zugrunde gehen. Natürlich werden sie jetzt einwenden wollen, ein absolutes System könne innere Programme zu seiner Selbsterhaltung entwickeln - aber diese würden das Ende nur verzögern, aufhalten könnten sie es nicht. Sich ständig auf sich selbst besinnen, sich der Teile seines Ganzen immer aufs Neue bewußt zu werden, kann man nur, wenn die Konfrontation mit *äußeren* und vor allem *unkontrollierbaren* Kräften immer wieder andere, nicht vorhersehbare Konflikte erzeugt. Bei uns Menschen ist es die ständige Konfrontation mit den unkontrollierbaren Kräften unserer Umwelt, die uns geistig fordert. Gott mußte sich, in Ermangelung einer ebenbürtigen materiellen Umwelt wohl einen angemessenen geistigen Widerstand schaffen, damit er sich nicht dem süßen Selbstvergessen und damit dem Verfall preisgibt."

Eine zweite, etwas längere Pause unterbricht nun das Gespräch und beide Männer versinken für kurze Zeit in Meditation. Die hohe atlantische Kultur des Geistes ist bestens in ihnen ausgeprägt und ihr ausgeglichener Denkrhythmus hat schnell Übereinstimmung gefunden. Fast gleichzeitig erwachen sie daher aus ihrer Ruhe und machen Anstalten, das Gespräch fortzusetzen.

"Unser atlantisches Volk" beginnt der oberste Priester nun sichtlich erfrischt, "war Zeuge und gleichzeitig Opfer eines Vorganges, den man als das 'Einfangen eines gefallenen Engels' bezeichnen möchte. Der Aufenthalt und die Aktivitäten der Strahlenden auf der Erde waren aus der Sicht Gottes illegal. Nach 422 Erdenjahren ist es ihm gelungen, sie hier aufzuspüren - wobei ich absolut sicher bin, daß sich unsere

Strahlenden mit allen ihnen zur Verfügung stehenden Mitteln getarnt hatten; der Beschützer sprach in diesem Zusammenhang unter anderem vom 'Eintauchen in lokale Zeitsysteme...' was immer man sich darunter vorstellen mag. Die Katastrophe traf sie dann wohl sehr überraschend. Schließlich wurde die Priesterschaft damals erst sieben Wochen vorher informiert und die, bis zu diesem Zeitpunkt noch angelaufenen, langfristigen Vorhaben - die dann nie mehr vollendet werden konnten - sprechen ebenfalls für einen Überraschungseffekt.

Sie wurden also zurückgeholt wie ungezogene Kinder und ihr verbotenes Werk - unsere blühende Heimatinsel - wurde dabei erbarmungslos und kaltblütig von diesem Planeten getilgt. Daß die Zerstörung nicht absolut war, daß ein winziger Rest dieser unrechtmäßig entstandenen Kultur in Form unserer Stadt überlebt hat, spielte im Ermessen Gottes offenbar keine Rolle. Der Beschützer sagt dazu: die Menge der Überlebenden lag weit unterhalb einer Toleranzgrenze. Womit uns übrigens von allerhöchster Stelle bescheinigt wird, daß wir überlebenden Atlanter offenbar keinen störenden oder ändernden Einfluß auf die Weltgeschichte nehmen können...."

Entsprechend der Tragweite dieser Äußerung entsteht notgedrungen eine kurze, etwas unplanmäßige Stille. Dem Senator geht auf, daß diese 'Aussagen' des Beschützers die bisherige, über zweitausendjährige Politik der Priesterschaft, die bisher wohl nur auf Intuition beruhte, nun weitgehend bestätigen. Und nun versteht er auch die deutlich sichtbare Zufriedenheit seines Gesprächspartners, die ihm zunächst, angesichts soviel neuer, unwahrscheinlicher und weittragender Erkenntnisse, etwas unheimlich erschien.

"So wissen wir jetzt also" setzt nun seinerseits der Senator das Gespräch fort, "genau, woran wir sind. Mit dem heutigen Tage treten wir aus dem Dunkel der Unwissenheit in das Licht der Erkenntnis..."

"Schön gesagt. Aber die Realität sieht doch etwas anders aus. Natürlich ist die Masse an Wissen in sehr kurzer Zeit unheimlich angewachsen - Schätzungen nach, für die ich mich aber nicht verbürgen möchte, etwa um das vier- bis sechsfache. Der Anstieg dieses Wissens ist zunächst noch begrenzt durch unsere menschliche Aufnahmekapazität oder, wenn sie so wollen, durch die natürliche Beschränktheit unserer Art - eine Grenze, die weit unter der des Beschützers liegt. Sicher haben wir Menschen die Fähigkeit zum Lernen, und ich halte es persönlich für möglich, in zielstrebiger Arbeit vieler Generationen einmal die geistige Stufe des Beschützers zu erreichen. Doch was wäre damit - im Hinblick auf ihre Sehnsucht nach dem Licht der Erkenntnis -

gewonnen? Denn es verbliebe ja immer noch der riesige, unüberbrückbare Abstand zwischen diesem dienstbarem Geist der Strahlenden - und Gott selbst. Ein geistiger Abstand Senator, vor dessen Ausmaßen mir schwindelt. Ich möchte ihnen nicht verschweigen, daß unser Kollegium mit verbissener Anstrengung *vergeblich* versucht hat, ihn zumindest nur zu messen... Bedenken sie nur: ein Wissen, welches das unserer bedeutendsten Gelehrten um ein Vielfaches übertrifft, kapituliert kampflos, als Gott es in seiner verbotenen Metamorphose aufspürt. Der Beschützer - der ohne weiteres in der Lage ist, Meere zu verdampfen, Planetenbahnen zu stören, den Raum zu krümmen und wer weiß, was noch alles - zögert keine Sekunde, sich dem absoluten Zugriff des Allbewußtseins zu unterwerfen. Er sieht einfach keine Chance mehr...

In diesem Zusammenhang erfuhren wir nun auch nähere Einzelheiten über die Hintergründe der Katastrophe. Ihr wesentlicher Zweck war im Grunde nicht die physische Zerstörung der Insel, sondern die Rückführung des geistigen Potentials der Strahlenden in das kosmische Bewußtsein. Dies war der Hauptinhalt der Aktion und dagegen konnte der Beschützer trotz all seiner Macht nichts tun. Die nebenbei ausgelöste Katastrophe sollte nur das Werk der Strahlenden auf Erden zerstören. Gott hatte vielleicht erkannt - so unsere Hypothese - daß dieser großartige Staat Atlantis mit seinem enormen Abstand zur übrigen Welt ohne eine weitere Kontrolle der Strahlenden sofort ausufern und die natürliche, spontane Entwicklung dieses Planeten erheblich stören könnte. Denken sie nur an die verschiedenen Welteroberungspläne der damaligen Zeit. Um dies vorausschauend zu verhindern, wurde unser zu Unrecht protegiertes Volk von der Erde getilgt. Es war, wie gesagt, der zweite, nebensächlichere Grund - aber wenn wir ehrlich sein wollen, müssen wir dieser grausamen Logik nachträglich zustimmen.

Dies wäre in Kürze das Wichtigste, was wir - unsere Geschichte betreffend - herausgefunden haben. Aber die Kommunikation mit dem Beschützer hat überdies auch Dinge hervorgebracht, an die wir bisher nie zu denken wagten und auf die wir ganz und gar nicht gefaßt waren. Dinge, die uns nicht wenig beunruhigen, seit wir nun von ihnen wissen. Die Sicherheit unserer Stadt - unsere oberste Maxime - verlangt es, ihnen auch davon sofort Mitteilung zu machen. Im Verlaufe der eingehenden Befragung des Beschützers wurden wir - fast nebenbei - mit einer potentiellen neuen Gefahr bekannt, welche bis zu diesem Zeitpunkt außerhalb unserer menschlichen Vorstellungskraft und auch außerhalb unseres Wissens lag. Kurz gesagt besteht die Möglichkeit, daß auch noch andere 'gefallene Engel' auf ihrer ewigen Flucht vor dem

Allbewußtsein die Erde erreichen können. Ihre Erscheinungsformen, ihre Absichten und Ziele sind nie identisch und nie vorhersehbar. Es ist in diesem Falle wirklich so, daß wir täglich auf *alles* gefaßt sein müssen. Die Wahrscheinlichkeit des Auftauchens solcher Bewußtseinsformen ist natürlich sehr gering. Der statistische Durchschnittswert, der uns jedoch nicht viel nützt, liegt bei zwei bis drei 'Besuchen' in einer Million Jahren.

Auf jeden Fall müssen wir schon jetzt eines dabei bedenken: sollte die Menschheit einmal einen Besuch bekommen, der nicht so große Zuneigung zu ihr entwickelt, wie unsere Strahlenden es einst taten - ja der vielleicht genau entgegengesetzte Vorstellungen vom Umgang mit uns hat -, so wären *wir Atlanter allein* in der Lage, unter Mitwirkung des Beschützers versteht sich, den dann bedrohten Völkern wirksam zu helfen. Der Beschützer, der sozusagen Ihresgleichen darstellt, wäre vielen dieser Erscheinungsformen durchaus gewachsen. Außerdem hätte er den Überraschungseffekt auf seiner Seite....

Ich sehe die Zweifel in ihrem Gesicht, lieber Senator, aber obwohl es klingt wie das Märchen vom Zauberstein, der immer nur *dem* hilft, der ihn gerade in der Hand hält - so ist es dennoch wahr, und nicht so banal wie das Märchen. Die Zuneigung des Beschützers zu uns Menschen - und speziell wohl zum Volk der Atlanter - ist eine Tatsache und ihm wohl bei seiner Erschaffung sozusagen 'angeboren' worden. Sie ist die praktische Entsprechung der Menschenbegeisterung der Strahlenden, welche uns - vielleicht aus einer göttlichen Laune heraus - mehr liebten als ihre verwegenen Bundesgenossen im All, die sich, gleich ihnen, seit Millionen von Jahren auf einer aussichtslosen, ständigen Flucht befinden.

Bevor wir das Gespräch beenden, möchte ich noch darauf hinweisen, daß es unnötig ist, den Orden angesichts dieser Eröffnungen in Entscheidungsdruck zu versetzen. Sollte sich etwas Unvorhergesehenes ereignen, in der Art, wie ich es eben andeutete, so ist der Beschützer in der Lage, *von sich aus* die notwendigen Maßnahmen zu treffen. Mit anderen Worten: bei einer notwendigen Abwehr von feindlich gesinnten Besuchern wartet er nicht auf unsere Vorschläge und Beschlüsse."

Nach abschließender gemeinsamer Meditation erheben sich die Männer und der oberste Priester wendet sich schon zum gehen.

"Wie der Orden allerdings damit fertig wird, in einem solch wichtigen Bereich unserer Sicherheitspolitik nur noch die Rolle eines gelehrten Beobachterkollegiums einzunehmen, das bleibt nun wohl ihm überlassen."

Die Ironie diesen letzten Satzes ist nicht zu überhören, und es blieb zu bedenken, ob der Priester diese neu erlangte riesige Machtfülle der Atlanter für seine Organisation allein in Anspruch nehmen wollte - oder ob er sich bereits selbst davor fürchtete.

Langsam entfernt sich die schmale Gestalt des mächtigen Mannes auf der weiten Plattform und verschwindet schließlich irgendwo an ihrem entfernten Rand. Der Senator bleibt noch lange allein in der menschenleeren Säulenhalle auf der fünften Stufe des Capitols. Die Sonne ist inzwischen hinter den Felswänden verschwunden und vom Meer kommt zögernd der erste erfrischend-kühle Luftzug herauf. Schließlich begibt auch er sich in seine Amtswohnung und die Terrassen und Treppen des riesigen Gebäudes erfüllen sich daraufhin wieder mit Leben. Alles ist wie an jedem anderen Tag - und trotzdem hatte sich auch alles plötzlich geändert.

sehen zu den
Geburten und dem
Sterben
tausendfach
ziehen dahin die geopferten Heere
flimmern vorbei
die Generationen
wie stummer Aufschrei
lautloser Donner
wieder und wieder

R. Kow. Id, cap. VIII. V. 13 - 22

DRITTES BUCH

DIE BEOBACHTER

ERSTES KAPITEL

Tief im Innern des Capitols erwarten die wichtigsten Führungspersönlichkeiten des Ordens zwei eilig zurückberufene Beobachtungsmissionen. Es ist zwar kaum vorstellbar, aber man vermutet einen Zusammenhang zwischen ganz aktuellen Ereignissen nördlich des Sutagebirges und den bereits seit einiger Zeit beobachteten eigenartigen Vorgängen im weit entfernten Südosten Katheras.

Mit unglaublicher Geschwindigkeit nähern sich die durch Gravitationsimpuls zurückbeorderten Schiffe auf den dafür freigehaltenen Flugebenen und landen im Abstand von nur wenigen Minuten direkt auf einer der hochgelegenen Marmorterrassen des Capitols. Ein einzeln reisender Beobachter, der sich soeben noch in den verschneiten Steppen des östlichen Niphera befand, trifft als Erster ein; kurz darauf folgt das Zweier-Team aus den heißen Äquatorregionen Katheras. Mit wenigem Handgepäck, welches vor allem die letzten Bildaufzeichnungen und die Bordbücher enthält, betreten sie sogleich den Eingang am Rand der Terrasse. Schwere Metalltüren schieben sich auseinander und schließen sich wieder lautlos hinter ihnen, während die drei jungen Männer bereits durch die künstlich beleuchteten Korridore des gewaltigen Gebäudes eilen.

Es ist schon ein seltsames Gefühl, aus der Wildnis der Welt so unvermittelt ins Zentrum atlantischer Zivilisation versetzt zu werden. Die Beobachter spüren gerade in einem solchen Moment besonders deutlich die phantastische Macht ihrer uralten Kultur - und ganz besonders den überlegenen Geist, der diese Macht von hier aus lenkte und kontrollierte.

Seit der Regierungszeit König Arats im achten Jahrhundert ließ die Stadt die Natur der Welt systematisch beobachten. In den Jahrhunderten nach der Nutzbarmachung des Beschützers, also etwa ab dem einundzwanzigsten Jahrhundert atlantischer Zeitrechnung, wurde dieses weltumspannende Beobachtungssystem schließlich nochmals erweitert, verdichtet und entschieden sicherer gemacht. Da der militärische Schutz der Stadt durch die absoluten Möglichkeiten des Beschützers inzwischen zweitrangig geworden war, konzentrierte man nun einen sehr bedeutenden Teil der Kräfte auf dieses spezielle Betätigungsfeld. Informationen wurden gesammelt wie Schätze und gestatteten durch ihre Menge und chronologische Vollständigkeit tiefe Einblicke in die natürlichen und historischen Zusammenhänge dieser Welt. So hatten die Atlanter, neben den Erkenntnissen über die Tier- und Pflanzenwelt, der Geologie und der Meereskunde, um nur einige zu nennen, im Laufe der Zeit auch lückenloses Material über die Entwicklung der Menschheit zusammengetragen. Längst vergessene Völker, ihre Sprachen, ihre Religionen, ihre Kulte, ihr Aufstieg und die Umstände ihres Niedergangs - alles war aufgezeichnet und in den tiefen Archiven der Stadt bewahrt.

Ein großer Stab von Gelehrten und Mitarbeitern war ständig damit beschäftigt, diese gewaltige Informationsflut zu ordnen und immer neue Extrakte und Erkenntnisse aus diesem wertvollen Rohmaterial herauszuarbeiten. Ein einmaliges Geschichtsbuch der Menschen war so entstanden - und es wurde ständig auf aktuellem Stand gehalten. Generation für Generation wurden mit großem Aufwand neue Beobachter ausgebildet, die dann in entsprechender Tarnung die Welt durchstreiften oder unerkannt längere Zeit unter den fremden Völkern lebten.

Es mag eigenartig, ja vielleicht sogar unheimlich erscheinen, daß diese gigantische Informationsmenge im Grunde keinem praktischen Zweck diente; das gesammelte Wissen wurde weder zum Vorteil noch zum Nachteil der Völker jemals eingesetzt. Schließlich war es das oberste Prinzip der Stadt, sich nie in die natürliche, spontane Entwicklung dieser wilden und chaotischen Welt einzumischen. Und der gewaltige Aufwand wurde über Jahrtausende einzig deshalb betrieben, um dem uralten atlantischen Anspruch der geistigen Führungsrolle in der Welt gerecht zu werden. Seit Gründung des Ordens endlich losgelöst von den Einschränkungen und Hemmnissen des normalen Lebens, hatte sich die isolierte Geistigkeit der Stadt in schwindelerregender Weise entwickelt und erstrebte ein gottähnliches Allwissen alles Vergangenen und Gegenwärtigen auf diesem Planeten.

Und aus dieser praktischen Beobachtungstätigkeit in der Welt erwuchsen zuweilen auch seltsamen Berührungen zwischen den intellektuell und technisch weit überlegenen Abgesandten der Stadt und den mehr oder minder primitiv entwickelten Völkern der Welt. Im Einzelnen gehören diese Begegnungen wohl zu den interessantesten Aspekten einer vieltausendjährigen Geschichte. Es sind Geschichten und Episoden mit ganz eigenwilligem Reiz: spürt man hier doch am deutlichsten den Widerspruch zwischen dem strengen Rationalismus geistiger Macht und der natürlichen, lebendigen, unversiegbaren Kraft der Natur.

Vor dem Beratungsraum warten die soeben eingetroffen Beobachter einige Augenblicke, dann öffnet sich vor ihnen lautlos die Tür. Sie betreten einen großen, dunklen Raum, in dem außer einem Tisch mit Stühlen und einem großen, aufrecht stehenden Ring zur Wiedergabe der Bildaufzeichnungen, nichts weiter wahrzunehmen ist. Wände und Decke sind nicht auszumachen, sie liegen im Dunkel. Man hatte den Eindruck, als befände man sich in einer endlos weiten Halle. Lediglich die spiegelnden Eingangstüren, durch welche man soeben eintrat, sind deutlich zu erkennen - neben und über ihr schien sich der Raum jedoch im Nichts zu verlieren.

Das ist es also, das geheimnisvolle Innere des Capitols. Und hier regieren nun seit Jahrhunderten die Größen des atlantischen Geistes. Dies sind also ihre Vorstellungen von Innenraum, welche wohl ihre besondere Position in der Welt - die ja vor allem eine abseitsstehende und zuschauende ist - zum Ausdruck bringen soll. Dadurch, daß sie Wände und Decke einfach dem Sichtbaren entziehen und die Aufmerksamkeit nur auf die wesentlichen, unverzichtbaren Elemente: Eingang, Beratungstisch, Bildwiedergabering lenken, vermeiden sie es weitgehend, sich in ihren heiligsten, würdigsten Räumen auf einen Stil oder einen bestimmten Geschmack festzulegen.

Die Beratung beginnt unverzüglich. Nach kurzer Vorstellung der anwesenden Persönlichkeiten berichtet der noch junge Beobachter unbefangen und selbstsicher von seinen jüngsten Erlebnissen im Osten Nipheras.

"Interessant wurde es im Grunde erst am gestrigen Nachmittag - bis zu diesem Zeitpunkt gab es keinerlei Beobachtungen, die mit dem besagten Zwischenfall in irgendeinem Zusammenhang stehen könnten. Meine Aufzeichnungen werden das belegen.

Ich befand mich ohne Zweifel in einem menschenleeren Gebiet - also mindestens fünfzig Kilometer von der nächsten Siedlung, beziehungsweise einigen provisorischen Jagdlagern von Eingeborenen, entfernt. Es hatte zum wiederholten Male geschneit, und ich beschloß, die Gegend zu Fuß zu erkunden. Auch wollte ich etwas Holz sammeln, um nach meiner Rückkehr vor dem Schiff ein Feuer zu machen - was ich dann auch tat."

Die gelehrten Männer sehen sich mit zweifelnder Miene an, so daß der junge Beobachter schließlich erläuternd hinzufügt:

"Ich bereitete mir des öfteren selbst erlegtes Wild über dem Feuer, um mich an die Zubereitung und den Genuß dieser Speise zu gewöhnen - gewissermaßen als erweitertes persönliches Training für einen entsprechenden Einsatzfall..." Die Senatoren nicken verständnisvoll; das praktische Leben eines monatelang durch die Wildnis streifenden Beobachters blieb ihnen aber doch eher fremd.

"Nachdem ich zwei Stunden unterwegs war - ich hatte den Standort meines Schiffes im weiten Bogen umrundet - machte ich also ein Feuer und bereitete mir eine vorzügliche Rehkeule. Der Abend dämmerte bereits, als ich das Feuer löschte und ins Schiff zurückkehrte. Ich wollte noch ein Bad nehmen und ging routinemäßig daran, vorher das Schutzfeld einzuschalten. Die Schaltung war zu meinem Erstaunen jedoch blockiert, was nur bedeuten konnte, daß sich in diesem Moment ein Mensch im direkten Bereich des Schutzgürtels befand; also auf einer Kreislinie, die im Radius von zweihundert Metern rings um das Schiff verläuft. Um mir Gewißheit zu verschaffen, schickte ich unverzüglich eine Beobachtungssonde aus ... ich würde vorschlagen, wir sehen uns deren Bildaufzeichnungen gleich an."

Der junge Mann bedient routiniert eine kleine Tastatur, die sich in der Armlehne des Sessels befindet und sofort flammt innerhalb des großen Ringes vor ihnen helles Licht auf - es verdunkelt sich aber sogleich wieder und eine trübe, abendliche Schneelandschaft mit flachen Hügelketten, wenigen, einzeln stehenden Bäumen und niedrigem Gestrüpp wird sichtbar. Alles wirkt kalt, öde und verlassen. Durch eine automatische Lichtaufhellung schwankt das Bild zuweilen zwischen den natürlichen Farben an den hellen Stellen und einer künstlich aufgehellten grünlichen Farbgebung. Bald erkennt man die Fußspuren des Beobachters im Schnee, welche von seinem nachmittäglichen Spaziergang herrührten. Die freischwebende, nur etwa faustgroße Sonde verfolgte offensichtlich diese Spur bis an den gedachten Rand des kreisrunden Gebietes, welches vom Kraftfeld geschützt werden sollte.

"Ich vermutete zunächst, daß es sich um einen einzelnen Jäger handeln könne, der sich, aus welchen Gründen auch immer, von seiner Gruppe getrennt hatte. Vielleicht war er in Not geraten und hatte mein Feuer gesehen, das während der Dämmerung weit zu sehen gewesen sein muß. Möglicherweise hatte er dann, da das Feuer inzwischen erloschen war, meine frischen Spuren im Schnee gefunden und folgte ihnen - deshalb steuerte ich die Sonde also genau diese Strecke entlang. Meine Überlegungen bestätigten sich schnell, denn hier ... sehen sie *sie*.

Es war zu meiner Überraschung eine junge Frau ... und jetzt erkennt man auch deutlich, daß sie ein sehr kleines Kind im Arm trägt."

Die Sonde war anscheinend ruckartig zurückgewichen. Als sich das Bild sogleich wieder stabilisiert, sieht man eine junge Frau unter großen Anstrengungen der menschlichen Spur folgen. Oft stolperte sie, scheint zu fallen, drängt aber immer weiter. Offenbar ist sie sehr ermüdet - vielleicht sogar verletzt. Das Kind - zu erkennen ist lediglich ein Bündel Felle - hat sie dabei dicht an ihren Leib gepresst. Etwa sechs oder sieben Sekunden bleibt dieses Bild, dann drehte sich die Sonde offenbar in eine andere Richtung und die Frau verschwindet sofort aus dem Blickfeld.

"Nachdem ich den abendlichen Besucher nun gesehen hatte, wollte ich natürlich wissen, warum es diese Frau so besonders eilig hatte - mit anderen Worten: wer oder was sie verfolgte. Während mir die Sonde diese Bilder übermittelte, dachte ich übrigens auch schon darüber nach, wie ich ihr wohl helfen könnte, da sie so zielstrebig mein Schiff ansteuerte, und ich überlegte sogar, ob sich für das Kleinkind etwas Passendes in meiner Bordküche befände..."

"Hier sehen sie eine schwache Blutspur - im Schnee deutlich zu erkennen - die Stelle liegt etwa hundertfünfzig Meter weiter in der Richtung, aus der die Frau kam."

Die Sonde senkte sich nun offenbar bis fast auf den Boden herab und bildete den zertretenen, lockeren Schnee überdeutlich ab. Und weiter gleitet das Bild, den Weg der Frau zurückverfolgend, in die Dunkelheit.

"Ich hoffte ihre Verfolger zu sehen, die ihr die Verletzungen zugefügt haben mußten und vor denen sie floh. Etwa zu dieser Zeit kontrollierte ich auch, ob sie sich nun schon innerhalb der Schutzzone befand – und als sich dies bestätigte, schaltete ich das Feld ein. Die Blockierung war jetzt, wie erwartet, nicht mehr vorhanden. Wäre sie nicht vorhanden gewesen, hätte ich beim ersten Einschaltversuch, ohne es auch nur zu merken, die Frau samt ihrem Kind in Moleküle zerlegt..."

Eine Weile herrscht Schweigen. Mit größter Aufmerksamkeit, als sei es etwas überaus Bedeutsames, verfolgen die atlantischen Senatoren in ihrem dunklem Saal die Fußspuren einer jungen Eingeborenenfrau im Schnee. Ungehindert dringt die kleine Sonde dabei auch in dichtes

Gestrüpp ein - auch hier war also dieses gehetzte Menschenwesen offenbar in großer Eile durchgekrochen.

"Und dann sah ich ihre Verfolger; das heißt, den ersten von ihnen." Ein graues Etwas huscht am unteren Bildrand vorüber - das Bild bleibt dabei ruckartig stehen. Die Sonde hatte - vom Schiff ferngelenkt - blitzartig gestoppt, wendet nun, steigt hoch. Ein Wolf ist zu sehen, die Bildmitte richtet sich sogleich auf ihn aus. Es ist ein altes Tier, daß etwas hinkt und dabei der menschlichen Spur folgt.

"Und jetzt passen sie auf!"

Kurz hinter dem Tier sprühen plötzlich Funkengarben auf: zwei-, dreimal. Die letzten haben es schließlich tödlich getroffen. Mit zerfetztem und verbranntem Körper liegt das Raubtier im Schnee. All das hatte nur Sekunden gedauert.

"Ich war in diesem Moment genauso überrascht wie sie und drückte instinktiv die Sonde hoch, um mir einen Überblick zu verschaffen."

Das Gelände ist nun aus einer Höhe von etwa dreißig Metern zu sehen. Gleichzeitig verfärbt sich das nun dunklere Bild ganz ins Grünliche. Die Spur wird aus dieser Höhe weiterverfolgt. Langsam zieht die unwirklich aufgehellte Landschaft an den Atlantern vorüber.

"Gleich wird nun das besagte fremde Fahrzeug ins Bild kommen ... dort liegen übrigens noch fünf tote Wölfe ... und dies dort rechts könnte die Stelle sein, an der die Frau von einem der Tiere angefallen wurde ..."

Jetzt schiebt sich plötzlich ein großes, weißes Fahrzeug ins Sichtfeld und als es sich vollständig in der Bildmitte befindet, hält der Beobachter die Aufzeichnung an dieser Stelle fest.

"Das ist ja das gleiche eigenartige Gefährt, daß uns im Dschungel des Landosbeckens begegnet ist ...?" Die beiden Beobachter aus Kathera sind überrascht. Also deshalb sollten sie sich diese banalen Aufzeichnungen ansehen. Schon die ganze Zeit hatten sie angestrengt nachgedacht, was in aller Welt eine von Wölfen gehetzte Eingeborenenfrau im Osten Nipheras mit ihren bedeutenden Beobachtungen einer offensichtlich weit fortgeschrittenen Kultur in Kathera zu tun haben könnte.

Die Senatoren besehen nun interessiert den Wagen auf dem erstarrten Bild. Er ist etwas kleiner als ein Beobachterschiff, aber immerhin noch fünf bis sechs Meter lang. Seine Oberfläche ist glatt und weiß. Das Fahrzeug besitzt lukenähnliche Türen und schmale Fensterschlitze. Es bewegt sich auf gewaltigen Rädern, die breite, auffällige Spuren hinterließen. Fliegen oder schweben wie ein Beobachterschiff kann es offenbar nicht, aber eine Schwimmfähigkeit scheint im Bereich des Möglichen zu liegen.

Nach einiger Zeit läßt man die Aufzeichnung schließlich weiter laufen, und gleich darauf wird das Fahrzeug kleiner und kleiner - die Sonde war angesichts des fremdartigen Gefährts ruckartig nach oben gelenkt worden.

"Ich war mir natürlich nicht sofort im Klaren, was das zu bedeuten hatte und welchen Stand der Technik dieser Wagen repräsentierte - womöglich konnten die Insassen die Sonde über sich orten - vielleicht besaßen sie auch eine Nachtsichtvorrichtung wie wir?"

"Was taten sie im Einzelnen?" will der direkte Vorgesetzte des Beobachters nun wissen.

"Ich verfolgte die gut sichtbaren Spuren des Wagens, um mich zu vergewissern, ob möglicherweise noch andere derartige Fahrzeuge in der Nähe waren. Dann kam ich auf die Idee, eine thermische Aufnahme zu machen. Das fremde Fahrzeug erzeugt in seinem hinteren Teil einen starken, gut sichtbaren thermischen Punkt, ich nehme an, daß sich dort ein Antriebsaggregat befindet. Jedenfalls läßt dieser Umstand eine genaue Ortung aus großer Höhe zu - zumal in einer derartig kalten und unbewohnten Gegend. Die nachfolgenden Thermoaufnahmen hat die Sonde aus fünftausend Metern Höhe gemacht. Deutlich zu erkennen: der helle Punkt des Fahrzeuges in der Mitte ... die flimmernden, kleinen Punkte am Rand rechts oben und rechts unten stellen die Wachfeuer der dort lagernden Jägerhorden dar - schätzungsweise vierzig Kilometer von meinem Standort entfernt. Zur Kontrolle schaltete ich für einen Moment die thermische Abschirmung des Schiffes aus und an, um auch meinen Standort auf der Aufnahme sichtbar zu machen."

Und schon blinkt unweit des hellen Punktes ein sehr viel schwächeres winziges Rechteck mehrmals auf.

"Das wärmste im Schiff war zu dieser Zeit wohl das Badewasser, das ich bereits eingelassen hatte."

"Berichten sie weiter, was taten sie als nächstes?" Der Senator scheint bereits etwas ungeduldig zu werden, der Beobachter läßt sich jedoch nicht aus der Ruhe bringen. Es ist schließlich seine Aufgabe, auch in solchen Situationen präzise und überlegt zu handeln. Den atlantischen Führungspersönlichkeiten wird diese Tatsache deutlich bewußt, als sie den Fortgang der Geschehnisse zur Kenntnis nehmen. Ihr Mann handelte so selbstverständlich, als wäre diese unvermutete, geheimnisvolle Begegnung eine ganz normale Trainingssituation.

"Da ich mir über den Stand der Technik dieser Fremden nicht ganz im Klaren war..."

"Moment bitte, was heißt: nicht ganz?"

"Nun, ich war mir doch ziemlich sicher, daß dieses Fahrzeug an den Boden gebunden war und nur von dort operieren konnte."

"Wie kamen sie zu dieser Auffassung?"

"Ganz einfach. Wer würde es schon auf sich nehmen, über jede Bodenunebenheit quer durch die Wildnis zu rollen, wenn er die technischen Möglichkeiten dazu hätte, einfach sanft darüber hinweg zu gleiten."

Der Senator erwidert darauf nichts mehr. Möglicherweise denkt er jetzt darüber nach, ob es dieser junge Beobachter mit seiner doch sehr praxisverbundenen Beweisführung wirklich ernst gemeint hatte.

"Ich schaltete das eben aktivierte Schutzfeld nun sofort wieder ab, da das fremde Fahrzeug sonst in wenigen Augenblicken an ihm zerschellt wäre - und gleichzeitig ließ ich das Schiff auf etwa dreihundert Meter steigen. Dann..." - der Beobachter wird auf einmal etwas verlegen und kleinlaut - "... sie werden es vielleicht nicht verstehen, aber wenn man einige Monate allein da draußen ist, hat man so seine eigenen Vorstellungen ... ich nahm jetzt jedenfalls mein Bad."

Die Ordensmänner sehen sich fragend an und die beiden Beobachterkollegen aus Kathera müssen ein Lachen mühsam unterdrücken.

"Und wie haben sie die Bilder der Sonde in diesen so entscheidenden Augenblicken - während ihres Bades - beobachten können?"

"Ich hatte die Übermittlung auf den Schirm der Warnanlage gelegt, eine sehr einfache Schaltung, bei der man auch vom Bad aus..."

"Aber dieser Schirm ist doch, soviel ich weiß, nicht viel größer als ein Handteller. Wie konnten sie darauf derart wichtige Dinge verfolgen?" Auf den Gesichtern seiner Vorgesetzten drücken sich ernsthafte Zweifel aus.

"Der Schirm ist durchaus ausreichend. Man sieht darauf schließlich das Gleiche, wie auf dem großen Schirm im Steuerraum. Und außerdem: was sollte mir in dreihundert Meter Höhe schon passieren."

"Gut, lassen wir dies zunächst beiseite, meine Herren, die persönlichen Gewohnheiten unseres Beobachters sind nicht Gegenstand dieser Unterredung. Berichten sie also weiter."

"Das fremde Fahrzeug nähert sich der Frau immer mehr und wird sie in wenigen Augenblicken bei den Resten meines gelöschten Feuers erreicht haben - denn dort hatte sie sich bereits mit ihrem Kind niedergelassen ... und wie auf diesen Bildern zu sehen ist, versucht sie vergeblich noch etwas Glut in der Asche zu finden. Ich war mir nun auch sicher, daß mein Feuer sie in diese Richtung gelockt hatte und konnte mir ihre Enttäuschung vorstellen, jetzt niemanden an diesem Lagerplatz anzutreffen. Daß Vertreter zweier verschiedener, sehr viel höher entwickelter Kulturen sie beobachteten und sie mit mächtigen Waffen beschützten, konnte sie nicht ahnen - denn daß die Wölfe mit den funkensprühenden Waffen getötet wurden, sah ich eindeutig als einen Versuch der Fremden an, die fliehende Frau zu schützen."

"Gut, weiter."

"Bald darauf tauchten aber nochmals Wölfe auf. Offenbar verwundete oder alte Tiere; Nachzügler also, die mit der gesunden Meute nicht mithalten konnten ... hier sieht man deutlich, wie sie sich der vollkommen erschöpften Frau langsam von hinten nähern. Ich hielt die Situation für sehr gefährlich und überlegte, ob ich meinerseits eingreifen sollte - womit ich mich dem fremden Fahrzeug allerdings in gewisser Weise zu erkennen gegeben hätte."

"Wie wollten sie denn aus dem Badebecken heraus Abwehrmaßnahmen einleiten - alle dazu notwendigen Hebel und Schalter befinden sich im Steuerraum?"

"Nehmen sie einfach an, Senator, daß es möglich ist. Ich möchte der Versammlung die Erläuterung von technischen Einzelheiten ersparen." antwortet, wieder etwas kleinlaut, der junge Mann. Die beiden anderen Beobachter müssen sich abermals bemühen, ihren ernsten Gesichtsausdruck zu wahren. Sie kennen die einschlägigen Tricks nur zu gut, die einem Senator, der ein Beobachtungsschiff bestenfalls einmal im Hangar besichtigt hat, sehr unverständlich erscheinen mußten.

"Nun gut, fahren sie fort."

"Also, die Wölfe griffen ihr Opfer nicht sofort an, sondern umkreisten es vorerst noch. Möglich, daß sie durch eine unbekannte Witterung irritiert wurden. Schließlich stand vor wenigen Augenblicken noch mein Schiff an diesem Platz - ich weiß nicht, ob es einen Geruch hat - aber auch ich selbst hatte mich ja über zwei Stunden an diesem Feuer aufgehalten. Außerdem war auch das fremde Fahrzeug bereits in unmittelbarer Nähe. Gleich können sie sehen, wie auch diese vier Tiere aus dem Fahrzeug heraus abgeschossen werden. Es handelt sich bei dieser Waffe sicherlich um Elektrizität, allerdings wohl in sehr viel stärkerer Form, als wir sie verwenden."

"Schließen sie das nur aus diesen Bildern?"

"Ja."

"Sehr gut. Wir wissen bereits, daß es sich tatsächlich um gezielte elektrische Entladungen handelt. Übrigens sind auch wir in der Lage, diese in beliebiger Stärke zu erzeugen, aber für eine praktische Nutzung ist uns der Aufwand, den diese Technik beansprucht, viel zu hoch. Es blieb daher bei experimentellen ..."

"Entschuldigen Sie, aber jetzt möchte ich sie doch um besondere Aufmerksamkeit bitten." unterbricht der Beobachter selbstbewußt seinen Vorgesetzten. "Die Insassen des Fahrzeuges zeigen sich sogleich."

Wieder sehen die Männer schweigend und erwartungsvoll auf das über vier Meter hohe, kreisrunde Bild. Nachdem die Wölfe erlegt sind, rollt das Räderfahrzeug ziemlich schnell ins Bild und stoppt schwankend vor dem Lagerplatz. Eine Luke auf der Oberseite hatte sich bereits auf den letzten Metern der Fahrt geöffnet - und drei junge, schlanke Frauen klettern nun behende heraus. Ihre eng anliegenden weißen Kombinationen mit den schmalen, rund auslaufenden Helmen unterstreichen die vornehme, kraftvoll-energische Art ihres Auftretens. Schnell nähern sie sich der ängstlichen und sicherlich sehr erschrockenen jungen Mutter. Interessiert schauen die Atlanter dieser seltsamen Begegnung zu.

"Offenbar verstehen sie sich sprachlich nicht." bemerkt einer.

Als sie nach einiger Zeit schließlich der verstörten Frau mit samt ihrem Kind in ihr Fahrzeug helfen, bemerkt der Beobachter nur:

"Ich hätte sie in wenigen Minuten überzeugt, in mein Schiff zu kommen. Diese Fremden verstehen ganz offensichtlich nichts von diesem Volk, nichts von seinen Eigenarten und nichteinmal seine Sprache. Wo immer sie auch herkamen - sie kamen schlecht oder gar nicht vorbereitet in dieses Land. Als sie davonfuhren machte ich sofort die Dringlichkeitsmeldung und wurde gleich darauf zur Stadt zurückgerufen. Bei meinem Start befand sich das fremde Fahrzeug mit einer relativ langsamen Geschwindigkeit auf Nordostkurs. Wenn die Versammlung keine Fragen mehr hat, möchte ich meinen Bericht damit beenden."

Das Bild erlischt und die Fläche innerhalb des Ringes wird sogleich wieder leer und durchsichtig.

"Danke, es gibt zunächst keine Fragen. Bevor wir jedoch zu Wertungen und Schlußfolgerungen kommen, wollen wir erst noch eine Zusammenfassung der Ereignisse in Zentral- und Südkathera hören, die zwar einigen Anwesenden schon in Teilen bekannt sein dürfte, für das Gesamtverständnis aber doch notwendig ist. Außerdem erhalten diese

Beobachtungen, die vor etwa zwei Monaten begannen, durch die eben gesehene unverhoffte Begegnung in einem ganz anderem Kontinent, nun eine ganz besondere Brisanz. Bitte meine Herren, beginnen sie."

"Ich möchte zunächst die Zeitangaben korrigieren: unsere ersten diesbezüglichen Beobachtungen machten wir bereits vor vier Monaten. Wir sollten herausfinden, welche Ursachen die Stämme des südlichen Landosbeckens in offensichtliche Unruhe und Aufregung versetzt hatte. Ganz entgegen ihrer traditionellen Gewohnheit wanderten die Krieger in großen Haufen durch den Busch. Die alten angestammten Lagerplätze wurden verlassen und in Extremfällen sogar Kinder, Frauen und Alte dort zurückgelassen, da sie die erwachsenen Männer zu sehr am Weiterkommen hinderten.

Es war nicht leicht, sich in diesen unsicheren Dschungelgebieten zu bewegen. Überall konnte man unvermutet auf eine kleinere oder größere Gruppe aggressiver Menschen stoßen, die ohne Warnung alles Lebende angriffen. Um etwas über die Ursachen herauszufinden, verzichteten wir aber trotzdem die meiste Zeit auf unser Schiff und gingen zu Fuß.

Wir gelangten schließlich zu der Überzeugung, daß sich der Aggressionstrieb der Eingeborenen - außer gegeneinander - vor allem nach Südosten richtete. Des öfteren hatten wir Gelegenheit, größere Gruppen waffentragender Männer - es waren zuweilen mehrere Hundert - in diese Richtung ziehen zu sehen. Um sich zu versorgen, jagten sie in gewohnter Weise entlang ihres Weges in kleinen, unabhängigen Gruppen. Da jedoch nicht alle Gegenden gleich gute Jagdreviere darstellten, ging diese Völkerwanderung recht langsam voran.

Wir wandten uns also ebenfalls in diese Richtung und wurden, trotz aller Vorsicht, eines Tages ganz unvermutet von einer Gruppe von etwa zwanzig Jägern umringt und angegriffen, die sich, von einem größeren Treck vorübergehend getrennt, offensichtlich auf Nahrungssuche befanden. Ihr Angriff erfolgte so überraschend, daß uns nichts weiter übrig blieb, als unter der Schutzglocke unseres Kraftfeldes abzuwarten, bis sie dessen müde waren und weiterziehen würden. Ohne zu verstehen, was vor sich ging, schlugen sie immer wieder auf die unsichtbare Wand ein, holten auch größere Äste und sogar Steine herbei, um uns zu töten.

Wir wunderten uns, daß sie es nicht auch noch mit Feuer versuchten, da wir sicher waren, daß ihr Stamm die Verwendung des Feuers beherrschte. Etwa zwei Stunden dauerte diese sinnlose Belagerung, und wir hofften auf die bald einsetzende Dunkelheit - als wir unsere wütenden Bedränger plötzlich auf ganz andere Art loswerden sollten.

Durch den Busch kam mit laut brummenden Geräusch ein ebensolcher Wagen, wie wir ihn eben in den Bildaufzeichnungen gesehen haben. Er schwankte bei jeder Bodenunebenheit bedenklich, war aber offensichtlich für solches Gelände konstruiert und kam eigentlich auch recht gut voran. Alle Luken waren geschlossen. Die Eingeborenen wichen nun entsetzt zurück. Da zuckten blitzartige Entladungen aus dem Wagen, die offenbar auf die Krieger gerichtet waren und uns befreien sollten. Das hohe, trockene Gras fing an mehreren Stellen sofort Feuer. Ein dürrer Baum stand in hellen Flammen. Menschen waren von dieser ersten Salve noch nicht getroffen worden. Gespannt warteten wir nun, was weiter geschehen würde und rührten uns nicht von der Stelle.

Die Eingeborenen wandten sich nun entschlossen dem neuen Feind zu - wir waren plötzlich nicht mehr interessant. Sie bewarfen das fremde Fahrzeug mit Steinen, Holzspeeren und brennenden Ästen, die jetzt überall herumlagen. Ihre Aktionen blieben jedoch auch in diesem Fall ohne jeden Erfolg. Das Fahrzeug besaß eine sehr starke Panzerung, an der diese primitiven Geschosse ebenso wirkungslos abprallten wie zuvor von unserer unsichtbaren Kraftfeldglocke.

Eine weitere Salve streifte nun die erste Reihe der Krieger - versengte an einigen Stellen ihre Füße und Beine, so daß es augenblicklich nach verbranntem Fleisch roch. Widerwillig und gereizt zogen sich die aufgebrachten Menschen daraufhin endlich in den Busch zurück.

Bis zu diesem Zeitpunkt waren wir fast noch der Ansicht, daß wir es bei unseren Befreiern mit Atlantern zu tun hatten; Privatpersonen vielleicht, die sich so ein eigenartiges Gefährt gebaut hatten, um auf eigene Faust die Welt zu erkunden..."

"Diese Schlußfolgerung erscheint mir nicht sehr logisch." wirft einer der Senatoren ein. "Sie wissen genau, daß sie vor ihrer Abreise über jeden Atlanter informiert werden, der sich möglicherweise zur gleichen Zeit im Zielgebiet aufhält. Außerdem hätten zufällig vorbeikommende Landsleute gewußt, daß sie als Beobachter über ein absolut sicheres Schutzfeld verfügen und somit bei einem derart primitiven Angriff keinerlei Hilfe nötig hatten. Aus atlantischer Sicht war dieser plumpe Befreiungsversuch also vollkommen überflüssig. Aber berichten sie weiter."

"Aus dem Fahrzeug stiegen junge Frauen in enganliegenden weißsilbernen Kampfanzügen mit hohen, geschwungenen Helmen - wir sahen das ja eben. Ihre Sprache erinnerte mich an einen Dialekt der Ostküste, den ich recht gut beherrsche, und es gelang auch, eine Verständigung herzustellen. Ganz energisch wollten uns die Frauen klarmachen, daß der Aufenthalt in diesen Gebieten gefährlich sei und es leichtsinnig war, sich unbewaffnet hier herumzutreiben. Ich hatte fast den Eindruck, daß sie uns - wenn wir nicht freiwillig mit ihnen gekommen wären - mit Gewalt gezwungen hätten, in ihr Fahrzeug zu steigen.

Die Besatzung bestand insgesamt aus acht Frauen. Trotz ihrer überlegenen Waffen erschienen sie alle etwas unsicher und wollten das von ihnen als gefährlich bezeichnete Gebiet möglichst schnell wieder verlassen. Wir hatten Gelegenheit, einige technische Details des Wagens kennenzulernen, taten aber natürlich so, als verstünden wir nichts davon. Über unsere Herkunft und den Grund unserer abenteuerlichen Reise erzählten wir eine umständliche, phantasievolle Geschichte, die den jungen Frauen offensichtlich genügte.

Nach drei Tagen Fahrt Richtung Südost kamen wir in eine zunehmend bergige Gegend. Der Wald lichtete sich nun mehr und mehr. An schwierigen Geländestellen waren hier bereits Durchfahrten und regelrechte Schneisen angelegt worden, die dem Räderfahrzeug ein relativ gutes Weiterkommen sicherten. Trotzdem empfanden wir die Fahrt als sehr beschwerlich. Bodenunebenheiten erschütterten das Gefährt pausenlos; dazu brummte der seltsame Antrieb so laut, daß man sich im Innern kaum verständigen konnte. Auch strahlte er zusätzliche Hitze ab.

Auf der Hochebene angelangt, passierten wir schließlich ein weithin fruchtbares, blühendes Land. Wir sahen große, weit auseinandergezogene, ländliche Ansiedlungen, die man schon nicht mehr als Dörfer bezeichnen konnte, und die für die traditionell ansässige Bevölkerung sehr untypisch waren. Die Menschen dieser Region zeigten sich jedoch ausgesprochen friedfertig, ja man könnte sogar sagen: glücklich und zufrieden. Wir sahen keine Krieger und keine Waffen, keine Spuren von Unterernährung oder Krankheit. Überall waren winzige Felder angelegt und in eingezäunten Gehegen befanden sich unterschiedliche Arten von Nutzvieh. Irgendwie machte das Ganze den Eindruck, als *übe* dieses Volk verschiedene Methoden und Möglichkeiten der Landwirtschaft.

Kamen wir in die Nähe einer Ansiedlung, so liefen uns Bewohner und vor allem immer wieder zahlreiche Kinder entgegen und begleiteten das Fahrzeug in schnellem, übermütigem Lauf, soweit es ihre jugendliche Kraft erlaubte. Alle Luken des Fahrzeuges waren jetzt weit geöffnet und der Fahrtwind kühlte etwas. Die Menge am Straßenrand, die uns zuwinkte, wurde von den Frauen hoheitsvoll gegrüßt. Ich sah deutlich, wie stolz und glücklich sie über das bunte, heitere und zufriedene Leben dieses Landes hier waren. Und ich bemerkte auch die seltsame Rührung, die sie ergriff, wenn kleinere und größere Kinder, gesund, übermütig und lachend, neben dem weißen, gepanzerten Wagen herliefen. Schon damals spürte ich wohl schon ein wenig vom Sinn und Inhalt dieser gegenseitigen Zuneigung und ahnte dunkel einen unseligen Zusammenhang mit den ganz andersartigen Vorgängen in den weiter nördlich gelegenen Gebieten.

Das Entwicklungsniveau dieses Volkes entsprach, von seinem etwas ungewöhnlichen derzeitigen Wohlstand einmal abgesehen, aber noch durchaus den normalen Gegebenheiten. Hier war man also auf keinen Fall in der Lage, solche Motorfahrzeuge aus Metall zu bauen und Elektrowaffen herzustellen. Wir sollten jedoch vorerst noch nichts über deren Ursprungsort erfahren. Mitten in diesem paradiesischem Land setzte man uns plötzlich ab. Die Frauen versicherten uns, daß wir hier in Sicherheit seien - und das Fahrzeug verschwand, ohne daß wir eine weitere Erklärung erhalten hätten, in einer gelben Staubwolke am südlichen Horizont.

Die Bevölkerung war in der Tat sehr gastfreundlich und wir lebten einige Tage bei ihnen, ohne dort jedoch noch irgendwelche besonderen Beobachtungen machen zu können.

Wichtiger erschien uns daher doch die Situation an der Grenze zwischen diesen unterschiedlichen Gebieten: der unorganisierte, spontane Aufmarsch riesiger, aggressiver Menschenmassen im Norden, der ja letztlich irgendeine Ursache haben mußte. Vielleicht stand sie sogar mit dem hier herrschenden, ungewöhnlichen Wohlstand in Zusammenhang. Es ließ sich zwar nur schwer vorstellen, wie Nachrichten über ein blühendes, reiches Land in andere, weit entfernte Gegenden gelangt sein sollten - und zudem noch an einzelne, verstreut im Busch lebende Stämme, die unterschiedliche Dialekte sprachen und ihre jeweils eigenen, jahrtausendealten Gewohnheiten und Bräuche hatten. Aber offensichtlich mußte doch irgendetwas in dieser Art geschehen sein. Ich hatte das unsichere Gefühl, daß diese hochtechnisierte, scheinbar nur von Frauen repräsentierte, Macht selbst dafür gesorgt hatte, daß ihr sattes, zufriedenes Land ringsum bekannt wurde - und nun entsprechenden Neid auf sich zog. Nur *sie* verfügten hier über die notwendigen Mittel, um derartige Entfernungen zielgerichtet zu überwinden und Informationen zu verbreiten. Es war eine Ahnung, die sich nur kurze Zeit später bestätigen sollte."

"Wir gingen also zurück und verließen das Hochland in nördlicher Richtung, genauer gesagt, in nordöstlicher. Hier kamen wir, wie erwartet, wieder in das Gebiet der wandernden, aggressiven Stämme. Das heißt, zunächst erreichten wir einen Nebenfluß des Landos, an dessen Ufer wir Merkwürdiges beobachten konnten. Eine unnatürlich große Menschenmenge hatte sich hier zusammengefunden - offensichtlich versperrte der Fluß ihnen den weiteren Weg. Die Menschen hatten kaum noch zu essen, und es gab überraschend viele Kranke unter ihnen. Wir wunderten uns dann, auch viele der jungen Frauen mit den silbernen Helmen hier zu sehen. Sie traten als Helfer auf, verteilten Lebensmittel und versorgten die Kranken.

Es war aber auch beobachten, wie diese Lebensmittelgaben weitere vorüberziehende Menschen anlockte und sich das Chaos vor diesem unpassierbarem Flußlauf dadurch noch mehr vergrößerte. Wir wandten uns von dem Ort ab, wurden aber - praktisch schon im Weggehen - durch Zufall noch Zeuge, wie sich in unmittelbarer Nähe der Lagerplätze einzelne Gruppen von Eingeborenen gegen ihre vermeintlichen Wohltäterinnen erhoben. Sie überfielen die Fahrzeuge mit den Nahrungsmitteln und plünderten sie auf der Stelle aus - wobei natürlich ein großer Teil der Beute verloren ging und verdorben wurde, da sie nicht alles forttragen konnten. Die Frauen, die hier überall unbewaffnet waren, wurden mit Knüppeln und Holzspeeren davongejagt. Bei dem von uns beobachteten Überfall sackte das Räderfahrzeug ruckartig mit der Vorderachse in eine vorbereitete, tiefe Fallgrube und wurde dadurch manövrierunfähig. Während die Plünderer es hastig entluden, gab es im Innern unvermutet eine heftige Explosion, die sofort ein Dutzend der Angreifer und mit Sicherheit auch die Besatzung im Innern niederstreckte. Durch die Feuerkugel breitete sich daraufhin ein erheblicher Brand aus, der im trockenen Unterholz gute Nahrung fand.

Wir zogen weiter, denn noch immer fehlten uns Hinweise auf die Ursache für all diese Erscheinungen. Als wir schließlich mit dem Schiff das betreffende Gebiet aus großer Höhe erkundeten, gelang uns eine sehr interessante Thermoaufnahme. Mitten aus dem tropischen Regenwald ragte eine auffällig mächtige Felskuppe von etwa vier- bis fünfhundert Metern Durchmesser. Sie wirkte hier wie eine letzte Bastion der Bergwelt im schon beginnenden Flachland. Inmitten dieses Felsmassivs war nun ein großes, sternförmiges Gebilde mit etwas abweichender Temperatur zu erkennen. Der Unterschied war zwar äußerst gering, aber das Objekt verriet sich durch seine geometrische Gleichförmigkeit. Wir vermuteten ein Stollensystem im Fels - vielleicht ein Bergwerk -, die bisher beobachtete Technik ließ solches ja durchaus vermuten. Und vielleicht fand sich hier auch endlich ein Anhaltspunkt für die Unruhe und Aggressivität der Ureinwohner.

Wir landeten also in der Nähe des Felsens und fanden nach einigem Suchen auch einen Eingang. Es war offensichtlich eine der 'Strahlenspitzen' des Sterns unserer Thermoaufnahme, die bis an den Rand der Felskuppe reichten. Allerdings waren wir nicht die ersten Besucher: der gefundene Zugang war bereits vor uns mit plumper Gewalt aufgebrochen worden. In den Laufschienen einer großen Metalltür klemmten Steine und Äste. Die Tür war verbogen und ließ sich nicht mehr schließen. Im Innern stießen wir bald auf eine größere Anzahl getöteter Eingeborenenkrieger, die ihre primitiven Holz- und Steinwaffen noch bei sich hatten. Es waren mindestens fünfzig Leichen, die vor einem zweiten, ebenfalls offenen, Tor verwesten. Wir vermuteten, daß sie durch Elektrizität umgekommen waren - wahrscheinlich bei der Berührung der damals unter Hochspannung stehenden Stahltür. Besonders sichtbare Verletzungen wiesen die Körper jedenfalls nicht auf.

Zögernd, mit eingeschalteten Schutzschilden, betraten wir den Mittelpunkt der sternförmigen Stollenanlage. Das Bild der Verwüstung, das sich uns bot, konnte allerdings über den ursprünglich sehr komfortablen und sauberen Zustand nicht hinwegtäuschen. Alle Gänge und Räume waren geradlinig angelegt und mit einem hellen Material sauber ausgekleidet. Man konnte fast annehmen, sich im Innern eines atlantischen Gebäudes zu befinden. Wir fanden nichts, was an ein Bergwerk oder eine Produktionsstätte erinnerte, dafür gab es viele Lagerräume in teils noch verschlossenen, unversehrten Seitenstollen. Sie enthielten große Vorräte an einfachen Werkzeugen, landwirtschaftlichen Geräten, Saatgut und vor allem Nahrungsmittel. Alles Dinge, die sicherlich für die ursprünglichen Bewohner dieser Region gedacht waren. In einem zentralen Raum mit vielerlei technischem Gerät fanden wir die Leichen von zwölf jungen Frauen - es handelte sich wohl um die 'Besatzung' dieser merkwürdigen Urwaldstation. Die Körper wiesen gräßliche Verwundungen auf. Ihre Mörder hatten sie offensichtlich erst mißhandelt und dann auf grausame Weise umgebracht.

Wir begaben uns nun unverzüglich ins Schiff zurück und sandten die Dringlichkeitsmeldung an die Stadt. Die überfallene Station wurde mit einem Kraftfeld verschlossen, da wir annahmen, in ihr alle Informationen zu finden, die wir zum Verständnis der Gesamtsituation brauchten. Bei der Überprüfung der weiteren Umgebung bestätigten sich dann auch unsere Vermutungen über die Umstände des Überfalls der Station: nicht weit entfernt fanden wir eine weitere große Menschenansammlung - ein großes, provisorisches Kriegslager mitten im Busch. Man kann es wohl nur so bezeichnen, da es mit Sicherheit nicht der angestammte Wohnsitz so vieler Menschen sein konnte. Aus einigen hundert Metern Höhe beobachteten wir dieses ausgedehnte Lager mit den ferngesteuerten Sonden. Offenbar war gerade eine große Kultzeremonie im Gange, bei der man als Höhepunkt zwei der jungen Frauen hingerichtet hatte. Es schien gut möglich, daß die Opfer aus der nahegelegenen Felsstation stammten. Sicherlich hatte man sie lebend gefangen und nach dem Überfall ins Lager geschleppt. Ihre toten Körper lagen jetzt noch immer auf den Spitzen einer großen Menge aufrecht stehender Holzspeere. Allem Anschein nach waren sie in einem langen, qualvollen Todeskampf durch unzählige, kleine Wunden verblutet.

Einige Hundert wild geschmückter Krieger tanzten und stampften im großen Rund um die Hinrichtungsstätte - taumelnd und selbstvergessen im Rausch der Opferfeier. Vermutlich taten sie dies schon seit einigen Tagen ununterbrochen. Ringsum war alles gelb vom Staub des aufgewühlten Bodens. Das gesamte Heerlager indes zog sich unregelmäßig über etwa zwei Kilometer hin. Um den eigentlichen Kern herum lagerten - unbekümmert und scheinbar nicht interessiert am grausamen Geschehen - viele Gruppen von mehreren hundert Menschen. Insgesamt schätzten wir diese Ansammlung auf über zehntausend.

All diese Eindrücke erschienen uns in jeder Weise bedenklich, und so wunderte es uns nicht, als die dringende Anweisung des Ordens kam, die gesamte verwaiste Station aus dem Fels zu trennen und zur genauen Untersuchung in die Stadt zu verbringen. Bei Anbruch der Nacht begannen wir oben auf dem Plateau des Felsens mit den erforderlichen Arbeiten und am darauffolgenden Morgen befand sich ein riesiges, rechteckiges Loch in diesem Berg. Zwei Stunden vor Sonnenaufgang waren die Gravitationstransporter aus der Stadt eingetroffen und hatten den hundertsechzig Meter langen und siebzig Meter breiten Felsblock, mit der Station in seinem Innern, herausgehoben. Uns bot sich ein einmaliger, fast schauerlicher Anblick, als er sich langsam aus seiner natürlichen Ruhestätte löste und lautlos in den Himmel aufstieg, um dann mit rasch zunehmender Geschwindigkeit, von drei vergleichsweise winzigen Schiffen eskortiert, in nordwestlicher Richtung zu verschwinden. Am Rand der gähnend leeren Grube, hoch oben auf dem Fels stehend, sahen wir noch lange dem tiefschwarzen Schatten nach, den der fliegende Koloß - über eine Million Tonnen Fels - über den nächtlichen Urwald warf.

In den Morgenstunden begannen wir die toten Mädchen zu bestatten, die, ebenso wie die Leichen der Angreifer, nicht in der Station verblieben waren. Es widersprach unserem persönlichen Empfinden, die so grausam ums Leben gekommenen Opfer im Wald neben ihren Mördern zu verscharren. Obwohl wir noch nicht viel über sie und die Ursachen dieser Kämpfe wußten, war bei uns doch immerhin eine gewisse Sympathie für sie entstanden. So errichteten wir auf dem Grunde der entstandenen Grube, zwischen den ringsum senkrecht aufsteigenden Felswänden, eine schlichte Begräbnisstätte aus Steinquadern. Ohne technische Hilfsmittel konnte kein Mensch diesen Ort lebend erreichen. Die Toten würden hier für Jahrhunderte ihr Ruhe haben.

In den fünf Tagen bis zu unserer heutigen Rückkehr geschah dann nichts Wesentliches mehr. Bereits am zweiten Tag hatten einige ziellos umherstreifende Eingeborene das gewaltige Loch im Fels zwar bemerkt - aber diese Kunde verbreitete sich nur langsam und es entstand dadurch kaum Unruhe im Lager der Krieger. Die offensichtlichen Verständigungsschwierigkeiten und die fehlende Organisation und Führung wirkten einer allgemeinen Panik wahrscheinlich entgegen. Wirklich bestürzt und entsetzt waren nur diejenigen, die selbst am Rande der Grube standen, aber das waren nur sehr Wenige, und deren Angst und Verwirrung übertrug sich offenbar nicht auf die Masse der übrigen Menschen."

Die Beobachter haben damit ihren Bericht, der im Grunde nur die schon bekannten Dinge zusammenfassend wiedergab, beendet. Mit dem Hinweis, sich weiterhin zur Verfügung zu halten, werden sie zunächst aus der Beratungshalle des Capitols entlassen. Ruhe tritt ein.

Die Stadt der Atlanter hatte also offenbar einen ernstzunehmenden Gegenspieler in der Welt gefunden. Eine Macht, die sich allem Anschein nach anschickte, in beachtlichem Maße in das Weltgeschehen einzugreifen. Wenn man zu den sich überstürzenden und offensichtlich außer Kontrolle geratenen Geschehnissen in Kathera noch die Beobachtung des einzelnen Fahrzeuges, tausende Kilometer weiter nördlich, hinzu addierte - es handelte sich dabei möglicherweise um eine Art Erkundungsreise - so konnte man wohl schlußfolgern, daß diese Kultur mit aller Kraft eine sehr große, wenn nicht gar weltweite Ausdehnung anstrebte. Außerirdische Einflüsse waren bei der ganzen Angelegenheit glücklicherweise nicht im Spiel, dies hatte der Beschützer auf Befragen bereits definitiv ausgeschlossen.

Jeder der Anwesenden sinnt nun angestrengt darüber nach, welche Konsequenzen sich wohl daraus ergeben könnten. Aber man weiß noch zuwenig. Das Oberhaupt des Ordens bricht schließlich das Schweigen.

"Eine Diskussion über die wenigen im Augenblick verfügbaren Fakten bringt uns im Moment nicht weiter, meine Herren. Sobald der erste Bericht über die Untersuchung der fremden Felsstation vorliegt - ich denke, so etwa gegen Mitternacht - erwarte ich sie zur Fortsetzung der Beratung. Notwendige Entscheidungen werden dann sofort getroffen, richten sie sich also auf eine lange Nacht ein."

Mitternacht ist lange vorüber, aber aus der gleichbleibend verdunkelten Halle des Capitols war das Tageslicht ja ohnehin stets verbannt. Seit Stunden hörte sich die Spitze der Ordenshierarchie bereits die detaillierten Ausführungen der Gelehrten an, welche die fremde Station eingehend untersucht, und daraus Erkenntnisse über deren Erbauer gezogen hatten. Zunächst befaßten sich ihre Erläuterungen mit dem vorgefundenen Stand der Technik und den verwendeten Materialien, deren genaue Analyse immerhin wichtige Rückschlüsse auf die Entwicklung und letztlich den Ursprung dieser Kultur zuließ. Einige wenige Schriften, die man in der Station gefunden hatte, geben jedoch noch genaueren Aufschluß über die historischen Begleitumstände. Denn diese Schriften waren zwar in einer Sprache der Stämme Südkatheras verfaßt, aber eindeutig mit - nur leicht abgewandelten - atlantischen Buchstaben geschrieben...

Unter den Teilnehmern der Versammlung herrscht fast atemlose Stille, als der Gelehrte schließlich darauf zu sprechen kommt. Und er ist sichtlich bemüht, immer die richtigen Formulierungen für die sehr seltsam anmutenden Umstände zu finden.

"Es handelt sich also bei den Trägern dieser weit fortgeschrittenen Kultur vermutlich - mit sehr großer Wahrscheinlichkeit - um ... übriggebliebene Rebellen des sechsten sylonischen Krieges ..."

An dieser Stelle geht ein deutlich hörbares Raunen durch die Reihen der Anwesenden.

"Offenbar wurden Teile eines Archivs aufständischer atlantischer Kolonisten nicht restlos getilgt. Dazu kam der Umstand, daß der unrechtmäßige, aus eingeborenen Frauen und Mädchen bestehende,

'Hofstaat' der Kolonisten - sie erinnern sich vielleicht der anmaßenden Anlehnung dieser Abtrünnigen an die Verhaltensweisen der Strahlenden - rechtzeitig vor dem Eintreffen unserer Kriegsschiffe ins Landesinnere evakuiert werden konnte. Das heißt, dieser Hofstaat lebte nun wieder in seiner natürlichen, primitiven Umgebung - besaß aber noch Teile atlantischen Wissens. Wir verfolgten damals lediglich die Atlanter und ihre unmittelbaren Gefolgsleute. Die in ihren Erd- und Grashütten lebenden eingeborenen Frauen und Mädchen mit ihren Kleinkindern ließen wir natürlich unbeachtet - sie hatten uns ja nichts getan. Und es war ihnen auch nicht anzusehen, daß sie Tage zuvor noch mit den Atlantern der Kolonie in deren Häusern lebten. Wie aus den Unterlagen über den damaligen Feldzug hervorgeht, wurden alle - ausnahmslos alle - Atlanter und deren Gleichgestellte festgenommen und in die Stadt zurückgebracht. Den Militärs soll hier also nachträglich keine Schuld zugewiesen werden. Auch alle vorhandenen Archive und technischen Einrichtungen wurden mit gewohnter Gründlichkeit sichergestellt oder vernichtet.

Trotzdem muß sich dort ein winziger Keim erhalten haben, denn die einzige Erklärung für die Entwicklung einer solch eigenartigen Kultur ist die Annahme, daß es einigen dieser Mädchen des Hofstaates gelungen sein muß, die atlantische Sprache und Schrift zu erlernen, um dann, kurz bevor ihre Herren für immer verschwanden, völlig wahllos - sehr wahrscheinlich in großer Eile - Teile des Archivs handschriftlich zu kopieren. Dies konnte durchaus noch in den letzten Tagen und Stunden vor dem Eintreffen unserer Flotte geschehen sein, jedenfalls wäre es in dieser Version - auch nach Meinung der Historiker - am wahrscheinlichsten. Es erklärt sowohl die sehr unproportionale Entwicklung der verschiedenen Wissensgebiete, wie auch das Fehlen jeglicher Grundlagenforschung. Die derart zufällig herausgegriffenen Teile atlantischen Wissens wurden nun im Laufe vieler Jahrhunderte still und beharrlich - und sicher nicht ohne Rückschläge - erschlossen und nach und nach auch tatsächlich zur Anwendung gebracht. Daß überhaupt etwas dabei herauskam, ist ansich schon eine gewaltige Sensation.

Die Tatsache, daß es im Ursprung, also nach Auflösung der atlantischen Kolonie durch die Flotte, ausschließlich Frauen waren, die über dieses besondere Wissen verfügten, wurde zur Grundlage einer Jahrhunderte währenden Frauenherrschaft, mit der wir es hier ohne Zweifel zu tun haben. Es erklärt auch das Vorhandensein von ausschließlich weiblichem Kampfpersonal in den gesichteten Räderfahrzeugen. Wir dürfen fest davon ausgehen, meine Herren, daß alle wichtigen Positionen in dieser Kultur mit Frauen besetzt sind..."

Eine Weile ist es still im Raum. Jeder versucht das eben Gehörte zu verarbeiten und jeder bedenkt auch sogleich besorgt die weiteren Folgen dieser unglücklichen und historisch wohl einmaligen Konstellation der Zufälle.

"Also muß es nach so vielen Jahren der Ruhe wieder Krieg geben." läßt einer der älteren Senatoren laut vernehmen und spricht damit aus, was allen Beteiligten sogleich in den Sinn gekommen ist.

"...haben wir denn nicht, verdammt noch mal, für den Fehler unserer Koloniegründungen schon genug geblutet? Muß jetzt - nach Jahrhunderten - noch so ... so ein Gespenst aus der Vergangenheit auftauchen?" Er erhält keine Antwort.

"Aber heute...," spricht er wie belehrend, mit ironischem Unterton zu der betroffen schweigenden Versammlung, "heute brauchen dazu ja keine Flotten mehr auszulaufen, kein Legionär mehr auf Menschen zu feuern - nein: wir fahren mit dem Lift lediglich ein paar Stockwerke tiefer, drücken auf einen Knopf des Beschützers - und der unselige Rest verwilderter atlantischer Kultur wäre ausgelöscht..."

Es hat fast den Anschein, daß nun eine unsinnige, endlose Grundsatzdiskussion beginnen würde, als der Gelehrte der historischen Fakultät mit Bestimmtheit verlangt, seinen Vortrag fortsetzen zu dürfen.

"Nein, meine Herren, bitte beruhigen sie sich. Hören sie: es wird *kein* Krieg notwendig werden - auch kein Eingreifen des Beschützers, wenn sie so wollen. Bei unseren Untersuchungen der Station wurde uns natürlich diese scheinbare Notwendigkeit einer sofortigen Eliminierung dieser Kultur bewußt, und wir gingen dieser Frage deshalb sofort nach. Es stellte sich heraus, daß heißt, unsere Analysen ergaben, daß diese Kultur nicht in der Lage ist, störenden Einfluß auf die Welt zu nehmen. Und immerhin hat sie das schon seit Jahrhunderten bewiesen..."

"Daß früher nichts passiert ist, beweist gar nichts. Aber was sagen sie zu den jüngst beobachteten Völkerwanderungen im ganzen zentralen Teil des Kontinents? Gehen die etwa nicht auf diesen ... Amazonenstaat zurück? Und sind es ihrer Meinung nach *keine* Auswirkungen, wenn zehntausende friedlicher Menschen ihre sicheren Jagdgründe verlassen und plötzlich eine nie gekannte Aggressivität zeigen?"

Der derart heftig angesprochene Gelehrte bleibt erstaunlich gelassen und erwidert ruhig: "Unsere Analysen beweisen eindeutig die Unfähigkeit dieser Kultur zu einer Störung der Weltgeschichte - und zwar entsprechend unserer *eigenen*, vor über zweitausend Jahren aufgestellten Definition, die ja, wie sie wissen, als Rechtfertigung für die gesamten sylonischen und atlantischen Kriege galt. Der hier interessierende Teil betrifft vor allem den Einsatz weit überlegener atlantischer Technik zur Beeinflussung der normalen Weltbevölkerung. Bei dem zu betrachtenden Phänomen kann jedoch weder von überlegener noch von atlantischer Technik die Rede sein. Aus dem ursprünglich vorhandenen Keim ist jetzt etwas gänzlich Neues, Andersartiges entstanden, das mit unserer Welt, oder auch der Welt unserer früheren Kolonien, überhaupt nichts mehr zu tun hat. Und von Beeinflussung kann schon deshalb nicht gesprochen werden, weil die ungewöhnlichen Wanderbewegungen der primitiven Stämme auch ebensogut von einer anderen, ganz natürlichen Ursache hervorgerufen sein könnten - die wir vielleicht nur noch nicht kennen; also von Überflutungen, starken Erdbeben, Vulkanausbrüchen oder dergleichen. Wobei ich natürlich zugestehe, daß es sich hier um eine einmalige und für die betroffenen Menschen gewiß tragische Entwicklung handelt."

"Wenn wir sie also nicht eliminieren müssen - ich wäre wirklich zu dankbar dafür - was soll ihrer Meinung nach dann mit ihnen geschehen?"

"Genau das möchte ich ihnen erklären. Das Problem wird sich nämlich in Kürze von selbst lösen. Die beobachtete Kultur ist, wie wir zweifelsfrei feststellen konnten, zur Zeit bereits im Untergang begriffen. Was an beunruhigenden Dingen dort zu beobachten ist, ist sozusagen ihr Todeskampf - der jedoch nicht mehr lange andauern wird."

"Das wird ja immer besser!" vernimmt man undeutlich aus dem Hintergrund, aber der Gelehrte fährt unbeirrt fort.

"Ihre Schwäche liegt in ihrem machtpolitischen Konzept - beziehungsweise im völligen Fehlen eines solchen Konzeptes. Würden sie alle ihre vorhandenen Kräfte konzentrieren, wären sie sehr wohl ein Störfaktor entsprechend unserer Definition. Sie aber zerstreuen ihre Energie im wahrsten Sinne des Wortes. Sie geben absichtlich ihre Errungenschaften weiter, mit dem illusionären Ziel, damit höheren Wohlstand für die Masse der Planetenbewohner zu erreichen. Daß ihre Möglichkeiten für diese gigantische und - zugegebenermaßen - sehr edle Aufgabe bei weitem zu gering sind, haben sie offenbar nicht begriffen. Man verschätzt sich leicht, wenn man die Primitivität der Anderen und die eigene, relative Perfektion ständig vor Augen hat. Nun haben sie mit ihrer, erst vor wenigen Jahren begonnenen, 'Weltverbesserungsaktion' - welche sie, nach jahrzehntelangen stillen Vorbereitungen, in großem Maßstab und mit unglaublichem Engagement betreiben - mehr Schaden angerichtet, als sie aus eigener Kraft wieder gutmachen können. Das erste nach ihren Vorstellungen im Wohlstand lebende Volk - die Beobachter haben es uns geschildert - war nur ein Muster, ein Großversuch für weitere, noch gewaltigere Unternehmungen. Aber schon dieser erste Schritt aus der eigenen kultivierten Isolation heraus in das wilde, regellose Leben der Welt, der - nur für sich genommen - noch gelang, brachte bereits den Beginn ihres Verderbens. Die umliegenden, unter weit härteren Bedingungen lebenden Stämme wurden vom plötzlichen Reichtum ihrer Nachbarn angezogen. Zusätzlich sorgten die 'Weltverbesserer' selbst noch für eine Verbreitung dieser Nachrichten - nicht um Neid zu erzeugen, sondern um die umliegenden Völker schon auf die, auch bei ihnen vorgesehenen Verbesserungen vorzubereiten.

Wir vermuten, daß eine Folge schlechter Ernten ihren Zeitplan etwas durcheinanderbrachte, jedenfalls mußten sie ihre Taktik innerhalb kürzester Frist ändern. Aus dem gewinnenden Werben für ein besseres Leben wurde notgedrungen eine panikartige, ungewollte und daher halbherzige Abwehr der inzwischen unkontrolliert anstürmenden und aufgebrachten Menschenflut. Einige Verteidigungs- oder Kontrollbastionen, wie die von uns entdeckte Felsstation, wurden mit gewaltigem Aufwand übereilt errichtet und mußten nach brutalen Angriffen wieder aufgegeben werden. Ihren Zweck, die Aufmarschgebiete der Völkerwanderung wieder zu befrieden, haben sie jedenfalls nicht erreicht - im Gegenteil. Da man das Gute verbreiten wollte, vermied man, wo es nur ging, den direkten Kampf und versuchte die aggressiven Menschen durch Lebensmittelgaben zu besänftigen. Dies ging jedoch wiederum zu Lasten der Versorgung des Musterlandes, wo all diese Nahrungsmittel erzeugt wurden und es zog außerdem noch mehr Menschen aus den Weiten des Kontinents in den Sog der Gewalt.

Kurz zusammengefaßt: die beobachtete, aus einem atlantischen Keim entstandene, neuartige Kultur in Südostkathera, die sich übrigens selbst 'Khamari' nennt, ist in einem militärischem und ökonomischem Dilemma, aus dem es für sie keinen Ausweg mehr gibt. Nach unserer Prognose wird sie schon in einem Jahrzehnt nicht mehr existieren - worauf sich die Verhältnisse des gesamten Kontinents im Laufe der nächsten zwei Jahrhunderte wieder stabilisieren werden. Von den unzähligen Stammeskriegen, Überfällen und Hungersnöten, die bis zur endgültigen Neuaufteilung der Jagdgründe und der Herstellung eines allgemeinen Gleichgewichts leider noch entstehen werden, will ich hier nicht weiter reden. Ich danke ihnen, meine Herren."

"Wenn ich sie also recht verstehe, ersparen wir uns hier einen Krieg, den die unerbittliche Natur stellvertretend für uns übernommen hat. Und wir haben dabei nichts weiter zu tun, als diesen Prozeß - streng wissenschaftlich, versteht sich - zu beobachten ... mit anderen Worten also: aufzupassen, daß auch keine dieser jungen Khamari-Frauen den Speeren und Steinäxten der Wilden entkommt ... Ich verstehe nur nicht, warum uns *diese* Art der Eliminierung angenehmer erscheinen soll, da sie den Betroffenen über einen längeren Zeitraum so unermeßliches Leid, Ängste und Qualen bringt. Man versuche nur, sich eine derartige 'Auslöschungs-Szene' bildlich vorzustellen - und sie werden mir recht geben, daß dagegen eine, in Bruchteilen von Sekunden erfolgende, Annihilation in einem Kraftfeld geradezu als der Gipfel der Humanität erscheint..."

Eine Pause entsteht. Die Versammlung schweigt betroffen.

"Um es noch deutlicher zu machen, verehrte Anwesende: ich möchte damit sagen, daß *beide* Varianten, die einer gesteuerten Eliminierung und die, der mit Sicherheit bevorstehenden natürlichen Vernichtung der Khamari, vom Standpunkt der atlantischen Moral nicht zu vertreten sind. Schließlich entstammen sie ursprünglich *unserer* Kultur, und ihrem baldigen Ende, daß einer barbarischen Massenhinrichtung gleichkommt, tatenlos zuzusehen, haben wir genausowenig das Recht, wie ihnen von uns aus ein, wenn auch schmerzloses, Ende zu bereiten."

"Man kann es wohl kaum als Hinrichtung, eher als Einwirkung einer Naturkatastrophe, bezeichnen. Denn in der spontanen Aggression der Wilden sehe ich eine ungesteuerte Naturgewalt, nichts weiter."

"Künstlich ausgelöste Naturgewalt ist doch im Grunde keine wahre Naturkraft mehr - und diese Aktivitäten, wie immer sie jetzt auch aussehen und wirken mögen, haben nun mal einen künstlichen Ursprung: denn vor vielen Jahrhunderten waren *unsere* Kolonien - also *wir* - die Ursache dieser tragischen Entwicklung, die wir heute leider beobachten müssen. Ich denke, wir sollten versuchen, diesen Khamariden zu einem Ausweg zu verhelfen. Vielleicht finden wir Gesprächspartner - beziehungsweise Gesprächspartnerinnen - die ansprechbarer und vernünftiger sind, als wir es uns heute zugestehen wollen. Wenn ich von ihren sehr uneigennützigen Zielen ausgehe, bin ich direkt zuversichtlich, daß es gelingt."

Noch einmal meldet sich daraufhin der Historiker zu Wort.

"Lassen sie mich dazu noch etwas anfügen, meine Herren, was ihren diesbezüglichen Optimismus vielleicht etwas dämpfen wird - obwohl ich vom Grundsatz her durchaus mit meinem Vorredner übereinstimme.

Bei der Untersuchung der Station fanden wir an besonders exponierten Stellen mehrmals eine sehr eindeutige und programmatische Inschrift, die wir wohl als Leitsatz dieser Kultur ansehen müssen, sie lautet:

'Die Herrschaft der Frau ist das Gesetz der Erde'.

Dabei lassen sich für den Begriff 'Frau' allerdings auch die in der Khamari-Sprache etwa gleichbedeutenden Wörter 'Sanftheit', 'Geduld', 'Fürsorge' und so weiter einsetzen. Ich möchte in diesem Zusammenhang außerdem noch hinzufügen, daß bei den Khamari kein Gotteskult in irgendeiner Form betrieben wird. Eine Erkenntnis, die uns zunächst sehr verblüfft hat. Entweder haben sie aus Zufall nichts darüber aus unseren Archiven abgeschrieben, oder aber - und ich neige fast zu dieser Ansicht - sie haben den atlantischen Gottesbegriff, aus einer bewußten Ablehnung heraus, einfach in sein Gegenteil verkehrt; was letztlich soviel bedeutet, daß sie keine abstrakten, vergeistigten Idee anbeten, sondern nur das Reale, Faßbare zu Objekten der kultischen Verehrung werden lassen. Vereinfacht dürften die Grundsätze ihrer Philosophie - soweit sie überhaupt formuliert sind - also lauten: wahr ist nur das Sichtbare, Greifbare und Irdische; es gibt kein inneres Wesen der Dinge, keine unsichtbare, geistige Allmacht. Wir haben es hier offensichtlich mit einer Überbetonung des Natürlich-Materiellen zu Lasten des Geistig-Bewußten zu tun - eine Unausgewogenheit, die notwendigerweise zum Zerfall führen *mußte*.

Ich erinnere mich in diesem Zusammenhang daran, daß wir selbst, vor nicht gar zu langer Zeit, mit den gleichen existenziellen Problemen zu kämpfen hatten - wenn auch mit umgekehrten Vorzeichen -. Wir konnte der anfänglichen Vorherrschaft des Geistes entkommen, die uns getötet hätte. Und wir haben, vielleicht in letzter Minute, das richtige Verhältnis natürlicher und geistiger Lebensäußerungen für uns gefunden. Ich brauche keinem der hier Anwesenden zu sagen, wie schwer uns das damals gefallen ist, vielen erschien es wie ein erbärmlicher Schritt zurück: von der Göttlichkeit zur Trivialität. Es wäre immerhin möglich, um wieder zum Thema zu kommen, daß die Khamari nun eine vergleichbare Ablehnung gegen das Geistig-Rationale haben. Ein Umstand, der etwaige Verständigungsversuche möglicherweise sehr erschweren könnte."

Kurze Zeit darauf startet eine kleine Flotte mit einer Gesandtschaft, welche offizielle Kontakte zum Khamari-Staat herstellen soll. Die von den Atlantern mitgeführten, in aller Eile speziell gefertigten, Landfahrzeuge entsprechen etwa dem Stand des dortigen Wissens. Man will die Verhandlungen bewußt nicht durch einen erdrückenden Aufmarsch weit überlegener Technik belasten. Inoffiziell wird die Mission natürlich von weiteren Mitgliedern des Elite-Ordens begleitet, die sich mit ihren Beobachterschiffen in großer Höhe über der Flotte halten und sich so dem Sichtbaren entziehen. Nach der unproblematischen Landung in Südostkathera nähert sich die Gesandtschaft mit ihren improvisierten Landfahrzeugen der eigentlichen, von Beobachtern inzwischen genau georteten, Khamari-Hauptstadt. Die Reisenden treffen dabei auf keinerlei Kontrollposten oder Befestigungen und können ungehindert ins Land vordringen. Der Regierungssitz, welcher, wie die Luftaufnahmen zeigen, eher einer sehr ausgedehnten, wenig bebauten und stark durchgrünten Siedlung gleicht, befindet sich auf einer fruchtbaren Hochebene - etwa eine Tagesreise von der Küste entfernt. Zwischen üppigen, tropischen Pflanzen, verbunden durch breite, geradlinige Fahrschneisen, sind hier die notwendigen Produktionsstätten konzentriert, die den Bau der relativ hoch entwickelten Räderfahrzeuge, der Elektrowaffen und vieler anderer Dinge der Khamari-Kultur ermöglichen. Alles mutet sehr einfach und provisorisch an, wozu sicherlich auch der Umstand beiträgt, daß es in der ganzen Siedlung kaum Steinbauten oder gepflasterte Plätze gibt.

Die Atlanter erreichen unbeachtet die Peripherie der Siedlung und bewegen sich bereits auf dessen Straßennetz, als sie endlich von Einwohnern bemerkt und gestoppt werden. Der offensichtliche, natürliche Stolz der Khamari läßt Feindseligkeiten und Mißtrauen nicht zu. Mit fast schon naiver Selbstverständlichkeit geleitet man die unvermuteten Gäste einer anderen Hochkultur sofort zum Sitz der Regierung - einem recht merkwürdigen, fensterlosen Flachbau mit vielen Innenhöfen.

Die Atlanter haben nun Gelegenheit, die Regierung dieser seltsamen Kultur aus nächster Nähe kennenzulernen. Mehrere, noch relativ junge Frauen stehen hier jeweils einem Fachgebiet vor. Zusammen bilden sie einen beschlußfähigen Rat, dessen Festlegungen Gesetzeskraft haben. Die direkten Verhandlungen führt in diesem Fall aber nur eine dieser Herrscherinnen, deren Verantwortungsbereich wohl dem eines Außenministers entspricht.

Der Begrüßung folgt sogleich eine kurze Aussprache. Die Atlanter glauben ihr unvermutetes Erscheinen hier möglichst schnell begründen zu müssen. Sie loben zunächst die positive Entwicklung der Bewohner des Hochlandes und kommen dann aber sogleich auf die Wirrnisse in den nördlichen Grenzregionen zu sprechen, welche sie vorgeben, durch einen Zufall bemerkt zu haben. Mit entsprechender Vorsicht werden auch die damit für den Khamari-Staat verbunden Gefahren angesprochen.

Mit erstaunlicher Offenheit gibt die Herrscherin daraufhin selbst die Menge der Schwierigkeiten preis, vor denen ihre Regierung jetzt steht. Aus ihrer Sicht sieht die Situation sogar noch etwas bedrohlicher aus, und das ist im Grunde auch verständlich, denn die Atlanter verfügen für ihre Analyse über eine sehr viel größere Anzahl verläßlicher Daten. Die bei den Khamari fehlenden Kenntnisse über Bevölkerungsdichte, geographische Gegebenheiten, Wildbestand in den Jagdrevieren und vieles andere mehr, vergrößert natürlich deren Unsicherheit bei der Beurteilung ihrer Lage.

"Wir begrüßen es sehr, nun so unvermutet Verbündete gefunden zu haben, die uns in dieser schweren Stunde nur von Nutzen sein können," ist, sehr zur Verwunderung der Atlanter, die offizielle Antwort der schlanken, hochgewachsenen Frau. "Erst vor wenigen Tagen haben wir uns notgedrungen zu einem schweren Schritt entschließen müssen. Die Völker nördlich und westlich unseres Protektorats, denen unsere Hilfe in den kommenden Jahren zuteil werden sollte, haben sich aus unerfindlichen Gründen gegen uns gewandt. Sie bestürmen uns in großer Zahl und sind mit Milde nicht mehr aufzuhalten. Fast all unsere Lebensmittelreserven haben wir in den Grenzregionen verteilt, aber die sinnlose Wut und Raubgier dieser Menschen ließ sich damit nicht besänftigen. Viele Khamari, die versuchten sie zum Rückzug zu bewegen, mußten ihren selbstlosen Einsatz schon mit dem Leben bezahlen. Jetzt sind wir also gezwungen, sie - sehr gegen unseren Willen - mit Gewalt zurückzuhalten, da es sonst für alle Menschen dieser Welt keine gesicherte Zukunft geben kann. Wir sind jedoch nur Wenige und natürlich auch wenig erfahren im kriegerischen Handwerk, das uns immer zuwider war. Um so mehr freuen wir uns, nun den von Männern beherrschten - und daher wohl in kriegerischen Dingen sicher nicht unerfahrenen - Staat der Atlanter an unserer Seite zu wissen. Mit eurer Hilfe werden wir die Eingeborenen in ihre Heimatgebiete zurückdrängen und die Grenzen unseres friedlichen Landes schützen. Solange zumindest, bis wir auch die Gebiete jenseits dieser Grenzen zu Ruhe und Wohlstand geführt haben."

"Heißt das, daß sie ihre Mädchen weiterhin in diese unsicheren Gegenden schicken sollen - während wir für euch darauf achten sollen, daß das bisher befriedete Land nicht ausgeplündert wird?"

"Ja. Ich bin wirklich sehr überrascht und erfreut, daß sie mich so schnell und präzise verstanden haben. Wir brauchen in dieser besonderen Situation eigentlich alle verfügbaren Kräfte für die missionarische Arbeit in den unruhigen, nördlichen Urwaldgebieten. Für die Verteidigung bleibt uns da, wenn sie so wollen, niemand übrig."

"Haben sie denn für all ihre Mädchen genügend gepanzerte Fahrzeuge?" fragt der Abgesandte der Stadt, der diese Naivität und die - ohne jede Zusage - so selbstverständlich verfügte Einbeziehung atlantischer Kräfte noch nicht recht glauben mochte.

"Die brauchen sie nicht. Da sie den Frieden bringen, werden sie zu Fuß und ohne Waffen gehen. Sie werden in die Dörfer kommen, die Verwendung der wildwachsenden Früchte erklären, kleine Felder anlegen, einfache Werkzeuge verteilen und den Menschen ihren Haß und ihre Gewalt ausreden..."

"Man wird sie erschlagen," fällt ihr der Atlanter leise und bestimmt ins Wort, "alle wird man sie erschlagen ... und keine Einzige, die sie in ihrer gutmütigen Naivität in den Dschungel schicken, wird je wieder von dort zurückkehren. Es wird das Ende ihres Volkes und ihrer Kultur sein." Er erinnert sich bei seinen Worten an die Analyse der Historiker - sie hatten genau *das* vorausgesagt, was jetzt nach dem Willen dieser Regierung geschehen sollte.

Die stolze, selbstbewußte Frau scheint durch die Warnung des Atlanters jedoch nicht beeindruckt, so daß der Gesandte weiter auf sie einredet.

"Glauben sie mir, dieser Plan ist zum Scheitern verurteilt. Das Land - in seinem derzeitigem aufgewühlten Zustand - läßt sich von ihren Friedensengeln nicht mehr beruhigen, es gleicht einem Chaos. Tausende, ja zehntausende Menschen sind fern von ihren vertrauten, heimatlichen Jagdgebieten. Sie kommen bei ihren Wanderungen durch Gegenden ohne ausreichende Wildbestände; Hungersnöte entstehen, Kannibalismus breitet sich bereits aus... An großen Flüssen, an denen sich keine Übergänge finden lassen, stauen sich die Menschenströme; Krankheiten brechen in diesen Massenlagern aus. Die Naturmenschen sind diesen außergewöhnlichen und ihnen bisher unbekannten Erscheinungen hilflos ausgeliefert - und sie reagieren darauf mit erhöhter Aggression und Gereiztheit."

"Eure Gründe, uns nicht helfen zu wollen, sind aus Angst geboren - und Angst entsteht aus Mangel an Liebe. Wir brauchen jedoch eure Hilfe, um der Liebe in dieser Welt zum endgültigen Sieg zu verhelfen.

Dann werdet auch ihr ohne Angst sein können. Vernehmt also, daß ich eure anfangs ausgesprochene Einladung anzunehmen gedenke, da die Sache für uns keinen Aufschub duldet. Vielleicht zeigt euer Herrscher, euer oberster Priester, wie ihr ihn nanntet, mehr Einsicht und Entschlossenheit."

Die Audienz ist damit beendet.

Es ist bereits später Abend. Die atlantischen Gäste haben sich in ihre zugewiesenen Quartiere am äußeren Rand des Regierungsgebäudes begeben. Den auf einem Hügel errichteten, schlichten, flachen Holzbauten sind ringsum kleine Terrassen vorgelagert, von denen man einen schönen Blick über die umgebende, in einem sanften Tal liegende, Parklandschaft hat. Die Khamari-Stadt, ein in dieser Zeit wohl einmaliges Gebilde auf dieser Welt, liegt bereits im Dunkel der tropischen Nacht. Unten an den Ufern eines kleinen Sees sitzen einheimische Frauen noch immer an ihren Feuern, singen und musizieren. Die fremdartige, sehr eindringliche Musik dringt ungehindert zu den Gästehäusern herauf und läßt das Gespräch der dort noch auf der Terrasse weilenden atlantischen Gesandten - einem Meister mit seinem Schüler - für einen Moment verstummen. Die Frauenstimmen singen in einer ihnen unbekannten, wohl sehr alten Sprache. Es sind sehr zarte Stimmen und doch drückt sich eine große Standhaftigkeit und Unnachgiebigkeit darin aus, eine Kraft, die sich trotz allen Leids und aller Schwermut mit unerschöpflicher Geduld immer wieder von neuem durchsetzt - eine vielleicht unbewußte, aber deutliche Allegorie auf die Natur selbst, ihrem Werden und Vergehen, ihrem stetigen, unaufhaltsamen, lautlosen und zähen Kampf um das Fortbestehen des Lebendigen.

"Hören sie nur, Meister, hören sie *ihre* Musik! Sie sind so nah am Leben und vergehen daran, daß es einem Angst werden könnte. Ihre Stimmen sind so zart, weich und sehnsüchtig, wie ihre jungen, biegsamen Körper."

"Aber diese Frische, Schönheit und Kraft wird unerbittlich verwelken und vergehen..."

"Sicher, doch trotz diese Gewißheit singen sie ... mit unheimlich anmutender Willensstärke, die schon nicht mehr aus einem einzelnen Wesen, sondern aus der Urkraft der Natur selbst zu entspringen scheint ... und feiern das Leben. Wir dagegen sind - trotz unserer viel zitierten Rückbesinnung auf das Natürliche und Lebendige - in unseren Beobachterschiffen hoch am Himmel, oder umgeben von schützenden Energiefeldern, Lichtjahre davon entfernt..."

"Aber du verstehst doch immerhin, *wovon* sie singen - also denke ich, daß du so weit von diesen Gefühlen nicht entfernt sein kannst. Sie sind also wohl auch ein Teil deines Wesens - trotz der schützenden Energiefelder -, sonst wäre es lediglich eine Folge leerer Töne und Geräusche, die zwar an dein Ohr, nicht aber in deine Seele dringen würden."

Das kurze Gespräch verstummt wieder eine Zeitlang und die Gesandten lauschen weiter in die Nacht - jeder seinen eigenen, manchmal zwiespältigen Gedanken nachhängend. Als spreche er zu sich selbst, läßt der Meister geraume Zeit später unvermittelt den offensichtlichen Abschluß seiner, wohl sehr weit abgeschweiften Überlegungen vernehmen.

"Und doch frage ich mich oft: sind wir Atlanter überhaupt berechtigt, diese Welt zu beherrschen? Sie ist so anders, so fremd, so schwer zu begreifen...."

"Aber ich verstehe euch nicht, Meister. Wir beherrschen sie doch gar nicht."

"Oh doch mein Junge, wir beherrschen sie - diese Welt. Wir sind sogar die Einzigen, die sie wirklich beherrschen und die Einzigen, die dies auch in Zukunft tun werden. Das Geheimnis und die Besonderheit unserer erfolgreichen Herrschaft ist nur: wir brauchen uns in der Welt nicht hervortun - ja nicht einmal sehen lassen. Wir müssen keinen Tribut fordern, keine Grenzen sichern, keine Kriege führen. Alles was in unserem Herrschaftsbereich geschieht, egal ob Aufstände, Intrigen, Machtkämpfe - alles geschieht doch weit unterhalb jener Schwelle, da wir gezwungen wären, einzugreifen und zu reagieren. Wir geruhen zwar, all diese obskuren Entwicklungen wahrzunehmen - zu beobachten - aber im Grunde sind sie für uns doch ohne jeden Belang..."

Der Gegenbesuch einer Khamari-Gesandtschaft in der Stadt soll sich nun unmittelbar anschließen. Beide Seiten haben es - angesichts der dramatischen Ereignisse an Zentral-Kathera - sehr eilig, die Dinge voranzutreiben und zu einer Einigung zu kommen. Vielleicht gelingt es doch noch, die Khamari zu einer Einsicht zu bewegen und sie von ihren selbstzerstörerischen Projekten abzubringen. Es heißt, der oberste Priester möchte deshalb selbst mit ihnen sprechen. Auf zwei eigenen hochseetüchtigen Schiffen erreichen sie, geleitet von der kleinen atlantischen Flotte, bald den Hafen der Stadt, wo man ihnen einen begeisterten Empfang bereitet. Die Stadtbevölkerung, über jede interessante Abwechslung immer hocherfreut, weiß das Zusammentreffen mit einer anderen Hochkultur gebührend zu feiern. Jeder möchte die Gäste für sich in Anspruch nehmen und so ziehen die Khamari-Frauen in den ersten Tagen ihres Besuches notgedrungen von einer Festveranstaltung zur anderen, besichtigen Kunstwerke und Tempel, hören Festreden und sehen Theateraufführungen.

Ihre natürliche, wild-unschuldige Schönheit begeistert die verwöhnten Stadtbewohner immer wieder aufs neue; dazu bewegen sich diese weiblichen Gesandten aus Südkathera mit so stolzer Selbstverständlichkeit zwischen den riesigen Tempeln, Stadtmauern und Säulenhallen, als wäre dies seit langem ihre vertraute Umgebung. Alle früheren Besucher hatte der erstmalige Anblick der gigantischen Bauwerke in Angst und Panik versetzt. Die Sympathie der Atlanter ist entsprechend groß. Der natürliche Adel ihrer Gäste, ihr Auftreten und Aussehen entsprechen voll ihrem - vielleicht etwas romantischen - Ideal vom Menschen dieser Erde.

Und es ergibt sich bei diesem Besuch, daß sich andererseits auch bei den Khamari eine, zunächst heimliche und uneingestandene, Bewunderung für die atlantische Seite einstellt. Den gewaltigen Tempeln und Kultbauten zu Ehren eines unsichtbaren, unwirklichen Gottes stehen sie zwar recht ratlos gegenüber, denn in ihrem Weltbild existieren nur objektive Dinge. Aber bald erahnen sie die Komplexität der damit zusammenhängenden Ideen und bekommen eine erste undeutliche Vorstellung von der Größe und Bedeutung dieses uralten philosophischen Systems - sowie auch von den zahllosen Schwierigkeiten und Mühen, es zu entwickeln. Die Zahl, der in den Jahrtausenden atlantischer Geschichte an diesen Problemen arbeitenden Gelehrten, verblüfft sie am meisten. Der Gottesbegriff selbst ist ihnen natürlich geläufig, da sie ihn bei vielen Stämmen in ihrer Umgebung zugunsten ihrer Auffassung bekämpft und ausgerottet haben. Nun bedurfte es freilich keiner großen Anstrengung, diese ursprünglichen Kulte zu überlagern, noch dazu, da die hochentwickelten Khamari mit ihren technischen 'Wundern' bei den Naturmenschen von Stund‘ an selbst die Stelle der alten Gottheiten einnahmen. Eine Tatsache übrigens, die ihnen selbst nicht einmal bewußt wurde, die sie jetzt aber anerkennen, als die Atlanter sie darauf hinwiesen. Nach diesen ersten, harmlosen Erfahrungen mit naiven Urformen der Religion sind sie nun jedoch relativ ergriffen von dieser mächtigen, Jahrtausende alten atlantischen Philosophie.

Am sechsten Tag des Besuches ergeht schließlich ein Hinweis aus dem Capitol, daß der oberste Priester nun eine der Khamari-Gesandten zu empfangen und mit ihr zu sprechen wünscht. Ohne die pomphaften Feierlichkeiten der letzten Tage zu wiederholen, oder gar übertreffen zu wollen, weist man dem Mädchen bescheiden den Weg in den abgeschirmten Gebäudeteil auf der fünften Stufe des Capitols. Unvermutet sieht sie sich nun einem leeren Korridor gegenüber. An seinem Ende werde sie die Audienzhalle vorfinden, erklärt ihr ein kahlköpfiger Priester unbestimmten Alters, bevor er sich entfernt.

Etwas verwirrt, nach dem Trubel der vergangenen Tage plötzlich ganz allein zu sein, betritt sie zaghaft das kühle Innere des Gebäudes. Hier also residiert das Oberhaupt all dieser Tempelerbauer, Philosophen und Weltweisen, denkt sie. Die graubraunen Granitwände zu beiden Seiten sind glatt, schmucklos und von bestechender Präzision. Bald öffnet sich rechts des Ganges ein weiter Raum mit einem Treppenschacht, den sie aber auf ihrem Weg nicht weiter zu beachten braucht. Und sie bemerkt daher auch nicht, daß dieser nicht fünf oder sechs Stockwerke erschließt, wie man vielleicht vermuten konnte, sondern in die schwindelnde Tiefe von über zweihundert Meter in die Tiefe führt. Schließlich erreicht das Mädchen eine weite Halle, in der sich, außer einer umlaufenden Reihe Säulen und mehrerer Marmorbildnisse nichts weiter befindet. Kein Mensch ist zu sehen. Hoch oben schimmert ein winziges Stück Himmel durch eine kreisrunde Öffnung der Kuppel, die Halle selbst verbleibt jedoch in einem diffusen, graublauem Dämmerlicht.

Ratlos bleibt die junge Gesandte der Khamari stehen. Auf der gegenüberliegenden Seite bemerkt sie einen breiten, offenen Durchgang, und von dort kommt auch eine deutlich hörbare Musik. Langsam durchquert sie also den weiten Saal und betritt die Schwelle des fast vollständig im Dunkel liegenden Raumes. Aber diese Musik ... was ist das nur? Das ist nicht mehr Anbetung, Umspielung des atlantischen Gottesbildes, vom dem sie nun schon eine schwache Ahnung hat, nein ... das ist das 'Innere'... Gott selbst. Der Gott der Atlanter.

Diese Musik stört sie. Oder ist es vielmehr der darin enthaltene Ernst, der sie verunsichert? Es ist ein zutiefst empfundener Ernst; etwas Unbedingtes, dem man nicht zu entrinnen vermochte; vielleicht etwas Gefährliches...? Und es stellt sich ihr mit großer Eindringlichkeit die Frage: was sind das für Menschen, die solch eine Musik machen? Immer wieder dieser Ernst, dieser verdammte Ernst, den sie mit einer so souverän beherrschten Leichtigkeit zum Ausdruck bringen. Ich habe gesehen, denkt sie, daß sie auch fröhlich sein können, fröhlich und ausgelassen wie wir. Aber ihre Fröhlichkeit ist doch irgendwie anders, sie wirkt so herablassend ... zwar echt empfunden, nicht gestellt - nein ... aber doch immerfort zweitrangig, so als hätten sie dabei stets ihre Vergänglichkeit im Sinn.

Als sich ihre Augen langsam an die Dunkelheit gewöhnt haben, nimmt sie schließlich wahr, daß sich ein Mensch im Raum befindet. Fast mit dem Rücken zu ihr in einem bequemen, schalenartigen Sessel sitzend, lauscht er selbstvergessen seiner mystischen, überernsten Musik. Sie betrachtet das alles und schweigt. Wie gelähmt von dieser stillen, seltsamen Situation bleibt sie verhalten am Eingang stehen - hört, und sieht auf diesen Mann, dessen Silhouette sich immer deutlicher im Dunkel des Raumes abzuzeichnen beginnt.

Die Minuten verstreichen und um die eigene Beklommenheit zu überwinden, versucht das Khamari-Mädchen, einem Rat ihrer einstigen Lehrerin gedenkend, die Situation in ihrer Gesamtheit zu erfassen: zunächst das riesige, steinerne Gebäude, in dem sie jetzt steht und dessen feste, unverrückbare Schwere sie förmlich unter sich fühlt; all die in den Himmel aufragenden Terrassenstufen, die Säulenhöfe, Treppen und Schächte - und all dies wiederum inmitten dieser strahlenden, weißen Marmorstadt. Hier jedoch, an dieser Stelle im Innern des Gebäudes selbst, im Labyrinth der Gänge, Säle und Korridore: dieser einsame Mann mit seiner schauerlich ernsten Musik... Wie soll sie *ihm* nur klarmachen, was die Khamari wollen? Dies alles hier ist ihr so fremd, so anders und ungewohnt, man findet keinen Anhaltspunkt.

Beinahe wäre sie wieder still davongeschlichen, als sie sich plötzlich der übrigen Mitglieder ihrer Gesandtschaft und des Zwecks ihrer Reise erinnert. Natürlich, der eigentliche Grund ihres Hierseins ist die Aussprache mit dem obersten Priester der Atlanter, die Bitte um militärische Hilfe, die diese vortrefflich befestigte und organisierte Stadt mit Sicherheit geben konnte. Ein Heer mußte sofort nach Südkathera entsandt werden; etwa dreißig- bis vierzigtausend...

Mitten in ihre Überlegungen hinein spricht sie der Mann im Sessel plötzlich an. Und es ist ihr, als habe er in diesem Moment genau ihre Gedanken erraten.

"Eurer Bitte um Unterstützung in diesem Konflikt können wir, um es gleich vorweg zu sagen, leider nicht nachkommen. Ein derartiges Vorgehen widerspräche unserem uralten Grundsatz, jede Einmischung in die chaotischen Abläufe der Natur unbedingt zu unterlassen."

Fragend und etwas erschrocken sieht das Mädchen den Mann an, der sich ihr nun voll zugewandt hatte. Er mochte etwa um die fünfzig

Jahre alt sein, schmächtig, mit bartlosem Gesicht und weicher, gepflegter Haut. Ein purpurfarbener Umhang ließ seine rechte Schulter und einen Teil seines leicht behaarten Oberkörpers unbedeckt. Da sie nichts erwidert, entsteht zwangsläufig eine Pause, bis der atlantische Oberpriester abermals das Wort ergreift.

"Versuchen sie uns bitte zu verstehen. Der Grundgedanke unserer atlantischen Kultur beinhaltet allein die Erhaltung und Verfeinerung des Geistes. Dies bedingt nun eine Reihe von Notwendigkeiten, vor allem auch eine möglichst vollkommene Absicherung unserer materiellen und körperlichen Belange - allein dazu haben wir unsere Waffen und Verteidigungsanlagen geschaffen.

Sich in die turbulenten, machtpolitischen Kämpfe dieses Planeten einzumischen, widerspräche ganz und gar unserer Zielsetzung. Unsere Kraft würde sich sehr schnell erschöpfen - ohne daß letztlich ein spürbares, dauerhaftes Ergebnis auf Seiten der Natur zu verzeichnen wäre. Ja, die all unseren Überlegungen und Handlungen zugrundeliegende Vernunft verbietet ein solches Eingreifen geradezu, denn Krieg, Expansion und Weltherrschaft haben mit Vernunft doch nichts zu tun - und deshalb haben wir Atlanter nichts mit diesen unseligen Aktivitäten zu tun."

Zwei Tage später reisen die Khamari in ihre Heimat zurück. Die ergebnislos verlaufende Audienz beim obersten Priester hat die Frauen und Mädchen sehr traurig und nachdenklich gestimmt. Sah man sich eben noch als ein hochkultivierter Staat - fast schon verbündet mit der ebenfalls sehr hoch entwickelten Kultur der Atlanter - so ist man plötzlich wieder ganz auf sich allein gestellt und den von allen Seiten anstürmenden Schwierigkeiten und Problemen ausgeliefert.

Die Versuche der atlantischen Seite, die Khamari zu einem vollständigen Verzicht auf ihre weltumspannenden Pläne zu bewegen und das Angebot, sofort in die sicheren Mauern der Stadt umzusiedeln, wurde von ihnen vollkommen ablehnend behandelt. Eine derartig Lösung, die letztlich einer Flucht aus allen selbstgeschaffenen Problemen gleichkam, stand bei ihnen außerhalb aller Erwägungen. Es konnte auch nicht verhindert werden, daß sich bei den Khamari langsam eine notgedrungen ablehnende Haltung bildete. Zu verschieden waren die Grundauffassungen und Hauptziele beider Kulturen: die Atlanter zurückgezogen und abgesichert, auf Bestand und Dauer bedacht - die Khamari dagegen expansiv und bewußt sich einmischend in der Welt, wenn auch in gutgemeinter Absicht. Eine geistige und eine natürliche

Welt waren hier durch Zufall aneinandergeraten, hatten sich einander genähert und ausgetauscht - und konnten doch nicht zueinander finden.

Der relativ hohe Entwicklungsstand dieser Frauengesellschaft gewährleistete immerhin die Möglichkeit der Verständigung, des Zuhörens und Begreifens - wenn auch ohne Billigung der Inhalte. So hatte dieses gegenseitige Verstehen letztlich auch dazu beigetragen, daß beide Seiten neben allen offiziellen Unstimmigkeiten, sozusagen auf einer anderen Erfahrungsebene, eine zunehmende, stille und unausgesprochene Bewunderung füreinander entwickelten. Mit scheuer Ehrfurcht sahen die Atlanter die eigenwilligen Vorzüge dieses kleinen Volkes; vor allem ihre uneigennützige, aufopferungsvolle Liebe zu allem Lebenden und Werdenden. Eine Liebe, welche die atlantische Kultur außerhalb von Mutter-Kind-Beziehungen eigentlich nicht kannte. Die Khamari liebten die Menschen - die der Nachbarstämme und anscheinend die der ganzen Welt. Wie Mütter um ihre Kinder, sorgten sie sich um deren Leben, glaubten sie sich um deren Gesundheit und Wohlbefinden kümmern zu müssen. Es wäre ihnen wohl undenkbar gewesen, nur für sich selbst zu leben und die übrige Welt ihrem natürlichen Selbstlauf zu überlassen, wie es die Atlanter - ganz bewußt - schon seit Jahrtausenden taten. Daß jene jedoch alle Stürme der Zeit überlebt hatten und sie selbst schon nach einer unvergleichlich kurzen Zeit in den größten existentiellen Schwierigkeiten steckten, verstanden sie nicht oder versuchten es aus ihren Überlegungen zu verdrängen.

Da die gegenseitigen Besuche keine Einigung gebracht hatten, werden die diplomatischen Kontakte vorerst abgebrochen. Dies kommt für viele der begeisterten Menschen etwas unerwartet, aber es ist schließlich nur die logische Konsequenz aus der gegebenen Situation, in der jede Seite auf ihrem bisherigen Standpunkt beharrt und nicht bereit ist, davon abzuweichen. Ihre gegenseitige Sympathie haben beide Seiten still für sich behalten. Sie wandelt sich jetzt, nach dem unvermittelten Abschluß der Verhandlungen, mehr in ein, ebenfalls unausgesprochenes, Mitleid. Auf atlantischer Seite resultiert es aus der Gewißheit des baldigen Untergangs dieses stolzen, kleinen Volkes, der nun offensichtlich nicht mehr aufzuhalten ist. Die Khamari bedauern ihrerseits die Atlanter, die sich, ihrer Ansicht nach, dem wirklichen Leben bereits so sehr entfremdet hatten, daß sie auf eine Berührung mit ihm verzichten mußten und sich lediglich die Rolle eines abgesonderten Beobachters erlaubten.

In den darauf folgenden Monaten spitzt sich die Situation im südlichen Teil Katheras bedrohlich zu. Getrieben von einer unerklärlichen Massenpsychose, Hunger und wilder Aggressionslust sammeln sich die unterschiedlichsten Kriegerhaufen schließlich im nördlichen Grenzgebiet des von den Khamari bereits kultivierten Hochlandes. Die angetroffenen Bewohner werden vertrieben oder getötet. Alles drängt weiter nach Süden - weiter ins unbekannte Zentrum des reichen, fruchtbaren Landes.

Innerhalb kürzester Zeit hatte sich nun auch ein offenbar fähiger Führer gefunden, der sich an die Spitze der wilden Menschenmassen stellte und diese in gewisser Weise formierte - eine Entwicklung, die selbst die Atlanter nicht für möglich gehalten haben. Ein zufällig richtiger Hinweis auf ein wildreiches Jagdrevier ermöglichte diesem Mann vielleicht eine erste allgemeine Anerkennung, die er dann zu nutzen und weiter auszubauen verstand. Eine rasche Folge weiterer günstiger Ereignisse machte ihn plötzlich zum unumschränkten, despotischen Herrscher dieser gefährlichen Völkerwanderung.

Für die Khamari wächst die Gefahr damit beträchtlich, denn das einzige Ziel und der einzige Zusammenhalt dieser Menschen, die weder durch Stammeszugehörigkeit noch sprachlich verbunden sind, ist letztlich die Zerstörung und Ausplünderung des hochentwickelten Frauen-Staates. Und so ziehen sie vereint in die vermutete Richtung, die ihnen lediglich gefühlsmäßig bekannt ist - alles im Weg Befindliche dabei mit sich reißend und verschlingend, wie ein gefräßiges Tier.

Ganze zwei Drittel des von den Khamari kultivierten Landes fallen diesem Vormarsch, dem Toben, Morden und Plündern zum Opfer, ehe die wütende Kriegsmacht - nun gesättigt und formiert - wie von selbst einfach zum Stehen kommt. Hunderte Hütten brennen im Land; tausende Kinder, Frauen und Männer wurden getötet; und von denen, die es über sich brachten, flüchteten sich viele in ihrer Todesangst in die unübersehbare Menge ihrer Feinde. Sie tauchten einfach unter in der Anonymität des Heerhaufens, indem sie sein Gesicht annahmen: mit ihm raubten, brannten und töteten...

Erst jetzt, als es eigentlich schon zu spät ist, fassen die Khamari den festen Entschluß zur Abwehr. Und dies fällt ihnen umso schwerer, da er sich gegen alle Grundsätze richtete, denen sie sich verpflichtet fühlen. Das restliche Drittel ihres Protektorats, welches durch die zahlreichen Flüchtlinge bereits die doppelte Einwohnerzahl erreicht hat, soll mit sämtlichen zur Verfügung stehenden Mitteln vor der Ausrottung und Zerstörung bewahrt werden. Man hat sich dazu überwunden, die Angreifer mit Waffengewalt abzuwehren.

Eine gewaltige, historisch einmalige Schlacht, wie sie in diesem Jahrtausend wohl nur ein einziges Mal stattfinden sollte, steht also unmittelbar bevor. Und letztliche Verursacher dieses irrsinnigen, alles bisher bekannte Maß übersteigenden Tötens, sollten nun ausgerechnet diejenigen sein, die ausgezogen waren, um Liebe und Vertrauen, Wohlstand und Glück in die Welt zu bringen: die Förderer des Lebens als Engel des Todes...

Mit Umsicht und Eile sind weite Gebiete des noch unverwüsteten Landes evakuiert worden, und die Atlanter, welche alle Operationen beider Seiten unbemerkt aus ihren Schiffen hoch am Himmel beobachteten, registrieren nicht ohne stille Anerkennung, daß auch für die, nun auf sehr engem Raum zusammenlebenden Flüchtlinge im Hinterland mit gleicher Umsicht gesorgt wird, wie für die Bewaffnung und den Aufmarsch der neu entstehenden Streitmacht.

Und herrliche Menschen sind es, die da kämpfen sollten, da mußte man den Khamari recht geben. In Wohlstand und Frieden aufgewachsen, gesund und kräftig, sind sie voller Mut und Entschlossenheit; bereit, den Anweisungen ihrer Wohltäterinnen zu folgen - in den Tod zu folgen, denn die Übermacht des Gegners ist erschreckend, und er wird bestimmt keine Gefangenen machen.

Man versucht natürlich, diese feindliche Übermacht so gut es geht auszugleichen: mit Hilfe der Motorfahrzeuge werden tiefe Gräben ausgehoben, die sich quer durch das Land ziehen. An besonders wichtigen Stellen kommen die Elektrowaffen zum Einsatz. Jedoch ist deren Anzahl viel zu gering, um bei der Verteidigung wirksam ins Gewicht zu fallen. Es ist vorauszusehen, daß alle Gräben und Bastionen schließlich von der gewaltigen Masse einfach überrannt werden würden - nachdem sich Berge von Leichen darin aufgetürmt hatten.

Nach Ablauf von wenigen Wochen haben sich beide Seiten endlich gefunden - stehen sich waffenstarrend inmitten des weiten, nun fast menschenleeren, Dschungels gegenüber. Hunderttausende Menschen, die der unheimliche Strudel der Gewalt hier konzentriert hat - zwischen ihnen nur noch die Gräben und ein Streifen öden Bodens, der schon darauf zu warten scheint, sich mit dem Blut der Krieger und ihren toten Körpern zu bedecken.

Als es Abend wird, und beide Seiten hunderte Wachfeuer entzünden, landen auch die metallisch glänzenden Schiffe der atlantischen

Priesterschaft auf einem hochgelegenen Felsplateau, wenige Kilometer abseits des Geschehens. Lautlos und zurückhaltend nehmen sie ihre Beobachterposition ein: der Weltgeist - oder zumindest dessen Auge - ist am Schlachtfeld erschienen. Fremdartig, majestätisch und unverletzlich erscheinen die flachen, silbrigen Schiffe auf dem entfernten Felsen. Die Khamari haben sie wohl bemerkt, doch sie wissen: von ihnen würde weder Gutes noch Böses kommen; es war eine neutrale Macht, die dort Platz genommen hatte, eine Macht, die in anderen Dimensionen dachte und handelte, und die hier - so meinten sie - wohl nur eine Bestätigung ihrer kontemplativen Geistigkeit suchte.

Aber nicht alle teilen diese Auffassung. Eines der jüngsten Mitglieder der Khamari-Regierung, die siebzehnjährige Meadne, hat ihre Bewunderung für die Atlanter seit ihrem Besuch in der Stadt nicht vergessen können. Eine Bewunderung, die allerdings auch bei ihr mit einer gewissen Ablehnung gemischt ist: die scheinbare Gleichgültigkeit gegenüber allem Lebendigen, die sie bei den Atlantern zu erkennen glaubt, ist ihr unverständlich und bewahrt sie vor übersteigerten Sympathiegefühlen. Nur der Ernst der Lage und das Übermaß der Verantwortung, daß auf ihr, wie auf der gesamten Regierung lastet, treibt sie schließlich dazu, nochmals den Kontakt zu diesen Männern zu suchen. Was sie sich davon erhofft, ist jetzt kein militärisches Eingreifen der atlantischen Seite mehr, denn deren diesbezügliches, im Moment hier verfügbares Potential schätzt sie sehr gering ein. Es ist vielleicht mehr ein Rat, den sie sich von diesen allwissenden Fremden erhofft. Bei ihrem Besuch in der Stadt hatte sie die dort herrschende selbstverständliche Sicherheit auf allen Wissensgebieten wohl bemerkt. Ebenso, daß den Atlantern kriegerische Auseinandersetzungen verhaßt waren, und sie ihnen seit langem mit Erfolg aus dem Wege gingen. Vielleicht, so hofft sie, wüßten die Priester auch in dieser Situation noch einen Ausweg. Vielleicht gibt es noch eine Möglichkeit, dieses sinnlose Blutvergießen, vor dem sie sich so unwahrscheinlich fürchtet, zu vermeiden.

Die übrigen Frauen sind gegen eine nochmalige Unterredung, das merkt man ihnen an. Kalt und gleichgültig haben sie nur kurz zu dem entfernten Felsmassiv hinüber gesehen, als dort die atlantischen Schiffe nacheinander mit einem sanft summendem, kaum hörbarem Ton niedergingen. Nein, sie erhoffen sich nichts von ihnen und fahren unbeirrt in ihren hektischen Kampfvorbereitungen fort, die die Not der Stunde ihnen aufzwingt. Meadne muß also allein gehen - heimlich sogar und inoffiziell - aber das fällt in dieser letzten Nacht vor der Schlacht niemandem mehr auf.

Nach einem mehrstündigem, beschwerlichem Aufstieg durch unwegsames Gelände hat das Mädchen das Felsplateau endlich erreicht und sinkt nun in Sichtweite der Schiffe entkräftet zu Boden. Der Weg war länger als sie gedacht hatte, sie muß sich ausruhen und Kräfte sammeln. Langsam geht ihr an die Dunkelheit inzwischen gewöhnter Blick hinüber zu den rätselhaften Fahrzeugen, und während sie sich etwas erholt, registriert sie die erhaben-stillen Bewegungen der atlantischen Priester bei ihren Schiffen. Das fahle Mondlicht und ein schwacher, bläulicher Schein unbekannter Herkunft beleuchten die Szene und scheinen sie der Wirklichkeit zu entrücken. Drei der Männer haben soeben die Gruppe der Übrigen verlassen und treten nun gemessenen Schrittes nach vorn, zum Rand des Plateaus. Bald sind sie nur wenige Schritte von Meadne entfernt. Aus ihrer Haltung und ihren Gebärden spricht die elitäre, unaufdringliche Selbstsicherheit einer uralten Hochkultur. Langsam hebt einer der Priester den Arm, in dessen Verlängerung plötzlich ein nadeldünner Lichtstrahl in die Ebene weist. Es sieht aus, als wolle er seinen beiden Begleitern mit diesem merkwürdigem Hilfsmittel die Schlachtordnung erläutern. Aus seiner monotonen Rede vernimmt Meadne zuweilen einzelne Stammesbezeichnungen, die ihr geläufig sind, es ist ... ja, es ist ohne Zweifel die Kampfaufstellung ihrer Gegner! Diese Priester dort sprechen ganz eindeutig über die tatsächlichen Strukturen der feindlichen Heeresmacht, die - ganz spontan und absichtslos entstanden - weder dem Gegner selbst bewußt, noch den Khamari bekannt sind... Es ist unglaublich!

Langsam richtet sich Meadne auf, und obwohl sie in ihrem Innern deutlich spürt, daß ihre Anwesenheit an diesem unheimlichen Ort ein unausgesprochenes Tabu verletzt, geht sie den Priestern, deren offen zu Schau getragene Mitleidslosigkeit sie entsetzt, entschlossen entgegen. Unvermittelt aus dem Buschwerk und der Dunkelheit tretend, spricht sie die Atlanter an:

"Wer gibt euch das Recht, hier tatenlos und gleichgültig zuzusehen, während dort unten tausende Menschen einem sinnlosen, grausamen Tod entgegensehen?"

"Vernunft und Weisheit geben uns dieses Recht." antwortet der Priester gelassen. Meadnes plötzliches Auftauchen hat ihn erstaunlicherweise nicht im Mindesten überrascht - ja es scheint ihr, als wäre man über ihr Kommen bereits unterrichtet, und sei ihr - wie zum Empfang - bereits auf halben Wege entgegengekommen. Ruhig, ohne Betonung, aber mit unheimlicher innerer Überzeugung, spricht der Mann weiter: "Die Unternehmungen der Khamari waren von Anfang an zum Scheitern verurteilt. Eure Kraft war viel zu gering, als daß sie sich auf Dauer gegen die gnadenlosen Gesetze der Natur hätte behaupten können. Die tragische Zuspitzung dieser Ereignisse zu einer derart einzigartigen Auseinandersetzung scheint uns jedoch ein sehr bemerkenswerter Zufall, wie er in der Geschichte der Welt nur selten eintritt. Ihn zu beobachten und in den heiligen Schatz unserer Erfahrungen einzufügen, sind wir hierher gekommen. Ein Eingriff aber, in diese regellosen Geschehnisse, wäre gegen jede Vernunft und verbietet sich dem Wissenden von selbst."

Meadne fühlt sich wie gelähmt, aber sie denkt an ihre selbstgestellte Aufgabe, nimmt allen Mut zusammen und widerspricht: "Vernunft ... ihr sprecht von Vernunft. Vernunft bedeutet doch vor allem, das Leben zu lieben, es zu schützen, zu bewahren ... dies ist die einzige und wirkliche Aufgabe der Vernunft, der geistigen Überlegenheit. Was nutzt die Beobachtung dieses blutigen Schauspiels ... was nutzt es euch, wenn morgen Berge von Leichen in der Ebene verwesen und ihr ... verkriecht euch wieder, als sei nichts gewesen, in eure bombastischen Marmorpaläste ..."

Sie hatte wohl doch etwas die Kontrolle über sich verloren - und da sie spürt, wie ihre aus tiefster Überzeugung kommenden Worte an den Priestern abprallen, beherrscht sie sich mühsam. Wenn sie etwas erreichen wollte - und deshalb ist sie hierher gekommen - dann mußte sie sich jetzt zusammennehmen.

"Verzeiht, ich kam nicht, um euch zu beleidigen. Ich kam..."

"Sei still. Wir wissen wohl, weshalb du uns aufgesucht hast. Auch deine Erregung ist uns verständlich. Die Weisheit steht jedoch über derartigen Gefühlen. Sie steht höher und sieht weiter – zurück in Vergangenes und voraus in Zukünftiges. Das Leben bedeutet für dich das allerhöchste Gut – es ist jedoch nichts weiter, als eine sehr hoch entwickelte Organisationsform der Materie mit einer Reihe durchaus origineller und seltener Eigenschaften. Es ist deshalb jedoch durchaus nicht einzusehen, und läßt sich aus keinem bekannten Faktum ableiten, warum man ausgerechnet dieser Form besonderen Schutz und Zuwendung, ja sogar Liebe, angedeihen lassen sollte. Es gibt in der Natur - und also notwendig auch für das Leben - keinen Sinn und kein Ziel, so sehr du dies auch glaubst und wünschst. Und wo es kein Ziel gibt, ist jedes Streben überflüssig.

Seit langem wissen wir, daß es sinnlos ist, ankämpfen zu wollen gegen die Allgewalt der blindwütigen Natur - es kostet nur Opfer über Opfer und ändert doch nichts am Lauf der Welt. Ihr Khamari habt, im seligen Glück eurer übergroßen Liebe, eurer mütterlichen Sanftheit, Geduld und Hingabe, vollkommen übersehen, von welchen Kräften die Welt in Wirklichkeit beherrscht wird. So seid ihr, ohne es zu merken, in euer eigenes Verderben geraten. Und das ewige, unveränderliche Gesetz der Natur kennt nun keine Gnade und kein Zurück."

Die Unterredung scheint damit beendet. Würdevoll treten die Priester einen Schritt zurück. Meadne empfindet dies, als distanzierten sie sich bereits vorsichtig von einem Stück todgeweihter Natur.

"Das kann doch nicht sein. Ihr müßt euch ... irren." sie wehrt sich verzweifelt gegen die kühle, lebensverachtende Allwissenheit ihrer Gesprächspartner. "Alles soll ohne Sinn und Hoffnung sein? Das einzige Ziel des Lebens in seinem Tod bestehen? .... Deshalb also lehnt ihr jede Verantwortung für diese unschuldigen Menschen ab..." Der Priester schweigt. Meadne ist dem Weinen nahe. Resigniert, aber noch voller Trotz, setzt sie hinzu: "Ich glaube es nicht - nein -, ich will nicht glauben, daß eure kalte, ja verachtende Betrachtung des Lebens der Wahrheit näher kommt. Leben ist doch vor allem ... Liebe, und nicht ... eine Organisationsform ... ohne Ziel ..."

Nun weint sie tatsächlich. Jede Selbstkontrolle ist in diesem Augenblick von ihr abgefallen. Mit tränennassem, verzerrtem Gesicht starrt das Mädchen die Atlanter an. Das Gespräch mit ihnen ist vernichtender ausgefallen, als sie es sich hatte vorstellen können; sie haben ihr nicht nur Rat und Hilfe verweigert und ihr die ganze Hoffnungslosigkeit der Khamari vor Augen geführt - sondern überdies auch noch ihr heiliges Weltbild untergraben. Denn welchen Wert hatten die zentralen Begriffe ihrer Kultur: leben; lieben; gebären; beschützen; - in einer Welt des wahllos tötenden Zufalls, der blind und grundlos um sich schlagenden Vernichtung?

"Nein," flüstert Meadne, als sei es eine Beschwörung, "die Liebe ist stärker, sie wird den Tod besiegen .. sie muß ihn besiegen ... sie muß."

Die Atlanter schweigen. Doch etwas in ihrem Ausdruck scheint sich verändert zu haben. Meadne bemerkt es nicht mehr. Mechanisch macht sie Anstalten, den Rückweg anzutreten, als sie der Priester noch einmal zu sich zurück ruft und leise zu sprechen beginnt.

"Vor langer Zeit wurde unsere atlantische Kultur von einer tückischen Krankheit befallen. Um sie zu heilen, mußten sich unsere weisen Herrscher entschließen, die kranken Teile abzutrennen und zu zerstören. Es war eine schwere und schmerzliche Aufgabe, aber sie mußte getan werden. Unbemerkt und für uns belanglos, gelangte bei diesen Operationen, die sich über alle Ozeane erstreckten, ein winziger Teil unseres heiligen Wissens in die Welt - und es fiel, wie wir jetzt feststellen mußten, auf den fruchtbaren Boden der Liebe.

Die Frauen und Mädchen dieser Küste, denen dieser seltene Schatz vor einigen hundert Jahren zugefallen war, erkannten nicht die Gefahren, die er barg. Naiv und sorglos benutzten sie ihn in der ihnen gemäßen Weise: mit weiblicher Geduld, Zähigkeit und unendlicher Zuversicht entwickelten sie aus diesem Keim die seltsame Kultur der Khamari.

Nun kennst du das Geheimnis, das Atlanter und Khamari verbindet. Beruhige dich und geh. Wir sind entschlossen - vielleicht auch um deinetwillen - die furchtbaren Auswirkungen dieser Schlacht zu mildern. Die Ereignisse der nächsten Stunden werden, so glaube ich, deinen sehnlichsten Wünschen sehr entgegenkommen."

Unsicher taumelnd verläßt das Mädchen das mondbeschienene Plateau und steigt wieder hinab in die Nacht. Ist sie glücklich? Hat sie gesiegt? Sie kann es nicht glauben. Wie benommen überwindet sie mit schlafwandlerischer Sicherheit die zerklüfteten Felsen; Zweige streifen ihren Körper, zerkratzen ihre Haut - sie spürt es nicht. Je näher sie dem Heerlager kommt, umso unwirklicher wird ihr das nächtliche Erlebnis. Hat es überhaupt stattgefunden? Was waren das für Männer, die dort oben zu ihr gesprochen haben? Welche Macht besaßen sie eigentlich?. Was aber, vor allem, wollten sie - was *konnten* sie - tun, um den Khamari jetzt noch zu helfen? Sie findet keine Antwort.

Bald schon geht die Sonne über den Bergen auf und Meadne setzt sich für einen Moment nieder, um auszuruhen. Das Lager ist im Morgendunst bereits gut zu erkennen. Auch die feindlichen Linien, mit ihren nur noch vereinzelt schwach rauchenden Feuerstellen, sind aus dieser Höhe gut auszumachen. Dazwischen jedoch breitet sich, leer, beängstigend und von mächtigen Gräben zerfurcht, das Niemandsland aus. Dies hier ist die Realität: fünfzigtausend starke bewaffnete Männer, angeführt von etwa dreitausend Khamari-Frauen mit ihrer hochwirksamen Bewaffnung - und auf der Gegenseite die unglaubliche, nur vage geschätzte Menge von einer halben Million ungeordneter, aggressiver Menschen, die - wenn auch im Kriegshandwerk eher unerfahren - alles unter ihrer bloßen Masse ersticken werden.

Angesichts dieser Tatsachen kann sich Meadne nicht vorstellen, was die Atlanter tun würden - sollten sie ihr Versprechen wahr machen und eingreifen. Das Mindeste wäre wohl, so meint sie, der Einsatz von hunderttausend gut bewaffneter und gut ausgebildeter Krieger, um gegen den Ansturm dieser Menschenflut bestehen zu können. Aber wie sollte eine solche Streitmacht - vorausgesetzt, sie stünde überhaupt zur Verfügung - innerhalb der wenigen Stunden, die noch verblieben, hierher geschafft werden? Es erscheint ihr also doch aussichtslos, und so kehrt sie schließlich enttäuscht und entkräftet in ihr Lager zurück.

Meadnes nächtliche Abwesenheit ist im allgemeinen Durcheinander des Heerlagers von niemandem bemerkt worden. Gleichgültig vernimmt das Mädchen nun die nervöse Unruhe ringsum und sieht - wie entrückt - auf die vielen naiven Eingeborenenkrieger, die von ihr, dem Herrschermädchen, ergeben und zuversichtlich Anweisungen erwarten.

Die Atlanter haben ihre Beobachterposition auf dem Plateau inzwischen vollständig eingenommen. Dabei halten sich nur wenige von ihnen im Freien auf, um das Schlachtfeld direkt im Auge zu haben - die überwiegende Mehrheit der Priester und Ordensmitglieder haben sich in ein besonderes Schiff begeben, dessen Inneres einer geräumigen Halle gleicht. Auf einem großen Sichtschirm an der Stirnseite verfolgen sie das Geschehen in der Ebene. Details, die mit bloßem Auge nicht zu erkennen sein würden, konnten hier in beliebiger Vergrößerung betrachtet werden.

Zunächst wird die Verteidigungslinie der Khamari sichtbar. Hinter den Gräben, vom morgendlichen Nebel noch teilweise verdeckt, hat eine Doppelreihe Krieger mit Bögen und Lanzen Aufstellung genommen. Diszipliniert und geordnet stehen sie da - prächtige, hoch gewachsene Männer - aufgereiht zu einer gewaltigen Palisade aus Menschenleibern, die sich etwa drei Kilometer weit hinzieht. Es ist abzusehen, daß die Angriffsbreite des Gegners, trotz seiner Masse, nur etwa einen Kilometer betragen wird. Die Khamari wollen also jede Möglichkeit, die sich nur bietet, nutzen: mit der weit auseinandergezogenen Aufstellung ihrer Leute sollen die heranstürmenden Krieger offensichtlich abgeschreckt werden, da sie von der Ebene schlecht einschätzen können, wie viele Linien sich möglicherweise hinter dieser ersten Reihe befinden. Im Grunde ist dieses Täuschungsmanöver jedoch überflüssig - der Feind ist fest entschlossen, anzugreifen und wird sich davon durch nichts abbringen lassen. Und ist jene dünne Doppelreihe ersteinmal durchbrochen, so ist ihr Effekt ohnehin vertan.

Langsam beginnen nun auch auf der Gegenseite Bewegungen sichtbar zu werden; der Bildausschnitt im Beobachtersaal paßt sich dem Geschehen entsprechend an. Einzelne kleine Haufen von fünfzig, hundert oder zweihundert Menschen schicken sich an, vollkommen ungeordnet die Gräben der Khamari zu durchklettern. Immer mehr strömen ihnen aus dem Busch nach auf die freie, sonnenbeschienene Ebene - bis sie schließlich schwarz von Menschen wird. Doch noch ist nicht einmal ein Viertel der Krieger auf dem Schlachtfeld erschienen. Entlang der Gräben verdichten sie sich schnell zu dunklen Knäulen - um dann, auf der anderen Seite des Grabens, ganz vereinzelt wieder aufzutauchen und sich wieder zu zerstreuen.

Dieses, mit unerbittlicher Folgerichtigkeit sich Vollziehende, Unheimliche, Bedrohliche, wird auch den atlantischen Beobachtern vor ihrer Bildwand bewußt. Diese blinde, ungelenkt vorwärtsdrängende Kraft ist durchaus mit einer Naturgewalt vergleichbar und erinnert entfernt an die destruktive Akribie eines gefräßigen Insektenvolkes. Ein Bildschwenk auf die Seite der Khamari bestätigt, daß dieser beängstigende Eindruck hier bereits seine Wirkung tut: einzelne, kleinere Lücken in der Reihe der Verteidiger bezeugen, daß es nicht allen gelingt, diesem speziellen psychologischen Druck in der Anfangsphase der Schlacht standzuhalten.

Die Atlanter, welche dem Geschehen bis zu diesem Zeitpunkt in völliger Stille folgten, bekommen, veranlaßt durch die Außenbeobachter, nun plötzlich auch den dazugehörigen Ton in den Saal übermittelt. Ein ungewöhnlicher Vorgang, da ihnen Kampflärm verhaßt ist und sie derartigen Ereignissen schon seit ältester Zeit in absoluter Ruhe zuzuschauen gewöhnt waren. Aus dem Lager der Khamari ertönt seltsamerweise eine sanfte, unaufdringliche Musik, versinnbildlicht gleichsam eine sanfte, unaufdringliche Macht - die Macht des immer wieder aufblühenden Lebens - die Macht des Weiblichen.

Mit Erstaunen und mit Bewunderung für die Feinheit und Ausdruckskraft dieser Musik, lauschen die hohen Repräsentanten der Stadt eine geraume Zeit dieser, unter den herrschenden Umständen recht seltsam anmutenden, Darbietung. Und sie bemerken gleichzeitig auch die Wirkung der mit beachtlicher Lautstärke auf dem Schlachtfeld verbreiteten Klänge: die eigenen Reihen der Khamari schließen sich wieder, die Männer scheinen neuen Mut zu fassen. Stolz und fest sehen sie den anstürmenden Feinden entgegen. Die Musik ihrer Herrinnen, die ihnen offenbar bekannt ist, flößt ihnen Kraft und Zuversicht ein und nimmt ihnen die Angst.

Aber auch unter den Angreifern tut diese seltsame Waffe ihre Wirkung: Verwirrung entsteht in der vordersten Kampflinie - vor allem dort, wo sie der ruhig abwartenden Doppelreihe der Khamari und den dahinter angebrachten Schallquellen schon sehr nahe ist. Von Entsetzen gepackt, weichen viele der Gegner zurück und stoßen dadurch unvermeidlich mit den vorwärtsdrängenden Massen ihres Heeres zusammen. Noch hat niemand von ihnen die Doppelreihe erreicht - etwa fünfzig Meter davor haben die wundersamen Töne die tödliche Welle vorerst zum Stehen gebracht. In die Tiefe des feindlichen Aufmarsches reicht ihre Kraft jedoch nicht, und es ist daher abzusehen, daß die gewaltige Masse schließlich die wenigen Zögernden an der vordersten Front ebenso unerbittlich beiseite schieben wird, wie alles andere, was sich ihr in den Weg stellt. Ein zweites Lied beginnt, welches das erste an suggestiver Intensität, an Sanftheit und stiller Kraft noch übertrifft. Auch die Lautstärke wurde dafür noch um ein Geringes erhöht - aber auch diese Wirkung bleibt schließlich begrenzt und ergreift nur den direkten Bereich der Frontlinie.

Die Schiffe auf dem Felsplateau geraten nun in Bewegung. Bald ist eine neue Formation eingenommen, bei der zwei der Fahrzeuge ihre Position weiter vorn, freischwebend über dem abfallenden Hang, einnehmen. Etwas Außergewöhnliches scheint sich vorzubereiten. Mitten in die Schlacht hinein beabsichtigen die Priester eine atlantische Mysterienfeier zu zelebrieren. Einzigartig daran ist vor allem eine gewaltige, landschaftsabdeckende Abstrahlung von Musik, die in besonderen Fällen auch mit der Erzeugung von überdimensionalen Raumbildern verbunden werden konnte. Ursprünglich waren diese Feiern eine eigenwillige, schwer zu definierende Art stolzer, aber auch schwermütiger Selbstdarstellung, ein Versuch vielleicht, sich der Natur zu offenbaren, sie anzusprechen, vielleicht einen Dialog mit ihr zu suchen. Die Atlanter praktizierten dergleichen bisher jedoch nur in sehr abgelegenen, unbewohnten Teilen der Welt. Daß sie es nun auch hier in dieser besonderen Situation tun wollen, hängt sicherlich mit der ursächlichen Verantwortung zusammen, die sie für die Existenz der Khamari-Kultur - und damit indirekt auch für den Ausgang dieser Schlacht - tragen.

Das zweite Lied aus dem Lager der Verteidiger ist also kaum verklungen, als ein feines, undefinierbares Summen plötzlich den ganzen Himmel durchdringt. Fächerartige, unendlich fein geäderte Blitze, vom

Felsplateau ausgehend, überlagern die weite Landschaft bis zum gegenüberliegenden Horizont. Die Kämpfe, welche während des zweiten Liedes schon an einigen, wenigen Stellen ausgebrochen waren, erstarren nun langsam in der Bewegung. Angreifer wie Verteidiger sind gleichermaßen überrascht und gelähmt. Langsam verstummt das helle Summen und wird abgelöst von den vollen, weichen Klängen atlantischer Musik, welche nun allgegenwärtig im Raum steht, sich wellenförmig über das Land bewegt, es mit Macht umspült und schließlich gleichsam überflutet.

Das Heer der Khamari, welches ja dergleichen in sehr viel bescheidenerer Form schon kannte, bleibt, wenn auch etwas unsicher, auf seinem Platz - während die gesamte Macht der Gegenseite zunehmend in Panik verfällt. Die ihren Ohren vollkommen fremden Klänge füllen schließlich alles ringsum aus und überlagern sämtliche Geräusche der Umgebung: das Dröhnen ihrer fellbespannten Trommeln ebenso wie das Schlagen ihrer Lanzen und Knüppel, die Kampfschreie der Nebenmänner, ja selbst die eigene Stimme ist nicht mehr zu vernehmen. Alles geht unter in der allgewaltigen, unantastbaren Kraft atlantischer Festmusik, deren eigentlicher Ursprung jedoch nicht zu erkennen ist. Denn wie sollten sich diese Menschen einer steinzeitlichen Entwicklungsstufe auch vorstellen können, daß über ihnen eine Vielzahl kompliziert geformter, unsichtbarer Kraftfelder am Himmel hingen, die, vom entfernten Plateau mittels Gravitationswellen in feine Schwingungen versetzt, so zu übergroßen Schallmembranen wurden.

Bei den Khamari zeigt sich nun Freude, Bestürzung und Bewunderung gleichermaßen. Die Atlanter helfen ihnen. Und sie verwenden dazu ganz offensichtlich ihre eigene Idee einer unblutigen Abwehr der Gegner. Dabei haben sie lediglich die Kraft der Musikabstrahlung um ein Vielfaches erhöht. Auch ihnen geht es also darum, die Schlacht lediglich zu verhindern - nicht, sie zu gewinnen. Die Angreifer sind zwar Feinde, aber sie sind auch Menschen, und man hat kein Interesse an einer massenhaften Abschlachtung. Es würde ausreichen, wenn sie von ihrem Vernichtungswillen abließen und wieder in den Busch zurückgingen.

Ihre Sympathie für die atlantischen Besucher wächst und mit Freude und Genugtuung sehen die Frauen nun zum entfernten Plateau hinüber, auf dem die silbrigen Punkte der Flugschiffe, vom Morgendunst endgültig befreit, gut zu erkennen sind. Überdies geht ab und zu ein deutlich sichtbares, fast bedrohlich wirkendes, Netz grellweißer

Lichtstrahlen von ihnen aus. Künstlichen Blitzen ähnlich, reichen diese Strahlen weit über die Ebene, steigen manchmal senkrecht zum Himmel auf, um sich dann, wie ein zusammenklappender Fächer, zur Horizontalen niederzusenken und in großen, flachen Schwingungen bodennah zu verlöschen. Es ist ein gigantisches Schauspiel, daß sich den Menschen bietet - wenn auch die meisten der Angreifer nichts mehr davon sehen, da sie sich inzwischen zu Boden geworfen und ihre Häupter mit Sand bedeckt haben. Die Musik bleibt aber trotz allen Versuchen, sich ihr zu entziehen, gegenwärtig - und sie setzt ihr Werk unablässig fort: sie bricht den Willen der Angreifer, verwirrt und entsetzt sie, bis sie schließlich - von der eigenen Angst gepackt oder von den hilflosen Gebaren der Anderen angesteckt - endgültig die Flucht ergreifen.

Hoch oben am Himmel zieht jetzt ein Beobachterschiff langsam seine Kreise - und es scheint, als werde es von der triumphalen Musik spiralförmig immer höher und höher getragen. Die Bewegungen der Massen sind aus dieser Höhe gut zu überschauen: noch ist das Schlachtfeld von hunderttausenden, ängstlich am Boden liegenden Menschen gesprenkelt - aber an verschiedenen Stellen überwinden immer wieder einige von ihnen ihre Angst, springen in großen Gruppen auf und fliehen mit letzter Kraft in den Busch zurück, aus dem sie gekommen sind. Mächtige Raumbilder von übergroßen Kriegern entstehen nun auch noch über dem Lager der Khamari und beschleunigen die allgemeine Auflösung. Die Schlacht ist damit beendet.

So wie es die Menschen in unerklärlicher Weise hierher gezogen hatte, verläuft nun eine noch stärkere Strömung zurück in die weit entfernten Heimatgebiete. Jeder für sich scheint mit allen Kräften bestrebt, diese unheimliche Stätte so schnell wie möglich zu verlassen. Und da die vollzogene, große Zusammenrottung für diese Menschen im Grunde etwas Fremdes und Ungewohntes für sie war - was sich von den mysteriösen Geschehnissen der Schlacht nun nicht mehr trennen läßt - meidet man während der Flucht auch ängstlich das Zusammengehen mit anderen Menschen. Wie gegenseitig sich abstoßende und auf Distanz haltende magnetische Pole verhalten sich die entsetzten Krieger; jeder flieht für sich allein und achtete dabei sorgfältig auf einen möglichst großen Abstand zu den Anderen. Es dauerte zwar noch mehrere Monate, bis sich die gesamt Masse des ehemaligen Heerhaufens in den Weiten Katheras zerstreut hat - aber niemand hätte es mehr vermocht, aus diesen scheu gewordenen Menschen nochmals ein gemeinsames, schlagkräftiges Heer zu formieren.

Nun, da die größte Gefahr für die Existenz der Khamari gebannt ist, werden auch die Gespräche ihrer Regierung mit den Atlantern wieder aufgenommen. Im Verlaufe unzähliger Begegnungen, gegenseitiger Besuche und Unternehmungen erreicht die atlantische Seite nach einigen Jahren schließlich ihr Ziel, alle Einrichtungen der Khamari in Südkathera abzubauen und das kleine Volk schließlich vollständig in die Stadt umzusiedeln.

ZWEITES KAPITEL

Weitere Jahrhunderte sind vergangen und noch immer ziehen die atlantischen Beobachterschiffe hoch oben in den Wolken über die Welt. Unsichtbar, unantastbar und doch allgegenwärtig betrachten sie die Entwicklung der Menschen in ihrem natürlichen Selbstlauf.

Die ägyptische, die babylonische und viele andere Kulturen sind inzwischen aufgeblüht und haben ihren Höhepunkt bereits schon überschritten. Im Süden Nipheras, an der Almaaris, beginnt sich eine noch recht naive, junge Kultur zu entwickeln, für die einige Atlanter schließlich eine besondere Sympathie entwickeln sollten: die Kultur der Griechen.

In dieser Zeit ergab es sich, daß ein atlantischer Beobachter, durch einem schweren Schicksalsschlag dazu veranlaßt, unvermutet seine Mission abbricht und auf sein Schiff verzichtet, um sich nach langer Wanderung als Eremit in diesem Kulturkreis niederzulassen.

Mit ein paar gleichgültigen Handbewegungen schaltet Theron das Schutzfeld und die üblichen Sicherheitsvorrichtungen für den Aufenthalt im Freien ein, dann atmet er noch einmal tief durch und verläßt entschlossen das Schiff. Draußen erwartet ihn ein heller, sonnig-kühler, unschuldiger Frühlingstag. Der letzte Schnee ist endgültig geschmolzen und wenn, wie zu dieser Stunde, gerade kein Wind geht, wärmen die Sonnenstrahlen sogar schon etwas auf der Haut. Die feuchte Erde duftet stark und an den sonnenzugewandten Hängen lassen die trockenen, blassen Vorjahresgräser schon etwas von der üppigen Pracht künftiger Sommertage ahnen.

Ein gutes Stück vom Schiff entfernt läßt sich der Atlanter auf dem weichen Boden nieder und genießt die frische Frühlingsluft. Er muß sich ausruhen. Seine leeren, verbrauchten Züge verraten die durchwachten Nächte, die sinnlose Konzentration der letzten Tage, die schließlich zu Wochen wurden. Nur im Sessel des Steuerraumes ruhend, hatte er halbwach das Schiff selbsttätig dahinrasen lassen; weiter, immer nur weiter - nur fort von diesem Land, von diesem Kontinent, von dieser Hälfte des Planeten. Schnell viele, viele Kilometer zwischen sich und der Unglücksstelle zu bringen, war das einzige Ziel gewesen, auf das sich Theron mit wahrer Besessenheit konzentrierte.

Jetzt sollte es gut sein. Er ist immerhin fast auf der gegenüberliegenden Seite der Weltkugel angekommen - der genaue Standort ist ihm dabei gleichgültig. Hier wird er ausruhen und versuchen zu vergessen. Als ich mich das letzte Mal außerhalb des Schiffes aufhielt, durchfährt es ihn plötzlich für einen kurzen schmerzhaften Moment, habe ich meinen jungen Freund, meinen mir anvertrauten Schüler bestatten müssen. Aber er will nun nicht mehr an den tragischen Absturz im südlichen Massiv des Topagebirges denken. Was weiter werden soll, darüber hat er noch nicht richtig nachgedacht. Nur einmal war ihm kurz in den Sinn gekommen, sich nun selbst in die gefährlichsten Abenteuer zu stürzen, um dadurch vielleicht ebenfalls den Tod zu finden. Er hatte erwogen, das Schiff zu verlassen und sich - rund um die Welt, auf dem Landwege - allein und ohne Ausrüstung zur Stadt durchzuschlagen. Aber ein unbestimmtes Gefühl sagte ihm, daß eine derartige Entscheidung in seiner momentanen Verfassung nicht getroffen werden durfte, und so hatte er sie kaltblütig aufgeschoben und war zunächst nur geflohen...

Nach einiger Zeit fühlt er sich plötzlich nicht mehr allein und blickt sich vorsichtig um: ein junger Hirsch graste unweit seines Sitzplatzes. Er befand sich also ebenfalls innerhalb des Schutzfeldes und konnte es im Augenblick nicht verlassen. Natürlich war es dem Tier nicht bewußt. Theron lächelt unwillkürlich. Ja, nach langer Zeit muß er erstmals wieder lächeln. Und ganz langsam nimmt er nun auch die Schönheit der ihn umgebenden, unberührten Natur wahr: das Land ist hügelig und mit großen Findlingen übersät; überall finden sich vereinzelte Nadelbäume und knospendes Strauchwerk. Da Theron in der lähmenden Besessenheit seiner Flucht die Instrumente des Schiffes nur oberflächlich abgelesen hatte, weiß er von dieser Gegend nur, daß sie weit und breit von Menschen unbewohnt ist und sich irgendwo im Nordosten Nipheras befinden mußte.

Fünf Wochen bleibt er in dieser schönen, einsamen Gegend. Er geht auf die Jagd, sammelt Holz für sein Feuer, schläft im Freien - sich dabei absichtlich der Kälte aussetzend - und betritt das Schiff insgesamt nur selten. Die Rufe der Zentrale, die nach einiger Zeit täglich kommen, beachtet er nicht. Natürlich kennt er die Vorschriften und Richtlinien und weiß, daß sie ihn nach Ablauf einer bestimmten Frist suchen werden. Er schert sich jedoch nicht darum. Als Theron die Zeit schließlich für gekommen hält, packt er seine notwendigsten Sachen zusammen und macht sich zu Fuß auf den Weg. Das Schiff läßt er übergabebereit auf der Lichtung zurück - jeder damit vertraute Atlanter konnte ungehindert eindringen und es übernehmen. Die entsprechenden Informationen über den Tod des Schülers befinden sich im Bordspeicher; dazu hatte er über seinen Verbleib eine äußerst kurze Nachricht hinterlassen, verbunden mit dem Wunsch, ihn bei seinen weiteren Wanderungen unbedingt in Ruhe zu lassen.

Offenbar, und vielleicht auch etwas zu seiner Verwunderung, wird dieser Wunsch von seinen Landsleuten zunächst respektiert: denn schon am Morgen des zweiten Tages seiner Wanderung sieht er über den Baumkronen vier Beobachterschiffe - darunter auch sein eigenes - in südwestlicher Richtung davon schweben. Sie haben sein Schiff also gefunden - und er ist nun endgültig allein in dieser Wildnis; ohne Verbindung zur atlantischen Zentrale, ohne Ortungsgeräte, ohne Schutzfeld. Lediglich seine Handwaffe und eine kleine Apparatur zur Musikwiedergabe hatte er mitgenommen.

Theron wendet sich zunächst instinktiv nach Osten in unbewohnteres Gebiet und dann, einem gewaltigen Flußlauf folgend, weiter in südlicher Richtung. Das Land ist wirklich fast menschenleer und er kommt gut voran. Einige Schwierigkeiten ergeben sich für ihn nur beim Überqueren einmündender Nebenflüsse. Ist eine geeignete Stelle mit schwächerer Strömung gefunden, muß ein Baum gefällt und ein Floß gebaut werden - welches nach kurzer Überfahrt seinen Zweck erfüllt hat und dem Fluß übergeben werden kann. Einmal überquert Theron auf diese Weise den Hauptstrom und setzt seine Wanderung zur Abwechslung eine Zeitlang auf dem östlichen Flußufer fort. Es ist ihm allerdings unmöglich, längere Strecken mit einem solchen Floß zurückzulegen, da viele Stromschnellen und Strudel den ungezähmten Wasserweg immer wieder in eine tödliche Falle verwandeln .

Die seltsame Wanderung des ehemaligen atlantischen Beobachters dauert nun schon viele Wochen. Der Sommer kommt und vergeht ebenso wie der Herbst. Den breiten Strom verläßt Theron schließlich an einer Ostbiegung. Er geht nun wieder nach Südwesten. Die lange Zeit allein mit der Natur gibt ihm auch ohne Karte ein Gefühl für seinen Standort und die geographischen Gegebenheiten, in denen er sich bewegt. Als der Winter beginnt, erreicht er die nördlichen Ausläufer des Sutagebirges und, wie erwartet, auch das Meer. Fast gleichzeitig trifft er nun auch erstmals auf eine menschliche Siedlung, die ihn auf den ersten Blick freundlich stimmt. Die Bewohner scheinen ausgesprochen friedlich zu sein. Gelassen und fast würdevoll gehen sie ihren einfachen alltäglichen Verrichtungen nach oder sitzen vor ihren Hütten und Zelten, vor denen zumeist ein kleines Herdfeuer brennt. Weiter unten, nahe des Strandes, spielen ein paar unbekleidete Kinder.

Theron steht eine geraume Weile am Rand des niedrigen Waldes, aus dem er soeben getreten ist, um dieses wohltuende Bild, das von der tief stehenden Abendsonne mild beleuchtet wird, in sich aufzunehmen. Dieses Dorf mit seinen stillen Bewegungen, seinen ruhig in den Himmel aufsteigenden Rauchfahnen, strahlte soviel Ruhe und Geborgenheit aus, daß es ihm fast schon seltsam, ja unwirklich vorkommen muß. Dieser Umstand verwirrt den Atlanter auch etwas, denn Geborgenheit gibt es für ihn und seine Landsleute eigentlich nur hinter Gravitationsschutzfeldern oder zumindest hinter meterdicken Granitwänden. Hier jedoch ist alles offen. Jeder Feind, jedes wilde Tier, jedes Unwetter konnte ungehindert eindringen - konnte Tod und Zerstörung bringen.

Mit einer gewissen Ehrfurcht sieht Theron auf die alten Männer, die das Feuer in Gang halten; auf die anmutigen Frauen, die ihre kleinen Kinder umsorgen und Decken oder Zelte reparieren; auf die erwachsenen Jäger, die gerade im Begriff sind, ein erlegtes Tier zu häuten. Alles erscheint so natürlich, so real und notwendig - und doch auch irgendwie selbstvergessen, unwissend des eigentlichen Sinns.

Und es dauert nicht lange, da nimmt diese sehr ursprüngliche und anspruchslose Einstellung zum Sein auch von Theron Besitz; und gelassen, fast wie im Traum, geht er durch die Siedlung dieser Menschen. Er ist ein Fremder, aber niemand springt auf, geht weg, bedroht ihn oder sucht vor ihm Schutz. Man sieht ihn nur kurz an und geht weiter seinen Verrichtungen nach - als sei er nur ein alltäglicher Wanderer, der da durch das Dorf läuft, um vielleicht einen hier lebenden Bekannten aufzusuchen. Der sanfte Gesichtsausdruck Therons bescheinigt sowohl den mißtrauischen wie den naiven Einwohnern die Ungefährlichkeit des Gastes und so lassen sie sich in ihren Beschäftigungen nicht stören, während Theron vorübergeht.

Ohne, daß man es sich so recht erklären kann, kommen sich Besucher und Dorfbewohnern schnell näher und schließlich teilt man auch das Essen miteinander. Auf die freundliche Aufforderung der Jäger ist der ehemalige atlantische Beobachter an ihr Feuer gekommen. Einige der Männer verstehen griechisch und das ist anfänglich sehr von Vorteil für die Verständigung, aber auch die eigentliche Sprache dieser Menschen wird Theron sehr bald beherrschen. Griechische Händler, so erfährt er aus ihren Erzählungen, sind schon mehrmals mit dem Schiff hier vorbeigekommen und haben ihre Waren am Strand angeboten. Vielleicht auch deshalb ist dieses eigentlich nicht sehr seßhafte Volk schon seit einigen Jahren hier an dieser Küste geblieben.

Theron beschließt nun, hier zu überwintern. Er hatte sich seit dem Beginn seiner Wanderung keinen festen Plan zurechtgelegt und überläßt sich - in völliger Anpassung an die Natur dieses Planeten - ganz seinen zufälligen Eingebungen. Daß ihn die friedlichen Einwohner dieser Ansiedlung so selbstverständlich akzeptiert haben, bestärkt ihn in seiner Absicht. Schon am nächsten Morgen beginnt er, mit dem stillschweigenden Einverständnis der Bewohner, eine Hütte für sich zu bauen. Er errichtet sie am östlichen Rand der Siedlung, auf einem etwas erhöhten Punkt dicht vor einer größeren Baumgruppe. Obwohl die Sicht über das Dorf hinunter zum Meer dazu eingeladen hätte, verlegt er den Eingang nicht auf diese Seite, sondern an die gegenüberliegende Giebelwand. Er weiß selbst nicht, ob er sich damit etwas vom Dorfleben distanzieren - oder nur den scharfen Seewinden ausweichen möchte. Die zeltartige Hütte selbst besteht aus zwei Reihen schräg zusammengestellter Baumstämme, deren untere Enden ein gutes Stück in der Erde verankert sind. Besondere Sorgfalt verwendet Theron auf die Abdichtung der Zwischenräume, wobei er zunächst mehr an Ungeziefer und lästige Kleintiere denkt, als an die bevorstehende winterliche Witterung. Daß die Form seiner neuen Behausung nichts mit der im Dorf üblichen Bauform gemeinsam hat, scheint hier niemanden zu stören; man nimmt auch dies als Selbstverständlichkeit hin - wenn man von den neugierigen und fachmännischen Blicken einiger junger Familienväter einmal absieht.

Nach drei Tagen ist das Quartier endgültig fertig und Theron kann nun daran gehen, sich einige Vorräte für den Winter zu beschaffen. Seine bemerkenswerten Jagderfolge stiften allerdings einige Unruhe unter den Männern und so läßt er sich schließlich überreden, gemeinsam mit ihnen zu jagen. Dabei ergibt es sich nach kurzer Zeit von selbst, daß Theron nun die Anweisungen erteilt und die Jagd leitet. Und wenn die Gruppe dann mit reicher Beute ins Dorf zurückkehrte, hatte er sich bei diesen einfachen Menschen ein gewisses Ansehen erworben und kann nun sicher sein, daß ihm hier niemand sein Winterquartier streitig machen würde.

Kurz darauf geschieht jedoch etwas für Theron völlig Unerwartetes: zwei kleine Kinder kommen des öfteren an seine Hütte, geben mit Blicken und Gebärden zu verstehen, daß sie hungrig sind, und nehmen schließlich die ihnen angebotenen Speisen mit naiver Selbstverständlichkeit entgegen. Theron versucht herauszubekommen, warum sie nicht von ihren Eltern versorgt werden, aber er bekommt keine Erklärung. Schließlich schlafen die beiden, ein Junge von ungefähr sechs und ein Mädchen von vier Jahren, auch noch unmittelbar neben seiner Hütte. Theron entdeckt sie des Morgens dicht nebeneinander in einer Erdmulde liegend. Verwundert und etwas belustigt zieht er mit den beiden Menschenkindern an der Hand von Hütte zu Hütte. Die Kinder folgen ihm auch ohne Widerspruch, aber überall begegnet er ratlosen Gesichtern. Nirgends scheinen die Kinder hinzugehören. Offensichtlich haben sie also keine Eltern im Dorf. Aber wo kommen sie dann her? Möglicherweise waren ihre Eltern auch nicht mehr am Leben; feststellen ließ sich jedenfalls nichts.

Resigniert sieht Theron in ihre unschuldigen, fragenden Gesichter - dann nimmt er sie wieder mit und legt noch ein weiteres Drittel seiner Hütte mit Fellen und Matten aus, so daß nun genügend Platz zum Schlafen für seine neuen Gäste entsteht. Alles geht dann auch besser als erwartet. Die Kinder verschwinden tagsüber im Dorf und kommen relativ pünktlich zum Essen und zum Schlafen in die Hütte zurück, wobei besonders das jüngere Mädchen schon eine beeindruckende Selbständigkeit zeigt; nie sieht man, daß ihr älterer Bruder sie an der Hand führen oder zu etwas auffordern müßte.

Theron gewöhnt sich rasch an die unkomplizierten Kinder. Und da sie nun fast eine Familie bilden, beginnt er sich mehr und mehr um sie zu sorgen. Zuerst brauchen sie warme Kleidung, die er, so gut er es mit seinen Fähigkeiten vermag, aus den Fellen erlegter Tiere herstellt. Und dann ist es auch an der Zeit, sie daran zu gewöhnen, sich täglich zu waschen. Sie sehen es zwar nicht sofort ein, aber es gelingt ihm schließlich, ihnen begreiflich zu machen, daß es für die Bewohner *seiner* Hütte eben so üblich sei. Die Vorbildwirkung tut schließlich ein Übriges: die Kinder, die täglich erstaunt mit ansehen, wieviel Mühe ihr neuer Vater darauf verwendete, sich sauber zu halten, gehen bald mit ähnlichem Eifer dieser Beschäftigung nach. Auch macht ihnen das spielerische Toben mit dem warmen Wasser im Vorraum der Hütte bald einen riesigen Spaß. Theron hat anschließend seine Freude daran, wenn nach dem Bad beide Kinder mit roten Wangen, eingewickelt in weiche, dicke Felle, in kurzer Zeit eingeschlafen waren.

Eines Nachts, es ist bereits tiefer Winter, zieht ein ungewöhnlich starker Sturm herauf. Schon am Abend hatte man Anzeichen dafür gespürt, die auch den übrigen Bewohnern nicht verborgen geblieben waren. Man konnte beobachten, wie sie vorsorglich ihre Feuerstellen abdeckten, ihre Zelte befestigten und mit zusätzlichen Schnüren verspannten. Das Unwetter übertrifft dann jedoch alle Voraussicht der Menschen, und man kann ohne Übertreibung sagen, daß Therons neue Hütte die einzige ist, die dem Wind ohne Schaden standhält. Alle übrigen Behausungen der Siedlung werden ausnahmslos umgeworfen und teilweise gegen den nahen Wald gefegt. Umgebrochene Bäume zerdrückten dabei einige Hütten unter sich - oder diese standen so ungünstig, daß der Wind sie nun einfach vor sich her treibt. An mehreren Stellen breitet sich Feuer aus und richtet weiteren Schaden an, bevor es von den peitschenden Regengüssen nach kurzer Zeit wieder gelöscht wird. Der scharfe Wind ist zudem eisig kalt, und die obdachlosen Menschen, die nun jammernd im Freien herumlaufen, sind im durchdringenden Geheul der entfesselten Naturgewalten nichteinmal zu hören.

Theron, der das Rasen und Stürmen zunächst durch einen schmalen Sehschlitz in der dem Dorf zugewandten Rückseite seiner Hütte beobachtet, kann die Klagen und Schreie der Menschen draußen nur ahnen. Er hofft, daß zumindest seine Hütte stark genug ist, um dem Unwetter standzuhalten. Die Kinder neben ihm aber schlafen ruhig und fest unter ihren warmen Decken. Schließlich verschließt er auch den Sehschlitz sorgfältig, sieht auch noch einmal nach dem Eingang und legt sich dann selbst zur Ruhe.

Nachdem sich der Wind in den frühen Morgenstunden gelegt hat, verlassen alle drei sofort ihre schützende Unterkunft. Aber der Anblick, der sich ihnen draußen bietet, ist erschreckend: das Dorf ist nicht mehr wiederzuerkennen. Die vertrauten Behausungen, die ihm Struktur und Gestalt gegeben hatten, sind verschwunden; und auch die Menschen sind nicht zu sehen. Erst nach und nach erscheinen sie - verstört aus ihren eilig gesuchten Verstecken kommend, aus Bodenunebenheiten oder schnell mit den Händen gegrabenen Erdlöchern sich lösend. Mit einigen, dem Wind entrissenen, Fetzen hatten sie versucht, sich zuzudecken, und war dergleichen nicht vorhanden, blieb nur die kalte Erde, die der Sturm jedoch wieder davontrug, sobald sie gelockert war.

Terons Kinder sind starr vor Entsetzen, denn wohl als Einzige haben sie von diesem einmaligen Unwetter kaum etwas mitbekommen.

Sie gehen zum Strand hinunter: auch hier sieht es wüst aus, aber es lassen sich auch eine Menge auf dem feuchten Sand zappelnder Fische einsammeln. Die gut ausgeschlafenen Geschwister, die die Wichtigkeit dieser Aufgabe schnell begreifen, sammeln den ganzen Tag lang, wobei sie natürlich bald von den inzwischen dazukommenden übrigen Kindern des Dorfes unterstützt werden.

Alle Männer sind inzwischen beim Wiederherrichten ihrer Zelte und Hütten; wobei die Tatsache, daß Therons Hütte als einzige stehengeblieben ist, diesem eine gewisse Autorität beim Aufbau des Dorfes verleiht. Er wird nun von allen Seiten um Rat gefragt und seine Hinweise werden ohne Widerspruch befolgt. Die neuen Unterkünfte der Menschen sind nun mit starken Seilen und tief eingegrabenen Stämmen gegen jede Windbelastung von See her geschützt. Ein derartiger Sturm würde sich zwar in diesem Winter kaum wiederholen, aber nach dieser Katastrophe ist man sehr vorsichtig geworden. Bald haben also alle wieder ein Dach über dem Kopf - und fast so schnell wie das Unwetter dieses primitive Dorf zerstört hat, ist es nun, eben aufgrund seiner puren Einfachheit, wiedererstanden.

Für Theron bringt dieser erste Abend nach dem Aufbau des Dorfes noch eine besondere Überraschung. Als er gerade dabei ist, auf der kleinen Feuerstelle im Vorraum seiner Hütte einige Fische zu braten, erscheint eine schlanke, junge Frau, die zunächst wortlos, aber mit unmißverständlichen Gebärden, Einlaß, Teilnahme am Essen und schließlich ihren Schlafplatz neben Theron verlangt. Sie tut es mit einer solchen Natürlichkeit und ohne jede Scham, daß kein Zweifel an ihrem Wollen und ihrer, von der Dorfgemeinschaft festgelegten Bestimmung aufkommen kann.

Theron ist sich sicher, daß sich vor ihrem Erscheinen unter vielleicht zwei, drei oder vier in Frage kommenden Mädchen ein entsprechender, sicher nicht ganz konfliktloser, Rangordnungskampf abgespielt hatte. Die Siegerin ist nun zu ihm gekommen - wie vielleicht schon seit Jahrzehnten oder Jahrhunderten das klügste, vornehmste Mädchen des Dorfes, sicher nach einem bestimmten Ritus, als erste unter den noch im Junggesellenstand lebenden Männern wählen durfte und zum festgelegten Tag in seine Hütte ging. Er hatte hier also einen lebendigen Beweis für eine Reihe umstrittener, nie ganz bewiesener Beobachtungen neben sich, daß es unter diesen Völkern - trotz eigentlicher Männerherrschaft - immer noch verbreitet war, daß die Frauen ihre Partner selbst auswählten. Im Grunde war es ein Relikt aus uralter Zeit, aber es schien sich hier bewährt und erhalten zu haben. Durch seine bisherige Zurückhaltung gegenüber den jungen Frauen des Dorfes hatte der zugereiste Atlanter übrigens, ohne es zu wissen, den hier herrschenden Gebräuchen voll und ganz entsprochen. Nun, Theron hat jetzt nichts dagegen, denn seit über einem Jahr hatte er keine Frau mehr umarmt; und seine Hütte, die drei Menschen Platz bot, konnte - wenn man etwas zusammenrückte - sicher auch noch einen vierten Bewohner aufnehmen.

Anderentags verschwindet das Mädchen am frühen Morgen - kommt aber zum Abend unversehens wieder; bringt diesmal ein winziges Bündel mit notwendigen Sachen mit, und bleibt von nun an bei ihm. Die Kinder verstehen sich recht gut mit ihr - aber das Verhältnis erinnert in keiner Weise an eine Mutter-Kind-Beziehung, wie man es nach Lage der Dinge vielleicht hätte erwarten dürfen. Die Kleinen sind schon viel zu selbständig, um bei dieser jungen Frau mütterlichen Schutz zu suchen. Und haben sie wirklich einmal etwas auf dem Herzen, so wenden sie sich zuerst an Theron. Sina, die junge Frau, wird von ihnen eher als eine gleichberechtigte Schwester angesehen, was des öfteren zu recht niedlichen Szenen führen sollte.

Als der Winter endgültig vorüber ist und sich das Wetter von Tag zu Tag bessert, beginnt Theron die neue Familie langsam auf seine bevorstehende Abreise vorzubereiten. Es ist für ihn schwer zu ermessen, wie weit ihn diese einfachen Menschen verstehen können, aber sie nehmen es jedenfalls mit einer gewissen angeborenen oder anerzogenen Schicksalsbereitschaft auf, die Theron schon oft bei ihnen bewundert hat. Er selbst will seine große Wanderung fortsetzen - weiter nach Süden, um, immer der Küste folgend, schließlich in die kultivierteren Gebiete der Griechen zu gelangen. Dorthin hatten ihn in seinen früherer Jahren verschiedene Beobachtungsmissionen geführt und er hatte seitdem für dieses Volk und seine junge Kultur eine starke persönliche Zuneigung entwickelt. Jetzt, in gereiftem Alter, und in seiner besonderen, durchaus nicht alltäglichen Situation eines abgemusterten Beobachters, erweist sich diese frühe Zuneigung immerhin stark genug, seinen Weg unbedingt dorthin zu lenken.

Der Tag des Abschieds von seinem kurzen Familienleben ist schließlich auch überstanden. Und anscheinend hat ihn diese Trennung mehr berührt als Frau und Kinder. Jetzt, einen einsamen, weiten Weg vor sich, kann er in Ruhe darüber nachsinnen. Er hatte sich - das erste Mal selbst in der verantwortungsvollen Rolle eines Familienoberhauptes - so verhalten, wie es seine Herkunft und seine Erziehung von ihm verlangt hatten; und das war für diese Menschen eines jungen, gerade seßhaft gewordenen Volkes vielleicht schon ein wenig zuviel. Nun, dafür hatte er sie andererseits auch jetzt verlassen müssen. Die Frau würde sich ohne Probleme einen neuen Mann wählen, und die Kinder, dessen konnte er sich sicher sein, würden ihr Wohnrecht in seiner ehemaligen Hütte für alle Zeiten behalten.

Die Einsamkeit des Weges umfängt ihn. Und von Tag zu Tag werden gleichzeitig auch wieder die Erinnerungen an die Wanderung des letzten Sommers wach - während dafür die Erlebnisse des Winters, die Zeit mit Sina und den Kindern, mehr und mehr verblassen. Die Brücke zur alten Identität ist also geschlagen und ... reichte damit auch zurück zu dem Tag, als er sein Beobachterschiff verließ, als er zuvor um den halben Erdball raste, als er seinen Schüler Aros bestatten mußte, als er mit dem noch lebenden Aros eines Morgens in den Fels stieg...

Doch ist ihm diese Erinnerung, auf die er nun die Geschehnisse eines ganzen Jahres schichten kann, nun nicht mehr ganz so schmerzhaft und ganz so nah. Zumindest sein Verstand, die Fähigkeit, klare, logische Entschlüsse zu fassen, scheint wieder hergestellt. Und es erscheint ihm daher auch ganz normal, daß jetzt, nach dem Erreichen dieses alten, vertrauten Zustandes, nochmals eine Welle von Schmerz und Verzweiflung über ihn kommt. Nicht spontan, blind und unkontrolliert - sondern aus dem vollen Bewußtsein der Zusammenhänge. Und dieser Schmerz ist weitaus größer, wenn sich auch der Umgang mit ihm vergleichsweise einfacher und ungefährlicher zeigt. Theron kann fischen, jagen, seine Mahlzeiten bereiten, seine stille Freude daran haben, die Landschaft zu genießen - und trotzdem spürt er, daß die Trauer um seinen verlorenen Freund ständig in ihm ist und ihn ausfüllt, so oft er mit seinen Gedanken auch nur ein kleines Stückchen vom Alltäglichen abrückt.

Er glaubt, nur eines tun zu können, um sich in dieser Situation zu helfen: immer neue und neue Eindrücke darüber zu schichten, das jedenfalls hatte er bei seiner anscheinend sinnlosen Flucht instinktiv gespürt. Nur hier, in der wilden, ungezähmten Weite der Welt ließen sich vielleicht Ereignisse finden, welche die Tragik seines vergangenen Lebens in irgendeiner Weise aufwiegen konnten.

Die Wanderung entlang der Meeresküste wird also fortgesetzt. Woche um Woche vergeht und wenig geschieht. Theron begegnet

Menschen in armseligen Dörfern, er durchquert unbewohnte Küstengebiete, er sieht Tote am Strand liegen, die mit großer Wahrscheinlichkeit von einem überfallenen Handelsschiff stammten, und er muß sich einige Male selbst gegen Wegelagerer und kleinere Scharen umherziehender, plündernder Krieger verteidigen. Unbeirrt setzt er dabei seinen Weg fort und erreicht gegen Ende des Sommers schließlich die Küste der Ägäis.

Vor der Meerenge, dem Hellespont, wie ihn die Griechen nennen, hatte Theron, um Begegnungen mit Bewaffneten zu vermeiden, den Weg durch das unbewohnte Hinterland gewählt und sich dabei gleichzeitig etwas nach Süden gewandt - jetzt steht er auf einem Höhenzug und sieht nun im Westen die unter ihm liegende Küste. Das Meer ist tiefblau, fast schwarz - und im Dunst der Ferne ahnt man die Gestade vieler größerer und kleinerer Inseln. Bald glaubt er, in der glitzernden Weite ein Schiff entdeckt zu haben, aber der winzige Punkt flimmert vor seinen Augen und verschwindet bald wieder. Ein Stück unterhalb seines Aussichtspunktes trifft er dann auf eine, offensichtlich stark benutzte Handelsstraße, die mit Sicherheit zu einer der nächsten Hafenstädte führen dürfte. Es konnte eigentlich nur die Stadt Assos sein, und Theron bemerkt bald, daß er offensichtlich nicht der einzige ist, der sie in diesem Herbst aufsuchen möchte. Schon nach wenigen Stunden, da Theron seine Wanderung nun auf dieser Straße fortsetzt, trifft er auf eine größere Gruppe Reisender, die mit einigen hochbeladenen Ochsenkarren und mehreren Lasteseln unterwegs ist. Es sind fröhliche, ausgelassene Leute und fast hätte Theron sich ihnen angeschlossen. An einem Rastplatz trifft er weitere Griechen mit dem gleichen Reiseziel, und er erfährt hier auch den Zweck ihrer Reise: Assos bereitete sich in diesen Wochen auf die Weihe seines neu erbauten Tempels vor. Um dieses bedeutende Ereignis würdig zu feiern, hatten die Stadtväter und die Priesterschaft Boten in alle befreundeten Städte der Umgebung gesandt. Auch die überall im Land umherziehenden Händler taten ihren Teil zur Verbreitung dieser Nachricht. Es wird ein gewaltiges Fest zu feiern sein - und Assos wird in dieser Zeit zu einem großen Tummelplatz aller umgebenden Völkerschaften werden. Troer, Lyder, Ionier, Äolier würden kommen und dazu viele offizielle Delegationen und Gesandte aus den weiter entfernten Griechenstädten und aus fremden Königreichen.

Die Weihe eines neuen Tempels kam nicht alle Tage vor. Jahrzehntelange Arbeit in Steinbrüchen, Bildhauerwerkstätten und auf der Baustelle selbst mußten dem vorausgehen. Die Künstler kamen zumeist von weit her, um die seltene Gelegenheit wahrzunehmen, ihren Ruhm durch einen Tempelbau zu vergrößern. Außerdem mußte eine Stadt, die sich einen größeren Tempel errichten wollte, schon einen gewissen Reichtum erlangt haben - und es durfte ihr auch in der langen Bauphase kein größeres Unglück widerfahren, etwa ein Krieg, eine Hungersnot oder die Pest. All dies hätte den Tempelbau, der große Kräfte erforderte, verhindert oder auf weite Zeit hinausgeschoben.

Assos hatte es aber geschafft all die großen Anstrengungen zu vollbringen und seinen Tempel, welcher der Göttin Artemis geweiht werden sollte, zu vollenden. Und man erzählte sich bereits überall auf den Handelsstraßen des Landes, daß dieses Bauwerk von ganz besonderer Pracht und Schönheit sein sollte. Nirgends sonst an den griechisch besiedelten Küsten soll man je Vergleichbares gesehen haben.

In wenigen Tagen ist die Stadt Assos dann erreicht, und mit Erstaunen muß Theron feststellen, daß sich eine ungeduldige, kindische Freude, etwas Einmaliges und Großartiges mitzuerleben, von den ihn umgebenden Menschen auch auf ihn selbst übertragen hatte. Es wundert ihn, denn er kannte bereits die größten und bedeutendsten Tempel der Griechen von seinen früheren Reisen. Auch die babylonischen, ägyptischen und sylonischen Tempelanlagen hatte er mit eigenen Augen gesehen, dazu noch einige im fernen Osten und auf anderen Kontinenten. Nein, es ist nicht mehr das fachliche Interesse, welches hier seine Befriedigung sucht. Seine Zeit als atlantischer Beobachter ist wohl vorbei. Theron hat sich dem einfachen Leben auf seiner fast zweijährigen Wanderung soweit angepaßt, daß dieses fröhliche Fest auch für ihn zu einem echten, persönlichen Höhepunkt werden wird. Mit all den begeisterten Menschen ringsum will er - was noch kein Atlanter vor ihm getan hat - dieses besondere Ereignis als ganz einfacher, *beteiligter* Mensch miterleben.

Gleich ihm sind, außer den unübersehbaren Scharen einfachen Volkes und der vielen offiziellen Gesandtschaften, auch eine gewisse Anzahl ebenfalls einzeln reisender Männer gekommen: Priester abgelegener Kultstätten; weitab in der Provinz lebende Philosophen und Eremiten aus den Bergen des Hinterlandes. Für jeden von ihnen hat das Geschehen seine einmalige, mystische Bedeutung. Auch Theron wird von der Menge wohl als ein solcher Einsiedler angesehen und man begegnet ihm deshalb auch mit einer Mischung aus Respekt und scheuer Zurückhaltung.

Den Tempel selbst hatte man in einem, auf uralte Überlieferungen zurückgehenden, heiligen Bezirk außerhalb der Stadt errichtet. Im Moment ist er aber noch für alle Besucher tabu. Die Handwerker und Künstler haben ihr Werk bereits vollendet und das Gebäude dem Obersten Priester übergeben - der nun, in Abgeschiedenheit und Stille, mit nur wenigen Gehilfen, die Weihe vorbereitet. Von diesen bedächtig handelnden Männern abgesehen, scheint der abgezäunte Tempelbezirk wie ausgestorben. Zwischen ihm und der Stadt aber breitet sich das Heerlager angereister Gäste immer lauter und ausgelassener aus. Angestachelt von der Vorfreude und dem fast pausenlosen Zuwachs an neuen interessanten Gästen, scheinen sich die hier lagernden Besucher schon jetzt in einem Festtaumel zu befinden. Vom frühen Morgen bis in die Nacht sieht man sie an Bratspießen hantieren, Weinschläuche leeren, tanzen und musizieren. Händler preisen laut schreiend ihre überteuerten Waren an, Zauberer und Gaukler springen herum, Mädchen in fremdartig bunten Gewändern bieten sich den Männern an. Und natürlich durchstreifen auch Diebe das Lager und machen unter den Fremden reichliche Beute. Verstohlen sehen sie - aus respektvollem Abstand - zu den von starken Lanzenträgern bewachten Zelten der offiziellen Delegationen hinüber. Dort stehen, kaum zu übersehen, Kisten und Truhen mit Gold und Silber: Tempelgaben und Weihgeschenke, von denen man sich den Schutz der Göttin, eigenen Ruhm und nicht zuletzt auch das Wohlwollen und die Freundschaft der Stadt Assos erhofft.

Theron meidet das Lager der Gäste, das ihm nach den vielen einsamen Nächten viel zu laut erscheint und sucht sich unweit des Hafens eine bescheidene Unterkunft bei einem Fischer. Tagsüber durchstreift er die Umgebung der Stadt und findet in den nahen Bergen auch einen ruhigen, abgeschiedenen Ort für seine Meditation. Hier draußen entsteht in ihm erstmals der Wunsch, sich direkt an der Weihe dieses Tempels zu beteiligen und ein ganz persönliches Weihgeschenk zu überbringen. Er liebt dieses Volk und seine freie, kindliche und dabei verdammt menschliche Art zu leben - und er möchte diese Zuneigung gern selbst einmal zum Ausdruck bringen. Die Tempelweihe wäre ein geeigneter Anlaß. Da er keine Schätze zu vergeben hat, beschließt Theron zu Ehren der Göttin Artemis (aber eigentlich wohl mehr zu Ehren der griechischen Kultur) einige Stücke seiner atlantischen Musik vorzutragen. Das mitgeführte Wiedergabegerät erlaubte schließlich eine beachtliche Lautstärke, welche für sein Vorhaben durchaus ausreichend sein durfte.

Noch am gleichen Tag sucht er also das Haus des Obersten Priesters auf, um sich in die Liste der offiziellen Erstbesucher des Tempels eintragen zu lassen; also der Gäste, die den heiligen Bezirk während der Hauptzeremonie vorrangig und in einer vorher festgelegten Reihenfolge *allein* betreten durften. Bedingung für diesen Vorzug war allerdings die Übergabe eines Geschenkes oder einer Opfergabe - wobei der Überlieferung und geheiligten Tradition zufolge der materielle Wert nicht ausschlaggebend sein sollte. Man sagte, das Auge der Gottheit weile mit besonderem Wohlwollen auf diesen ersten Besuchern des Tempels und sie stünden von diesem Tage an unter ihrem Schutz. Jedermann versuchte also aus eigenem Interesse, den Wert des Geschenkes besonders hoch zu bemessen - soweit er sich das eben leisten konnte.

Theron wird also einem Organisationskomitee vorgeführt, das in den Tagen vor dem Fest natürlich alle Hände voll zu tun hat. Hier darf er nun seinen Wunsch vortragen, wobei er angibt, von weit her gekommen zu sein - was auch stimmte. Und er gibt weiterhin an, daß die von ihm beabsichtigte musikalische Darbietung zu Ehren der Göttin und zu Ehren den neuen Tempels bei ähnlichen Anlässen in seiner Heimat eine lang geübte Praxis sei - was ebenfalls der Wahrheit entspricht. Es sei sein persönlicher Wunsch, so Theron, die von allen verehrte Göttin Artemis mit seiner Musik zu erfreuen und ihr den Einzug in ihr neues, prächtiges Haus auf diese Weise festlich zu gestalten; da er, wie er noch hinzufügt, als Reisender über keine anderen Schätze verfügt, die er dem Tempel übergeben könne.

Die im Raum anwesenden Priester und städtischen Organisatoren sind zunächst etwas ratlos. Daß dieser Fremde kein Gold, keine Opfertiere, keine marmornen Bildsäulen oder sonstige Schätze darbringen kann, gibt er also selbst zu - offenbar hält er seine Musik für ein weit wertvolleres Gut. Aber wie er diese Musik ohne die dazu notwendige stattliche Anzahl von Musikanten eigentlich vortragen will, bleibt den weisen Männern zunächst ein Rätsel. Irgendwie aber spüren sie sofort auch die Ernsthaftigkeit und Glaubwürdigkeit dieses weitgereisten Fremden. Dies ist sicherlich kein Abenteurer oder Betrüger; seine Absichten sind ehrlich und entspringen einem tiefen, persönlichen Wollen. In Sorge um einen würdigen Verlauf des Weihefestes stellt man Theron trotzdem die Frage, ob es möglich sei, vorher eine beliebige Probe seiner musikalischen Darbietung zu vernehmen. Theron versteht ihr Problem und stimmt nach kurzer Überlegung verständnisvoll zu. Abseits der Stadt soll einer der Priester Gelegenheit dazu bekommen.

Zu Therons Verwunderung befindet sich in Begleitung des Priesters, mit dem er bald darauf die bergige Einöde nördlich der Stadt aufsucht, auch eine junge Frau. Zunächst ist von ihr allerdings nur wenig zu sehen, denn sie folgt den Männern in einigem Abstand in ihrer, mit seidigen Vorhängen ringsum geschlossenen, Sänfte. Als man angekommen ist und die Träger ihre wertvolle Last etwas entfernt niedersetzen, steigt jedoch niemand aus, was Theron noch mehr verwundert und ihn veranlaßt, sich bei seinem freundlich-bescheidenen Begleiter zu erkundigen.

"Es ist die Priesterin Lilith." flüstert dieser, für sein Amt noch erstaunlich junge Mann, geheimnisvoll. "Sie ist uns ohne Aufforderung hierher gefolgt. Weshalb sie dies tat, weiß ich natürlich nicht, aber ich vermute wohl, daß sie eurer Ersuchen um eine Teilnahme an der Zeremonie im Haus des Obersten Priesters mitangehört hat. Sie weilt als Gast in diesem Haus und befand sich zu gleichen Stunde in einem Nebenraum der Halle, der nur durch einen Vorhang abgetrennt ist."

"Wer ist sie denn und woher kommt sie?"

"Das wißt ihr nicht?" der Priester ist ehrlich erstaunt. "Ihr kennt sie wirklich nicht? Habt ihr nie etwa gehört von Lilith, Lilith der Tänzerin, Priesterin der Isis und der Aphrodite? Sie ist die geheimnisvollste Frau zwischen Thrakien und Ägypten. Und von dort, also von Ägypten, kam sie übrigens hierher. Denkt nur, mit einem Staatsschiff des Pharaos! Es liegt ganz vorn im Hafen, gleich an der neuen Mole."

"Ich habe das Schiff gesehen." bestätigt Theron. "Es ist das größte und schönste Schiff im Hafen."

"Man sagt, der Pharao wollte sie zu seiner Geliebten machen - aber sie verweigerte sich ihm. Und als er sie mit Gewalt nehmen wollte, beschützte sie die Göttin... Jetzt betet er sie an und erfüllt ihr jeden Wunsch, um die Götter nicht zu erzürnen. Als die Priester und Ältesten unserer Stadt sie baten, die kultischen Tänze des Weihefestes zu leiten und sie hierher nach Assos einluden, stellte er ihr sofort sein Staatsschiff zur Verfügung."

Wenn der Pharao sein Schiff schickt, wird mehr dahinter stecken, als der launische Wunsch einer Frau, denkt Theron bei sich, laut aber fragt er: "Woher stammt sie eigentlich und wer sind ihre Eltern?"

"Niemand weiß es genau, aber man sagt, daß sie in Phönizien als Kind einfacher Leute - oder gar Sklaven - zur Welt kam."

"Und warum, glaubst du, ist sie uns gefolgt?"

"Nun, ich weiß es nicht, aber vielleicht hat es damit zu tun, daß ihre Weihgabe der euren ganz ähnlich sein wird. Zu Ehren der Göttin wird sie Musik und kultische Tänze im Tempel aufführen - nur in Anwesenheit der höchsten Ehrengäste - ihr versteht. Mit den Tempelmusikanten aus Assos und blutjungen Tänzerinnen hat sie ganz neuartige Stücke eingeübt. Sicher interessiert sie sich nun auch für die Art der Musik, die ihr im Tempel vorzutragen wünscht..."

"Gut möglich. Und da sie schon einmal hier ist, mag sie auch zuhören."

Theron begibt sich einige Schritte weiter an den steil abfallenden Hang des kahlen Berges, setzt sich mit dem Rücken zu seinem Begleiter nieder, stellt das Wiedergabegerät ein und beginnt seine Meditation. Mit langsam zunehmender Stärke dringen die feinen Klänge atlantischer Musik in die umgebende Landschaft; erfüllen den Raum dieser Bergwelt und steigen gleichsam auf in den Himmel. Der Charakter der Musik ist der eines freudigen Anrufes - nicht der eines Triumphes. Dabei ist es eine stille, ernsthafte, meditative Musik, die niemanden stören will; eine Musik der Einsamkeit. Theron bedient sich ihrer gern bei seiner Meditation. Und er vergißt auch jetzt die ihn beobachtenden Personen und steigt in Gedanken höher und höher. Die Musik trägt ihn fort, einem Höhepunkt entgegen - dem Ziel der Versenkung - einem Zustand, in dem er, von allen irdischen Dingen befreit, die Welt aus großem Abstand zu überschauen und zu erfassen vermochte.

Der ungewöhnliche Vorgang hat nicht sehr lange angedauert. Und bald nachdem die letzten dieser geheimnisvollen Töne in der Landschaft verklungen sind, erhebt sich Theron - offensichtlich gestärkt - und wendet sich wieder seiner Begleitung zu. Der Artemis-Priester steht, wie versteinert, noch immer am selben Platz, den er während des Vortrags offenbar nicht verlassen hat. Aber wenige Schritte vor diesem sieht er Lilith. Schon nach den ersten Klängen war sie interessiert aus ihrer Sänfte gestiegen und hatte sich dem am Abhang kauernden Fremden mehr und mehr genähert. Nur erscheint sie etwas verwirrt. Forschend und suchend schaut sie sich den Atlanter direkt und ungeniert an - doch offenbar findet sie nicht, was sie sucht. Auch er hat somit nun eine unverhoffte Gelegenheit, sie genau zu betrachten und scheint dadurch eher etwas belustigt: diese berühmte Priesterin der Isis und der Aphrodite ist ja fast noch ein Kind! Sie zählt höchstens siebzehn oder achtzehn Jahre; ist aber, das mußte man anerkennen, von außergewöhnlicher Schönheit. Daß sie auch eine ebenso außergewöhnliche Intelligenz besitzt, wie es ihm der mitteilungsbedürftige Artemis-Priester später auf dem Rückweg erzählt, will Theron gern glauben. Wie sonst sollte sie, auf der politischen Ebene, auf der sie sich bewegte

- zwischen Königen, Pharaonen und Obersten Priestern -, ihre schwierige Stellung als Diplomatin, Geheimnisträgerin und Geliebte behaupten. Ehe er allerdings ein Gespräch mit ihr beginnen kann, hat sich Lilith schon entschlossen umgewandt und eilt mit schnellen Schritten zu ihrer Sänfte, die sie sofort zur Stadt hinunter trägt.

Als habe die Ungeduld der vielen wartenden Menschen sie noch verkürzt, vergehen die letzten verbleibenden Tage bis zur Tempelweihe sehr rasch. Und schließlich sind alle in feierlicher Stille um das neue, hell erstrahlende und prächtig geschmückte Bauwerk versammelt. Im Innern des Tempels wird jetzt die Weihezeremonie vorgenommen - während man im heiligen Bezirk ringsum die Opfertiere zum Altar führt und gewaltige Feuer entzündet. So vergeht der erste Tag des Festes.

Am nächsten Morgen ziehen die Gesandtschaften als aller Welt in langer Prozession durch die Menge der Zuschauer direkt in den Tempel. Die mitgeführten Schatztruhen sind weit geöffnet und allen Blicken preisgegeben, besonders schöne Stücke trägt man auf eigens dafür angefertigten Gestellen durch die Reihen der Neugierigen. Alle sollen nun sehen, was die Abordnung dieser oder jener Stadt der Göttin zum Geschenk machen wird. Die Begeisterung und das Staunen der Menschen wächst mehr und mehr. Es ist kaum zu glauben, welche Reichtümer in den neuen Tempel nach Assos fließen. Daß jedoch ein großer Teil dieser Schätze die Stadt still wieder verlassen wird, um die für den Bau aufgenommenen Schulden zu tilgen, wissen allerdings nur Wenige, und in der Hochstimmung des Festes denkt auch niemand gern an derartige Dinge.

Am dritten Tag der Tempelweihe soll neben anderen Gästen auch Theron seine Gelegenheit bekommen, den heiligen Bezirk zu betreten und - nur im Beisein einiger Artemis-Priester - seine Musik erklingen zu lassen. Die Menge der Besucher hat sich auch an diesem Tage immer noch außerhalb eines Zaunes aufzuhalten, welcher sich rings um das Tempelgelände erstreckt. Erst nach Ablauf aller religiösen Zeremonien würde das Bauwerk auch ihnen offenstehen. Lilith, so hat Theron vernommen, ist schon vor ihm im Tempel gewesen und hatte mit einigen auserwählten Mädchen aus Assos ihre kultischen Tänze aufgeführt. Ein Teil dieser Tänze fanden sogar im Freien, vor einer der prächtigen Giebelseiten des Gebäudes statt. Von den anwesenden Zuschauern wurden die unverhofft erlebten Darbietungen mit großer Begeisterung aufgenommen. Für viele Besucher ist Lilith sogar die

Hauptattraktion dieses Festes. Das Geheimnis ihrer Herkunft, ihre abenteuerlichen Beziehungen zum Pharao, ihre sagenhafte Schönheit und nun ihre fremdartigen, traumhaften Tänze hatten das Interesse und die Neugier dieser Leute geweckt.

Einen Fremden namens Theron dagegen kennt hier niemand. Ganz allein weilt er nun im inneren Bezirk und fühlt sich von dem großartigen Gefühl durchdrungen, eine derartig historische Stunde selbst mitzuerleben. Langsam umschreitet er also das gewaltige, sechs mal dreizehn Säulen zählende, Bauwerk, bestaunt die neuartigen Reliefverzierungen des Architravs und den sehr selten vorkommenden Metallschmuck an den Giebeln. Alles ist von großer Schönheit und Erhabenheit; selbst unbedeutende Details sind hier auf das Sorgfältigste gearbeitet.

Im Innern der Tempelhalle angelangt, scheint die Zeit für ihn einen Moment stehenzubleiben. Was für ein Augenblick, denkt Theron: ich befinde mich im Naos eines neu erbauten Tempels der Artemis und werde mit einer ganz persönlichen Gabe dazu beitragen, ihn zu weihen. Und ganz in diesen Gedanken versunken, in rührender Hingabe an eine fremde Göttin, an deren Existenz er als Atlanter natürlich nicht ernsthaft glaubte, läßt er hier nun seine Musik erklingen. Bald wird sie lauter, festlicher, feierlicher; dringt nach außen und läßt durch ihre Schönheit schon bald die eben noch gleichgültige Masse der Besucher aufhorchen.

Das ist keine normale Musik, das ist ... eine Beschwörung. Die Göttin selbst wird ersucht, vom Olymp herab zu steigen und diesen herrlichen Klängen zu lauschen, die man ihr zu Ehren im Tempel darbringt. Es ist wahrhaft eine Musik der Überirdischen, und viele Zuhörer sind versucht, die nun einsetzende weibliche Gesangsstimme Artemis direkt zuzuschreiben - wer sonst sollte es sein. Von der Schönheit der Melodie ganz abgesehen, kann kein menschliches Wesen so laut singen; selbst ein im zarten Flüsterton gehauchtes Wort ist im gesamten Tempelbezirk deutlich zu vernehmen. Noch verstärkt wird dieser wundersame Eindruck durch die, den Griechen unbekannte, aber dabei sehr hoheitsvoll klingende, atlantische Sprache.

Was währenddessen die priesterlichen Wachen am Eingang denken und fühlen, ist nicht zu erraten. Reglos stehen sie hier zu Ehren ihrer Göttin und bewachen symbolisch die unermeßlichen Schätze, welche den langen, hohen Raum ringsum füllen. Therons Musik, von atlantischen Komponisten vor drei, fünf oder zehn Jahrhunderten erdacht, umflutet sie ebenso, wie die vielen kleinen und großen Artemis-Statuen, die Dreifüße und Leuchter, die silberbeschlagenen Truhen und die bemalten Gefäße mit Räucherwerk, kostbaren Ölen und seltenem Wein.

Und noch jemand lauscht unbemerkt aus nächster Nähe den herrlichen fremden Klängen: hinter dem mächtigen Marmorsockel des Altars, verborgen zwischen Bergen von Opfergaben, steht Lilith mit zwei ihrer Dienerinnen. Dank ihrer unbestrittenen Autorität, die sie als Ehrengast genießt, fiel es ihr nicht schwer, zu dieser Stunde heimlich Einlaß zu erhalten. Sie ist neugierig und spürt instinktiv, daß dieser Fremde, dieser Eremit aus den Bergen - oder wo immer er herkommen mag -, zumindest mehr ist, als er hier zu sein vorgibt. Als Isis-Priesterin kennt sie die Geheimnisse vieler Tempel, ihre kultischen Zeremonien, die versteckten Anlagen zur Erzielung wirkungsvoller Effekte - aber eine derartige Musik hatte sie noch nie gehört - auch nichts, was sich auch nur annähernd damit vergleichen ließe. Und dabei ist das Gehörte auch noch großartig und so unglaublich schön, es zieht jeden, der es vernimmt, unwiderstehlich in seinen Bann. Ja zeitweise scheint es ihr sogar, daß diese Musik Größeres und Erhabeneres auszudrücken vermochte, als das Bauwerk des neuen Tempels selbst...

Als Therons Darbietung nach einem aufbrausenden, triumphalen Schlußakkord schließlich verklungen ist, wird die Umgebung für Lilith plötzlich grau und leer. All die Kunstschätze ringsum, die schönsten Erzeugnisse ihrer Welt, muten ihr plötzlich primitiv und einfallslos an - verglichen mit der Kraft und Ernsthaftigkeit dieser fremden Melodien. Das eben Gehörte war, so entscheidet Lilith für sich, das bei weitem schönste Geschenk, daß der Göttin in ihrem neuen Tempel dargeboten wurde - und sie beschließt, diesen Fremden, der sich Theron nennt, von nun an zu beobachten und sein Geheimnis zu lösen.

Als Theron am Abend in die Nähe seiner Unterkunft kommt, steht sein Gastgeber, ein gutmütiger, alter Fischer, plötzlich neben ihm auf der Straße und hält ihn am Gewand fest.

"Ein Fremder erwartet euch im Haus, Herr. Er gab mir zwei Goldstücke, wenn ich heute ausbleibe und euch das Haus allein überlasse. Vergebt mir Herr, aber ich hoffe doch, ihr werdet dadurch keine Unannehmlichkeiten erleiden. Da ihr mein Gast seid, wollte ich..."

"Aber die Goldstücke hast du genommen, Alter." meint Theron versöhnlich. "Mach dir um mich keine Sorgen und komm erst nach Sonnenuntergang in dein Haus, wie du es versprochen hast."

Zufrieden verschwindet der Fischer in der Menge. Theron greift nach seiner Waffe und geht nachdenklich Schrittes weiter. In der bescheidenen Fischerhütte empfängt ihn sogleich ein älterer, vornehm gekleideter Herr und ehe Theron ihn ansprechen kann, begrüßt ihn der Fremde in bestem Atlantisch.

"Sei gegrüßt Theron. Ich bin Demalos, Mitglied des Ordens und derzeit Sonderbeauftragter der Weltbeobachtung. Leider kennen wir uns aus früherer Zeit nicht persönlich - ich hatte bis vor einem Jahr nie mit dieser Fakultät zu tun. Aber gehört habe ich viel von ihnen. Ihre, ich will es einmal so ausdrücken: individuelle Wanderung, hat in der Stadt viel Interesse hervorgerufen."

"So." meint Theron gleichgültig.

"Ja, und ich bin heute, kurz gesagt, hier, um sie zu warnen. Im Übrigen respektiert man an höchster Stelle ihren offensichtlichen Wunsch, nicht in die Stadt zurückkehren zu wollen, wenn auch einige Mitglieder des Senats - das will ich ihnen nicht verheimlichen - nur wenig Verständnis dafür haben. Es bleibt immerhin ein Risiko für uns; nicht nur, weil sich der Energiewerfer und der akustische Gravitationswandler noch in ihrem Besitz befinden - vor allem ihre Kenntnisse könnten Gefahren heraufbeschwören, falls sie sie anwenden oder gar weitergeben. Sie werden also verstehen, daß der Orden sie weiterhin beobachten wird. Und dies natürlich auch, um sie nötigenfalls zu beschützen - schließlich sind sie Atlanter und der Gedanke wäre uns unerträglich, daß sie in einer sinnlosen, barbarischen Metzelei ums Leben kommen könnten."

"So." sagt Theron noch einmal und fügt dann in gleichem belanglosen Tonfall hinzu: "Ich hab mir bis jetzt immer zu helfen gewußt und könnte mir in dieser Welt keine Situation vorstellen, der ich nicht gewachsen sein sollte. Sie wissen das im Übrigen auch - wozu also die diese überflüssige Warnung?"

"Nun, ich weiß die Fähigkeiten unserer bestens ausgebildeten Beobachter wohl einzuschätzen, aber auch sie haben schließlich irgendwo ihre Grenzen. Wie zum Beispiel wollen sie sich - ohne Schutzfeld - wirkungsvoll verteidigen, wenn sie inmitten einer feiernden Menschenmenge plötzlich von allen Seiten gleichzeitig mit Pfeilen und Wurfspeeren angegriffen werden?"

Theron horcht auf und sieht seinen Landsmann fragend an. Eine ungute Ahnung war ihm gekommen.

"Theron, hören sie zu. Ich bin hier, um ihnen mitzuteilen, daß ein größerer Überfall auf die Stadt Assos unmittelbar bevorsteht. Nach unseren Analysen dürfte die Stadt dabei kaum eine Chance haben. Der

Überfall wird unvermutet erfolgen, wenn sich das Fest in den nächsten Tagen auf dem Höhepunkt befindet. Viele werden es nicht überleben. Sie können sich denken, daß man es vor allem auf die reichlich zusammengetragenen Tempelschätze abgesehen hat." Der Ordensmann schweigt. Alles ist jetzt gesagt.

Theron versucht sich vorzustellen, wie sich eine große Menge feindlicher Reiter und schwerbewaffneter Fußsoldaten in diesem Moment bereits vorsichtig durch die umliegenden Schluchten an den heiligen Bezirk heranschleicht - um dann auf ein Zeichen ihre Pfeile abzuschießen und ihre Lanzen in die feiernde, ausgelassene Menschenmenge zu werfen. Er sieht das Gemetzel mit Schwertern und Messern, das darauf folgen würde, fast bildlich vor sich - auch die Haufen von Leichen und Schwerverwundeten - und auch die fremden Krieger, die im Schein des brennenden Tempels eilig ihre zusammengeraffte Beute in Sicherheit bringen würden.

"Sagt mir nur, Demalos, wer Assos angreifen will und warum."

"Soweit wir wissen, geht es um einen internen Machtkampf innerhalb der persischen Königsfamilie. Im weitesten Sinne also wohl um die Thronfolge. Einer der rivalisierenden Parteien ist anscheinend das Geld für diesen Streit ausgegangen - und um weiter im Rennen zu bleiben..."

"Es ist gut," unterbricht ihn Theron, "ich verstehe. Und ich werde meine Entscheidungen treffen. Am besten, ihr kümmert euch nicht um mich."

Am nächsten Morgen geht Theron sofort zum Ältestenrat der Stadt, aber wie erwartet, schenkt man seinen Warnungen dort keinen Glauben. Vor allem hält Theron es für gefährlich, daß von den vielen Besuchern niemand Waffen trägt. Die religiöse Vorschrift verbietet dies für die Dauer des Festes. Den Angreifern wird der Überfall also umso leichter fallen, da sie an andere Götter glaubten und sich in keiner Weise an die hier geltenden Gebote gebunden fühlten. Doch halt - Theron überlegt. Ja, vielleicht läßt sich daraus etwas machen. Er entsinnt sich der starken emotionalen Wirkung, die seine Musik während des Festes auf die Menschen ausübte. Viele dachten, sie käme direkt von den Himmlischen, die damit selbst am Fest teilnahmen. Es war zwar phantastisch, schien an ein Wunder zu grenzen - aber es lag doch im Bereich der religiösen Vorstellungen dieser Menschen und schien dem lang erwarteten Ereignis der Tempelweihe durchaus angemessen. Würde man die fremden, persischen Krieger, die dem Artemis-Kult zumeist gleichgültig gegenüberstanden, mit dieser 'göttlichen' Musik konfrontieren, könnte man vielleicht ihre Zweifel wecken und sie bewegen, den Frieden des Festes doch einzuhalten. Die Bürger von Assos hätten dann genug Zeit, sich auf die Verteidigung ihrer Stadt vorzubereiten und ihre Chancen stünden erheblich besser.

Theron bereitet sich also darauf vor und unterrichtet auch die Priesterschaft. Am frühen Abend erscheinen unbemerkt die ersten Späher des feindlichen Heeres auf den Hügeln rings um den heiligen Bezirk und sehen hinunter auf das bunte Treiben vor dem erhabenen, weiß leuchtenden Tempelbauwerk. Auf mehreren Altarplätzen brennen noch immer die großen Opferfeuer, deren düstere Rauchwolken fast senkrecht in den stillen, klaren Abendhimmel steigen. Die Götter haben die Opfer angenommen - die Menschen sind dankbar und tanzen selbstvergessen im heiligen Bezirk. Theron sieht mit anerkennendem Erstaunen die neuartigen, seiner atlantischen Musik bereits bewußt nachempfundenen Tänze, welche die Priesterin Lilith mit ihren Mädchen innerhalb kürzester Zeit einstudiert hat.

Aber er sieht auch aufmerksam auf die umgebende Landschaft und bemerkt hier und dort das Aufblitzen eines Helmes oder Schildes in der Abendsonne, die die oberen Bergkämme gerade noch erreichte. Unterstützt von zwei jungen Artemis-Priestern gelangt er wie vereinbart auf das Dach des neuen Tempels, um von dort die Musik über den gesamten heiligen Bezirk erklingen zu lassen. Die Dämmerung hat bereits eingesetzt und Theron ist sich sicher, daß inzwischen alle feindlichen Krieger auf eine genügend nahe Distanz herangeschlichen sein müßten und der überraschende Angriff nun unmittelbar bevorsteht. Auf ein geheimes Kommando würden sie ihr tödliches Handwerk beginnen - und diesem Augenblick muß er möglichst noch zuvorkommen. Geschickt löst also seine Musik die der einheimischen Musikanten ab - und als die ahnungslosen Menschen auf der Tempelwiese dies hören, begrüßen sie es mit tobendem Beifall und übermütigen Tänzen. Kraftvoll dringen die immer noch fremdartigen aber doch schon einmal gehörten Klänge vom Dach des Tempels in die weite Umgebung.

Die persischen Krieger kommen dennoch. Zögernder, unsicherer vielleicht, aber die Gier nach Beute scheint größer als die Furcht vor der Heiligkeit dieser Stätte. Schon brechen einige der Tanzenden unter den Pfeilen der Bogenschützen zusammen, als die glücklicherweise gerade in diesem Moment einsetzende Frauenstimme, verbunden mit einer Steigerung der Lautstärke, die Angreifer einschüchtert und wieder etwas zurückdrängt. Daß es sich hier um den Tempel einer Göttin handelt, hatte sich auch bei ihnen herumgesprochen, und die übernatürlich laute, dabei so reine und klare Frauenstimme löst daher doch einige Verwirrung und Unsicherheit aus. Es hört sich an, als wolle die Göttin selbst ihr neu geweihtes Heiligtum verteidigen, so lebendig, kraftvoll und scharf kommt *ihre* Stimme aus der Richtung des Tempels.

Die angreifenden fremden Krieger auf der einen, und die sich immer mehr steigernde Musik auf der anderen Seite, haben die feiernden Menschen im Tempelbezirk jäh aufgeschreckt. Niemand tanzt mehr. Abwartend und ängstlich drängen sich die Griechen nun zu großen Haufen zusammen - Frauen, Kinder und Alte in die Mitte nehmend - und scharen sich vor allem rings um das heilige Bauwerk, als suchten sie bei der Göttin Schutz. Alle spüren, daß hier etwas Einmaliges geschieht. Ein derartig überlauter Gesang konnte aus keiner menschlichen Kehle kommen. Und voll ängstlicher Erregung warten sie ab, wer diesen seltsamen, ungleichen Kampf wohl gewinnen werde.

Auch die Perser verhalten sich zunächst abwartend und durchstreifen vorsichtig lauernd die äußeren Teile des heiligen Bezirkes. Schließlich formieren sie sich jedoch erneut zum Angriff gegen die unbewaffneten Griechen. Theron, vom Dach des Tempels das Geschehen überschauend, glaubt die Schlacht nun verloren. Mehr hatte er nicht zu bieten: die Lautstärke seiner kleinen Apparatur ließ sich nicht weiter erhöhen. War es ihm bis jetzt nicht gelungen, die Angreifer zu ängstigen und in die Flucht zu schlagen, so würde auch eine Fortsetzung der Musik nichts bewirken. Er will das Gerät schon resigniert abschalten, als er sich dessen Wirkung auf die Griechen besinnt. Eine plötzliche Stille könnten sie als Kapitulation der Göttin auffassen. Theron läßt also das nächste Musikstück über dem Tempelbezirk von Assos erklingen und sieht dabei die Angreifer mit gezogenen Schwertern von allen Seiten näherkommen.

Aber was hört er da? Eine synchrone Wiedergabe? Ein Echo vielleicht? Von den Bergen ringsum ertönt plötzlich die gleiche Musik und vergrößert schnell ihre Kraft. Theron kann seine Apparatur nun beruhigt abschalten, denn ihre Klänge verlieren sich nun wie die Stimme eines Kindes in der Meeresbrandung.

Die ihn ständig begleitenden atlantischen Beobachter haben von ihrem Schiff aus, von dem anzunehmen ist, daß es in einigen hundert Metern Höhe über dem Geschehen schwebt, eingegriffen. Theron weiß, daß dies für die Besatzung nicht unproblematisch ist und auf jeden Fall eine Untersuchung des Ordens zu Folge haben wird - und er ist sehr zufrieden mit seinen Kollegen. Da sie seine Aktivitäten ständig beobachten, haben sie auch die Situation genau erkannt, in der er momentan steckte. Dabei ging es ihnen sicherlich nicht um die notwendige Abwehr dieses scheußlichen, heimtückischen Überfalls, sondern wohl eher darum, Theron den Einsatz des Energiewerfers zu ersparen, der ihm als letzte theoretische Möglichkeit, die Perser zu vertreiben, noch geblieben wäre. Hätte er nämlich das strikte Verbot verletzt, diese mächtige Waffe in weltlichen Konflikten einzusetzen, so hätte man ihn festnehmen oder gar eliminieren müssen.

Nun, das ist jetzt ohne weiteren Belang, eine Nebensächlichkeit. Wichtig ist die endgültige Zurückdrängung der Angreifer - und die scheint zu gelingen. Die Musik donnert ihnen wütend entgegen, als hätte Zeus, der Göttervater selbst sich erzürnt über diesen unsagbaren Frevel. Lächelnd sieht Theron mit an, wie sich eine unheilverkündende, dunkle Wolke rasend schnell vom Himmel herabsenkt - tiefer und tiefer zu den Reihen der Angreifer schwebt und schließlich bündelweise Blitze auf sie abschießt. Es sind harmlose Blitze, nur ein optischer Effekt, aber es sieht alles sehr echt und beeindruckend aus und löst, zusammen mit der überstarken Musik, sofort eine Panik unter den Persern aus. Sie fliehen entsetzt und zerstreuen sich dabei planlos in alle Richtungen.

Die Götter haben über den Frevel der Menschen gesiegt: der Tempel von Assos ist gerettet. Die riesige Raumbildprojektion einer triumphierenden Artemis über den angrenzenden Bergen - wirklich herrlich anzusehen - hätten sich die Atlanter sparen können, aber sie machen eben immer alles sehr, sehr gründlich, denkt Theron zufrieden bei sich.

Das Fest dauerte nach diesem unglaublichen Ereignis noch einmal zehn Tage. Alle Bürger von Assos und die unzähligen Besucher sind außer sich vor Freude - und die steigert sich noch, je deutlicher allen bewußt wird, welch großer Gefahr sie an diesem denkwürdigen Tage eigentlich entronnen sind.

Still und unbemerkt hatte Theron das Fest verlassen. Ein Fischer setzt ihn mit seinem Boot nach Lesbos über, wo man von den Ereignissen selbstverständlich nicht das Geringste weiß. Er hält sich einige Tage in den Wäldern auf und schließt sich dann der Besatzung eines zufällig vor der Küste ankernden Handelsschiffes an. Mit diesem kreuzt Theron mehrere Monate durch die Ägäis, besucht unzählige kleine Inseln, sieht Menschen in einfachsten Verhältnissen glücklich leben, sieht ihre Freude bei der Ankunft des Schiffes, aber auch ihre unzähligen Sorgen und Ängste. Einmal, als Theron gerade im Begriff ist, auf seinem Lieblingsplatz am Bug des Schiffes seine Meditationsübungen zu beginnen, wird das schwerfällige Handelsschiff plötzlich von mehreren schnellen Piratenschiffen bedrängt. Ärgerlich verscheucht er die Störenfriede mit einigen ins Meer gezielten Salven seines Werfers, die erstaunlich hohe, zischende Dampffontänen auslösen. Sein prüfender Blick richtet sich daraufhin unwillkürlich auf den Himmel - und bald darauf sieht er tatsächlich den gesuchten, winzigen, silbrigen Punkt in etwa vierhundert Meter Höhe: das ihn ständig begleitende Beobachterschiff der Atlanter.

Sei es, daß seine Landsleute, die ihn zu überwachen hatten, ihm leid taten, sei es auch, daß er nun genug hatte vom Reisen und ruhelosem Herumziehen - schon auf der nächsten Insel verabschiedet sich Theron von der inzwischen vertrauten Schiffsbesatzung. Er hatte genug erlebt und genug Inseln besucht und es drängte ihn, nun endgültig seßhaft zu werden. Auch die notwendige, tagtägliche Rücksichtnahme auf die Besonderheiten der Einheimischen störte ihn in letzter Zeit mehr und mehr. Er ist Atlanter, und wenn er auch nicht in die Stadt zurückkehren möchte, so möchte er sich doch wieder etwas mehr der gewohnten atlantischen Lebensweise annähern. Theron bleibt also auf der winzigen Insel, die sich etwa auf halber Strecke zwischen dem griechischen Mutterland und Kleinasien befand. Südlich ihrer aufragenden, felsigen Küste erstreckte sich das kretische Meer. Es war ein abgeschiedener Ort, der jedoch auch irgendwie im Zentrum einer Kultur lag. Hier also wird er sich für den Rest seines Lebens niederlassen.

Nachdem Theron die Insel zwei Tage lang durchstreift und dabei, seiner Gewohnheit gemäß, im Freien übernachtet hatte, kommt er nun wieder in die einzige kleine Ansiedlung dieses Eilandes. Etwa fünfzehn Familien leben hier in einfachsten Verhältnissen. Es fällt ihm nicht schwer, diesen Menschen klarzumachen, daß er beabsichtigt, bei ihnen zu bleiben. Natürlich muß man ihnen auch etwas als Gastgeschenk bieten, und so hat Theron schon bei seiner Landung eine Vielzahl nützlicher Dinge von Bord des Handelsschiffes an den Strand bringen lassen. Schnell wird er also mit den ansässigen Fischern und Hirten einig.

Der Felsen dort, unweit des kleinen Dorfes, wäre ein idealer Wohnort für mich, denkt Theron; man müßte ihn nur etwas aushöhlen und entsprechend ausbauen. Mit kindlichem Eifer - über den er selbst lächeln muß - geht er noch am gleichen Tag ans Werk und untersucht den Berg. Gleich einer mächtigen Bastion, die Strände an beiden Seiten zurücklassend, ragt dieser Felsturm in die See. Einen relativ begehbaren Aufstieg gibt es nur von der Landseite: er beginnt hinter dem Dorf und wird an einigen Stellen noch von unzugänglichen, übermannshohen Felswänden unterbrochen - die sich mit dem Werfer aber problemlos beseitigen lassen werden. Er müßte hier eine schmale Treppe anlegen, die sich den natürlichen Gegebenheiten weitgehend anpassen würde. Sie wird also in vielen Windungen, von kleinen Wegstücken und Terrassen unterbrochen, zu seinem luftigen Wohnsitz in die Höhe führen.

Die Wohnräume und Treppen sind dann innerhalb weniger Tage aus dem Fels geschnitten und Theron kann darangehen, sie einzurichten. Das Wichtigste ist ihm zunächst der Ausbau des großzügig bemessenen Bades, seiner Zu- und Abflüsse und der unvermeidlichen Warmwasserbereitung. Es ist ihm sehr daran gelegen, denn er pflegte seinen Körper in etwas übertriebenem Maße, als wolle er damit seiner Vergänglichkeit entgegenwirken oder zumindest von ihr ablenken.

Mittelpunkt der im Innern des Felsens entstehenden Wohnung aber wird ein geräumiger, rechteckiger Saal, dessen südliche Schmalseite sich in voller Breite zum Meer hin öffnet. Aus einer Höhe von über sechzig Metern sieht man hier bis zum Horizont über die weite, schäumende Wasserfläche. Eine sehr imposante, aber auch etwas eintönige Aussicht, denn die Strände und das Dorf sind nicht in diesem Blickfeld. Theron liebt jedoch diesen Platz - die gewaltige Glaswand mit ihrer Sicht auf die endlose Weite des Meeres erinnert ihn an die gleichartige räumliche Konstellation an Bord eines Beobachterschiffes: die typische, breite Frontscheibe - draußen die Welt - und hinter ihr der Mensch.

Im Saal befinden sich, außer einigen flachen Sitzpolstern, nur ein Schreibpult und ein Regal mit griechischen Schriftrollen, von denen Theron auf seiner jüngsten Seereise bereits viele zusammengetragen hatte. Zum Hauptaufenthaltsort aber wird der sogenannte Dachgarten. Vom Saal aus gelangt man über eine geräumige Treppenanlage im Innern des Felsens - er hatte diese, in verkleinerter Form natürlich, den Treppen im Capitol nachempfunden - in das 'Obergeschoß' der seltsamen Wohnung. Es enthält nur wenige Räume, deren Türöffnungen in einen gemeinsamen Hof münden. Drei Seiten dieses Dachgartens sind von einer steinernen Brüstung umgeben. Und von hier aus lassen sich nun sowohl das Meer, das kleine Dorf und der größte Teil der Strände gut überschauen. An einer der rückseitigen Ecken dieses, mit Pflanzen und Blumen reich geschmückten, Hofes befindet sich auch die Pforte, durch welche man über die anschließende Treppe zum Dorf hinunter gelangt.

Bei gutem Wetter pflegt Theron hier oben im Freien zu speisen und gelegentlich auch Gäste zu empfangen. Mit Hilfe einiger zugereister Steinmetzen - die die Insel jedoch anschließend wieder verlassen - entsteht in den folgenden Monaten noch eine geräumige Säulenhalle, die den hochgelegenen Wohnhof nach Norden und Westen abschließt. Dabei verwendet Theron viel Mühe auf die Berechnung der Maße und Proportionen, denn wenn sein Haus auch klein und bescheiden ist, so soll es doch die Bildung und den erlesenen Geschmack seines Bewohners in angemessener Weise zum Ausdruck bringen.

Atlantische Beobachter einer jüngeren Generation werden bald regelmäßige und gern gesehene Gäste in diesem abgelegenem Refugium. Es gehört bei ihnen einfach dazu, diesen seltsamen, welterfahrenen Mann in seiner selbstgewählten Einsamkeit weitab der Stadt aufgesucht und mit ihm die neusten kulturellen und künstlerischen Entwicklungen dieser Region durchgesprochen zu haben. Sein Weitblick und seine Erfahrungen werden allgemein geschätzt, und Theron wird derart für eine ganze Reihe neuer Beobachter zu einem gesuchten und geachteten Lehrer. Mit stillschweigender Duldung des Ordens bringen ihm diese Besucher nach und nach auch alles aus der Stadt mit, was zur geschmackvollen und bequemen Ausstattung seiner Einsiedelei von Nöten ist. Bezeichnenderweise weist er die Hälfte dieser Geschenke jedoch kompromißlos zurück, und die angehenden Beobachter wetteifern schließlich darin, den richtigen Geschmack zu treffen, um mit ihren Gaben bei ihrem verehrten Meister auch anzukommen.

Therons alte Liebe für Bildwerke aus Stein kann sich hier nun voll entfalten. Die von seinen Schülern aus allen Ecken der Welt zusammengetragenen Stücke, besonders aber viele atlantische Kopien, kann er nur selten zurückweisen - zu schön und zu einmalig ist jedes von ihnen. Als schließlich sämtliche möglichen Standorte in der Wohnung und auf dem Hof besetzt sind, sieht Theron sich genötigt, ein Magazin für weitere Plastiken anzulegen. Es ist immer noch besser, sie hier in einem speziell dafür bestimmten Raum aufzustellen, als in den Wohnräumen einen überladenen Eindruck zu erzeugen - was er, bei aller Liebe zu seinen Kunstwerken, mit seinen ästhetischen Ansprüchen nie hätte vereinbaren können.

Auch für die eigene künstlerische Betätigung hat er nun Zeit. Ohne lange darüber nachzudenken beginnt Theron zu komponieren. Und er glaubt, mit der Musik endlich ein Medium gefunden zu haben, mit welchem er die Überfülle seiner vorhandenen Ideen, Gefühle und Stimmungen am direktesten in eine verwertbare, allgemeingültige Form umsetzen kann. Seine frühere Beschäftigung mit der Musik hatte sich aus Mangel an Zeit bisher nie weiterentwickeln lassen, und so war er seit seiner Beobachterausbildung nie darüber hinausgekommen, die berühmten und bekannten Kompositionen Anderer nachzuvollziehen und nachzudenken. Jetzt, im gereiften Alter, kommen die Idee scheinbar von selbst und es fällt ihm auch nicht schwer, sie musikalisch umzusetzen.

Andere Versuche Therons, wie etwa die Bildhauerei, bleiben jedoch dilettantisch; er besitzt zwar die exakte Vorstellung des Körpers, den er darstellen möchte, aber es fehlt ihm an der notwendigen handwerklichen Begabung, den Stein zu bearbeiten. Der Umgang mit klanglichen Elementen fällt ihm dagegen wesentlich leichter.

Die frühen Morgenstunden und zuweilen auch der Abend bleiben der stillen Meditation vorbehalten. Auf einer nur wenig erhöhten Felskuppe seitlich seines Hofes gelegen - dem höchsten Punkt des Felsens und der gesamten Insel überhaupt - läßt sich Theron dann nieder und sieht über das Meer nach Kreta hinüber, dessen Küste bei guter Sicht als schmaler, dunstiger Streifen am Horizont zu erkennen ist. In dieser Abgeschiedenheit hoch oben über dem Spiegel der Wellen hört er zuweilen auch seine selbstgeschaffenen Werke. Und hier, beim Nachsinnen über diese Leben tragende und Leben erschaffende Welt, entstehen auch die Muster für neue, phantastische Kompositionen.

Trotz aller, jetzt scheinbar glücklichen Umstände bleibt jedoch noch immer ein Rest von Zweifel, Unsicherheit und Trauer in dem ehemaligen atlantischen Beobachter zurück. Gewiß, die Stadt hatte ihm verziehen, man verehrte und achtete ihn - nicht nur in Schülerkreisen -, aber das ist es auch nicht, was ihn so besorgt und nachdenklich macht. Zu lange war er auf der Suche gewesen, zu viele Jahre hatte er damit zugebracht, Erfahrungen und Eindrücke zu sammeln - um hier nun die erschreckende Summe seines Wissens zu bilden. Er hatte Menschen erlebt, die in elenden Behausungen jahraus, jahrein lebten, nicht wissend, ob sie den nächsten Winter überstehen werden. Er begegnete Kaufleuten, Priestern und Fürsten, die über unermeßliche Geldsummen verfügten. Er sah die Menschen Kriege führen und in den Tod gehen aus Habgier, Liebe, Pflichtgefühl oder Stolz. Dieses dumme Streben nach Reichtum, Schönheit, Macht - wie unsinnig und mühevoll war es doch. Königreiche entstanden und wurden groß – nur um wieder zusammenzubrechen; ehrgeizige Vorhaben von Dümmlingen, Vorhaben, die von Anfang an zum Scheitern verurteilt waren und die, dessen ungeachtet, tausenden Menschen Leben, Gesundheit und Existenz kosteten - wieder und wieder. Aus der Distanz seiner Herkunft blickte er notgedrungen auf die Menschen herab. Ohne es zu wollen, sah er dabei ihre naive Art, einfach dahin zu leben; ihre bewundernswürdige und gleichzeitig lächerliche Zähigkeit, ihren banalen Zielen nachzujagen, Ziele, über die ein gebildeter Atlanter nur den Kopf schütteln konnte. All das brachte ihm Zweifel und Besorgnis. Wohin sollte das alles führen? Und wozu, verdammt, *wozu* sollte es gut sein...?

Mit einem weisen alten Mann, einem ebenfalls weitgereisten, die Welt betrachtenden Menschen, der nach seiner Rückkehr aus Ägypten eine Zeitlang Gast in der Felsenwohnung ist, spricht Theron eines Abends darüber. Fast zufällig haben sich beide Männer nach Sonnenuntergang noch einmal oben auf der Terrasse eingefunden, da der Abend so wunderbar mild ist und das Meer ruhig und majestätisch ihnen zu Füßen liegt. Eine geraume Weile sitzen sie schweigend, genießen gemeinsam die Stille des Ortes und sehen hinaus in die dunkle Weite, als der alte Grieche, wohl ahnend, welche Zweifel in Theron kämpfen, bedächtig zu sprechen beginnt:

"Lange Zeit suchte ich nach Antworten und danach, den Sinn der Dinge zu begreifen. Ich laß die weisen Schriften der Alten und reiste durch die Welt. Viel habe ich gesehen und viele kleine Erkenntnisse im Laufe der Zeit gefunden. Doch schien es, als würde ich mit zunehmendem Wissen immer unzufriedener.

In Ägypten hörte ich von den streng geheimen Riten des Isis-Kultes. Er wird nur noch an wenigen Orten gepflegt, die Herrscher unterdrücken ihn, ja zeitweise wurden seine Anhänger direkt verfolgt. Ein einheimischer Priester, der mir vertraute, berichtete mir von einem Goldenen Zeitalter, einer Zeit, da die Frauen überall die Welt beherrschten und alle Wesen, Mensch und Natur, einträchtig zusammen lebten. Es gab keine Kriege, keine Sklaverei und keine Not – allerdings auch keine Schrift, keine Häuser, keine Städte und kein Wissen. Alle Dinge waren gleich und Eins - denn sie hatten keinen Namen und wurden daher auch nicht unterschieden. Es war eine große Einheit von Mensch und Natur."

Theron schaut seinen Gast fragend an. Möchte dieser vielleicht zurück in den Urzustand der Menschheit. Träumte dieser weitgereiste griechische Philosoph etwa davon, mit einem Tierfell bekleidet vor einer Höhle zu hocken und sich der großen, alles umschließenden Einheit der Natur zugehörig zu fühlen?

"Die männliche Herrschaft hat sich dann mit Härte und Gewalt durchgesetzt und Verwirrung und Unterscheidung, Krieg und Mißgunst in die Welt gebracht. Die Völker haben sich von der schützenden Einheit der Natur entfernt, sie sind abgewichen vom Weg, der ihnen bestimmt war.

Nun gestehe ich zu, daß es natürlich schon der Einführung von Namen und Begriffen bedurfte, um die Natur auf der einen Seite und den Geist auf der anderen überhaupt zu erkennen. Aber diese neue, abstrakte, quantifizierbare Beziehung zum Leben führt uns nun auch zu der erschreckenden Erkenntnis, daß wir allein in der Welt sind, ganz allein und ungeschützt von einer 'höheren Instanz', einer 'Ewigen Mutter' oder wie immer wir es nennen wollen."

'...die verlorene Geborgenheit in der Unwissenheit....' ergänzt Theron still für sich, wobei er einen unwillkürlichen Schauer nicht unterdrücken kann, da sich die Erfahrungen seines Gastes mit den Inhalten seiner letzten Komposition nahezu deckten.

Die Rede hat den Atlanter tief bewegt, nutzt ihm jedoch wenig. Für ihn gibt es diese Einheit nicht mehr. Zu groß ist sein kultureller Abstand, zu bestimmend und festgeschrieben diese Distanz zum einfachen, naiven Leben. Er hatte es versucht, gewiß, er hatte sich alle Mühe gegeben, in dem ihm geschenkten Leben aufzugehen - es zu leben wie Millionen Andere auch. Aber diese irreversible Bildung, dieses elitäre atlantische Bewußtsein, das letztlich auf einem gigantischen Wissen beruhte, haben ihn ein für allemal entfremdet. Alles zu überschauen bedeutete für ihn, sich nie mehr richtig einfügen zu können - zumindest nicht mit dem notwendigen totalen inneren Einverständnis.

Theron nimmt seinen Gast ernst, warum also soll er ihn schonen, warum ihm seine ehrliche Meinung vorenthalten. Vorsichtig, zögernd beginnt er zu antworten.

"Wir Menschen zum Beispiel, wir sind doch aber beiderlei: der Einheit - der Natur - zugehörig, wie du richtig sagst, aber sie auch gleichzeitig überschauend - also *außerhalb* stehend... Wie kann ich den ewigen Fluß des Lebens, seine Quelle, seinen Lauf, schließlich sein Zurückfluten ins Meer, betrachten und in seiner ganzen gewaltigen Weite erkennen - und mich gleichzeitig als ein Teil von ihm fühlen? Wie kann ich das, ohne in Widerspruch zu geraten? So steht meine

Erkenntnis und mein Wissen für das Göttliche, welches betrachtend über den Dingen steht - und mein Körper für das Animalische, Vergängliche, dem ewigen Kreislauf der Natur zugehörige. Diesem verdammten Kreislauf von Entstehen und Verderben, dem ich rettungslos ausgeliefert bin. Glücklich, sorglos und zufrieden kann ich doch nur solange sein, wie mir das göttliche meines Wesens, also die Möglichkeit des Überschauens und Erkennens, nicht bewußt wird."

Verwundert und vielleicht ein wenig entsetzt sieht der alte Mann seinen Gastgeber an. Sein Erstaunen gilt mehr der sachlich-nüchternen, fast ironischen Selbstverständlichkeit, ja Gleichgültigkeit, mit der dieser fremdländische Einsiedler zu ihm spricht, als dem Inhalt seiner Rede, der ihm zu neu und zu gewagt erscheint, um ihn sogleich zu akzeptieren. Als Theron die Wirkung seiner Worte bei ihm wahrnimmt, wird ihm bewußt, wohl doch etwas zu weit gegangen zu sein. Wie entschuldigend fügt er hinzu: "Ich hatte gute Lehrer, sehr gute. Sie lehrten mich das Wissen einer Jahrtausende alten Kultur; ein Wissen, das in ununterbrochener Generationsfolge, ungestört von Nöten, Gefahr und Krieg, gepflegt und gemehrt wurde. Deine Erkenntnis: die bewußte, angestrebte Einheit mit der Natur, dieses große, erhabene Ergebnis deines langen Suchens, fanden meine Vorfahren vor fast zweitausend Jahren - aber erst, nachdem sie bereits viele Jahrhunderte mit beachtlichem Erfolg versucht hatten, sich von dieser ‚Ewigen Mutter' abzuwenden. Unter großen Schmerzen mußten sie jedoch einsehen, daß der Mensch dem Verderben gefährlich nahe kommt, je weiter er sich vom normalen Leben entfernt."

An einem der folgenden Tage hört der griechische Gast unvermittelt eine von Therons Kompositionen. Seit dem Nachmittag war vom Meer ein steifer Wind aufgekommen und hatte sich zum Abend noch verstärkt. Das stetige Rauschen von Wellen und Brandung, welches hier oben im Allgemeinen etwas feiner und gedämpfter zu vernehmen war, nimmt bedrohlich zu. Ein Gewittersturm zieht von Südwesten heran - und dies ist eine jener seltenen, besonderen Situationen mit einem so unnachahmlichen Reiz, die Theron sehr dazu geeignet erscheint, sich auf den kahlen Felsen neben dem Wohnhof zu begeben und seine überlaut gespielte Musik mit den Elementen konkurrieren zu lassen.

Wie angewurzelt steht der alte Philosoph im südlichen Flügel der kleinen Säulenhalle, dort, wo fünf kleine, in den Stein gemeißelte Stufen auf die nackte, nur wenig höher gelegene Felskuppe führen. Sich an eine der Säulen anlehnend und vor dem Wind hinter ihr Schutz suchend, betrachtet er mit wachsendem Entsetzen diesen seltsamen, einsamen Mann, der dort am Rande des Abgrunds den entfesselten Gewalten der Natur die Stirn zu bieten scheint.

Zwei Wochen später, der Besucher hatte Therons Insel inzwischen verlassen und war mit einem vorbeikommenden Schiff nach Delos weitergereist, berichtet er im dortigen Apollon-Heiligtum einem vertrauten Freunde von diesem einmaligen Erlebnis.

"...es war gespenstisch, unglaublich, was sich dort vor meinen Augen auf dem Felsen abspielte - tobte - schrie - raste. Als kämpfe dieser einzelne Mann allein gegen das Universum, so schleuderte er seine Klänge in die Welt hinaus; sie flogen den Wolken und dem Wind entgegen, als wollten sie sie aufhalten. Es war ... ja, es war eine Schlacht: eine Schlacht des Geistes gegen die taube, blindwütige Natur. Immer neue und neue Abteilungen verschiedenster, intelligentester Art wurden nacheinander ins Treffen geführt; sie überboten sich gegenseitig, steigerten sich, lösten sich mit unfaßbarer Präzision ab - vergingen lautlos und schnell oder triumphierten für Augenblicke ... beherrscht und gelenkt von einem überstarken Willen.

Gerade die leisesten Stellen seiner Musik zeugten von einer beängstigenden Beherrschung dieser Mittel: mit einem Minimum an Aufwand und Kraft 'spielte' er mit seinem Gegner. Und für einen Moment dachte ich wirklich, daß der Himmel sich öffnen und die Natur sich ihm zu Füßen legen würde... Dieser Mann dort resignierte nicht, wie es mir anfangs noch schien, oh nein - er kämpfte, er schlug sich wie ein genialer Feldherr. Ja, gewiß, er kämpfte einen ungleichen, einen aussichtslosen Kampf - aber er machte es verdammt nicht schlecht..."

Nur durch die dünne Stoffbahn ihres orientalischen Zeltes von den plaudernden Männern getrennt, hört Lilith, die sich zur gleichen Zeit ebenfalls als Gast des Apollon-Heiligtums auf Delos aufhält, diesem seltsamen Gespräch zu. Seit Therons Sieg im Tempelbezirk zu Assos, der nun schon einige Jahre zurückliegt, hat sie unermüdlich nach dem Verbleib dieses Fremden mit seiner göttlichen Musik geforscht. Diese Suche gab ihren ständigen Reisen durch alle bedeutenden Städte ihrer Welt einen zusätzlichen Sinn und Antrieb. Aber immer hatte sich die gefunden geglaubte Spur wieder verloren. Und sie hätte Theron schon in seiner sagenhaften, fernen Heimat gewähnt, wenn nicht ab und zu vage, aber zur Hoffnung berechtigende, Nachrichten zu ihr gelangt wären. Heute nun scheint ihr der Zufall einen Mann geschickt zu haben, welcher dem Gesuchten selbst vor kürzester Zeit gegenübergestanden haben muß. Die soeben mitangehörte Schilderung dieses alten Philosophen läßt kaum einen Zweifel zu.

Alle näheren Umstände hat Lilith, die hier über die besten Beziehungen, sowie über ihren erfahrenen Stab an geheimen Sekretären und Agenten verfügt, bald erfahren. So kennt sie nun Namen und Lage der Insel, auf der sich Theron offensichtlich niedergelassen hat und bald erfährt sie auch Einzelheiten seiner derzeitigen Lebensführung: seine Vorliebe für die Bildhauerei, Dichtung und Musik; die Gastfreundlichkeit seines Hauses, die kleinen, bescheidenen, aber geschmackvollen Feste, die er zuweilen gibt und schließlich die Diskussionsrunden mit Künstlern, Gelehrten und Philosophen. Dies alles scheint gut zu ihm zu passen, denkt sie befriedigt. Dieser Mann überragt in irgendeiner, nicht erklärbaren Weise die bedeutenden Männer ihrer Zeit, die sie zum großen Teil persönlich kannte. Was es jedoch ist, daß ihn von den anderen unterscheidet, weiß sie nicht zu sagen - noch nicht. Anfangs hatte sie wohl geglaubt, er sei Priester eines fremden, den Mittelmeervölkern unbekannten Kultes; ein Magier oder Prophet. Dies scheint ihr jetzt nicht mehr so sicher. Zu gut hatte er sich dem griechischen Leben angepaßt und zu verwirrend ist - gerade deshalb - auch die Tatsache, daß es ihn offensichtlich nicht dazu drängt, eine persönliche Machtposition zu erlangen - obwohl es ihm an einer entsprechenden Befähigung sicher nicht mangelte.

Lilith läßt sich Zeit - obwohl sie andererseits natürlich auch etwas ungeduldig ist und dieses Geheimnis möglichst bald lösen möchte. Überraschend für ihre Begleiter verwirft sie zunächst die weiteren Reisepläne, schickt verläßliche Kuriere aus, um die wichtigsten Absagen zu überbringen und bittet schließlich die Apollon-Priester, noch eine Weile in Delos bleiben zu dürfen, was ihr selbstverständlich gewährt wird. Hier ist sie dem Aufenthaltsort Therons am nächsten, von hier aus kann sie ihn unauffällig beobachten lassen und schließlich auch ihren eigenen Besuch mit Bedacht vorbereiten.

Endlich ist es soweit. Mit dem schnellen Kurierschiff eines hohen Delphischen Gesandten, der sich hocherfreut zeigt, der berühmten Isis-Priesterin seine Dienste anbieten zu können, nimmt Lilith acht Wochen später Kurs auf die winzige Insel im Süden. Aber der Wind ist ihr nicht günstig. Um schneller voranzukommen, befiehlt sie dem Kapitän die östliche Route zu nehmen - wohl wissend, daß sie sich damit in das unsichere Gebiet der Seeräuber begibt. Sie vertraut jedoch auf die enorme Schnelligkeit des Schiffes und auf den Mut der jungen Besatzung - diese wiederum auf die vermeintlichen Zauberkräfte der berühmten Priesterin. Und so dringen sie furchtlos in die gefährlichen Gewässer östlich von Naxos ein.

Bald schon tauchen Schiffe auf, verfolgen sie ein Stück des Weges - und werden von dem Schnellruderer mühelos abgeschüttelt. Weitere Schiffe, kleine, plumpe Küstenboote zumeist, legen sich ihnen in den Weg, versuchen sie aufzuhalten. Doch es gelingt dem Steuermann, sie geschickt zu täuschen und ihnen auszuweichen. Und wieder ist das Meer frei vor dem wellenzerteilenden Bug des priesterlichen Kurierschiffes. Alles scheint gut überstanden. Der Kurs wechselt nun auf Südwest: dem Ziel auf geradem Wege entgegen.

Doch offenbar hatte Lilith die Seeräuber unterschätzt; zumindest deren geheimen Nachrichtendienst, der wohl dem der Priesterschaft kaum nachstand. Mit Sicherheit mußten die Räuber das abgelegene, ungewöhnliche Ziel ihrer Reise bereits vorher gekannt haben, denn als die Insel endlich erreicht ist, befindet man sich plötzlich inmitten von fünf starken, kampftüchtigen Schiffen, die seit Stunden im Schutz der felsigen Küste auf ihr Opfer gewartet haben.

Natürlich hatte das Erscheinen der Seeräuber vor ihrer Küste auch die Inselbewohner aufgeschreckt; war doch immer wieder damit zu rechnen, daß sie ein schutzloses Dorf überfielen und die Menschen in die Sklaverei verschleppten. So hatte der Dorfälteste alle Bewohner samt ihren kleinen Schafherden in ein sicheres Felsversteck im Inneren der Insel geführt, das sich im Notfall von wenigen Männern verteidigen ließ.

Auch Theron hat die seit dem frühen Morgen vor der Insel ankernden Schiffe bemerkt. Er kann unbesorgt in seiner Wohnung bleiben, die ihm absolute Sicherheit bietet. Da er zur Zeit keine Gäste in seinem Refugium beherbergt, braucht er sich auch um niemanden zu sorgen. Aus dem breiten, wandhohen Fenster des Nike-Saales - inzwischen von ihm selbst so benannt nach einer sehr schönen Statue dieser Siegesgöttin, die hier ihr Platz gefunden hat - sieht er ganz allein dem Geschehen auf dem Meer wie aus einer Theaterloge zu.

Es ist bereits später Nachmittag. Düstere Wolken sind aufgezogen und jetzt regnet es bei leicht unruhiger See. Dort draußen zwischen den Schaumkämmen kann Theron die fünf Schiffe, die den ganzen Tag über still vor Anker lagen, gut erkennen. Sie umringen nun ein sechstes

Schiff; einen eben erst hinzugestoßenen Schnellruderer. Und sogleich entbrennt eine kleine Seeschlacht - buchstäblich vor seinen Augen. Das wendige, kleine Schiff weicht den Rammstößen der Kampfboote geschickt aus, doch seine Lage wird immer verzweifelter. Zwei der Angreifer rammen sich jetzt gegenseitig - während das Kurierschiff im letzten Moment zwischen ihnen hindurch fährt. Ein prächtiges Manöver! Doch auch die Piraten verstehen ihr Handwerk. Es gelingt ihnen schließlich das Ruder des wendigen Fahrzeuges zu zerbrechen. Sein Schicksal ist damit besiegelt - die Besatzung jedoch kämpft verzweifelt weiter.

Um die junge Priesterin kümmert sich in diesem Moment niemand, und so bemerkt man auch nicht, daß sie sich gar nicht mehr an Bord befindet. Ein Stück vom Kampfplatz entfernt taucht die gute Schwimmerin für einen Moment wieder auf, orientiert sich und verschwindet dann erneut in der Tiefe. Bald hat sie den nahen Strand erreicht, läßt sich erschöpft für einen Moment nieder und sieht sich um. Auf einem der Seeräuberschiffe ist Feuer ausgebrochen und der Kampf tobt immer noch. Auch als Lilith darauf die Treppen zu Therons Wohnung erstiegen und die verschlossene Pforte überwunden hat und nun von der leeren Felsenterrasse hinunter blickt, ist ihre Besetzung noch nicht besiegt.

Schließlich wagt sie sich in das Innere der angrenzenden Räume, denn nirgends ist ein Mensch zu sehen, dem sie sich hätte anvertrauen können. Die Dorfbewohner, deren bescheidene Häuser unten am Fuß der Treppe standen, hatten sich sicher irgendwo in den Bergen versteckt, das kann sie verstehen. Aber wo ist Theron?

Auch hier oben in dieser Wohnung ist alles ruhig und leer. Langsam geht sie weiter in den nächsten Raum. Ihr langes Haar und ihr Chiton sind noch tropfnaß, und so hinterläßt sie auf allen Fußbodenplatten deutliche Spuren. Schließlich steht die Priesterin vor dem sauber gearbeiteten Treppenschacht, der weit in die Tiefe zu führen scheint und der ihr Staunen erregt. Alles ist still - doch halt - war da eben Musik? Sie hält den Atem an. Auf Zehenspitzen betritt sie die steinerne Treppe und steigt in den Berg hinab. Einige Etagen tiefer ist die Musik viel deutlicher zu vernehmen. Lilith steht beklommen vor einer großen, bronzebeschlagenen Tür. Was soll sie tun? Von ihrem Gewand tropft es noch immer auf den glatten Steinfußboden - ihre nackten Füße stehen bald in einer kleinen Wasserlache. Sollten die Seeräuber ihr vielleicht folgen, könnte diese Spur für sie gefährlich werden - für sie und Theron. Obwohl dieser Gedanke etwas absurd ist, gibt er doch den Ausschlag, Mut zu fassen und die Tür vorsichtig zu öffnen. Dabei erinnert sich Lilith plötzlich, daß sie sich ihre Ankunft bei diesem geheimnisvollen Mann ganz anders vorgestellt hat.

Die Sonne ist inzwischen untergegangen, doch trotz der zunehmenden Dunkelheit kämpfen die Seeleute des delphischen Kurierschiffes noch immer verbissen gegen die Übermacht der Piraten. Ein Teil der jungen Besatzung ist unter den Spießen und Streitäxten der Angreifer bereits grausam zu Tode gekommen - aber auch zwei weitere Piratenschiffe konnten inzwischen mit wirkungsvollen Brandgeschossen außer Gefecht gesetzt werden.

Theron hätte sich einem derart widerwärtigem Schauspiel normalerweise abgewandt. Er hörte eine seiner Kompositionen und sieht dabei geistesabwesend auf das Meer hinunter. Seine Gedanken sind im Moment jedoch mit ganz anderen Dingen beschäftigt. Er denkt an eine zwanzigköpfige atlantische Gesandtschaft, die vor vier Tagen im fernen Orkeion umgekommen ist. Theron hatte zufällig von diesem grausamen Geschehen erfahren, als er mit der Apparatur, die ihm seine Schüler beschafft hatten, die weltumspannenden Gravitationsimpulse des atlantischen Nachrichtensystems abhörte. Die Gesandtschaft befand sich fern von ihrem Schiff am Hofe eines befreundeten Herrschers. Einem überraschenden, extrem brutalen Angriff von meuternden Söldnern fielen dann einige Hundert Einheimische und auch die dort weilenden Atlanter zum Opfer. Trotz aller erdenklichen Sicherheitssysteme waren sie in diesem barbarischem Land umgekommen - es war unfaßbar. Ungewollt kommen Theron musikalische Entsprechungen und kurze kompositorische Ideen in den Sinn, die er aber sogleich wieder verwirft. Scheinbar gleichgültig sieht er dabei auch der kleinen Seeschlacht zu, die sich unter seinem Fenster abspielt und registriert unwillkürlich ihren Verlauf.

Es ist ein aussichtsloser Kampf für die Besatzung des Schnellruderers, stellt er nüchtern fest. Aber die Piraten werden ihre Beute nicht leicht bekommen. Diese Männer, so schätzt Theron ein, lassen sich eher töten, als in die Sklaverei führen. Aber warum kämpfen sie eigentlich so verbissen, fragt er sich nun doch verwundert. Sollte sich eine wertvolle Ladung an Bord befinden, so würden die Räuber sich vielleicht damit zufriedengeben. Er glaubte ihre Mentalität zu kennen: für ihre Beute taten sie nie mehr als notwendig - und diese zäh kämpfenden Seeleute würden sie sicher laufen lassen, sobald sie nur genug Gold in Händen hätten. Wozu also diese verzweifelten Anstrengungen? Was wollen sie damit erreichen? Und während die Musik zufällig etwas verhält, spricht Theron, in der ihm inzwischen zur Gewohnheit gewordenen griechischen Sprache, leise zu sich selbst: "...um welchen Preis mögen die da draußen wohl kämpfen...?"

"Ich bin dieser Preis." antwortet darauf eine leise, weibliche Stimme aus dem hinteren Teil des Saales.

Nachdem sie den Nike-Saal unbemerkt betreten hatte, ist Lilith zunächst erschrocken stehengeblieben. Der weite, längliche Raum, der nur vom unruhigen, schwachen Schein der auf See brennenden Schiffe gespenstisch beleuchtet wurde, hallte wieder von einer kraftvollen, beängstigend ernsten Musik. Sie steht wie gebannt und hört. Und es sind gerade die leisen und nachdenklichen Stellen der Komposition, welche in ihr nun eine zunehmende Beklommenheit erzeugen. Theron sitzt, dem Saaleingang abgewandt, vor einem riesigen Fenster und blickt in die Nacht hinaus. Neben seinem Sitzpolster steht eine Truhe oder ein ähnliches Möbel, auf dem winzige bunte Lichtpunkte flackern.

Als sie sich ihm zu erkennen gibt, berührt Theron als erstes diesen Kasten und Lilith spürt, wie sich in diesem Augenblick alle Türen der Felsenwohnung, wie von Geisterhand bewegt, schließen.

"Ich bin der Grund dieser Schlacht." wiederholt sie kleinlaut und fühlt sich in diesem Moment, an diesem Ort, frierend in ihrem durchnäßten Chiton, nur noch als ein einfaches, unbedeutendes Mädchen. Dieser Mann dort, das spürt sie plötzlich ganz genau, ist ihr weit überlegen - und er sieht sie so, wie sie sich jetzt fühlt. Und wäre sie zehnmal Priesterin der Isis - er würde deshalb nicht einen Millimeter vor ihr zurückweichen.

"Ich kenne dich doch, wir müssen uns schon begegnet sein, du bist ... Lilith, die Tänzerin Lilith, welche in Assos den Artemis-Tempel weihte. Du kommst nicht etwa von einem der Schiffe dort?" Theron, der dem Mädchen ein paar Schritte entgegen gekommen war, deutet fragend zum Fenster.

"Ja, ich sprang von Bord und rettete mich, indem ich unter den Schiffen der Piraten hinweg tauchte. Meine Besatzung versucht nun von meiner Flucht abzulenken, indem sie das Schiff weiter so verteidigt, als befände ich mich noch in der Kajüte..."

Theron versteht. Nun ist ihm dieser anscheinend sinnlose Kampf kein Rätsel mehr.

"Die Seeräuber könnten ein unglaublich hohes Lösegeld fordern, wenn sie mich in ihre Gewalt bekämen. Sicher handeln sie im Auftrag der Perser, die vieles über die geheimen griechischen Bündnisse von mir erfahren möchten - Dinge, die außer mir nur wenigen Oberpriestern und Königen bekannt sind. So kannst du dir denken, daß mein Preis - für beide Seiten - das übliche Maß einer Lösegeldforderung weit übersteigt." Betroffen und mit großen Schuldgefühlen sieht Lilith dabei hinaus zu ihrem Schiff, das mit arger Schlagseite steuerlos auf den Wellen treibt und auf dem sich immer noch einige Menschen halten.

Theron schickt sie zunächst ins Bad und sagt ihr, wo trockene Kleidung zu finden ist, dann beginnt er unverzüglich die Piratenschiffe zu versenken und ruft die Fischer der Insel aus ihrem Versteck zurück, damit sie mit ihren Booten die Überlebenden bergen sollen. Die Aufregung des Abends ist damit vorüber. Ruhe kehrt wieder auf der Insel ein.

Lilith bleibt als Gast in der Felsenwohnung, verbringt jedoch die ersten Tage ihres Hierseins in großer Schweigsamkeit. Theron läßt sie gewähren. Er versteht, daß die jüngsten Ereignisse das junge Mädchen schwer getroffen haben müssen. Allerdings ahnt er nicht, daß Lilith eigentlich nur seinetwegen hier ist, und nun auch Zeit braucht, um sich einen neuen Plan zur Enträtselung seiner Person zurechtzulegen.

Immer öfter kommt sie schließlich zu ihm in den Nike-Saal, in sein Refugium. In freundschaftlichen Gesprächen kommen sie einander näher und Theron berichtet ihr schließlich auch von der Stadt und seinen früheren Beobachtungsmissionen. Er ist ganz einfach froh, sie bei sich zu wissen; sich jederzeit, über fast jedes Thema, mit ihr unterhalten zu können. Und oft, wenn sie zu ihm spricht, oder sich mit ihren weichen, graziösen Schritten durch die stillen Räume bewegt, sieht er sie bewundernd an, als wäre ein großes Geheimnis in ihr, das es zu ergründen lohnt. Lilith - das Weib; sanft, gescheit, verständnisvoll, mit fraulichem Zauber und einem natürlichen Adel, der Theron im Innersten berührt. Wie keine andere ist sie in der Lage, sein Wesen zu durchschauen - und sie ist fassungslos und erschüttert über das, was sie sieht. Bald entsteht in ihr daraus ein Gefühl, das sie der Liebe, der absoluten Hingabe fähig macht. Ja es ist ihr geradezu ein Bedürfnis, ein aus ihrer weiblichen Bestimmung sich ergebendes Wollen, sich ihm zu opfern - um ihn für die Welt zu retten. Mit Geduld und Einfühlungsvermögen - ihre eigenen Ziele dabei mehr und mehr vergessend - redet sie auf ihn ein.

"Warum nimmst du dir keine Frau? Sag mir nicht, du brauchst keine, weil du ein Atlanter bist. Ich verstehe euch nicht, euch Atlanter: ihr lebt für eure Erkenntnis, euer absolutes Wissen - und ihr vergeht darin. Wie ein dummer Nachtfalter, der, gierig nach dem hellen Schein der Flamme, diese immerfort umkreist - und sich verbrennt. Und dabei achtet er nicht der kühlen, angenehmen Nacht, die ringsum seiner wartet..."

Theron spürt, daß sie seine Probleme wohl begriffen hat. Es ist weniger ein fachliches Verständnis biologischer und historischer Zusammenhänge - sondern eher eine besonders starke Ausprägung eines typisch weiblichen Gespürs, daß Männer schwer begreifen können und - wie im Falle Therons - oft auch gar nicht begreifen wollen. Es genügt ihm, diese Eigenschaften zu bewundern: wie sie, abseits jeder Rationalität, eine seltsame, undefinierbare Kraft hervorbringen, deren dunkler Ursprung wohl im lebenspendenden und lebenerhaltenden Ur-Mütterlichen zu suchen wäre. Einmal erwidert er ihr: "Sieh, ich habe doch eine Frau - was willst du also. Eine Frau, die ich liebe und die mir alles was ich brauche im Überfluß gibt. Sie altert dabei nicht und hat täglich neue Wunder und Geheimnisse für mich bereit; sie ist meiner damit mehr als würdig."

Uns als Lilith ihn daraufhin zweifelnd und fragend ansieht, da sie die leise Ironie in seinen Worten wohl gespürt hat, nimmt er sie lächelnd bei der Hand und führt sie in das Magazin mit den Skulpturen, das sie bisher noch nicht kannte.

"Kunst ist wie Eros, sie spricht vor allem die Sinne an. Nach ihrem Genuß besitzt man das Gefühl tiefer Befriedigung. Sieh hier! Diese Statue der Aphrodite ist etwa fünfzig Jahre alt. Und diese, ein Werk aus meiner Heimatstadt, sie stellt die Friedensgöttin Khasa dar, wurde vor über dreitausend Jahren geschaffen. Aber das Verblüffende: sieh nur die vielen Ähnlichkeiten...!"

Aufmerksam hört Lilith ihm zu und beginnt zu begreifen, wieviel die Körperhaltung, die Gesichtszüge, die Augen eines solchen, aus totem Stein geformten Körpers auszusagen vermochten - und wie sehr wiederum diese Formen die Emotionen des Betrachters wecken konnten. Dies hier also ist - neben Musik und Dichtung - Therons Liebe: eine Sammlung in Stein verewigter Gefühle und Stimmungen, die letztlich nur mit einer entsprechenden Begabung und Bildung zu entschlüsseln waren. Und unwillkürlich rutscht ihr dabei die Bemerkung heraus: "Das kannst du aber doch alles viel einfacher haben..."

Theron will lächeln, sein überlegen-gütiges Lächeln, aber es gelingt ihm diesmal nicht. Endlich hat Lilith ihn getroffen. War er ihren Annäherungen zunächst nur kühl ausgewichen, so hatte ihre Geduld mit der Zeit eine Veränderung seiner Einstellung bewirkt. Er ist nun bereit, sich sein Begehren einzugestehen. Liliths etwas unbedachte, dafür aber umso treffendere Bemerkung, die ihr eher peinlich war, hat Theron auf das Tiefste gerührt. Er ist bestürzt und beschämt von soviel Zutrauen und Hingabe und er spürt plötzlich das starke Verlangen, in ihren Armen zu liegen und aus ihr zu trinken wie ein Verdurstender aus einer frischen, klaren Quelle. Seine Liebe und sein Verlangen wächst aus einer noch unklaren, phantastischen Hoffnung auf nahe Rettung - auf Heilung und Erlösung.

Lilith wird mehr und mehr zum bestimmenden, lenkenden Element des weiteren Geschehens. Wie im Zauber entkleidet sie sich und bietet sich ihm an: das junge, blühende Mädchen dem äußerlich unscheinbaren, mit allen Hunden gehetzten Mann... Erschrocken von dieser plötzlichen Konfrontation mit ihrer körperlichen Schönheit, versucht Theron ihr klarzumachen, wie sehr ihn dieser Augenblick bewegt: "Glaub mir, ich weiß deine Schönheit zu schätzen, ich..."

"Sei still, ich spüre es doch längst. Ich spüre genau, daß von allen Männern, die ich kannte, erst du mich richtig sehen und begreifen kannst. Ich merke es dir an. Und es ist ein eigenartiges - aber auch sehr angenehmes - Gefühl, so durchschaut und dabei so geschätzt zu werden. Du weißt viel von der Welt, ihren Scheußlichkeiten und ihren Schönheiten - und aus diesem Grunde wirst du auch die Bedeutung dieses Augenblickes..." und sie bewegte dabei ihren schlanken, makellosen Körper wie bei einem ihrer kultischen Tänze vor ihm, "...richtig erfassen."

"Es ist wohl eher die Entfremdung, die innere Distanz zum Leben, die mich das Körperliche, das Gesunde und Schöne jetzt so lieben und verehren läßt." erwidert Theron unsicher.

Viel Überredung scheint nun nicht mehr nötig. Mit weiblichem Einfühlungsvermögen verspricht Lilith, bei ihm zu bleiben, zerstreut alle seine Zweifel und Ängste - und während sie mit ihrer weichen, heißen Stimme sanft auf ihn einredet, berührt er sie zum ersten Mal.

'Aber wie sollte sie mir *wirklich* helfen' - denkt er sich, als er ihren biegsamen Körper an sich presst - 'sie ist doch *auch nur* ein Stück vergänglicher Materie, ein sterbliches Wesen. Gewiß kann sie mich durch ihre Nähe sehr, sehr glücklich machen; sie würde mir angehören, ich könnte Tag für Tag ihr Verständnis, ihre Liebe genießen - aber meinem Schicksal, diesem verdammten Schicksal, würde ich deshalb trotzdem nicht entkommen. Die wahre, die absolute Erlösung konnte auch sie mir nicht geben. Ich habe die Schranken, die meiner Art gesetzt sind, überschritten - und kein menschliches Wesen würde mich je von dort zurückholen können.'

Er drückt sie trotzdem an sich, spürt die Wärme ihres Körpers, den Duft ihrer Haut; er fühlt sie, betastet sie, als wolle er sich vergewissern, daß alles, was seine Augen sehen, auch wirklich vorhanden ist. Es ist ein wunderbarer Augenblick: ihr Gesicht scheint wie erstarrt in überirdischem Ernst; ihre Augen gleichen denen eines sanften, unwissenden Tieres. Seine Lilith - völlig entrückt, völlig aufgegangen in der vergänglichen Glückseligkeit dieses Augenblicks.

Theron jedoch fühlt sich in diesem Moment sehr ratlos. Was nützt es? Was nützt diese Umarmung? Es gibt deshalb keine ewige Daseinsform des Geistes - keine Erlösung! Den ganzen Schmerz seiner Art - nein, nicht nur der Menschheit - den ganzen Schmerz der verwunschenen, zehnmal verdammten, organisierten Materie schreit er in diesem Augenblick lautlos heraus - hilflos ausgeliefert der tragischen Realität seiner Existenzform....

Wie jeden Tag wird es Morgen. Im Osten erscheint die Sonne rotglühend über dem Meer - wie immer. Und doch ist nun alles ganz anders - und es scheint sehr eigenartig, daß ein ganz normaler Tag beginnt. Theron erwacht langsam aus einem sehr tiefen Schlaf und spürt sogleich den warmen, jungen Körper Liliths neben sich. Ihm wird bewußt, daß sie vor wenigen Stunden so eingeschlafen sein müssen - dicht an dicht, erschöpft von ihrem Liebesspiel, ineinander verschlungen und sich in den Armen liegend.

Eben hatte sich das Mädchen wohl etwas bewegt und ihn dadurch geweckt - nun wandte sie ihm den Rücken zu. Theron legt sich ganz nah zu ihr und ihre Wärme und Nähe läßt ihn sogleich wieder in einen sorglosen, leichten Schlaf fallen. Es ist kein richtiger Schlaf mehr, auch kein Wachsein - eher ein süßes Dahindämmern, ein ungewisses Schweben zwischen Traum und Wirklichkeit. Und beides wird für Augenblikke eins, verbindet sich miteinander, läßt Traumhaftes wirklich und Wirkliches traumhaft erscheinen. Sein Gesicht dicht an ihrem Rücken, spürt er deutlich ihre gleichmäßigen Atemzüge; er spürt sie nicht nur - er nimmt ihre Bewegungen, ihren Duft, ihre körperliche Existenz in sich auf, verschmilzt damit, wird eins mit diesem erschöpften, tief schlafenden Mädchen, daß ihm so gut war und dem er so gut sein möchte. Dieser berühmten und begehrten Isis-Priesterin - Theron lächelt unwillkürlich bei diesem Gedanken - die trotz allem noch ein kleines Mädchen geblieben ist und sich, Kraft ihrer überlegenen Persönlichkeit, viel von ihrer kindlichen Unschuld bewahrt hat. Eine

Unschuld, die trotz aller erotischen Erfahrungen deutlich zu spüren war. Er bewundert diese Persönlichkeit, die sich stärker erwies als priesterliche Autorität, Kulte und Mysterien, stärker als der Glanz des Goldes, daß ihr sicherlich oft geboten wurde.

Und wieder gewinnt der Traum für eine nicht meßbare Zeit die Oberhand, zeigt nicht deutbare, nicht nennbare aber verwirrende und süße Bilder. Dann wieder wird ihm bewußt, wo er ist und wer er ist - und er spürt plötzlich die seltsame Fähigkeit, beliebig lange in diesem Schwebezustand zu verhalten und ganz nach Belieben in jeden bewußt gewünschten Traum zu flüchten; für eine Zeit darin unterzutauchen, um dann wieder zurückzukehren und einen anderen Traum zu suchen. Ist das vielleicht das höchste Glück? Er erinnert sich seiner Jugend: auch damals hatte er sich, erwachend nach Nächten heißer Liebe, dicht am Körper eines noch schlafenden Mädchens gefunden. Aber nie waren diese Momente so bewußt und voller Dankbarkeit aufgenommen und empfunden worden.

Noch einmal will sich Theron jetzt in diese geheimnisvolle Traumwelt versenken. Vielleicht, so ahnt er bereits, läßt sich eine lang gesuchte Antwort in diesen Träumen finden. Wenn sie so dicht bei mir liegt, wir uns überall berühren, ich fast eins bin mit ihr - vielleicht gelingt es meinem Traum, diesem leichtesten, unsichtbarsten Stoff, in sie einzudringen, ihr Wesen zu erkennen, ihr Geheimnis, das Geheimnis allen Lebens zu enthüllen.

Immer deutlicher spürt er nun ihre Gestalt, ihre lebendige Wärme neben sich; durch alle Sensoren seiner Haut nimmt er sie in sich auf, vertieft sich darin - bis schließlich ihre ganze Person in sein Bewußtsein aufgenommen ist. Nun ist Lilith in ihm und ein Teil seiner selbst. Jetzt kann er sie ohne weiteres betrachten, erkennen, sie in sich bewegen, laufen, stehen, sprechen oder tanzen lassen - es ist phantastisch. Ein Abbild Liliths ist in Theron entstanden, ein Abbild ihres Körpers und ihres Wesens, daß jedoch seinem Willen gehorchte... Und jetzt, so will er es, jetzt soll sie ihm ihr Innerstes offenbaren: das Wesen des Weiblichen, des Lebens - das Wesen der Natur.

Und es geschieht tatsächlich, wie er es wünscht; ihr Körper, ihr Aussehen verwandelt sich zusehends; es ist der Körper Liliths und doch plötzlich schon der Körper ganz anderer Menschen, die, obwohl von anderem Aussehen, Alter, Geschlecht und Hautfarbe, doch immer noch eine seltsame Ähnlichkeit mit ihr haben. In einer nicht enden wollenden Folge tauchen diese Wesen vor Theron auf und verschwinden sogleich wieder, um neuen Wesen Platz zu machen. Aus allen Zeiten und von allen Kontinenten dieser Welt scheinen sie zu kommen: Seefahrer, Bauern, Krieger, Sklaven und Könige, Männer und Frauen, Alte und Junge, ja selbst die verschlossenen, unentwickelten Gesichtszüge von Ungeborenen kann er sehen - um letztlich aber auch darin die vertrauten Züge seiner jungen Geliebten zu finden. Alle sind sie Lilith, alle Menschen, die je gelebt hatten und je leben werden. Denn jede dieser unzähligen Gestalten ist lediglich eine Variante, eine Möglichkeit der Natur - und jede ist gleichzeitig auch ein tragisches, schmerzhaftes Symbol des Sterbens und der Vergänglichkeit.

Der Traum hat Theron ernüchtert. Er ist nun vollständig erwacht und löst sich behutsam von dem Mädchen. Lilith schläft noch fest, und ihrem kindlich-unschuldigen Gesicht ist nichts anzusehen, nichts von dem, was Theron soeben durch sie erfahren hat.

III. BUCH - ZWEITES KAPITEL

DRITTES KAPITEL

Mehr als ein Jahrtausend ist vorüber; man schreibt inzwischen das Jahr 4976 atlantischer Zeitrechnung. Das große Imperium Romanum ist in dieser Zeitspanne entstanden, hatte seinen glanzvollen Höhepunkt und ist bereits wieder vergangen. Seine traurigen Reste - die ehemals Respekt einflößenden Insignien seiner Macht, die Ruinen seiner herrlichen Bauwerke, die zeitlosen Schriften seiner großen Denker und Gesetzgeber - sie treten langsam ein in ein dumpfes, mittelalterliches Dunkel, in ein fast plötzliches, unverständliches und trauriges Vergessen.

Die Stadt besteht nach wie vor. Nichts hat sich geändert. Die Zunahme der historischen Ereignisse und Entwicklungen in der Welt bewirken hier eher ein noch stärkeres Festhalten an der bewährten Zurückhaltung und dem unbedingten Grundsatz der Nichteinmischung. Und so sind es auch noch immer die gleichen Beobachterschiffe, die die Kontinente der Welt durchqueren, die gleiche Ordenshierarchie, die diese Missionen lenkt und auswertet, und gleichermaßen mutige, erfahrene und bestens ausgebildete Männer, die sie durchführen.

Es ist früh am Morgen, als Hethior sein Beobachterschiff betritt. Die weiten, unterirdischen Hallen der Vorstadtfestung, in denen die Fahrzeuge gewartet, mit Vorräten beladen und startklar gemacht werden, hat er ohne Aufenthalt passiert. Alle kennen ihn hier, grüßen ihn im Vorbeigehen und wünschen ihm Glück für seine bevorstehende Mission. Seine Starterlaubnis liegt der Basiszentrale schon seit Mitternacht vor: die Reise kann also unverzüglich beginnen.

Den vorgeschriebenen Kontrollgang durch das Schiff unterlassend - denn auf seine Freunde vom technischen Personal verläßt er sich voll und ganz - nimmt Hethior sogleich im geräumigen, fast leer wirkenden, Steuerraum hinter der wandgroßen Frontscheibe Platz. Routinemäßig geht sein Blick über die wenigen, vertrauten Armaturen, dann betätigt er die notwendigen Schalter und gibt die Abschiedsformel an die Basis durch. Weit vor ihm, am Ende der gewaltigen Halle, schieben sich nun die mächtigen Torflügel der Ausfahrtluke auseinander. Und während sich das Fahrzeug langsam und lautlos in Bewegung setzt, sieht er durch das breite Rechteck vor sich bereits das dunstige, bleigraue Meer auf sich zukommen.

Jedesmal, wenn Hethior die Küstenfestung durch diese, mitten in der Westmauer gelegene Öffnung verließ und das Schiff dann in weitem, sanftem Bogen langsam bis fast auf Meeresspiegelhöhe herabsenkte, fühlte er sich erleichtert und frei zugleich. Die absolute Einsamkeit seines Schiffes umgibt ihn. Alles, was in den nächsten Monaten geschehen wird, wird nur von ihm selbst abhängen. Es ist ein gutes, ein beruhigendes Gefühl. Er ist wieder sein eigener Herr und die Welt mit all ihren Geheimnissen liegt ihm in diesem Augenblick zu Füßen - ein Gefühl, welches Hethior nicht missen möchte und für das er mögliche Unannehmlichkeiten und Härten des Beobachterlebens gern in Kauf nahm.

Zufrieden läßt er sich daher auch jetzt in die Polster zurücksinken und summt eine kleine Melodie vor sich hin. Er ist wieder allein. Natürlich weiß er auch, daß dieses schöne Gefühl nie von langer Dauer war und bald einer eintönigen Langeweile Platz machen würde. Dieses Mal jedoch würde es etwas länger anhalten, da ist er sich sicher.

Hethior genießt diese ersten Reisestunden: lautlos schwebt sein Schiff wenige Meter über der winddurchwühlten See wie auf einer festen, unsichtbaren Schiene. Sehr gedämpft dringt das Rauschen von Wind und Wellen in die Steuerkabine und unwirklich erscheinen die gewaltigen, bewegten Wassermassen unter ihm, die mal ins Bodenlose absinken und dann wieder den Schiffsboden fast mit ihren Schaumkronen benetzen wollen. Die Entspannung wird spürbarer, je weiter er sich von der Basis entfernt. Einige hektische Tage, in denen er diese Reise, entgegen sonstiger Gewohnheit ganz übereilt vorbereiten mußte, sind nun vorüber. Jetzt lächelt er nur noch über die emsige Geschäftigkeit des Senators, dem diese Mission so wichtig erschien, daß er durch alle möglichen Instanzen schließlich ihre Vorverlegung durchgesetzt hat. Wer weiß, welche internen Interessen dieser ungewohnten Eile zugrunde lagen. Möglicherweise konnte nach seiner Mission die eine oder andere Fakultät mit einer wissenschaftlichen These recht behalten oder auch nicht, vielleicht etwas an Bedeutung gewinnen oder verlieren - wovon jedoch niemand in der Stadt auch nur das Geringste spüren würde. Zu weit war der Orden von allen normalen Dingen entfernt, als daß mögliche Veränderungen in seinem Innerem Auswirkungen auf das alltägliche Leben der Stadt gehabt hätten.

Das Meer ist inzwischen ruhiger geworden, die weißen Schaumkronen werden immer seltener. Hethior, noch ganz in seinen Gedanken versunken, erhöht daher unbewußt die Geschwindigkeit. Da hatten also irgendwelche Gelehrte Bücher gewälzt, Karten analysiert und die Speicherinhalte vieler Beobachtungsmissionen durchgesehen und verglichen. Und plötzlich, vielleicht wußten sie selbst nicht, welcher Sache sie überhaupt auf der Spur waren, glaubten sie in diesem Material etwas so Wichtiges gefunden zu haben, daß es als Begründung dafür ausreichte, eine planmäßige Beobachterfahrt um Jahre vorzuverlegen. Hethiors ganz persönliche Meinung dazu, die er allerdings für sich behalten hatte, war, daß die Gelehrten in diesem Fall wohl zu ungeduldig waren. Wenn in den rauhen, nordischen Bergen Nipheras - wohin seine Reise ging - wirklich etwas Besonderes und Einmaliges auf ihn wartete, würde dieses 'Etwas' sicher in fünf Jahren auch noch da sein. Und dabei ging es den geistigen Herren der Stadt lediglich um die Frage der Staats- oder Herrschaftsform in diesen Gebieten. Für die Männer des Ordens sicherlich ein interessantes Thema: glaubten sie doch Anhaltspunkte dafür gefunden zu haben, daß dort möglicherweise eine Regierungsform existieren könnte, die der atlantischen in seltsamer Weise ähnlich sei. Als sicher galt, daß zwischen Volk und Regierung eine gewaltige Kluft bestand. Beobachter, welche dieses Gebiet in letzter Zeit gestreift hatten, berichteten, daß sich die Herren dieses Landes bei ihren Untertanen jahrelang nicht hatten sehen lassen. Selbst die üblichen Naturalabgaben wurden nicht eingetrieben. In den armseligen ländlichen Ansiedlungen erzählte man sich nur sagenhafte Geschichten von der Größe und Tapferkeit ferner, nie gesehener Könige und Helden. Andererseits schien niemand auch nur daran zu denken, dieses augenscheinliche Machtvakuum ausfüllen zu wollen - ganz so, als gäbe es da doch 'Etwas', wovor man Angst und Respekt hatte. Die winzigen Dörfer dieses Landes hatten selten Kontakt untereinander. Sie blieben unbedeutend und namenlos - als duckten sie sich unter einer übermächtigen, aber unsichtbaren Herrschaft. Die Tatsache, daß den Atlantern keine Hauptstadt oder Königsburg in diesem Gebiet bekannt war, machte die Sache noch rätselhafter, denn die Gelehrten wollten nun Anzeichen dafür gefunden haben, daß dieses Land *doch* regiert wurde. Es mußte also eine Burg oder Hauptstadt geben - und die soll Hethior nun finden und die Mechanismen dieser seltsamen Regierungsform untersuchen.

Am Abend des nächsten Tages befindet er sich bereits auf einer winzigen, nur aus etwas kargem Felsgestein bestehenden Insel unmittelbar vor der zerklüfteten, nordischen Küste. 'Khalsor' nannten die Atlanter dieses unwirtliche Land seit Jahrtausenden; düster, kalt und leer liegt es ihm jetzt gegenüber und es scheint aus dieser Sicht zumindest schwer vorstellbar, dort je Menschen anzutreffen.

Die Nacht wird er also zunächst noch hier abwarten und am Morgen dann zum Festland aufbrechen. Aber Hethior findet keinen Schlaf. Die ungewohnte Helligkeit der nordischen Nacht stört ihn. Obwohl es einfach gewesen wäre, das Innere des Schiffes zu verdunkeln, läuft er ruhelos und nachdenklich durch die Räume und Gänge des kleinen Beobachterschiffes. Die gesamte Beleuchtung ist abgeschaltet - nur der fahle Schein des Himmels dringt durch die große Frontscheibe und die Seitenfenster und läßt die Umrisse aller Gegenstände gerade noch erkennen.

Erst gegen Morgen hat Hethior dann doch noch etwas geschlafen und ist schließlich mit guter Stimmung erwacht. Nach einem heißen Bad und einem kräftigen Frühstück verläßt er, nur mit einem weiten Mantel bekleidet, für einen kurzen Moment das Schiff und geht langsam die wenigen Schritte zum Meer hinunter. Das Wasser ist eiskalt; es ist windstill und gespenstisch einsam. Leise und kraftlos schlagen die Wellen an den steinigen Strand. Kein Sonnenstrahl dringt durch die dichte, dunkle Wolkendecke. Nur weit am Horizont kündigen flache, helle Streifen am Himmel den Tag an - unterstreichen durch die phantastische Betonung der Waagerechten die Weite und Stille dieser Landschaft.

Hethior sieht sich nach seinem Schiff um, daß nur wenige Meter entfernt auf dem schroffen Felsen liegt. Der an Kontrast kaum zu überbietende Anblick gefällt ihm. Die glatten Flächen des kompakten, wohlproportionierten Fahrzeuges mit der geheimnisvollen, von außen undurchdringlich schwarzen Frontscheibe, heben sich von der bizarren, urwüchsigen Umgebung mit ihrer erdrückenden, alles überlagernden Leere ganz sonderlich ab. Und wenn er genau hinsieht, bemerkt er auch den winzigen, pulsierenden Lichtpunkt in der linken, oberen Ecke der Frontscheibe, welcher stets die lebendige Kraft im Innern des Schiffes auf zurückhaltende Weise anzuzeigen scheint. Entschlossen kehrt er nun in das Schiff zurück um seine Reise unverzüglich fortzusetzen.

Etwa drei Wochen ist der Atlanter in den südlichen und mittleren Regionen Khalsors unterwegs - zu Fuß und in unzugänglichen Gebieten mit dem Schiff. Die gesuchte, sagenhafte Burg hat er jedoch nicht finden können. Dafür genießt er jetzt die Freiheit, sich ungehindert in dieser herrlichen Wildnis zu bewegen. Zum schlafen, baden und essen benutzt er sein Schiff, sobald er es nicht braucht, schwebt es als kaum sichtbarer, winzigen Punkt hoch über ihm in den Wolken. So kann Hethior stundenlang auf die Jagd gehen oder bewaldete Flußtäler und kahle Berghöhen sorglos durchstreifen. Einmal erlegt er - unweit eines unscheinbaren Dorfes - einen Bären, und ist stolz darauf, das starke Tier nur mit den herkömmlichen Waffen, die zu seiner ortstypischen Tarnung gehören, bezwungen zu haben. Die dankbaren Menschen, die bald auf ihn aufmerksam werden und aufgeregt herbeieilen, überreichen ihm allerlei rührende Geschenke und feiern ihn als Helden, denn der Bär hatte dieses Dorf schon öfter heimgesucht und großen Schaden angerichtet. Derartige Erlebnisse scheinen Hethior gut dazu geeignet, sich in seine neue Rolle als herumziehender Ritter und Abenteurer richtig einzuleben.

Wieder liegt ein Dorf vor ihm im Tal. Es wird bald Abend werden und Hethior überlegt, ob er sich nicht doch den Bergen zuwenden sollte, um die Nacht schließlich bequem im Schiff zu verbringen - dann geht er jedoch entschlossen ins Tal hinab zu den Menschen.

Etwa acht kleine Häuschen, eigentlich eher nur Hütten, stehen hier verstreut in der Senke. Einige von ihnen sind mit dürftigen Abzäunungen von mehr symbolischem Wert umgeben. Bald werden zwei Männer auf ihn aufmerksam, kommen vorsichtig näher und begrüßen den ankommenden Fremden scheu und ehrerbietig. Seine ritterliche Kleidung weist den Atlanter als Herr vornehmerer Herkunft aus. Weiterhin ist es natürlich auch die ihnen ungewohnte Sprache, die Distanz schafft. Sie bereitet dem Beobachter im Moment noch einige Schwierigkeiten und dürfte deshalb für die Einheimischen recht fremdartig klingen.

Hethior stellt seine üblichen Fragen nach Burg und Herrschaft, auf die er aber auch hier keine Antwort erhält. Das ist zwar sehr eigenartig, aber er ist daran nun schon gewöhnt. Da diese einfachen Menschen hier selten Besuche erhielten und stets begierig auf Neuigkeiten aller Art waren, gibt der Atlanter am Abend noch einmal seine Geschichte mit dem Bären zum besten, die ihm auch hier viel Beifall und Bewunderung einbringt. Nun, da man ihm gegenüber aufgeschlossener ist, werden bis tief in die Nacht hinein noch viele märchenhafte Geschichten erzählt, aus denen sich Hethior zunächst Hinweise für seine Mission erhofft. Die Geschichten kreisen entweder um das isolierte, dörfliche

Leben der Bauern oder sie berichten auf phantastische Art von Feen und Elfen, Fluß- und Waldgeistern. Andeutungen auf eine reale Herrschaft dieses Landes enthalten sie jedoch kaum.

Die Dorfbewohner möchten dem freundlichen Fremden trotzdem gern behilflich sein. Am nächsten Morgen führen sie Hethior daher zu einer sehr alten Frau, die in einer kleinen, ärmlichen Hütte am Rande der Siedlung hauste. Das Dach, welches bis zum Boden herabreicht, war schon mit Gras und Moos bewachsen; vor der Türöffnung hängen lediglich grobgeknüpfte Matten und Tierfelle. Drinnen brennt ein spärliches Herdfeuer zwischen aufgeschichteten Feldsteinen und verbreitet beißenden Qualm. Die Bauern meinen, daß nur diese Alte, die sie offensichtlich mit einem gewissen Respekt behandelten, möglicherweise eine Antwort auf seine Fragen wüßte - aber es dauert dann eine ganze Zeit, bis sie das Anliegen des Fremden versteht und sich endlich zu ein paar Worten bereit findet.

Nein, im Norden gibt es weiter kein Volk, sie seien hier die einzigen Menschen, gibt sie unter Verwendung umständlicher Formulierungen schließlich zu verstehen. Wie der König ihres Volkes hieß und wo er wohne, will Hethior unbedingt noch wissen.

"Es gab einst einen großen König.... Böse Zauberinnen... haben ihn vertrieben... vor langer Zeit. Sie wohnen in seiner Burg ... und lassen das Land verkommen... und die Menschen verderben.... Keinen Herrn dulden sie neben sich auf dem Thron."

"Und wann habt ihr diese bösen Zauberinnen zuletzt gesehen?"

Die Alte schweigt eine ganze Weile und sieht Hethior mit leeren Augen an, als blicke sie durch ihn hindurch oder an ihm vorbei: "...weiße Reiterinnen, die nie in die Täler kommen... weiße Rösser... Sie kommen auf den Wolken und den Gipfeln der Berge daher... wie ein böser Wind... der den Tod bringt..." Die Frau wird nachdenklich - oder träumte sie nur? Jedenfalls versinkt sie in eine meditative Starrheit und ist nicht mehr ansprechbar.

Von den Bauern erhält Hethior am nächsten Tag endlich ein Pferd. Er bezahlt zufrieden mit einigen Silberstücken, die mit großer Dankbarkeit entgegengenommen werden. Aber noch wichtiger scheint den Menschen die Tatsache, einem offenbar bedeutendem Herrn begegnet zu sein und ein paar Neuigkeiten aus der Welt erfahren zu haben.

Die mystische Beschreibung der Alten hat indes alles andere als Klarheit in die Überlegungen des atlantischen Beobachters gebracht.

Nur eines glaubt er möglicherweise daraus entnehmen zu können: es wäre denkbar, daß es sich bei dem gesuchten Herrscher dieses Landes durchaus auch um eine Frau handeln könne. Diese Geschehnisse, von denen er erfahren hatte, konnten - wenn etwas Wahres daran war - so vor etwa sechzig bis hundert Jahren stattgefunden haben. Eine längere Überlieferung traute er den hier vorgefundenen Verhältnissen ohnehin nicht zu. Die damalige, sagenhafte Zauberin, die den rechtmäßigen König vertrieb und selbst die Macht übernahm, dürfte demnach also schon tot sein. Es blieb die Frage, wer dann ihre Nachfolge angetreten hatte. Vielleicht wieder eine Frau? Natürlich mußte das nicht die Ursache dafür sein, sich vor dem Volk zu verstecken, dafür gab es möglicherweise kulturelle oder religiöse Gründe. Die Zauberinnen sollten ja angeblich aus dem Süden kommen - vielleicht behinderte das ihren Kontakt zu den Einheimischen?

Auf all diese Fragen möchte Hethior nun endlich Antworten haben, um nicht zu sagen: er wird langsam etwas ungeduldig. Auch fühlt er sich nicht sonderlich wohl zwischen diesen ängstlichen, einfältigen Bauern mit ihrer rauhen Sprache und ihren dürftigen Hütten. Irgendwie schien sich die vorgefundene Bevölkerung in ihrer extremen Isolation sogar etwas zurückzuentwickeln oder zumindest in der Entwicklung zu stagnieren. Zum Beispiel die kunstvoll bemalten, zweiflügeligen Holztüren, die er in allen Dörfern bisher gesehen hatte, schienen ein Beweis dafür zu sein: alle Türen waren bereits alt und verwittert - nirgends war eine neue oder ausgebesserte Tür zu sehen. Die Menschen beherrschten offenbar diese Kunst nicht mehr, oder der fehlende Austausch von Dorf zu Dorf hatte dieses Handwerk sterben lassen.

So in Gedanken versunken hat Hethior den Kamm des Berges schließlich erreicht. Die Siedlung hinter ihm ist in der Dämmerung nun nicht mehr auszumachen. Von hier oben jedoch bietet die tiefstehende Sonne zwischen weit auseinandergezogenen Wolkenbändern einen großartigen Anblick - während es im Tal schon fast Nacht ist. Von glühendrot bis tiefbraun staffeln sich die nahen und entfernteren Gebirgskämme in beeindruckender Pracht bis zum Horizont. Da weit und breit kein Mensch zu vermuten ist, läßt der Atlanter in gewohnter Weise sein Schiff bei sich landen, steigt mit ihm in die Wolken auf und legt sich nach einem heißen Bad zur Ruhe. Am nächsten Morgen will er die Suche mit dem Schiff fortsetzen. Auch das Pferd ist mit einiger Mühe im Laderaum untergebracht, da es sicherlich noch zu gebrauchen sein wird.

Nun durchschwebt das silbrig-braune Fahrzeug Tal um Tal; steigt auf, springt über Bergkuppen und steile Felsgrate - um sogleich wieder in die nächste Schlucht hinabzutauchen. Das Jagdfieber hat Hethior gepackt, und mit Macht will er diesem öden, verschlossenem Land sein Geheimnis entreißen. Alle Sensoren des komplizierten Beobachterschiffes sind aktiviert und suchen für ihn: strecken fächerartig ihre unsichtbaren Fühler kilometerweit voraus in die Landschaft um menschliches Leben in dieser Einöde aufzuspüren. Hethior sucht nur eine größere Anzahl von ihnen, einzelnen Lichtpunkten, die ab und zu auf dem Sichtschirm im Steuerraum auftauchen, versucht er nach Möglichkeit auszuweichen.

Am Abend des vierten Tages - Hethior hat bei der Suche kreuz und quer durch das Land inzwischen mehr als zweitausend Kilometer zurückgelegt - glaubt er die bewußte Burg endlich gefunden zu haben. Das heißt, zuerst ist es nur eine knäulartige Ansammlung von Leuchtpunkten auf dem Schirm - daneben eine Zahl, die zwischen dreihundertachtzig und dreihundertachtundachtzig schwankt. Für eine genauere Messung ist die Entfernung von etwa fünf Kilometern wohl noch zu groß.

Interessiert und zufrieden sieht Hethior lange auf dieses Gewimmel blasser, grünlicher Punkte, das ihn entfernt an einem Ameisenbau erinnert. Jeder dieser Punkte entspricht einem menschlichen Lebewesen, und der Gedanke, daß vielleicht auch Zauberinnen darunter sind, amüsiert ihn.

Im Schutze der fortgeschrittenen Dämmerung will er zunächst versuchen, die örtlichen Gegebenheiten näher zu erkunden. Vor ihm liegt eine unbekannte Landschaft in einer fast blendenden, gespenstisch grünen Lichtflut. Es sieht aus, als wäre soeben ein neues, geheimnisvolles Gestirn über der Welt aufgegangen. Die spezielle Frontscheibe des Schiffes gestattete durch eine geistreiche Erfindung diese Möglichkeit des Sehens bei Dunkelheit - wobei außerhalb natürlich nichts von diesem grünen Licht wahrzunehmen war.

Langsam schiebt sich das Fahrzeug nun an das geortete Ziel heran. Noch sind keine Gebäude in der urwüchsigen Landschaft auszumachen. Etwa zwei Kilometer voraus beginnt sich das Gelände jedoch zu ebnen. Nach den Seiten schwach abfallend, dehnt sich ein flaches Stück Land bis fast zum Horizont. Weit dahinter, im grünlichen Nebel des Lichtverstärkers noch gut zu erkennen, deuten sich hohe Berge an. Zwischen der Ebene und dem entfernten Gebirgsmassiv aber vermutet Hethior instinktgemäß eine der tief eingeschnittenen Meeresbuchten, wie sie an der Küste dieses Landes sehr zahlreich zu finden waren. Ein kurzer Vergleich seiner derzeitigen Koordinaten mit der Karte bestätigt ihm diese Vermutung. Die Burg wird sich also mit großer Wahrscheinlichkeit in der Nähe des tiefer gelegenen Ufers befinden. Langsam läßt er das Schiff nun senkrecht aufsteigen - jeden Moment müßte nun ein Bauwerk am hinteren Rand der Ebene sichtbar werden.

Bei einer Höhe von vierzig Metern taucht am Horizont ein sehr heller, silbriger Streifen auf: das Meer, und gleich darauf tatsächlich ein graugrünes, halbwegs rechteckiges Gebilde: ein Gebäudekomplex mit regellosen, gedrungenen Türmen, Mauern und Dächern. Seine Arbeit ist damit für heute getan, das Zielobjekt ist gefunden. Routinemäßig senkt Hethior das Schiff nun wieder auf Bodenniveau herab und steuert es zufrieden in eine der vielen hinter ihm liegenden Schluchten, in deren Schutz er diesmal die Nacht zu verbringen gedenkt.

Der nächste Morgen bringt sonniges Wetter, aber von See her ziehen bereits wieder dunkle Wolkenmassen heran. Bald befindet sich das Beobachterschiff allein hoch oben am Himmel und Hethior bewegt sich auf seinem Pferd langsam und gelassen der fremden Burg entgegen. Irgendwie kommen ihm in diesem Moment Zweifel an der Glaubwürdigkeit seiner Tarnung. Wie würden die Burgbewohner es aufnehmen, wenn am frühen Morgen ein gut ausgeschlafener, frisch gebadeter und sauber gekleideter Ritter vor ihnen steht - wo es doch im Umkreis von hunderten Kilometern nur einige vereinzelte, schmutzige Gehöfte gab? Aber was sollten sie *andererseits* auch vermuten? Ihre Vorstellungskraft und Erfahrung würde für die Möglichkeiten der atlantischen Beobachter in keiner Weise ausreichen.

Inzwischen ist der höchste Punkt der Ebene erreicht und die obersten Zinnen der Burg tauchen am Horizont auf. Bald erkennt er mit bloßem Auge die Wachen, die, in gleichmäßigen Abständen auf den Mauern stehend, sich scharf gegen den klaren Himmel abheben. Auch er selbst - wie er nun langsam mitten über die baumlose Ebene reitet - ist jetzt ein weithin sichtbares Ziel. Irgendwann mußte man ihn bemerken und reagieren. Es wäre andererseits auch sehr eigenartig gewesen, hätte er an diese abgelegene und versteckte Burg wie ein verirrter Wanderer anklopfen müssen....

Und es dauert auch wirklich nicht lange, bis die Bewohner auf den morgendlichen Besucher aufmerksam werden. Sie waren offenbar sehr wachsam und dazu vielleicht auch etwas neugierig, denn es stürmt gleich eine ganze Reiterkolonne auf ihn zu. In angemessener Entfernung stoppen sie den schnellen Lauf ihrer Tiere und nähern sich dann mit vorsichtiger Gelassenheit. Bald wird Hethior von allen Seiten umringt und es ist nun vor allem an ihm, zu staunen. Auf diesen vierzehn herrlichen Pferden sitzen sämtlich junge Frauen beziehungsweise fast erwachsene Mädchen - gleichmäßig bewaffnet mit kurzem Schwert, Helm und Schild. Ihre einheitliche Kleidung besteht aus enganliegenden, blütenweißen Hosen und einem, ebenfalls weißen, kurzen Obergewand, das knapp über die Hüften reicht. Dazu tragen sie lange, weiche Lederstiefel und formvollendete, eiserne Helme. Schmale rote und goldene Streifen an Armen und Beinen sind als einzige, sparsam verwendete Verzierung derart auf der Kleidung angebracht, daß die Eleganz der schlanken, kraftvollen Körper noch betont wird.

Nach allem, was Hethior bisher in diesem Land gesehen hatte, mußten ihm diese schönen und stolzen Mädchen wie Göttinnen vorkommen. Bescheiden versucht er sein Anliegen vorzubringen, als fahrender Ritter Aufnahme in ihrer Burg zu finden - aber die Mädchen mustern ihn nur mißtrauisch, bleiben schweigsam und würdigen ihn keiner Antwort. Auch ihre Gesichter verraten nichts, sie bleiben kühl und unbeteiligt. Als er nochmals beteuert, hungrig und erschöpft zu sein und um einen Dienst in der Burg bittet, wenden sie unvermittelt ihre Pferde und galoppieren über die Ebene davon.

Ein schwer bewaffneter, aber unscheinbar gekleideter Ritter bleibt auf dem Feld zurück - Hethior hatte ihn vorher nicht bemerkt. Mit größter Zurückhaltung, ja fast verlegen und ohne ihm dabei richtig in die Augen zu sehen, fordert dieser Mann ihn nun auf, ihm zu folgen. Auf ein Gespräch läßt auch er sich nicht ein, und so reiten sie schließlich schweigend im Schritt nebeneinander her - der Burg entgegen.

Der Atlanter kann das Bauwerk bald aus nächster Nähe betrachten. Von architektonischer Schönheit war es gewiß nicht, wie es da grau, düster und unregelmäßig vor ihm aufragte. Der überall sichtbare Verfall schien dabei weniger durch das Alter, als eher durch eine mangelhafte Bauweise hervorgerufen zu sein. Die überdimensionale Stärke der Mauern glich aber solche Schadstellen - oft waren die Löcher mannshoch und ebenso tief - bedenkenlos wieder aus. Von Ferne hatte die Anlage jedenfalls viel hübscher ausgesehen; jetzt bot der Anblick aus allernächster Nähe nur Trostlosigkeit. Aber da waren ja noch die rätselhaften, waffentragenden Mädchen, die darin wohnten, und das machte die Burg sogleich wieder interessanter.

Die vorangegangene erste Begegnung auf dem Feld war Hethior schon sehr eigenartig vorgekommen, und dieses Gefühl sollte sich in der Folge der Ereignisse noch verstärken. In der Burg angekommen, erhält er weder eine Einladung zum Essen, noch wird ihm ein Quartier zugewiesen. Lediglich sein Pferd wird von einem halbwüchsigen, verwahrlosten Jungen, der ihn nur kurz und verängstigt ansieht, beiseite geführt und an einer Holzbarriere festgemacht. Dann bedeutet man ihm mitzukommen. Sprachliche Schwierigkeiten gibt es zum Glück nicht. Man benutzte hier eine Mischform aus verschiedenen nordischen Sprachen, die sich allerdings von der der Bauern grundlegend unterschied - sowohl im Umfang der Begriffe als auch in den Möglichkeiten des Ausdrucks.

Über eine steile, steinerne Außentreppe gelangt der Besucher in einen Vorraum des Hauptgebäudes. Und hier steht Hethior nun unvermittelt vor einer kräftigen Dame mittleren Alters, deren überaus strenge Gesichtszüge keine Gefühlsregung erkennen lassen. Man bedeutet dem Gast, hier nun sein Anliegen vorzubringen und er tut dies betont bescheiden. Gespannt wartet er auf die Wirkung seiner Worte. Nichts geschieht. Die Frau dreht sich nur um und geht im Raum auf und ab. Worüber mag sie wohl nachdenken? Seine beiden männlichen Begleiter, die ihn hier hinaufgeführt und nun zu beiden Seiten der Tür Aufstellung genommen haben, machen ebenfalls etwas unschlüssige, fragende Gesichter - offenbar ist ihnen nicht klar, ob sie mit dem fremden Mann wieder verschwinden sollen. Doch da kommen, betont schnell und oberflächlich ausgesprochen, die erwarteten Anordnungen der Dame: Hethiors Aufnahme in die Burg wird von einer Reihe von Prüfungen abhängig gemacht, welche noch am heutigen Tage stattfinden sollen. Die vier stärksten Männer der Burg sollen sich unverzüglich darauf vorbereiten.

Nun gut, sagt sich Hethior, sollen sie also mit mir kämpfen, er hatte Ähnliches eigentlich auch erwartet. Da noch etwas Zeit verbleibt, versucht er anschließend auf dem Hof ein Gespräch mit dem Pferdeburschen anzufangen, dieser sieht ihn jedoch nur scheu an und geht ihm dann - wie alle anderen, die sich auf dem Hof aufhalten - vorsichtig aus dem Weg. Vielleicht ist meine Tarnung doch nicht so perfekt, wie sie sein sollte, denkt er, denn irgendwie scheint sein Auftauchen nicht in die Vorstellungswelt dieser Menschen hier zu passen.

Um die Mittagsstunde gibt man ihm wenigstens zu essen; und bald darauf setzen sich auch vier Männer in seiner Nähe nieder und mustern ihn unverhohlen. Sie tragen dabei allerlei grobe Waffen mit sich herum, die sie zwar beim Essen behindern, aber trotzdem nicht abgelegt werden. Interessiert sieht sich Hethior um. Der Speisesaal der

Burg ist lediglich mit einigen derben Tischen und Bänken ausgestattet. In einer der Längsseiten befinden sich drei große Bogenöffnungen zum Hof, von den die beiden seitlichen mit einem hölzernen Zaun geschlossen sind. Die mittlere Öffnung bildet den Eingang zu diesem kalten und zugigen Raum.

Die einheimischen Ritter und der atlantische Beobachter betrachten einander. Alle sind sehr schweigsam. Auch als man nach dem Essen den öden und leeren Kampfplatz unweit der Burg aufsucht, bleibt das so. Hethior erscheint es fast wie eine Beerdigungs- oder Hinrichtungszeremonie. Nun, vielleicht mochten die vier Männer wirklich so denken, er würde sie im Kampf schon eines Besseren belehren. Schwierig dürfte es dabei nur sein, nicht all seine Fähigkeiten erkennen zu lassen. Er fühlte wohl, daß es angebracht war, hier noch einige Trümpfe in der Hand zu behalten. Siegen mußte er jedoch, das stand fest - sonst würde er nicht in Dienst genommen und konnte unverrichteter Dinge wieder abziehen. Sein Sieg durfte dabei aber nur ganz knapp ausfallen, als hätte er ihn nur mit letzter Kraft und viel Glück errungen. Den Eindruck eines überlegenen Helden wollte Hethior unter allen Umständen vermeiden.

Der Kampf beginnt ohne umständliche Vorbereitungen und - von vier Gehilfen der einheimischen Ritter abgesehen - ohne weitere Zuschauer. Als erstes gilt es, die Vorgabe seines Gegners beim Speerwurf zu übertreffen. Es gelingt Hethior auch, den Wurf so geschickt anzubringen, daß nur ein ganz geringer Vorsprung erzielt wird. In den weiteren Prüfungen ist ein Wettlauf auszutragen und dabei ein tiefer Graben zu überspringen. Den Abschluß bildet ein Zweikampf mit dem Schwert. Hethiors eigene Waffe, in den Werkstätten der Stadt aus bestem Stahl geschmiedet, ist schließlich der seines Gegners überlegen. Gekonnt wehrt er die wuchtigen Schläge ab, die ihn ohne Zweifel tödlich treffen sollen. Nachdem seine drei Vorgänger versagt haben, fühlt sich der letzte Mann nun verpflichtet, den Sieg über den Fremden zu erringen. Immer wieder muß Hethior seine wütenden, ungestümen Schläge parieren - doch bevor er sich ein Konzept zurechtlegen kann, entscheidet die Qualität der Waffen den Kampf: das riesige, plumpe Schwert des einheimischen Ritters zerbirst an der besseren atlantischen Klinge. Eine sogleich vorgetäuschte Parade bringt den erschrockenen Gegner rücklings zu Fall. Hethior kann seinen Fuß auf ihn setzen.

Wird man seinen Sieg nun anerkennen? Eine spannende Minute vergeht. Endlich entkrampfen sich die erstarrten Gesichter der Männer, fast etwas erleichtert ihre Waffen niederlegend, knien sie vor ihm nieder.

Hethior glaubt sein Ziel schon erreicht, als er am Morgen des folgenden Tages zum zweiten Mal in jener kahlen Audienzhalle steht. Er sieht auf die abgetreten Bodenplatten und versucht, um die Zeit des Wartens zu überbrücken, deren Alter zu schätzen. Der Raum bietet auch wenig Interessantes: an der rauchgeschwärzten Decke hängt ein einfacher, schmiedeeiserner Leuchter, in dem sich noch die Reste ausgebrannter Fackeln befinden. Die Wände sind nur spärlich verputzt und lassen unregelmäßiges Mauerwerk erkennen. An den beiden Schmalseiten des rechteckigen Raumes befinden sich Türen mit spitz auslaufenden Bögen, die ringsum mit einer schlichten, stuckartigen Verzierung eingefaßt sind. Rechts lassen drei hohe, nicht ganz gleichmäßige Fensteröffnungen die enorme Stärke der Mauern erkennen. An der gegenüberliegenden Längswand steht als einziges Möbelstück eine mit Schnitzereien verzierte Holzbank.

Die zweite Tür öffnet sich schließlich zu einem Saal mit sehr viel größeren Ausmaßen. Düstere Steinquader, Bögen, Pfeiler und Oberlichtbeleuchtung, im Hintergrund so etwas wie ein Thron - das ist Hethiors erster Eindruck von diesem Raum. Die ihn begleitenden Wachen bleiben an der Tür zurück - und nun steht er allein vor den Herrinnen dieser Burg. Aber es sind nicht nur jene vierzehn, denen er schon auf dem freien Feld begegnet war: etwa vierzig Frauen und Mädchen, alle bewaffnet und einheitlich weiß gekleidet, sind in dieser Halle versammelt. Wie ein Chor stehen sie, steif und geordnet, im Halbrund gegenüber dem Eingang. Außer den stummen Wachen und ihm selbst scheint es keinen Mann in diesem Thronsaal zu geben.

Gegenüber einer der Frauen, die eine breite, goldene Krone trägt, macht Hethior nun eine respektvolle Verbeugung - es konnte sicherlich nicht schaden. Eine andere gewichtige Person, nämlich jene Dame, die ihn gestern in der Vorhalle empfangen hatte, tritt vor und meldet der Kronenträgerin kurz und kommentarlos, daß der angereiste fremde Ritter - sie nennt dabei nicht einmal seinen Namen, unter dem er sich hier vorgestellt hatte - alle Prüfungen und den Zweikampf bestanden habe. Die Verlierer seinen bereits bestraft worden, fügt sie wie selbstverständlich hinzu.

Stille entsteht. Alle sehen den Besucher an: Hochmut und stolze Verachtung in den Blicken. Eigenartigerweise muß er jetzt daran denken, daß es vielleicht besser gewesen wäre, eine Frau hierher zu schicken - aber weibliche Beobachter hatte die Stadt zur Zeit nur sehr wenige, da mußten sich diese Prinzessinnen oder Zauberinnen, oder was immer sie waren, schon mit ihm befassen.

Hethior bricht endlich das Schweigen und sagt, daß er sich freue, nach bestandener Prüfung in den Dienst so hochedler Fürstinnen aufgenommen zu werden. Die resolute Empfangsdame schneidet ihm jedoch das Wort ab: "Schweig Fremder! Niemand hat dich aufgefordert, das Wort an uns zu richten. Du hast uns mit deinem Erscheinen frech herausgefordert. Jetzt werden *wir* mit dir kämpfen. Bringt ihm sein Schwert!"

Damit tritt sie energisch zurück und die Wachen geben ihm auf einen Wink seine Waffe, die er ihnen soeben am Eingang hatte aushändigen müssen. Nun tritt die Kronenträgerin ein paar Schritte auf ihn zu. Mit klarer, aber teilnahmsloser Stimme spricht sie ihn an.

"Du hast alle Prüfungen bestanden - aber bevor ich dich in meinen Dienst nehme, mußt du die Geringste unter meinen Gefährtinnen im Zweikampf besiegen. So ist es Brauch."

Ihr Spruch wirkt wie eine routinemäßige Formel und alle Anwesenden - außer des atlantischen Beobachters - wissen, daß damit soeben ein Todesurteil ausgesprochen wurde. Sie nehmen es jedoch mit Gleichmut zur Kenntnis; kein Mitleid zeigt sich auf den jungen, hübschen Gesichtern; kein Mundwinkel zuckt vor Erschrecken. Der fremde, junge Ritter, der sie in ihrer nordischen Einsamkeit aufgesucht hat, wird hier vor ihren Augen sterben, noch bevor sie ihn richtig kennengelernt haben, weil - er ein Mann ist. So war es immer gewesen und so ist es sicher richtig und gut.

Hethior selbst glaubt zunächst an einen abschließenden Schaukampf, der wohl mehr dem Zeremoniell dienen soll und auch an anderen Höfen durchaus üblich sein mochte. Daß er allerdings, nachdem er vier starke Männer überwunden hatte, nun gegen eine Frau antreten muß, ist schon etwas ungewöhnlich. Sicher wollen die Herrscherinnen ihr übertriebenes Selbstbewußtsein und ihren Herrscheranspruch dadurch bestätigen - und so wäre es vielleicht klug, jetzt absichtlich zu unterliegen? Wenn man ihn dann aber als Versager fortschicken würde, was wäre dann mit seiner Mission? Um sicher zu gehen, richtet er sein Wort nochmals an die Königin:

"Werdet ihr mir erlauben, in euren Dienst zu treten, wenn ich in diesem Kampf siege?"

Sie nickt kühl und unwillig.

"Aber was geschieht," fragt er schnell weiter, "wenn ich unterliege?"

Die Königin sieht ihn verständnislos an.

"Du wirst einen schnellen Tod haben, Fremder, ich hoffe es doch für dich."

In diesen letzten Worten drückt sich eine so gewaltige Verachtung und Arroganz aus, daß Hethior unvermutet zusammenzuckt. Also ein Kampf auf Leben und Tod? Er will es nicht glauben. Und er glaubt es noch weniger, als er das Mädchen sieht, welches auf einen Wink der Königin schnell aus der Reihe hervortritt. Das alles kommt ihm vor wie eine schlechte Komödie - aber er muß sich notgedrungen zusammennehmen und mitspielen, so sehr es ihm im Moment auch zuwider ist. Die Sitten fremder Völker sind manchmal sehr eigenartig - und er ist schließlich nicht der erste Beobachter, der damit fertig zu werden hat.

Das auserwählte Mädchen kniet inzwischen ehrfürchtig vor ihrer Königin und empfängt eine Art Segen. Leise Worte - wie Zaubersprüche - werden ihr zugeflüstert und plötzlich antworten die Übrigen wie auf Kommando mit einem schrillen Kampfruf, so daß Hethior, der darauf nicht gefaßt ist, erneut erschrickt. Seine neue Gegnerin steht ihm nun gegenüber und er hat einige Augenblicke Zeit, sie zu betrachten. Ihr Alter mochte etwa siebzehn oder auch schon zwanzig Jahre sein; da ihre jugendlichen Züge in diesem Moment jedoch von Stolz und Hochmut entstellt sind, ist es recht schwer, dies zu schätzen. Konzentriert versucht er ihre Person zu ergründen - steht ihr dabei ganz ruhig gegenüber. Was mochte sie für ein Mensch sein? Ihr herablassendes Lächeln soll ihm zeigen, daß *sie* hier die Überlegene ist - und entsprechend seiner Rolle müßte er sich dadurch unbedingt betroffen und verunsichert zeigen.

Dieses überlegene und verachtende Lächeln ist nun wirklich fast unheimlich. Soetwas konnte nur jemand fertigbringen, dessen Geschlecht noch nie eine Niederlage hatte hinnehmen müssen - es ist der evidente Ausdruck einer uralten Machtvollkommenheit. Hethiors gespielte Verwirrung wird dementsprechend auch mit größter Selbstverständlichkeit zur Kenntnis genommen - der Kampf kann beginnen.

Im gleichen Augenblick ziehen auch alle übrigen Frauen im Saal ihre Schwerter und lassen dabei ihren unheimlichen Kampfschrei noch einmal hören; danach treten sie zurück. Hethior beachtet dieses kriegerische Zeremoniell nicht weiter. Er ist voll damit beschäftigt, sein weiteres Verhalten festzulegen. Dem ersten Schlag - mit dem er offenbar sogleich niedergestreckt werden sollte - ist er mehr instinktiv ausgewichen: sein Hirn ist noch mit Anderem beschäftigt. Zunächst gilt es, die tatsächliche Stärke seiner Gegnerin genau kennenzulernen. Erst wenn er weiß, wo ihre Grenzen liegen, wird es möglich sein, das Gefecht auf eine unblutige, aber für ihn siegreiche Weise enden zu lassen. Seine wahre Stärke soll dabei natürlich auch dieses Mal niemand bemerken, und dies ist wieder das größte Problem.

Der Kampf nimmt seinen Fortgang, wobei sich Hethior teils als Kämpfer, teils als Schauspieler fühlt. Er entdeckt die Schwäche seiner Gegnerin, indem er ihre vermeintliche Stärke durchschaut: diese beruht zwar zum Teil auf einem durchtrainierten, kraftvollen Körper - zum Wesentlichen aber auf einer deutlich zur Schau gestellten aristokratischen Überlegenheit, die von dem Mädchen nicht gespielt wird, sondern die ihr wirklich eigen ist. Diese extrem selbstbewußte, triumphierende Haltung, in Verbindung mit einer - bei Frauen im allgemeinen nicht erwarteten - soliden Kampferfahrung und Unerschrockenheit, hatte sicher genügt, in der Vergangenheit alle notwendigen Kämpfe mit Männern erfolgreich zu bestehen. Ihre Herrschaft verdankten diese 'Zauberinnen' also im Grunde nur dieser ungewöhnlichen, fremdartigen Suggestion, die vor allem von ihrem besonders ausgeprägten Hochmut ausging.

Jetzt, nachdem er sie durchschaut hat, findet Hethior auch seine Freude an ihren sicheren, kraftvollen Bewegungen, die keine Ermüdung erkennen lassen. Ihr furchtlos-zuversichtlicher Blick, der ständig bemüht ist, ihn zu lähmen, gefällt ihm. Solche Frauen hat es in der Stadt nicht gegeben, denkt er. Ein, zwei Jahre Spezialausbildung an der Beobachterschule - und man könnte sie beruhigt in die entferntesten und gefährlichsten Gebiete der Welt schicken ... und schön ist sie außerdem noch.

Bald meint er, daß der Kampf nun schon lange genug andauert, und er beginnt dessen Ende einzuleiten. Sein Täuschungsmanöver soll den Zuschauern, und vor allem der Königin, nicht auffallen. Er will zwar als Sieger - nicht aber als überlegener Sieger vor seinen Gastgeberinnen stehen. Es funktioniert jedoch nicht ganz. Als er plötzlich, den kurzzeitig unsicheren Stand des Mädchens ausnutzend, einen unerwartet kräftigeren Schlag führt, fällt sie zwar wie geplant zu Boden - aber seine Haltung, mit der er den Schlag nun beendet, ist allzu elastisch, allzu gekonnt, das fühlt er sogleich. Kein Muskel hat sich zuviel bewegt, kein überflüssiger Schwung ihn herumgerissen. Er steht einfach da, ruhig und fest - und sie liegt vor ihm.

Ihre schmale Hand, mit der sie den schweren bronzenen Schwertknauf hielt, ist beim Sturz unglücklicherweise gegen einen Pfeiler geschlagen. Ihr Handrücken ist verletzt und die Finger lösen sich nun im Schmerz von der Waffe - ein Aufschrei des Entsetzens kommt von den übrigen Amazonen.

Eigentlich hätte er dem Mädchen jetzt helfen müssen, aber wie er die Dinge hier einzuschätzen hat, ist das wohl am allerwenigsten seine Aufgabe. Er nimmt ihr Schwert auf, streckt es ihr kurz entgegen, um sie symbolisch für besiegt zu erklären, und überbringt die Waffe auf ausgestreckten Armen der Königin.

Was nun folgt, ist jedoch selbst für die starken Nerven eines Beobachters zuviel: die Herrin nimmt das Schwert mit eiskalter Mine an sich - streckt es ihm aber sogleich wieder entgegen und faucht ihn an: "Töte sie!" Dabei zeigt ihr energisch ausgestreckter Arm unmißverständlich auf das immer noch reglos am Boden liegende Mädchen. Hethior bleibt wie versteinert stehen. Hier ist er mit seinen erlernten Regeln am Ende. Natürlich kann er sie nicht töten, noch dazu aus so unsinnigen Gründen. Es ist dies eine jener seltenen Situationen, da ein Beobachter durch die Umstände gezwungen wird, sein Ziel aufzugeben und die gesamte Mission abzubrechen. Ob er diese Umstände gegebenenfalls durch eigenes Verschulden heraufbeschworen hatte, würde später möglicherweise ein atlantisches Gericht oder eine Untersuchungskommission des Ordens zu klären haben. Sicher war es für diese kriegerischen Frauen die größte Schande, einem Mann zu unterliegen - und von einem solchen auch noch Gnade zu empfangen, war sicherlich der Gipfel der Unmöglichkeit; dies wurde auch Hethior jetzt klar. Noch einmal sieht er sich zu dem Mädchen um - sie liegt noch immer unverändert am Boden und blickte ins Nichts; ihre blutende Hand scheint sie nicht zu bemerken. Es kommt ihm vor, als wolle sie mit ihrer wartenden Haltung ausdrücken: so töte mich doch endlich - worauf wartest du - du siehst doch, daß ich auf keinen Fall aus Mitleid verschont werden möchte -. Aber Stolz und Hochmut sind aus ihrem Gesicht verschwunden. Angesichts des bevorstehenden Todes haben ihre Züge nun einen unschuldigen, natürlichen, fast kindlichen Ausdruck angenommen.

Hethior will überlegen, wie er sich in dieser schwierigen Situation weiter verhalten soll, da reißt ihm die ungeduldig gewordene Königin das Schwert wieder aus der Hand, welches er solange unschlüssig, wie einen völlig fremdartigen Gegenstand festgehalten hatte. Schon ist sie damit bei der Besiegten und schon stößt sie ihr, ohne auch nur eine Sekunde zu zögern, die eigene Waffe voller Verachtung und mit fast übermenschlicher Wucht in den Körper.

Die Stille scheint jetzt in eisiger Kälte zu kristallisieren. Und immer noch ist Hethior nicht aus seiner Erstarrung erwacht; sein Zustand ist mit dem eines Träumenden vergleichbar. So sieht er ruhig und scheinbar entrückt auf dieses junge, fein geformte Gesicht, daß sich nun im Todesschmerz leicht verzerrt hat; sieht es umrahmt von einem blitzenden, geschmackvoll gestalteten Helm. Er registriert die weichen, weißen Lederbänder, welche den Helm am Kinn halten und sein Blick geht langsam hinunter bis zu der Stelle, unmittelbar unter den deutlich sich abhebenden Brüsten des Mädchens, wo ein größer werdender Kreis hellen, warmen Blutes den reinen, weißen Stoff durchtränkt und ein kaltes, scharfes Eisen aus ihrem Körper ragt. Welch ein Mißklang ist in diesem Bild, denkt er nur.

Noch immer ist es beängstigend still im Raum - aber dieses Bild, dieses traurig-schöne Bild schreit ihn an. Dieses scharfe Eisen im Körper der Toten - es tut ihm weh. Er geht hin, reißt es heraus, schleudert es beiseite, wird von den Torwächtern ergriffen und ohne Widerstand hinausgeführt.

Nicht lange läßt man ihn in der Vorhalle warten. Aufregung ist in der Burg, man spürt es überdeutlich. Unten auf dem Hof, soweit dieser vom Fenster aus zu überblicken ist, wird es plötzlich leer - alles scheint sich zu ducken und abzuwarten. Durch die schwere Tür dringen undeutliche Geräusche aus dem Thronsaal herüber, dann schiebt sich der Holzriegel plötzlich knirschend beiseite und Hethior wird abermals in den Saal geführt.

Der Leichnam des Mädchens ist verschwunden, ebenso alle übrigen Spuren des Mordes. Mit haßerfüllten Gesichtern haben die vierzig Frauen zur Rechten ihrer Königin Aufstellung genommen. Langsam beginnt diese nun zu sprechen, und es klingt, als rede sie nicht zu ihm, sondern zu einem unsichtbaren Geist, der in diesem Raume weilt.

"Wir werden den Tod unserer Gefährtin nicht ungerächt lassen." Sie schreitet etwas unschlüssig die Reihe der Kriegerinnen ab: "...Du warst ihr Mutter. Jetzt, da sie nicht mehr lebt, sollst du es erfahren - um sie zu rächen."

Eine etwas ältere, finstere Frau tritt hervor und verneigt sich selbstbewußt und beflissen. Die Königin spricht leise zu ihr, dann empfängt auch diese Frau ihren Segen und der allgemeine Kampfruf erschallt an diesem Tage zum dritten Mal. Hethior kann sich jetzt nicht mehr zurückhalten: wie konnte man die Tatsachen nur so verdrehen.

"Nicht ich habe sie getötet." ruft er laut und bestimmt. "Ihr wart es!" Seine Worte klingen verachtend und anklagend zugleich; er hält es nun nicht mehr für nötig, seine wirklichen Gefühle zu verbergen. "Nie hätte ich daran gedacht ein so mutiges und herrliches Mädchen umzubringen..." fügt er noch leise und mehr für sich selbst hinzu.

"Du hast ihr die Ehre genommen und damit das Leben. Wie hätte sie wohl weiterexistieren sollen - von der Gnade eines hergelaufenen Mannes!" kommt es kalt und schneidend von der Königin. Und sie spricht noch weiter: "Du hast sie besiegt und du hättest sie töten müssen. Daß du als Mann zu feige und unentschlossen warst, wundert uns nicht. Der Verlust ihrer Ehre aber wird von uns gerächt werden, denn würdevoll soll sie von den göttlichen Ahnen im Reich der Ewigen empfangen werden. - Töte ihn!" sagt sie zum Schluß zu der auserwählten 'Mutter'. Diese zieht ihr Schwert und alle tun daraufhin ein Gleiches.

Wieder steht Hethior einer Frau gegenüber. Diese hier scheint für die Aufgabe einer Henkerin gut geeignet. All dieser übertriebene Stolz, dieser elitäre Hochmut jenseits aller menschlichen Gefühle widert ihn mittlerweile an. Was braucht er unter diesen irrsinnigen Umständen noch seine Tarnung - die Mission ist ohnehin gescheitert, er kann das Schauspielern also lassen. Diese Amazonen-Königin wird keine Ruhe geben, ehe er nicht tot ist, soviel ist klar - andererseits wird sie auch nicht zögern, alle ihre Gefährtinnen zu opfern, ja eigenhändig hinzuschlachten, falls sie dieses Ziel nicht erreichen.

"Nein." sagt er laut und entschlossen - und mit Verachtung wirft er sein eigenes Schwert wie ein albernes Spielzeug von sich. Er ist nicht mehr gewillt, damit zu spielen. Langsam hebt er den Arm, in der Faust einen unscheinbaren, metallischen Gegenstand haltend, aus dem plötzlich, mit eigentümlich schrillem Summton, ein greller, scharfer Lichtstrahl schießt. Im gleichen Moment ist die breite Schneide der gezogenen Waffe seiner Henkerin kurz über dem Knauf abgeschnitten. Laut klirrend fällt das Eisen auf die Steinplatten. Gleich darauf erfolgt ein zweiter, kugelförmiger Blitz dicht vor dem Gesicht der Frau - worauf sie benommen, aber offensichtlich unverletzt zu Boden sackt.

Das Gesicht Hethiors, des atlantischen Beobachters, ist nun nicht mehr verstellt. Vor der Königin steht ein ruhiger, selbstsicherer Mann, der sie in einem scharfen, bestimmten Ton anspricht:

"Nun wirst du wohl auch sie töten wollen, nicht wahr - aber dieses dumme Spiel ist jetzt vorbei. *Ich* sage es. Und ihr anderen geht jetzt hinaus! Alle!"

Und um seiner Forderung Nachdruck zu verleihen, schwenkt er den singenden Lichtstrahl kurz vor ihren Füßen nochmals über die Steinplatten, worauf ein unheimlicher, goldschimmernder Funkenregen empor sprühte. Entsetzt fliehen die Kriegerinnen aus dem Saal.

Hethior sieht sich nun unvermittelt einer ganz neuen Situation gegenüber. Offenbar hat er sich durchgesetzt - schneller als er glaubte. Allein die Königin und die ohnmächtig am Boden liegende Henkerin befinden sich noch mit ihm im Saal. Er sieht sich nach ihnen um. Die Herrscherin kniete bereits, ihre Krone vom Haupt genommen und unschlüssig in den Händen haltend, auf den Stufen. Sie scheint plötzlich sehr verwirrt und ratlos. Diesen Augenblick nutzt Hethior und spricht sie bestimmt an:

"Ich bin von sehr weit her in dieses Land gekommen, um euch nur einige Fragen zu stellen - und die werdet ihr mir jetzt beantworten."

Die Frau widersetzt sich nicht. Erst stockend, dann flüssiger, erzählt sie ihm alles, was er wissen will. Nun würden also die Senatoren und Gelehrten der Stadt mit seinen Ergebnissen doch noch zufrieden sein können und er konnte unverzüglich die Heimreise antreten.

Aber kann er tatsächlich so einfach verschwinden, nachdem er sich seine Informationen auf eine, für einen Beobachter ganz unübliche Weise, mit Waffengewalt beschafft hat? Durch diese Enttarnung seiner Person hatte er jedenfalls große Verwirrung in dieser Welt gestiftet. Welche Zweifel, Widersprüche und Ängste werden bei den Frauen zurückbleiben und was würde erst die Überlieferung nach zwei, drei Generationen aus diesem Ereignis machen? Wieviel Menschen würde man Jahrzehnte später noch opfern, nur weil er jetzt unbesiegt und ungestraft davongekommen ist?

Nein, er hatte in keiner Weise das Recht, sich hier als Richter aufzuspielen und Entscheidungen über diese Welt zu treffen, die nicht die seine war - und wäre diese Welt in seinen Augen noch so grausam. Dagegen war es seine Pflicht, die durch sein Auftreten möglicherweise hervorgerufenen Folgen zu beseitigen oder wenigstens zu mildern. Soweit er die hier herrschenden Verhältnisse bisher überschauen konnte, war eine überstürzte Abreise sicher nicht das Richtige. Diese Amazonen brauchten eine entsprechende Deutung seiner Person, die ihrer geistig-religiösen Vorstellungswelt angemessen war - sonst würde nach seinem Verschwinden hier eine Situation entstehen, die ein Chaos auslösen konnte. Schließlich war jetzt dieses heilige Weltbild der Herrscherinnen, indem allein die Frau Macht, Adel und Intelligenz verkörpert, in Frage gestellt. Es mußte wieder hergestellt werden.

Die folgenden Reaktionen der Frauen auf das überlegene Auftreten ihres seltsamen Gastes kamen seinen Vorstellungen sogar entgegen, wenn auch aus einer ganz anderen Richtung. Als Mann, ob Ritter oder Knecht, war er ihnen ein verachtenswertes Nichts. Anerkennen, ohne sich selbst dabei bloßzustellen, konnten sie ihn nur als ein höheres Wesen: ein Fabelwesen, ausgestattet mit übermenschlichen Zauberkräften. Hatte er sich als ein solches bewiesen, so konnte ihre traditionelle Vorherrschaft über die Männer ohne Schaden bestehen bleiben.

Nur vorsichtig und zögernd geht Hethior schließlich darauf ein. Es ist ihm nicht ganz wohl dabei, aber er sieht auch sogleich die Chance, die darin liegt. In Anbetracht aller Umstände schien es wohl gerechtfertigt, wieder zu schauspielern - wenn auch nun in anderer Rolle.

Die Königin selbst erklärt ihm die religiösen Riten, Hoffnungen und Wünsche des Amazonenhofes. Fast scheint es, als wolle sie ihm helfen und vorsichtig dazu auffordern, die neue Rolle auch wirklich anzunehmen - indem sie ihm detailgenau aufzeigt, was man in dieser Situation von ihm erwartet. Sie tut es unbewußt, denn es liegt ihr offensichtlich sehr daran, daß er ihren Wünschen ganz gezielt entgegenkommt, denn dies - und nur dies - ermöglicht es ihr und dem ganzen Hofstaat, das Gesicht zu wahren und die bisher innegehabte Macht zu behalten.

Als wichtigster und auch heikelster Punkt der Angelegenheit erweist sich bald eine sehr geschickt und effektvoll vorgetragene Bitte der Frauen. Es geschieht am Nachmittag des dritten Tages nach Hethiors Enttarnung, als wiederum alle Gefährtinnen im Thronsaal versammelt sind. Diesmal sitzt der Gast jedoch auf einem großen, thronartigem Stuhl, während die Frauen und Mädchen - ohne ihre Waffen - zu beiden Seiten des Saales Aufstellung genommen haben. Die Königin selbst steht ihm mit zwei sehr alten Frauen, die er bisher noch nicht gesehen hatte und die sicherlich auch einen sehr hohen Rang innehaben mußten, direkt gegenüber.

Nach einer umständlichen und lang andauernden Zeremonie - Hethior spürt dabei schon die besondere, ernsthafte Bedeutung, die Feierlichkeit und die Einmaligkeit dieser Stunde - wird ihm schließlich klar, daß man ihn allen Ernstes dazu auffordert, zum Weiterbestehen des anscheinend vom Aussterben bedrohten Herrschergeschlechts beizutragen. Alles ist von der Königin so geschickt arrangiert, daß es kaum noch Ausweichmöglichkeiten für ihn gibt - will er nicht vor dem versammelten Hof wieder in fragwürdigem Licht erscheinen.

Eine anschließende persönliche Aussprache bestätigt seine Vermutungen: die Schwierigkeiten des Amazonenstaates bestehen vor allem darin, genug weibliche Nachkommen für ihre Herrscherkaste zu bekommen. Noch ist ihm unklar - und er sollte es auch nie herausbekommen -, wer einst die Väter all dieser Mädchen waren; aber soviel stand fest, sie kamen sicherlich nicht aus den Reihen der verachteten Männer, welche hier in der Burg als unscheinbare Ritter, verschüchterte Lakaien oder verwahrloste Knechte ihren Dienst versahen. Auch, daß sich die Mädchen kurzzeitig mit fremden Männern aus benachbarten Völkern einließen, wie es die klassischen Amazonen in Südostniphera vor über zweitausend Jahren taten, war unter den geographischen Bedingungen dieses Landes und auch bei dem hier vorgefundenen und in übertriebenem Maße entwickelten Stolz eher auszuschließen.

Da Hethior bisher keine Kinder in der Burg gesehen hatte, sah es wohl so aus, als wäre es höchste Zeit, wieder für Nachwuchs zu sorgen. Daß aber gerade ihm das dazu notwendige Vateramt zukommen sollte, erfüllte ihn mit wachsendem Unbehagen. In diese sensiblen Bereiche eines fremden Herrscherhauses einzudringen - noch dazu eines matriarchalisch regierten - schien ihm mehr als gewagt. Seines Wissens war noch kein Beobachter in den letzten dreieinhalb Jahrtausenden in eine vergleichbare Situation gekommen. Die Gesetze der Stadt sahen bei derartigen 'Einmischungen' in das Weltgeschehen auch keine Verbote vor - obwohl ihm das jetzt lieber gewesen wäre. Seine Freunde und Bekannten, die anderen Beobachter, ja die ganze Stadt würde über sein einmaliges Abenteuer schmunzeln, das war jedenfalls schon vorauszusehen.

Eine Zusage läßt sich nun jedoch nicht mehr vermeiden, da sie durch die geschickte Veranstaltung - ohne daß ein Wort der Erwiderung möglich gewesen wäre – bereits vorweggenommen ist. Um sich wenigstens noch eine Tür offenzuhalten, beruft Hethior am Schluß eine erneute Zusammenkunft ein, welche in drei Tagen stattfinden soll. Bis dahin glaubt er sich möglicherweise ein brauchbares Konzept zurechtlegen zu können. Vor allem aber will er noch etwas Zeit gewinnen, um mehr über die geschichtlichen Hintergründe und die bisher geübten Bräuche zu erfahren.

Wie erwartet, ist seine Autorität inzwischen bedingungslos anerkannt - und wie zum Beweis dessen, findet auch die von ihm einberufene Versammlung der adligen Frauen pünktlich zur festgelegten Zeit statt. In einer ganz speziellen Entscheidung ist man ihm jedoch auf unmißverständliche Weise zuvorgekommen und hat feststehende

Tatsachen geschaffen: denn die acht (!) rings um den Thronsessel lagernden jungen Mädchen wieder von ihren Plätzen zu verscheuchen und sie in die Reihen der Übrigen zu drängen, wäre unter den herrschenden Umständen wohl ein Ding der Unmöglichkeit gewesen. Man hat ihm, dem Ehrengast, diese heikle Wahl also schon abgenommen und - sicherlich mit weiblicher Umsicht und Vernunft - selbst vorbestimmt, wem die Mutterschaft beschieden werden sollte. Diese naivdreiste Selbstverständlichkeit, mit der man ihm ausgerechnet diese acht Mädchen zur Seite setzt, irritiert und verärgert Hethior; gleichzeitig zeigt sich darin aber auch der tiefe, existentielle Ernst, den dieses Problem insgesamt für die Burgherrinnen darstellt.

Durch so viel Beharrlichkeit überrumpelt, gibt er endgültig seine noch vorhandenen Widerstände auf und erklärt sich bereit, die an ihn gerichteten Wünsche, soweit möglich, zu erfüllen. Und da dies nun endlich entschieden ist, glaubt er sich jetzt an der Reihe, seine Gastgeberinnen zu verblüffen, wenn auch auf ganz andere Art: er spielt dem versammelten Hofstaat einige Stücke atlantischer Musik vor. Aus den Tonspeichern, die er zur privaten Verwendung auf seiner Reise mit sich führt, hat er zunächst eine herrliche Frauenstimme ausgewählt. Es ist die berühmte Arie eines Musiktheaterstückes, das in der Stadt seit langer Zeit mit großem Erfolg aufgeführt wird und ihm persönlich ganz besonders gefällt. Hier, in dieser wirklichen Frauenwelt, sind ihm diese Klänge schon mehrmals in den Sinn gekommen. Auch der zweite Teil seiner Darbietung, ein ebenfalls berühmter Chorgesang, scheint auf wunderbare Weise der hier herrschenden Atmosphäre zu entsprechen.

Die Musik verwirrt die Zuhörerinnen zunächst - obwohl er ihnen zuvor mit einfachen Worten zu erklären versuchte, was nun folgen würde. Aber schon nach einer Viertelstunde sieht man die Wirkung in vielen verwandelten Gesichtern. Nie gehörte Klänge dringen an ihre Ohren und in ihr Bewußtsein - und als sei die Musik eine universale, ewig gültige Sprache der Menschheit, welche Zeit und Raum ohne Schwierigkeiten überwindet, so verstehen die Frauen jetzt mühelos ihren wechselnden Inhalt: Stolz und Selbstbewußtsein, Trauer, Verzweiflung, Sehnsucht, Zärtlichkeit und Übermut. Daß ihnen der Gesangstext in atlantischer Sprache dabei unverständlich bleibt, tut wenig.

Durch diesen ganz und gar unerwarteten aber gleichzeitig bis tief in die Seelen dringenden Beweis seiner angeblichen Übermenschlichkeit ist Hethior nun auf eine geheime, unausgesprochene, aber sehr vertraute Weise zum engsten Mitglied dieser kleinen, elitären Gesellschaft geworden. Er erhält Einblick in ihre Zeremonien und geheimen Riten, die kein Mann vor ihm je zu Gesicht bekam - denn er ist nun kein Mann mehr: er ist ein Zauberer, er ist ein Gott.

An diesem Abend der Musikvorführung werden die auserwählten Mädchen symbolisch aus den Reihen der Kriegerinnen ausgeschlossen und zu Priesterinnen geweiht. Jedenfalls ist der Begriff 'Priesterinnen' das atlantische Wort, daß dem sehr komplizierten Status der künftigen Mütter am ehesten gerecht wird. Fast spontan, unter den reinen Klängen atlantischer Musik, ist dies geschehen. Und so übt diese mystische Feier mit ihren teils ursprünglich-archaischen, teils kultiviert-künstlerischen Aspekten auch auf Hethior einen unnachahmlichen Reiz aus. Der hochmütige Stolz der Burgbewohnerinnen hatte sich innerhalb kürzester Zeit in anmutige Würde verwandelt. Und unter der nach außen gekehrten kühlen Eleganz bemerkt er bei ihnen nun eine tief im Gefühl verankerte Religiosität. Die schöne, fremdartige Musik scheint die sonst verborgenen und geheim gehaltenen Bereiche ihres Wesens auf wunderbare Weise zu erschließen und in ihrer ganzen herrlichen Unschuld sichtbar werden zu lassen.

Mit kleinen, schwebenden Schritten bewegen sich die jungen Priesterinnen wie in Trance; bilden Kreise, knien nieder, erheben gleichzeitig ihre Arme und strecken ihre elastischen Körper. Sie tanzen und beten zugleich - ja der Tanz ist ihr Gebet. Ihre Bewegungen in den weiten, faltigen Gewändern lassen das Geschehen zeitlos, geheimnisvoll und traumhaft erscheinen. Doch trotz tiefster Hingabe an diesen Augenblick, trotz Tränen in den Augen fast aller Beteiligten und dem Bewußtsein, gerade eine sinnlich-mystische Erfahrung ganz einmaliger Art zu machen, wird der äußere Ablauf, die vorgeschriebenen Bewegungen und religiösen Handlungen, exakt und beherrscht eingehalten. Ein Umstand, welcher wohl auch mit dazu beiträgt, das Neue, Fremde, Künstlerische, daß ihnen Hethior in Form seiner Musik präsentiert, direkter in die innersten Bereiche ihrer Seelen zu lenken und dort wirksam werden zu lassen.

Ihr neuer Rang verbietet den acht Mädchen von diesem Tage an das Tragen von Helm und Waffen sowie die Teilnahme an den regelmäßigen Kampfübungen der Anderen. Hethior verbringt die folgenden Wochen fast ausschließlich nur mit ihnen und hat genügend Zeit, sie einzeln kennenzulernen. Keines der Mädchen drängt sich dabei vor oder will ihm besonders gefallen - die Erziehung zum Stolz und zur

Disziplin tut also auch hier noch ihre Wirkung. Auch muß er den Eindruck gewinnen, daß es bei ihnen soetwas wie Eifersucht nicht gibt. Sie sind, jede für sich, nicht darauf aus, Hethior zu ihrem ganz persönlichen Gefährten zu machen. Eine dauerhafte Mann-Frau-Beziehung kennen sie offenbar nicht; es hat in ihrer Gesellschaft nie dergleichen gegeben. Auch Zärtlichkeiten sind ihnen eher fremd und nebensächlich. Sie sehen darin wohl mehr eine Art Zeremonie: einen sicherlich notwendigen, vielleicht sogar rituell vorgeschriebenen, Bestandteil zur Vorbereitung ihrer Mutterschaft. Und da dieses Ziel ihr Hauptanliegen ist, gehen sie mit religiösem, ja fast kindlichem Eifer auch darauf ein.

Vieles vom Wesen der Mädchen bleibt Hethior jedoch weiterhin unergründlich - vor allem fällt es ihm schwer zu verstehen, daß sie sich gegenseitig mit ganzer Kraft bei der Erreichung ihres gemeinsamen Zieles unterstützen. Es muß schon befremdlich anmuten, daß es ihnen, unter Ausschaltung aller egoistischen Bestrebungen, die man hier vielleicht hätte erwarten dürfen, anscheinend *nur* wichtig ist, daß *überhaupt eine von ihnen* schwanger wird. Hethior vermutet dahinter möglicherweise einen uralten, kollektiven Überlebensinstinkt, der wohl noch im Unterbewußtsein dieser Menschen vorhanden sein mußte und in dieser speziellen Situation nun deutlicher hervortritt.

An milden und trockenen Tagen reitet man gemeinsam aus und durchstreift die nähere und weitere Umgebung der Burg. Von den übrigen Bewohnern wird die kleine Gruppe in dieser Zeit absichtlich nicht beachtet: sie ist ein heiliges Tabu und darf weder angesprochen noch auffällig beobachtet werden. Man wohnt zurückgezogen in einem separaten Flügel des Hauptgebäudes und versorgt sich zum größten Teil selbst. Nebenbei lernt Hethior jetzt auch noch die wirtschaftlichen Grundlagen des Amazonenstaates kennen. Bei den Ausritten kommt man zu einigen größeren, wohl geordneten Gehöften. Sie unterscheiden sich in ihrem Aussehen auffällig von den winzigen Bauernkaten, die im Landesinneren anzutreffen waren. Gepflegte Viehbestände sind hier zu sehen und ordentlich bestellte kleine Felder und Gemüsegärten. Auch Fischer leben in diesem engen Umkreis der Burg und sorgen ebenfalls für Nahrung.

Es läßt sich nun auch mühelos ermitteln, daß die Zeit der Frauenherrschaft hier erst vor etwa neunzig Jahren begonnen hatte. Offenbar ließen die weiblichen Fürsten nach der Eroberung dieses Landes ihr mitgebrachtes Kriegsvolk aus dem Süden nun als Bauern und Fischer hier siedeln - zogen das alteingesessene Volk aber nicht für die eigene

Versorgung mit heran. Sicherlich war es ihnen, in Anbetracht ihrer beschränkten Kräfte, zu mühsam, ein so großes, gebirgiges, unerschlossenes Land mit weit zerstreuten, winzigen Siedlungen unter ständiger Kontrolle zu halten. Außer einigen kriegerischen Expeditionen, die das Volk einschüchtern und verängstigen sollten, hatte man es also gewollt in seiner dumpfen Ruhe belassen.

Es ist eine schöne, ganz ursprüngliche Zeit, die Hethior und seine 'Priesterinnen' erleben: Tage voller jugendlicher Ausgelassenheit, Nächte erfüllt von verträumt-sinnlichen Spielen und dem mystischen Geheimnis der Zeugung. Ganz unvermittelt kommt es während dieser Wochen jedoch zu einem Ereignis, daß all dieser Sorglosigkeit und Zufriedenheit zutiefst widerspricht. Es geschieht bei einem morgendlichem Ausritt über die umliegenden Berge, einen Weg, den man schon des öfteren genommen hatte. Zwei der Mädchen haben sich in übermütiger Freude von der Gruppe getrennt und beginnen ein spontanes Wettreiten, daß sie, wie gewohnt, dicht am steil abfallen Hang des Berges austragen. Hethior sinnt gerade darüber nach, wie sehr diese schlanken, zauberhaften Wesen in diesem Moment doch dem Bild entsprechen, daß sich die Urbevölkerung dieses Landes von ihnen gemacht hatte: '...weiße Reiterinnen, die auf den Wolken und den Gipfeln der Berge daherkommen...' - als plötzlich eines der Pferde zu Fall kommt und sogleich das zweite Tier, welches nicht mehr ausweichen kann, mit sich reißt. Reiterinnen und Pferde stürzen augenblicklich den steilen Abhang hinunter und es dauerte einige Sekunden, bis die Übrigen zur Stelle sind und sehen können, was passiert ist.

Die Mädchen sind in einiger Tiefe zu sehen - sie leben, scheinen aber schwer verletzt. Eine von ihnen versucht unter großen Anstrengungen den Kopf zu heben, um nach ihrer Gefährtin zu sehen. Ihr Gesicht ist blutverschmiert. Hilfesuchend blicken ihre Augen nach oben - aber der unzugängliche Fels scheint keine Möglichkeit der Rettung zuzulassen. Das Gestein ist überdies locker und verwittert. Auch ein geübter Kletterer hätte hier einen Steinschlag ausgelöst, der die auf einem schmalen Vorsprung liegenden Verletzten mit Sicherheit getötet hätte.

Hethior muß schnell zu einer Entscheidung kommen. Er will nicht zulassen, daß diese, ihm inzwischen so vertrauten und auf naiv-liebevolle Art verbundenen Geschöpfe auf eine derart schmerzvolle und sinnlose Weise zu Tode kommen. Angesichts ihrer hilflosen Lage entschließt er sich überraschend schnell zu einem möglicherweise weitreichenden Schritt. Er befiehlt den Übrigen, sich sofort auf den Boden zu legen und die Augen fest zu schließen. Zuerst erscheinen sie - angesichts dieser seltsamen Maßnahme - verwirrt und unsicher, aber als sie Hethiors bestimmten, festen Willen zum Handeln spüren, wissen sie, daß er etwas zur Rettung der Abgestürzten unternehmen wird und gehorchen ihm.

Hethior ruft nun sein Beobachterschiff herunter, daß in wenigen Sekunden neben ihm auf dem Plateau steht. Sofort steigt er ein und lenkt das Fahrzeug über den Abgrund - und langsam zu der Stelle hinunter, wo sich die Verletzten befinden. Durch die geöffnete Seitentür bringt er sie vorsichtig ins Innere des Schiffes. Ihr Zustand ist - vom Standpunkt der atlantischen Heilkunde betrachtet - nicht sehr bedenklich. Unter den Bedingungen ihres Landes hätten sie diesen Unfall allerdings nicht überlebt, selbst wenn es gelungen wäre, sie noch zu bergen und in die Burg zu bringen.

Bald steht das Schiff wieder oben auf dem sicheren Plateau. Artig und sicherlich auch etwas ängstlich liegen die Mädchen hier immer noch auf dem Boden, die Gesichter tief in ihre Handflächen vergraben. Hethior konnte ihnen damit zumindest den schockierenden Anblick des frei über dem Abgrund schwebenden Schiffes ersparen. Die Mädchen dürfen nun wieder aufstehen. Für weitere Erklärungen bleibt aber auch jetzt wenig Zeit, denn er hat sich zunächst um die Behandlung der Verunglückten zu kümmern. Mit der Tatsache des plötzlich aus dem Nichts aufgetauchten seltsamen Gefährts müssen sie also erstmal allein fertig werden.

"Ich habe die beiden Verunglückten heraufgeholt. Sie befinden sich jetzt ... hier drin..." Hethior deutete mit unsicherer Geste auf das Schiff; es gibt kein Wort in ihrer Sprache, mit dem er es hätte näher bezeichnen können.

"Und jetzt werde ich für einige Zeit zu ihnen gehen und versuchen, ihre Verletzungen zu heilen. Ihr wartet hier und rührt euch nicht von der Stelle." Die erschrockenen sechs Mädchen alleinlassend, verschwindet er im Schiff.

Die sorgfältige Behandlung der Knochenbrüche und Hautverletzungen dauert zwei lange Stunden. Auch ist bei beiden ein großer Blutverlust auszugleichen. Im Prinzip sind es genau solche Verletzungen, auf die ein Beobachterschiff mit seinen medizinischen Einrichtungen am besten vorbereitet ist. Immerhin stehen Hethior hier die in Jahrtausenden entwickelten, atlantischen Heilmethoden zur Verfügung. Sie erlauben es ihm, die Hautverletzungen ohne sichtbare Narben zu verschweißen und Knochenbrüche durch ein besonderes Verfahren in richtiger Lage zusammenzuheften, um sie davor zu bewahren, später falsch zusammenzuwachsen. Das sensible Diagnosegerät, eine der wertvollsten Einrichtungen des ganzen Schiffes, gibt ihm die zusätzliche Sicherheit, nichts übersehen zu haben. Wenn er die Mädchen schon behandelt, so soll auch ihre frühere Vollkommenheit, Beweglichkeit und Schönheit in unveränderter Weise wiedererstehen.

Endlich ist alles getan. Hethior ist zufrieden. Auch ein Spezialist im Capitol, so meint er, hätte es höchstens schneller, nicht aber besser machen können. Die beiden Mädchen, die jetzt in einem tiefen, heilsamen Schlaf liegen, werden behutsam zugedeckt. Froh und erleichtert setzt sich Hethior draußen zu den Wartenden und erzählt ihnen eine lange, phantasievolle Geschichte über die märchenhafte Bewandtnis seines Schiffes, das von diesem Tage an als Selbstverständlichkeit akzeptiert wird.

Weitere Wochen vergehen und Hethior denkt nun an seine endgültige Abreise, die jetzt keine negativen Auswirkungen auf die Zukunft dieser Gesellschaft mehr haben dürfte. Die acht jungen Priesterinnen hatte er auf diese Abreise schon beizeiten vorbereitet; sie würden sie als ein unabänderliches Ereignis hinnehmen. Fünf von ihnen sehen mit Gewißheit ihrer Mutterschaft entgegen und er hatte vorsorglich darauf hingewirkt, daß das Interesse an seiner Person aus diesem Grunde zweitrangig wurde. Die beiden am Berg verunglückten Mädchen haben sich bestens erholt und ihre frühere Kraft und Beweglichkeit ohne Einschränkung wiedererlangt. Auch ihre Schwangerschaft, die sich zur Zeit des Unfalls noch in einem sehr frühen Stadium befand, konnte sich normal entwickeln. Hethior hatte dies des öfteren mit dem Diagnosegerät nachgeprüft - was übrigens großen Eindruck auf die werdenden Mütter machte. Sie sahen darin soetwas wie einen besonderen Zauber, der sich kräftigend und stärkend auf ihren Nachwuchs auswirken würde. So hatten sie auch schon vor der Geburt ihrer Kinder deren Rangfolge und die damit verbundenen späteren Titel und Ämter genau untereinander aufgeteilt und festgelegt. Hethior amüsierten diese Spekulationen - besonders, weil die Nachkommen der damals verunglückten Mädchen aufgrund seiner medizinischen Nachuntersuchungen am besten dabei wegkamen.

Der Abschied fällt ihm nicht leicht; so verschiebt er die geplante Abreise auch noch mehrmals und überdenkt immer wieder, ob er auch nicht den kleinsten Keim einer Gefahr in dieser Welt zurücklassen wird. Er weiß, daß der Amazonenstaat in seiner derzeitigen Form keine lange Überlebenschance mehr hat. In spätestens einem Jahrhundert, das ist vorauszusehen, wird er an seiner Isolation und am Stolz seiner Herrinnen zugrunde gehen. Schon jetzt haben sich die ersten Anzeichen dafür gezeigt, die zwar durch sein zufälliges Eintreffen kurzzeitig behoben werden konnten, die aber schon in wenigen Jahrzehnten wieder zum Problem werden würden.

Mit dem Untergang der Frauenherrschaft, so kombiniert er, würden sicherlich auch alle entstehenden Legenden um ihn und sein geheimnisvolles Schiff bald vergessen sein. In einem gesunden, stabilen Staat hätte er - auch das ist ihm voll bewußt - seine technischen Möglichkeiten nicht so deutlich zeigen dürfen.

Daß seine Kinder aber noch die besten Voraussetzungen haben werden - denn für die kommende Zeit ist erstmal mit einem Aufschwung zu rechnen - beruhigt ihn. Daß er sie nie sehen wird, hat Hethior von Anfang an gewußt und es stört ihn jetzt nicht mehr. Sie sind für ihn ein sehr persönliches Geschenk an die großartige, wilde, natürliche Welt.

III. BUCH - DRITTES KAPITEL

VIERTES KAPITEL

In Niphera, daß sich inzwischen Europa nennt und seine eigene Zeitrechnung besitzt, schreibt man bereits das Jahr 1412, als sich der Beobachter Nikeos für einige Monate in die südfranzösische Stadt Lyon begibt. Mit ihren, am Himmel und bei den Landungen möglicherweise auffälligen, großen Beobachterschiffen können die Atlanter in diesen relativ dicht besiedelten Gebieten nicht mehr operieren - zu groß ist die Gefahr, daß sie gesehen werden und Verwirrung und Angst unter der Bevölkerung stiften. Schnellsegler oder Unterwasserboote setzen die Beobachter an den Küsten ab - dann geht es meist zu Fuß oder zu Pferd weiter ins Zielgebiet. Für eine Unterkunft haben die Männer an Ort und Stelle selbst zu sorgen.

Nikeos hat neben allgemeinen Beobachtungen außerdem noch den speziellen Auftrag, Informationen über die Aktivitäten der kirchlichen Inquisition zu sammeln, nachdem der letzte atlantische Beobachter, der dieses Gebiet vor einigen Jahren bereist hatte, von einer stark zunehmenden Bedeutung dieser seltsamen Einrichtung berichtet hatte. Seine Tarnung als katholischer Priester schien seinen Vorgesetzten in der Stadt für diese Aufgabe am geeignetsten.

Doch bevor er in das barbarische Land abreist, werden Nikeos noch einmal die Grundregeln der Beobachter in Erinnerung gebracht, deren wichtigste es ist, in keiner Weise - etwa aufgrund sentimentaler Gefühle - in die bestehenden Verhältnisse des Landes einzugreifen. Seine Ausrüstung und die Waffe, die er mit sich führte und mit der er den Mächten in diesen Gebieten weit überlegen ist, darf er nur im Notfall zur Rettung seines eigenen Lebens einsetzen. Doch dazu soll es natürlich gar nicht erst kommen. Dafür hatte er schließlich die beste Ausbildung genossen, hatte Sprachen und Verhaltensweisen gelernt, verschiedene Tests absolviert und immer wieder trainiert, sich in unvorhergesehenen Situationen erfolgreich zu behaupten. Alle Erfahrungen der vieltausendjährigen atlantischen Beobachterpraxis flossen letztlich in diese Ausbildung ein und machten ihren besonderen, unschätzbaren Wert aus. Alle möglichen Situationen sind irgendwann schon einmal - meist jedoch mehrmals - in ähnlicher Art und Weise vorgekommen und es gab inzwischen für jede dieser Situationen mehrere Varianten ihrer sicheren Beherrschung.

Trotzdem war es für die Männer immer wieder sehr schwer, ihre Neutralität, ja Gleichgültigkeit gegenüber den verschiedensten Einzelschicksalen zu bewahren, denen sie bei ihren Streifzügen durch die Welt unvermeidlich begegneten. Und so war es auch schon öfter in der langen Geschichte dieser Missionen vorgekommen, daß ein Atlanter irgendwo inmitten eines barbarischen Landes aus Mitleid oder Liebe zu einem einzelnen Menschen, dem er dort begegnete, seinen Auftrag zurückstellte und seine todbringende Waffe zur Rettung dieses Individuums einsetzte. Das dafür immer wieder warnend angeführte Beispiel, wie eine solche Handlungsweise letztlich sogar die Entwicklung einer ganzen Region beeinflussen konnte, war ein Vorfall, der sich vor etwa siebenhundert Jahren im Orkeion abspielte. Der betreffende Beobachter befand sich seit mehreren Monaten in einer aufblühenden Stadt im Landesinneren. Während einer kurzen, zwischenzeitlichen Abwesenheit des Atlanters wurde diese Stadt ganz unvorhergesehen von einer gefürchteten, räuberischen Horde überfallen und geplündert. Mehrere Tausend Krieger drangen in die noch schwachen Befestigungen ein. Gebäude wurden zerstört und die Bewohner, die man nicht als Sklaven wegführen konnte, erschlug man an Ort und Stelle.

Als der Beobachter kurze Zeit später nichtsahnend an den Ort der Verwüstung kam - an dem er ein geliebtes, einheimisches Mädchen zurückgelassen hatte -, steigerten die Bilder des Schreckens um ihn herum seinen Schmerz um dieses eine geliebte, sinnlos getötete, junge Leben. Von einem noch erhaltenen höheren Gebäude aus vernichtete er mit dem Energiewerfer einen großen Teil der fremden Krieger, während der Rest in Panik floh. Weite Landstriche westlich davon blieben daraufhin von diesem grausamen Kriegsvolk verschont und entwickelten sich in den folgenden Jahrzehnten zu einem blühenden Land mit hoher Kultur.

Immer wieder erklärte man den abreisenden Beobachtern, die für die Zeit ihres Einsatzes eigenverantwortlich über ihr Handeln zu entscheiden hatten, daß es aus atlantischer Sicht - aus der Sicht des Geistes und der Vernunft also - vollkommen unsinnig und überflüssig sei, Einzelschicksale beeinflussen zu wollen. Seit Jahrtausenden wurde auf dieser Welt geraubt, gemordet und geschändet, und den Gelehrten des Ordens war seit langem bewußt, daß es unmöglich war, diese unbelehrbare, naiv-grausame Menschheit etwa mit Gewalt zum Frieden führen zu wollen. Denn täte man es, so müßten - um diesen künstlichen Frieden zu erhalten - in jeder Generation tausende gewalttätige Menschen isoliert oder getötet werden; und so würde aus einer spontanen, barbarischen Gewalt letztlich nur eine organisierte, kulturell begründete Gewalt, was mit dem uralten, hochsensiblen Kulturverständnis der Atlanter jedoch unter keinen Umständen vereinbar war.

Es sei also widersinnig, in diese dort ablaufenden Prozesse einzugreifen und damit gegebenenfalls die Tarnung der Beobachter und letztlich den heiligen Auftrag der Stadt zu gefährden: alles zu sehen und alles zu wissen.

Nikeos ist für seinen Teil bereit, diese uralten Gebote der Beobachter einzuhalten und sich eine nüchterne Gleichgültigkeit gegenüber den seltsamen Vorgängen in den Ländern der Barbaren zu eigen zu machen.

Die Reise zu seinem Bestimmungsort verläuft ohne Zwischenfälle. Nachdem er von einem kleinen Schnellsegler an einem einsamen Küstenabschnitt abgesetzt wurde, erreichte er schon nach zweitägigem Fußmarsch einige Bauernhöfe. Hier besorgt er sich, mit eigens dazu mitgenommenen Goldstücken, etwas Proviant und vor allem ein Reitpferd, mit dem sich die Weiterreise beschleunigen läßt. Die Tarnung als Priester legt er jedoch erst kurz vor seinem Bestimmungsort Lyon an, und vernichtet gleichzeitig auch die nun überflüssigen Teile seiner Ausrüstung. Bald darauf ist das endgültige Ziel erreicht. Entsprechend vorbereitete Papiere verschaffen ihm schnell Zutritt zu den kirchlichen Stellen der Stadt - und der atlantische Beobachter Nikeos wird ohne Schwierigkeiten in ein geistliches Amt eingeführt.

In den folgenden Tagen und Wochen lebt er sich problemlos ein und macht sich auch die Landessprache gänzlich zu eigen. Sein schulmäßig gesprochenes Französisch, wie es in der Beobachterausbildung gelehrt wurde, hielten die hier lebenden Menschen anfangs für den besonderen Dialekt eines Fremden. Und sie wundern sich daher umso mehr, als dieser Zugereiste - auf schnelles Lernen und Anpassen bestens trainiert - nun so rasch von seinem vermeintlichen Dialekt abläßt und ihre Umgangssprache bald sicher beherrscht. Auch das Lateinische, das von den kirchlichen Würdenträgern bei offiziellen Gesprächen gern benutzt wird, kommt Nikeos leicht und wie selbstverständlich von den Lippen. Dabei ist es von einer selten vernommenen Reinheit und Klarheit des Ausdrucks, die seine Gesprächspartner manches Mal verwundert stutzen läßt. Offensichtlich verfügt die Stadt bei der Bewahrung und Pflege dieser alten Kultursprache über ungleich bessere Voraussetzungen - und Nikeos profitiert nun davon.

Die Aktivitäten der Inquisition sind gerade zu dieser Zeit in Lyon sehr stark angestiegen, und Nikeos hat mit etwas Glück bald alle notwendigen Informationen für seine Auftraggeber beisammen. Man hatte ihn kurz nach seiner Ankunft auch mit dem Vorsteher des Kirchenarchivs bekannt gemacht - und durch einen sehr glücklichen Zufall wird er diesem schließlich vorübergehend als Gehilfe beigestellt.

Die in den Gewölben lagernden Protokolle über die Verfolgung, Festnahme und Verhöre von Ketzern und Hexen, sowie die endlosen Hinrichtungslisten, in die Nikeos jetzt Einsicht hat, gehen mehrere Jahre zurück und waren mit pedantischer Sorgfalt aufgesetzt - wenn auch inhaltlich von unübertroffener, barbarischer Dummheit. Nachdem er den Wert dieser Materialien für seine Mission erkannt hat, kümmert sich Nikeos - einem unbestimmten Gefühl folgend - nicht weiter um den Inhalt der Aufzeichnungen. Mit einer winzigen Spezialvorrichtung kopiert er sie heimlich, wenn sein Kollege, Pater Francesco, gerade nicht anwesend ist. Nach anderthalb Monaten hat er aufgrund dieses Umstandes schon die vielfache Menge dessen in seinen Kristallspeichern, als er normalerweise mitbringen soll. Bis hierhin ist sein Auftrag also glatt und ohne Zwischenfälle verlaufen.

Inzwischen ist, mit wochenlanger, trockener Hitze der Sommer hereingebrochen. Das wenige Korn auf den Feldern vertrocknet unter der sengenden Glut und in der Stadt versiegen nach und nach die Brunnen; auch der kleine Fluß, in dem sich auch die Abwässer der Häuser sammeln, wird zu einem spärlichen, stinkenden Rinnsal. Als sich, sicherlich in Folge dieser extremen Trockenheit, in einigen Teilen der Stadt eine gefährliche Epidemie ausbreitet, werden Pater Francesco und er aus dem Archiv in ein provisorisch eingerichtetes Hospital versetzt. Und da Nikeos natürlich über die entsprechenden Abwehrwirkstoffe gegen jede mögliche Krankheit verfügt, kann er ohne Bedenken auch an diese neue und ungewöhnliche Aufgabe gehen.

Er ist schließlich bestürzt, wie unvorbereitet, hilflos und naiv diese Stadt einer solchen, sicherlich nicht ganz seltenen, Situation gegenübersteht. Sämtlich Einrichtungsgegenstände und Gerätschaften für das Hospital, wie Tücher, Betten und dergleichen, müssen von den Einwohnern erst erbettelt und zusammengetragen werden. Es gibt keinerlei

Gesetz, welches das Verhalten der Bürger und die Aufgaben der Regierenden in einem derartigen Fall festlegt - ganz abgesehen vom katastrophalen hygienischen Zustand und den unsinnigen Heilmethoden, die mehr einem Zauberkult als einer medizinischen Behandlung gleichen. Es kann schließlich fast als ein Wunder angesehen werden, und ist gewiß nicht auf die Maßnahmen der Menschen zurückzuführen, daß die Epidemie nach einigen Wochen schließlich wie von selbst wieder zurückgeht.

Die Freundschaft zwischen Pater Francesco und Nikeos festigt sich in dieser Zeit bei der Pflege der Erkrankten und Sterbenden noch mehr. Wenn auch von beiden - aus wohl sehr unterschiedlichen Gründen - weiterhin eine gewisse Distanz gewahrt wird. Der Pater bewundert die sachliche, logisch-korrekte Arbeitsweise und die Unerschrockenheit des vermeintlichen Priesters aus der Provinz. Daß dieser über Medikamente verfügt, die ihn vor jeder Ansteckung schützen, kann er selbstverständlich nicht wissen, ja er hätte sich nicht einmal vorstellen können, daß es solche Medikamente überhaupt gibt, wenn man es ihm gesagt hätte. Dabei ist der Geistliche im Umgang mit den Kranken ebenso selbstlos und hingabefähig, was bei ihm jedoch wohl einzig und allein in seinem starken Glauben begründet liegt.

Während dieser arbeitsreichen Wochen in den provisorischen Krankensälen ist Nikeos dem eigentlichen Leben - und Sterben - weit näher gekommen als vorher beim Kopieren der Akten in den ruhigen, abgeschiedenen Gewölben des Kirchenarchivs. Sein Inneres ist jedoch noch immer gefestigt und eine erhabene Gleichgültigkeit gibt ihm das sichere Gefühl, seinen Auftrag bis zu Ende, das heißt: bis zu seiner geplanten Abreise, durchführen zu können. Da aber tritt eine verhängnisvolle und unerwartete Wendung ein, die er, sich aus den bisher gemachten Erfahrungen in Sicherheit wiegend, nicht mehr für möglich gehalten hätte.

Entweder sind einige Mitglieder des kirchlichen Personals auch an der Pest gestorben, oder sie fehlen plötzlich aus anderen Gründen - jedenfalls werden der Pater und er, kaum daß sie ihre Tätigkeit im Hospital richtig beenden können, unvermittelt an das Stadtgefängnis versetzt, wo sie dem in der Stadt weilenden Oberinquisitor unterstellt sind. Der Pater, der, wie sich herausstellt, schon einmal für längere Zeit hier tätig war, scheint nicht erfreut darüber - er protestiert jedoch nicht, da er offensichtlich genau weiß, daß es zwecklos ist und nur unnötigen Verdacht auf ihn lenken würde. Wie immer fügt er sich still und ergeben den Anordnungen seiner Vorgesetzten. Nikeos, der es ihm nachtut, spürt seine Ablehnung deutlich, aber selbst unvoreingenommen, ja unwissend, was ihn erwarten würde, macht er sich um seine Person keine Gedanken. Er vertraut in jedem Fall auf seine Gleichgültigkeit: dies hier ist eben ein barbarisches Land, für dessen Handlungsweise kein kulturvoller Mensch verantwortlich ist - und ich habe hier weiter nichts zu tun, als diese seltsamen Handlungen zu beobachten und die gesammelten Informationen dann der Stadt zu überbringen, damit sie ausgewertet, in Tabellen übertragen und schließlich den Wissenschaftlern des Ordens zur Verfügung stehen.

In den nächsten Tagen macht Nikeos gezwungenermaßen jedoch Erfahrungen, die seine Gleichgültigkeit auf das Stärkste erschüttern. Was er an grausamer, bestialischer Menschenbehandlung in den Kerkern mit ansehen muß, geht durch die unmittelbare Nähe und greifbare Realität über seine Kraft. Er und Pater Francesco haben hier die Aufgabe, die der Hexerei beschuldigten Personen seelisch zu betreuen, bis zu dem Zeitpunkt, da sie schließlich auf dem Scheiterhaufen endeten. Die Gefangenen, zumeist sind es Frauen jeden Alters, ja sogar Kinder von vielleicht nur neun Jahren, warten zum Teil auf ihre Hinrichtung, wenn man ihnen bereits ein sogenanntes 'Geständnis' abgezwungen hat - oder sie werden fast täglich zur Folter abgeholt, bis die notwendige Aussage nach Wunsch des Inquisitors endlich vorliegt. Laut Vorschrift hat bei diesen 'Amtshandlungen' stets ein Priester anwesend zu sein.

Pater Francesco bemerkt schon nach wenigen Tagen, wie schwer es seinem jungen Kollegen fällt, diese neue Aufgabe zu erfüllen. Nikeos ist zwar durch eine sehr harte Ausbildung gegangen und selbst in der Lage, vieles durchzustehen - aber sein ganzes Wesen, daß von Kindheit an von der humanen, kulturvollen Atmosphäre der Stadt geprägt ist, scheint dieser direkten Konfrontation mit so unvorstellbarer und vor allem so abgrundtief sinnloser Qual nicht gewachsen. Immer öfter muß der Pater ihn ablösen und für ihn diese schmerzvollen Gänge zu den Verhören übernehmen. Nikeos flieht dann entsetzt aus dem Kerker in die winzige, schmale Kammer, die die beiden jetzt in einem Seitengebäude des Stadtgefängnisses bewohnen. Hier entnimmt er seiner Ausrüstung ein Beruhigungsmittel und versucht vergeblich, sich durch erlernte Meditations- und Konzentrationsübungen zu sammeln - so daß Pater Francesco, wenn er nach Stunden das Quartier betritt, ihn noch immer in verzweifelter und trostloser Verfassung auf seiner Pritsche liegend antrifft.

Immer wieder, auch im Schlaf, hat er die grausamen Bilder vor Augen und kann sie nicht mehr verdrängen. Seine Gleichgültigkeit und schützende Distanz wird bis auf den Grund zerstört. Und manches Mal, wenn er sich am frühen Morgen auf seinen widerlichen Dienst vorbereitet, zieht er heimlich den verborgenen Werfer aus dem Futteral, umfaßt den beruhigenden, kühlen Griff der Waffe - und stellt sich vor, wie er die Inquisitoren und Folterknechte mit einem winzigen Druck seines Fingers in harmlose Dampfwolken verwandeln würde...

Vier Frauen hat Nikeos bereits in den ersten Tagen seines Hierseins, als er bei den angeordneten Wachen unmittelbar nach dem Verhör mit ihnen allein blieb, durch ein schnellwirkendes Gift den Tod geben müssen. Die bedauernswerten Opfer waren nicht bei Bewußtsein, hatten unzählige Knochenbrüche, Quetschungen, Fleischwunden und Verbrennungen größten Ausmaßes. In den nächsten Stunden oder Tagen wären sie ohnehin unter unvorstellbaren Qualen gestorben. Seine medizinischen Kenntnisse, auf die sich der Beobachter bei dieser ungewöhnlichen Entscheidung stützen kann, geben ihm das Recht, so zu handeln - denn selbst im medizinischen Zentrum des Capitols hätten diese Frauen keine Überlebenschance mehr gehabt.

Bereits nach der zweiten Woche fühlt sich Nikeos krank und versucht nicht einmal, durch die sonst übliche Selbsthilfe, eine Gesundung zu erreichen. Er will und kann einfach nicht mehr. So bleibt er bis auf wenige Ausnahmen in der engen Kammer, und Pater Francesco, der ihn liebevoll pflegt, übernimmt wie selbstverständlich seine Aufgaben im Kerker zusätzlich zum eigenen Dienst.

Nach Ablauf einer weiteren Woche glaubt Nikeos dann doch etwas für seine Gesundung tun zu müssen und auf Drängen des Paters unternimmt er schließlich einige Spaziergänge in die nähere Umgebung der Stadt. Bei dieser Gelegenheit kontrolliert er auch die, draußen in der Einsamkeit und abseits von menschlichen Wegen bereits vergrabenen Informationsspeicher. Sie sollen erst bei der endgültigen Heimreise mitgenommen werden. Auf dem Rückweg, nachdem er alles unentdeckt und unbeschädigt aufgefunden hat, versucht er nochmals sich zu sammeln und seine Gedanken auf erfreulichere Dinge zu lenken. Der Spaziergang durch die heitere, frühherbstliche Landschaft tut ihm ausgesprochen gut, und als er wieder in Sichtweite der Stadt kommt, geht es ihm wirklich schon etwas besser. Nikeos lächelt über die - in seinen Augen niedlichen - Befestigungsanlagen und Stadttore und geht, nachdem er sie problemlos passiert hat, langsam durch die Vorstadt.

An der Abzweigung einer unscheinbaren Seitengasse bleibt er plötzlich wie angewurzelt stehen: ein Stück entfernt in dieser Gasse sieht er bewaffnete Männer mit der ihm inzwischen gut bekannten Standarte des Oberinquisitors. Es sind etwa acht bis zehn Uniformierte, die dort vor einem der dicht an dicht gebauten Häuschen stehen; dazu ein Reiter, sowie ein größerer, von zwei Pferden gezogener Leiterwagen. Die herumstehenden Knechte und einige Neugierige, die sich jedoch in respektvoller Entfernung halten, scheinen ungeduldig auf etwas zu warten.

Nikeos selbst verweilt zunächst an der Straßenmündung und sieht widerwillig und mit unguten Gefühlen von weitem zu. Im Haus unmittelbar neben ihm öffnet sich plötzlich ein kleines Fenster und ein ärmlich aussehender alter Mann, der den Priester auf der Straße wohl bemerkt hat, spricht ihn übereifrig an:

"Da sehen Sie es, Pater, die alte Turgot ist eine Hexe. Ich hab' es ja schon immer gesagt. Die ganzen hergelaufenen Straßendirnen hat sie in ihr Haus geholt - und sie dem Teufel verschrieben, ja dem Teufel höchstpersönlich. Kinder waren sie noch, die bettelnd und stehlend herumstreunten - alles elternlose, verwahrloste Kinder. Sie hat sie in ihr Haus gelockt und bösen Zauber mit ihnen getrieben. Viele Jahre ist das so gegangen - seit ihr Mann damals vom Gerüst des Kirchturmes stürzte. Sie haßt die Kirche, weil sie glaubt, sie hätte ihr den Mann genommen..." Er bekreuzigt sich hastig. "Dann hat sie sich dem Bösen verschrieben und mit ihm gebuhlt." Jetzt machte der Mann eine vielsagende Pause. Nikeos würdigt ihn keiner Antwort und sieht ihn nicht einmal an. Da er aber an seinem Platz stehenbleibt, spricht der Alte unaufgefordert weiter:

"Und da ihr das offenbar nicht genügte, hat sie die armen, hungernden Dinger, deren Willen leicht zu lenken war, auch allesamt dem Satan zugeführt und ihm hörig gemacht. Doch jetzt - ..." seine Stimme wird leiser und häßlicher, "jetzt wird die ganze Hexenbrut, dieser Schandfleck unserer Straße, endlich ausgehoben."

Möglicherweise wollte der Alte noch weiter erzählen, aber entsetzt, ohne ein Wort zu erwidern, geht Nikeos davon. Was hätte er, im Gewand eines kirchlichen Priesters, auch sagen sollen? Eine ungute, ungewisse Kraft zieht ihn näher zu dem Haus - obwohl er im Grunde schon weiß, was es dort zu sehen geben wird.

Wie er ein paar Tage später aus den Protokollen entnimmt, war diese Frau Turgot selbst einst ein Waisenkind. Sie hatte jedoch das

Glück, bei einem wohlhabenden Bekannten aufzuwachsen. Schließlich heiratete sie einen Zimmermann mit gut gehendem Geschäft. Nach dessen tödlichem Unfall beim Bau des Kirchturmes benutzte sie ihr geerbtes kleines Vermögen, um elternlosen Mädchen ein Heim zu geben. Später, als diese Mädchen älter wurden und das Vermögen der Frau, trotz sparsamster Haushaltung, schließlich aufgebraucht war, wurde daraus fast ein kleiner Handarbeitsbetrieb, von dessen Einkünften der männerlose Haushalt recht und schlecht überleben konnte. Auch hatten einige der inzwischen erwachsenen Mädchen das Haus verlassen und selbst geheiratet. Eine dieser ehemaligen Mitbewohnerinnen war nun von irgend jemand der Hexerei beschuldigt und angezeigt worden. Man hatte sie natürlich sofort gefaßt und eingekerkert. Einmal in die Mühlen der Inquisition geraten, hatte sie keine Chance mehr. Unter dem ständigen Zwang, andere Namen nennen zu müssen, hatte sie auf der Folterbank, sicherlich in letzter Verzweiflung, die ihr gut bekannte Adresse der Frau Turgot angegeben. Ihre Qualen waren damit beendet: sie wurde verbrannt. Und jetzt hatten diese Barbaren natürlich nichts Eiligeres zu tun, als sofort alle Bewohner des Hauses Turgot festzunehmen, sie zu verhören und schließlich so lange zu quälen, bis sie zugaben, sich dem Satan verschrieben und mit ihm gebuhlt zu haben. Die unvorstellbarsten, widerwärtigsten Dinge, die man ihnen vorsprechen wird, werden sie schließlich - ohne sie selbst richtig zu verstehen - eifrig bestätigen, nur um ihren unerträglichen Schmerzen endlich ein Ende zu machen. Und diese schmutzigen Dinge waren ja bezeichnenderweise nicht dem Teufel - sondern einzig den kranken Hirnen der Inquisitoren entsprungen.

Falls eine von ihnen standhaft bleiben sollte - was ab und zu vorkam - und trotz täglicher Tortur weiterhin ihre Unschuld beschwor, war sie in den Augen der Richter erst recht schuldig, denn der Teufel 'half' ihr, das Unmenschliche zu ertragen. Es gab also kein Entrinnen aus dieser wahrhaft teuflischen Situation. Von schwächeren Gefangenen konnten dazu auch beliebige Mengen an 'Belastungsaussagen' gegen eine standhafte Mitangeklagte beigebracht werden, so daß ihr alles Widerstehen und Erdulden letztlich doch nichts nutzte, und auch sie, wie die Übrigen, schließlich den Flammen übergeben wurde. Diese Methode der Brutalität, der Unvernunft und der zynischen Arroganz kannte Nikeos nun schon zur Genüge - und ihm wurde übel dabei.

Inzwischen sieht er hilflos mit an, wie die Mädchen und die alte Frau Turgot selbst aus dem Haus geführt werden. Ihre Hände sind mit groben Stricken gebunden; bei einigen von ihnen, die sich im Haus wohl den rohen Zugriffen der Söldner erwehrt hatten, sind die Kleider zerrissen und die Haare zerrauft. Ein sehr junges Mädchen schleift man halb nackt, mit blutenden Armen, auf den Karren, um sie, wie die Übrigen, auch dort festzubinden. Alle sehen sie verängstigt und verstört aus, einige trotzig - aber allen glaubt man anzusehen, daß sie die ganze Tragweite ihres jetzt beginnenden, grausamen Schicksals noch nicht begriffen haben. Natürlich fühlt sich jede Einzelne von ihnen mit Recht unschuldig und hofft auf eine gerechte Behandlung und eine baldige Entlassung aus dieser unwürdigen Situation. Und es sehen auch einige der Gefangenen schließlich hilfesuchend zu ihm, dem Priester ihrer heiligen Kirche. Da er dicht dabei steht, weicht er ihren Blicken erschrocken aus und sieht betroffen zur Seite. Die Schergen der Inquisition lachen grob. Wenn sie wüßten, denkt er, wie leicht ich ihnen helfen könnte - er fühlt die Waffe an seiner Seite, seine Gefühle kämpfen mit seinem Verstand bis ihm fast schwindlig wird. Aber er unternimmt nichts. Sein rechter Arm ist wie abgestorben; sein Gesicht eine Maske - und er glaubt sich sogar sicher zu sein, daß ihm niemand ansehen kann, welch ein Kampf sich in diesen Minuten in seinem Inneren abspielt.

Als die alte Frau schließlich als Letzte auf den Wagen gezerrt und dort angebunden ist, steigen einige Bewaffnete mit auf und fahren ab. Die anderen bleiben vor dem Haus und bewachen die übrigen Gefangenen, die wohl mit einem zweiten Transport abgeholt werden sollen. Einige Fenster in der kleinen, krummen Gasse öffnen sich und von überall werden dem Gefährt Schmähungen nachgesandt, während es laut über das grobe Pflaster davon rasselt.

Nikeos entfernt sich rasch in entgegengesetzter Richtung und nimmt einen größeren Umweg in Kauf, um wieder in sein Quartier zu gelangen. Es war das erste Mal, daß er die Opfer dieser Barbarei als gesunde, ungebrochene Menschen gesehen hat. Und er befand sich einen Moment kurz davor, seinen Auftrag zu vergessen und seine Macht entsprechend seiner momentanen persönlichen Gefühle einzusetzen. Er will, nein, er muß sofort wieder zur Vernunft kommen. Als er eben dort bei den Verhafteten stand und zusah, war es ihm in diesem kurzen Moment klar, daß er es nicht zulassen würde; und er war in diesem seltsamen Augenblick sogar bis ins Innerste zufrieden, daß diese unschuldigen Mädchen bald wieder glücklich und in Freiheit sollten leben können.

Er hatte sich kurz überlegt, daß er seinen ganzen Auftrag aufgeben und nie in die Stadt - in seine Stadt - zurückkehren würde. Er würde sein geordnetes, kulturvolles Leben, daß er dort führte, opfern für diese armen, gequälten Kreaturen in den Kerkern der Barbaren. Er würde sein Leben lang in diesem grausamen Land bleiben, von Ort zu Ort ziehen und die Mörder vernichten. Das Magazin des Energiewerfers reichte für viele Jahre - und vielleicht würden sich ihm im Laufe der Zeit auch einheimische Kämpfer anschließen. Dann war es keine Kurzschlußhandlung eines überforderten Beobachters mehr, die letztlich ohne Wirkung blieb und vor der auf den Schulungen immer gewarnt wurde. Es konnte eine wirkungsvolle Maßnahme werden, die Tausenden das Leben rettete - und damit in die Geschichte einging.

Das Erlebnis, eine einzige Folter persönlich ansehen zu müssen, rechtfertigte allein schon diesen Entschluß - und Nikeos hatte inzwischen Dutzende gesehen. Aber in seinem Hirn waren auch die klaren, logischen Argumente seiner Auftraggeber; Gedanken, die großartig und erhaben über allen Regungen menschlicher Gefühle standen. Ihre Weisheit, die über unzählige Generationen erhalten und erweitert worden war, wog schwer und führte ihn schließlich wieder auf ein ausgewogenes Gleichmaß zurück: er war lediglich nur ein winziges Teil eines gigantischen Systems, welches seit Jahrtausenden perfekt funktionierte. Und er hatte nicht das mindeste Recht, seinen persönlichen Schwächen jetzt nachzugeben, da er zum Nutzen dieses Systems gefordert wurde; er mußte jetzt stark sein. Die Gebote der Stadt, an deren Richtigkeit und Gerechtigkeit er uneingeschränkt glaubte, mußten erfüllt werden.

Bei diesen Gedanken hatte sich Nikeos wieder etwas beruhigt. Es war wohl richtig gewesen, hier nicht einzugreifen. Er konnte schließlich nicht ein ganzes Leben bei ihnen bleiben und sie beschützen - und wenn er sie allein ließ, würde man sie wieder ergreifen und die Tatsache, daß sie von einem Mann mit einer mächtigen Waffe befreit wurden, würden die dummen Inquisitoren dann erst recht als ein Werk des Teufels auslegen.

Andererseits kann er sich auch des Gefühls nicht erwehren, nun in gewisser Weise mit zu ihren Henkern zu gehören - denn in seiner Macht hatte es vorhin gelegen, sie entweder auf dem Leiterwagen ins Stadtgefängnis bringen zu lassen - oder ihnen mit wenig Mühe zur Flucht zu verhelfen. Nun, man wußte natürlich nicht, wie sie auf einen derartig unvermuteten und fremdartigen Befreiungsversuch überhaupt reagiert hätten, da sie sich zu diesem Zeitpunkt ja eigentlich noch völlig unschuldig fühlten und auf einen guten Ausgang der Angelegenheit hofften. Nikeos versucht sich also zusammenzunehmen und denkt immer wieder an alle ihm bekannte Regeln und Verhaltensweisen der atlantischer Beobachter, und er glaubt schließlich noch dieses eine Mal heil davongekommen zu sein. Einer weiteren Belastung dieser Art fühlt er sich jedoch nicht gewachsen, dies ist ihm nun voll bewußt. Er muß fort von hier, so schnell es nur möglich ist, oder er wird bei der nächsten Gelegenheit zur Waffe greifen.

Es konnte der Erfüllung seiner Mission nicht weiter schaden, wenn er Lyon vorzeitig verließ. Seine Abreise war zwar eigentlich zu einem späteren Zeitpunkt vorgesehen, aber diese geringfügige Abweichung vom Programm glaubt er sich angesichts der komplizierten Sachlage leisten zu können. Bei Pater Francesco trägt er noch am gleichen Abend sein Anliegen ziemlich direkt vor; fühlt er sich doch gerade von ihm auf eine seltsam vertraute Art verstanden. Oft scheint es ihm sogar, als ahne der Pater etwas von seiner Herkunft und seinem Auftrag - obwohl dies natürlich vollkommen unmöglich ist. Allerdings, ein überaus intelligenter Mensch ist sein Kollege schon, einer, der sehr viel tiefer und weiter dachte, als man es ihm auf den ersten Blick zutrauen mochte und als es sein relativ bescheidenes kirchliches Amt, das er innehatte, bei ihm erwarten ließ. Trotzdem, oder vielleicht gerade deshalb, spricht Nikeos selten mit ihm über weitergehende Probleme, als befürchtet er, sich in einem derartigen Gespräch zu enttarnen oder zumindest den Argwohn des Paters zu wecken.

Nachdem dieser Nikeos' dringenden Wunsch nun schweigend angehört hat, spricht er beruhigend zu dem jüngeren Kollegen:

"Ich weiß wohl, was dein Leiden ist: eine feinfühlige, empfindsame Seele hat Gott dir gegeben. In deinem abgelegenen, einsamen Dorf wurde sie durch nichts verhärtet. Du sollst wissen, daß ich dich um diese Empfindsamkeit beneide und dir helfen werde sie zu erhalten - denn sie ist wahrhaft Gottes Geschenk." Er bekreuzigt sich wie vor einem Heiligen, dann spricht er leise, fast wie ein Verschwörer, weiter. "Ich habe dich oft beobachtet; eine so empfindsame Seele kann die rauhen Methoden der Inquisition nicht lange ertragen. Auch habe ich bemerkt, daß du alle Gefangenen für unschuldig hältst. Offenbar glaubst du nicht, daß das Böse wirklich Besitz von ihnen ergriffen hat ... und ich verstehe es ... denn auch ich konnte keine Spur von Schuld an ihnen finden..."

Nikeos stutzt. Ist der Pater etwa ein Gegner der Inquisition? Aber er läßt sich seine Verwunderung nicht anmerken und hörte ihm weiter aufmerksam zu.

"Das menschliche Leben entsteht und vergeht nach dem Willen göttlicher Gewalten, die wir nicht zu durchschauen vermögen und an denen wir nicht rühren sollten. Welche Begriffe unserer heiligen, christlichen Kirche, unseres Glaubens, haben noch einen Wert, wenn sich selbstherrliche, skrupellose Mörder und Räuber als Diener Gottes verstehen, denen ein strafloses, langes und genußvolles Leben beschieden ist - während die naiv-gläubige Unschuld, die wahren Kinder Gottes, in blühender Jugend zu Tode gemartert werden?"

Nach diesen Worten, die nun endlich ausgesprochen sind und nun eine gewisse Erleichterung bei ihm bewirken, schweigt der Pater betroffen. Hatte er vielleicht zuviel gesagt?

"Etwas verstehe ich nicht, Pater. Ihr habt, wie mir scheint, die Hilflosigkeit des Menschen angesichts dieses gewaltigen, unerforschlichen göttlichen Willens erkannt. Ich meine dieses unbeeinflußbare Ausgeliefertsein des Menschen in die göttliche Gewalt, die mal so, mal so mit ihm verfährt, egal wie er sich auch verhält - ob fromm oder böse. Und trotzdem, trotz dieser Hilflosigkeit, zeugt euer Leben, zeugen vor allem eure Taten vom Gegenteil: von Zuversicht und Sinnerfüllung, von treuem Glauben und Optimismus...?"

"Ja meinst du denn, mein Sohn, daß sich unser instinktives Hinwenden zum himmlischen Herrn, wie das Hinwenden der Pflanze zum Licht, - das wohl schon vorhanden ist seit der Vertreibung aus dem Paradiese -, daß diese ewige Suche des denkenden Menschen nach einem sicheren Geborgensein im Glauben keinen tieferen Sinn für unsere erbärmliche Existenz habe? Einer Existenz, die so zerbrechlich, so schmerzvoll und allen Gefahren dieser Welt so hilflos ausgelieferte ist. Diese Existenz hat nur eine Möglichkeit: Zuflucht zu suchen in einem geglaubten Gott - oder sie geht an der Verzweiflung über sich selbst zugrunde. Und denkst du etwa, daß wir nur deshalb in der Anbetung dieser ewigen Zuflucht innehalten sollten, weil uns die vorübergehenden Praktiken dieser Kirche nicht passen?"

Nikeos denkt lange nach. Wie konnte dieser einfache Pater zu derart allgemeingültigen Erkenntnissen gelangt sein, die seine Stellung, seine Umgebung und seine Zeit weit überragten? Allein die sehr gewagte aber durchaus zutreffende Deutung der Religiosität als einen universalen, schützenden Urinstinkt des Menschen, war mit dem praktizierten christlichen Glauben, wie man ihn hier antraf, kaum zu vereinbaren und mochte wohl kaum aus ihm hervorgegangen sein.

"So glaubt ihr also, daß die Inquisition - und die heilige römische Kirche - sich irren könnte und ... Fehler begeht? Daß also das wahre

Ziel Gottes ganz woanders liegt, als in der massenhaften Ausrottung vermeintlicher Hexen?"

Pater Francesco erschrickt über diesen so unerwartet und klar ausgesprochenen Vorwurf.

"Nein, dies habe ich damit nicht sagen wollen. Der Teufel ist sehr geschickt und versucht ständig unsere Seelen zu verwirren und uns zu täuschen. Offensichtlich bin ich nicht gottesfürchtig genug, daß es ihm gelingt auch mich zu täuschen - einzig die Herren Inquisitoren aber die Wahrheit erkennen." Und nach einer kurzen, verbitterten Pause fügt er hinzu: "Ich denke, ich weiß etwas für dich. Es wird dir sicher helfen, dich von deinen Zweifeln zu befreien. Und es wird dir gleichzeitig auch nützen, Lyon deinem Wunsch gemäß zu verlassen. Damit du also nicht glaubst, es gäbe nur unschuldige Opfer der Inquisition und damit also dein Glaube an Gott und an die Unfehlbarkeit der Kirche wieder gefestigt werde, sollst du Gelegenheit bekommen, einer wirklichen, einer von Anfang an geständigen Hexe gegenüberzustehen. In ihr wirst du die Macht des Bösen selbst spüren, mein Sohn, und du wirst aufhören, an der Kirche zu zweifeln".

Da Nikeos so schnell wie möglich abreisen möchte, kommt ihm dieses seltsame Angebot des Paters gerade recht. Diese angebliche *wirkliche* Hexe soll sich eineinhalb Tagereisen von Lyon entfernt auf dem befestigten Landsitz des Chevaliers de Rieux befinden. Sie wurde dort vor einigen Wochen eingefangen und wartete nun im Kerker der Burg auf die Übergabe an die Inquisition, die aber bislang viel zu beschäftigt war und diesen weitab liegenden Einzelfall lange Zeit warten ließ. Zu einer Art Voruntersuchung hatte man Pater Francesco vor einiger Zeit dorthin geschickt. Der Fall schien klar. Wenn auch die Gefangene Aigline Beauclair noch kein Geständnis so recht nach dem Wunsch der Inquisitoren abgelegt hatte - so hatte sie doch *ihr* Geständnis abgelegt. Der Pater wollte allerdings nicht genau erklären, wie das gemeint war. Nikeos sollte es wohl selbst herausfinden.

Nun kann er also den Rest seines Beobachtereinsatzes auf dieser ländlichen Burg verbringen. Er hofft, dort den Anfechtungen an seine Gefühle nicht so extrem ausgesetzt zu sein, wie hier in Lyon. Bei der endgültigen Abreise wird er dann nur die in der Nähe der Stadt vergrabenen Informationsspeicher mitnehmen - Lyon selbst aber nicht mehr betreten müssen. Er verabschiedet sich von Pater Francesco und weiß, daß er ihn nie wiedersehen wird.

Für die Reise, die er offiziell im Auftrag der Kirche unternimmt, ist ihm ein Begleiter mitgegeben: ein einfacher Bediensteter der Inquisition, mit dem er nicht viel im Sinn hat und deshalb kaum ein Wort mit ihm wechselt. Schneller als gedacht, sollte Nikeos ihn wieder loswerden, denn auf dem Weg durch die urwüchsige, waldreiche Gegend kommt es am frühen Morgen des zweiten Reisetages zu einem unerwarteten Zwischenfall. Die beiden Männer werden von Wegelagerern überfallen. Das reichliche Gepäck, das sie auf einem Esel mit sich führen, muß die verwegenen Burschen wohl veranlaßt haben, sogar einen Priester und einen Gehilfen der Inquisition anzugreifen. Nikeos ist plötzlich gezwungen zu kämpfen und hat damit die seltene Gelegenheit, seine in jahrelanger Ausbildung erlernten Techniken anzuwenden. Die Angreifer sind so schnell und unvermittelt vor ihnen aufgetaucht, daß ihm keine Zeit bleibt, die Waffe aus dem versteckten Futteral zu ziehen. Es sieht unzweideutig so aus, daß beide Reisende getötet werden sollen, da die Räuber mit unförmigen Messern und ähnlichen Stichwaffen heranstürmen. Nikeos wehrt sich mit einer Kampftechnik, die in der Stadt in vielen Jahrhunderten zur höchsten Vollkommenheit entwickelt werden konnte. Die ungestümen, wild um sich schlagenden Wegelagerer fallen unter der graziösen, schwerelosen Geschmeidigkeit dieser Abwehrgriffe wie schwere, plumpe Säcke. Sie sind diesem edlen Kampfstil in keiner Weise gewachsen. Ihre sichelförmigen Messer liegen wirkungslos im weiten Umkreis verstreut, ehe sie überhaupt begreifen, was geschieht.

Nikeos' Begleiter wird dies allerdings zum Verhängnis: während er noch ungläubig auf den so fremdartig kämpfenden Priester starrt, durchbohrt ihn einer der Wegelagerer von hinten mit einer Pike.

Nach wenigen Augenblicken ist der Kampf entschieden - Nikeos steht allein auf dem sonnigen Waldweg, auf dem nun wieder eine seltsam friedliche Ruhe herrscht. Er bemerkt zu seiner Zufriedenheit, daß er nicht einmal außer Atem ist. Seinen lästigen Begleiter ist er nun los. Zwei der Räuber sind tot, die Übrigen ohnmächtig und nur leicht verletzt. Er kann sie hier liegen lassen und weiter seines Weges ziehen. Vorsichtshalber holt er jetzt aber seine Waffe hervor und steckt sie griffbereit in die Tasche des weiten Priestergewandes. Unbehelligt erreicht er am späten Nachmittag die Burg des Chevaliers de Rieux.

Nikeos verspürt zunächst keine Eile, den Grund seiner Reise, die hier gefangengehaltene Hexe, aufzusuchen. Die ganze neue Umgebung, die Burg mit ihrem ländlichen Charakter, die ruhige, ausgeglichene Art ihrer Bewohner, scheinen ihm zu gefallen und sich beruhigend auf sein Gemüt auszuwirken. Über den ausgedehnten Stallungen der Vorburg bekommt der Priester ein bequemes, einfach eingerichtetes Gästezimmer, daß ihm vortrefflich gefällt. Erst in den Nachmittagsstunden des zweiten Tages macht er sich endlich auf, um mit dem alten, etwas kurzsichtigen Verwalter die Haftstätte aufzusuchen. Das Verließ befand sich am äußersten Ende der Burganlage und war nur über einen schmalen, selten benutzten Pfad zu erreichen, der sich scheinbar zufällig durch das hohe Gras schlängelte. Die seitlich entlangführende Mauer, die den Turm mit der übrigen Burg verband, war schadhaft, verwahrlost und teilweise schon bewachsen, ihr hölzerner Wehrgang schien seit langem unbenutzt und begann bereits zu zerfallen. Nikeos macht sich seine Gedanken und vermutet in diesem unbenutzten Bauwerk eine einst begonnene, dann aber wohl unvollendet gebliebene Erweiterung der gesamten Verteidigungsanlage. Der an ihrem Ende etwas abseits gelegene Turm beherbergte nur in seinem unteren Teil zwei Räume: einen winzigen Vorraum, von dem eine inzwischen völlig unbrauchbare Holztreppe einst weiter nach oben führen sollte - und den eigentlichen Kerker, eine ovalen, gewölbeartigen Raum, auf dessen niederes Niveau ein paar unregelmäßige Stufen hinabführten. Ein schmaler, etwa handbreiter Spalt im meterdicken Mauerwerk ließ nur wenig Licht in dieses feuchte Verließ gelangen.

Der mürrische Verwalter öffnet mit gewaltigen Schlüsseln mühsam die Schlösser und macht sich sogleich auf den Rückweg. In einer Stunde will er den Priester wieder hier abholen. Man hat natürlich volles Vertrauen zu ihm - außerdem ist die Gefangene ja noch mit schweren Ketten an Hand- und Fußgelenken gefesselt.

Als Nikeos den düsteren Raum betritt, sitzt sie, dem Eingang abgewandt, am Boden. Er murmelt, nun schon etwas neugierig geworden - abwartend und zögernd, als sei er nicht bei der Sache -, den im Lande der Barbaren üblichen kirchlichen Segensspruch. Die Gefangene, die ihm zuerst, beim geräuschvollen Öffnen der Tür und beim Betreten des Kerkers, keine Beachtung geschenkt hatte, scheint plötzlich aufzuhorchen: etwas in Nikeos Stimme mochte sie verwirrt haben. Er sprach den Segen offensichtlich nicht so, wie sie es gewohnt war, ihn zu hören. Als sie den unbekannten Besucher daraufhin jedoch ansieht, wird ihr Ausdruck sogleich wieder ablehnend und gleichgültig. Nikeos nähert sich noch etwas; seine Augen haben sich langsam an das schwache Dämmerlicht gewöhnt. Eine tiefe Ruhe überkommt ihn. Er schaut sie eine ganze Zeit still an und bemerkt dabei auch, daß sie sehr schön ist.

Auch zeigt ihr Gesicht noch nicht in dem Maße die Spuren der Gefangenschaft, der Angst und der Erniedrigung, wie er es schon zu sehen gewohnt war und nun wohl auch hier erwartet hat.

Nein, es ist ihm in diesem seltsamen Augenblick plötzlich, als sei alles gegenwärtig - alle Jahrtausende atlantischer Geschichte; die unzähligen Beobachter, die zu allen Zeiten die Welt durchstreiften und gute und böse Dingen aufzeichneten; ihre stolzen Schiffe, die die Ozeane durchquerten; die schnellen Unterwasserboote, die, von keinem Sturm behindert, ihre fernen Ziele erreichten; die Beobachterschiffe, die majestätisch durch die Wolken schwebten - wie ein Vogel die Welt überschauend; Triumphzüge auf der Prozessionsstraße der Stadt, geschmückte Tore, jubelnde, ausgelassene Volksmassen im Rausch eines Festes. Dann wieder einsame, verlassene Gebiete dieser Welt, die noch kein Mensch je zuvor gesehen hatten - Natur und Wildnis in ihrer ursprünglichsten Form....

Nikeos fühlt sich in diesem eigenartigen Moment sehr wohl in seiner Aufgabe als Beobachter. Aus seiner gesicherten, kulturvollen Existenz sieht er herab in dieses trostlose, grausame, angsterfüllte Leben der Barbaren in diesem Land. Steigt für kurze Zeit hinab zu ihnen, um sich umzusehen und dann Bericht zu erstatten. Er sieht dieses nackte, gefesselte und dem Tod ausgelieferte Mädchen vor sich auf dem Boden - und gleichnishaft in ihr all die unzähligen Opfer in den vielen, furchtbaren Jahrhunderten der Barbarei, die bereits durch seine Landsleute beobachtet und registriert worden waren.

Und er bemerkt schließlich, daß ihm dieses Mädchen eigentlich gar nicht so leid tut, wie vor kurzem noch die Opfer im Stadtgefängnis von Lyon. Diese Gefangene hier wird ihm fremd und unwirklich. Nikeos wundert sich darüber - und etwas erschrocken über seine eigenartige Reaktion, versucht er den Grund dafür zu finden. Etwas verwirrt bemerkt er schließlich, daß es ihr Blick ist, ihr Gesichtsausdruck, der ihn so seltsam berührt und so anders empfinden läßt. Sie sieht nicht aus wie ein hilfloses, gefesseltes Opfer in Erwartung des Todes; in ihrer Nacktheit wirkt sie nicht entblößt und erniedrigt, wie die anderen Opfer der Inquisition. Verwundert muß er feststellen, daß *sie auf ihn* herabblickt, wie ein höheres Wesen auf niederes: mit voller innerer Überzeugung.

Nikeos spürt, da er seine Rolle als Priester schon ziemlich sicher beherrscht, daß er als solcher jetzt ... Entsetzen zeigen müßte. Und mit sicherer Selbstbeherrschung und etwas Neugier geht er darauf ein - und spielt ihr den entsetzten Geistlichen vor. Er versucht also ihren Hochmut, den er im Stillen bereits bewundert, zu brechen, indem er von dem bevorstehenden Prozess vor dem Inquisitionstribunal spricht. Trotz deutlicher Hinweise auf bevorstehende Konsequenzen kann er jedoch keinerlei Angst bei ihr feststellen. Aigline sagt nichts zu all dem, nur manchmal sieht sie ihn kurz an: mit einer Mischung aus Hochmut, Überlegenheit und Mitleid.

Nikeos schweigt schließlich betroffen - überlegt, ob er gehen soll, obwohl die Zeit seines Besuches eigentlich noch nicht vorüber ist. Als er sich, schon zur Tür gewandt, noch einmal umdreht, fragt er sie aus echtem, persönlichen Interesse, ob sie denn überhaupt keine Angst vorm Sterben habe, da sie doch noch so jung ist. Und wieder bemerkt er eine ganz geringe Veränderung - die, wie zu Anfang, wohl sein Tonfall ausgelöst haben mag - aber die Gefangene gibt ihm keine Antwort. Etwas unschlüssig verläßt er den Kerker. Gerade im Begriff die Tür zu schließen, vernimmt er zum ersten Mal Aiglines kindliche Stimme:

"Du darfst wiederkommen." Zögernd, als ob sie sich ihrer Worte selbst nicht ganz sicher ist, klingt dieser kurze Satz halb flehentlich, halb widerwillig gesprochen. Nikeos kommt es vor, als hörte er in dieser Stimme - die wohl herablassend klingen soll - eine ganz winzige Hoffnung aus vollkommen hoffnungsloser Lage.

In nächster Zeit besucht Nikeos das Mädchen regelmäßig. Vor dem Burgherrn gibt er einen entsprechenden, frei erfundenen Auftrag seiner kirchlichen Vorgesetzten an. Wohlgefällig läßt man ihn gewähren. Er sorgt sich darum, daß die 'Hexe' täglich ihr Essen bekommt und ihre Zelle gesäubert wird. Weiter glaubt er jedoch in seiner Fürsorge nicht gehen zu dürfen, um keinen Verdacht zu erregen.

Während er in den ersten Tagen in Aiglines Verhalten noch eine gewisse Hoffnung zu erkennen glaubt, nimmt diese jedoch bald wieder ab - soweit sie überhaupt je bestanden hatte. Bei den wenigen Gesprächen, die mit viel Mühe und Geduld zustande kommen, fühlt sie sich trotz ihrer unwürdigen Gefangenschaft immer als die Überlegene. Der grausame Tod auf dem Scheiterhaufen scheint sie nicht zu schrecken. Nikeos bekommt schließlich heraus, daß sie einem sehr alten, heidnischen Kult anhängt, den ihr ihre Mutter offenbar sehr intensiv vermittelt haben mußte, und der ihr jetzt die Kraft gibt, Ängste und Qualen zu überstehen. In ihrer Vorstellung ist sie sogar so etwas wie eine Priesterin oder Zauberin in einer vielfältigen, mystischen Götterwelt, in der besonders die Liebe eine große Rolle spielt.

Angeblich, so hört er von ihr, soll dieser Kult von einem sagenhaften Bergvolk stammen, welches in unzugänglichen Gebirgen und Hochtälern eine uralte Überlieferung pflegt. Nikeos vermutet, daß es sich dabei lediglich um - durch die Zeit verfälschte - Reste des vorchristlichen, römisch-griechischen Götterglaubens handelt, welcher sich in abgelegenen Regionen der Bergwelt noch in verschiedenen seltsamen Formen erhalten haben dürfte. Andere Beobachter hatten dies zumindest in den letzten Jahrhunderten immer wieder berichtet.

Auch nach so langer Zeit übten also diese schönen, geheimnisvollen Sagen der alten Welt noch ihre Gewalt über die Menschen aus. In Aigline hatte er ein lebendiges Beispiel dafür vor sich. Die Namen und Attribute der antiken Gottheiten hatten sich, bedingt durch die mündliche Überlieferung, allerdings bis zu Unkenntlichkeit verändert. Dazu waren die Geschichten auch noch vermengt mit primitivem Aberglauben neuerer Zeit, und wohl auch mit den Resten religiöser Vorstellungen der Ureinwohner dieses Landes. Sicher wären diese überalterten Kulte schon von selbst ausgestorben, würde die offizielle Kirche nicht so hartnäckig und mit unverhältnismäßig grausamen Mitteln dagegen ankämpfen. So aber fühlten sich die derart Verfolgten mit ihrer naturverbundenen Liebesanbetung der strengen, menschenfeindlichen Macht der Inquisition weit überlegen.

Anhand der Beschreibung von Wesensmerkmalen konnte Nikeos bald einige der alten Götter identifizieren und so für sich selbst den Beweis erbringen, daß Aiglines naiver Glaube tatsächlich von jener großartigen Kulturepoche der Menschheit abstammte. Sie selbst weiß natürlich nichts von Griechen und Römern und ihrer großen, glanzvollen Zeit. Es tut dem Atlanter fast leid, daß er die kostbaren Geheimnisse des Mädchens ohne viel Anstrengung so klar durchschauen kann, aber er läßt sich natürlich nichts anmerken und spielt ihr weiter den entsetzten und eifrigen Priester vor, der bemüht ist, sie von ihrem vermeintlichen Irrweg abzubringen - der aber gleichzeitig auch ihre anders geartete Glaubenskraft bewundert und vielleicht deshalb halbwegs bereit scheint, möglicherweise seinen eigenen Glauben und seine Priesterschaft in Zweifel zu ziehen. Er hofft damit ihr Selbstgefühl zu stärken, das ist das Wenigste, daß er hier für sie tun kann - denn sie sollte, ja sie mußte sich auch weiterhin so stark fühlen, da sie schwere Prüfungen zu erwarten hatte.

Es ist früh am Morgen und wie gewohnt geht Nikeos auf dem inzwischen schon stärker ausgetretenen Weg zum Turm hinunter. Die Wiese ist noch feucht vom Morgentau. Die niedrige Herbstsonne, eben aufgegangen, strahlt hell und warm auf die zerfallene, bewachsene Mauer neben ihm. Das Leben in der Burg ist noch nicht voll erwacht und es ist sehr still hier draußen. Knirschend dreht sich der Schlüssel im monströsen Schloß - und beim Betreten des nun schon vertrauten Kerkers bemerkt Nikeos sogleich eine besorgniserregende Veränderung. Aigline, am Boden liegend, scheint sein Kommen an diesem Morgen nicht zu bemerken. Ihre Haltung, durch die Ketten stark eingeengt, ist irgendwie ungewöhnlich.

Nikeos findet die Gefangene krank. Ihre Handgelenke sind von den Eisenreifen blutig gescheuert. Schwach atmend und teilnahmslos liegt sie auf dem kalten Steinboden; das wenige Stroh ist in weitem Umkreis beiseite geschoben - und damit für sie unerreichbar geworden. Nikeos weiß, daß er kaum mehr Hilfe für sie anfordern kann, ohne möglicherweise selbst in den Verdacht zu kommen, mit ihr oder mit dem Teufel gemeinsame Sache zu machen. Aber niemand würde es merken, wenn er ihr jetzt mit Medikamenten aus seiner persönlichen Ausrüstung hilft. Da es noch früher Morgen ist, hat er viel Zeit. Außerdem ist nicht anzunehmen, daß ihn hier überhaupt jemand stören würde.

Aigline bekommt nicht mit, was mit ihr geschieht. Sie muß in der Nacht starkes Fieber gehabt haben und ist nun vollkommen erschöpft und apathisch. Nikeos schneidet mit dem Energiewerfer vorsichtig die Fesseln durch und legt das Mädchen auf ein vorbereitetes, weiches Lager. Da er sie zum ersten Mal berührt und anhebt, wundert es ihn eigenartigerweise, wie leicht ihr Körper ist - fast wie der eines Kindes. Er behandelt die Wunden an den Handgelenken und gibt ihr eine heilende Injektion. Gleich darauf fällt das Mädchen in einen tiefen, hochwirksamen Schlaf.

All das hat kaum eine halbe Stunde in Anspruch genommen und ihm wird plötzlich bewußt, wie viel er doch hat tun können, ohne damit seinem eigentlichen Auftrag zu schaden. Mühselig schafft er nun auch noch in kleinen Holzeimern Wasser heran, um seine schlafende Patientin zu waschen. Nachdem diese ungewohnte Tätigkeit beendet ist, bedeckt er sie mit einem Tuch und setzt sich selbst am Eingang des Turmes nieder. Hell und warm scheint die Sonne nun durch die beiden weit offenen Türen ungehindert bis in das Verließ hinein.

Bald ist die Mittagsstunde vorüber - Aigline schläft noch immer ruhig und fest. Die atlantische Medizin wirkt in ihrem Körper und man erkennt an ihrem entspannten Gesichtsausdruck und den ruhigen Atemzügen, daß sie sich bereits auf dem Wege der Besserung befindet. Warum Nikeos jetzt stundenlang hier sitzt und still ihren Schlaf bewacht, weiß er zunächst selbst nicht so genau - aber er fühlt sich sehr wohl dabei. Von ihren Fesseln befreit, liegt das Mädchen mit weitem, lockerem Haar im warmen Licht der Sonne. Es ist etwas Beruhigendes und Zufriedenmachendes an dieser Situation, so empfindet er. Er *mußte* in diesen Stunden einfach hierbleiben. Wenn jemand kommen sollte, muß er sie beschützen, irgendwelche Begründungen abgeben, irgendetwas tun, damit sie ungestört weiterschlafen und gesund werden konnte. Es ist ganz einfach.

Da sich, wie erwartet, den ganzen Tag niemand von der Burg hier draußen sehen läßt, bleibt Nikeos bis zum Abend mit seiner Patientin allein. Die Zeit wird ihm nicht lang, da ihm alle möglichen Dinge durch den Kopf gehen. Er ist nun nicht mehr der unsichere, zweifelnde Mensch, wie noch vor kurzem in Lyon, als er mit aller Kraft gegen seine erbärmlichen Schwächen und Gefühle ankämpfen mußte und schließlich nur durch eine Flucht Rettung finden konnte. Seine Logik, Ruhe und Selbstbeherrschung hat er nun in vollem Umfang zurückgewonnen.

Gegen Abend wacht das Mädchen auf. Die Sonne scheint schon lange nicht mehr in das Verließ und Nikeos hatte auch die Türen inzwischen wieder geschlossen. Verwundert bemerkt sie, daß sie zugedeckt ist und ihre Fesseln zerschnitten an der Wand liegen. Was ist geschehen? Sie bemerkt den eigenartigen, fremden Duft von Nikeos Reinigungsmittel an ihrem Körper. Ängstlich und verwirrt fragt sie ihn schließlich, ob es jetzt wohl soweit sei, daß sie auf den Scheiterhaufen müsse. Nikeos ist erschrocken. Er setzt sich zu ihr auf das provisorische Lager und wählt vorsichtig seine Worte:

"Du warst krank in der letzten Nacht - aber jetzt bist du schon fast wieder gesund. Ich habe dir nur dabei geholfen, die Kräfte im Innern deines Körpers gegen die Krankheit einzusetzen. Und du mußt nicht sterben." fügt er beruhigend hinzu. Seine Rolle als Priester hat er diesmal ganz beiseite gelassen.

Aigline ist jedoch sehr verwirrt und sieht ihn ängstlich an; nun erinnert sie sich plötzlich wieder, wie schlecht es ihr in der letzten Nacht ging, wie das Fieber sie quälte, der Boden so kalt war und die verdammten Ketten es ihr nicht erlaubten, ein wenig wärmendes Stroh heranzuziehen, das doch so dicht vor ihr lag. In ihrer Verzweiflung hatte sie an den Eisenringen gezerrt, bis ihre Handgelenke blutig waren und ihre Kräfte sie schließlich verließen. Als sie jetzt auf ihre Arme sieht, ist alles - wie durch ein Wunder - schon fast verheilt. Auch spürt sie ein wohlig warmes, prickelndes Gefühl im ganzen Körper, wie sie es noch nie erlebt hat.

Es ist nun nichts mehr übrig von ihrer herablassenden Art gegenüber dem vermeintlichen Vertreter der christlichen Kirche. Schüchtern und verängstigt läßt sie sich die Fesseln von ihm anlegen und sieht entsetzt zur Seite, als er diese mit der Waffe wieder zusammenschweißt. Als Nikeos dann geht, spricht er noch einige beruhigende Worte, aber er spürt wohl, daß er mit seiner gutgemeinten Hilfe etwas zu weit gegangen ist und dieses arme Geschöpf damit vor allem nur eingeschüchtert hat.

Aigline indes spürt, daß es mit diesem Priester, der so auffällig viel Zeit für sie hat, eine besondere Bewandtnis haben muß. Aber sie ist sich unschlüssig, ob sie seine außergewöhnlichen Fähigkeiten der Kirche, der er ja augenscheinlich angehört - oder einer anderen, höheren Macht, etwa im Sinne ihres Glaubens, zuschreiben durfte. Insgeheim wünscht sie sich natürlich von ganzem Herzen, daß er ein Meister ihrer verfolgten Naturreligion sei - denn nur als solcher konnte er, ihrer Auffassung nach, Krankheiten heilen und andere Zauberkräfte besitzen. War er aber doch ein wirklicher Vertreter der Mächte, die sie gefangen und in Ketten gelegt hatten, dann brach für sie jetzt eine Welt zusammen: dann würde die Kirche also auch über geheimnisvolle, gewaltige Kräfte verfügen. Sie wagt den Gedanken nicht zu Ende zu denken. An nichts konnte sie sich mehr halten, wenn die Folterknechte sie quälen würden. Woran sollte sie auf dem Scheiterhaufen denken, woran glauben, wenn das sensationsgierige Volk sie angaffte und verspottete? Sterben ist grausam, gewiß - aber zweifelnd zu sterben ist noch viel grausamer.

In den nächsten Tagen - es ist nun schon kurz vor Nikeos endgültiger Abreise - versucht Aigline, entgegen ihrer anfänglichen, hochmütigen Zurückhaltung, den Priester ganz behutsam von ihren naiven Vorstellungen zu überzeugen. Sie hofft dabei vor allem auf eine, mehr oder weniger deutliche, Zustimmung von seiner Seite, einen kleinen Hinweis zumindest, den sie als eine Bestätigung ihres Glaubens ansehen könnte. Nikeos ist erleichtert, darauf eingehen zu können, denn er möchte ihr helfen. Er hat wohl gemerkt, daß seine, an ein Wunder grenzende medizinische Hilfe die Kirche in ihren Augen schmerzlich aufgewertet hat.

Bei ihren Gesprächen geht sie natürlich immer noch davon aus, daß er ein wirklicher Priester sei. Nur in ganz vorsichtigen Andeutungen läßt sie ihre wahren Wünsche erkennen. Mit aller Hingabe versucht sie ihn schließlich zu überreden, ein neues Leben anzufangen. Es fällt ihr nicht leicht, als Gefangene in Ketten einen freien Menschen zu überzeugen - aber sie kann in dieser Situation wunderbar erzählen. Es sind märchenhaft klingende Ereignisse, die sie selbst erlebt haben will, vor allem aber alte, überlieferte Geschichten, die sie von ihrer Mutter kannte. Mit kindlicher Begeisterung beschreibt sie undurchdringliche Wälder mit sonnigen Wiesen, versteckten Quellen, plätschernden Gebirgsbächen. Sie erzählt Nikeos von Mondscheinnächten auf großen Waldlichtungen - umgeben von hohen, düsteren Bäumen; von den Geistern und den Tieren des Waldes, mit denen sie vertrauten Umgang hatte. Und auch von großen, gefährlichen Tieren, die damals bis an das Haus der Mutter kamen, um an geheimnisvollen Zauberhandlungen teilzunehmen. Eine ihrer Geschichten, in der sie Phantasie und Wahrheit wohl etwas vermischte, handelt schließlich davon, daß derart verzauberte Tiere einst zu Dienern und Beschützern der Mutter wurden. Sie schlugen die ankommenden Knechte der Inquisition in die Flucht und verjagten sie aus dem Wald. Erst nach mehreren Versuchen gelang es den Bewaffneten, die ungewöhnlichen Tiere zu töten und darauf Aiglines zauberkundige Mutter in die nächste Stadt zu verschleppen, wo sie als Hexe vor aller Augen auf dem Richtplatz verbrannt wird.

Aigline ist damals vielleicht zehn oder elf Jahre alt. Sie kennt alle Verstecke im Wald und hält sich während der Sommermonate dort auf. Ihre Freunde sind nur die Tiere und über Wochen sieht sie keinen einzigen Menschen. Im Winter jedoch treiben Hunger und Kälte das wild lebende Kind zu den Ansiedlungen der Menschen in die Täler hinunter. Meist wird sie hier wegen ihrer ungewöhnlichen Lebensweise als Hexe beschimpft und davongejagt - nur selten bekommt sie von mitleidigen Menschen ein Stück Brot oder ein Nachtlager. Bei dem allgemeinen Hexenwahn, der durch die Kirche und die allerorts stattfindenden Verbrennungen noch geschürt wurde, ist sie bald in der ganzen Umgegend als eine solche verschrieen. Ihre wilde Natürlichkeit, ihr Stolz und ihr heidnischer Glaube lassen den einfachen Menschen auch kaum eine andere Möglichkeit zur Deutung ihrer Person.

Durch eine List wird sie schließlich vor einiger Zeit von den Knechten des Chevaliers gefangen. Man hatte dazu lediglich einen Burschen in den Wald geschickt, der sie suchen und bitten sollte, bei der Pflege eines erkrankten Reitpferdes zu helfen, da ihr sicherer Umgang mit Tieren allgemein bekannt war und sie dergleichen wohl auch schon einige Male versucht hatte. Auch ihre Heilkräuter sollte sie mitbringen und anwenden. Als sie daraufhin wirklich freiwillig in Burg kommt, legt man sie sofort in Ketten. Ein krankes Pferd gab es nicht. Wie Nikeos aus früheren Gesprächen mit dem Burgherren wußte, wollte sich dieser aus bestimmten Gründen lediglich einen guten Namen bei den mächtigen Inquisitoren machen und brauchte deshalb irgendein Opfer, daß er ihnen diensteifrig übergeben konnte.

Aiglines Geschichten über die Natur und die damit wie selbstverständlich verbundenen Geister und Götter sind in ihrer Schönheit und Naivität sehr beeindruckend. Nikeos ist wie berauscht von ihren Erzählungen, und das Mädchen erzählt immer mehr, da sie dankbar spürt, wie gern er ihr jetzt zuhört. So hat sie mit der Zeit auch Mut gefaßt, von den heiligen Geheimnissen der Liebe zu sprechen, in die sie die Mutter kurz vor ihrer Gefangennahme offensichtlich noch eingeweiht hatte. Es ist ihr sehr angenehm, gerade zu Nikeos darüber zu sprechen und so versucht sie das Thema immer wieder vorsichtig in diese Richtung zu lenken. Er bemerkt bald, was in ihr vorgeht und fühlt sich hilflos, da er nicht weiß, wie er ihr das ausreden kann, ohne ihr weh zu tun. Dabei ist es schon sehr rührend, wenn sie von den Mysterien der Liebe spricht, von denen sie jedoch nur aus Erzählungen weiß - richtige Liebe hatte dieses menschenscheue Naturkind nie kennengelernt.

Umgekehrt glaubt Aigline, daß Nikeos als Priester nichts von diesen Geheimnissen wissen könne, und daß nur sie dazu befähigt sei, ihn darin zu unterrichten. Ihre, von Unwissenheit und fehlender Erfahrung gekennzeichneten, Schilderungen von Liebesszenen sind denn auch von einer ursprünglichen, natürlichen Offenheit, die Nikeos immer wieder aufs Neue verblüfft und fasziniert. Dieses naive Mädchen weiß offenbar überhaupt nicht, wovon sie da spricht - ist aber gleichzeitig so begeistert von der Aufgabe, den ihrer Meinung nach unwissenden Priester zu überzeugen, daß sie eifrig sämtliche Fragmente hervorbringt, die ihr aus den Erzählungen der Mutter - die ihr Kind in dieser Beziehung offensichtlich nicht geschont hatte - noch im Gedächtnis geblieben sind. Und diese Geschichten sind voll von mystischer Zauberei, Beschreibungen sinnlicher Spiele zwischen Menschen und Naturgeistern und orgiastischen Opferfesten für den Liebesgott selbst.

All dies kommt durch ihren unschuldigen Mund zu ihm wie durch Träumerei: da sie diese Dinge selbst nicht versteht, sondern - im reinsten, guten Glauben an ihre Wahrheit - nur wiedergibt. Ihre neu entstandene Liebe für den Priester ist in vielen dieser Erzählungen mit eingebaut, so daß Nikeos Mühe hat, alles auseinanderzuhalten und sie nicht zu sehr mißzuverstehen.

Als ob sie es fühlen würde, spricht die Gefangene am Tag vor der geplanten Abreise Nikeos plötzlich mehr und mehr von anderen Dingen. Ihre Erzählungen werden immer kürzer und trauriger. Öfter schweigt sie - weiß aber, daß der Priester bei ihr bleiben wird, bis sie weitersprechen würde. Vielleicht ist sie enttäuscht, daß sie ihn nicht hat begeistern können; daß sie es offensichtlich nicht geschafft hat, ihn herauszureißen aus seiner trostlosen, engen Welt des strengen Kirchendienstes. Trotzdem liebt sie ihn - jetzt vielleicht aus Mitleid. Und sie will ihm nun mehr denn je helfen, dieses herrliche, heilige Geheimnis, das nur sie zu kennen glaubt, zu entdecken.

'Es wäre so schön,' denkt sie, 'wenn er endlich begreifen würde, wieviel Glück es doch für ihn gab - wenn er mich nur machen ließe. Nur ihm zuliebe möchte ich jetzt frei sein - nur um ihn zu befreien - aus seiner kalten Welt ohne Liebe.' In einer plötzlichen Aufwallung dieser Gefühle fleht sie Nikeos unvermutet an, ihr sogleich die Ketten abzunehmen und mit ihr in die Wälder zu fliehen, wo sie genügend Verstekke wüßte. Der atlantische Beobachter ist erschrocken. Obwohl er es im Grunde bereits geahnt hat, trifft es ihn im Moment doch sehr, diese direkte Bitte aus ihrem Mund vernehmen zu müssen. Und dabei sagt sie schließlich nur, was er in seinem Unterbewußtsein doch schon lange geplant hat: nämlich das Mädchen kurz vor seiner Abreise noch irgendwie in Sicherheit zu bringen. Trotzdem muß er das Verließ jetzt verlassen, um sich wieder zu beruhigen und etwas Abstand zu gewinnen.

Er weiß nicht mehr, wie er herausgekommen ist - aber nun steht er draußen im grellen Sonnenlicht und fühlt sich ganz benommen. Einige Zeit versucht er vergeblich, sich zu konzentrieren und seine Gedanken zu ordnen - als er plötzlich ungewohnt viele Menschen auf den Turm zukommen sieht. Es ist der Burgherr persönlich, der, laut lachend und gestikulierend, überraschend eingetroffene Würdenträger der Inquisition zum Kerker hinunter führt. Ein paar seiner bewaffneten Knechte sind ebenfalls bei der Gruppe. Schon von weitem ruft der redselige Chevalier den Priester an und lobt ihn laut und überschwenglich vor seinen mächtigen Gästen.

Nikeos wird wieder ganz ruhig. Sein Gehirn arbeitet nun in gewohnter Weise: schnell und präzise. In diesem Moment der Gefahr sind seine gut trainierten Abwehrreaktionen in voller Bereitschaft. Alle Ankommenden umzubringen, damit sie nicht in den Kerker gelangen, will er nach Möglichkeit vermeiden. Obwohl es größtenteils vielfache Mörder sind, die den Tod verdient haben, wäre eine derartige Vorgehensweise in seinen Augen primitiv und widerlich. Der Kampf Mann gegen Mann ist dagegen ein zu großes Risiko, da er nicht ausschließen kann, daß sich einer der Knechte währenddessen davonmacht und den Kerker doch noch erreicht. So entschließt er sich zunächst für die Variante, Zeit zu gewinnen.

Das alles ist in Bruchteilen einer Sekunde durchdacht. Äußerlich sieht Nikeos noch immer sehr verwirrt aus. Er betont dieses Verhalten jetzt noch zusätzlich und wankt der Gruppe entsetzt schreiend entgegen:

"Rettet euch, ihr Herren! Rettet euch! Der Teufel ist bei ihr. Der Leibhaftige! Rettet euch!"

Die Männer bleiben wie angewurzelt stehen. Dem Burgherren erstickt das Lachen in der Kehle. So hat er den neuen Priester noch nie gesehen - er kannte ihn bisher als glaubwürdigen, intelligenten Menschen. Jetzt sieht er total verstört aus. Ohne Zweifel mußte man glauben, was er da schreit. Einige der einfältigen Knechte denken wohl ebenso und ziehen sich vorsichtig ein Stück von der Gruppe zurück - dann rennen sie plötzlich, so schnell sie nur können, in die vermeintlich sichere Burg zurück.

Die Inquisitoren bleiben zunächst mißtrauisch. Nach einem kurzen Wortwechsel mit dem Chevalier scheinen sie aber schon etwas überzeugter. Zu viert machen sie sich entschlossen auf den Weg zum Turm. Ganz wohl ist ihnen dabei nicht, das sieht man ihnen an, aber sie halten sich in derart heiklen Fällen nun mal für zuständig und da bleibt ihnen keine andere Wahl.

Nikeos, der die Gruppe inzwischen erreicht hat, bleibt mit dem Burgherren zunächst allein zurück. Die Inquisitoren hatten ihnen bedeutet, hier abzuwarten. Als sie jedoch ein paar Schritte entfernt sind, wird der Chevalier durch einen kurzen, unauffälligen Schlag von Nikeos außer Gefecht gesetzt - er hat nur noch kurz aufstöhnen können, dann sackt er betäubt in sich zusammen. Nikeos versteht es, gleich nach dem Schlag so zu tun, als ginge er helfend auf den Fallenden zu, um ihm beizustehen. Als sich die Inquisitoren erschrocken umwenden, sehen sie zu ihrer großen Verwunderung den kräftig gebauten, bärenstarken Burgherren in den Armen des schmächtigen, hilflos und entsetzt dreinschauenden Priesters langsam zu Boden gleiten. Ein Schauder erfaßt sie bei diesem Anblick: hat der Teufel etwa hier draußen auch schon seine Hand im Spiel? Und was würde sie dann erst im Verließ bei der Hexe erwarten?

Nikeos kann zufrieden sein, alles verläuft bisher nach seinen Wünschen. Den Männern, die ihm gegenüber noch keinen Verdacht geschöpft haben, sagt er, sie sollen ruhig gehen und dem Spuk endlich ein Ende machen, er werde sich hier schon um den ohnmächtigen Herrn kümmern. Mit gemischten Gefühlen gehen sie also weiter zum Turm - in dem sie der Satan offensichtlich schon erwartet...

Einer von ihnen, sicherlich der Ängstlichste der vier, bleibt absichtlich etwas zurück. Das ist gut so. Nikeos zieht den Werfer heraus - und hinter dem massig daliegenden Burgherren kniend, zielt er sorgfältig auf diesen Nachzügler. Die Ladung ist schwach eingestellt: der Lichtblitz wird den Getroffenen verwirren und für mehrere Stunden blind machen. Sofort nach dem Schuß duckt sich Nikeos und beobachtet vorsichtig, wie der geblendete Mann nun schreit und sich wie wahnsinnig gebärdet. Das grausige Entsetzen, vom Teufel selbst angegriffen worden zu sein, hat ihn gepackt. Auch die anderen drei haben den grellen Lichtblitz hinter sich mitbekommen und wagen es jetzt nicht einmal, sich ihrem schreienden, hilflosen Gefährten zu nähern. Ängstlich weichen sie dem blind um sich schlagenden Mann immer wieder aus. Es dauert eine ganze Zeit und bedurfte vieler ermahnender Worte ihres Befehlshabers, bis sich zwei der Männer schließlich zusammenreißen und ihren offensichtlich vom Teufel besessenen Kollegen zur Burg zurück führen. Letztlich überwinden sie sich wohl nur, weil sie schließlich eine Chance darin sehen, sich selbst von dieser Stätte des Grauens entfernen zu dürfen.

Der älteste und ranghöchste der Inquisitoren bleibt jedoch am Ort. Mit schneller Entschlossenheit zieht er seinen reich verzierten Säbel, ergreift mit der anderen Hand das Kruzifix, das er wie einen Schild vor sich hält und geht, Gebete murmelnd, mit festen Schritt auf das nahe Verließ zu. Nikeos ist gerade dabei, dem Burgherren eine Injektion zu verabreichen, um ihn noch einen Tag schlafen zu lassen - als er den vielfachen Mörder mit der gezogenen, blanken Waffe im Turm verschwinden sieht. In schnellem Spurt überwindet er die Entfernung von etwa sechzig Metern und dringt mit vorgehaltenem Werfer sofort in den offenstehenden Kerker ein. Blitzartig überschaut er die Situation: Aigline steht, soweit es ihre Ketten erlauben, dicht an die Wand gepresst. Der Inquisitor hatte ihr befohlen, aufzustehen und die Arme auszubreiten. Mit ausgestrecktem Arm den Säbel auf ihren Leib gerichtet, steht er angespannt vor ihr und stammelt in fehlerhaftem Latein unsinnige Beschwörungsformeln gegen den Teufel. Sein Gesicht scheint dabei zu einer angsterfüllten, grausamen Maske erstarrt.

Nikeos erkennt sofort an seiner Körperhaltung, daß es ihm durchaus gelingen könnte, in einer kurzen Schrecksekunde zuzustoßen und das Mädchen zu durchbohren. Er wartet daher nicht weiter, sondern gibt im selben Moment die notwendige Kraft des Energiewerfers frei. Eine kleine Bewegung seines Fingers löst einen grellweißen Blitz aus, in dem der Inquisitor in Sekundenbruchteilen verdampft. Dabei kommt es dem Atlanter vor, als ob sich sein ganzer in den letzten Monaten angestauter Haß gegen diese Barbaren jetzt in diesem Energiestoß entladen würde...

Es ist vorbei. Ruhig schneidet er nun zum zweiten Mal Aiglines Fesseln durch - und als fehle ihrem befreiten Körper danach der Halt, bricht sie erschöpft zusammen. Er nimmt sie auf und trägt sie vorsichtig nach draußen - in der rechten Hand dabei immer noch den entsicherten Werfer haltend. Wohl fragt er sich, was er getan hat, aber er ist andererseits auch irgendwie glücklich darüber, daß es nun durch die Umstände so gekommen ist.

Der Ort des Geschehens sieht plötzlich wieder friedlich aus wie immer. Es ist ein warmer Herbsttag, kleine Insektenschwärme tanzen über der sonnigen Wiese, alles scheint ruhig. Nur der im hohen Gras schlafende Burgherr scheint nicht so ganz in dieses vertraute, harmlose Bild zu passen. Etwas belustigt denkt Nikeos daran, daß ihn seine eigenen Knechte nun vielleicht in den Turm sperren werden - in dem Verdacht, er sei jetzt auch vom Teufel besessen.

Vorsichtig das vollkommen erschöpfte Mädchen in seinen Armen haltend, umgeht er die Burg auf einem schmalen, selten benutzten Pfad am Fuße der Mauern. Dann trägt er sie zu den Bauernhöfen, die sich verstreut in der Nähe befinden. Man kennt und respektiert ihn hier als einen gelehrten Priester aus der Stadt. Und er erzählt den gutgläubigen Leuten, daß er Aigline - von der hier natürlich jedermann weiß - soeben mit Gottes Hilfe aus der Macht des Bösen befreit habe. Nun sei er mit ihr zu einem heiligen Wallfahrtsort unterwegs, um unverzüglich ein entsprechendes Gelübde zu erfüllen.

Die friedfertigen Bauern, die von den Ereignissen, die sich soeben auf der Burgwiese abgespielt hatten, natürlich nichts ahnen, nehmen die Geschichte von der gelungenen Bekehrung der jungen Hexe mit Freude auf und glauben dem Priester ohne Argwohn. Schnell suchen sie für Aigline die erbetenen Kleider zusammen, helfen ihr beim Anziehen und geben den beiden auch etwas Verpflegung mit auf den Weg. Nach kurzem Aufenthalt können sie ihre Flucht fortsetzen.

Nikeos hat richtig gerechnet: das spurlose Verschwinden des Inquisitors, des Priesters und der Hexe ist für die ängstlichen und abergläubischen Burgbewohner nur durch die böse Macht des Teufels zu erklären. *Er* hatte sie allesamt geholt. Als es sich später herumspricht, daß der Priester mit dem Mädchen danach noch bei den Bauern gesehen wurde, um von dort auf eine Pilgerreise zu gehen, sind bereits mehrere Tage vergangen und es besteht für die Geflohenen keine Gefahr mehr.

Aigline, die von ihrer langen Gefangenschaft sehr entkräftet ist, muß weiterhin über lange Strecken von Nikeos getragen werden. Auf diesem anstrengenden Weg kommen sich beide wieder etwas näher - denn kurz nach ihrer Befreiung war das Mädchen zunächst so voller Bewunderung für Nikeos, in dem sie nun endgültig den großen Meister ihrer Naturreligion und ihres Liebeskultes sah, daß es sehr schwer war, normal mit ihr zu reden.

Aber auch er bewundert sie sehr: wie stark und von überlegener Kraft muß sie sein, da sie in einer derart hoffnungslosen Lage, wie ihre Gefangenschaft sie darstellte, noch ihr Selbstvertrauen behielt und geringschätzig auf ihre Henker herabsehen konnte. Obwohl auch er einen festen Glauben besitzt, der vor allem auf der uralten atlantischen Weisheit und auf der Macht eines gigantischen Wissens beruht, ist er sich doch nicht sicher, ob er in einer gleichermaßen aussichtslosen Lage ebensoviel Mut, Selbstbewußtsein und Stolz besessen hätte. Von diesem Mädchen kann man lernen stark zu sein - auch deshalb liebt er sie. Und es berührt ihn eigenartig, wenn er an ihre großartigen Eigenschaften denkt - und dabei gleichzeitig das körperlich schwache, weibliche Wesen in seinen Armen hält. Ihre Kraft ist von anderer Art, und deshalb der rohen Gewalt der Barbaren überlegen. Er beneidet sie darum.

Wie gering war dagegen sein Einsatz, der ihr nun so heldenhaft erschien. Er hatte lediglich erlernte Fähigkeiten richtig angewandt und ist dabei selbst nie in eine bedenkliche Situation gekommen. Was hier wie eine Heldentat aussah, war in seiner Ausbildung, bei vielfältigen Übungen mit weit höherem Schwierigkeitsgrad, alltägliche Beschäftigung. Er schämt sich etwas, wenn sie ihm in ihrer naiven, offenen Art ihre Bewunderung zeigt - aber er weiß auch, daß es vorläufig noch sinnlos ist, ihr das ausreden zu wollen.

So kommen sie unbehelligt in die Nähe von Lyon, wo Nikeos die vergrabenen Informationsspeicher an sich nimmt, und wenden sich daraufhin endgültig nach Süden - dem Meer zu. Ein einziges Mal noch begegnet ihnen die Inquisition. Es ist eine Reiterkolonne von sechs Mann, deren Annäherung der ständig wachsame Beobachter rechtzeitig bemerkt. Im dichten Gebüsch versteckt lassen sie die Reiter passieren. Nikeos glaubt nicht, daß sie etwas mit ihrer Flucht zu tun haben. Sie tragen reich mit Silber verzierte, schwarze Uniformen und lange schwarze Umhänge mit weißem Kreuz. Ihre Standarten sind ebenfalls kostbar verziert. Offensichtlich handelt es sich hier um höchste Würdenträger dieser grausamen Organisation.

Als der letzte Reiter vorüber ist, kommt Nikeos plötzlich auf den Gedanken, daß sie mit Pferden besser vorankommen würden. Mit einem Sprung ist er auf dem Weg und zielt ruhig und genau: sechsmal blitzt es auf und sechsmal fällt einer der schwarz gekleideten Männer in den Staub. Die Energie ist so dosiert, daß die Getroffenen ein paar Stunden blind herumlaufen werden, sonst ist ihnen nichts geschehen.

Man setzt die Flucht nun bequemer zu Pferde fort, wobei sich Aigline als ausgezeichnete Reiterin erweist. Die Küste ist bald erreicht und sie reiten langsam am Strand entlang bis zu der Stelle, an der Nikeos vor fast einem halben Jahr dieses Land betreten hatte. In einer stillen Bucht wartet - pünktlich und zuverlässig - der kleine Schnellsegler der atlantischen Flotte. Der Auftrag bei den Barbaren ist damit beendet; Nikeos fühlt sich erleichtert und glücklich. Von nun an wird er keine sinnlosen Grausamkeiten mehr mit ansehen müssen.

Aigline kann er gesund und wohlbehalten mitnehmen. Sie würde zwar ihre Heimat verlassen, konnte dafür in Zukunft aber frei und ohne Angst leben. Die seltsame religiöse Bewunderung, die sie für ihren Befreier immer noch empfindet, wird sich im Lauf der Zeit schon geben - und Nikeos hofft sehr, dann ihre normale, menschliche Liebe zu gewinnen, wie er sie in ihren wunderbaren Erzählungen bereits gespürt hatte.

Ohne zu zögern folgt ihm das Mädchen auf das fremdartige Schiff. Die Besatzung ist zwar etwas erstaunt, aber alle freuen sich, ihren Mann gesund und pünktlich wiederzusehen - wie immer, wenn ein Beobachter von einem schwierigen Einsatz zurückkehrt.

Als sich das Land nur noch als dunstiger Streifen am Horizont abzeichnet, beginnt an Bord das übliche, inoffizielle Wiedersehensfest unter den Beobachtern. Die Männer hören Musik, essen und trinken zusammen. Nikeos erfährt einige Neuigkeiten aus der Stadt und Begebenheiten von anderen Beobachtungsmissionen, die sich während seiner Abwesenheit ereignet haben. Aigline, die das Meer und all das andere dieser neuen, ungezwungenen Umgebung noch nie gesehen hat, scheint jedoch kaum davon beeindruckt: sie sieht nur ihren 'großen Meister', und alle neuen Dinge mochte sie - wie selbstverständlich - nur seiner alleinigen Verantwortung zuschreiben.

Schon nach drei Tagen läuft das Schiff gegen Mitternacht in die äußeren Hafenanlagen der Stadt ein. Man passiert den ersten Kontrollturm, ein kleines Boot kommt längsseits und der Schiffsführer erledigt noch während der langsamen Weiterfahrt die Ankunftsformalitäten. Nikeos und Aigline können dann sogleich nach dem Festmachen des Schiffes den Hafen verlassen. Vom Anlegeplatz rechts vor dem Capitol gehen sie durch die drei großen Tore, die den Hafen mit dem Forum verbinden. Fahrzeuge stehen an den Durchgängen bereit, mit denen ankommende Reisende weiter in die Stadtbezirke gelangen können.

Hier ist nichts wie in Aiglines mittelalterlicher Welt. Fast lautlos gleitet das flache, offene Gefährt über den glatten Marmorbelag des Forums. Von mattglänzenden Leuchtflächen erhellt, sind die mächtigen Säulenhallen, Treppen und Tempel in der Dunkelheit gut zu erkennen. Das Capitol links neben ihnen, dessen südliche Seitenmauer sich einige hundert Meter entlang der Straße hinzieht, verliert sich mit seinen oberen Gebäudestufen in der schwarzen Finsternis der Nacht wie ein massiger Berg. Die Lichter auf den oberen Terrassen blieben dem Betrachter unten auf dem Platz ohnehin verborgen.

Der Wagen verläßt das Forum und biegt bald in die erste Querstraße nach links ein: vorbei am Hippodrom, dessen abgerundete Stirnseite mit hell erleuchteten Bogengängen sichtbar wird. Auf der gegenüberliegenden Seite steht, dunkel und verlassen, das seit neunhundert Jahren nicht mehr benutzte Gebäude des Weltgerichtes. Die breiten, gut beleuchteten Straßen sind sauber, glatt und leer. Selten sieht man in den Grünanlagen und vor den großen Gebäuden winzig wirkende Menschen.

Es ist eine warme Nacht. Nikeos hält Aigline fest im Arm. Hier ist er zuhause - hier steht sie jetzt unter seinem Schutz. Trotz der für sie so fremdartigen und ungewohnten Umgebung, oder vielleicht auch gerade deshalb, fühlt sie sich an seiner Seite vollkommen geborgen. Auch mochte sie wohl zu spüren, daß ihr *hierher* keine böse Macht der Welt mehr folgen konnte. Hinter diesen Häfen, diesen Mauern und zwischen diesen mächtigen Gebäuden war man in absoluter Sicherheit. Während der kurzen Fahrt durch die nächtlichen Straßen, die für den Beobachter die lang ersehnte Rückkehr in seine vertraute Umgebung bedeutet, wird ihm aber auch bewußt, wieviel Geduld er noch aufzubringen haben wird, um ihr all diese neuen Wunder bei Tageslicht zu erklären.

Bald haben sie den Innenstadtbezirk verlassen, den Fluß überquert und stehen nun vor Nikeos Haus. Es ist menschenleer. Aigline setzt sich im Atrium zunächst auf eine der Marmorbänke. In der Mitte des Raumes ist ein flaches Wasserbecken in den Fußboden eingelassen. Freunde hatten es in Erwartung von Nikeos' Rückkehr - einer üblichen Abmachung der Beobachter zufolge - gefüllt und auch das Wichtigste im Haus hergerichtet. Einige Lebensmittel liegen also bereit und in den Pflanzkübeln befinden sich neue Palmen und Blumen.

Durch die nach und nach entzündeten Lampen wird der Raum für Aigline immer deutlicher sichtbar. Erstaunt sieht sie sich um: die Wände sind hier so seltsam glatt und ohne jegliche Verzierungen - lediglich in Kopfhöhe verläuft ein dunkelrotes Mäanderband rings um den Raum. Im Hintergrund bemerkt sie einen Durchgang mit drei schlanken Säulen, an den sich ein weiterer, größerer, von Säulen umstandener Raum anschließt. Rechts führt eine flache, geschwungene Treppe ohne Geländer nach oben, und neben dem Eingang bewundert sie zwei kleine Marmorstatuen, einen Jüngling und ein Mädchen darstellend. Das ganze sparsam eingerichtete Haus strahlt dabei soviel Ruhe und Ernsthaftigkeit aus - und obwohl ihr das alles so fremd und ungewohnt ist, fühlt sie sich seltsamerweise auch sehr sicher und wohl hier.

Als Nikeos den Raum nach kurzer Zeit wieder betritt, erwacht Aigline aus ihren Träumereien. Er nimmt ihre Hand und führt sie zur Treppe - dabei sieht er sie an als wollte er sagen: jetzt kannst du mich in die Geheimnisse der Liebe einweihen, wenn du es immer noch willst. Und in dieser Nacht erfährt Aigline, die dem Tode entkommene Hexe und selbsternannte Priesterin eines fast ausgestorbenen, naturverbundenen Liebeskultes, nun erstmals und tatsächlich von den Geheimnissen der Liebe.

Nikeos wird wegen des Verdachtes, gegen die Vorschriften der Beobachter verstoßen zu haben, vor eine Untersuchungskommission des Ordens geladen. Er hat damit gerechnet, allein schon deshalb, weil es eigentlich nicht üblich war, jemand aus einem barbarischen Land mit in die Stadt zu bringen. Die Beweisaufnahme, bei der auch die mitgebrachten Informationen, die kopierten Protokolle der Inquisition und seine eigenen Berichte genauestens überprüft werden, dauert viele

Wochen. Mehrmals werden Beobachterschiffe ausgesandt, um die ungeheuerlichen Beobachtungen Nikeos' an Ort und Stelle nochmals nachzuprüfen. Im Ergebnis kommt der Orden schließlich zu der Feststellung, daß die Sicherheit der Stadt und ihre Funktion in der Welt durch seine Handlungen nicht beeinträchtigt oder gefährdet wurde. Der Beobachter wird von allen Vorwürfen freigesprochen.

Mit der Zeit hat es Nikeos auch verstanden, Aiglines religiöse Verehrung für ihn abzubauen. Nur manchmal kommt ihm der leise Verdacht, daß sie ihm zuliebe nur so tut, als wäre er ein ganz normaler Mensch.... Sie bleibt weiterhin ein Geheimnis für ihn, welches er nie ganz durchschaut, und je länger er über ihre seltsamen Vorzüge nachdenkt, umso glücklicher ist er dann, sie nun für immer bei sich zu haben.

Dringst du aber vor in das tiefste
aller Geheimnisse
wird sich der Welt Lauf
regeln nach deinem Gebot
den eins bist du geworden mit dem All

Gleichst du jetzt den Göttern
welche frei von menschlicher Erdgebundenheit
aus erhabener Höhe
auf Raum und Zeit sehen

G. Poseid. ren. II. Bd. cap. 12 V. 42

EPILOG

EPILOG

Ein Gespräch besonderer Art steht mir bevor: ein Gespräch mit einem Menschen, der bereits vor über zwanzig Jahren verstorben ist. Die Urne mit seiner Asche befindet seit dieser Zeit wohl verwahrt in der Felsnische seiner Familiengruft - sein Geist aber, sein Wissen und seine Persönlichkeit wurden in die Speicherkapazität des Beschützers aufgenommen. Er war damit körperlos und unsterblich, und nur auf eigenen Wunsch konnte er aus dieser Existenzform je wieder ausscheiden.

Etwas unbehaglich ist mit schon, auf diesem Weg von meiner Senatorenwohnung im Palast hinüber zum Capitol. Eine ganze Zeit bleibe ich also noch auf der Hochstraße der Verbindungsmauer stehen und sehe, in Gedanken versunken, hinunter auf das menschenleere Forum. Die herrlichen Gebäude dieses Platzes faszinieren mich immer wieder - aber das Leben scheint in diesem 63. Jahrhundert atlantischer Geschichte von den Straßen und Plätzen weitgehend verbannt. Die Stadtbevölkerung ist auf weniger als ein Drittel ihrer einstigen Höhe geschrumpft, und diese neuerlich erprobte Methode, den bedeutendsten Gelehrten des Ordens im Innern des Beschützers eine geistige Weiterexistenz zu ermöglichen, schien mit auch nicht gerade dazu geeignet, die Zahl der Bewohner zukünftig wieder anwachsen zu lassen.

Natürlich, diese Chance derart dem Tode zu entrinnen, ist einmalig, ist phantastisch - ein uralter Menschheitstraum -, aber nur wenige Mitglieder des Ordens werden wohl letztlich die Gelegenheit dazu bekommen. Man hatte bereits ermittelt, daß die Kapazität des Beschützers, außer den unverzichtbaren Einspeicherungen des gesamten atlantischen Wissens, maximal dreihundert Einzelpersönlichkeiten in sich aufnehmen konnte. Um das makabere Problem einer Auswahl zu umgehen, liefen natürlich umfangreiche Forschungsarbeiten mit dem Ziel, zusätzliche Speicher von vergleichbarer Qualität zu schaffen, in welche dann beliebig viele körperlose Persönlichkeiten aufgenommen werden konnten.

Mir schaudert jedoch etwas vor dem Gedanken, die gesamte Stadt bestünde eines Tages nur noch aus einer irrsinnigen Menge eingespeicherter Daten, die im Vakuum hermetisch abgeschlossener Titanbehälter durch Mikrogravitationsimpulse miteinander kommunizieren...

Mein Abstieg in die unteren Etagen des Capitols - in das allerheiligste atlantischer Macht: die Halle mit dem Beschützer - verstärkt dieses ungute Gefühl. Fernab des Sonnenlichts, unabhängig von der Atmosphäre - denn die Atemluft wird in diesem weitläufigen unterirdischen Komplex künstlich hergestellt - lebte und arbeitete man schon seit unzähligen Generationen. Die Korridore sind verlassen und wirken eintönig, und hier, unterhalb der einhunderteinundzwanzigsten Etage, hat man zudem auch auf die traditionellen Granitwände verzichtet. Ein nach meinem Empfinden häßliches, spiegelglattes, metallisches Material verkleidet die Schächte und Wände. Der eigentliche Hauptsaal mit dem Beschützer - ich hatte es vorher nicht gewußt und mir immer anders vorgestellt - ist kreisrund und es ist auch nicht *ein* Saal, sondern deren *sechs* übereinander. Der Beschützer selbst kann auf einem speziellen Lift durch einen Mittelschacht der Säle auf die jeweils gewünschte Ebene gehoben werden.

Der oberste dieser Säle, den ich nun betrete, ist zu meiner Überraschung voller emsiger Menschen, die im halbverdunkelten Raum vor gewaltigen Sichtschirmen stehen oder an den umlaufenden Schaltpulten arbeiten. Der Beschützer ist jedoch nirgends zu sehen und man schickt mich schließlich hinunter in die vierte Saalebene, die ich fast völlig verdunkelt und menschenleer vorfinde. Von einem matten Licht unbekannten Ursprungs sanft angestrahlt, sehe ich den gewaltigen, blankschimmernden Koloß göttlicher Herkunft sofort mitten im Raum auf einem Podest.

In seiner unmittelbaren Nähe stehen ein bequemer Sessel und ein mittelgroßer Bildübertragungsring. Die *Audienz* könnte also beginnen - denn daß ich mich lediglich mit meinem früheren väterlichen Freund und Lehrer unterhalten soll, kann ich mir angesichts dieser ganzen Begleitumstände noch immer nicht gut vorstellen. Natürlich hätte rein technisch die Möglichkeit bestanden, das bevorstehende erste Privatgespräch eines Verstorbenen mit einem noch lebenden Menschen direkt in meine Wohnung zu übertragen. Für dieses einmalige Ereignis schien es den Verantwortlichen aber doch unpassend zu sein, obwohl es in späteren Zeiten sicherlich zur Routine werden würde.

Die Stimme, die mich schließlich begrüßt, hat zwar einen etwas fremdartigen Klang - alles Übrige läßt jedoch deutlich die persönlichen Eigenheiten meines alten Lehrers, des bedeutendsten Gelehrten des Elite-Ordens in diesem Jahrhundert, erkennen. Und - er spricht, wie manches Mal in früherer Zeit, in Versen zu mir:

"Begrüßt sei'st du nach gutem, alten Brauch bei mir,
aus kalter Ewigkeit sprech' ich heut' zu dir.
Erlöst bin ich von allen Menschenwesensqualen
und so geworden ein ganz freies, and'res Ding;
mein Werk und Denken hier wird zeigen dir der Ring."

Der Bildübertragungsring flammt auf. Ich danke verlegen und zaghaft mit unsicherer Stimme und sehe im Bildkreis eine unbekannte, offenbar frei erfundene, Ideallandschaft - mild beleuchtet von der noch relativ hoch stehenden Abendsonne.

"Sei Weisheit auch groß, sie wird in ihrer Menge
verdrängt, getrübt, gestört durch allzeit körperliche Enge.
Ein ganzes Leben sucht man ihr wohl zu entkommen,
man kämpft und strebt, den Ausweg noch zu finden -
doch sinnlos diese Müh', die Angst ist nicht zu überwinden.

Angst um Gesundheit, Haus und Hof und Brot,
um Gold und Macht, und Leben ohne Not.
Und später dann - im Angesicht des Todes -
ob wir auch genug gelebt, geliebt, gefunden
in dieser kurzen Zeit auf Erdenrunden.

Die nackte Angst des Lebens trübte uns den Blick
für Gott *und* Mensch - und beiderlei verwobenem Geschick;
das wir zu uns'rer Ungunst immer noch entschieden.
So seh' ich hier erst die erhab'ne Welt
des Menschen - *neben* Gottes Welt gestellt.

Sieh nun mein Beispiel, das ich schuf in Bildern,
dir diesen ungeahnten Stolz des Menschentums zu schildern.
Ich gab mein Bestes, wie in früh'ren Erdentagen -
denn war es doch mein erstes, hohes Ziel hier oben
das Menschliche vor allem Ander'n feierlich zu loben."

Die Stimme, zuletzt nicht ohne die erwähnte Feierlichkeit, verstummt und eine leise, anfangs fast unhörbare Musik setzt nun ein. Bald wird mir klar, daß mein Lehrer nach seinem Tode auch noch komponiert haben muß - und ein unangenehmer, kalter Schauer überläuft mich angesichts dieser Feststellung. Warum gerade dieser Aspekt der ganzen Angelegenheit mein Empfinden anscheinend stärker und tiefer berührt, kann ich nicht sagen. Vielleicht betrachte ich die Musik mehr der diesseitigen, körperlichen Seite des Lebens zugehörig.

Auf dem Bild erscheint, mitten in einer lieblichen Landschaft gelegen, eine große, ebene Fläche, ausgelegt mit blanken Marmorquadern. Mitten auf diesem erhabenen, terrassenartig angelegten Platz erhebt sich eine gigantische, männliche Götterstatue, die - auf ganz ungewöhnliche, nie gesehene Art - einen dahinter stehenden Tempel fast verdeckt und ihn um mindestens ein Viertel überragt; sie mochte also, wenn man für den Tempel eine normale Höhe von etwa dreißig Meter annimmt, an die vierzig Meter hoch aufragen. Die Musik ist noch immer leise und verhalten und dämpft die natürliche, freie Annäherung des Betrachters an diese heilige Stätte.

Ganz behutsam streichen die Klänge nun über die Oberfläche des steinernen Gottes, lassen Details wie Stirn, Kinn, Nase, Lippen erkennen; und alles ist von vollkommener Harmonie, Erhabenheit, überirdischer Entrücktheit und Geistigkeit. Selbst der Himmel im Hintergrund und die manchmal in verschwommen weiter Ferne sichtbare abendliche Landschaft unterstützen diese Göttlichkeit - ohne daß ich den eigentlichen Grund dafür zu nennen wüßte.

Plötzlich verändert sich die Musik - als kündige sie einen Eindringling an - wird leiser, vorsichtiger, geheimnisvoller. Es scheint fast, als habe sie sich nach dem triumphalen Schlußakkord zu Ehren des großen Gottes übernommen - und ein 'Etwas' übersehen, das sich *auch* auf dieser, eigentlich doch leeren Terrasse befindet. Nein. Die Musik schweift unvermutet ab. Entfernt sich rasch und problemlos von der heiligen Stätte; geht hinein in das weite Land zu den einfachen Menschen, die in den Dörfern ein Erntefest, eine Hochzeit oder ähnliches feiern. Man sieht sie tanzen, fröhlich und übermütig ... da bebt und zittert das Bild und mit ihm die Musik in beängstigender Weise - wird plötzlich ernst und ernster, zerfließt in Blut und Tod. Die Fröhlichkeit ist zerrissen, erstarrt - Stille -. Ahnungsvolle, unheilvolle Stille. Ich halte den Atem an. Dann wieder ganz leise Klänge. Der Marmorboden der Terrasse ist nun ganz nah zu sehen - man hätte einen winzigen Käfer gut darauf erkennen können -, plötzlich ein dunkler, nackter

Menschenfuß auf diesem heiligen Boden. Ich gebe zu, daß ich etwas erschrecke. Geschmeidig und fest steht er auf dem kühlen, glatten Stein - und beruhigt mich langsam wieder.

Und nun beginnt das Bild diesen menschlichen Körper zu beschreiben: tastet ihn Stück für Stück ab, wie anfangs die Statue des Gottes - aber es ist, als verwende die Musik dafür eine tiefere Ehrfurcht und Andacht. Mich überfällt ein ungleich wirkungsvollerer Schauer, der sich bald noch steigert - denn die Gesamtsituation wird deutlich: die Götterstatue, eben über der Schulter des jungen Mannes nur undeutlich zu erkennen und als nebensächlich empfunden, wird dem Betrachter nun ruckartig in voller Schärfe sichtbar - ein *winziger Mensch* und ein *gigantischer Gott* stehen sich auf der weiten, glatten Fläche, die jetzt fast wie ein Kampfplatz wirkt, gegenüber.

Und wieder sehe ich für kurze Augenblicke - wie durchscheinend und schwebend - den Tanzreigen der Landleute auf dem Bild; eine Erinnerung, die von einer ähnlich andeutungsweisen Wiederholung des Musikthemas begleitet wird. Diesmal aber kann der naive Tanz die Schärfe und Spannung der Situation nicht mildern.

Alle Bewegung des Bildes verharrt schließlich wieder am dunkelbraunen Körper des Jünglings, in seiner trotzig-unbeweglichen Haltung. Seine Haut glitzert und bei den Nahansichten erkennt man im Gegenlicht unzählige, kleine Schweißperlen auf Brust, Schultern und Armen, was seiner schönen, kraftvollen Gestalt noch mehr Leben verleiht. Mir ist, als funkelt ein ganzes Meer darin - während sich zur gleichen Zeit in der Gestalt des Gottes ein stiller, unendlich erhabener Himmel auszudrücken scheint.

Sie sehen sich an - Auge in Auge -, mit unheimlichem Blick; auf dem Bildausschnitt plötzlich *gleich* groß und *gleich*zeitig dargestellt. Zwei Gesichter, zwei Welten, zwei Gegensätze. Eines das andere beneidend, verachtend, vernichtend: der Mensch wider den Gott - es ist unfaßbar.

Der Anblick als solcher ist monumental, ist großartig: die von der Abendsonne mild und versöhnlich beleuchtete Götterstatue, die den winzigen, schweißnassen Jüngling um ein vielfaches überragt - und beide wie im Duell sich gegenüberstehend auf weiter marmorner Fläche. Erst die gezielten Wechsel von Gegen- und Seitenlicht, die Überschneidungen der Bildausschnitte, die optische Gleichsetzung der Größe, ermöglichen es, diese phantastische Idee richtig erkennbar werden zu lassen - und das Ganze schließlich mit einem Blick so zu erfassen, wie es wohl beabsichtigt ist.

Donner und Sturm setzen ein; musikalisch unterstützt von sich steigernden Wirbeln und Paukenschlägen. Es ist nun unmißverständlich: das Duell hat begonnen. Das Bild überschlägt sich, die Musik rast ihrem Höhepunkt entgegen. Der Mensch läuft, wird gehetzt, keucht, fällt - und steht doch gleichzeitig stumm und fest an seinem Ort. Nur seinen Gesichtszügen, dem Zittern und Anspannen seines Körpers, merkt man den unerbittlichen Kampf an, der sich tief in seinem Innern abspielt.

Nachdem er eine Zeitlang mühsam standgehalten hat und, schwach und schwächer werdend, schon zu schwanken beginnt, mochte man meinen, daß der Kampf nun entschieden sei – doch da erhebt er sich unter Aufbietung seiner letzten Kraft, bäumt sich noch einmal auf... Im sicheren Gefühl der Schwäche, des Unterliegens, ergeht sein konzentrierter Hilferuf. Die Musik, auf das Feinste dieser Situation angepaßt, scheint nun weniger monumental, dafür aber gezielter, verzweifelter, angestrengter. Gleichmäßigere, kraftvoll-urwüchsige Meeresbrandung verdrängt den zyklisch tobenden Donner des Himmels. Gewaltige durchsichtige Wellen - wie aus einem Traum-Meer - scheinen das Marmorplateau zu überrollen: den Menschen fast unter sich begrabend und erst an den Füßen der unverrückbaren Statue zerschellend und zurückweichend.

Und dann im letzten Moment - der Jüngling mochte bereits den festen Halt verloren haben, ist schon dabei entkräftet und besiegt zurückzutaumeln - entsteigt dem schaumigen, nassen Element plötzlich ein zweiter Mensch: ein herrliches, junges Weib von etwas hellerer Hautfarbe und betont weiblichen, sinnlichen Körperformen. Ihr milder, liebevoll-geduldiger Gesichtsausdruck hat mit dem des Jünglings allerdings auch diese gewisse Ernsthaftigkeit und Entschlossenheit gemeinsam.

Es mußte einem Betrachter, dieser, in allen Details sorgfältig komponierten Szene, sofort klarwerden, daß dies einer Versinnbildlichung des Lebens selbst, dem vollen Ausspielen all seiner Trümpfe, gleichkommt. Hatte ich im Vorhergehenden schon gespürt, daß dieser einzelne Mensch - nicht Knabe, nicht Mann - für sich allein nicht genug Gegensatz darstellt zu allgewaltigen Sphäre des Himmels. War er also *nur* die gesunde Kraft, die reife Frucht des Lebens - so ist nun dieses Weib schließlich der Ursprung, das Meer, das Leben selbst. Und gegen beide zusammen vermag der Koloß, will er nicht einen Teil seiner selbst zerstören, nichts mehr auszurichten. Weise verzeiht er dem Menschensohn seinen anmaßenden Auftritt - so zumindest meine

Auslegung der Schlußszene. Die Wolken verziehen sich, und Meter für Meter fortschreitend überflutet heller Sonnenschein die eben noch düsteren Marmorquader.

Beide Menschen gehen nun Hand in Hand zum Rand der Terrasse, entfernen sich erlöst vom Ort des Geschehens. Dort treffen sie, für den Betrachter ganz unverhofft, auf eine dichtgedrängte Menschenmenge, bei der es sich vielleicht um die am Anfang tanzenden Landleute handeln könnte; ihre Kleidung ist jedenfalls betont einfach, ja fast ärmlich anzuschauen. Es scheint, als hätten sie - gleich mir - dieses ganze unheimliche Duell bangend mitangeschaut. Trotzdem bewirken diese Menschen - von denen übrigens als Erstes wieder nur ihre Füße im Bild zu sehen sind - zunächst einen kurzen Schreck, der sich aber schnell auflöst, als sie wenige Augenblicke später in voller Größe sichtbar sind. Hell angestrahlt vom letzten warmen Licht der tiefstehenden Sonne, sehe ich überdeutlich ihre schweigenden, betroffenen Gesichter: sie geben das eben Geschehene auf das Vortrefflichste wieder - ja, es hätte sicherlich genügt, alles nur mit diesen erlösten Gesichtern auszudrücken, denn in fast aller Augen sehe ich Tränen.

Die letzten Takte der Musik sind verklungen, das Bild erlischt und die übliche Stille entsteht, welche sich die Gesprächspartner nach uraltem atlantischen Brauch zu kurzen Sammlung gewähren.

Ich entsinne mich dabei eines Zitats, welches mir mein Lehrer in meiner Jugend einst vorgetragen hatte, so daß ich es in der Erinnerung stets mit seiner Person in Zusammenhang brachte. So auch jetzt. Er sagte damals, 'Wer das Tiefste gedacht, liebt das Lebendigste'. Darauf pflegte er etwas zu lächeln und hinzuzufügen, dies sei die kürzeste und einfachste Formel für den bedeutendsten Widerspruch der gesamten Welt: höchste Weisheit und banales Leben seien hier verbunden durch die mystische Kraft der Liebe. Ich glaube, damit schien für ihn der Beweis erbracht, daß keine andere Kraft als die Liebe in der Lage sei, diese beiden gegensätzlichen Pole zu vereinen. Und Gott liebte auch dieses Menschenpaar, ließ es am Leben und verzieh ihm seine Anmaßung. Er stellte die höchstorganisierte Form der Materie *über* das Chaos und *über* die anderen, niederen Organisationsformen der Natur - selbst dann noch, wenn sich diese Form zuweilen trotzig widersetzte. Dies und nichts anderes war es, was ich heute in Form von Bild und Musik von meinem alten Lehrer gesagt bekommen hatte.

Unvermutet begann nun seine Stimme - oder die des Beschützers? - zu reden.

"Mußte Gott nicht Mitleid empfinden mit einer Bewußtseinsform wie der unseren - von Natur aus dazu verdammt, das eigene, tragische Schicksal zu erkennen; in höchstem Maße also damit bestraft, sich der eigenen Vergänglichkeit voll bewußt werden zu *müssen*. Kein Tier, keine Pflanze ist sich seiner kurzen Existenz bewußt; kein Lebewesen außer uns *weiß*, daß es sterben muß. Alles um uns herum lebt und vergeht im Kreislauf der Natur - und *weiß* dabei nichts von sich selbst. Erst mit dem Menschen erwachte das Bewußtsein dieser vielfältig und kompliziert organisierten Materie. Gekettet an biologisches Zellgewebe, ausgeliefert dessen natürlichem Zerfall und aller sonstigen Beeinträchtigungen des leicht verwundbaren Organismus, dem es angehörte, war es nun gezwungen, sein Gefängnis in seiner ganzen Brutalität zu erkennen, und mit ihm - gleichsam wie zum Trost, wenn man denn in diesem Zusammenhang überhaupt von Trost reden kann - auch den ganzen gnadenlosen, stumpfsinnigen Kreislauf der übrigen belebten Natur."

So also spricht mein ehemaliger Lehrer aus dem Jenseits, und nach einer kurzen Pause, in welcher ich nichts erwidere, fährt er in seinen seltsamen Ausführungen fort.

"Es überkommt mich immer wieder eine große Traurigkeit beim Nachdenken über diese Art der Existenz - dann aber auch zuweilen ein wundersames Staunen darüber, daß dieses jämmerliche Leben auch Momente von so unbeschreiblicher Schönheit hervorbringt. Ich bin aber der festen Überzeugung, daß man es dem menschlichen Geist gestatten sollte, sich endgültig von Schmerz und Tod zu befreien. Sich in der Endkonsequenz gänzlich seiner materiellen Grundlage - des Körpers also - zu entledigen. Leiden und Schmerz, ja das ganze animalische Leben, sind doch - genau besehen - in höchstem Maße unwürdig. Und daher, so denke ich, wird dem menschlichen Geist immer der unwiderstehliche Drang innewohnen, sich dem Göttlichen, dem Unsterblichen, dem körperlosen Sein zu nähern, auch wenn unsere geistige Reform, die im sechzehnten atlantischen Jahrhundert zur Ordensgründung führte, sich - aus damals gewiß richtigen Überlegungen heraus - dagegen aussprach."

Ich stutze. Will mein Lehrer jetzt - aus dem Jenseits - etwa die Reform und die Notwendigkeit des Ordens in Frage stellen? Ihre Ergebnisse hatten - damals wie heute - unser Überleben gesichert und unzählige Arbeiten von großen Gelehrten haben in fast fünf Jahrtausenden auf diese Lehren aufgebaut und sie letztlich immer wieder bestätigt.

Leise und etwas unschlüssig versuche ich zu antworten:

"Auch ich halte nicht viel von biologischen Bewußtseinsformen, ihr wißt das sicher noch aus früheren Gesprächen. Ich halte diese Formen von der Materie zu stark durchsetzt und getrübt und daher zu absoluten Leistungen reinen Geistig letztlich nicht fähig. Gefiltert durch die Sinne und schließlich durch die subjektive, auf individueller Erfahrung beruhende Verarbeitung dieser Sinneseindrücke im Hirn - mit seiner ganzen, evolutionär bedingten Fragwürdigkeit - kann die Wahrheit nur verzerrt und bruchstückhaft erkannt werden. Um sie wirklich und ganz zu erkennen, braucht es eines Bewußtseins entsprechender Qualität - kein menschliches also. Unsere Mängel sind wir Menschen gewohnt, durch reichlich vorhandene Phantasie - also Subjektivität - zu ersetzen. Ein Lügengebäude entsteht, welches im Grunde nur unser derzeitiges, beschämendes Niveau offenbart."

Ich hielt inne - war ich eben zu weit gegangen? Meinem Gegenüber, dem bewegungslosen Metallkoloß, zu dem ich spreche, ist keine Reaktion anzumerken. Einlenkend setze ich also meinen Gedankengang fort:

"Gewiß ist es eine Tatsache, daß der Mensch, soweit er sich frei entfalten kann, immer nach dem Höheren, letztendlich in Richtung des göttlichen, des gänzlich freien, unabhängigen Geistes strebt. Aber das ist doch lediglich nur die *Richtung*. Von einem tatsächlichen *Erreichen* dieses Zieles kann doch überhaupt keine Rede sein: denn läßt man ihn gewähren, läßt man ihn ungehindert nach oben streben - wir wissen, die widrigen Umstände des Lebens verhindern dies ohnehin für die Masse der Erdenmenschen -, so wird er alsbald die Möglichkeiten seiner biologischen Existenz überschreiten und einen Boden betreten, auf dem er zugrunde geht, gleich jedem beliebigen anderen Lebewesen, welches sich darauf einläßt, die von der Evolution vorgegebenen - und einzig zugelassenen - Wege zu verlassen.

Wir waren uns einmal darüber einig, daß - wie die Reform es vorsah - die Vervollkommnung des Geistigen, gesteuert durch sich selbst, gezielt an einem Punkt *haltmachen* müsse: an dem Punkt nämlich, da sie die Kontinuität der Harmonie aller Erscheinungsformen der Materie verläßt."

Auf dieses Stichwort scheint mein entmaterialisierter Gesprächspartner nur gewartet zu haben.

"Diese Harmonie", beginnt er im Vorgefühl der Überlegenheit, "haben wir zwar in unserer Stadt hergestellt und dauerhaft gemacht - aber was nützt das, wenn sie in aller Welt ringsum bald den gröbsten Störungen unterliegt. Eine Einflußnahme wird daher in Zukunft unausbleiblich sein. Und sie sollte, wie ich überflüssigerweise noch hinzufügen möchte, unserer Tradition gemäß, aus einer Position absoluter geistiger Überlegenheit erfolgen. Mit Recht haben wir Atlanter eine Einmischung in die Weltgeschichte, vor allem auf der Ebene kriegerischer Auseinandersetzungen, seit Jahrtausenden erfolgreich vermieden. Und sie war auch nicht notwendig, da die Harmonie in der übrigen Welt lange Zeit nicht in ernsthafte Gefahr geriet.

Nun aber haben wir eine andere Situation, und wenn eine Einmischung des atlantischen Geistes erstmalig stattfinden muß, dann sollten wir auch rechtzeitig dafür Sorge tragen, daß dies weit oberhalb der Sphäre banaler Gewalt geschieht.

Höre mein Konzept: die Energie und Kapazität des Beschützers verbunden mit den kreativen Fähigkeiten und dem Willen der Menschen würden nach meinen Überschlägen ausreichen, ein lokales, kosmisches Bewußtsein zu erzeugen - also etwa innerhalb des Sonnensystems gelegen -, welches sich dann gegebenenfalls aus sich selbst heraus noch vergrößern und vervollkommnen könnte - die Kapazitätsbegrenzungen des Beschützers haben schließlich nicht zuletzt auch räumliche Ursachen.

Das derart entstandene geistige Potential sollte dann wohl ausreichen, die Harmonie der Materieformen auf diesem Planeten für weitere Jahrtausende zu garantieren; es wäre so etwas wie ein bescheidener, lokaler Gott entstanden - zuständig nur für diese eine Welt...

Wäre das nicht eine Aufgabe und ein Ziel, daß unserer über sechstausendjährigen Geschichte mit all ihren Bemühungen, Entbehrungen und Erfolgen durchaus gerecht würde...?"

"Irgendwann -" erwidere ich spontan auf diese ungeheuerlichen Eröffnungen, "der Zeitpunkt ließe sich gewiß etwas hinauszögern - aber sollte es uns je gelingen, so weit vorzustoßen, stünde irgendwann doch die Konfrontation mit dem Allbewußtsein bevor. Ich glaube nicht, daß wir in diesem Fall auf Kompromisse hoffen dürfen - es sei denn, ihr seid der Meinung, es wäre schon Ziel genug für Bewußtseinsformen unser Konvenienz, 'seine' Aufmerksamkeit zu erregen.... Vielleicht stünde uns sogar eine 'schöne' Auflösung bevor... Oder rechnet ihr gar mit einer ... Integration ...?"

Die Ironie meiner Erwiderung ist kaum zu überhören, so daß ich befürchten muß, meinen alten Lehrer gekränkt zu haben. Allein das Unpersönliche meines metallischen Gegenüber läßt Derartiges ohnehin nicht erkennen und erleichtert mir die Gesprächsführung insofern, als ich mir keine Zurückhaltungen aufzuerlegen brauche, wie ich es bei einer direkten, menschlichen Begegnung aus Anstand und Respekt sicherlich getan hätte.

Ich muß jetzt allerdings beschämt feststellen, daß dieser große Geist weit davon entfernt ist, auf meine emotionalen Ausrutscher einzugehen; ja er scheint sie direkt erwartet zu haben. Ohne den Tonfall zu ändern, setzt 'er' das Gespräch fort:

"Gewiß doch, mit einer solchen Konfrontation müssen wir zweifelsohne rechnen, das steht gar nicht in Frage, vielleicht auch mit einer mehr oder weniger dramatischen 'Auflösung' unserer selbst erschaffenen Geistesmacht - aber es liegt mir fern, zwei gänzlich unterschiedliche Ebenen miteinander zu vermischen. Priori: eine Entmaterialisierung unseres Geistes in großem Maßstab, die anschließende unmerkliche Übernahme der 'Verwaltung' dieses Planeten und die Wiederherstellung der Harmonie liegt - möglicherweise - in unserer Hand. Secundo: sie entspricht damit unseren menschlichen Möglichkeiten, und wir sollten diese - in Anbetracht der Erhaltung unserer Existenz und der Erhabenheit dieses Zieles - auch nutzen. Tertio: sollten wir mit diesen Aktivitäten gegebenenfalls den Unwillen Gottes erregen und entsprechend bestraft werden - so käme dies nur einem Untergang gleich, der uns *ohnehin* droht, wenn wir nichts unternehmen. Ich denke, wir sollten es also versuchen."

Da war sie also wieder, die mir so gut vertraute - und gefürchtete - Vorgehensweise meines Lehrers: erst setzt er mir Thesen vor, die ich in ihrer Tragweite kaum überschauen kann und die überdies sehr verwegen und unorthodox anmuten. Jedenfalls überläßt er mit absichtlich, um meinen Widerspruch zu provozieren, eine weite, offene Angriffsfläche für meine Kritik - die er sich auch geduldig, vielleicht mit einem gewissen Schmunzeln, anhört. Letzteres konnte ich heute natürlich nicht feststellen. Eines meiner letzten Stichworte nutzend, beginnt er dann seine kurz und überlegen geführte Verteidigungsrede, deren Logik meine so selbstsicher auftrumpfende Kritik immer wieder rückstandslos hinwegfegt.

"Trotzdem verstehe ich euch nicht: die körperlose Daseinsform des menschlichen Geistes bedeutet doch eine eminente Überschreitung seines Maßstabes, die Daseinsbedingungen ändern sich in schwindelerregender Weise - wie will man garantieren, daß ein solcher Geist human bleibt? Ich meine 'human' in des Wortes eigentlicher Bedeutung."

"Natürlich, der menschliche Geist ist ein, im Evolutionsprozess entstandenes, ganz spezielles Gebilde, welches nur normal und effektiv arbeitet, solange seine Daseinsbedingungen denen eines Menschen entsprechen - auch in der entmaterialisierten Form kann das nicht anders sein. Denn eine andere Art von Geist, sozusagen eine neutrale Form - den 'Geist an sich' -, zu schaffen, liegt uns fern und scheint uns darüber hinaus auch unmöglich. Wir werden daher hier im 'Jenseits', also im Beschützer, im All oder sonstwo, auch Musik hören, Gerüche wahrnehmen, uns durch Räume bewegen, Bilder betrachten und so weiter - mit dem Unterschied allerdings, daß diese Umweltinformationen nicht mehr über den Umweg der - nicht mehr vorhandenen - Sinnesorgane, sondern mehr oder weniger *direkt* in den Bereich der geistigen Wahrnehmung gelangen. Die aus speziellen Informationsspeichern entnommenen Sinneseindrücke, deren qualitatives und quantitatives Maß für die Erhaltung des Menschlichen so wichtig ist, gründen sich dann auf einen unveränderbaren Hintergrund - eine gedachte, theoretische Welt sozusagen.

Und man sollte dabei auch nicht den Fehler begehen und diese Prozesse beim Zusammenwirken von Mensch und Umwelt zu überschätzen: es handelt sich dabei lediglich um einen Informationsaustausch einer bestimmten - natürlich auch meßbaren - Größenordnung, ein Vorgang also, der sich in der entmaterialisierten Form bestens nachvollziehen läßt. Übrigens ist der energetische Aufwand zur Abwendung von Disharmonien und Störungen dann ungleich geringer. Denken sie nur, wieviel Kräfte eingesetzt werden müssen, um all die materiellen Bedürfnisse eines normal lebenden Menschen zu erfüllen; die Errichtung von Mauern und Häusern zu seinem Schutz, die Herstellung, Heranschaffung, Lagerung und Zubereitung seiner Nahrung, Kleidung und so weiter. Und schließlich, nicht zu vergessen, die gewaltigen Anstrengungen, die er unternimmt, um seine Zukunft und die seiner Nachkommen möglichst vollkommen abzusichern. All dieser gewaltige Energieaufwand schrumpft im körperlosen Sein auf einige, kaum meßbare, Impulse zusammen - jedoch mit dem gleichen Ergebnis für den jeweils wahrnehmenden Geist.

Ich sehe also keinen Grund, in dieser Entwicklung Tendenzen einer 'Gegenreform' zu vermuten. Unsere viel zitierte Reform korrigierte damals lediglich eine historische Fehlentwicklung innerhalb unseres atlantischen Restvolkes. Die übertrieben einseitige Beschäftigung mit der Theorie hatte uns dem wirklichen Menschsein mehr und mehr entfremdet - was sich schließlich schädlich auf unsere Psyche und die Qualität unseres Denkens auswirkte. Die Reform stellte das richtige

Verhältnis geistiger und natürlicher Lebensäußerungen wieder her. In entmaterialisierten Form ist das richtige Verhältnis schon von vornherein, durch eine Grundvoraussetzung im Speicher, festgelegt."

Im Wesentlichen ist dieses seltsame Gespräch damit beendet; ich habe dem Gehörten im Grunde nichts entgegenzusetzen noch hinzuzufügen. Es ist eine neuartige Erfahrung gewesen, auf die ich nicht gefaßt war, so wenig wie wohl jedes andere lebende Mitglied des Ordens nicht darauf gefaßt gewesen wäre. Alles erscheint mir vernünftig und schlüssig - trotzdem fällt es mir schwer zu glauben, was ich gehört habe. Die Möglichkeit, ohne Körper und ohne Umwelt die gleichen Reize zu empfangen und gleichermaßen darauf zu reagieren, ist zu phantastisch. Sogleich drängt sich mir dabei die Frage auf, ob dieses sicherlich irrsinnig komplizierte System zur Herstellung dieser künstlichen Umweltreize auch verläßlich genug sein mochte - oder ob es plötzlich ausfallen oder fehlerhaft arbeiten könne: den entmaterialisierten, gewissermaßen hilflosen Geist in einem solchen Fall also auf undenkbare Weise quälen oder ihn einfach ins Nichts fallen zu lassen? Aber wenn ich ehrlich bin, muß ich wohl zugeben, daß eine künstliche Welt im Innern des Beschützers weit größere Sicherheit bieten konnte als unsere offene, von Katastrophen und Krankheiten heimgesuchte Planetenoberfläche.

Vielleicht haben wir also mit dieser Methode wirklich eine Möglichkeit zur Erhaltung der atlantischen Kultur und - in weiterer Sicht - der menschlichen Art gefunden. Vielleicht würde unser Jahrtausende währendes Schweigen, die stille Konzentration unserer Kräfte, dadurch schließlich einen Sinn bekommen. Und wenn ich es richtig bedenke, so bedeutet die Idee meines Lehrers nicht einmal eine Veränderung unserer uralten atlantischen Grundsätze und Erfahrungen, denn auch er sieht nur in der Isolation eine Chance für den rationalen Geist - die Menschheit in ihrer Gesamtheit ließ sich zu keiner Zeit zur Vernunft bekehren, sie war und blieb für immer ein untrennbarer Bestandteil der irrationalen Natur. Einer Natur, die hinter all ihrer vordergründigen Vollkommenheit und ihrem gigantischen Aufwand letztlich doch nicht den geringsten Sinn zu erkennen gibt.

Ein isolierter, weit überlegener Geist kann die Menschen zwar auch nicht zur Vernunft bringen, aber er kann sie zumindest unmerklich dazu zwingen, mit den übrigen Erscheinungsformen der Materie in dauerhafter Harmonie zu leben. Eine Welt, in der sich seit Jahrmillionen eine komplizierte, hochsensible Ordnung und ein komplexes

System gegenseitiger Abhängigkeiten eingespielt hatte, mußte man offensichtlich vor den anmaßenden, willkürlichen und gänzlich unüberlegten Aktivitäten dieser immer stärker expandierenden menschlichen Art in Schutz nehmen. Man mußte ihr störendes Wachstum in Grenzen halten - mochten sie innerhalb dieser Grenzen ruhig unvernünftig bleiben, wenn es nicht anders ging, so richteten sie doch zumindest keinen weiteren Schaden mehr an.

Wenn man sich einmal dazu bekannt hat, ob aus Glauben oder Wissen, daß die Aufrechterhaltung der Harmonie mit der - uns derzeit noch weitgehend verborgenen - ewigen Zielrichtung aller im Universum ablaufenden Prozesse übereinstimmte, stellt sie für den Geist ein ausgesprochen lohnenswertes Ziel dar - ja es ist vielleicht das einzige lohnenswerte Ziel überhaupt.

NACHWORT

Eine Jahrhunderte alte Stadt, wie man sie überall auf der Welt finden kann, gilt in ihrer Gesamtheit gemeinhin als Kunstwerk. Viele Epochen mit unterschiedlichen Stilen haben sie geprägt und ihren individuellen Charakter gebildet. Historische Notwendigkeiten und großzügige Veränderungen weitsichtiger Persönlichkeiten sind ebenso an ihr ablesbar, wie die herrschende Religion, aber auch Kunstauffassungen und Philosophien.

So wie diese realen Städte in Jahrhunderten oder Jahrtausenden entstanden und im Zutun vieler Generationen schließlich zum Kunstwerk wurden - so wollte ich ein solches Stadtkunstwerk nur theoretisch entstehen lassen. Mein Interesse galt dabei in erster Linie dem Stadt*plan*, also der Konstruktion von Stadtteilen, Straßen und Plätzen. Aber schon bald wurden mir dabei die zwingenden Zusammenhänge mit den historisch-philosophischen Hintergründen deutlich: jede stilistische Eigenheit, jedes neue bedeutende Bauwerk, jede Verstärkung der Befestigungen konnte zwangsläufig nicht allein auf dem Reißbrett entstehen - sondern war immer auch die spezifische Reaktion auf eine lebendige, historische Handlung.

Ausgehend von der Zielsetzung, ein theoretisches Stadtkunstwerk zu schaffen, war also nicht nur der Stadt*plan* als konstruktiver Teil zu erstellen, sondern dazu auch eine, in sich schlüssige, individuelle Stadt*geschichte*. Und ich begab mich damit notgedrungen vom Boden der Architektur, auf dem ich mich sehr wohl fühlte, auf das mit fremde und ungewohnte Gebiet des Erfinders von Geschichten und Geschichte.

Besondere Bedeutung erhielt hierbei - nicht ohne Grund - der Zeitraum, den ich die 'Geburt der Stadt' nennen möchte; er umfaßt alle Umstände und Ursachen, welche bereits vor ihrer Gründung vorhanden waren und sie schließlich ermöglichten. Aus diesen Anfangsbedingungen leiteten sich die einmaligen Besonderheiten: das kulturelle Niveau, die herrschende Philosophie, die Struktur der Verwaltung, der Stand der Technik und vieles andere weitgehend ab.

Es wurde also mit der 'Geburt der Stadt' ein relativ genaues Programm vorgegeben, wie es in der tatsächlichen Geschichte nur sehr selten der Fall ist. Spontane Entwicklungen waren damit weitgehend ausgeschlossen. Die Stadt wurde von ihren gedachten Bewohnern somit von Anfang an als Kunstwerk projektiert, gebaut und erhalten.

Es wird dem Leser nicht entgangen sein, daß DIE STADT keinen Namen besitzt. Ich wollte auf diese Weise das Allgemeine, Prinzipielle, über das Gegenständliche hinausgehende ihres Charakters betonen. Architektur wurde hier einmal in anderen Zusammenhängen verwendet; nicht verstanden als angewandte Kunst, welche den realen Bedürfnissen der jeweiligen Gegenwart zu entsprechen hat, sondern als Ausdrucksform der Philosophie, Kunst und Geschichte eines fiktiven, kleinen Volkes - eigentlich als Ausdrucksform einer Idee. Einer Idee, die mir wertvoll genug erschien, sie zumindest in einer verständlichen, inhaltlich nachvollziehbaren Form für die Nachwelt festzuhalten.

Als solches möchte ich meine Aufzeichnungen denn auch verstanden wissen: als Skizze eines relevanten Themas, das seiner möglichen weiteren künstlerischen Bearbeitung durch befähigtere Persönlichkeiten noch entgegensieht.

Die von mir etwas abgewandelte Atlantis-Sage als Hintergrund der Handlung wurde zufällig gewählt - und sie erwies sich für die beabsichtigte Darstellung als ausgesprochen geeignet (ebenso wäre aber auch ein beliebiger anderer Stoff, etwa aus der indischen oder ägyptischen Mythologie als Grundlage denkbar).

Nach dem plötzlichen Untergang des, durch göttliche Hilfe rasch aufgeblühten, Staates Atlantis, entsteht auf dem gegenüberliegenden Kontinent Afrika 'die Stadt' als eine Zufluchtsstätte einiger weniger Atlanter, welche die grausame Katastrophe auf Schiffen oder in abgelegenen Kolonien überlebt haben.

Die hochentwickelte Kultur des ehemaligen Staates konzentriert sich nun in einem abgeschlossenem - nur vom Meer zugänglichem - Felsental auf engstem Raum. Der übrigen Welt weit voraus, bewahrt 'die Stadt' als geistiges Zentrum über Jahrtausende ihren Bestand. Es ist eine isolierte, kleine Welt von Gelehrten, Künstlern und Wissenschaftlern, welche zu einer realen Einschätzung ihrer eigenen Kräfte durchaus in der Lage sind: für eine dauerhafte, erfolgreiche Einmischung ist diese Kraft zu gering - die gewaltige, pulsierende Natur dieses Planeten, die Spontaneität und Aggressivität der primitiven Völker würde diese kleine Bastion des Geistes auflösen und hinwegspülen. So nutzt man die vorhandene Kraft, um sich von der Welt abzuschotten und vermeidet aus Gründen der Selbsterhaltung jeden intensiven Kontakt.

Kerngedanke der Idee ist also das Vorhandensein einer geistigen Minderheit auf diesem Planeten, deren Entstehung mit dem Anfang der zivilisatorischen Entwicklung der Menschheit zusammenfällt. Eine derartige Konstellation erlaubt mir nun die Darstellung menschlicher Vernunft in großem Maßstab. Mit den Augen dieser Weltvernunft konnte nun jedes beliebige Geschehen - über einen Zeitraum von mehreren Jahrtausenden - betrachtet und gewertet werden.

Ich habe dabei ganz bewußt *Menschen* als Träger dieser Weltvernunft eingesetzt, denn die in Mythologien und Religionen sonst diese Rolle übernehmenden Götter, Halbgötter oder andere, mit übermenschlichen Fähigkeiten ausgestatteten Wesen, würden meine Vorstellungen nicht voll zur Geltung bringen können, da sie die Tragik des Menschseins letztlich nie ganz begreifen und darstellen können.

Wichtigste Aufgabe der Stadt wird, neben der Erhaltung und Verfeinerung des Geistes, die über Jahrtausende anhaltende, stille und unauffällige Beobachtung unseres Planeten. So schickt man gut ausgebildete Beobachter - in entsprechender Tarnung und abgeschirmt durch überlegene Technik - direkt zu den Menschen, um ihr alltägliches Leben zu erkunden. Ähnlich, wie sich Teile Gottes, in der (von mir so abgewandelten) alten atlantischen Sage, in menschlichen Körpern auf der Erde bewegten, wollen auch sie, die Beobachter der Stadt, durch den unmittelbar erlebbaren Kontakt, der Wahrheit des Lebens möglichst nahe kommen.

Es ist sozusagen eine heilige Mission ihrer, auf Wissen und Gelehrsamkeit gegründeten Religion. Informationen werden gesammelt und gestalten sich durch ihre Menge und chronologische Vollständigkeit zu unsagbaren Schätzen. Im Laufe der Jahrtausende entsteht dadurch ein Wissen, welches seine Besitzer fast in den Rang von Göttern erhebt.

Natürlich - und das war jetzt zu erwarten und ist kein geringer Aspekt der Idee - betrachtet sich diese Weltvernunft auch selbst; versucht ihre Grenzen, ihre Ziele und Möglichkeiten zu erkennen. Und vor allem auch ihr Verhältnis zur übrigen, wilden, ungeistigen Natur.

Es wird deutlich, daß, über die rationale Betrachtung des Weltgeschehens hinaus, das unerschöpfliche, geheimnisvolle Verhältnis von *Geist und Natur* zum eigentlichen Inhalt wird. Ein uralter Dualismus, der im Menschen seine wohl schmerzlichste Ausprägung fand, wird hier sichtbar. Man bedenke: ein naturimanenter Geist, eine mit Bewußtsein ausgestattete Materie *erkennt sich selbst*, erkennt ihr *Eingebundensein* in den ewigen Kreislauf von Entstehen und Vergehen, von

Geburt und Tod. Und diese Erkenntnis ist nun alles andere als erhebend. Zum Denken und Fühlen gezwungene Materie, mit all den stofflichen Wandlungen und Beeinträchtigungen, denen sie aufgrund chemischer, physikalischer und biologischer Gesetzmäßigkeiten unterworfen ist - was auch immer sie dagegen tut -, erscheint aus diesem Blickwinkel als Gipfel von Grausamkeit und Tragik.

Wie sollen die Menschen nun damit fertig werden? Die isolierte Geistigkeit der Stadt versucht in vielen Jahrtausenden eine Antwort darauf zu finden. Es gelingt ihr auch eine anfängliche, gefährliche Überbetonung des Geistigen, eine Bewegung hin zum Göttlichen, welche einer verständlichen Flucht vor der vergänglichen Körperlichkeit gleichkommt, zu überwinden - und eine, ihrer natürlichen, wirklichen Daseinsform angemessene und angepasste Lebensweise zu finden.

Kraft ihrer Intelligenz vermag die Weltvernunft das richtige Verhältnis der Erscheinungsformen der Materie festzustellen und dauerhaft zu sichern. In dieser *kosmischen Harmonie* bewußter, belebter und unbelebter Materie existiert nun die Stadt auf einer relativ gesicherten Grundlage. Da sie in allen Lebensäußerungen ihrem wirklichen Sein optimal angepaßt ist, gibt es keine Fehlentwicklungen, keine Degeneration und keine kulturellen Niedergänge. Durch die schützende technische Überlegenheit von den übergreifenden Negativentwicklungen und historischen Wandlungen der übrigen Völker unbeeinflußt, kann sich die Stadt aus sich selbst heraus über eine sehr lange Zeit am Leben erhalten und dabei auch souverän und ungestört ihrer sekundären Aufgabe, der Beobachtung des Weltgeschehens, nachkommen.

Hans Peter Albrecht

Velten, im Juni 1986

ANHANG

BEDEUTUNG DER ATLANTISCHEN GEOGRAPHISCHEN BEZEICHNUNGEN

Lankhor	Amerika
Kathera	Afrika
Niphera	Europa
Sola	nördlicher Teil Asiens
Orkeion	mittlerer Teil Asiens
Sylon	südlicher Teil Asiens (Indien)
Nekumidos	Vorderasien (Arabien)
Sentura	Britische Inseln
Khalsor	Skandinavien
Topaberge	Andengebirge
Sutaberge	Kaukasus
Cethy	Pyrenäenhalbinsel
Minora	eine Antilleninsel (Haiti)
Lyra	eine Antilleninsel (Barbados)
Landosbecken	Kongobecken
Almaaris	Mittelmeer
'Tor zur kleinen Welt'	Straße von Gibraltar
Sylonischer Ozean	Indischer Ozean

ZEITTAFEL

moderne Zeitrechnung	atlantische Zeitrechnung	Entwicklung der atlantische Geschichte
4500 v.u.Z.	Null	Eintreffen der Strahlenden in Atlantis
	bis 422	Aufbau des Staates / Untergang der Insel
	bis 434	Suchfahrten / Gründung der Stadt
4000 v.u.Z.		
3500 v.u.Z.	um 996	Angriff einer vorderasiatischen Macht
	um 1000	Fertigstellung der Stadt
3000 v.u.Z.	1414 bis 1565	Kriege mit aufständischen Kolonien ('atlantische und sylonische Kriege')
	1587 bis 1595	Bürgerkrieg / Ausbau der Vorstadt / Ordensgründung
2500 v.u.Z.		
2000 v.u.Z.	2433	Auffinden des 'Beschützers'
	2478	Kontaktaufnahme mit dem Beschützer
1500 v.u.Z.	um 2920	sogenannte 'Musikschlacht' in Südkathera

1000 v.u.Z.		
500 v.u.Z.	um 3826	Reise Therons nach Griechenland
Null u.Z.		
500 u.Z.	um 4976	Reise Hethiors nach Nordeuropa
1000 u.Z.		
1500 u.Z.	um 5789	Reise Nikeos nach Südfrankreich
2000 u.Z.		

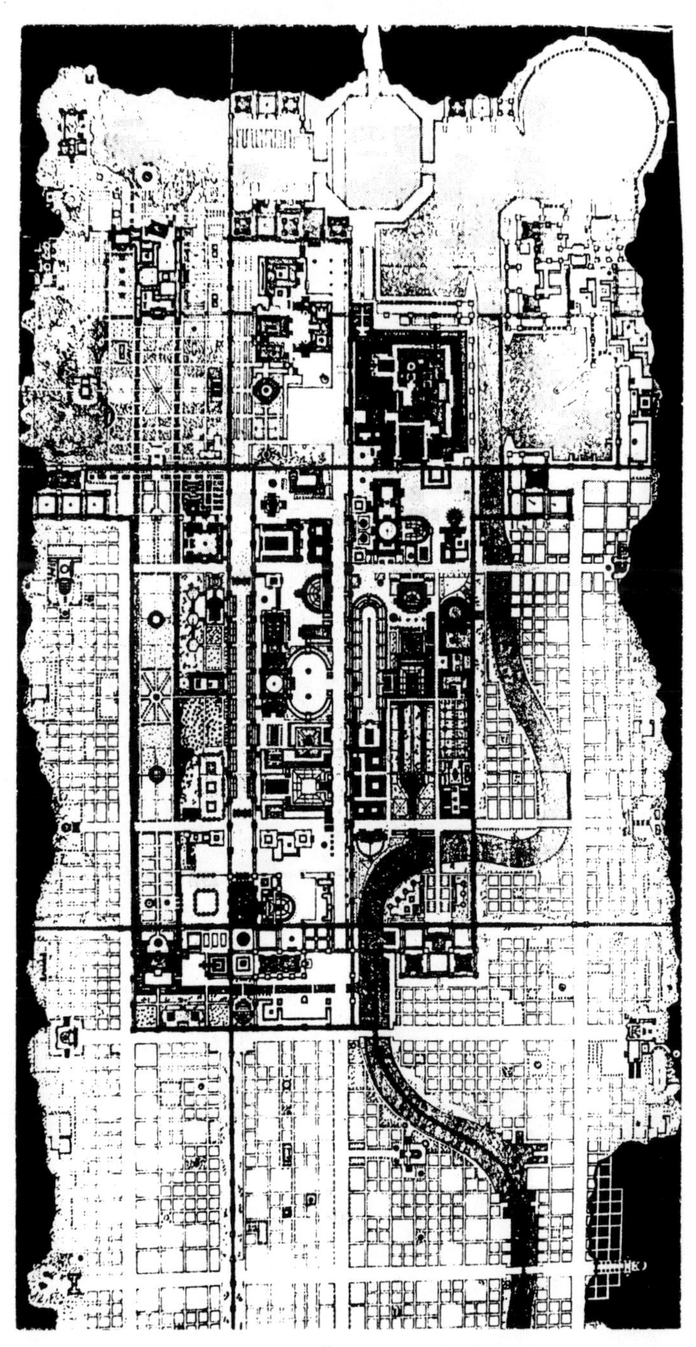

Abb. 1 Innere Stadtanlage (Übersichtsplan)

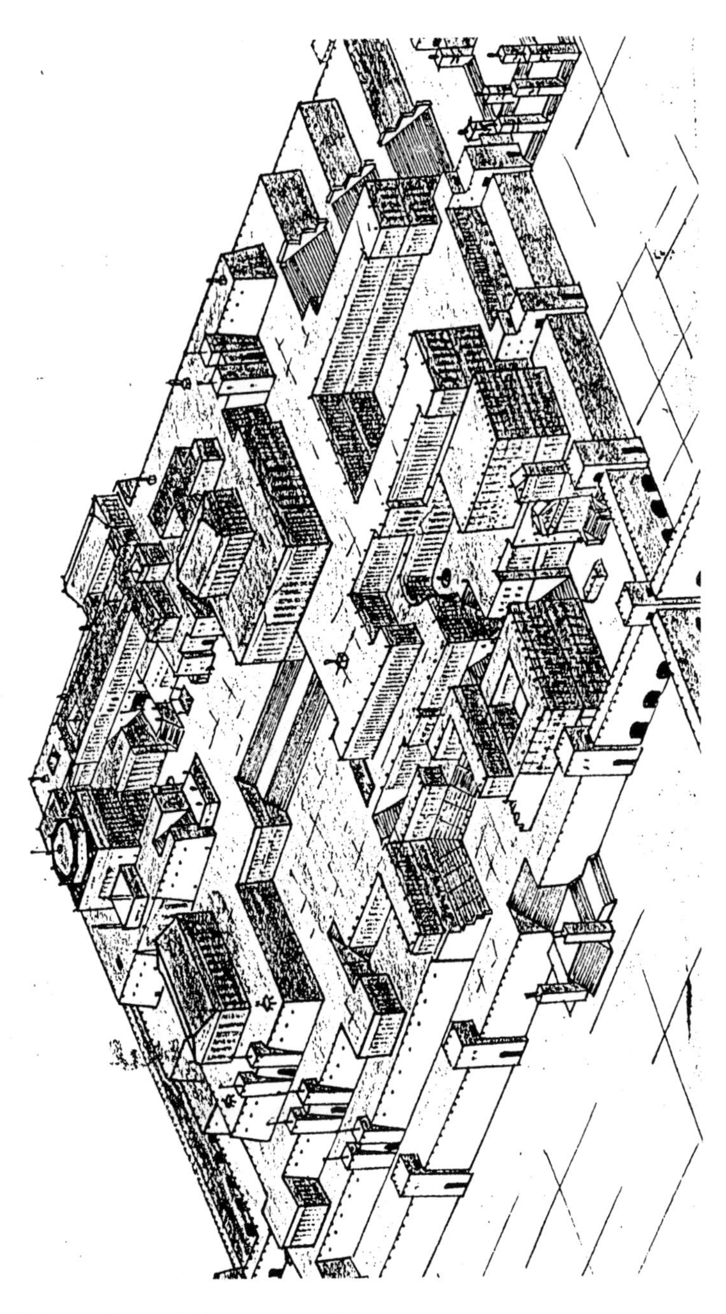

Abb. 2 Capitol (Ansicht von SO)

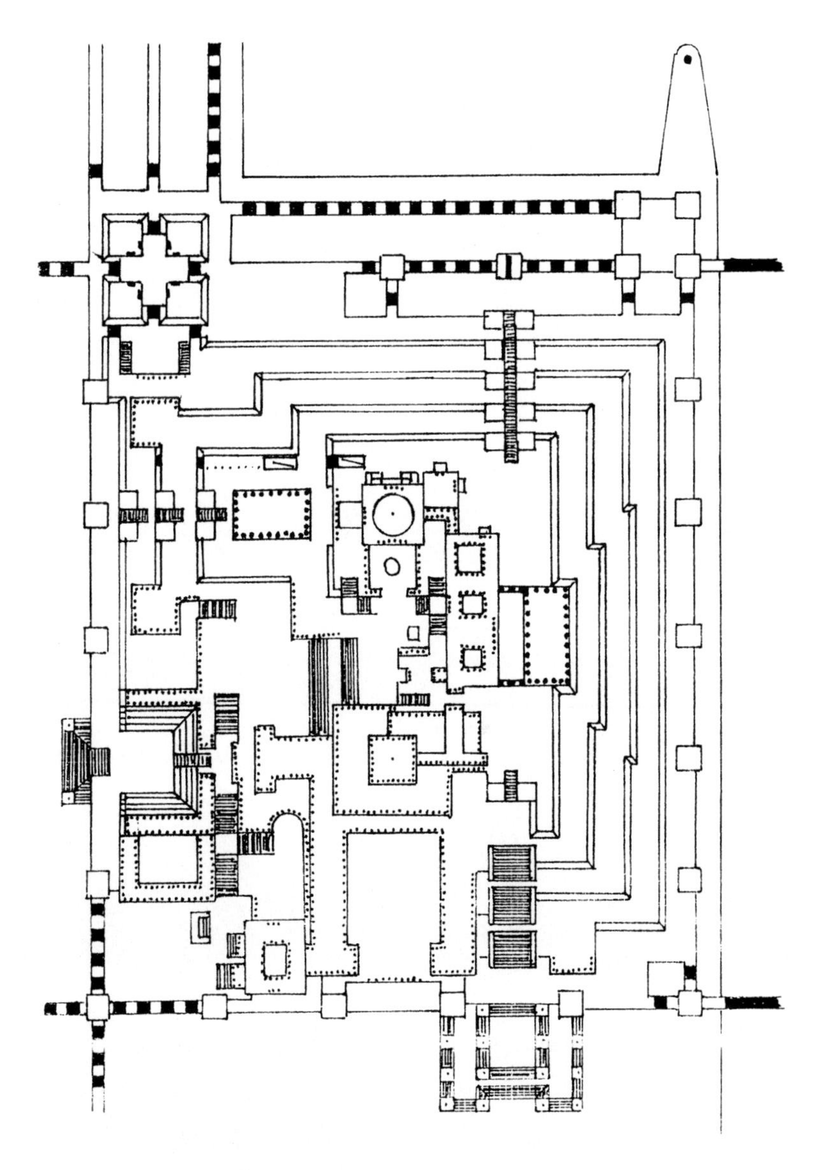

Abb. 3 Capitol (Übersichtsplan)

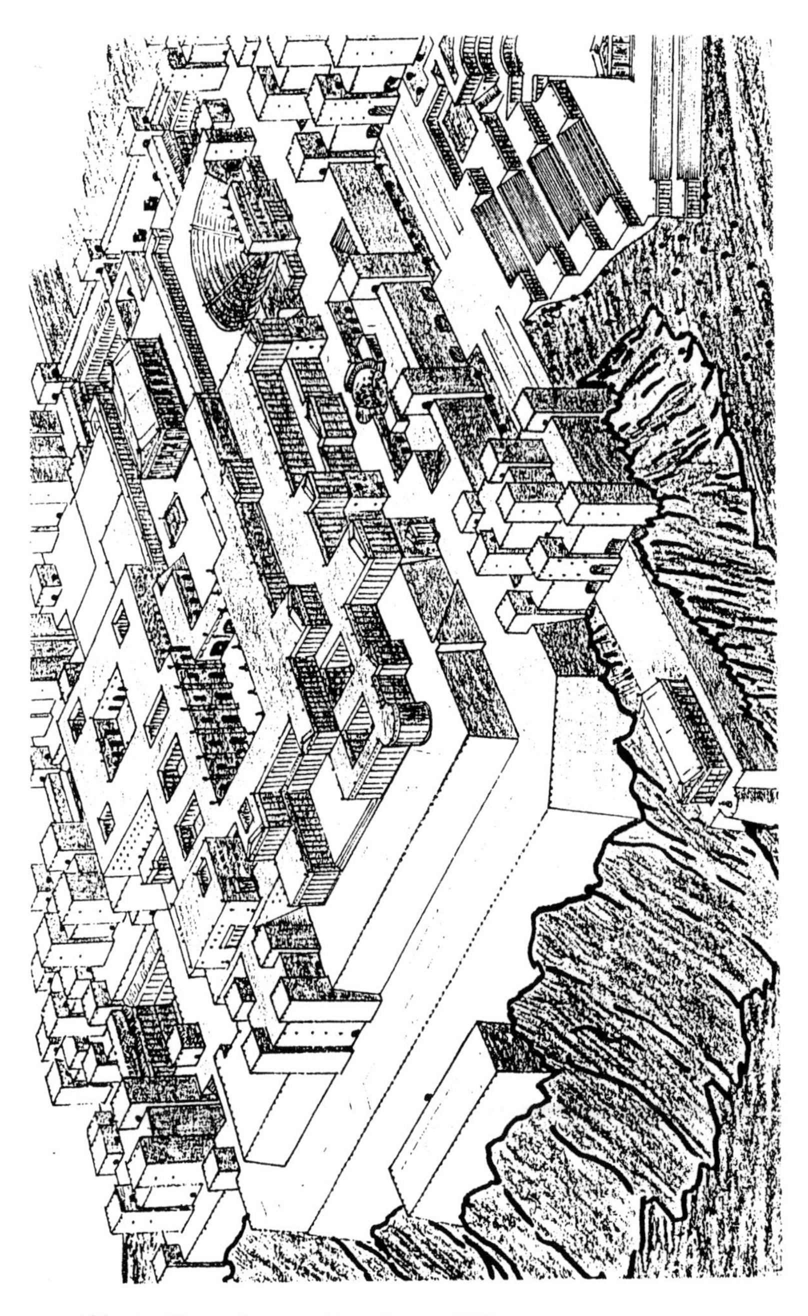

Abb. 4 Küstenfestung (Ansicht von SW)

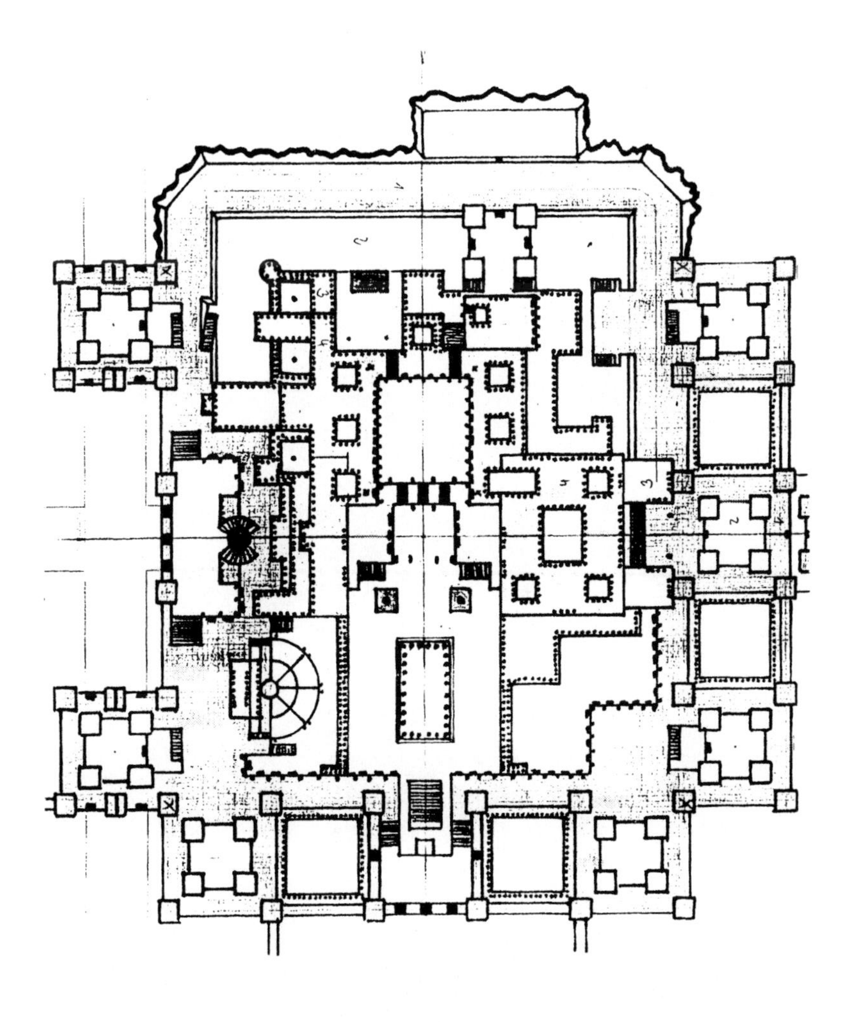

Abb. 5 Küstenfestung (Übersichtsplan)

Abb. 6 Vorderer Teil der inneren Stadt mit Eingangsbefestigung, Capitol, Forum und Palastbezirk (Ansicht von NW)

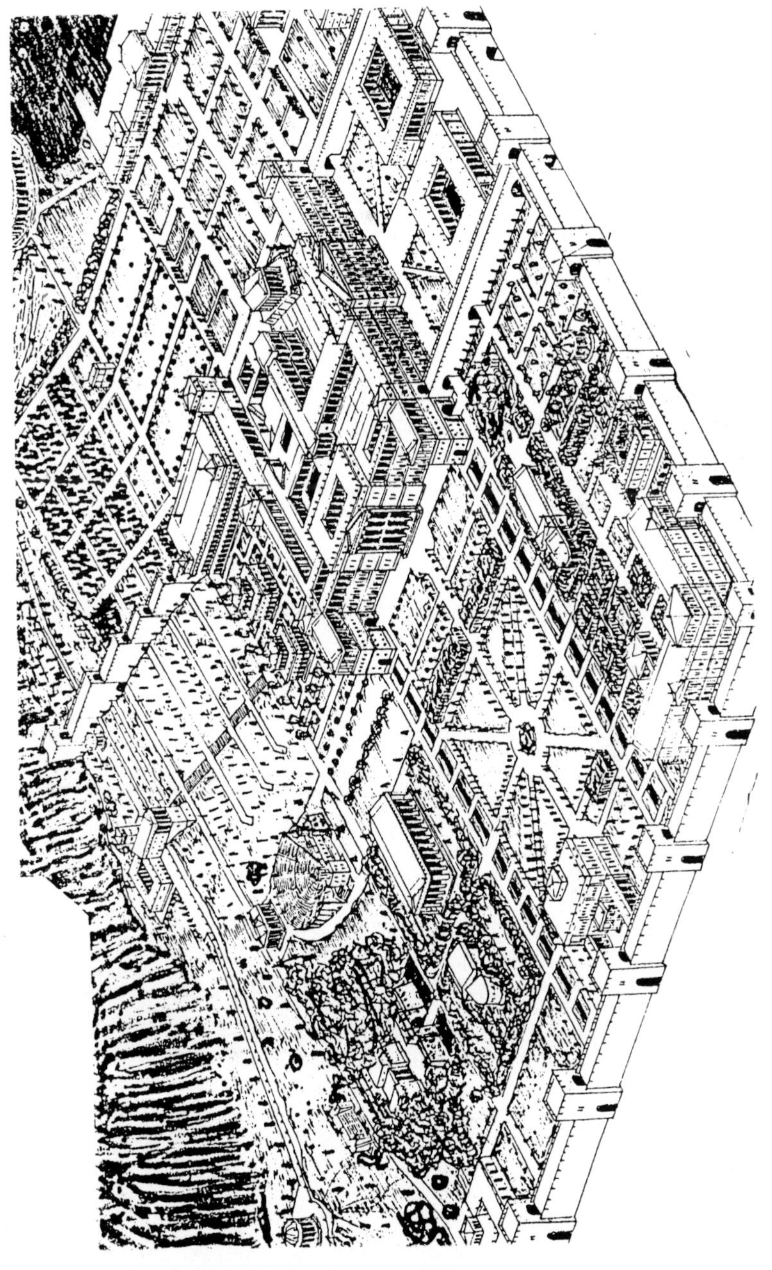

Abb. 7 Palastbezirk (Ansicht von NO)

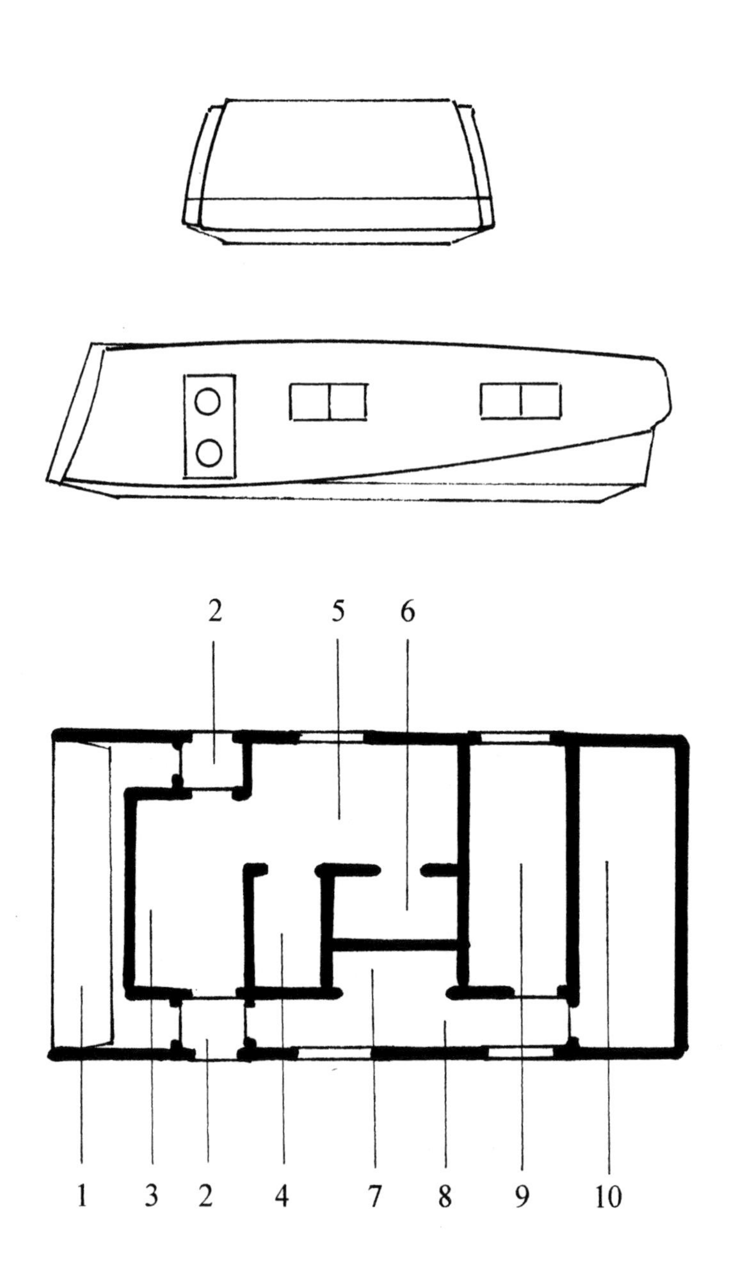

Abb. 8 Beobachterschiff
(Vorder- und Seitenansicht, Aufteilung des Innenraumes)

Beobachterschiff

Die schematische Darstellung stellt den am häufigsten eingesetzten Typ der Beobachterschiffe dar. Die in der Handlung vorkommenden Schiffe sollte man sich etwa nach diesem Prinzip gestaltet vorstellen.

1. *Steuerraum mit wandgroßer Frontscheibe*
2. *Einstieg: Schleuse 1 und 2*
3. *Mehrzweckraum (z.B. Vorbereitung für Außenarbeiten)*
4. *Küche*
5. *Wohnraum*
6. *Bad / Toilette*
7. *Raum für medizinische Notfallbehandlung*
8. *Gang*
9. *Wohnraum 2 (auch: Gästeraum oder zusätzlicher Laderaum)*
10. *Laderaum*

Weitere Typen, die für spezielle Aufgaben vorgesehen waren, konnten die 3 bis 4-fache Länge erreichen. Charakteristisch für alle Beobachterschiffe ist in jeden Fall das Vorhandensein einer großen Frontscheibe mit dem dahinter befindlichen Steuerraum.